Les Années de plomb

Un viol sans importance, roman, Sillery, Septentrion, 1998

La Souris et le Rat, roman, Gatineau, Vents d'Ouest, 2004

Un pays pour un autre, roman, Sillery, Septentrion, 2005

L'été de 1939, avant l'orage, roman, Montréal, Hurtubise HMH, 2006

La Rose et l'Irlande, roman, Montréal, Hurtubise HMH, 2007

Les Portes de Québec, tome 1, *Faubourg Saint-Roch*, roman, Montréal, Hurtubise HMH, 2007, format compact, 2011

Les Portes de Québec, tome 2, *La Belle Époque*, roman, Montréal, Hurtubise HMH, 2008, format compact, 2011

Les Portes de Québec, tome 3, *Le prix du sang*, roman, Montréal, Hurtubise HMH, 2008, format compact, 2011

Les Portes de Québec, tome 4, *La mort bleue*, roman, Montréal, Hurtubise, 2009, format compact, 2011

Haute-Ville, Basse-Ville, roman, Montréal, Hurtubise, 2009 (réédition de *Un viol sans importance*)

Les Folles Années, tome 1, *Les héritiers*, roman, Montréal, Hurtubise, 2010

Les Folles Années, tome 2, *Mathieu et l'affaire Aurore*, roman, Montréal, Hurtubise, 2010

Les Folles Années, tome 3, *Thalie et les âmes d'élite*, roman, Montréal, Hurtubise, 2011

Les Folles Années, tome 4, *Eugénie et l'enfant retrouvé*, roman, Montréal, Hurtubise, 2011

Félicité, tome 1, *Le pasteur et la brebis*, roman, Montréal, Hurtubise, 2011

Félicité, tome 2, *La grande ville*, roman, Montréal, Hurtubise, 2012

Félicité, tome 3, *Le salaire du péché*, roman, Montréal, Hurtubise, 2012

Félicité, tome 4, *Une vie nouvelle*, Montréal, Hurtubise, 2013

Les Années de plomb, tome 1, *La déchéance d'Édouard*, Montréal, Hurtubise, 2013

Les Années de plomb, tome 2, *Jours de colère*, Montréal, Hurtubise, 2014

Jean-Pierre Charland

Les Années de plomb

tome 3

Le choix de Thalie

Roman historique

Hurtubise

Catalogage avant publication de Bibliothèque et Archives nationales du Québec et Bibliothèque et Archives Canada

Charland, Jean-Pierre, 1954-

    Les années de plomb : roman historique

    Sommaire : t. 3. Le choix de Thalie.

    ISBN 978-2-89723-424-9 (vol. 3)

    I. Charland, Jean-Pierre, 1954- . Choix de Thalie. II. Titre. III. Titre : Le choix de Thalie.

PS8555.H415A66 2013   C843'.54   C2013-940814-2
PS9555.H415A66 2013

Les Éditions Hurtubise bénéficient du soutien financier des institutions suivantes pour leurs activités d'édition :

- Conseil des Arts du Canada ;
- Gouvernement du Canada par l'entremise du Fonds du livre du Canada (FLC) ;
- Société de développement des entreprises culturelles du Québec (SODEC) ;
- Gouvernement du Québec par l'entremise du programme de crédit d'impôt pour l'édition de livres.

Conception graphique : René St-Amand
Illustration de la couverture : Jean-Luc Trudel
Maquette intérieure et mise en pages : Folio infographie

Copyright © 2014 Éditions Hurtubise inc.

ISBN : 978-2-89723-424-9 (version imprimée)
ISBN : 978-2-89723-425-6 (version numérique PDF)
ISBN : 978-2-89723-426-3 (version numérique ePub)

Dépôt légal : 3ᵉ trimestre 2014
Bibliothèque et Archives nationales du Québec
Bibliothèque et Archives Canada

Diffusion-distribution au Canada :
Distribution HMH
1815, avenue De Lorimier
Montréal (Québec) H2K 3W6
www.distributionhmh.com

Diffusion-distribution en France :
Librairie du Québec / DNM
30, rue Gay-Lussac
75005 Paris
www.librairieduquebec.fr

Imprimé au Canada
www.editionshurtubise.com

Histoire de familles

Tout comme *Les Portes de Québec* et *Les Folles Années*, la série *Les Années de plomb* raconte l'histoire de la lignée d'Euphrosyne et Théodule Picard, les fondateurs d'un grand magasin construit rue Saint-Joseph, à Québec. Ils ont eu deux garçons, Alfred (1861-1914) et Thomas (1866-1919), que nous avons suivis dans la première saga. Dans la deuxième, nous avons fait la connaissance de leurs enfants. La troisième met en scène certains de leurs petits-enfants.

La lignée de Thomas Picard

Principal héritier de ses parents, Thomas a épousé Alice en premières noces et a eu deux enfants avec elle : Eugénie (1889-1929) et Édouard, né en 1891. En 1897, alors que sa femme était mourante, Thomas a abusé de sa secrétaire, Marie Buteau, et l'a mise enceinte. Venant au secours de la jeune femme, le frère aîné de Thomas, Alfred, l'a demandée en mariage et a assumé la paternité du petit Mathieu. Cette même année, après le décès de sa femme, Thomas a épousé Élisabeth Trudel, la préceptrice de ses enfants. Il n'a eu aucune descendance avec elle. Devenue veuve, Élisabeth a choisi de tenir une maison de chambres pour gagner sa vie.

À la mort de son père, Édouard a pris la direction du commerce de la rue Saint-Joseph. En 1917, il a épousé Évelyne Paquet, la fille d'un juge, essentiellement pour échapper à la conscription. Devant ses aventures extra-conjugales, celle-ci a obtenu une «séparation de corps» en 1925, pour retourner chez son père avec son fils, Thomas junior, né en 1918. Dans le contexte de la crise économique commencée en 1929, l'administration déficiente d'Édouard a permis à son demi-frère, Mathieu, et à son ancien beau-frère, Fernand Dupire, l'époux d'Eugénie, de reprendre le magasin en 1932 avec l'aide de Marie.

En 1909, célibataire, Eugénie a accouché d'un enfant, Jacques, tout de suite confié en adoption à un employé du grand magasin PICARD, Fulgence Létourneau. Le véritable père de ce garçon, un dénommé Harris, n'a pas assumé ses responsabilités. Il a disparu pendant la Grande Guerre. Déchue, Eugénie s'est alors engagée dans un mariage sans amour avec un notaire de vingt-six ans, Fernand Dupire, avec qui elle a eu trois enfants: Antoine (en 1916), Béatrice (en 1917) et Charles (en 1918). Non désirés, détestés même, ces petits ont souffert de l'attitude de leur mère, qui haïssait également sa belle-mère, Élisabeth. Ayant hérité de la névrose d'Alice, sa mère, Eugénie semblait poursuivre des chimères.

Jacques Létourneau, l'enfant abandonné, est réapparu dans l'existence de sa mère en 1929. À son décès, Eugénie lui a laissé une somme suffisante pour lui permettre de faire des études de droit à l'Université Laval. La Seconde Guerre mondiale l'a amené à quitter le cabinet qui l'embauchait, à Montréal, pour se porter volontaire.

La lignée d'Alfred Picard

Homosexuel, Alfred a hérité d'une portion congrue des avoirs de ses parents. Quand Marie Buteau s'est retrouvée enceinte de Thomas en 1897, il l'a épousée. Même s'il existait une véritable affection entre eux, leur union leur a surtout donné la possibilité de dissimuler leur péché respectif. L'enfant illégitime, prénommé Mathieu, est né en 1897. Toutefois, Alfred sera le véritable père de Thalie, née en 1900.

Fantasque, il a encouragé celle-ci à poursuivre ses rêves : ce sera la médecine. Quant au garçon qu'il a accepté d'élever, Alfred a semé dans son esprit le désir de reprendre le contrôle du commerce de la rue Saint-Joseph. Pour le père adoptif tout comme pour l'enfant, il s'agissait d'une revanche sur la vie : le premier estimait avoir été injustement privé de sa part d'héritage à cause de son orientation sexuelle, et Mathieu n'avait rien reçu lors du décès de son père naturel en 1919. Le jeune homme parviendra à acquérir le magasin PICARD en 1932, à la faveur de la crise économique.

Marie Buteau, puis Picard, puis Dubuc

Mise enceinte par son patron, Marie a d'abord considéré l'offre de mariage d'Alfred comme providentielle, mais à la longue, le fait d'avoir un époux homosexuel ne s'est pas avéré la meilleure situation. Après le décès de celui-ci, elle est devenue la maîtresse, puis l'épouse d'un député de l'assemblée provinciale, Paul Dubuc, alors âgé de quarante-sept ans. L'union est heureuse. L'homme a deux enfants d'un précédent mariage : Françoise, née en 1900, et Amélie, née en 1902. Il n'en a eu aucun avec sa nouvelle conjointe.

Marie a aidé son fils à acquérir le commerce PICARD en 1932, et elle y a repris du service à titre de chef de rayon. Éprouvée par la vie, elle est une mère inquiète, volontiers possessive. D'ailleurs, elle et Paul habitent au second étage de la maison de Mathieu.

La lignée de Mathieu Picard

Vétéran de la Grande Guerre, Mathieu est revenu chez lui blessé, physiquement et psychologiquement. En 1920, il a épousé Flavie Poitras, vingt-deux ans, fille d'un charpentier de L'Ancienne-Lorette et alors secrétaire d'Édouard, au magasin PICARD. Le couple a deux enfants, Alfred, né en 1926, et Ève, née en 1929. En 1932, Mathieu a uni ses efforts à ceux de sa mère, Marie, et de Fernand Dupire pour reprendre possession du commerce de la rue Saint-Joseph. En 1942, malgré le rationnement des biens de consommation en vigueur à cause de la guerre, les affaires vont plutôt bien.

La lignée de Fernand Dupire

Ami d'Édouard Picard au moment de ses études secondaires, Fernand fréquentait le domicile de Thomas. Là, il s'est totalement entiché d'Eugénie. Non seulement celle-ci ne lui rendait pas son affection, mais elle ne dissimulait pas son mépris. Toutefois, désireuse de quitter le foyer familial, déchue à cause d'une naissance illégitime que plusieurs soupçonnaient dans la Haute-Ville, la jeune femme a accepté de se marier avec lui en 1914. Dès le premier jour, l'union s'est révélée malheureuse. Le dépit d'Eugénie a alimenté une véritable haine à l'égard d'un époux jamais aimé, une haine qui s'est étendue à ses propres enfants. Dans un contexte familial aussi difficile, Fernand a trouvé une consolation dans les bras d'une domestique, Jeanne Girard. Celle-ci a aussi assuré une présence affectueuse, rassurante pour les enfants de ses employeurs.

Eugénie a eu trois enfants, nés à un peu plus d'une année d'intervalle. En 1942, ce sont des adultes. Antoine, placide, formé en notariat à l'Université Laval, travaille avec son père et habite la maison familiale avec son épouse, Louise.

Béatrice étudie la psychologie aux États-Unis, certainement avec l'espoir de gommer les blessures de son enfance. Visiblement, elle y réussit. Le cadet, Charles, s'est inscrit à l'École des Hautes Études commerciales. Enfant, il a combattu la morosité de la maison familiale en fréquentant fidèlement les associations de jeunes, comme celle des scouts. Au seuil de l'âge adulte, il continue à appliquer la même stratégie en s'engageant dans les mouvements nationalistes. Il habite toujours la maison du notaire, mais rêve de voler de ses propres ailes.

Liste des personnages historiques

Bourassa, Henri (1868-1952) : Journaliste, homme politique, il a fondé le journal *Le Devoir* en 1910. Lors des deux conflits mondiaux, il s'oppose à la conscription.

Drouin, Oscar (1890-1953) : Avocat, député libéral (1935), unioniste (1936) et de nouveau libéral (1939) à l'Assemblée législative du Québec, il est ministre dans le cabinet Godbout au moment de la Deuxième Guerre mondiale.

Duplessis, Maurice Le Noblet (1890-1959) : Avocat, élu en 1927 et 1931 à l'Assemblée législative du Québec, il devient chef du Parti conservateur en 1933. À la tête de l'Union nationale, il occupe le poste de premier ministre de 1936 à 1939, puis de 1944 jusqu'à sa mort.

Eaton, Margaret (1913-1988) : Membre de la famille Eaton de Toronto, propriétaire de plusieurs grands magasins, elle s'engage dans le Canadian Women's Army Corps à titre de capitaine en 1942, pour en devenir la directrice générale avec le grade de colonel.

Godbout, Adélard (1892-1956) : Agronome et enseignant, élu député en 1929, il devient chef du Parti libéral du Québec et premier ministre en 1936, mais il est défait lors de l'élection tenue la même année. Il a été premier ministre de 1939 à 1944.

Ménard, Dollard (1913-1997) : Formé au Collège militaire royal du Canada, il se trouve dans l'armée des Indes en 1937. Marié, jeune père de famille, Ménard dirige les fusiliers Mont-Royal lors du raid sur Dieppe en 1942. Il a soulevé la controverse en 1980, quand il s'est déclaré en faveur du « Oui » lors du référendum sur l'indépendance du Québec.

Pense, Emma Florence : Volontaire lors du premier conflit mondial, elle reçoit la Royal Red Cross, médaille militaire décernée au personnel de santé pour services exceptionnels. Elle dirige le personnel infirmier lors du second conflit.

Chapitre 1

Thalie se tenait devant la fenêtre de son salon, une tasse de thé à la main.

« Maintenant, fit la voix à la radio, donnons la parole à René Lecavalier, qui nous entretiendra des combats menés en Afrique du Nord. »

Comme tous les autres Canadiens, depuis plus de deux ans et demi, la médecin faisait le tour du monde en pensée en suivant les péripéties des armées alliées. Excepté en Amérique du Sud, les opérations se déroulaient désormais sur tous les continents, si bien qu'écouter les informations revenait à réviser sa géographie. Dans les minutes précédentes, les auditeurs de Radio-Canada s'étaient retrouvés à Leningrad et à Rangoon. De là, on les transportait maintenant en Afrique.

« En Lybie, les forces italiennes et allemandes conjuguent leurs efforts dans une poussée contre les armées britanniques stationnées en Égypte. »

Le conflit permettait aussi à de nouveaux annonceurs de faire leurs débuts. René Lecavalier s'exprimait d'une voix grave, bien posée. Une voix de baryton qui caressait l'oreille d'une esseulée. Thalie aurait tellement préféré qu'elle lui parvienne de la pièce voisine.

— Me voilà devenue une vraie vieille fille. Les nouvelles, puis un radioroman de quinze minutes, représentent mes seules distractions tous les soirs de la semaine.

Se parler toute seule, un autre signe de son isolement. Sous ses yeux, la ville de Québec lui paraissait toute petite, la ligne des montagnes vers le nord plus proche que d'habitude. Son monde lui semblait se rétrécir, au point de l'étouffer un peu, alors que son imagination ne connaissait aucune frontière. Ce début d'avril gris et pluvieux contribuait à assombrir ses idées où déjà il ne restait rien de rose.

« Les cafés London House et le dentifrice Pepsodent sont heureux de vous présenter l'émission *Un homme et son péché*. »

La voix de cet annonceur lui paraissait étrangement grave, caverneuse même. Depuis trois ans déjà, cinq soirs par semaine, la société Radio-Canada diffusait une adaptation du roman de Claude-Henri Grignon. Qu'un petit texte d'un peu plus de deux cents pages puisse alimenter un aussi long feuilleton tenait du miracle.

À neuf heures, la médecin était déjà couchée.

Dans la grande maison des Dupire, rue Scott, les longues périodes de silence n'existaient pas vraiment, sauf au cœur de la nuit. Un poste de radio pouvait fonctionner dans la cuisine pour tenir compagnie aux domestiques, dans le salon pour les maîtres et dans la chambre de chacun des enfants. Parfois, les cinq appareils diffusaient de la musique ou des paroles en même temps.

En cette fin d'après-midi, Élise en distinguait deux. Penchée sur la table de travail, à l'aide de deux grosses fourchettes, elle tentait de faire passer un gros rôti de la lèchefrite au plat de service.

— C't'une pitié, chus pu capable de faire mon travail, se lamentait la cuisinière, Hortense. Chus rendue trop vieille, chus rendue bonne à rien.

— Voyons, pourquoi être aussi alarmée ? demanda l'épouse du notaire. Je n'ai jamais été inoccupée, dans cette demeure. Vous me voyez dans la cuisine tous les jours.

Pour qui avait connu Eugénie, la première madame Dupire, la nouvelle donnait l'impression de ne jamais s'arrêter. Elle allait même jusqu'à venir en aide à son fils, le jeune médecin, quelques jours dans la semaine, en plus de tout le reste.

— Quand même, gémit la domestique, là vous avez pu que deux tiers d'une *cook* avec tout c'que chus pu capable de faire.

Élise aurait plutôt dit une moitié, et cela seulement dans les bons jours. Cependant, dans cette maison, on ne jetait pas le personnel âgé à la rue. De toute façon, la remplacer n'aurait pas été une mince affaire : plus personne ne s'intéressait à ce genre d'emploi, on trouvait mieux dans les usines de guerre. Elle se contenterait d'une demie, ou de rien du tout.

— Louise, m'aiderais-tu à mettre la table ?

Ces mots s'adressaient à la jeune femme de vingt-quatre ans se tenant debout au milieu de la pièce. Son ventre distendu par ses huit mois de grossesse la rendait empotée, sans altérer sa bonne volonté.

— Je veux bien, mais vous devrez m'aider pour prendre les assiettes sur l'étagère du haut. Quand je me lève sur le bout des pieds, j'ai parfois l'impression que je vais tomber vers l'arrière.

— Je me souviens de ce changement de mon centre de gravité, dit Élise d'un air nostalgique en venant à son aide. Ça se replace tout de suite après l'accouchement.

Ces paroles devaient rassurer un peu la future maman. Une première naissance avait quelque chose de déconcertant, d'effrayant même. L'instant d'après, Élise posait la pile d'assiettes sur la table, à la portée de sa bru.

— Je me sens tellement maladroite. Me voilà énorme, ma démarche ressemble à celle d'un canard.

— Allaiter t'aidera à retrouver ta silhouette. Le premier enfant ne laisse pas tellement de traces sur le corps, le second non plus. Des vergetures, dans le pire des cas. Ensuite, je ne sais pas, je n'ai pas essayé.

Formulée sur un ton léger, la remarque mit tout de même la jeune femme un peu mal à l'aise. Elle avait déjà abordé la question de l'allaitement avec sa mère, mais elle était gênée de parler d'un sujet aussi intime avec sa belle-mère. Le fait d'aller placer les assiettes dans la salle à manger lui permit de se dérober pour retrouver sa contenance. Pendant quelques minutes, les deux femmes s'affairèrent à mettre la table. Après avoir posé les couverts de part et d'autre des assiettes, Louise demanda en baissant les yeux :

— Madame Dupire, me permettez-vous de mettre les serviettes de table offertes par maman à mon dernier anniversaire ? Il s'agit de lin…

Élise trouvait le « madame » bien formel de la part de sa bru après deux ans passés dans la même maison, mais elle savait qu'il serait inutile d'insister pour qu'elle utilise son prénom. Quant à lui demander de l'appeler « belle-maman par alliance », cela aurait été tout à fait ridicule. Toutefois, le ton de soumission de la jeune épouse finissait par lui tomber sur les nerfs.

— Voyons, tu n'as pas à me demander ce genre de chose. Tu es chez toi ici.

Louise devint plus mal à l'aise encore en percevant une pointe d'impatience dans la voix de sa belle-mère. Avec ses hormones de grossesse qui la rendait hypersensible, une ondée de larmes était à prévoir.

— Je suis chez vous, puisque je vis dans la famille de mon mari.

Il en allait bien ainsi, la précision méritait d'être faite. Élise essaya de mettre toute sa tendresse dans sa réponse:

— Cette famille, maintenant, c'est aussi beaucoup la tienne. Elle le sera encore plus très bientôt, puisque dans quelques semaines tu y feras une addition. Toutes tes initiatives sont bienvenues.

Le «Je vais essayer» se perdit dans un souffle. Élise utilisa la seule recette qu'elle connaissait pour gérer ce genre de situation: la prendre dans ses bras.

— Faisons un contrat entre nous: les jours où je vais travailler chez mon fils, ou que je suis prise ailleurs, tu prendras toutes les décisions relatives à la maison ou aux repas. Les autres jours, ce sera moi.

Louise n'avait pas la force de formuler «Je ne pourrai pas». Elle préféra faire un oui de la tête pour mettre fin à l'échange, puis elle dit d'une toute petite voix:

— J'aimerais monter et m'étendre un peu.

Élise desserra les bras pour laisser sa belle-fille aller se reposer. Tout en la regardant s'éloigner, elle souhaita vivement que l'accouchement lui redonne son entrain.

Les deux enfants de Mathieu Picard se trouvaient à l'école. Alfred, maintenant âgé de seize ans, était rendu au milieu de son cours classique, tandis que sa cadette, Ève, était au tout début du sien. Laura profitait de ces moments de calme pour faire le ménage de l'appartement de la rue Saint-Cyrille. Dix ans auparavant, son embauche comme servante chez sa tante Flavie ressemblait à un acte charitable envers une gamine efflanquée, sous-alimentée et épuisée de misère, mais aujourd'hui, ce coup de chance devenait une douce prison. On s'attendait à la voir disponible à toute heure, tous les jours de la semaine. Toutefois, Laura avait tellement manqué de tout dans son enfance que reprendre sa liberté lui paraissait menaçant. Jolie, menue mais tout à fait bien proportionnée, la jeune femme de vingt-six ans attirait les regards des jeunes gens sur le parvis de l'église Saint-Jean-Baptiste. Toutes les avances, les invitations à sortir s'étaient jusque-là heurtées à un refus maladroit, inquiet. Qui, de sa tante Flavie si bien mariée et disposée à la garder comme domestique, ou d'un époux toujours à dénicher, lui donnerait la meilleure sécurité?

Une fois la maison rangée, elle sortait faire des courses, ce qui lui procurait l'occasion d'une longue balade agréable. Une épicerie se trouvait rue Saint-Jean, vers l'est. À l'aller cela représentait une jolie promenade, au retour aussi puisqu'un garçon équipé d'une bicyclette ferait la livraison des denrées un peu plus tard dans la matinée.

Dès qu'une clochette signala l'entrée de Laura dans le commerce, un commis portant un tablier et un canotier sur la tête l'accueillit avec le sourire.

— Mademoiselle Poitras, comment vous portez-vous?

— Très bien, monsieur Bernard.

Tous les deux se connaissaient depuis des années, au gré de ces visites pour faire les provisions et des salutations brèves à l'entrée ou à la sortie de la messe.

— Je ne vous vois presque plus, remarqua le commis.

— Pourtant, je me trouvais ici il y a quatre jours.

Le propriétaire du commerce se promenait parmi les étals pour vérifier l'état de ses réserves, un bout de crayon posé sur son oreille. Il regarda les deux jeunes gens – pas si jeunes en réalité, mais ils présentaient des maladresses d'adolescents. Peut-être ce minaudage les conduirait-il quelque part.

— Donc le temps me paraît long quand je ne vous vois pas, conclut l'employé avec un sourire un peu moqueur.

Laura se troubla, préféra chercher un morceau de papier dans son petit sac au lieu de répondre, puis le tendit en rougissant.

— Voilà la liste de Flavie.

Si la tenue noire de domestique lui allait maintenant comme un gant, si elle présentait tout le savoir-faire d'une employée de maison, elle n'avait pu prendre l'habitude d'évoquer sa parente en disant « Madame », ni même « ma tante ». L'homme parcourut les quelques lignes et dit tout de suite :

— Vous n'avez certainement pas des billets de rationnement pour autant de viande. Pas pour une famille de quatre personnes, cinq avec vous.

Après des années dans ce commerce, ce genre d'information ne lui échappait pas.

— C'est à cause de l'invitation pour dimanche. Pour le repas de Pâques, il y aura les parents de monsieur Picard à la maison…

Dans le cas de son patron, les formes de politesse venaient naturellement à Laura.

— Sa sœur sera là aussi, insista-t-elle pour mieux justifier ces agapes.

— Je veux bien, mais la loi sur le rationnement ne prévoit rien au sujet des repas familiaux. Dans le cas du sucre aussi, vous dépassez la limite.

Dans tous les numéros de tous les journaux, un encadré demandait de restreindre la consommation de sucre. Les Canadiens devaient se plier à cette règle, même s'ils ne voyaient pas en quoi boire un café plus âcre servirait l'effort de guerre.

— … Je ne sais pas quoi vous dire. Il s'agit de la liste de Flavie.

— Peut-être les invités voudront-ils vous donner des coupons. Si vous revenez avec ceux-ci, je remplirai votre commande tout de suite...

L'homme s'arrêta, puis se reprit, attentionné :

— Pour vous éviter de refaire le trajet une seconde fois, je vous porterai ces victuailles à la maison à la fin de la journée. Vous me remettrez les tickets à ce moment-là.

— Leur demander des coupons revient à les faire payer, comme au restaurant.

L'employé regarda son patron dans l'espoir qu'il vienne à son secours. Dire non à une jolie fille, ou à une excellente cliente, lui pesait visiblement.

— Donne-moi ça, dit le propriétaire du commerce.

Il tendit la main pour prendre la liste, la regarda un moment.

— Ça ne dépasse pas tant que ça la limite. André va vous donner le tout. Si vous dénichez les coupons manquants, vous nous les remettrez la prochaine fois. Cependant, on ne vous rendra pas service de cette façon à chacune de vos visites. Si votre bourgeoise ne comprend pas la réglementation, je pourrai téléphoner pour la lui expliquer.

Le ton sévère mit un peu de rose aux joues de Laura. L'épicier dit un peu plus bas pour se justifier :

— L'amende pour les marchands qui contreviennent au rationnement coûte cher. Si votre patron tient aux repas en famille, il devra s'habituer aux bouillis avec beaucoup de légumes, et juste un peu de viande. C'est la même chose pour tout le monde.

La cliente hocha la tête et le remercia d'un sourire hésitant.

Bientôt, des opportunistes imprimeraient de faux coupons de rationnement, des commerçants se livreraient sans vergogne au marché noir, des citadins trouveraient des cultivateurs chez qui s'approvisionner directement.

Les mesures de restriction n'existaient pas depuis assez longtemps pour que la débrouillardise populaire permette déjà de les contourner.

Le matin, que ce soit pour venir au cabinet du docteur Hamelin ou à l'hôpital Jeffery Hale, Thalie se réjouissait de renouer avec le genre humain, bien que celui-ci fût souffrant. On ne parlait plus du cabinet du docteur Caron à présent : à soixante-quinze ans bien sonnés, celui-ci sortait très rarement de sa retraite. Les malades défilaient toujours dans le bureau de la praticienne à un rythme rassurant. De façon un peu étrange, la guerre apportait la prospérité au pays. Maintenant, peu de gens devaient se priver d'une consultation faute d'argent, même s'ils n'habitaient pas la Haute-Ville.

Plus récemment, Thalie se réjouissait aussi de retrouver régulièrement son amie Élise en ces lieux. La fille de cette dernière, Estelle, ne se consacrait plus qu'à sa petite famille, composée maintenant de trois enfants et d'un époux rarement disponible, car il allongeait les heures à son cabinet d'avocat. Le rôle de réceptionniste revenait donc plus souvent à Élise. En outre, sa présence dans la grande maison de la rue Scott gênait un peu. À cause de l'épouse d'Antoine, il s'y trouvait maintenant une femme… pas nécessairement de trop, mais tout de même un peu encombrante.

À la façon d'un rituel, à midi les deux amies se retrouvaient dans le bureau de Thalie pour manger. La réceptionniste arrivait avec un plateau portant deux assiettes et deux tasses de café.

— Je me sens un peu coupable, dit la médecin en dégageant la surface de sa table de travail. Voilà que ta mère me nourrit plusieurs jours par semaine.

— Selon ses dires, elle ne peut s'habituer à cuisiner pour deux vieux qui mangent comme des oiseaux. À l'entendre, tout cela irait à la poubelle, en notre absence.

— Alors, faisons honneur à ses talents. Tellement de gens manquent du nécessaire en Europe.

Les histoires de famine noircissaient les pages des journaux avec régularité. Même au Royaume-Uni, maintenant que la plupart des hommes se partageaient entre les casernes et les industries de guerre, les bras manquaient pour semer et récolter. Le Canada y envoyait tous ses surplus de vivres.

— Tous les jours, toutes ces histoires d'horreur me chavirent le cœur, dit Élise. Heureusement, les garçons sont assez âgés pour échapper à l'enrôlement. Le mien et les deux de Fernand.

La précision n'était plus vraiment nécessaire. Avec le temps, elle en venait à croire qu'il s'agissait de ses propres enfants.

— Même Charles ?

— Peux-tu croire que ce grand adolescent va avoir vingt-quatre ans au mois d'août ?

— Comme le temps s'ajoute aussi sur mes épaules à la même vitesse, oui, je le crois.

Le dépit marquait la voix de l'omnipraticienne. Comme elle était née en 1900, le calendrier lui renvoyait son âge chaque fois qu'elle le consultait.

— Tu penses que le gouvernement va augmenter cet âge limite de vingt-quatre ans ? Antoine sera père dans moins d'un mois, mais dans le cas du benjamin…

Le ton d'Élise trahissait une réelle inquiétude pour son beau-fils Charles.

— Maintenant que les États-Unis sont impliqués dans le conflit, le Royaume-Uni et les dominions en auront moins à supporter. Je ne crois pas que d'autres classes d'âge seront conscrites au Canada.

Thalie se montrait plus optimiste qu'elle ne l'était en réalité. Les Allemands se trouvaient toujours maîtres de l'Europe, et il faudrait encore des mois avant de voir le premier Américain au front.

— D'un autre côté, continua son amie, toute cette histoire de plébiscite vise un seul objectif : permettre au gouvernement d'envoyer tous les enrôlés sur les champs de bataille.

Depuis quelque temps, tout le Canada s'agitait sur cette grande consultation populaire. Les gens seraient appelés à voter dans trois semaines, ce qui risquait de modifier les règles de recrutement dans l'armée.

— Le premier ministre King répète tous les jours : "la conscription si nécessaire, pas nécessairement la conscription", ricana Thalie.

— Avec des engagements comme ceux-là, s'il vendait des aspirateurs, je n'achèterais rien.

William Lyon Mackenzie King construisait sa carrière avec des déclarations ambiguës, dans lesquelles tout le monde finissait par trouver son compte. La médecin orienta la conversation sur un sujet moins préoccupant.

— Louise… Dois-je l'appeler ta belle-bru, puisque c'est la femme de ton beau-fils Antoine ?

— Sans doute. Comme elle est plutôt jolie, les gens peuvent prendre l'expression au pied de la lettre.

— La cohabitation demeure toujours aussi difficile ?

Les rapports de bru à belle-mère faisaient l'objet de saynètes humoristiques nombreuses, tellement la présence de deux femmes dans une même maison pouvait multiplier les situations délicates.

— Si la pauvre était juste un peu moins timide, nos relations deviendraient plus simples. Là, elle me demande la permission pour prendre une seconde tasse de café ou aller s'asseoir un moment dans le jardin.

— Comme il y a beaucoup de monde dans la maison, vous ne pouvez échanger en tête-à-tête, devenir familières l'une avec l'autre. Là, les trois enfants sont réunis.

— Oui, tout le monde cohabite sous le même toit. Béatrice est revenue des États-Unis pour quelque temps, deux ou trois semaines de congé.

Tout en mangeant, les deux femmes continuèrent d'échanger les dernières nouvelles relatives aux enfants de Fernand. La tasse de café à la main, Thalie revint sur le sujet de la bru :

— Après la naissance de son enfant, Louise prendra sans doute plus d'assurance. Elle doit se sentir comme une visiteuse, maintenant. Bientôt, elle se prendra pour la reine-mère.

Il ne pouvait s'en trouver deux dans la même ruche : des orages étaient à prévoir.

— Fernand songe à vendre la maison à Antoine. Peux-tu imaginer un père plus généreux ? Si cela se réalise, ce sera à mon tour de me sentir comme une intruse.

Élise n'entendait pas s'attarder sur cette question, tellement cette initiative remettrait en cause son propre statut. Dans les circonstances, mieux valait changer tout à fait le sujet de la conversation.

— Toi, comment vas-tu ? Jamais tu ne me parles de toi.

— Pourtant, je te dis tout ce qui m'arrive. Je mange chez mon frère ou chez ma mère une fois par semaine, autrement je prends mes repas en vieille fille, je vais au cinéma en vieille fille, je passe mes soirées à lire ou à écouter la radio, comme une vieille fille.

Le visage assombri par le dépit, Thalie posa sa tasse sur le plateau avec bruit. Son amie jugea préférable de ne rien ajouter.

Ces repas en famille demeuraient le clou de la semaine de Thalie. Il ne s'agissait pas d'une joie sans réserve. D'abord, contempler deux couples visiblement bien assortis la rendait toujours morose. À quarante-deux ans, les chances que ça lui arrive devenaient nulles.

Même son neveu et sa nièce la décevaient un peu. Au début du repas, Alfred lui avait demandé :

— Voulez-vous du pain, ma tante ?

Une politesse irréprochable. À seize ans, posé et sérieux, l'adolescent montrait déjà l'homme qu'il serait. Plus de tutoiement, plus de Tathalie. Le « ma tante » sonnait un peu comme un « madame » dans sa bouche. Toutes les marraines auraient été contentes d'avoir un pareil filleul. Pas Thalie. Il lui manquait les caresses, les baisers, les confidences d'un enfant.

Ève se révélait toujours aussi spontanée que lors des années passées, mais d'ici un an ou deux, elle se considérerait comme une grande fille. Si sa famille était plus pauvre, elle travaillerait déjà dans une manufacture ou dans un commerce.

— Laura s'est montrée très embarrassée en revenant de l'épicerie, racontait Flavie. Un peu plus et vous vous seriez contentés d'une soupe aux légumes. Dès jeudi, nous étions à court de coupons.

— Nous pourrions vous donner quelques-uns des nôtres, proposa Marie. Je dois en avoir dans mon sac à main.

— Ce ne sera pas nécessaire, reprit la maîtresse de maison. Le commis semble avoir un petit coup de cœur pour ma nièce. Sans doute ému par cette idylle qui demeure dans l'œuf, son patron a fermé les yeux, mais la prochaine fois nous devrons obéir à la loi.

— Tout de même, intervint Paul Dubuc, quand nous reviendrons nous vous donnerons des tickets; vous ferez de même quand nous vous inviterons.

L'ancien politicien aurait très bientôt soixante-dix ans. Les cheveux complètement blanchis, de même que les sourcils, il faisait un « beau vieux ». Toujours en bonne santé, il devenait plus frêle. L'homme en voulait à tous les pays belligérants, car la guerre le privait de son projet d'un grand voyage autour du monde. Et rien ne garantissait qu'il ne meure pas avant la fin du conflit.

— Paul, dit Mathieu, savez-vous si le gouvernement provincial prendra une position unanime sur le plébiscite ?

Les libéraux étaient revenus au pouvoir dans la province en 1939 avec une promesse ferme, formulée par les libéraux fédéraux : celle de ne jamais recourir à la conscription pour le service outremer. L'enrôlement obligatoire pour le service au Canada existait depuis 1940. Le plébiscite devait libérer le cabinet de Mackenzie King de l'engagement pris avant la guerre, afin d'envoyer ces soldats en Europe si nécessaire.

— René Chaloult a déposé une motion voulant que l'Assemblée législative appuie le "Non", commença l'ancien ministre, mais si on en vient là, le vote sera divisé, ne serait-ce qu'à cause des ministres de langue anglaise. Puis, bien des Canadiens français refuseront de donner leur appui, Godbout le premier. Il est trop mouillé dans l'effort de guerre pour faire autrement.

— Je ne sais trop quoi en penser, dit Flavie. D'un côté, on raconte des histoires horribles sur ce que font les Allemands en Europe, pire encore sur le compte des Japonais. De l'autre, je ne voudrais pas voir un seul garçon envoyé là-bas de force, les nôtres et ceux des autres pays.

Son regard chargé d'inquiétude s'attardait sur son fils, Alfred.

— Toutes ces histoires sont bien exagérées, déclara ce dernier. Les professeurs du collège nous ont expliqué qu'il s'agissait de propagande.

Quand le grand adolescent se mêlait des conversations d'adultes, un peu de rose lui montait aux joues. Il fréquentait le collège des jésuites, situé un peu plus loin vers l'ouest, rue Saint-Cyrille.

— Bien sûr, dit Mathieu en s'adressant directement à lui, les journaux ne publient que ce qui convient au gouvernement canadien, et ultimement à celui du Royaume-Uni. Tu as remarqué, pour chacune des grandes batailles, on nous dit que les Alliés ont l'avantage plusieurs jours d'affilée, pour finalement nous annoncer une défaite. Si tu lis les journaux américains, les choses vont mal à Singapour; dans les nôtres, c'est exactement le contraire.

Le Japon additionnait les victoires depuis Pearl Harbor. Les quelques bombardiers envoyés au-dessus de Tokyo n'y changeaient rien. L'arrivée des Américains dans le conflit du côté des Alliés se trouvait contrebalancée par l'ouverture de ce nouveau front en Extrême-Orient.

— À ta place, continua le père, je soustrairais un peu des horreurs rapportées à propos des forces d'Hitler, puis j'en ajouterais un peu dans les grands exploits des nôtres. Comme ça, tu seras plus près de la vérité qu'en prêtant l'oreille à ces porteurs de soutane.

La recommandation était formulée sur un ton suffisamment mesuré pour ne pas vexer le grand garçon. Alfred hocha la tête pour signifier son accord avec son père.

— Tu dis d'enlever juste un peu à ces horreurs? demanda Thalie. La réalité est si cruelle?

Mathieu posa les yeux sur sa fille, qui montrait un visage un peu effaré. Impossible de lui dissimuler les pages titre des journaux. Les nouvelles du front, même incomplètes, valaient bien des insomnies à Ève.

— Tu te souviens de la bataille de Nankin? répondit Mathieu à sa sœur.

La médecin hocha la tête.

— Même les journaux de Montréal ont évoqué un étrange concours, avec des photos des participants en première page. Ça te dit quelque chose?

Un haut-le-cœur amena Thalie à porter la main devant sa bouche.

— *La Patrie* a reproduit des photographies des premières pages des journaux de Tokyo. Personne n'essayait de le cacher, l'affaire était véridique. Les protagonistes n'ont pas changé leurs méthodes.

Selon des publications nippones, deux officiers se livraient alors à une compétition pour savoir lequel coupe-rait le plus de têtes avec son sabre. L'épisode ne représentait qu'une petite partie des horreurs survenues à Nankin.

— Je vais voter "Oui", murmura Thalie.

— Moi aussi, dit son frère. Je pense que je serai le seul de cet avis au magasin, sur plus de cent employés.

— Tu n'y penses pas! intervint Flavie. Cet été, Alfred devra s'enregistrer.

La mère s'inquiétait tellement de le voir un jour dans un uniforme kaki, une arme entre les mains.

— L'enregistrement sert à inventorier la main-d'œuvre canadienne, même les femmes doivent s'inscrire, tempéra son mari. Pour un garçon qui ne va pas aux études, cela signifie qu'on pourrait l'affecter à une tâche utile à l'effort de guerre, où l'amener à s'enrôler pour le service au Canada dans quelques années. Aucun étudiant n'est astreint à autre chose qu'à un entraînement d'officier. Notre fils n'aura son diplôme que dans sept ou huit ans.

Depuis la naissance d'Alfred, son passage à l'université était évoqué comme une certitude. Même si cette éventualité ne lui déplaisait pas, le garçon aurait aimé qu'on le consulte à ce sujet.

— Pour le service au Canada, dit Flavie, les classes de citoyens âgés de vingt et un à vingt-quatre ans sont déjà appelées.

— Sauf pour les étudiants, précisa Mathieu.

— Pourquoi parler de conscription? s'enquit Marie d'une voix un peu grinçante. En 1917, on recrutait de force les dix-sept à vingt et un ans pour le service outremer. De ton côté, tu t'es enrôlé à dix-sept ans.

La pauvre demeurait encore blessée de cette décision. Qu'il se prononce pour le «Oui» lui inspirait la plus grande colère. Comment pouvait-il courir le risque de faire planer une menace de conscription sur Alfred?

Cette consultation populaire divisait les familles. Flavie ne voterait pas comme son époux. Marie devinait qu'il en irait de même chez elle. Que son petit-fils fasse comme son fils vingt-cinq ans plus tôt lui paraissait possible, mais intolérable. Au moins, elle se réjouissait de voir Alfred s'exprimer toujours en faveur de la Ligue pour la défense du Canada. Depuis deux ans, elle bénissait le nationalisme des jésuites.

Paul Dubuc trouvait la conversation trop morose, imaginer des morts par milliers ruinait sa sérénité. Il l'amena sur un autre terrain:

— L'idée de me vendre la seconde partie de cet immeuble te sourit-elle encore? demanda-t-il à Mathieu.

— Penses-y bien, intervint Marie. Les logements à louer et les maisons à vendre sont rares.

Son inquiétude s'orientait maintenant dans une autre direction, cependant beaucoup moins dramatique que la guerre. Parce qu'il entraînerait un déménagement, le projet de son époux ne lui plaisait guère. Cela ne tenait pas tant à la crise de l'immobilier qu'à son désir de demeurer toujours proche de son fils et de ses petits-enfants. Dans ses rêves les plus fous, elle s'imaginait encore à quatre-vingt-dix ans au magasin PICARD avec Mathieu comme directeur, Alfred comme directeur adjoint et Ève comme vendeuse au rayon de vêtements pour femme. Sa grande difficulté était de faire une place à Thalie dans ce fantasme.

— Rien ne nous empêcherait de les garder comme locataires tout le temps nécessaire pour leur permettre de penser à de nouveaux arrangements, dit Paul à son intention.

Puis l'homme s'adressa directement à son beau-fils.

— Là, je touche la moitié du loyer du troisième. Je peux me payer toute la maison. Si je profitais de celui de deux étages, cela augmenterait mon revenu, puis un jour celui de Marie.

Comme à chaque fois que Paul évoquait sa situation après sa disparition, sa femme fut prise d'un coup de cafard. Dans la rubrique nécrologique du *Soleil*, la plupart des défunts avaient moins de soixante-dix ans, le simple réalisme rendait nécessaire d'aborder le sujet. Un véritable mari lui était venu tard dans la vie et elle tenait à en profiter encore longtemps.

— L'idée comporte bien des points positifs, reconnut Mathieu. L'une de ces maisons modernes d'un étage, construites en direction de Sainte-Foy, nous conviendrait très bien.

Les hésitations de sa femme, souvent répétées, l'amenèrent à conclure :

— Passer à l'action tout de suite me paraît toutefois un brin prématuré, tellement il y a des incertitudes.

Marie échangea un regard soulagé avec sa bru. Toutes les deux, pour des raisons différentes, tenaient à conserver leurs arrangements actuels pour l'avenir prévisible.

Chapitre 2

En ce dimanche après-midi de Pâques, Édouard se tenait dans la salle de montre de sa concession automobile, totalement dépité. Les deux véhicules les plus récents se trouvant là avaient été fabriqués en 1940, et on était en 1942.

— Quand je pense à tout le mal que je me suis donné pour avoir un garage Chevrolet, confia-t-il à son compagnon, me voilà revenu à vendre des vieux chars.

Ces efforts, Oscar Drouin s'en souvenait très bien. En 1936, aucun membre du nouveau cabinet de l'Union nationale n'avait échappé à ses demandes pour bénéficier du patronage. Son amitié avait eu quelque chose de bien gênant pendant des semaines.

— Il y a quelques mois, remarqua-t-il, tu exposais les derniers modèles du fabricant. Pourquoi n'est-ce plus le cas maintenant ?

— Parce que je n'arrive pas à en avoir d'autres. En décembre dernier, les États-Unis sont entrés dans la guerre. À présent, tous les constructeurs d'automobiles américains se convertissent dans la production militaire.

Il avait fallu le bombardement japonais de Pearl Harbor, le jour de l'Assomption de 1941, quatre mois plus tôt, pour entraîner le grand pays dans la tourmente. Depuis, toute sa capacité de production se mobilisait pour remplir les champs de bataille de matériel nouveau.

— Dans les circonstances actuelles, c'est déjà difficile, continua le vendeur de voitures avec impatience. La situation ira de mal en pis avec la mesure absurde des 4 000 chars. Voilà de quoi me casser les reins.

Son interlocuteur lui jeta un regard en biais, intrigué.

— Tu n'as pas vu la nouvelle dans les journaux ?

La colère croissait dans le ton d'Édouard, au point où Oscar Drouin s'inquiéta d'avoir manqué une information essentielle. Le marchand expliqua :

— Un génie d'Ottawa a décidé que les concessionnaires canadiens disposeraient d'un total de 4 000 voitures d'ici la fin du conflit.

Ce génie, à n'en pas douter, se nommait Clarence Decatur Howe, le ministre des Munitions et des Approvisionnements. Ses politiques visaient à consacrer toutes les ressources nationales à la guerre. Pour cela, la consommation privée devait s'arrêter, sauf pour les biens essentiels.

— Te rends-tu compte ? Les gens vont devoir obtenir un permis du gouvernement pour acheter un char, avec l'obligation de prouver qu'ils en ont absolument besoin, puis ils vont attendre leur tour. Avec une limite de 4 000, la livraison se fera des années plus tard.

— J'ai bien vu un titre de journal là-dessus, admit Drouin, mais je n'ai pas fait attention.

Le politicien se retint de défendre le bien-fondé de la mesure. Après la défaite de la France deux ans plus tôt, le Royaume-Uni et les dominions avaient porté seuls l'effort de guerre. Ensuite, l'Union soviétique avait représenté une proie facile pour les Allemands. Les États-Unis ne participaient pas au conflit depuis assez longtemps pour faire une différence, et ils devaient se partager entre le conflit en Europe et l'autre, dans le Pacifique. En conséquence, ce développement n'allégeait pas les engagements du Canada.

— Quatre mille véhicules pour tout le pays! rageait le marchand. Si j'en vends trois cette année, je pourrai me compter chanceux.

— Avant la guerre, tu faisais de bonnes affaires. As-tu pu te constituer des réserves?

Les «bonnes affaires» avaient permis à Édouard de vivre de façon décente, pas d'amasser une fortune. À la fin, estimant avoir assez longuement fait pitié, il précisa avec l'esquisse d'un sourire:

— Remarque, la rareté fait en sorte que le prix des bazous va en augmentant. Ici je vendrai de vieilles Chevrolet, dans mon taudis de Limoilou toutes les autres marques. Avant 1939, les clients se faisaient rares, là ils se bousculent, mais je n'ai pas grand-chose à vendre.

Oscar Drouin se sentit un peu soulagé. Au moins, cette fois son ami ne lui réclamait pas un appui politique. À la fin, les quémandages ruinaient les amitiés.

— Bon, viens t'asseoir, on a le temps de prendre un verre.

Le marchand l'entraîna vers son bureau placé dans un coin de la salle de montre et trouva une bouteille et deux verres propres dans l'un de ses tiroirs.

— Installe-toi là, monsieur le ministre, dit-il en lui désignant une chaise, je te sers.

Le visiteur réalisait un tour de force peu commun, se retrouvant ministre dans un troisième cabinet successif, pour deux partis politiques différents: libéral en 1935, unioniste en 1936, libéral de nouveau depuis 1939.

— Comment ça se passe, au travail? demanda Édouard en lui tendant sa boisson.

— Les Affaires municipales, l'Industrie et le Commerce, ça n'a rien d'enlevant, tu sais. La grande question depuis plusieurs mois, c'est de remettre de l'ordre dans l'administration de Montréal.

— Ces temps-ci, des occasions d'avancement se présentent à toi. Vas-tu tenter de devenir premier ministre ?

Bien que surprenante, la question n'avait rien de fantaisiste. Le lieutenant politique du premier ministre fédéral William Lyon Mackenzie King et député de Québec-Est, Ernest Lapointe, venait de mourir. Une place était à prendre, et la rumeur disait que le premier ministre provincial, Adélard Godbout, l'occuperait. Alors, son propre poste deviendrait vacant.

— Toutes ces rumeurs n'ont aucun fondement. Notre chef veut demeurer à la tête du cabinet par sens du devoir. Puis même s'il partait, quelqu'un assumerait l'intérim, ce ne serait pas définitif. On ne tient pas une campagne à la direction du parti quand on est au pouvoir, surtout en pleine guerre.

— Justement, cet intérim, il pourrait te revenir. Tu serais ensuite en bonne position.

L'insistance d'Édouard devenait blessante, car elle obligeait son visiteur à préciser :

— Personne ne m'a parlé de cette possibilité. Je ne figure pas dans les plans de ceux qui dirigent le parti.

— Je comprends, tu es trop nationaliste pour ça, puis tu appuies le camp du "Non". Ils veulent sans doute placer là un impérialiste qui les laissera envoyer tous les Canadiens français au front. Alors, ils seront bien débarrassés de nous.

Même si elle s'avérait exacte, la première partie de la remarque n'en était pas moins désobligeante. On ne confierait pas la province aux soins d'un homme qui s'opposait à la conscription en 1917, et ne s'y montrait pas plus favorable en 1942.

Le vendeur d'automobiles continua :

— Vingt-cinq ans plus tard, nous revivons exactement la même situation : le service outremer nous pend au-dessus de la tête. Les Anglais ne nous manqueront pas cette fois, tu vas voir.

Dans l'éventualité d'un «Oui» au plébiscite, le gouvernement pourrait agir à sa guise. Le marchand se plaisait à prévoir le pire.

— Allons-nous passer la soirée à contempler tes deux Chevrolet, ou irons-nous souper? demanda Drouin.

L'homme s'impatientait. Il sacrifiait un repas en famille pour tenir compagnie à un ami volontiers indélicat. Tôt ou tard, son vieux compagnon lui mettrait le nez sur les contradictions entre ses allégeances successives: quitter un parti politique nationaliste, isolationniste, mais conservateur, pour en rejoindre un autre progressiste et partisan de l'effort de guerre.

— J'ai décidé de nous gâter: j'ai réservé au Château Frontenac. Allons-y.

«Décidément, ses affaires se sont améliorées», se dit le ministre. Avec un peu de chance, le sujet de la conscription ne reviendrait pas sur le tapis.

Les invités de Mathieu se dispersèrent à la fin de l'après-midi, assez tôt pour permettre au couple Dubuc de respecter un autre engagement: la fille aînée de Paul, Françoise, le recevrait à souper. Thalie ne voulut pas s'attarder, elle quitta aussi la maison du boulevard Saint-Cyrille. Hésitante en arrivant au coin de la rue Cartier, elle décida finalement de marcher vers le nord, en direction de la rue Saint-Jean.

Une fois de temps en temps, la praticienne effectuait le même trajet, afin de passer devant la boutique de Victor Baril, son amant pendant quatre ans. Sa plus longue relation, la seule ayant vraiment compté. Ce pèlerinage se déroulait toujours le dimanche, car elle souhaitait éviter d'être aperçue depuis l'intérieur du commerce à travers la vitrine. Déjà, la démarche la rendait honteuse ; que son ancien amant constate sa solitude l'aurait complètement démoralisée. Souvent, elle repassait les événements de 1936 dans son esprit, désireuse de les peser de nouveau, de les remettre en cause.

Victor prétendait alors que son curé laissait planer la menace d'une condamnation publique s'il continuait de fréquenter une femme à la réputation douteuse. Le marchand avait évoqué le mariage comme solution à une situation autrement inextricable. Pas sous la forme d'une demande formelle, toutefois. Évidemment, l'accueil de Thalie ne l'avait guère encouragé à poursuivre dans cette direction.

De son côté, la crainte de perdre son autonomie la rendait réfractaire à ce projet. Jamais elle n'avait vraiment discuté des aménagements possibles à leur mode de vie respectif. Marie n'avait rien perdu de sa liberté lors de son mariage avec Paul, donc la chose s'avérait possible. Alors, pourquoi avoir préféré rompre immédiatement ? Sans doute parce que Victor n'était pas l'homme pour lequel elle accepterait de tout remettre dans la balance. En rencontrerait-elle un avant d'atteindre un âge avancé ?

Six ans après la rupture, son choix lui semblait coûter très cher. Les « J'aurais donc dû » hantaient son esprit.

Bientôt, Thalie arriva devant le magasin de musique. On y vendait encore des disques, des partitions et des instruments. Pour cet homme, comme pour tous les autres marchands, la guerre amenait une nouvelle prospérité, suffisante pour que toute la façade ait été refaite. Debout sur le trottoir, elle essuya les regards de quelques voisins. Ceux-ci la reconnaissaient sans doute. Avec leurs railleries, ils avaient participé au développement du désir de son amant de l'épouser. Sur les commentaires indélicats adressés aussi à son compagnon, elle s'était montrée sceptique.

Perdue dans ses pensées, l'omnipraticienne ne remarqua pas la vieille voiture ralentir puis s'arrêter de l'autre côté de la rue. Quand elle reconnut Victor, il était trop tard pour prendre la fuite, à moins de sacrifier toute sa fierté. Autant crâner, jouer non pas le rôle de l'indifférente, ou de l'ancienne amante prise de regrets, mais celui de la vieille amie. Au moment où l'homme descendait de son automobile pour en faire le tour et ouvrir la portière de la passagère, elle s'engagea sur la chaussée. Il la regarda s'approcher, sans trop savoir quelle attitude adopter.

— Il me semblait bien t'avoir reconnu, commença-t-elle, tendant la main. Comment vas-tu?

Victor ne put faire autrement que l'accepter, puis il répondit, visiblement très embarrassé :

— Bien… bien. Et toi?

— Moi aussi, si je ne songe pas à la charge de travail devenue trop lourde.

— Ah oui! Toujours le travail.

Le ton un peu railleur la blessa. Pour toutes ses décisions, elle présentait invariablement la même justification : sa carrière. Pire, Victor ne la regardait pas en s'adressant à elle. Il aidait plutôt une autre femme à descendre de la voiture. Pas encore trente ans, celle-ci présentait à la taille l'arrondi d'une grossesse rendue dans son septième, sinon son huitième mois. Dans ses bras, une fillette un peu boudeuse fixait des yeux curieux sur l'inconnue. Le marchand avait trouvé une autre candidate au mariage quinze mois après leur séparation. Ensuite, la nature avait suivi son cours.

L'épouse serrait les mâchoires, incapable de dissimuler son ressentiment pour la mauvaise femme ayant entraîné son mari dans une vie de péché des années plus tôt. Son fardeau l'empêchait de tendre la main, ni pour un geste d'amitié, ni pour la gifler.

— Tout se passe bien pour vous ? demanda Thalie, essayant d'adopter le même ton que dans son cabinet de consultation.

La jeune mère lui tourna délibérément le dos, prononçant d'une voix exaspérée :

— Déverrouille-moi la porte, je suis fatiguée, je veux monter tout de suite.

Victor commença par prendre sa petite fille dans ses bras, puis il sortit une clé de sa poche pour ouvrir. En se tournant à demi, il déclara à l'intention de Thalie :

— Je dois rentrer maintenant. Les garçons, vous venez ?

Du coin de l'œil, l'omnipraticienne les avait regardés descendre du véhicule. Georges, le plus âgé, avait dix-huit ans. Son sourire trahissait une joie un peu méchante. Lui ne se trompait pas sur les motifs de sa présence en ces lieux : la femme aux mœurs douteuses disparue depuis des années regrettait toujours sa décision de 1936. De son côté, Aimé paraissait peiné, toujours blessé de l'avoir vue disparaître de sa vie.

— Bonjour, lui dit la médecin. Tu es devenu un beau jeune homme.

Seize ans, des traits délicats, toujours sensible : Thalie reconnaissait l'adorable enfant qu'il était lors de leur dernière rencontre. Il fut le premier des garçons à entrer dans le commerce sans prononcer un mot. Georges, de son côté, aimait savourer sa victoire.

— Bonne soirée, docteure Picard, dit-il, sarcastique. Venez-vous souvent vous promener sous nos fenêtres ?

Lui aussi disparut dans le magasin de musique.

Béatrice était revenue à Québec le Mercredi saint. Elle désirait passer quelques semaines avec sa famille avant d'entreprendre la dernière ligne droite de ses études. Pendant son séjour, elle entendait en profiter pour renouer avec ses amies du couvent. Ces rencontres la laissaient perplexe. Tout comme ces autres jeunes femmes, elle avait maintenant vingt-cinq ans. Ces dernières se trouvaient mariées depuis deux, trois, parfois cinq ans ; toutes s'occupaient aujourd'hui de leurs enfants.

Surtout, ces quelques semaines lui permettraient de rétablir ses liens avec sa famille. Elle avait quitté la demeure familiale six ans plus tôt. Ses frères habitaient maintenant tous les deux chez leur père, mais des bouleversements domestiques étaient prévisibles. Avec la venue du bébé d'Antoine, Charles voudrait sans doute se dénicher de nouveaux quartiers. Tous les deux s'installaient ainsi dans leur vie d'adulte, cela renforçait son impression de devenir une étrangère.

La veille, un coup de téléphone l'avait laissée perplexe. Un rendez-vous avait été convenu et, comme prévu, elle entrait dans le Château Frontenac un peu avant quatre heures. À chacune de ses visites depuis deux ans, elle était toujours surprise par l'abondance des hommes en uniforme dans tous les lieux publics. Dans le grand hôtel, un client sur deux appartenait à l'armée, à la marine ou à l'aviation ; les plus hauts gradés avaient leur logis permanent à cet endroit.

La salle à manger accueillait un escadron de femmes respectables venues prendre le thé. La présence d'officiers dans les parages attirait un lot de célibataires, un trio de musiciens dans un coin permettrait aux plus chanceuses – celles qui se trouveraient un partenaire – de danser un peu.

Béatrice choisit une table près de l'entrée, afin de ne pas rater l'arrivée de son demi-frère, Jacques Létourneau. À l'heure convenue, elle vit la silhouette se découper dans l'embrasure de la porte, un jeune homme mince, grand, ses cheveux blonds coupés ras sur le crâne. Surprise, un peu désemparée même de le voir en uniforme, elle porta ses doigts gantés à sa bouche. Il la repéra tout de suite et vint vers elle en souriant, son képi à la main.

— Tu t'es engagé !

L'émotion brisait un peu sa voix. Elle se leva pour recevoir les bises sur ses joues, puis reprit sa place. Son demi-frère occupa la chaise libre à la petite table.

— Voilà le genre d'initiative qui ne peut pas passer inaperçue.

Le soldat leva ses deux bras pour regarder son uniforme bleu de la Royal Canadian Air Force. Il ne le portait pas depuis assez longtemps pour en avoir tout à fait l'habitude. Pour qu'il tombe si bien, il devait se l'être fait tailler sur mesure.

— Pourquoi as-tu fait ça ? À ton âge, tu échappes à l'enrôlement obligatoire.

Jacques se trouvait au début de la trentaine, or la coercition n'allait pas au-delà de vingt-quatre ans.

— Je ne me suis pas engagé à cause de la loi. Ce fut un choix libre et éclairé.

— Éclairé…

La blonde disait cela avec dépit. L'initiative lui semblait plutôt absurde.

— Au moins tu n'auras pas à aller en Europe, continua-t-elle. Ils n'envoient que les volontaires.

Jusque-là, la conscription ne concernait que le service militaire au Canada, personne ne devait se rendre outremer contraint et forcé.

— J'ai déjà signé pour passer là-bas. Laisser ma carrière juridique pour jouer au soldat à Joliette, Saint-Jérôme ou Valcartier, ce serait ridicule.

Les larmes montèrent aux yeux de Béatrice. Sa main gantée permit de les effacer, puis elle versa du thé dans la tasse de son compagnon pour se donner une contenance.

— Là-bas, des hommes meurent tous les jours. Hier, *Le Soleil* évoquait justement le nom d'un Giroux de la rue Salaberry. Il venait parfois voir Charles à la maison, il y a déjà une dizaine d'années. Le pauvre a été descendu pendant un bombardement sur l'Allemagne.

Ses yeux bleus se fixèrent sur son demi-frère. L'allusion aux victimes de la guerre rabattit un peu l'enthousiasme du jeune homme.

— Je te promets de faire tout mon possible pour que cela ne m'arrive pas. Regarde tous ces gens.

Des yeux, Jacques faisait le tour de la salle, où plus de la moitié des hommes portaient un uniforme.

— Tu verras, la plupart seront de retour à la maison à la fin de la guerre.

— Ça, personne ne le sait. Les Allemands n'ont pas cessé d'accumuler les victoires depuis 1939.

— Le beau temps s'achève pour eux. Les Américains vont mobiliser des millions de soldats.

Béatrice réalisait bien que cette discussion n'ajouterait rien au plaisir de leur rencontre, seulement à son angoisse. Elle rosit un peu en murmurant un «Je m'excuse, je n'ai pas à juger tes décisions». Son demi-frère répondit d'un sourire.

— De ton côté, tout va bien dans ta grande université américaine? demanda-t-il, heureux de changer de sujet.

— Après bien des moments de gêne et toutes les nuances de rouge sur mon visage, je m'habitue. J'ai survécu à la première année, les autres seront plus faciles.

— Tout de même, tu dois te trouver mieux qu'à McGill. Maintenant l'anglais ne fait plus de mystère pour toi.

Elle jugea inutile de préciser que ses erreurs demeuraient nombreuses. Toutefois, jamais plus elle n'éprouvait de difficulté à se faire comprendre.

— Les Américains me répètent que mon accent est *so charming*. C'est bien différent de l'accueil que j'ai reçu en 1936.

— À New Haven ou à Montréal, une jolie fille demeure toujours charmante, avec un accent français ou hongrois. Je sais que tu ne te sentais pas si mal à l'université sur la montagne.

C'était vrai, après les affres des premières semaines, tout était rentré dans l'ordre. Ces commentaires sur son allure lui laissaient toujours un doute. Son manque de confiance diminuait au gré des expériences nouvelles, mais il en resterait probablement toujours quelque chose.

— Te voilà étudiante au cycle supérieur, continua Jacques avec une douce ironie. Une véritable savante. Je parie que tu seras la première dans la province à obtenir un doctorat en psychologie.

— Si je me rends là !

— As-tu une seule raison d'en douter ?

La jeune femme secoua la tête de droite à gauche. Les choses se déroulaient très bien, rien n'autorisait le moindre pessimisme.

— Au cours de la dernière année, aucun Américain ne t'est tombé dans l'œil ? Je te verrais bien avec le capitaine d'une équipe de football.

Encore une fois, le rose lui monta aux joues. Avec son propre gabarit, elle formerait sans doute un joli couple avec un athlète, à moins de vouloir dépasser son cavalier d'un pouce ou deux. Son demi-sourire satisfait indiqua à Jacques qu'elle ne risquait guère de mourir d'ennui : sur ce front aussi, son sort ne laissait pas à désirer. Au lieu de répondre, elle rétorqua :

— Aucune riche héritière de Westmount n'attend ta grande demande ?

— Avant de s'embarquer, ce ne serait pas une bonne idée.

Au moment d'aller risquer leur vie, les volontaires se partageaient en deux groupes. Certains s'empressaient de se fiancer, et même de se marier, comme pour se donner une raison d'espérer. D'autres conseillaient à une promise de reprendre sa liberté, tellement leur sort demeurait incertain. Cette attitude s'avérait certainement la plus respectueuse à l'égard d'une prétendante.

— Viens-tu danser ?

Au son de l'orchestre qui jouait en sourdine, des officiers, pour la plupart de langue anglaise, essayaient leur charme sur des Canadiennes françaises.

— Je ne saurai pas.

— Tu dis ça chaque fois, puis tout se passe bien.

Jacques quitta sa place pour lui tendre la main. Béatrice lui concédait deux pouces, ils formaient un couple séduisant. Après quelques minutes, elle demanda à voix basse :

— Pourquoi as-tu fait ça ?

Inutile de préciser le sens de sa question.

— Tu sais, dans l'ouest de Montréal, les célibataires en costume civil ne sont pas très bien vus. Au point où une carrière peut se trouver menacée.

L'homme disait tout à fait vrai. Passer outre entraînait des accusations de lâcheté. Béatrice comprenait toutefois que des motivations infiniment plus complexes le guidaient, dont la mort à la guerre précédente d'un père qu'il n'avait jamais connu.

— Hier, ton coup de fil m'a prise totalement par surprise.

— Tu sais bien que tu demeures ma seule parente que je fréquente. Je ne pouvais pas m'embarquer sans te revoir.

Thérèse, sa mère adoptive, n'aurait pas droit à cet égard. Des larmes quittèrent la commissure des yeux de la jeune femme.

Quand Béatrice revint à la maison, tout le monde se trouvait déjà à table, mais la soupière demeurait dans la cuisine, sur le réchaud. Dans l'embrasure de la porte de la salle à manger, elle lança :

— Vous auriez dû commencer sans moi.

Avoir fait attendre tous les membres de sa famille la mettait mal à l'aise.

— Tu es de la visite rare, maintenant, dit Fernand en lui désignant sa place, puis les sujets de conversation ne nous manquent pas. Ça nous a permis d'entendre Charles commenter son nouvel emploi.

— Tout de même, j'aurais dû téléphoner. Je m'excuse. J'ai perdu toute notion du temps… Les trois filles d'Adeline sont si charmantes.

Curieusement, alors que ses rapports avec son père demeuraient les meilleurs, elle s'efforçait de lui dissimuler sa relation avec Jacques, comme si le fait qu'elle ait renoué avec le fils illégitime d'Eugénie ressemblait à une trahison. Six ans après leur première rencontre, il lui était de plus en plus difficile de se confier. Elle se faisait l'impression d'avoir une vie familiale parallèle.

— Je vais aider, dit Élise en se levant pour aller à la cuisine.

La présence d'Élise, mariée à Fernand depuis plus de dix ans maintenant, paraissait aussi naturelle que si elle avait été là depuis toujours. Il n'en allait pas de même pour la toute nouvelle venue. Lorsque Louise prenait la parole, sa voix demeurait incertaine.

— Je les vois tous les dimanches à l'église. Ces enfants sont magnifiques.

La jeune femme posait machinalement la main sur l'arrondi de son ventre. Pendant toute la durée de ses études de notariat, Antoine avait fait une cour tout en douceur à Louise Couture. Moins d'un an après avoir commencé à travailler dans le cabinet de son père, il se mariait ; dix-huit mois plus tard, il attendait son premier enfant.

Pendant qu'Élise servait la soupe, Béatrice demanda :

— Alors, Charles, la vente d'assurances te rendra-t-elle riche ?

— Seulement si je ne me retrouve pas avec un uniforme sur le dos.

Le ton coléreux du garçon amena tout le monde à se raidir un peu. L'image de Jacques revint immédiatement en mémoire de la jeune femme.

— Moi, je veux travailler, insista son frère cadet. Je ne peux pas recommencer des études juste pour ne pas me retrouver dans un camp militaire. De toute façon, j'en ai fini du programme des Hautes Études commerciales depuis deux ans.

— Tu vas avoir vingt-quatre ans très bientôt, dit Béatrice pour le rassurer. Tu ne seras plus concerné par ce règlement.

Charles secoua la tête, résolu à ne pas se montrer convaincu.

— Tu lis les journaux comme moi. Ça va mal pour les Alliés. Si la tendance se maintient, on y sera encore en 1952. Le maudit plébiscite va permettre à King de faire voter la conscription pour le service en Europe, ensuite il va appeler d'autres classes d'âge. Tiens, je ferais mieux de me marier moi aussi.

Deux ans plus tôt, quand tous les hommes devaient s'enregistrer pour le service national, et même avant cette date pour les plus prévoyants, la course au mariage avait commencé. Parfois, les cérémonies regroupaient de très nombreux tourtereaux; d'autres fois, on procédait dans une sacristie plongée dans la pénombre, avant le lever du soleil, avec les seuls témoins et le prêtre.

Fernand eut une petite toux, incitant son benjamin à ajouter:

— Ce n'est pas que je sois contre le mariage, mais Antoine a trouvé la plus charmante fille de Québec. Maintenant, il me faut attendre une autre perle rare.

Le changement de ton mit tout le monde un peu plus à l'aise. Cela permit à Béatrice de revenir à la charge:

— Alors, la Société des artisans?

Il s'agissait d'une compagnie d'assurances canadienne-française assez prospère. Le jeune homme y occupait un emploi depuis le matin, après des séjours plus ou moins longs dans d'autres entreprises.

— Si je n'avais pas la menace de conscription au-dessus de la tête, je me sentirais tout à fait satisfait. Voilà le meilleur endroit où me préparer à avoir ma propre affaire un jour.

Les différents éléments de sa tâche les occupèrent pendant tout le premier service et une partie du second. Ayant retrouvé tout son enthousiasme, le jeune homme précisa:

— Bientôt, je pourrai me permettre d'avoir mon propre domicile.

Louise Couture, une jolie brunette, baissa les yeux, un peu embarrassée. Sa présence entraînait tous ces bouleversements domestiques.

— Nous avons toute la place qu'il faut, dit Fernand.

La maison, composée de deux volumes rectangulaires, comptait cinq chambres, six si on incluait la grande pièce autrefois occupée par l'aïeule.

— Quand mes neveux et mes nièces vont se multiplier, le vieil oncle dérangera sans doute.

— Le vieil oncle… ricana Antoine.

— Surtout, j'ai vécu quatre ans dans mon propre logis, ça me manque un peu.

Charles affirmait cela après deux ans passés parmi les siens. Il ressentait moins la nostalgie de la maison de chambres de Montréal que l'envie d'avoir son propre appartement. Le notaire trouvait difficile de voir ses rejetons quitter le nid. Béatrice reprendrait la route des États-Unis très bientôt et le plus jeune souhaitait jouir de toute sa liberté. Au moins, Antoine semblait tout à fait disposé à passer sa vie dans la grande demeure.

La famille n'avait pas terminé le dessert quand le benjamin se leva :

— Je m'excuse, il y a un grand rassemblement dans une salle de la ville. Les chefs de la Ligue pour la défense du Canada font le tour de la province, nous devons organiser une manifestation à Québec pour dimanche prochain.

Comme le pays se trouvait pris dans la tourmente, s'opposer à l'effort de guerre ou douter à haute voix de la victoire finale pouvait conduire devant les tribunaux. L'ancien maire de Montréal, Camillien Houde, payait cher son imprudence de s'être opposé à l'enregistrement national : il attendrait la fin de la guerre dans un camp de détention. Mieux valait y mettre des précautions au moment de s'afficher comme partisan du «Non» lors du plébiscite. L'association plaidait que la conscription pouvait seulement se justifier pour la défense du territoire national.

L'argument paraissait irréfutable, car depuis le début de la campagne, les services de censure ne se manifestaient pas.

— Antoine, participeras-tu aussi à ces rassemblements? demanda Fernand à son aîné.

— Je resterai sagement à la maison. Je m'y sens mieux qu'à chercher noise à la police.

Le garçon dit cela en échangeant un regard avec sa femme.

Charles s'adressa à sa sœur d'un ton un peu narquois, alimenté par le souvenir de toutes les manifestations où il l'avait entraînée quelques années plus tôt:

— Tu viens? Tu voteras non seulement lors du plébiscite, mais aussi lors des prochaines élections provinciales.

Ce droit avait été accordé aux femmes du Québec seulement deux ans plus tôt, après le retour du Parti libéral au pouvoir au terme de l'épisode de l'Union nationale.

— Comme Antoine, je préfère demeurer ici comme une bonne fille. De toute façon, je serai sans doute repartie avant le plébiscite.

— Tu devrais attendre un peu. Nous aurons besoin de tous les votes.

Le benjamin tenait pour acquis que tous les Canadiens français sans exception se prononceraient pour le « Non ». Après un souhait de bonne soirée lancé à la ronde, il quitta la pièce. La perspective de rejoindre seul ses amis militants ne paraissait pas le décevoir.

La vie dans une maison abritant plusieurs adultes amenait son lot de compromis. Louise tendait l'oreille pour surveiller le va-et-vient dans le couloir. Elle entendit la porte de la chambre voisine s'ouvrir puis se refermer. Béatrice se rendait à la salle de bain.

— Une chance que j'en ai terminé des nausées, sinon je devrais courir pour utiliser les toilettes dans l'ancienne chambre de ta grand-mère.

Attendre son tour ne pesait pas sur tous de la même façon. Étendu sur le côté, Antoine dessinait l'échancrure de la robe de nuit de sa femme du bout des doigts, descendant un peu plus bas à chaque passage, appréciant la douceur et l'arrondi du sein. Quand sa paume suivit le même chemin, elle protesta :

— Tu dois aller déjeuner. Dans une demi-heure, ton père t'attendra dans son étude.

— Je ne pense pas que je perdrai mon emploi si je suis un peu en retard.

— … Puis ton frère et ta sœur circulent dans le couloir.

Même si son plaisir venait tout en silence, cette proximité la troublait toujours. Toutefois, l'objection qu'elle venait de formuler était si peu convaincante que le jeune homme réussit à dégager le sein suffisamment pour y poser les lèvres. Elle changea légèrement de position pour lui donner un meilleur accès. Jamais les attentions d'Antoine ne recevaient un mauvais accueil.

— Tu ne me trouves pas devenue trop grosse ?

— Qu'en penses-tu ?

La main descendait maintenant vers l'arrondi de son ventre.

— Ton frère et ta sœur…

Cette protestation-là devait être prise pour un acquiescement.

Quand Antoine descendit pour le déjeuner un peu plus tard, Fernand lui adressa un sourire plein de connivence en le croisant dans le couloir. Le père de famille avait saisi la raison du retard de son fils et il savait que cela signifierait une arrivée un peu tardive au travail. Effectivement, il devait bien être neuf heures trente quand Antoine le rejoignit dans le bureau.

— Je m'excuse, plaida le jeune professionnel. Depuis l'arrivée de Béatrice, il y a parfois un certain embouteillage en haut.

— Je comprends bien, fit le notaire sans dissimuler son amusement.

Tout en s'adossant confortablement dans son fauteuil, Fernand posa un regard attendri sur son aîné. De la main, il lui désigna la chaise devant son bureau.

— Profite bien de ta chance. J'aurais aimé me présenter un peu plus tard au travail, un an après mon mariage. Tu te souviens suffisamment bien de ta mère pour savoir pourquoi je m'en privais.

Le grand garçon acquiesça. Eugénie incitait à la fuite, pas au rapprochement.

— Alors, ne gaspille pas ces années à me donner des explications. Ainsi, à mon âge tu n'auras pas à vivre avec le sentiment d'avoir ruiné quinze ans de ta vie.

Le rose monta aux joues d'Antoine. Même avec le père le plus compréhensif, ce genre de conversation demeurait gênant. Il murmura pourtant :

— Avec Élise…

— Je n'ai aucune raison de me plaindre, tu le sais bien. Tu vois, ça fait partie de mon malheur. À vingt ans, je ne la voyais même pas, je me suis aveuglé pour poursuivre une chimère…

L'homme s'interrompit avant de dire « comme un parfait imbécile ». Ce jugement sévère sur lui-même gâchait un peu son bonheur présent. Le moment sembla idéal à Antoine pour aborder un autre sujet délicat :

— Le jour du baptême, j'aimerais inviter Jeanne.

— Tu peux inviter qui tu veux. Dans ces moments, sa présence est très naturelle. Elle a si bien pris soin de toi, tout comme de ta sœur et de ton frère. Eux aussi ont trouvé agréable de la voir à ton mariage.

Le plaisir de ces retrouvailles n'avait pas paru tellement perceptible chez Charles, mais Béatrice avait renoué avec joie avec l'ancienne domestique.

— Pour Élise, cela crée une situation un peu… troublante.

— Tu sais, même si je la trouve toujours magnifique à regarder, les plus grandes qualités de ma seconde femme se trouvent là, et là.

De la main, Fernand désigna sa tête et sa poitrine.

— Elle sait comprendre sans jouer au censeur. Je ne pense pas que tu as à m'envier à ce sujet. Louise accepte la présence de Jeanne aussi bien que mon épouse.

Le garçon hocha la tête. Sa femme, tout comme sa belle-mère, jugeait des événements avec une belle ouverture d'esprit. Toutes les deux acceptaient facilement la domestique qui avait eu la générosité de se substituer à une mère pire qu'absente, se refusant néanmoins à imaginer son rôle auprès de son employeur. Dans toute cette situation, Jeanne se trouvait certainement la plus mal à l'aise. Au moment de la réception lors du mariage, la pauvre était demeurée muette, dans son coin, assaillie par des souvenirs troubles.

— Bon, je me mets au travail, déclara Antoine en se levant.

— Attends une minute, dit son père, j'aimerais te parler d'autre chose. Ton enfant sera le premier, mais sans doute pas le dernier.

L'affirmation ne nécessitait aucune réponse. Le « contrôle de la famille » ne s'imposerait pas avant longtemps.

— Que dirais-tu d'acheter cette grande maison ?

Le garçon écarquilla les yeux, puis dit en riant :

— Jamais je n'aurai ces moyens-là !

— Tu ne les as pas encore, mais dans cinq ans, dix ans tout au plus… Béatrice ne reviendra jamais habiter ici, et Charles rêve tant de voler de ses propres ailes que je doute qu'il vive encore parmi nous le jour de la Saint-Jean. Je peux te vendre au prix du marché, moins un tiers. Ce sera une avance sur ta part d'héritage. Après la transaction, je te verserai un loyer pour moi et Élise, lui aussi au prix du marché.

Les informations se bousculaient pour le jeune homme. Déjà, des chiffres s'alignaient dans sa tête. Depuis deux ans maintenant, il se faisait un honnête revenu à titre de notaire, mais pas assez pour songer à devenir propriétaire dans la Haute-Ville.

— Avec le salaire de deux domestiques en plus…

Évidemment, cette dépense reviendrait aussi au nouveau maître de la maison.

— Hortense pense à prendre sa retraite. Si Louise accepte de mettre la main à la pâte, ce sera des gages économisés. Élise fera sa part, n'en doute pas.

La vieille cuisinière s'essoufflait pour un rien, elle irait sans doute bientôt vivre chez des membres de sa famille qui voulaient bien lui faire une place pour ses vieux jours. Les Dupire ne la remplaceraient pas. En ces temps de conflit, les femmes gagnaient de bons salaires dans les usines d'armement, aucune ne songeait à s'employer dans une maison privée. Les bourgeoises pouvaient considérer leur participation à l'entretien de leur demeure comme leur effort de guerre.

— Louise acceptera certainement de s'occuper de la cuisine et de la maison. Mais je ne me vois pas contracter un prêt pour payer une bâtisse comme ça, même si son prix est amputé du tiers.

Des yeux, il fit le tour de la grande pièce.

— Je ne te parle pas de ça pour te mettre mal à l'aise, dit le notaire en sortant un document d'un tiroir. Tu liras ça à tête reposée.

Un projet de contrat! Antoine voulut le parcourir des yeux.

— Pas tout de suite, regarde ça avec Louise à midi. Maintenant tu as du travail.

Fernand accompagna son rappel à l'ordre d'un gros clin d'œil. Son rôle de patron débonnaire lui revenait tout naturellement.

Chapitre 3

Ce mercredi, Thalie devait passer la journée au Jeffery Hale. Au cours des dernières années, elle aurait trouvé plus facilement à s'employer dans un hôpital catholique qu'à la fin de ses études. Depuis quinze ans environ, l'Université de Montréal acceptait des femmes en médecine, l'Université Laval avait emboîté le pas un peu plus tard. Lentement, les mentalités se faisaient à leur présence. Toutefois, Thalie avait su faire sa place au sein de l'établissement de langue anglaise et l'idée de recommencer ailleurs lui répugnait.

Ses consultations ne débuteraient pas avant dix heures ce jour-là, aussi ne se pressait-elle pas au moment d'entrer dans le grand édifice de brique. Trois infirmières discutaient dans le hall, l'une d'elles retenait visiblement ses larmes avec difficulté. L'omnipraticienne s'approcha pour demander :

— Que se passe-t-il ?

L'une des jeunes femmes se détacha du groupe pour venir lui expliquer :

— Le fiancé de Jane quittera la base militaire de Valcartier cette semaine pour s'embarquer à Halifax. Il doit se rendre en Europe.

Dans une institution canadienne-anglaise, ce genre de commotion se produisait souvent. Tous les jeunes hommes considéraient qu'il était de leur devoir de combattre aux côtés des Britanniques dans le présent conflit.

Thalie s'adressa directement à la jeune infirmière pour dire:

— Je comprends ton inquiétude, j'ai éprouvé la même quand mon frère est parti pendant la Grande Guerre. Je te souhaite du courage, et une bonne dose d'optimisme aussi. Tu le verras sans doute revenir dans un an ou deux.

— C'est vrai, renchérit une de ses collègues. Les Canadiens ne vivent pas l'enfer des tranchées comme la dernière fois. Un cousin nous écrit régulièrement de là-bas. Les soldats passent leurs journées à s'entraîner et à s'ennuyer.

Malgré l'évocation d'un retour au pays bien lointain, la destinataire de ces bonnes paroles hocha la tête en reniflant.

— Ce n'est pas comme s'il était dans la marine ou l'aviation, avança une autre. L'armée n'a connu aucun combat depuis 1940.

— Justement. Ça ne durera pas comme ça jusqu'à la victoire, protesta l'infirmière chagrinée. Puis je le connais, il voudra faire sa part.

Évidemment, alors que le gouvernement évoquait le renforcement du contingent canadien, tout le monde comprenait qu'une action d'envergure était à prévoir.

Un employé soucieux du bon fonctionnement de l'hôpital devait être allé avertir le directeur de l'existence de ce petit rassemblement. Il forçait les visiteurs à en faire le tour. Le patron arriva bientôt. Sans prononcer un mot, avec un simple froncement des sourcils, il dispersa les jeunes femmes.

En regagnant son bureau, Thalie demeurait songeuse. Quelle exaltation devait envahir ce jeune homme aujourd'hui. Malgré l'anxiété, l'action courageuse lui donnait certainement le sentiment de s'accomplir.

Pour meubler ses soirées, Thalie parcourait les imprimés sans discrimination. Les éditions dominicales des grands journaux pouvaient durer toute une semaine. Celle de *La Patrie* comptait quatre-vingt-douze pages. Sur la première, on évoquait la situation explosive aux Indes. Les chefs nationalistes entendaient troquer leur appui à l'effort de guerre contre la promesse de l'indépendance prochaine. La présence des communautés hindoue et musulmane là-bas rendait les demandes d'autonomie bien complexes.

L'omnipraticienne apprit aussi que des dépenses d'un demi-million de dollars seraient nécessaires pour protéger la ville de Montréal contre les raids aériens.

— Quelle histoire absurde ! murmura-t-elle.

Aucun avion ne pouvait parcourir la distance entre un aéroport allemand, ou même de la France occupée, jusqu'au Canada. Il fallait des endroits où se ravitailler. L'Irlande ne pouvait leur permettre de s'arrêter sur son territoire sans se voir entraînée dans le conflit. En Islande comme à Terre-Neuve, la présence des Alliés rendait la chose impossible. Dans ces conditions, l'aveuglement de toutes les fenêtres de la ville et l'arrêt de la circulation automobile durant la nuit ne changeaient rien.

Si les vingt pages suivantes contenaient différentes nouvelles littéraires destinées aux lectrices, le même sujet s'imposait toujours : la guerre. Le feuilleton s'intitulait *Reconnaissance aux aviateurs*. On voyait sur l'illustration l'accompagnant un pilote à demi étendu sur une civière tracer avec un pinceau une petite croix gammée sur le fuselage de son appareil, pour immortaliser une victoire. Une infirmière plutôt pulpeuse, une grande croix rouge sur la poitrine, se penchait sur lui.

La médecin la contempla un long moment. La réalité devait s'avérer infiniment moins romantique, mais au moins cette femme avait autre chose à faire que de s'ennuyer dans un petit appartement. Avec un soupir, elle tourna la page. L'article sur l'architecture canadienne la laissa indifférente, tout comme celui sur l'effet de la guerre sur la mode masculine. Rien ne l'intéressait vraiment. Les lettres des femmes à la courriériste du cœur évoquaient des mariages discrets, tenus «dans la plus stricte intimité». Des jeunes gens se donnaient ainsi une assurance contre les vicissitudes de la guerre. Si jamais la conscription pour le service outremer entrait en vigueur avant la fin du mois, ils y échapperaient.

Les bandes dessinées n'avaient rien pour la passionner. *Jacques le matamore*, *Nos loustics*, *La femme invisible*. Tous ces récits «réalistes» évoquaient le conflit. Les autres s'adressaient aux enfants trop jeunes pour comprendre les grands événements du jour. De tous ces héros tracés à coups de crayon, Philomène demeurait la plus sympathique à ses yeux.

L'ensemble des publications périodiques ne servait à la fin qu'à gagner les esprits à l'effort de guerre. La page 48 de l'édition de *La Patrie* du dernier dimanche lui apprit la nouvelle de l'hécatombe de soldats nazis devant Briansk. On dénombrait 3 000 tués au cours des derniers jours, 46 000 depuis le début de l'offensive.

Les petits entrefilets étaient souvent les plus intéressants. Une photographie de Margaret Eaton montrait un visage sévère malgré son maquillage. Cela tenait sans doute surtout au port de l'uniforme, peu susceptible d'ajouter à son pouvoir de séduction. Il s'agissait de l'une des héritières du grand commerce lancé à Toronto au siècle précédent, dont on trouvait maintenant quelques succursales dans d'autres villes.

Dès la Grande Guerre, la majorité des femmes portant l'uniforme œuvraient dans le service médical, il en était encore ainsi vingt-cinq ans plus tard. Toutefois, leur contribution allait maintenant plus loin. Le Canadian Women's Army Corps était né quelques mois plus tôt, une unité féminine existait aussi pour l'aviation et une autre verrait prochainement le jour dans la marine. Ensemble, ces quatre organisations compteraient bientôt quelques dizaines de milliers de membres, contre 800 000 hommes en 1942.

Thalie parcourut son salon des yeux, le reflet de son petit confort, de sa petite vie. À quarante-deux ans, peut-être lui restait-il vingt-cinq ans de pratique médicale. Des centaines d'accouchements encore, dix fois plus de coliques, trop, beaucoup trop de décès d'enfants. La bonne nouvelle de la formation d'une association destinée à maintenir la paix au terme du conflit actuel ne changea rien à sa morosité. Un espoir au milieu d'une liste de catastrophes.

L'horloge posée sur l'énorme poste de radio indiquait neuf heures. Elle remplaçait le phonographe acheté à Victor Baril dix ans plus tôt. L'appareil accumulait maintenant la poussière dans le fond d'un placard. L'avoir sans cesse sous les yeux, après leur séparation, la déprimait trop. Dans ses plus mauvais moments, elle espérait revivre l'automne 1936.

Tant qu'à ne savoir que faire pour s'occuper, Thalie décida d'aller dormir tout de suite.

Mathieu avait dû revenir précipitamment du magasin pour récupérer un document laissé par inadvertance à son domicile. Voilà l'inconvénient d'amener du travail à la maison : les papiers se dispersaient entre deux places au lieu d'une seule. Heureusement, une voiture achetée en

1939 lui rendrait d'excellents services pour de nombreuses années encore.

Au moment de retourner vers la Basse-Ville, il nota que la jauge à essence était trop basse. Une station-service Imperial se trouvait un peu plus loin dans la rue de la Couronne : autant s'occuper tout de suite de faire le plein pour éviter tout risque de panne sèche. Deux pompes installées près de la chaussée se dressaient sur sept ou huit pieds de haut. Quand il se fut arrêté devant l'une d'elles, un homme sortit du garage tout en essuyant ses mains graisseuses avec un torchon.

— Vous avez vos tickets ? demanda-t-il d'entrée de jeu.

Le marchand chercha dans les poches de son veston, en vain.

— En me changeant ce matin, j'ai dû les oublier.

Si les coupons relatifs à la nourriture et aux vêtements ne quittaient jamais sa cuisine, les autres l'accompagnaient – ou devaient l'accompagner – sans cesse.

— Bin, y vous les faut, sinon moé j'peux pas vous vendre de gaz.

— Je les ai, je vous assure. Je vous les ferai porter demain par un de mes garçons de course.

Comme l'autre demeurait silencieux, il insista :

— Vous me connaissez. Si je vous dis que vous les aurez demain, vous pouvez me faire confiance.

Tout le monde le savait dans le quartier, autant l'un des cousins Picard tendait à oublier des factures çà et là, autant la parole de l'autre valait le meilleur contrat notarié. En bougonnant tout de même un peu, le garagiste commença à actionner la pompe pour faire monter l'essence dans le grand contenant de verre situé tout en haut. Il servait à montrer au client la quantité qui irait ensuite dans le réservoir par simple gravité.

— Ouais. Faut pas oublier. Les fonctionnaires du gouvernement passent souvent pour vérifier que les tickets ramassés correspondent à mes ventes.

Mathieu hocha la tête. Lui aussi se sentait surveillé de près. Ces vérifications tatillonnes le lassaient. L'une des consignes voulait qu'on ne vende plus des habits avec deux pantalons : selon l'État canadien, un seul suffisait bien amplement. Les commerces n'appartenaient plus vraiment aux propriétaires.

— Promis, je m'en occuperai sans faute.

— C'est rendu que le monde achète moins de gaz que la valeur des coupons. Rouler, ça devient un péché mortel, comme si toutes les gouttes dépensées ici privaient l'armée.

— Un péché ?

— Bin oui. Ceux qui roulent trop, on en parle sur le perron de l'église Saint-Roch.

Le marchand enregistra l'information. Prendre le tramway plus souvent pour venir au travail édifierait ses employés.

Depuis son départ pour Montréal en 1938 afin de poursuivre des études de droit, Thomas Picard junior, le fils d'Édouard Picard, venait à peu près une fois par mois en visite chez son grand-père, le juge Paquet. Le vieil homme ne se montrait pas très accueillant. Sans jamais prononcer explicitement un mot en ce sens, il arrivait à faire sentir au garçon et à sa mère tout le poids de sa générosité. Au moment du naufrage du mariage de la pauvre Évelyne, tous les deux étaient déménagés dans la grande maison de la Grande-Allée.

Les repas étaient toujours les moments de la journée les plus difficiles. Ils ressemblaient à un tribunal d'un genre particulier, où les voix demeuraient basses, les mots neutres, les sous-entendus assassins.

— Alors, seras-tu prêt pour l'examen du barreau, cet été ?

Le magistrat présidait, assis au bout de la table. La question qu'il venait de poser contenait un doute implicite. À soixante-dix ans, il portait ses cheveux blancs coupés ras sur le crâne. Bien droit sur sa chaise, sa cravate serrée autour du cou, un veston sur le dos, il ressemblait à un président d'un conseil d'administration déçu du rendement de ses employés.

— Je serai prêt.

Le juge souleva un sourcil en accent circonflexe, comme pour dire « Vraiment ? ».

— Ton année de cléricature se déroule bien ?

— Oui.

Cette fois, la voix du jeune homme parut moins assurée, il gardait ses yeux fixés sur son assiette.

— Il y a bien longtemps que je n'ai parlé à ton patron, maître Dionne. Je devrais lui téléphoner cette semaine.

Le garçon eut un mouvement brusque, le morceau de viande qu'il allait porter à sa bouche retomba dans son assiette. Sa mère se trouvait juste en face de lui. Très vite, elle demanda :

— Je suppose que tout Montréal commente le fameux plébiscite. Comment cela se passe-t-il chez tes collègues avocats ?

— Tout le monde milite dans la Ligue pour la défense du Canada. Les soirs où il ne se tient aucune manifestation, ils vont d'une maison à l'autre à la recherche du bon parti. Jamais les filles des quartiers Saint-Jacques et Saint-Louis n'ont été aussi populaires. Les pires laiderons reçoivent trois ou quatre demandes pour convoler en justes noces.

— Le mariage est une sainte institution, intervint le grand-père, pas un sujet pour pratiquer un mauvais humour.

Maintenant que tu as ton diplôme, évite ces blagues de carabin.

Les mots flottèrent un moment dans la pièce, les trois autres convives baissèrent la tête. La grand-mère du visiteur ne se mêlait guère aux conversations. De toute façon, son époux parlait pour deux.

— J'espère que tu ne fais pas partie de ces gens qui harcèlent les jeunes filles, insista ce dernier. Tu es bien placé pour savoir ce que donne ce genre d'union.

— Ça donne un enfant comme moi, n'est-ce pas ? Je ne croyais pas que j'étais un drame national.

L'ironie ne plaisait pas plus au magistrat que l'humour.

— Demande à ta mère ce qu'elle pense de ce comportement. Voilà vingt ans qu'elle paie son erreur. Le jour où j'ai accepté le mariage avec ce maudit chanteur de pomme, j'aurais mieux fait de me casser le cou.

Au moins, il se chargeait d'une part de responsabilité dans le naufrage conjugal. La lèvre inférieure d'Évelyne commença à trembler. L'attitude glaciale de son père ne valait guère mieux que les aventures d'Édouard. Le fils craignit un flot de larmes.

— Grand-père, commença-t-il en vitesse pour le détourner de ce sujet, comment voterez-vous au plébiscite ?

Le juge voulut comprendre qu'on lui demandait ses directives. Il adopta le même ton qu'au tribunal au moment de dispenser des conseils moraux à un accusé :

— Je me prononcerai pour le "Oui", la seule attitude digne, dans les circonstances. Nous serons bien peu à le faire. Une nouvelle fois, comme en 1917, nous passerons pour des lâches aux yeux des Canadiens anglais.

— Voyons, ce n'est pas une question de courage ou de couardise. Les jeunes ne veulent pas aller se battre dans un pays étranger, contre des gens qui ne nous ont jamais fait aucun tort.

— En s'attaquant à l'Empire britannique, les Allemands s'en prennent à nous. Ce sont nos ennemis aussi.

Pourtant, jamais le vieil homme ne s'était senti particulièrement attaché à la mère-patrie. L'argument ne servait qu'à avoir le dessus dans cette discussion et à se distinguer de la grande majorité de ses concitoyens. Il en invoqua rapidement un autre :

— De toute façon, maintenant il s'agit de délier le gouvernement de sa promesse de ne pas recourir à la conscription pour le service outremer. Ça ne veut pas dire qu'on forcera des jeunes à aller sur les champs de bataille.

— Quand on veut se faire relever d'une promesse, c'est qu'on a déjà l'intention de la rompre. Les soldats qui s'entassent dans les bases militaires canadiennes sont aussi bien de se faire à l'idée qu'ils devront prendre le bateau avant la fin de l'été.

Thomas reprenait les arguments de la Ligue pour la défense du Canada sans y changer un mot. Son grand-père le fusilla du regard, outré que quelqu'un ne prête pas foi aux arguments du premier ministre Mackenzie King. Après tout, il tenait son poste du Parti libéral, il avait à cœur de ne jamais déroger de son programme politique.

Alors que le repas prenait fin, monsieur Paquet remarqua :

— Tout de même, cela m'étonne que ton patron te donne ces jours de congé en pleine semaine.

— Il me donne du temps pour préparer les examens du barreau. Je peux le faire aussi facilement ici qu'à Montréal.

Le jeune professionnel était arrivé avec une valise pleine de livres. Son grand-père quitta la table pour aller se réfugier dans son bureau. Les trois autres convives s'attardèrent juste quelques minutes de plus. Dans le couloir, Évelyne demanda à son fils, une pointe d'inquiétude dans la voix :

— Vraiment, ton année de cléricature se déroule bien ? Jamais tu ne m'en parles.

— Que veux-tu que je te dise ? Un clerc, c'est juste un cran au-dessus du gars qui fait le ménage. Je constitue des dossiers, je fais des résumés.

Thomas regretta tout de suite son ton cassant. Il se reprit :

— Ne t'inquiète pas, tout va bien.

Comme pour le lui prouver, il lui embrassa la joue et présenta un sourire un peu forcé. Peu après, il disait :

— Je vais monter, je ne connais pas encore tout le code civil par cœur.

Sa soirée se passerait dans sa chambre. Les quatre occupants de cette grande maison se retrouveraient dans des pièces différentes.

Après une nuit d'insomnie, Thalie se leva de mauvaise humeur. La veille, un vendredi, elle avait effectué ses consultations auprès des employées du magasin PICARD. Ensuite, au moment de rentrer à la maison en compagnie de son frère, elle l'avait invité à monter prendre un verre mais avait essuyé un refus. L'empressement de ce dernier pour rentrer voir ses enfants lui était tombé sur les nerfs. Décidément, elle devenait acariâtre.

Après le déjeuner, la femme se décida à faire une longue marche pour chasser son début de migraine. Le vieux gardien de service dans le hall lui adressa son meilleur sourire, souligné par une dent en or.

— Bonjour, docteure Picard.

— Bonjour, monsieur Demers. Chaque fois que je vous vois, vous me semblez dans une forme excellente.

— Présenter un visage souriant demande juste un petit effort le matin, quand les os font un peu mal. Pour le reste de la journée, ça va tout seul.

Le sourire de la praticienne trahit une pointe d'acidité. Ce genre de conseils, elle les distribuait à ses patientes un peu déprimées. Notamment celles qui flirtaient avec la ménopause. Ses idées moroses ne tenaient-elles qu'à cela, un désordre hormonal, un effet du vieillissement ? Bien sûr, à son âge, ce développement s'avérerait un peu précoce, mais pas au point de présenter une anomalie médicale.

Dans la Grande Allée, elle profita de la fraîcheur d'avril. Alors qu'elle passait à la hauteur de la Citadelle, le va-et-vient attira son attention. L'un des plus importants centres de recrutement militaire du Canada se trouvait là. Parmi une multitude de garçons, elle découvrit deux filles d'une vingtaine d'années conversant de façon animée. Deux jolis minois. Dans le corps féminin de l'armée, on n'enrôlait donc pas que des costaudes avec un brin de moustache sous le nez.

« Celles-là au moins ne paraissent pas s'ennuyer », grommela-t-elle. Sa propre remarque lui tira un long soupir. Se pouvait-il que parmi les volontaires, on ne trouvât que des déprimées lassées de leur condition ? Pendant tout le reste du trajet la séparant du Château Frontenac, Thalie regarda les militaires avec une nouvelle curiosité. Chacun d'entre eux semblait animé par une mission.

Lors des grandes manifestations nationalistes, le bon peuple du Québec faisait connaissance avec les étudiants et les autres jeunes militants les plus prometteurs. Les noms de plusieurs se trouveraient encore dans les médias des années plus tard. Ce soir-là, des orateurs se succéderaient sur une estrade montée à la hâte au marché Saint-Roch. La foule se tenait serrée, débordait dans les rues environnantes.

— Ils m'ont demandé de prendre la parole, disait Charles en se bombant le torse.

— Alors, que fais-tu ici avec moi ? rétorqua Béatrice.

Dans son bel ensemble bleu cintré à la taille, les mains gantées, un chapeau posé sur sa chevelure blonde, la jeune femme attirait les regards. Si, du haut de ses cinq pieds dix, elle en imposait à la plupart des garçons, les dominant parfois de plus de quatre pouces, ils l'appréciaient tout de même des yeux.

— D'après mon superviseur à la Société des artisans, ce ne serait pas prudent, compte tenu de la nature de mon travail. Nous vendons des assurances à tous les camps politiques, selon lui. Je ne suis pas d'accord, tous les Canadiens français vont voter du même bord. Intervenir me vaudrait même la sympathie des clients.

De nouveau, le garçon tenait les votes pour acquis. Tout de même, il se montrait prudent. Ses projets de carrière ne devaient pas souffrir d'événements de ce genre.

Béatrice se doutait bien que cette référence à une invitation à prendre la parole ne tenait pas de la bravade. Charles laissait le souvenir d'un charmant garçon là où il passait. Depuis quelques minutes, une vingtaine de ses compères, dont certains arrivés de Montréal pour l'occasion, étaient venus le saluer. À chacun il avait donné sa carte professionnelle, glissant : « Si tu veux te renseigner sur des assurances, téléphone-moi. » Tous les anciens scouts de la ville entendraient parler de lui avant la fin de l'été. Sa sociabilité le servait sans doute beaucoup dans son nouvel emploi.

Un grand jeune homme mince se tenait à l'écart du frère et de la sœur depuis quelques minutes, les yeux sur eux. À la fin, il trouva l'audace de s'approcher.

— Charles ?

Le jeune Dupire détourna les yeux de l'estrade pour examiner le nouveau venu.

— ... Thomas ?

Son cousin tendit la main, un sourire hésitant sur les lèvres.

— Oui, c'est moi.

— Voilà qui est curieux. On ne se rencontre jamais, pourtant je suis de retour à Québec depuis deux ans.

— La réponse est toute simple : j'étudie à Montréal depuis 1938.

La vie auprès de son grand-père, chez qui il était arrivé encore enfant, avait été plutôt difficile, les études supérieures lui avaient donné le parfait prétexte pour prendre ses distances. En réalité, c'était dans la métropole qu'ils auraient pu se croiser.

— Donc tu as fréquenté ces gars-là. Je ne les connais pas.

Charles désignait un petit groupe de jeunes gens grimpant sur la scène improvisée.

— Le plus petit, Jean Drapeau, étudie en droit à l'Université de Montréal. Celui qui gesticule en parlant s'appelle Michel Chartrand, c'est un imprimeur. Il s'est marié avec la brune accrochée à son bras en février dernier, à l'église Notre-Dame. L'abbé Lionel Groulx a présidé la cérémonie.

Le vendeur d'assurances ouvrait de grands yeux, jaloux. Le prêtre éducateur lui avait donné un cours d'histoire du Canada deux ans plus tôt. L'expérience ressemblait plus à un long prêche nationaliste à un groupe de convertis.

— Celui qui s'allume une cigarette avec le mégot de la précédente, c'est André Laurendeau, le secrétaire de la Ligue pour la défense du Canada.

72

Maigre, très nerveux, l'homme scrutait la foule devant lui. Des policiers à motocyclette se tenaient en bordure de la rue de la Couronne. Après une petite concertation avec ses camarades, ce fut Michel Chartrand qui s'approcha du bord de l'estrade pour demander d'une voix railleuse :

— Vous voterez de quelle façon, le 27 avril prochain ?

— "NON" ! cria-t-on de tous les coins de la place du marché.

Les voix se révélaient bon enfant, mais la tension demeurait palpable. Les réunions de ce genre se terminaient souvent par des échauffourées et une douzaine d'arrestations.

— Faites attention, cria encore l'orateur, c'est peut-être un gendarme de la police montée, le gars à votre droite, ou à votre gauche.

Chacun regarda ses voisins, soudainement soupçonneux. Thomas junior faisait exception : lui ne détachait pas ses yeux du visage de Béatrice.

— Je pensais qu'ils parlaient tous anglais. Bien non, il paraît que certains des "beus" du fédéral comprennent trois mots de français : désobéissance, sédition et trahison.

— Tu ne me présentes pas ? demanda le nouveau venu.

Évidemment, dans cette fébrilité Charles manquait à toutes les règles de savoir-vivre.

— Bien sûr. Voici Béatrice, ma grande sœur, dit-il avec le sourire.

Puis en se tournant vers la blonde :

— Il s'agit de Thomas, le fils de notre oncle Édouard.

Pour l'avoir croisé souvent avant son départ vers Montréal sur le parvis de l'église Saint-Dominique, la jeune femme le reconnaissait maintenant. Ce cousin avait considérablement grandi depuis, au point de paraître efflanqué. Tous les deux demeurèrent un peu empruntés au moment de se dire simultanément « Enchanté ».

— Les "polices montés" se déguisent pour se cacher parmi nous, poursuivait Chartrand. Sans cheval entre les jambes, impossible de les différencier de vous et moi.

La foule s'amusa de l'humour facile. L'orateur continua de la réchauffer un peu, puis il céda sa place à Jean Drapeau. Celui-ci ressemblait à un commis un peu intimidé de se trouver là. Jouer au tribun différait tout de même beaucoup de la publication d'articles dans le journal des étudiants de l'Université de Montréal.

— Nous devons voter "Non" à ce plébiscite. Personne ne demande d'être relevé d'un engagement à moins d'avoir déjà la tentation de le violer.

Thomas reconnut son propre argument. Tout le monde le répétait depuis plusieurs semaines.

— De toutes les promesses que le premier ministre a faites au peuple canadien, il n'en reste qu'une qu'il ne souhaite pas respecter : celle de ne pas utiliser la conscription pour les champs de bataille européens. Voter "Oui", c'est voter en faveur de la conscription. Les horreurs de 1917 vont se répéter.

Il prononçait les mêmes mots, à la ville et à la campagne, depuis des semaines. Ce qui commença comme un cri de protestation se termina dans un hurlement de colère. Les policiers s'agitèrent dans la rue de la Couronne. Une intervention musclée devenait probable.

— Nous devons empêcher cela, notre salut national en dépend.

L'étudiant sur la scène se montrait prudent, mais le maire de Montréal s'était retrouvé dans le camp de détention de Petawawa pour avoir dit à peu près la même chose. Son regard ne quittait pas l'effectif des hommes en uniforme debout en périphérie du marché.

— Vous vous intéressez à la politique, mademoiselle Dupire ? demanda Thomas junior.

— Béatrice.

Devant les yeux interrogateurs du jeune homme, elle précisa :

— Nous sommes cousins au premier degré, si je comprends bien ces liens de parenté. L'usage des prénoms entre nous me semble respecter les convenances. Pour répondre à votre question, mes frères ont l'habitude de m'entraîner sur les lieux des manifestations politiques. Le cadet surtout. Quant à rester à la maison à lire les pages féminines des magazines, je m'en lasse assez vite.

— Moi, je me suis retrouvé avec eux quelques fois en 1936, après l'élection de Duplessis. Antoine n'a pas eu envie de venir ce soir ?

Charles prit sur lui de répondre :

— Depuis des mois, il s'extasie devant le ventre de sa gentille épouse qui s'arrondit sans cesse. Il devient la parfaite réplique de mon père, toujours auprès des siens.

Si le jeune homme paraissait un peu moqueur, Béatrice savait que lui aussi reprendrait un jour ce modèle. Ses cinq dernières années d'études lui avaient appris que dans une famille, le meilleur comme le pire se transmettait en héritage. Quand une pensée de ce genre lui venait, le souvenir d'Eugénie lui donnait le vertige. Les trois enfants transportaient aussi avec eux l'héritage génétique de cette femme. Finalement, quelles caractéristiques domineraient ?

— Quelle est votre opinion sur le plébiscite ?

Thomas junior ne tenait pas pour acquis que sa présence en faisait nécessairement une partisane de la Ligue pour la défense du Canada. Quelque chose en elle trahissait son scepticisme.

— Voilà des mois que j'entends un autre discours. Aux États-Unis, depuis décembre 1941, tout le pays parle d'une seule voix. L'an dernier encore, des partisans des nazis tenaient de grandes assemblées. Maintenant ils se démènent pour se faire passer pour des patriotes. Je prends la couleur de mon milieu, je suppose.

Une ombre passa sur le visage de la jolie femme. Elle poursuivit d'une voix presque grave :

— Avez-vous la moindre idée du nombre de mes camarades de l'université, certains d'entre eux étant des jeunes hommes exceptionnels, qui se sont enrôlés ? Un sur deux, je pense. Alors, le désir des Canadiens français de demeurer spectateurs me paraît illusoire. Le monde entier sera pris dans la tourmente.

Le benjamin tourna vivement son visage intrigué vers elle, oubliant tout à fait de suivre le discours d'André Laurendeau commencé un instant plus tôt.

— Dans leur cas, dit-il avec empressement, il ne s'agit pas de la même chose. Le territoire des États-Unis a été directement attaqué à Hawaï. Si le Canada subissait une agression de ce genre, tous les membres de la Ligue se porteraient volontaires.

Le sourire moqueur de sa sœur l'empêcha de continuer sur le même sujet.

André Laurendeau continuait d'entretenir les habitants de Québec d'une voix un peu lassante. Le secrétaire de la Ligue manquait d'énergie, personne dans ce trio d'orateurs n'en appellerait à la violence ce soir. Même les policiers se montraient de plus en plus indolents. Aussi Charles reçut-il avec bonne grâce la suggestion de Thomas :

— Si nous allions prendre un café ? J'ai vu un petit restaurant en venant ici, rue de la Couronne. L'établissement m'a paru convenable.

Pour ce garçon élevé dans la Grande Allée, le commentaire valait une recommandation. Béatrice consulta Charles du regard, puis accepta :

— D'accord. Je me rends compte que je ne vous connais pas du tout, alors que vous êtes mon seul cousin.

La voilà qui répétait exactement les mots de Jacques Létourneau au moment de leurs retrouvailles en 1936. Lui évoquait l'attachement entre un frère et une sœur. Quitter la grande assemblée ne posa pas de difficulté, plusieurs faisaient la même chose.

Le petit restaurant s'appelait avec à-propos La Couronne. À cause de tout le monde attiré par la manifestation, l'endroit ne comptait pas une table de libre. Depuis l'entrée, le regard de Thomas junior s'accrocha à un client. Il hésita entre faire connaître sa présence et prendre la fuite. Puis le consommateur sentit qu'on l'observait, il murmura le prénom du nouveau venu en levant les yeux.

— Thomas, reprit-il, cette fois assez fort pour être entendu du petit groupe.

Édouard Picard quitta son siège pour marcher vers le trio.

— C'est mon père, murmura le jeune homme.

Le garçon fit mine de sortir, mais Édouard le prit de vitesse et se saisit de sa main pour la lui serrer. Pourtant la poignée de main était bien peu cordiale.

— Je ne savais pas que tu te trouvais à Québec.

Le ton contenait un reproche.

— … Je viens tout juste d'arriver chez mon grand-père.

Pour dissimuler son malaise, le jeune homme changea tout de suite de sujet.

— Tu ne prends plus tes repas dans ton garage ?

— Même si je sais me débrouiller dans une cuisine, la tenue d'une maison n'a jamais fait partie de mes activités de prédilection. Comme mon commerce se trouve à moins de 2 000 pieds d'ici, ce petit restaurant joue bien souvent le rôle de salle à manger.

Le marchand de voitures marqua une pause. Le petit groupe, flanqué devant la porte, attirait les regards tout en bloquant le passage à quiconque voudrait entrer ou sortir.

— Tu ne me présentes pas tes amis ?

Pour la première fois, il semblait réaliser la présence des deux autres jeunes gens. La belle blonde attira son regard insistant, puis il reconnut le garçon.

— Ah ! C'est toi.

Sa colère contre les enfants de l'un des responsables de sa déchéance se dissimula sous un sourire de convenance. Puis après tout, il s'agissait aussi des enfants de sa sœur. Autant jouer la bonhomie.

— Tu es le plus jeune, dit-il en tendant la main à Charles.

— En effet, confirma celui-ci.

— Cette jolie créature doit être ton amie.

Ne serait-ce que pour essayer son charme sur cette jeune femme un peu plus grande que lui, Édouard estima qu'il valait la peine d'endurer le benjamin. D'emblée, il tenait pour acquis qu'elle ne pouvait être avec son fils.

— Plutôt Béatrice, dit-elle en tendant la main à son tour. Votre nièce.

L'oncle ne réussissait pas à faire le lien entre la gamine un peu ronde croisée chez sa sœur une douzaine d'années plus tôt et cette personne athlétique. Comme on changeait, entre l'enfance et l'âge adulte.

— Vous allez vous joindre à moi, proposa-t-il en désignant sa table le long du mur.

— Non, papa, nous devons rentrer, puis là nous retardons ton souper.

— Si tu es rentré ici il y a trois minutes, tu ne tenais pas à retrouver ton grand-père l'honorable juge tout de suite.

De nouveau, Édouard prenait un ton chagrin. L'idée qu'il puisse être de trop n'effleura même pas Charles. Il restait immobile, sans montrer le moindre signe de vouloir laisser le père et le fils entre eux. Peut-être voyait-il là une occasion de remettre une autre carte professionnelle. Quant à Béatrice, elle gardait les yeux sur son oncle, comme si elle découvrait un échantillon intéressant du genre humain.

Thomas accepta finalement l'invitation.

Chapitre 4

Les trois jeunes gens se retrouvèrent à la même table que le marchand de voitures. Ils commandèrent chacun un café. Édouard s'intéressa d'abord à ce que devenaient ses neveux. Le sort du garçon le laissa indifférent, celui de la jeune femme capta toute son attention.

— Un doctorat en psychologie? Je ne savais même pas que ça existait.

— Pourtant, les journaux évoquent parfois la chose.

— Nous ne devons pas lire les mêmes. Après vos études, vous reviendrez à Québec?

Avec elle, il s'en tenait à un vouvoiement poli.

— Je le saurai dans deux ou trois ans.

Le sujet la préoccupait un peu: bien des habitants de la petite ville devaient partager l'ignorance de ce garagiste quant à sa profession. Alors, qui viendrait dans son officine?

— S'étendre sur un divan pour raconter sa vie, ce ne sera pas très populaire, je pense.

La répartie tira un sourire à Béatrice. Ainsi, son oncle connaissait au moins un peu le travail qui serait le sien. La blonde gardait ses beaux yeux bleus sur lui, un regard pénétrant capable de le rendre un peu mal à l'aise, une expérience nouvelle. Édouard s'inquiétait de ce qu'elle pourrait lire dans sa tête. Au fond, ces spécialistes s'imposaient comme un nouveau clergé, fouillant les âmes. Ils ne parlaient pas du salut ou de la condamnation éternels, mais divisaient plutôt la population entre gens normaux et anormaux.

Mieux valait passer à un autre sujet.

— Thomas, c'est fou, mais il me semble que tu as grandi depuis le dernier Noël.

— J'ai vingt-quatre ans. Voilà longtemps que je n'ai pas pris une ligne.

— Alors, je ne m'habitue pas à ta silhouette dégingandée. Tu n'as jamais pensé à fréquenter un centre d'entraînement? Tiens, la Palestre nationale accepte des amateurs. J'y suis déjà allé pour voir des combats de boxe.

L'appréciation du physique un peu frêle de son fils amena celui-ci à se renfrogner tout à fait. Son allure faisait penser à un adolescent trop grand, maladroit. Heureusement, la présence des deux Dupire apportait une totale civilité à la rencontre. À la fin, Édouard évoqua le rassemblement qui se terminait au marché Saint-Roch.

— Qui se trouvait là?

— André Laurendeau, le secrétaire de la Ligue, annonça Thomas, puis deux jeunes de Montréal: Jean Drapeau et Michel Chartrand.

— Franchement, ces gens-là sont insultants: envoyer deux jeunots que personne ne connaît à Québec. Comme si on ne méritait pas de déplacer des députés.

— Vous avez raison, intervint Charles. Dans les réunions de Montréal, il y a toujours des députés provinciaux et fédéraux, parfois même le grand Henri Bourassa.

La voix du vendeur d'assurances ressemblait à celle d'un disciple évoquant son maître. Pareil enthousiasme améliora un peu l'humeur de Picard.

— Il a fait un grand discours au marché Saint-Jacques en février, le soir du lancement de la Ligue, continua le jeune homme. La capitale méritait sa visite.

— Vous savez, c'est un vieil homme maintenant, dit Thomas.

La référence au temps qui passe troubla un peu Édouard, comme d'habitude. Il lui semblait s'échapper entre ses doigts, comme du sable très fin.

— Je l'ai vu en 1907 à deux pas d'ici, là où se trouve le parc Jacques-Cartier. Dans le temps, il s'y tenait un marché du même nom. Vous rendez-vous compte ? Alexandre Taschereau avait recruté des fiers-à-bras pour vider la place !

Pour ces jeunots, l'ancien premier ministre provincial si fragile, détruit au Comité des comptes publics par Maurice Duplessis, ne pouvait avoir incarné une telle hargne trente-cinq ans plus tôt. Édouard se toucha la tête, juste à l'endroit où une pierre l'avait atteint ce jour-là. Trente-cinq ans !

Il voulut leur montrer que la question nationale l'intéressait toujours.

— Lors de la conscription de 1917, ils n'ont pas pu nous faire disparaître tous. La guerre s'est terminée trop tôt.

La vieille théorie des nationalistes : vingt-cinq ans plus tôt, l'enrôlement obligatoire devait mettre les Canadiens français en première ligne. Dans le cas d'une si petite nation, éliminer ainsi tous les jeunes hommes aurait valu un génocide.

— Là, ils reviennent à la charge, pour profiter d'une seconde chance.

— Justement. Selon Bourassa, si la guerre dure encore deux ans, on nous enverra sans faute sur les champs de bataille, cela malgré les engagements de King de ne pas recourir à cette mesure.

Si à sa grande déception Charles n'avait pu se rendre à la manifestation du marché Saint-Jacques l'hiver précédent, le discours de Bourassa, reproduit dans les journaux, avait fait l'objet d'une analyse approfondie.

— Pas dans deux ans, se fâcha Édouard. Le plébiscite aura lieu le 27. Le 28, ils commenceront à nous expédier là-bas. Dans le temps, on savait mieux se mobiliser. En 1917 et 1918, je participais à toutes les grandes manifestations. On a incendié l'Auditorium de Québec parce que les locaux des recruteurs s'y trouvaient, on a affronté les mitrailleuses sur le boulevard Langelier.

À l'entendre, les balles avaient sifflé autour de sa tête. En réalité, il se trouvait dans le magasin PICARD, bien à l'abri.

— Aujourd'hui, je ne sais pas ce qui me retient de recommencer, conclut le quinquagénaire.

Voilà que le marchand de voitures reprenait la vieille rengaine des *has been* : « Dans mon temps ». Comme dans les phrases « Dans mon temps on avait de vrais hivers sibériens » ou « Dans mon temps on faisait de vraies manifestations ».

— Alors, fais-le, c'est très facile, dit Thomas d'une voix méprisante. Aujourd'hui, tu manges tranquillement un steak alors que des gens se réunissent à deux pas. Tu sais bien qu'à ton âge, tu ne seras jamais parmi les appelés même si la guerre durait jusqu'en 1960.

L'homme accusa le coup en serrant les dents. La suite serait encore plus brutale.

— Le vrai mystère, dit le fils avec ironie, c'est pourquoi tu faisais tous ces efforts il y a vingt-cinq ans. Tu t'es marié pour échapper à l'appel, puis moi j'étais en route en 1917.

Les mots n'étaient pas insultants en soi, tant de jeunes gens faisaient la même chose. Le ton contenait toutefois un mépris palpable. Béatrice eut l'impression de voir sous ses yeux l'illustration d'un cas clinique. Les auteurs consacraient des rivières d'encre à évoquer les rapports difficiles entre les fils et leur père… et entre les filles et leur mère.

— Mes motifs ne sont pas nécessairement égoïstes. Je me soucie du sort de ma nation.

L'homme en était à boire son café. Son geste pour attirer l'attention de la serveuse frôla la vulgarité.

— L'addition, mademoiselle.

Charles chercha son portefeuille dans sa poche, mais Édouard régla le tout sans se soucier de lui. Debout, il tendit la main vers Béatrice :

— Mademoiselle Dupire, ce fut un plaisir de vous voir.

De cela, personne ne doutait. Le «Monsieur» de la blonde s'accompagna d'une inclination de la tête. Puis en se tournant vers son fils, le garagiste prononça avec une colère mal contenue :

— Thomas, viens que je te dise un mot.

Le père et le fils se dirigèrent vers la porte. Pendant un long moment, tous les deux discutèrent à mi-voix, Édouard faisant des gestes de colère. Puis le garçon revint vers ses cousins.

— Désolé, ce ne fut pas une rencontre bien agréable pour vous.

— Pour vous non plus, s'aventura Béatrice en se levant.

Le garçon fut sur le point de dire quelque chose, puis s'abstint.

— Ah! Les relations familiales, parfois c'est mouvementé, dit Charles en feignant une expérience qu'il ne possédait pas. L'auto de papa se trouve dans le stationnement du magasin. Veux-tu que je te reconduise ?

Thomas hésita un moment, puis acquiesça d'un geste de la tête. L'idée de rentrer en tramway ne lui disait rien. Tout en marchant sur le boulevard Charest, puis lors du trajet vers la Haute-Ville, le trio demeura silencieux. Charles s'arrêta devant la demeure du juge Paquet, dans la Grande Allée.

— Content de t'avoir revu, dit Charles en se tournant à demi pour tendre la main.

— Moi aussi, répondit Thomas machinalement.

Il garda toutefois la main de sa cousine un peu plus longuement, puis proposa sans assurance :

— Béatrice, accepterais-tu de prendre un café avec moi avant mon retour à Montréal ?

— … Oui, bien sûr. Ce n'est pas ce soir que nous avons pu faire connaissance.

« Quoique, songea-t-elle, cette scène familiale en disait beaucoup. » Dès qu'il eut refermé la portière, Charles démarra en faisant un vague salut de la main. Après avoir parcouru une cinquantaine de verges, il murmura, un peu moqueur :

— Si ça se termine devant l'autel, avec un cousin germain, avoir une dispense sera difficile.

— Si tu vivais une relation amoureuse de ton côté, tu ferais assurément preuve d'un meilleur discernement quand tu abordes ce sujet, répondit-elle du tac au tac.

La remarque ironique était fondée, car au chapitre des amours, le garçon se sentait beaucoup plus jeune que ses vingt-trois ans et dix mois.

Dès que Béatrice entra dans la maison, elle vint se planter devant la porte du salon.

— Papa, je peux m'installer dans ton bureau pour écrire quelques lettres ?

Le notaire et sa femme parcouraient les journaux et les magazines, comme ils en avaient l'habitude quand le calme revenait dans la grande demeure.

— L'endroit est toujours ouvert pour toi, tu le sais bien, répondit le père. Mais auparavant, peux-tu t'asseoir un peu ?

Elle vint occuper un bout du canapé avec sa belle-mère.

— À quoi ressemblait cette manifestation ?

— Il s'agit toujours de la même chose : des discours donnés par des étudiants ambitieux, des membres des forces de l'ordre pour assurer la paix, ou provoquer des affrontements, selon les points de vue, et des centaines de jeunes inquiets de se retrouver sur les champs de bataille.

— Ce soir, il n'y a pas eu de violence ?

Fernand avait effectué un petit détour avant d'en venir à son véritable sujet de préoccupation.

— Non seulement Charles n'a reçu aucun coup, mais il en a été de même pour tout le monde.

La jeune femme avait dit cela avec un sourire un peu espiègle. Elle enchaîna :

— Il devient très prudent, au point de refuser de prendre la parole en public afin de soigner sa carrière à la Société des artisans.

— D'un autre côté, il demeure bien… enthousiaste, au point de frôler l'indélicatesse, même à la table familiale.

— Il lui faut bien remplacer tous les échanges enflammés qu'il a connus au sein des associations nationalistes. Il a perdu sa tribune habituelle, en quittant l'École des Hautes Études commerciales.

La conversation s'était poursuivie à mi-voix, même si le principal intéressé était reparti avec la voiture paternelle aussitôt après avoir déposé sa sœur à la maison.

— Je suppose que ses objectifs de carrière vont le conduire à un comportement plus tempéré. Maintenant, j'aimerais te dire un mot de l'offre d'Antoine.

— De faire de moi la marraine de son enfant à venir ? Je suis profondément touchée, mais je suis encore étudiante, puis il faut aussi un parrain, non ?

— Oui, mais pas nécessairement l'époux de la marraine. Je suis le parrain du fils de Mathieu, Thalie est ma commère.

Le notaire reprenait le vieux terme français pour désigner la marraine par rapport à lui : Thalie était sa commère, lui son compère. Le rose monta aux joues de la jeune femme.

— La personne choisie doit se substituer aux parents en cas de malheur, continua Fernand. Voilà ma conviction : Antoine ne pourrait mieux choisir. Élise partage tout à fait mon avis.

La belle-mère tendit la main pour serrer doucement son bras, comme pour confirmer l'affirmation.

— … J'accepte, fit la blonde d'une voix émue.

— Bon, tu le lui annonceras toi-même demain matin, dit son père avec son habituel sourire affectueux. Cette importante question réglée, nous te laissons à ta correspondance.

L'homme quitta son fauteuil, consulta son épouse des yeux puis lui tendit la main pour l'aider à se lever. La permanence de ces petites attentions charmait toujours sa fille, au point de l'amener à supputer de ses chances de connaître les mêmes dans trente ans. Au moment où il passait la porte, Fernand se retourna pour dire encore :

— Tu auras juste à expliquer à tes amis de l'université que tu rentreras un peu plus tard. On ne peut pas sommer cet enfant de naître d'ici samedi prochain, mais ça ne tardera plus maintenant.

Quand le père parlait d'amis, il tendait une perche pour recevoir ses confidences. À ses côtés, sa femme adressa un sourire entendu à sa belle-fille : elle ne doutait pas une seconde qu'une seule personne aurait droit à une lettre.

— J'écrirai exactement ces mots, et là-bas on comprendra.

Lorsque le couple se fut esquivé, Béatrice demeura un moment immobile, songeuse. Ce rôle de marraine représentait son premier engagement irréversible à l'égard d'un autre être humain. Elle entendait le prendre très au sérieux. Elle se leva ensuite pour se rendre dans le bureau adjacent.

La plume à la main, la blonde hésita un moment sur la façon de commencer et se résolut à un simple « Art ». Puis elle enchaîna :

Depuis que je suis ici, les gens semblent tout disposés à se confier à moi, comme si j'étais déjà une psychologue patentée. Tiens, c'est un peu comme les gens qui sont tout de suite prêts à te montrer une partie plutôt intime de leur anatomie en apprenant que tu étudies en médecine. Le plus drôle, c'est que ça me plaît, même si je ne me sens pas très compétente.

Ensuite, son hésitation se prolongea, comme si les mots ne lui venaient pas. Autant dire les choses tout simplement :

Mon frère vient de me demander de devenir la marraine de son enfant. Cela m'oblige à remettre notre prochain rendez-vous de quelques jours. Ça ne devrait pas trop tarder, le ventre de ma belle-sœur ne peut se distendre un pouce de plus. Voudrais-tu en avertir mon directeur de recherche ?

La façon de clore la missive lui poserait un autre problème. De nouveau, la candeur serait la meilleure attitude.

J'ai hâte de te revoir. Très hâte.

Tout de même, sa timidité l'empêcha de mettre un « X » au bout de sa signature.

Même si la confiance régnait entre les copropriétaires du magasin PICARD, une visite du commerce suivait toujours immédiatement le dépôt d'un relevé financier trimestriel.

Le ton cordial n'excluait pas une légère tension. Qu'il le veuille ou non, dans ces circonstances, plus que l'état des lieux, le travail de gestion de Mathieu se trouvait soumis à un examen.

Dans les locaux administratifs, dans l'espace réservé à la secrétaire, ce lundi matin Fernand occupait beaucoup de place. Par la taille évidemment, par son statut de détenteur du tiers des parts surtout. Pourtant, jamais il ne perdait sa bonhomie.

— Flavie, même si j'apprécie au plus haut point l'élégance de ce décor moderne, tu en demeures le plus bel ornement. Viens m'embrasser.

— Pourtant, certains jours je me sens bien vieille. Ce matin j'ai constaté que mes yeux arrivent à la hauteur de la bouche d'Alfred.

Elle quitta sa place pour tendre ses joues l'une après l'autre.

— Bientôt, je vais devoir rejeter la tête en arrière pour l'embrasser.

— Ce n'est pas toi qui es petite, c'est lui qui pousse bien vite. Il reprendra son poste de liftier l'été prochain?

— Jamais de la vie, dit la mère en riant, ce serait inconvenant pour ce grand jeune homme. Si tu viens acheter des chaussures en juillet ou en août, tu auras les services d'un jeune vendeur bâti comme une asperge.

— Je viendrai juste pour le voir un peu intimidé devant moi. Je maintiens ce que je disais: tu demeures le plus bel ornement de ce décor.

La quarantaine lui allait bien, puis son rôle de «vitrine» pour le magasin la forçait à porter les plus beaux vêtements du troisième étage. Debout dans l'embrasure de la porte de son bureau, Mathieu regardait l'échange avec un sourire amusé. Quand les affaires demeuraient difficiles, seul le notaire arrivait à calmer un peu les inquiétudes de sa femme. Maintenant, pour elle il incarnait l'idéal de l'ami fidèle, attentionné.

L'instant d'après, les deux hommes se serraient la main.

— Marie va-t-elle se joindre à nous ?

— Comme d'habitude, ce matin elle prétendait que ce n'était pas sa place, mais attends juste un peu.

Le directeur général leva son poignet droit pour voir sa montre, dressa un doigt de la gauche, puis un deuxième, un troisième… Au cinquième, sa mère entrait dans la pièce.

— Le revoilà qui fait son spectacle, dit-elle en l'apercevant.

— Tout de même, prévoir votre entrée à la seconde près, commenta Fernand en l'embrassant à son tour, voilà qui m'impressionne.

— Il aurait dû faire de la musique. Selon lui, le bruit de mes pas peut être identifié parmi tous les autres.

Le trio des propriétaires se trouvait réuni. Il revint, comme plusieurs fois auparavant, à Fernand de dire :

— Flavie, tu viens avec nous ?

— Non, je dois recevoir deux fournisseurs.

La secrétaire agissait davantage comme collaboratrice ce jour-là. Le notaire hocha la tête, toujours bienveillant.

Béatrice aidait les domestiques à faire la vaisselle du déjeuner, résolue à ce que sa présence ne soit une corvée pour personne. Les premiers jours, elle avait mis du temps à leur expliquer ce que faisait un « docteur pour la tête ». Après un moment, la jeune femme avait renoncé.

En revenant dans le salon un peu après neuf heures, elle trouva sa belle-sœur bien enfoncée dans son fauteuil.

— Tu me trouveras ridicule : j'essaie de me relever depuis un moment, mais je n'y arrive pas.

— Je te trouve surtout très enceinte, dit Béatrice en riant, s'approchant les deux mains tendues. Accroche-toi.

Compte tenu de sa stature, la tirer de son siège ne posa aucune difficulté. La blonde garda les mains de sa belle-sœur dans les siennes.

— Te portes-tu bien ?

— Oui, oui.

— Je veux dire vraiment bien ?

La sollicitude dans la voix toucha Louise. Passant une main sur son abdomen arrondi, elle expliqua :

— Selon mon médecin... Ou devrais-je dire ma médecin ?

— Je ne sais pas. Je pense que le phénomène est trop récent pour que les grammairiens se soient penchés sur la question.

— Selon le docteur Picard, les choses se passent bien. Toutefois, je ne comprends pas trop comment je me sens. Heureuse, impatiente, mais aussi très inquiète.

Machinalement, elle posa ses deux paumes sur ses reins, se pencha un peu vers l'arrière, tout en esquissant une petite grimace de douleur.

— Tu n'as pas mis le nez dehors depuis quelques jours, n'est-ce pas ?

— Je ne peux pas quitter mon fauteuil toute seule, dehors je ne pourrais même pas me reposer sur un banc sans craindre d'y rester éternellement. Comme Antoine travaille cinq, le plus souvent six jours par semaine, je me promène d'une pièce à l'autre.

— Que dirais-tu de venir avec moi ? Le soleil resplendit, nous avons une charmante journée de printemps.

— Je ne sais pas trop...

— La preuve est faite que je peux t'aider à te relever. Je crois même que je te porterais dans mes bras, si nécessaire.

De cela, la future mère s'avérait incertaine. À la fin, elle consentit d'un geste de la tête, tout en esquissant un sourire un peu effarouché. La belle-sœur qui étudiait aux États-Unis l'impressionnait toujours un peu.

— Auparavant, je dois aller… me refaire une beauté.

Louise se dirigea vers la salle d'eau avec un dandinement de canard.

Les locaux administratifs se trouvaient au sixième, le dernier étage. Le trio se retrouva immédiatement dans la salle à manger, refaite quelques années plus tôt. En matinée, les lieux n'accueillaient qu'une douzaine de femmes venues faire des courses et désireuses de prendre une pause devant un café et des rôties.

— Avec le plein emploi, le restaurant fait d'excellentes affaires. Les travailleuses des alentours viennent le midi, même le soir les jours où nous fermons plus tard. La seule difficulté, c'est le maudit rationnement. Chacun reste un peu sur sa faim.

— Je dois être le seul qui profite vraiment de la situation, ricana Fernand. Mon médecin me félicite de perdre un peu de poids.

En conséquence, dans l'escalier Marie s'informa de sa santé. Il passa tout le temps du trajet vers le rayon des électroménagers à la rassurer. Cette sollicitude lui faisait penser à sa propre mère, disparue quelques années plus tôt. Puis il remarqua les grands espaces vides sur le plancher.

— Le gouvernement fédéral réquisitionne des feuilles d'acier, dit Mathieu devant son regard interrogateur. Nous n'aurons plus de laveuses de toute l'année, selon un fournisseur. La matière première sert à la fabrication des véhicules.

— Tu ne peux pas trouver du côté des États-Unis ?

— Là-bas aussi les matériaux stratégiques sont rationnés. Enfin, je vais faire mon possible. Au moins, avec la hausse des prix, nous ne fonctionnons pas à perte.

La situation méritait un long exposé, mais inutile de se montrer plus précis avec Fernand. Avec les embauches dans l'industrie de guerre, les vendeuses exigeaient des hausses de salaire.

— Tous ces encadrés publicitaires sur les murs, remarqua-t-il, ça n'aide pas non plus.

Ses yeux s'arrêtaient sur un grand panneau montrant une femme souriante, en bleus de travail, tenant une bombe entre ses mains, comme dans une cuisine elle aurait présenté à la famille une volaille bien préparée.

— "Je fabrique des bombes et j'achète des bons de la Victoire", lut Marie à haute voix.

— Voilà l'ironie de la situation. En achetant du matériel militaire, le gouvernement fournit des emplois à tout le monde. Puis il récupère une bonne partie des salaires versés en vendant ces obligations. Les gens n'ont pas de mal à épargner, ils ne peuvent rien acheter à cause du rationnement.

Ce portrait amena le notaire à se renfrogner un peu. Il entendait pourtant faire une mise au point lors de cette rencontre. Mathieu le désarçonna un peu plus quand il l'entraîna dans le rayon des appareils électriques.

— Je vais te montrer le côté le plus ridicule de la situation. Tu vois ce beau poste de radio ?

Il montrait un gros meuble de bois atteignant la hanche d'une personne de taille moyenne. Sur le devant, derrière un alignement de colonnes décoratives, on voyait un grand carré de tissu brun strié de doré. Le directeur le toucha du doigt.

— Avec ça, imagine le son : un gros haut-parleur de plus de neuf pouces de diamètre.

Fernand attendit la conclusion, qui, il le devinait, ne porterait pas sur les qualités de l'appareil.

— Le manufacturier ne peut trouver des haut-parleurs. Dans ce cas aussi, il s'agit d'un produit stratégique. Alors, on les vend vides. Derrière cette toile, il y a simplement un grand trou.

— Des gens l'achètent sans pouvoir l'entendre jouer ? Ça ne sert à rien.

— Bah ! On peut déposer un pot de fleurs dessus, ou alors l'un de ces plats remplis de fruits de cire.

Devant le dépit de son fils, Marie posa une main sur son avant-bras. Celui-ci reprit, un peu plus calmement :

— Les gens imaginent en trouver un sur le marché noir. Un client est venu m'annoncer qu'il y avait mis un haut-parleur de bombardier. Je ne savais même pas qu'on en trouvait dans ces gros avions.

— Sans doute pour que les ordres couvrent le bruit des moteurs.

Le rationnement créait des débrouillards de ce genre. Des ouvriers quittaient la manufacture avec un objet dissimulé sous leur manteau, des camionneurs expliquaient qu'en chemin une caisse de leur cargaison était tombée sur la chaussée pour disparaître aussitôt, des cultivateurs se présentaient avec un quartier de bœuf dans le coffre de leur voiture lors de rassemblements sportifs ou politiques.

Lors de la visite du rayon des vêtements pour femme, tout naturellement Marie prit le relais. Que l'on y accède par l'escalier ou le passage entre le vieil et le nouvel édifice, celui de 1891, un panneau indiquait «Boutique ALFRED», et une affichette rappelait que le fondateur, Théodule Picard, avait eu deux fils, Thomas et Alfred.

Là aussi, les étalages se trouvaient plus éloignés les uns des autres, les vêtements s'empilaient moins haut sur les rayonnages.

— Toutes les travailleuses ont de l'argent pour s'habiller, les épouses des entrepreneurs veulent ressembler à des vedettes de cinéma. Avoir plus à vendre, je vendrais plus. Néanmoins, ça va bien.

La note optimiste changeait agréablement de l'attitude déprimée du directeur. Quelques minutes plus tard, arrivés au rez-de-chaussée, ils convenaient de se retrouver au sixième.

Le soleil d'avril était juste assez chaud pour qu'une veste suffise pour se sentir bien. Louise s'accrochait au bras de sa belle-sœur, un peu incertaine de son pas sur le trottoir.

— Tu ne regrettes pas de m'accompagner?

— Non, ça me fera du bien, malgré la douleur dans mes jambes. Puis de voir des gens… Je veux dire d'autres gens que les membres de la famille.

— Je comprends.

Béatrice caressa les doigts de sa parente posés sur le pli de son bras. À chaque fois qu'elles croisaient une femme poussant un carrosse, Louise l'arrêtait pour se pencher sur l'enfant, s'informer de son âge, formuler quelques compliments sur sa bonne mine.

Aussi mirent-elles assez longtemps pour atteindre le parc des plaines d'Abraham. Sur un banc, le visage orienté vers le soleil, les deux jeunes femmes demeurèrent un long moment silencieuses.

— Des fois, je le sens bouger, remarqua Louise en posant sa paume sur son flanc.

— Cela doit donner une drôle de sensation.

Sa compagne prit sa main pour la poser sur son ventre.

— On dirait un coup de pied, constata la blonde avec un sourire ému.

— Aimerais-tu en avoir, toi aussi ?

Béatrice amorça un mouvement caressant, comme si l'enfant pouvait le sentir.

— Ça me ferait de la peine de rater cette expérience. Cependant, auparavant je dois répondre à une simple question : avec qui ?

— Pour une femme avec ton allure, instruite en plus, ça ne devrait pas être difficile.

— Tu as vu une file d'attente devant la maison ?

Louise rit doucement puis remarqua :

— Plus personne ne te connaît à Québec, tu es partie en 1936. Montre-toi un peu, on verra bien.

— Je n'aurai pas le temps de me constituer une armée de prétendants. Je vais rentrer au Connecticut le lendemain ou le surlendemain du plébiscite.

— Ça ne devait pas être la veille ou l'avant-veille ?

Silencieuse la plupart du temps, la future mère ne manquait rien aux conversations.

— L'horaire précis sera déterminé par cet enfant à venir, dit Béatrice.

Sa belle-sœur lui adressa un sourire. Le choix de la marraine lui donnait la plus entière satisfaction. Puis elle baissa la voix d'un ton pour demander encore :

— Tu vas voter comme Charles t'incite à le faire ?

Le benjamin ne manquait jamais l'occasion d'un repas pour prêcher en faveur du « Non » aux membres de sa famille.

— Si cela se produit, je t'assure que ce sera l'effet du hasard. J'espère que tu ne voteras pas comme Antoine par souci d'obéissance.

— Nous n'avons jamais discuté de la question, mais si je suis en mesure de me déplacer ce jour-là, je voterai librement. Remarque, tu ne seras peut-être pas fière de moi pour autant. Comme mon mari m'incite à suivre mes convictions, tu vas penser que je lui obéis si nous sommes du même avis.

Le ton moqueur de Louise voulait souligner gentiment le petit côté condescendant de Béatrice. Au lieu de s'en formaliser, celle-ci s'en amusa. Elle savait qu'Antoine respectait l'opinion de son épouse, et que sa belle-sœur ne faisait que taquiner une parente tentant de lui faire la leçon.

— Moi, continua Louise, je ne peux supporter que l'on force des garçons à tuer d'autres garçons. Ma voix ira au "Non".

De nouveau, la femme caressait son abdomen, songeuse. Dans vingt ans, son enfant s'exposerait-il au même risque ?

— Tu sembles toujours t'entendre aussi bien avec mon frère.

Un sourire ému passa sur les lèvres de Louise, puis elle murmura :

— Tu te doutais que de gros et grands garçons comme lui pouvaient être si doux, si attentionnés ?

— J'ai été élevée par un gros homme tout aussi doux et attentionné.

L'autre rit de bon cœur à la remarque. Évidemment, le fils et son père pratiquaient le même métier de notaire avec la même prudence, leurs discussions les plus animées se faisant toujours d'une voix posée. L'un ressemblait tellement à l'autre.

— Tu as raison, ton père est un homme très bon... Savais-tu qu'il a offert à Antoine de lui vendre la maison ?

Béatrice bougea la tête de haut en bas. L'aîné se confiait à son frère et à sa sœur sur le sujet, pour que leur sensibilité ne soit pas écorchée si la transaction se réalisait.

— Je pense que papa entend faire de lui et de toi le maître et la maîtresse des lieux.

— Ça représente tellement d'argent. Puis si lui et sa femme restent là…

Bien sûr, Fernand risquait de peser comme un patriarche sur la vie du clan, et Élise aussi.

— Comme nous savons toutes les deux qu'il s'agit d'un homme attentionné, ne t'inquiète pas. Puis Élise prendra bien garde de ne pas te marcher sur les pieds. Les choses iront d'elles-mêmes.

La conversation porta un long moment sur les rapports d'une jeune femme avec sa belle-mère. Au moment de revenir rue Scott, le pas de Louise paraissait un peu plus léger. Quant à Béatrice, elle en venait à se reconnaître une certaine compétence de confidente.

Fernand se tenait debout devant l'une des deux fenêtres circulaires dans le bureau du directeur. Le va-et-vient des camions impressionnait, après les années de crise. Surtout, les véhicules vert foncé de l'armée se succédaient à un rythme soutenu. À la Citadelle et dans le camp de Valcartier, des milliers d'hommes se trouvaient sous les drapeaux.

— Les chiffres ne sont pas si mauvais, d'après ton dernier relevé, dit-il en se retournant.

Les deux autres propriétaires se trouvaient assis à une table, de même que Flavie. Au lieu de donner un long exposé annuel, Mathieu préparait un relevé des opérations tous les trimestres.

— Par rapport à 1932-1933, nous roulons sur l'or. Cependant, compte tenu de tout l'argent qui circule, le rationnement nous coûte cher.

— Je le constate moi aussi. D'un autre côté, les changements dans ma vie familiale me donnent envie de laisser le commerce de détail.

Le sujet revenait sur le tapis avec une certaine régularité. Chaque fois, Mathieu s'inquiétait un peu. Dix ans plus tôt, la présence du notaire avait été essentielle à la prise de possession. Même si son ami lui abandonnait la totale direction de l'entreprise au jour le jour, il lui attribuait une large part des succès de l'affaire.

— Des changements ? s'inquiéta Marie.

— Antoine aura son premier enfant dans quelques semaines, il conviendrait qu'il soit désormais propriétaire de son logis.

Lui-même n'était entré en possession de la grande maison qu'à la mort de son père. Il ne voulait pas faire attendre son aîné pendant de nombreuses années, ni lui rendre le service de disparaître prochainement pour lui faire de la place.

— Tu n'auras pas besoin d'un supplément de liquidités dans ces circonstances, intervint Mathieu, puis le magasin demeure un investissement rentable.

Le directeur s'arrêta là. Dans la présente conjoncture, des actions dans les domaines de l'aluminium, de l'acier et de la pétrochimie paieraient mieux que le commerce de détail.

— Je vais financer l'achat d'Antoine, et donner aux autres leur part de la maison en argent. Si je distribue mon héritage tout de suite, enfin, une part de mon héritage, mes enfants n'auront pas à souhaiter mon décès pour toucher l'argent.

— Crains-tu vraiment cela ? demanda Marie avec un sourire en coin.

Le notaire prit un siège à la table, s'adossa confortablement.

— Non, et je ne devrais pas évoquer des hypothèses pareilles. Je ne veux rien bousculer, mais j'aimerais céder chaque année une fraction de mes parts, en commençant en 1943. Là je possède le tiers, j'aimerais qu'il ne me reste rien du commerce dans dix ans, plus tôt si tu peux te le permettre.

La précision ne concernait que Mathieu, pas Marie. Non seulement celle-ci ne participerait à aucun achat, au contraire elle aussi serait bientôt désireuse de vendre sa part du commerce.

— Si jamais la situation se dégrade sérieusement…

— Nous nous reparlerons à ce moment-là. Inutile de prévoir le pire.

Ainsi, ce copropriétaire donnerait la valeur de sa maison à ses enfants d'ici un mois. Au même moment, il entendait commencer à réorienter ses investissements.

— Comme nous n'avons plus rien à payer pour les rénovations, murmura Mathieu, ce sera possible.

Déjà le directeur refaisait mentalement tous ses calculs.

Chapitre 5

Thalie demeura un moment interdite dans l'entrée de la Citadelle, paralysée par le tract. Vue de l'extérieur, la bâtisse s'avérait déjà impressionnante. À l'intérieur, l'ampleur des lieux avait de quoi surprendre. Des dizaines d'hommes s'activant dans tous les sens lui firent une grande impression. Le port de l'uniforme, la coupe de cheveux et le dos très raide les rendaient tous semblables. Dans cet univers, seules quelques femmes s'activaient derrière des machines à écrire.

— Le colonel Murphy m'attend, signifia-t-elle à un planton.

Celui-ci l'examina des pieds à la tête, un sourire en coin.

— Vraiment ? J'en doute.

— Je vous assure. Vérifiez, je suis la docteure Picard.

Sur le bureau du planton reposait un agenda ouvert à la page du jour. Une ligne fit disparaître son air goguenard.

— Suivez-moi, madame.

Inutile de le corriger, le statut de célibataire de Thalie ne lui donnait aucun sentiment de fierté. Le service de santé occupait une longue suite de pièces. Des dizaines de jeunes hommes en civil, la très grande majorité avec de la crainte dans les yeux, hantaient ces lieux. Dans les premières salles du service, tous se trouvaient vêtus, la chemise boutonnée jusqu'au cou, la vareuse ou la veste sur le dos. Plus loin, les appelés présentaient des poitrines creuses ou musclées.

Sur son passage, les plus pudiques croisèrent les bras pour se cacher.

— Nous ne voyons pas souvent des femmes dans ces parages, expliqua son guide. Les voilà intimidés.

La précision était inutile, cela se lisait sur tous les visages. «L'examen des recrues féminines revient-il à des hommes?», se questionna la médecin. Sans doute. Dans des circonstances de ce genre, elle aussi songerait à se rendre invisible.

Le bureau du colonel Murphy se trouvait dans les entrailles du service de santé, une pièce bien meublée, mais sombre et encombrée.

— Votre visiteuse, colonel, dit le planton en saluant.

Puis le jeune homme s'esquiva. L'officier supérieur quitta son siège, s'approcha de Thalie la main tendue et risqua en français:

— Docteure Picard, enchanté.

La prononciation était si laborieuse qu'elle répondit en anglais, et s'en tint à cette langue pour tout le reste de la conversation.

— Enchanté, monsieur… ou devrais-je dire colonel? Ou docteur?

— L'usage exige l'utilisation du grade, mais les trois me conviennent. Assoyez-vous.

Au moment d'occuper la chaise libre, Thalie avisa la pile de fiches descriptives sur le bureau.

— Nous recevons des dizaines d'appelés toutes les semaines, dit le colonel en suivant ses yeux. Certains avalent six aspirines avant de se présenter pour qu'on trouve leur pouls trop rapide, ceux qui souffrent d'allergies se roulent dans un champ de foin. Les gens avec des pieds plats, ou même avec les traces d'une exposition à la tuberculose, sont considérés comme chanceux au point de faire envie.

— Ne les comprenez-vous pas?

L'officier demeura songeur, puis admit :

— Je les comprends très bien, au contraire. Voyez-vous, mes parents sont venus d'Irlande. Je n'entends pas parler contre l'impérialisme britannique pour la première fois de ma vie.

La médecin acquiesça d'un mouvement de la tête. La plupart des Irlandais partageaient avec les Canadiens français la religion catholique et une haine tenace des Anglais. Le colonel en vint tout de suite à la raison de cette visite. Il récupéra une lettre dans son tiroir, Thalie reconnut la sienne.

— Vous voulez vous enrôler, docteure Picard.

— Dans le corps médical. Je ne serais pas très utile parmi les couaques… puis j'ai passé l'âge limite pour ce régiment.

Elle évoquait le corps féminin de l'armée, le CWAC, à la façon des Canadiens français : l'acronyme devenait un nom.

— J'ai reçu mon diplôme de l'Université McGill en 1925, poursuivit-elle.

— Je sais. Moi aussi, mais il y a plus longtemps. Nous ne nous y sommes pas croisés. Vous avez laissé un bon souvenir à vos professeurs. Certains d'entre eux sont toujours là.

Bien sûr, l'officier avait pris des informations. Ce genre d'offre de service ne devait pas venir tous les jours.

— Vous savez, aucun homme de troupe n'acceptera des soins d'une femme médecin, jugea-t-il utile de préciser.

— Voilà le côté absurde de la situation. Tout à l'heure, ceux qui j'ai croisés paraissaient tous effarouchés à l'idée que je puisse les voir. Pourtant, en cas de blessure, des infirmières changeront leurs pansements, les feront pisser dans des urinoirs, manipuleront les bassines. Se montrer ne les gêne pas tant que ça, mais voir une femme en position d'autorité, oui.

Le colonel donna son assentiment d'un geste de la tête.

— Toutefois, vous n'entendez pas devenir infirmière pour les accommoder.

— Ce serait une façon bien mauvaise de gérer les compétences. Avant d'en arriver là, je me tournerai vers l'armée américaine. Là-bas je pense qu'on sera moins regardant sur la pudeur des hommes.

— Vous vous devez d'abord à votre pays.

— Je suis d'accord, puisque vous me voyez devant vous aujourd'hui.

Murphy hocha la tête de haut en bas. Des Canadiens pouvaient revêtir l'uniforme du pays voisin, tout comme des Américains étaient venus s'enrôler au Canada dès 1939, par esprit d'aventure ou à cause de leurs convictions politiques.

— Bon, le nombre de femmes ira croissant dans le corps expéditionnaire, consentit-il, au point d'occuper à elles seules un médecin.

La tête de Thalie tourna un peu. Vouloir briser son cercle de mélancolie en rejoignant l'armée était une chose facile à imaginer. Constater que le projet pouvait se réaliser lui donnait le vertige. Pas à cause des regrets, mais plutôt à cause du sentiment de s'être mis le doigt dans un engrenage sur lequel elle perdait le contrôle.

— Cependant ne vous emballez pas trop vite, votre cas est un peu... unique. Mes supérieurs vont y penser à deux fois avant de se décider.

Curieusement, maintenant elle s'inquiétait que le projet ne se réalise pas.

— Vous me contacterez, ou je dois attendre un courrier d'Ottawa ?

— Vous aurez droit aux deux, je suppose, si la réponse s'avère positive. Eux d'abord, moi ensuite. Sinon, l'état-major vous donnera seul la mauvaise nouvelle.

— Je ne vous dérangerai pas plus longtemps. Merci de m'avoir reçue.

Comme elle amorçait le mouvement de se lever, le médecin l'arrêta.

— Puis-je prendre encore un moment de votre temps ?

— Bien sûr, colonel.

Le terme s'accompagna d'un petit sourire.

— Vous savez quel genre de soins nous donnons à nos patients ?

— Des blessures par balle… des éclats d'obus.

Les cicatrices sur le bras et la poitrine de son frère lui revinrent en mémoire.

— Pour le moment, les Canadiens n'ont pas vu de combats, du moins pas en Europe. Les traumatismes sont le résultat de chutes, d'objets reçus sur le corps ou la tête. Les rares blessures attribuables aux coups de feu tiennent à des accidents.

L'homme s'interrompit un instant pour ménager son effet, puis déclara :

— Les consultations les plus fréquentes concernent les maladies vénériennes.

Thalie lui répondit avec un sourire goguenard :

— Voilà sans doute pourquoi nos combattants ne pourraient tolérer un médecin de sexe féminin.

— Cela figure certainement parmi leurs motifs. Comme ce genre de maladies se partage, on les retrouve aussi chez les couaques… De même que quelques grossesses non désirées, précisa-t-il encore.

Les bien-pensants lançaient des commentaires désobligeants sur ces femmes soldats. Loin de leur famille, dans un milieu d'hommes, les nombreuses occasions de pécher les poussaient à des comportements de dévergondées.

— À ce sujet au moins, je me retrouverai en milieu connu, ma pratique ne concerne que ça, des accouchements.

— L'idée de porter l'uniforme ne vous effraie pas ?

— Je gagnerai du temps le matin : plus besoin de me demander quoi me mettre.

Son humour sonnait faux, l'autre ne s'y trompa pas.

— Je pensais surtout à ce qui vient avec. Notamment l'obéissance.

Jusqu'où cet homme était-il allé, au moment de recueillir des informations sur elle ? Ceux qui la connaissaient ne devaient pas mettre sa soumission au premier rang de ses vertus.

— De mon côté, l'entraînement physique me fait le plus peur. Obéir aux ordres ne doit pas être difficile, comparé aux courses dans la boue.

« Voilà au moins l'occasion de faire fondre la petite couche de graisse sur mes hanches », songea-t-elle, se jugeant tout de suite un peu sotte de penser à ça.

— Rassurez-vous, les médecins ne sont pas tenus de s'entraîner. Si vous recevez une offre d'enrôlement, ce sera avec un uniforme très mal coupé et un grade de capitaine. Toutefois, ne sous-estimez pas la difficulté d'obéir à des ordres parfois imbéciles.

L'homme se redressa sur sa chaise en contemplant la pile de documents sur son bureau.

— Je vous remercie de votre visite, docteure Picard.

— Merci de m'avoir reçue, colonel Murphy. Au plaisir de vous revoir.

La femme quitta sa chaise et marcha vers la sortie. Dans les couloirs du grand complexe, la pudeur de quelques hommes fut de nouveau troublée.

Le télégramme de son père, au lieu d'un simple coup de fil, donnait un caractère dramatique au rendez-vous. Ce moyen de communication servait généralement à annoncer un malheur, notamment un décès. Édouard se donnait tout ce mal pour éviter d'avoir sa femme, ou pire, son beau-père, au bout du fil.

Le garçon ne venait pas au garage pour la première fois, pourtant l'endroit lui paraissait encore nouveau. Il habitait Montréal depuis le début de ses études universitaires, et lors des grandes vacances il était si accaparé par ses multiples occupations qu'il était contraint d'espacer ses visites.

Lors de son arrivée, Édouard se trouvait en grande conversation avec un client potentiel.

— Je vous assure, monsieur Desrosiers, voilà une voiture parfaite pour vous.

— Bah, une 1940. Acheter un char usagé, c'est hériter des problèmes des autres.

— Si vous voulez vous plaindre, adressez-vous au gouvernement fédéral. Moi, je vous en vendrais dix, des autos neuves, si je pouvais. Je peux vous certifier cependant que celle-là vous donnera de bons services jusqu'à la défaite des Boches.

L'homme d'une cinquantaine d'années fit le tour de la voiture avec une mine dubitative, puis frappa du bout du pied sur chacun des pneus avant de conclure :

— Bon, j'vas y penser, monsieur Picard. Moé, j'voudrais un char neuf.

— Faites le tour de tous les concessionnaires, vous n'en trouverez pas. Revenez ici ensuite. Je vends des voitures de seconde main depuis dix ans, je m'y connais, vous serez satisfait de celle-là.

Le dénommé Desrosiers ne paraissait pas tout à fait convaincu. Quand il eut passé la porte, Thomas demanda :

— Es-tu certain qu'il n'en trouvera nulle part?

— À moins d'être très chanceux, ce bonhomme sera déçu. Je ne peux pas visiter tous mes compétiteurs pour vérifier dans les salles de montre, mais je ne pense pas qu'il voie un seul char neuf. Regarde, voilà la raison.

Un grand encart publicitaire avait été épinglé au mur: «La Victoire est notre affaire». L'illustration montrait un véhicule blindé dans un paysage enchanteur.

— Tu as lu ça? reprit le garagiste. "Les hommes et les femmes de General Motors du Canada sont animés d'un esprit combatif dans leur travail". Et un peu plus loin: "Des produits de guerre GM de fabrication canadienne servent déjà sur tous les théâtres de guerre. Il y en aura encore davantage, jusqu'à ce que cette lutte acharnée soit finie et que la paix se rétablisse en vertu d'un nouveau titre à la liberté".

Un juron traduisit tout ce qu'il pensait de l'effort de guerre.

— J'ai vu cette image dans les journaux, dit Thomas. Ça ne doit pas être très rentable pour les compagnies de dire à tout le monde que leurs produits servent en Europe.

— Voilà leur façon de rappeler à tous qu'ils existent encore, qu'on retrouvera des voitures et des camions une fois la paix revenue.

Ces publicités se trouvaient partout, General Motors se présentait comme un citoyen exemplaire. Le marchand contempla son fils un moment.

— Quand es-tu arrivé à Québec?

— Il n'y a pas très longtemps.

Le père rageait encore d'avoir appris sa présence tout à fait par hasard, le soir de la manifestation politique de la Ligue pour la défense du Canada.

— Tu resteras combien de temps chez ton grand-père?

— Deux ou trois jours tout au plus. Un examen m'attend.

— Autant que ça! se moqua Édouard. Dans ce cas, je peux priver le juge Paquet et ta mère de ta présence pendant quelques heures. Tu pourras venir avec moi à l'assemblée de ce soir, à Sainte-Croix-de-Lotbinière.

Il ne s'agissait pas d'une question, plutôt d'une exigence. Le garçon songea d'abord à refuser, puis se ravisa. De toute façon, il serait bientôt cinq heures, trop tard pour planifier une autre activité ce soir-là.

— Il faudra plus d'une heure pour nous y rendre, dit-il plutôt.

— Alors, partons tout de suite, nous trouverons de quoi manger en chemin.

Dans les circonstances présentes, Édouard ne risquait pas de perdre des clients en fermant un peu avant l'heure. Un carton portant le mot « Fermé » se trouvait suspendu à un clou près de la porte. Il l'accrocha contre la vitre.

— Tu vas pouvoir essayer ma Cadillac 1939. Comme tu vois, les choses ont changé depuis l'ouverture de ce commerce. Aujourd'hui, j'ai un meilleur char.

L'homme tenait à lui faire savoir que depuis la déchéance de 1932, il avait su se relever. Sans cette satanée guerre, il aurait retrouvé son niveau de prospérité antérieur en 1947, au plus tard 1950. D'héritier malchanceux, il se voyait devenir un *self-made-man*. Puis la guerre avait tout ajourné.

Pour se rendre à Sainte-Croix, dans le comté de Lotbinière, Édouard devait emprunter le pont de Québec, la grande construction de fonte jetée sur le Saint-Laurent avant la Grande Guerre. Chaque fois, le souvenir de l'effondrement de 1907 le rendait morose. Un garçon de dix-sept ans était mort dans ses bras. Son état d'esprit l'incitait au silence, ce qui convenait tout à fait à Thomas. Avec son père, cela valait mieux que les disputes.

La route longeait le fleuve, le paysage sous le soleil déclinant méritait le coup d'œil. Édouard roulait depuis une heure quand un véhicule de la Police provinciale apparut à l'intersection d'un chemin de traverse, pour entamer une poursuite.

— Les cochons, les maudits cochons, ragea le conducteur.

Derrière, un agent lui faisait signe de se ranger sur la droite de la route, le bras sorti par la fenêtre. Il s'arrêta, surveilla le policier rondouillet venant vers lui. Un autre, un peu plus athlétique, lui emboîta le pas.

— C't'un bon char que t'as là.

— Si vous voulez en acheter un, ça tombe bien, j'en vends.

— Pis y roule vite, en plus.

Le petit homme se penchait pour voir les sièges recouverts de cuir et le tableau de bord.

— Tu peux faire du quatre-vingt avec, p'tête du cent.

— Cent milles à l'heure, la voiture en est capable, mais aucune route ne le permet au Québec.

Tout en parlant, Édouard cherchait son portefeuille dans la poche intérieure de sa veste.

— Tu peux dépasser quarante, j'viens juste de l'voir. Tu connais pas le nouveau règlement?

Parmi toutes les mesures liées au rationnement, celle de limiter à quarante milles à l'heure la vitesse sur toutes les routes ne dérangeait pas grand monde. Les voies de circulation ne permettaient pas d'aller tellement plus vite. Cependant, cela représentait une belle occasion pour les policiers d'arrondir leur traitement.

— En tout cas, du temps de Maurice ce règlement n'aurait pas été appliqué dans la province.

Ces politiques provenaient du gouvernement fédéral, mais c'était la police locale qui en assurait le respect. L'allusion au chef de l'Union nationale ne suscita pas le moindre clignement d'œil.

— T'allais trop vite, insista l'agent.

— Vous êtes certain ? dit le contribuable en tendant un petit bout de carton avec son nom dessus. Il me semble que je ne roulais pas à quarante milles.

De nouveau, le policier ne broncha pas. Ces représentants de l'ordre devaient avoir une âme de mercenaire, pour ne pas réagir à la présentation d'une carte de membre d'un parti politique. Avec un soupir, Édouard sortit deux billets de cinq dollars. L'agent le plus rondouillard les escamota d'un geste vif.

— Bon, ça s'peut bin qu't'allais à trente-neuf milles. Tu t'en vas à l'assemblée politique, avec ton beau char ? Fais attention, souvent ça finit avec des coups de matraque.

Cet avertissement devait servir d'au revoir. Les deux compères en uniforme retournèrent à leur automobile et Édouard démarra.

— Les policiers voulaient juste un peu d'argent ?

— Tu n'apprends pas ces choses-là, dans ta grande école de droit ?

— Nous apprenons le Code civil et le Code criminel. Le rôle des policiers est de faire respecter l'un et l'autre, de même que les règlements municipaux.

— La vie doit représenter une meilleure école, à la fin. Tu leur donnes un uniforme, un revolver et un peu d'autorité, ils en profitent pour voler les citoyens.

Thomas secoua la tête de droite à gauche, déçu de trouver le monde moins parfait que la représentation qu'il s'en faisait.

Le village de Sainte-Croix était situé en bordure du fleuve. Une église trop grande pour la population agricole des environs se dressait en plein milieu de la localité. Déjà, toutes les rues étaient encombrées par des voitures, les unes à essence, les autres tirées par des chevaux. L'estrade élevée à côté du temple témoignait de la sympathie du clergé pour la cause nationaliste, au moins au niveau local. Le cardinal du diocèse de Québec penchait plutôt pour l'effort de guerre.

Le député du comté de Lotbinière, René Chaloult, menait une carrière politique intéressante, mais mouvementée. Élu dans Kamouraska en 1936 en tant que membre de l'Union nationale, il s'opposait au premier ministre dès le premier jour de la session, en guise de protestation contre la façon dont Duplessis traitait les progressistes ayant rejoint son parti. Après avoir participé à la création du Parti national peu après, c'est comme libéral indépendant qu'il se faisait réélire en 1939.

Depuis le déclenchement de la guerre, son action se résumait à combattre la menace d'une conscription. Cela suffisait à lui donner une bonne visibilité.

— Les autres, tu dois les connaître ?

Édouard voulait parler des autres vedettes du jour : le député Maxime Raymond, de Beauharnois-Laprairie, et Maxime Pouliot, de Témiscouata, tous les deux élus au gouvernement fédéral.

— J'ai vu Raymond au moment de la création de la Ligue pour la défense du Canada en février, au marché Saint-Jacques.

— Lors de cet événement, des personnes ont été arrêtées, je pense.

— Dix-huit, au total. La même chose peut survenir ici. Les policiers que nous avons croisés tout à l'heure doivent se trouver parmi ceux-là.

La Police provinciale semblait tenir un congrès dans la petite localité. Les voitures d'un vilain vert s'alignaient sur la pelouse du presbytère. Le curé devait regretter maintenant de s'être montré si accueillant.

René Chaloult, la vedette de la soirée, monta sur les planches pour s'adresser à ses électeurs. D'abord, il tint à dire sa joie de voir les forces nationales s'unir pour lutter contre la conscription.

— Les Canadiens français se sont libérés de leurs attaches partisanes, ce qui est de bon augure pour leur avenir.

L'homme avait belle allure dans son habit noir, avec sa chemise blanche et son col aux pointes cassées. Son monocle lui donnait l'air d'un intellectuel, et sa petite moustache celui d'un séducteur tout droit sorti d'un film français.

— Soyez calmes, soyez fiers. Ne souffrez pas de ce complexe d'infériorité dont sont malheureusement affligés trop de nos représentants publics.

L'argument tira un sourire à Thomas. Si le hasard leur permettait de se voir encore, il demanderait à Béatrice son opinion sur la psychanalyse appliquée aux hommes publics.

— Il ne faut pas négliger notre patrie pour voler à la défense des étrangers. Nous avons moins de raisons en 1942 que nous en avions en 1917 de courir après le danger puisque nous sommes moins exposés.

L'homme quitta le devant de l'estrade pour céder la place à Maxime Raymond, sous un tonnerre d'applaudissements.

— Ces cultivateurs sont bien calmes, remarqua Thomas. À Montréal, après des mots pareils, des cailloux voleraient déjà en direction des policiers. Ses déclarations peuvent lui valoir des ennuis avec la justice.

— Comment ça ? Ce député dit simplement la vérité.

— Si la vérité nuit à l'effort de guerre, ça n'impressionnera pas les autorités fédérales.

Le jeune homme prenait toutefois ces limites à la démocratie avec philosophie. Le père et le fils écoutèrent encore les discours pendant une demi-heure, puis quittèrent les lieux en même temps que des spectateurs surexcités. La question de la conscription inquiétait les cultivateurs, même si leurs fils pouvaient être exemptés du service à cause de l'importance stratégique de leur travail.

Le trajet du retour se fit en silence. À quelques reprises, Thomas se tourna à demi, puis abandonna l'idée de faire des confidences à son père. Pourtant, quelque chose le troublait visiblement. Édouard approchait de la maison du juge, dans la Grande Allée, quand il demanda à son fils :

— Dis-moi, tu n'as personne dans ta vie ?

— … Que veux-tu dire ?

— Une femme. Je sais bien que l'appel concerne les garçons de moins de vingt-quatre ans et que tu les as, mais on ne sait jamais. Les hommes mariés ne seront pas appelés avant que les Allemands ne viennent en Amérique.

— Non, je n'ai personne dans ma vie.

Le ton se révéla cassant, proche de l'exaspération. Thomas endurait avec difficulté que son père aborde de façon si légère et intrusive sa vie intime.

— En tout cas, enchaîna Édouard, du moment où ce n'est pas Béatrice Dupire, n'importe quelle fille me conviendra. Celle-là, pour être aussi jolie, ne tient que de ma sœur Eugénie, pas de ce lourdaud.

— Il s'agit de ma cousine germaine.

Le garçon marqua une pause. Ce ne fut que lorsque son père ralentissait devant la demeure du juge qu'il dit d'une voix chargée de colère :

— Jamais je ne me marierai pour éviter de faire mon devoir, jamais je ne ferai un enfant parce que j'ai peur de combattre.

Le coup de pied sur le frein les projeta tous les deux vers l'avant.

— Tu peux me mépriser, mais seuls les imbéciles sont allés se faire tuer pour le roi d'Angleterre.

— Tu penses vraiment que le roi joue un rôle là-dedans ? Le sens de l'honneur, ça ne te dit rien ?

— Descends de ma voiture. Vite, avant que je te sorte.

Le père ne faisait pas mine de réaliser sa menace. Après un regard assassin, Thomas ouvrit la portière pour quitter le véhicule. Il avait fallu un second conflit mondial pour l'amener à livrer le fond de sa pensée à son père.

Heureusement que Béatrice aimait prolonger ses lectures tard le soir, car quand le téléphone sonna dans la maisonnée, tous les autres se trouvaient déjà au lit. Une voix anxieuse répondit à son « Allô » :

— Béatrice, j'aimerais vous voir demain. Est-ce possible ?

— Qui est à l'appareil ?

— Thomas... Thomas Picard.

La jeune femme se rappela soudain la demande de rendez-vous qu'il avait formulée au moment de descendre de voiture quelques jours plus tôt.

— Oui, bien sûr.

— Nous pourrions luncher ensemble.

— ... D'accord. Je vous attendrai au New World Cafe vers midi. Vous savez où il se trouve ?

— Mon père avait l'habitude de m'y emmener, autrefois.

Devant la tristesse du ton, Béatrice eut envie de proposer un autre endroit. Thomas la prit de vitesse :

— Si vous arrivez la première, prenez une table. Je ferai la même chose dans le cas contraire. Bonne nuit, mademoiselle Dupire.

— … Bonne nuit.

Son cousin germain ne lui déclarerait pas son amour. La future psychologue devinait plutôt une consultation professionnelle.

Au moment d'entrer dans son stationnement, Édouard frappa du pied sur le frein, la voiture s'arrêta dans un crissement de pneus. Depuis son passage à la résidence du juge Paquet, la colère ne le quittait pas.

« Quel petit imbécile, ragea-t-il. Il rapporte tout à lui… ou à moi. »

Impossible pour lui de nier qu'au moment de son mariage, il souhaitait échapper à la conscription. Toutefois, ça ne signifiait pas l'absence de toute motivation politique : la survie des Canadiens français se trouvait vraiment menacée par l'attachement de leurs concitoyens de langue anglaise à l'Empire britannique.

L'instant d'après, le marchand de voitures entrait dans son commerce et traversait la salle de montre sans ouvrir la lumière. Les lampadaires de la rue permettaient de distinguer les véhicules à l'intérieur. Puis l'endroit ne se trouvait pas si encombré, bien au contraire. Une petite porte au fond donnait accès à un escalier. À l'étage, il alluma le plafonnier. L'appartement comportait un salon assez grand dont le plancher était recouvert d'une moquette d'un vert passé. Les meubles achetés pour son logement du Château

Saint-Louis paraissaient trop luxueux dans ce cadre. La cuisine, quant à elle, contenait une glacière et une plaque de cuisson électrique. Il y posa sa poêle à frire pour se faire cuire deux œufs. Ceux-ci comptaient pour beaucoup dans son alimentation depuis une dizaine d'années.

Quelques instants plus tard, il allumait la radio, puis s'installait dans son meilleur fauteuil, son assiette à la main. Cela faisait aussi partie de ses habitudes de vieux garçon. Il était temps pour lui de se trouver un véritable logis, sinon il deviendrait infréquentable. Le bulletin de nouvelles évoquait les activités de la Ligue pour la défense du Canada.

— Tous les jeunes font partie de cette association, sauf mon fils, grommela-t-il à haute voix. Il ne trouve pas mieux que me faire chier parce que j'ai évité la conscription il y a vingt-cinq ans.

L'assiette souillée se retrouva sur une table basse. Il prit le numéro le plus récent de *La Nation* et se passionna pour un article de Paul Bouchard.

Le lendemain de la conversation téléphonique plutôt laconique, Béatrice entrait dans le New World Cafe situé tout près de la cathédrale, juste en diagonale de celle-ci. Comme la session universitaire durerait encore deux bonnes semaines, les étudiants composaient l'essentiel de la clientèle.

— Mademoiselle, vous avez une réservation ? demanda un serveur.

— Merci, je vois que l'on m'attend déjà.

Le jeune homme était assis sur une banquette placée près du mur. Les demi-cloisons leur procureraient une certaine intimité. Il laissa son journal pour la regarder venir, puis se leva pour l'accueillir. La robe étroite allant à mi-mollet, la veste cintrée à la taille firent de nouveau une certaine impression sur les clients. Décidément, le bleu la flattait.

— Merci d'être venue, dit-il en lui tendant la main.

— Je suis heureuse de vous revoir. Les nouvelles sont bonnes?

Des yeux, la blonde désignait le journal laissé ouvert sur la table. Elle remarqua la tasse de café à moitié vide. Il l'attendait depuis un moment.

— Les troupes soviétiques ont lancé une offensive, victorieuse selon nos journaux. J'aimerais bien voir aussi ceux de Berlin, pour me faire une meilleure idée.

Tous les deux s'assirent de part et d'autre de la table, Thomas fit disparaître la publication sur la banquette.

— Pendant des mois, les nazis ont progressé à grande vitesse dans le territoire russe, dit la blonde. Cependant, c'est un pays qui a une population et des ressources importantes. Staline a tout en main pour répliquer.

— Je ne savais pas que vous vous intéressiez aux opérations militaires.

— Tout le monde s'y intéresse. *La Revue moderne* ne donne pas de nouvelles du front, ou de la politique, seulement des textes de fiction, des conseils de couture ou de cuisine. Toutefois, tous ces petits romans évoquent le conflit, les patrons de robe proposés sont conçus pour ménager le tissu, les recettes tiennent compte du rationnement des aliments.

Thomas hocha la tête en signe d'assentiment. Bien sûr, le sujet habitait tous les esprits. Même les récits destinés aux enfants faisaient de la place au conflit. D'un geste de la main, il attira l'attention de la serveuse. Une fois les commandes faites, il regarda la grande salle et commenta:

— Lorsque mon père s'occupait de moi les dimanches après-midi, nous venions souvent souper ici. Quand j'avais treize ou quatorze ans, il me désignait les jeunes femmes qui accompagnaient des étudiants et me demandait lesquelles me plaisaient.

De nouveau, Béatrice eut l'impression que ses études en faisaient la personne à qui se confier. Pourtant elle se trouvait si gauche, si inexpérimentée. Si elle s'était inscrite en théologie, sans doute lui quêterait-on des absolutions.

— Il me vantait les... qualités de certaines.

La colère durcissait ses traits, tellement l'émotion mal-saine qui l'étreignait alors le hantait toujours. Il ressemblait à une caricature freudienne.

— Les qualités physiques, je veux dire.

— J'avais compris.

Son sourire se révéla un peu moqueur, au point de le mettre mal à l'aise.

— Je me demande s'il s'imagine que les femmes peuvent en avoir d'autres. Je ne pense pas qu'il leur prête le moindre intérêt, excepté pour ça.

Ce « ça »-là embarrassait clairement le jeune homme.

— Il me semble beaucoup les apprécier, remarqua-t-elle.

Cette fois, ce fut son tour à lui de se montrer un peu goguenard.

— Vraiment, vous croyez?

— Certainement. Je ne compte pas parmi celles qui se contenteraient d'un intérêt limité à la libido, mais je ne m'en passerais pas non plus.

À la façon dont il la dévisageait, Thomas ressemblait plus à son père qu'il ne l'aurait avoué.

— Pourrions-nous nous tutoyer? demanda la jeune femme. D'abord, nous sommes parents. Puis ce serait plus simple pour parler de choses si personnelles.

Il donna son assentiment d'un geste de la tête, tout de même un peu intimidé. La conversation prenait vraiment une tournure intime, mais tout en se limitant à des sous-entendus. Des deux, le garçon s'avérait le moins à l'aise. Un silence inconfortable dura jusqu'à ce que les assiettes arrivent sur la table.

— Tu lui en veux de t'avoir abandonné enfant ?

Voilà, elle posait le premier diagnostic de sa vie. Cela ne présentait pas une bien grande difficulté, Béatrice se faisait l'impression de lire l'un de ses manuels de première année en psychologie. Les causes du mal à l'âme de Thomas lui apparaissaient d'autant plus évidentes qu'elle avait vécu la même chose, en pire lui semblait-il. Mais elle avait conscience d'estimer ses problèmes toujours pires que ceux des autres.

— Il nous a laissés, maman et moi, pour courir après… Il multipliait les aventures.

L'émotion ressentie à ce moment-là demeurait intacte, comme si on lui retranchait soudainement treize ou quatorze ans de vie.

— Je me souviens un peu de ces événements, dit-elle. Les voisines qui visitaient maman racontaient des histoires à mi-voix.

En réalité, la fillette malheureuse tentait d'obtenir un peu d'attention en venant se planter devant la porte du petit salon d'Eugénie, pour se faire rabrouer aussitôt. « Ferme la porte et cesse de nous embêter. » Ces mots avaient défini sa personnalité, sa vision d'elle-même : un embêtement. Sa raison lui disait l'absurdité de se juger ainsi, ce qui ne changeait rien à sa façon de percevoir les choses.

Thomas n'était certainement pas le seul des deux à garder des blessures profondes.

— À cette époque, je ne comprenais pas, et personne ne parlait à haute voix de sa séparation. Enfin, pas devant moi. Je remarquais toutefois qu'il venait à la maison sans toi ni sa femme.

Le jeune homme revint d'emblée au présent.

— Quand nous nous voyons, chaque fois il y a des étincelles. Hier soir, je lui ai dit des choses qu'il ne me pardonnera jamais.

« Tout de suite après, le pauvre m'a appelée pour m'inviter à manger », songea la blonde. Cela lui mit un poids sur les épaules. Que pouvait-elle dire pour alléger son mal à l'âme ?

— Tu souhaites m'en dire un peu plus ?

Tout en mangeant, le jeune homme lui raconta l'expédition vers Sainte-Croix-de-Lotbinière.

— Moi, je suis né parce que mon père était trop peureux pour risquer d'aller au combat. Ça me laisse un drôle d'héritage.

« Pourtant meilleur que le mien », pensa la jeune femme.

— On ne choisit pas nos parents… et ceux-ci ne choisissent pas nécessairement d'avoir des enfants. Une fois devenu grand, on ne peut faire autrement que de se réconcilier avec nos expériences particulières. Autrement, la vie deviendrait invivable. Car quoi que l'on fasse, elles ne changeront pas.

Bien qu'irréfutables, ces mots ne consolaient vraiment ni l'un ni l'autre.

— Je l'ai traité de lâche, révéla Thomas un ton plus bas.

— Pour avoir fait en sorte d'échapper à la conscription ? Tous les autres qui ont fait la même chose en 1917, ceux qui participent à la course au mariage aujourd'hui, ce sont des lâches aussi à tes yeux ?

La clientèle du New World Cafe venait de l'Université Laval, toute proche. Ces étudiants échappaient à l'enrôlement obligatoire en suivant une formation d'officier. Cela leur coûtait quelques week-ends et des semaines d'oisiveté lors des longues vacances. Presque tous devaient chercher très fort l'âme sœur, surtout ceux qui en étaient à leur dernière année.

— … Je n'ai rien contre tous ceux-là.

— Seulement contre ton père, et je suppose que cette querelle n'a pas grand-chose à voir avec son opinion sur la conscription, ou le plébiscite.

Le petit sourire contenait une bonne dose de sympathie. Thomas demeura silencieux, incapable de lui donner raison. Cela l'engagerait trop à fond dans les confidences. La conversation porta sur d'autres sujets. Ils en étaient au dessert quand Béatrice demanda :

— Tu sais comment tu voteras, à ce fameux plébiscite ?

Absorbé dans la contemplation des yeux bleus de sa cousine, le garçon fut surpris par la question.

— Oui, je le sais. Depuis un bon moment, d'ailleurs.

Comme il ne disait pas quel camp recevrait son suffrage, elle jugea préférable de ne pas insister. Thomas demanda pourtant :

— Crois-tu aller voter ? La consultation se tiendra dans moins de deux semaines.

— Normalement, je devrais me presser de retourner aux États-Unis. Charles insiste pour que j'attende le 28 avril avant de repartir, avec la certitude que je voterai du « bon bord ». De mon côté, j'ai un autre motif. Ma belle-sœur doit accoucher bientôt, j'attendrai jusqu'après le baptême. Antoine m'a demandé d'être marraine.

La proposition l'avait émue au point de lui tirer des larmes. Il restait à dénicher un parrain. La famille de Louise comprenait quelques célibataires prêts à servir de père de substitution « en cas de malheur ».

— Je comprends mal comment tu peux être étudiante et te trouver à Québec en avril. Pour l'essentiel, le calendrier scolaire est le même qu'ici, n'est-ce pas ?

— À un jour ou deux près, la rentrée et la fin de l'année correspondent, comme tous les congés.

— Donc, tu fais l'école buissonnière.

L'idée l'amusa, car elle ne se souvenait pas d'avoir manqué un seul jour d'école de toute sa vie, excepté lors des funérailles de sa mère.

— Au doctorat, nous avons quelques séminaires, et beaucoup de travail individuel. Je paierai cher mon petit congé, je passerai tout l'été dans un hôpital.

— Un asile ? Comme à Beauport ?

Elle acquiesça d'un geste de la tête. À cette idée, le trac la tenaillait parfois. Les livres lui étaient plus familiers que les malades.

— De ton côté, tu as terminé tes études ?

— L'an dernier, à peu près à cette date.

— Tu travailles à Montréal ?

— Oui et non. J'ai préparé l'examen du barreau. Disons que je me trouve présentement entre deux emplois.

Les yeux du jeune homme s'écartèrent des siens pour se fixer sur la table d'à côté. Il faisait sans doute un petit accroc à la vérité.

— Fais attention. En vertu de la loi du service national, si tu n'occupes pas un emploi, le gouvernement peut t'affecter dans une usine de guerre.

— Si le travail correspond un peu à mes compétences, je m'en accommoderai.

Au moment de se quitter, tous les deux demeuraient empruntés. Ils étaient pratiquement des inconnus l'un pour l'autre et trouvaient être allés trop loin dans les confidences. Béatrice accepta de prendre le bras de son cousin jusqu'à la maison du juge Paquet, dans la Grande Allée.

— Je peux te reconduire chez toi, offrit-il.

— En plein jour, je pense que le quartier bourgeois de la ville de Québec n'offre pas beaucoup de danger. Je marcherai sans escorte.

Elle accepta ses bises sur les joues, échangea un au revoir avec le jeune homme. Pourtant, leur prochaine rencontre risquait de survenir dans bien longtemps.

Chapitre 6

— Madame Dupire! cria une voix depuis l'étage.

Dans le salon, Béatrice perçut l'effarement dans le ton de Louise et quitta aussitôt son fauteuil pour s'engager dans l'escalier.

— Élise! Venez!

Le passage au prénom témoignait du sérieux de la situation, mais la belle-mère de Louise ne se manifestait pas. Montant l'escalier deux marches à la fois, la jeune femme trouva sa belle-sœur debout dans sa chambre à coucher, les bas tout mouillés, les pieds dans une flaque.

— C'est le moment?

Évidemment, l'obstétrique ne figurait pas au programme de psychologie, et ses connaissances du déroulement d'un accouchement étaient plutôt abstraites. Heureusement, Élise arriva à son tour à l'étage, prête à prendre les choses en main.

— Nous avons encore un bon moment devant nous, je vais t'aider à te préparer. Béatrice, va avertir Antoine de la naissance prochaine. Rappelle-lui de téléphoner à Thalie, elle nous rejoindra au Jeffery Hale si elle ne s'y trouve pas déjà.

La blonde s'exécuta sans tarder. Son entrée dans le bureau du rez-de-chaussée fit sursauter les deux notaires.

— Antoine, appelle la médecin.

— Déjà?

— Si on oublie son regard inquiet, ta femme semblait dire "Enfin".

— Oui, bien sûr. Elle a eu tellement de mal à monter l'escalier ce matin.

Déjà, il décrochait le combiné, demandait à être mis en communication avec le cabinet de la rue Claire-Fontaine. Béatrice échangea un regard complice avec son père. L'idée de devenir grand-père le troublait un peu. Le bruit des pleurs et l'odeur des couches ne le rendraient pas malheureux. L'événement se doublait toutefois de la désagréable impression de prendre un coup de vieux.

Quand Antoine raccrocha, une ombre passa sur son visage.

— Je ne pourrai pas l'accompagner, un client doit venir tout à l'heure.

— Si tu crois pouvoir me faire confiance, dit Fernand en riant, je vais m'en occuper.

— Merci. Alors, je vais la rejoindre tout de suite.

Le futur père quitta la pièce, Béatrice vint s'asseoir sur la chaise réservée aux clients.

— Tu devrais les accompagner, lui dit son père. Dans son état de nervosité, Antoine risque de détruire ma voiture.

— L'hôpital se trouve tout près.

— Tout de même, prends le volant. Je vais avertir la famille Couture, puis je rendrai visite à ma bru quand j'aurai terminé ma journée.

Accompagner la parturiente! La blonde soupçonna son père de la mettre à l'école de la vie. Une espèce d'invitation discrète à la prudence dans ses rapports avec les hommes.

— Je me demande si je vivrai cela, confia-t-elle.

— Une naissance? Si tu en as envie, j'en suis certain. Tu aimerais?

Le rose aux joues, elle répondit d'un hochement de la tête affirmatif. Peut-être qu'une fois rendue au Connecticut, elle reconnaîtrait le bon candidat.

— Si tu as une fille, j'espère qu'elle aura tes grands yeux bleus.

— Dans le cas d'un garçon ?

— Je lui permettrai d'avoir les yeux de son père.

Le sourire complice lui rappela le temps de son adolescence, quand il multipliait les efforts pour alléger son mal de vivre. Un bruit de voix dans l'escalier attira son attention.

— Je vais les rejoindre.

— Je compte sur toi pour me téléphoner, si le bébé se montre à l'hôpital avant moi.

— Promis.

Béatrice retrouva les autres au pied de l'escalier. Louise paraissait toujours affreusement nerveuse. Élise la tenait par la taille, tandis qu'Antoine répétait pour se convaincre lui-même : « Ça va bien aller. Ça va bien aller. » Comme son père le lui avait conseillé, elle les accompagna dehors, posa la main sur la poignée de la portière, puis s'arrêta :

— Peut-être voulez-vous conduire, Élise ?

— Je serai plus utile derrière.

La femme continuait de soutenir sa bru, Antoine poursuivait sa litanie : « Ça va bien aller ! » Quelques minutes plus tard, la voiture s'arrêtait devant la porte de l'hôpital.

— Je vous laisse descendre, puis je vais me stationner.

Quand elle pénétra à son tour dans l'établissement, Béatrice se retrouva face à face avec Thalie.

— Vous êtes déjà rendue ici ?

— Je passe deux jours complets par semaine dans cet hôpital. Je n'ai eu qu'un étage à descendre.

— Louise se trouve déjà dans la salle d'accouchement ?

— Non, dans une chambre. Lors d'un premier enfant, l'attente dure des heures. J'aurai le temps de voir toutes mes malades ayant un rendez-vous, et peut-être devrai-je passer la nuit sur une chaise. Pour l'instant, je vais la saluer, histoire de la rassurer un peu.

Tout en parlant, elle s'engageait dans une aile du Jeffery Hale, jusqu'à une toute petite chambre privée. Trop de gens s'y trouvaient pour le confort de la patiente. La médecin alla tout de suite vers le lit pour lui prendre les deux mains.

— Voilà enfin le grand jour.

Une infirmière avait invité Louise à se coucher après l'avoir aidée à se dévêtir.

— J'ai mal.

— Je sais. Dans quelques heures, tu l'oublieras. Je vais t'examiner.

Dans ces moments, Thalie passait naturellement au tutoiement. Elle embrassa Élise, dit quelques mots à Antoine, puis mit tout le monde dehors.

Les prévisions de la médecin se révélèrent exactes. La praticienne eut le temps de recevoir toutes ses patientes, de dîner et de souper avant le dénouement. Puis l'enfant se décida à se montrer en début de soirée. Antoine, Fernand, Élise et même Charles s'extasièrent sur ce poupon nommé Jean.

Désignée comme chauffeuse depuis le matin, Béatrice était allée chercher les Couture, la famille de Louise, pour les ramener chez eux ensuite. À dix heures, la blonde occupait une chaise dans le hall de l'hôpital. Thalie la découvrit au moment de sortir.

— Que faites-vous ici? Un problème?

— Ma belle-mère m'a demandé de vous reconduire, puisque vous n'avez pas de voiture.

— Voilà bien la gentillesse d'Élise, mais je vous trouve encore ici après une longue journée d'attente. Je suis désolée.

La blonde lui adressa son meilleur sourire.

— Vous y êtes encore aussi, et ma journée a été plus facile que la vôtre.

— Mais moi, on me paie.

Malgré le ton léger, Béatrice lui trouva les yeux cernés, une grande lassitude sur le visage. Toutes les deux marchèrent vers la voiture stationnée dans la rue Saint-Cyrille. Quand elles furent assises, la blonde commenta :

— Votre travail demeure extraordinaire, malgré ces longues heures.

— Un bébé joufflu dans les bras, la jeune maman oublie le sang versé, la peau déchirée, les mois d'attente. Puis l'accoucheuse va dormir l'âme en paix, pour une fois.

La conductrice lui jeta un regard oblique. Si cette naissance l'avait rassérénée, les autres soirs elle devait être déprimée au point de présenter un cas clinique.

— Je m'excuse, dit Thalie après une pause. Je deviens une vieille fille exécrable.

Quelle attitude adopter dans les circonstances ? À son âge, Béatrice se voyait mal répondre : « Dites-moi ce qui ne va pas », mais l'envie la tenaillait. Vraiment, sa profession lui conviendrait très bien. L'initiative de se livrer revenait toutefois à son aînée. Le silence régna jusqu'à ce que la voiture s'arrête devant le Château Saint-Louis. Comme si elle craignait de rentrer seule, la médecin commença :

— Vous étudiez aux États-Unis. Les femmes y sont-elles mieux considérées qu'au moment où je me trouvais à McGill ?

— Je suis arrivée alors que le chemin se trouvait ouvert, grâce à des personnes comme vous. Déjà, nous représentions une minorité non négligeable quand j'étais à Montréal. À New Haven, les hommes qui s'opposent à notre présence sont toujours assez nombreux, mais toutes les personnes de moins de quarante ans trouvent leur attitude stupide. Au moins publiquement.

— … Décidément, je suis née vingt ans trop tôt.

Comme elle ne faisait pas mine de descendre, Béatrice se tourna à demi pour lui parler, tout en songeant : « Dans deux ou trois ans, je n'aurai sûrement pas de mal à me faire une clientèle. »

— Souhaitez-vous que je monte avec vous, le temps d'une conversation ?

Thalie se ressaisit, posa la main sur la poignée de la portière, pour s'arrêter encore.

— Nous sommes fatiguées toutes les deux, mais oui, j'aimerais discuter avec vous dans de meilleures conditions. Vous savez, Béatrice, vous êtes une jeune femme exceptionnelle.

Le compliment troubla un peu la blonde. À la fin, elle finirait par le croire, si on le lui répétait assez souvent.

— Comme vous êtes plus occupée que moi, téléphonez à la maison pour me dire quel moment vous convient le mieux, dit-elle. Toutefois, je dois vous dire que je retournerai à l'université le lendemain du baptême.

— Je le ferai sans faute. Bonne nuit.

— Bonne nuit, Thalie.

Peu après, Béatrice s'arrêtait à côté de la maison paternelle. Des lumières brillaient dans le salon. Le père, le grand-père et même l'oncle devaient fêter l'heureux événement un verre à la main. Élise participait certainement à cette célébration des Dupire. Il lui tardait de se joindre à eux.

Comme tous les vendredis, Thalie devait descendre dans la Basse-Ville pour recevoir des employés du magasin en consultation. Sur le ton de la confidence, elle avait pris un rendez-vous avec son frère. Arrivée dans les locaux administratifs, elle commença par s'installer sur la chaise en face de la secrétaire.

— Comment te portes-tu, Flavie ?

Son interlocutrice s'adossa contre son siège et répondit d'un ton amusé :

— Je pourrais bien me plaindre des cheveux blancs que j'ai découverts ce matin, des plis au coin des yeux. En réalité, la vie me gâte. Tout va bien pour les enfants, mon mari trouve toujours le temps de me dire des choses gentilles, ici je m'inquiète de l'état des affaires, mais pas plus que de coutume.

Déjà, garder le sourire en faisant cet aveu témoignait de son aptitude croissante à contrôler son anxiété. Sa satisfaction évidente ne servit qu'à augmenter un peu la mélancolie de sa belle-sœur.

— Nous avons le même âge ? demanda celle-ci.

— Je suis ton aînée d'un an.

La comparaison entre leurs lots respectifs l'attrista un peu plus. Tout lui échappait. Heureusement, Mathieu ouvrit la porte de son bureau, lui épargnant la nécessité de livrer des confidences, ou de forcer un sourire.

— Tu sais, nous aurions pu tenir cette conversation à la maison, la tienne ou la mienne.

— Je souhaite parler à mon employeur.

L'homme échangea un regard avec son épouse et déclara avec un sourire :

— Je sais bien que les prix montent, mais de là à t'accorder une augmentation de salaire… Viens avec moi.

Thalie le suivit dans son bureau et accepta de prendre place sur l'un des fauteuils placés près d'une fenêtre circulaire. Six étages plus bas, elle voyait l'agitation du boulevard Charest.

— Je te sers quelque chose à boire?

— Non. Si mon haleine recèle la moindre odeur d'alcool, mes patientes feront en sorte que le Collège des médecins en entende parler.

Aucune d'entre elles ne devait connaître l'existence de cette association, mais tous les péchés finissaient par devenir publics.

— Tu n'auras pas à m'augmenter, continua Thalie. Du moins, je ne pense pas. Il y a quelques jours, j'ai rendu une petite visite au centre de recrutement de la Citadelle.

Mathieu abandonna l'idée de se servir un cognac. Plutôt, il occupa le fauteuil en face de celui de sa sœur, pour la contempler longuement.

— Tu penses t'enrôler dans le Canadian Women's Army Corps?

— Non, dans le service médical, à titre de médecin.

L'homme laissa échapper un grand soupir avant de demander, incrédule:

— Pourquoi diable fais-tu ça?

— Servir mon pays? Combattre les horreurs du nazisme? Quelle réponse te convient le mieux? Ce sont les arguments des campagnes de recrutement. Ou alors le désir de voyager? Plus simplement, je n'arrive pas à trouver quel rôle jouer dans ma propre vie, comme toi en 1917.

L'argument eut l'effet escompté sur son frère. Vingt-cinq ans plus tard, lui-même n'aurait pu expliquer ses motivations d'alors d'une meilleure manière.

— On n'en revient pas en très bon état. Tu te souviens de moi en 1919? De mon gant noir?

Il leva la main pour montrer son doigt manquant. Les souvenirs des combats lui revenaient souvent en plein milieu de la nuit, pour le laisser ensuite terrorisé pendant des heures.

— En tant que médecin, mon travail sera de tenter de remettre les morceaux ensemble, pas de tirer sur les Allemands. Ça, seulement si on veut bien me laisser approcher des blessés. Au pire, je m'occuperai des autres femmes du service.

— Même si tu as raison, ce ne sera pas exempt de tout danger. Quelques-unes des "sœurs" ont été tuées pendant la Grande Guerre.

Machinalement, l'homme reprenait le terme utilisé dans les hôpitaux de campagne. L'habit et le voile bleu le rendaient d'autant plus naturel: il rappelait la défroque des religieuses. On allait jusqu'à parler des *angels*.

— Ton inquiétude pour moi me touche. Les infirmières courent bien plus de risques, on ne me permettra sans doute pas de soigner dans les zones de combat.

Bien sûr, dans le cas contraire, elle s'y rendrait. Suivant le cours de ses pensées, Thalie dit tout doucement:

— Mon travail à Québec comporte aussi sa part de dangers. J'ai côtoyé des dizaines de tuberculeux au fil des ans. Chaque fois que j'ai utilisé une aiguille ou un scalpel, la septicémie demeurait une possibilité. Selon les revues de médecine, la pénicilline permettra désormais de réduire ces risques. Au Royaume-Uni et aux États-Unis, on en a commencé la production industrielle.

— Des bombes tombent toutes les nuits sur Londres…

Mathieu s'arrêta. Ces arguments ne l'avaient pas découragé, pendant la Grande Guerre. Il aurait facilement obtenu une exemption grâce à son statut de fils unique d'une veuve. Pourtant, il s'était enrôlé comme volontaire. Thalie disait vrai : le sens du devoir ne lui était pas passé par la tête, à ce moment-là.

— Quelque chose me dit que la tâche d'annoncer la nouvelle à maman me reviendra. Tu n'aborderas le sujet avec elle qu'après le premier orage passé.

— J'ai offert mes services, mais Sa Majesté le roi n'a pas daigné me répondre encore.

— Tu ne m'as jamais paru capable d'accepter un refus au cours de ta vie. Tu dois avoir un plan B.

La remarque fit sourire Thalie. Devant le colonel Murphy, elle avait parlé de s'enrôler dans l'armée américaine. Autant ne pas évoquer cette possibilité tout de suite.

— Ne lui dis pas un mot avant que je te fasse signe. Quand je serai fixée, quand j'aurai réglé les détails pratiques à propos de mon travail et de mon appartement, tu pourras déclencher la tempête maternelle.

Voilà, il reviendrait à son frère de parler à Marie. L'homme n'osa pas protester.

Une partie de la nuit, Thalie s'était retournée dans son lit, incapable de trouver le sommeil. En se confiant à son frère, elle donnait un caractère officiel à son projet. Faire volte-face maintenant la couvrirait de ridicule : on penserait à de la lâcheté. Quelle curieuse contagion. Partout on parlait du courage, du sens du devoir. Elle se trouvait dans un monde divisé en deux : d'un côté ceux qui affichaient ces qualités martiales, et les autres.

Heureusement, ce samedi, la médecin commençait un peu tard au cabinet de la rue Claire-Fontaine, elle pouvait donc paresser au lit. Un peu avant dix heures, elle descendait au rez-de-chaussée. Comme le facteur était déjà passé, elle prit son courrier. Une lettre portait les armes du Canada : l'écu avec, de part et d'autre, le lion et la licorne, et une couronne au-dessus.

La réponse de l'armée, adressée au docteur Picard.

Son pouce caressa le rabat, mais le cœur lui manqua. La missive alla dans son sac, puis elle marcha vers la sortie.

— Bonne journée, mademoiselle.

Le gardien la saluait ainsi tous les matins. Il incarnait la seule véritable amélioration dans son existence au cours des dernières années. Celui qui multipliait les indélicatesses à son égard s'était envolé un an plus tôt. Son remplaçant, un vieux monsieur retraité du Château Frontenac, était d'une politesse irréprochable.

— Je vous remercie, monsieur. Bonne journée à vous aussi.

Dehors, la médecin respira profondément à quelques reprises. En ce 18 avril, l'air demeurait frais, un peu humide. Pendant tout le trajet, son esprit fit l'inventaire de tout ce qui lui manquerait dans l'éventualité d'une réponse positive. La liste s'avérait si mince : les membres de sa famille et Élise. Elle se passerait sans mal de tout le reste.

En entrant dans la clinique, elle marcha directement vers le bureau de la réceptionniste.

— Bonjour. Nous pouvons manger ensemble, à midi ?

— Oui, bien sûr.

Élise se montrait un peu surprise par le ton très sérieux.

— Tu vas bien ?

— Mais oui, juste un peu le trac devant une importante décision. Nous en parlerons ensemble. Mes patientes pour la matinée sont là ?

— Toutes ont confirmé hier.

Le défilé commençait cinq minutes plus tard. Ces femmes trouvèrent sans doute la médecin un peu distraite. Peu après midi, la réceptionniste entrait dans le bureau, un plateau dans les mains.

— Finalement, commenta Thalie, tu te trouves ici aussi souvent qu'en 1925, l'année de mon arrivée dans ce bureau.

— Pas tout à fait, mais presque. Non seulement les enfants de Fernand sont grands, mais Louise entend s'occuper d'Antoine et de son fils. Quant à Charles, il parle d'aller vivre ailleurs tous les deux jours. Seule la rareté des logements disponibles explique sa présence rue Scott.

À une époque où la construction domiciliaire s'arrêtait parce que les entrepreneurs se consacraient à l'équipement public ou militaire, les travailleurs gagnaient la ville en grand nombre. Trouver où résider tenait de l'exploit. La médecin enregistra l'information.

— Je viens donc ici pour me tenir occupée, sans compter que Pierre ne trouvait personne pour faire ce travail à cause de la rareté de la main-d'œuvre.

— Au moins, le soir, tu rentres dans une maison pleine.

Chaque fois que la récrimination revenait, Élise faisait mentalement la liste des veufs qu'elle connaissait. Son amie avait accepté de sortir une fois, parfois deux, avec plusieurs d'entre eux. Le plus souvent, ces hommes se refusaient à aller plus loin, découragés par le côté abrasif de la médecin. Autant changer de sujet.

— Comment se porte ma bru ? Je ne l'ai pas trouvée bien forte, hier soir.

— Une première naissance, un gros garçon… On lui donnera son congé lundi.

— Tout de même, la pauvre doit passer toute la fin de semaine à l'hôpital.

— La solitude ne lui pèsera pas, avec toute sa famille qui négocie avec les infirmières pour allonger la période de visites.

À cause de la chambre privée, celles-ci se montraient plutôt conciliantes. L'allusion au clan Dupire amena Thalie à un autre sujet.

— Ta belle-fille, Béatrice, me semble une jeune femme… remarquable.

Élise arbora un sourire très fier, comme s'il s'agissait de son enfant.

— La voilà devenue grande. Petite, elle paraissait si vulnérable, tellement disposée à s'effacer pour éviter les coups de griffe maternels.

— Puis tu es arrivée dans la maison en 1931.

Alors qu'elle entrait dans l'adolescence, la présence d'une femme bienveillante lui avait procuré un cadre plus épanouissant.

— Surtout, quelle force de caractère, pour devenir cette charmante jeune femme alors que sa propre mère la détestait.

— Tu oublies Fernand qui tentait de l'aimer pour deux.

— Ça ne lui donnait pas une mère pour autant.

Pourtant, cette présence avait dû s'avérer salvatrice. Au total, cela donnait une personne particulièrement sensible, empathique, attentive aux autres.

— Je veux l'inviter à manger demain. Comme elle ressemble à une vieille âme, sa sagesse sera peut-être contagieuse.

Au cours de la conversation, toutes les deux avaient avalé le repas léger préparé par la vieille madame Caron. La réceptionniste rangeait les couverts sur son plateau, dans un instant elle regagnerait son poste de travail. La morosité de son amie l'amenait inconsciemment à écourter cette rencontre.

— Tu veux lire une lettre pour moi ? Son contenu m'effraie un peu.

Élise pensa tout de suite à un diagnostic médical arrivé par la poste, mais la missive que lui tendit Thalie la détrompa, sans la rassurer pour autant. La lettre venait du Quartier général de l'armée canadienne, Service de recrutement.

— De quoi s'agit-il ?

Thalie secoua la tête de droite à gauche et dit simplement :

— Lis-la-moi.

Élise prit le coupe-papier sur le bureau et fendit le rabat.

— "Docteur Picard", commença-t-elle.

Elle passa les lignes suivantes sous silence puis reprit sa lecture au dernier paragraphe :

— "Vous pourrez signer une offre d'enrôlement dans le bureau du colonel John Murphy, dans la citadelle de Québec. Il vous indiquera les étapes suivantes."

Élise leva les yeux vers son amie, bouche bée. Le silence dura un long moment.

— Tu ne vas pas faire ça.

Thalie se sentit un peu honteuse d'en arriver à cette extrémité.

— Je ne fais plus qu'exister. Je trouverai peut-être une nouvelle raison de vivre à l'autre bout du monde.

— Tu connais une mauvaise passe. Tu le sais, à notre âge...

Le diagnostic tira tout de même un regard amusé à la médecin.

— Tu sais, pour moi la ménopause viendra dans quelques années.

Élise éclata de rire en entendant la précision. Puis un peu songeuse, elle demanda :

— Puis-je dire quelque chose pour te faire changer d'avis ?

L'autre secoua la tête de gauche à droite. Malgré sa frayeur, chacun de ses mots, de ses gestes la menait à un point de non-retour.

— Quand tu auras mis ton nom sur ce formulaire, impossible de reculer sans passer devant un tribunal militaire. Ils appellent ça une désertion, pire, une trahison, si tu ne fais pas ce qu'on te dit.

— Je me sentirai vraiment utile, enfin.

« Que fais-tu de toutes tes patientes ? », songea Élise. La médecin connaissait tous ces arguments, ils n'opéraient plus.

— Je vais regagner mon bureau, dit-elle. Là, je suis toute bouleversée.

Un instant plus tard, la femme quittait la pièce, des larmes dans les yeux. Son amie ne se trouvait pas dans un meilleur état.

Le calme de la maison des Dupire fut rompu par une voix masculine trahissant une émotion profonde :

— Vous avez vu ?

L'instant d'après, Charles entrait dans la salle à manger, la seconde édition du *Soleil* à la main. Les autres membres de la famille, déjà à table, tournèrent les yeux vers lui.

— Non, mais je sens que ça ne durera pas, ricana Béatrice.

— La guerre est rendue chez nous, au Canada.

L'information les laissa bouche bée.

— Ça se limite à un petit encadré, sans aucune photographie, aucune entrevue avec un politicien ou un militaire. Je vous le lis : "Un U-Boat allemand a coulé un navire marchand, le *SS Nicoya*, à Gaspé. L'attaque a eu lieu à cinq milles de la municipalité de Cloridorme."

Puis le silence pesa sur la pièce pendant une bonne minute. Les larmes montèrent de nouveau aux yeux d'Élise. Depuis sa conversation avec Thalie lors du dîner, la tristesse ne l'avait pas quittée.

— Continue, dit Antoine.

Lui s'inquiétait maintenant pour trois : sa femme et son fils s'ajoutaient à ses préoccupations.

— Il n'y a rien d'autre. Juste ces quatre lignes.

Gloria, la domestique filiforme, était arrivée dans l'entrée de la pièce avec la soupière dès le début de la lecture. Ses yeux exprimaient une véritable horreur. Remarquant son affolement, Fernand lui demanda :

— Que se passe-t-il ?

— J'connais ce village, Cloridorme. Y s'trouve près de la mer. Y a-tu du monde de mort ?

— Pas dans le village, je suppose, dit Charles. Sur le navire, sans doute. Il n'y a aucune autre information.

L'émotion de la domestique incita la maîtresse de maison à s'occuper seule du service. Puis en reprenant sa place, elle murmura :

— La pauvre a deux de ses frères dans la marine marchande. Déjà, des milliers de matelots sont morts.

En Gaspésie, les emplois se faisaient rares, si bien que les jeunes filles s'engageaient dans des maisons privées comme bonnes, et les garçons sur les navires. De tous les habitants de la maison, Charles se trouvait pourtant le plus préoccupé. À la fin, il formula son inquiétude à haute voix.

— Si la guerre vient au Canada, la victoire du "Non" n'y changera rien. Les personnes recrutées pour le service au pays vont tout de même se trouver forcées de se battre.

Même la Ligue pour la défense du Canada admettait le principe de la conscription pour le service au pays. Jusque-là, la guerre représentait une aventure lointaine.

Qu'elle arrive dans le golfe du Saint-Laurent changerait totalement la donne.

La nouvelle d'un torpillage tout près de la côte gaspésienne laissait Antoine et son père vaguement inquiets. La guerre se rapprochait. Chacun se rassurait en pensant que jamais un sous-marin allemand ne débarquerait des soldats en Amérique. Lorsqu'ils entrèrent dans la chambre du Jeffery Hale, toutes ces pensées s'envolèrent. Louise donnait le sein à son fils. Le jeune homme vint l'embrasser, demeura longuement penché sur elle, échangeant des mots doux à voix basse.

Le nouveau grand-père salua la jeune mère de loin afin de préserver sa pudeur, puis se retira dans le couloir avec sa grande enveloppe. Une bonne demi-heure plus tard, une infirmière vint chercher le poupon. Seulement alors se sentit-il autorisé à retourner dans la chambre.

— Je suis désolée, monsieur Dupire, s'excusa la jeune femme, mais on venait tout juste de me l'apporter.

— Voyons, tu n'as pas de raison de te désoler.

L'homme se pencha pour l'embrasser sur le front.

— Certaines choses sont plus importantes que d'autres. Là, nous nous occuperons simplement d'un travail de notariat.

— Ce travail est terminé, non?

Deux ans à proximité de l'étude lui procuraient tout de même quelques notions de droit. Son sourire disait toute sa satisfaction. Tous les jours depuis la naissance, Antoine venait lui rendre compte de ses discussions sur ses projets immobiliers.

— Vous êtes mariés en communauté de biens. D'habitude, les deux époux sont dans mon bureau au moment d'une transaction importante. Antoine a apposé sa signature ce matin devant un collègue, nous venons te montrer tout ça.

Tout en parlant, l'homme sortait un contrat de son enveloppe pour le poser sur la table mobile placée devant la patiente alitée. La jeune mère commença par regarder la dernière page pour voir la signature, puis se concentra sur les articles. Ceux-ci reprenaient la proposition du premier jour : le garçon achetait la grande demeure aux deux tiers de sa valeur, le père lui consentait une hypothèque. La somme irait au frère et à la sœur, en parts égales.

— Comme ça, mes enfants n'auront pas à attendre mon décès pour toucher une part de leur héritage, ricana le notaire.

Juste pour le plaisir de s'entendre contredire, il répétait ces mots.

— Monsieur Dupire, s'empressa-t-elle de répliquer, ne dites pas des choses pareilles, même pour rire.

Fernand répondit d'un sourire à l'admonestation, puis déclara :

— Alors, ma belle, lundi quand tu rentreras avec ton premier enfant, tu seras chez toi.

— Mais pas pour vous chasser.

Cet élément de l'entente la mettait mal à l'aise, de même que son époux.

— Ce sera votre maison, nous serons chez nous dans l'ajout ; tout de même nous nous croiserons sans cesse.

— Vous n'allez pas manger de votre côté, et nous du nôtre.

— Nous sommes enclins à accepter les invitations, alors ne vous gênez pas.

L'homme occupait déjà avec sa femme une chambre du côté de l'annexe à la propriété construite vingt ans plus tôt, afin de profiter d'une certaine intimité dont il ne bénéficiait pas avec ses trois enfants dans des pièces voisines. Le local occupé par sa mère jusqu'à sa mort leur fournirait un parfait salon. Il donnait sur la cuisine, le couple pourrait sans mal partager des repas en tête-à-tête. Une porte leur permettrait d'entrer et de sortir sans traverser le logis principal.

— Parce que vous êtes un peu timides tous les deux, de peur de déranger vous n'avez invité personne au cours des deux dernières années, pas même tes parents.

L'allusion mit un peu de rose aux joues de Louise. Jusque-là, les visites s'étaient déroulées à sens unique. Maintenant, sa mère tolérerait mal un accès si limité à son premier petit-fils. Le notaire reprenait là les arguments utilisés avec son fils Antoine lors de leurs discussions. Sa bru ne demandait qu'à le croire.

— Même vos amis, à toi et Antoine, se tiennent loin de la maison. Dorénavant, vous aurez le champ libre. Si Charles n'avait pas tant de mal à se trouver un logis, il serait déjà parti. Ce sera fait dans un mois tout au plus. Votre vie deviendra plus normale, non ?

Ces mots s'accompagnèrent d'une ombre dans le regard. Au même moment de son existence, le notaire n'avait d'autre ami qu'Édouard. Il entendait faire en sorte que son fils n'incarne pas le bon garçon vivant éternellement chez ses parents, sans autre réseau social. Ce genre d'isolement coûtait cher.

Finalement, tous se quittèrent rassurés sur l'avenir.

Chapitre 7

Thalie se trouvait assise un peu à l'écart dans le salon de thé du Château Frontenac, soucieuse de n'être entendue de personne. La précaution ne servait pas à grand-chose. En ce dernier dimanche d'avril, les touristes n'étaient pas très nombreux, et les militaires stationnés dans la ville se réunissaient plus volontiers au bar de l'établissement que devant une tasse de Earl Grey.

Béatrice se présenta dans la grande salle à l'heure prévue. Dès qu'elle reconnut la médecin, elle vint vers elle avec un sourire charmant. Thalie l'examina avec soin : une grande jeune femme blonde, vêtue de bleu, comme à son habitude. La température douce et le soleil autorisaient le chapeau de paille. L'âge adulte lui allait bien, tellement mieux que l'adolescence et ses livres en trop.

— Je ne vous ai pas fait attendre, j'espère, dit-elle en arrivant près de la table.

Son interlocutrice se leva pour lui serrer la main.

— Pas du tout. Voilà une habitude de célibataire, j'arrive toujours bien trop en avance.

« Surtout, les vieilles filles passent leur temps à se plaindre », songea-t-elle. Il aurait été affligeant de prendre en note le nombre de ses récriminations quotidiennes. Toutes les deux occupèrent les chaises placées l'une en face de l'autre. Thalie attira l'attention du serveur, puis attendit l'arrivée des tasses et de la théière.

— Je vous ai demandé ce rendez-vous, commença-t-elle, et maintenant je ne sais plus trop pourquoi.

L'omnipraticienne paraissait un peu embarrassée. La scène se répétait, quelqu'un prenait de nouveau Béatrice pour une conseillère. Cela tenait-il à ses joues rougissantes, à sa timidité ? Personne ne devait la voir comme une menace. Elle voulut bien jouer le jeu.

— Alors, faisons semblant d'être des amies éloignées l'une de l'autre pendant un long moment. Comment allez-vous ?

Ses gants blancs et sa jolie robe la rendaient tout à fait ravissante. Puis vint son sourire désarmant.

— Vous étudiez aux États-Unis, dit Thalie, vous êtes donc habituée au *How do you do ?* que l'on s'envoie l'un à l'autre. Alors, vous-même, comment allez-vous ?

Béatrice hocha doucement la tête, l'air de dire « Voilà qui ne nous avance pas ». Cette conversation risquait de durer bien peu de temps.

— En français, enchaîna la médecin, quand on se fait poser cette question, l'usage veut que l'on réponde "Très bien, et vous ?" Personne ne s'attend à entendre "Plutôt mal, en vérité".

— Pourtant, dans votre métier, vous entendez sans cesse ces mots.

— C'est vrai. Dans mon cabinet, les patients oublient certains usages. Ce sera la même chose dans votre bureau.

Béatrice voyait Thalie en consultation depuis 1925. Une attention de Fernand pour sa fille mal dans sa peau : lui épargner un soignant de sexe masculin. Dix-sept ans plus tard, la blonde ne reconnaissait pas sa médecin, toujours volontaire, allant droit au but.

— Recommençons, voulez-vous ? Comment allez-vous ?

— Je m'ennuie tellement que je me suis engagée dans l'armée.

— … Des amies me disent parfois la même chose, mais la finale ressemble plutôt à "Je suis allée au cinéma". Lors des pires déprimes, j'entends "Je me suis acheté une jolie robe".

Avec un teint plus pâle, Thalie aurait rougi jusqu'aux oreilles.

— Je sais, je suis totalement ridicule.

— Pour l'ennui, ou pour l'armée?

La médecin rit franchement, cette fois.

— Un peu des deux, je suppose.

— Le travail de médecin ne suffit pas à vous donner un sentiment d'accomplissement.

Ce n'était pas une question, mais un constat.

— Pourtant je rencontre des tas de clientes, je joue un rôle important dans leur existence, puis il y a ma famille.

— Mais cela ne suffit pas à vous rendre heureuse.

Béatrice abandonnait la généralisation pour en faire une affaire personnelle. Elle marqua une hésitation, puis continua:

— Je me sens très mal à l'aise, vous savez. Je ne connais rien de la vie, et me voilà en train de poser des questions et de formuler des remarques sur la vôtre.

Dans le cas de Thomas, quelques jours plus tôt, avoir le même âge rendait les choses plus faciles.

— Vous devez avoir un don. Cela doit tenir au sourire un peu timide et à la douceur des yeux.

— Dans ce cas… Si je suis indiscrète, dites-le-moi. Dans votre énumération de tout à l'heure, la carrière, la famille, il manque quelque chose qui vous paraît essentiel.

Malgré le préambule, son audace troubla son interlocutrice. Béatrice ne s'encombrait pas de précautions au moment d'aller au fond des choses.

— ... Un époux, ou juste un amant.

L'aveu la troubla. Sa vie se gâchait à six heures, au moment de rentrer chez elle. Engagée sur ce sujet, autant continuer.

— Je les fais tous fuir. Mathieu m'a sans doute présenté tous les veufs de la Haute-Ville. Là, il n'ose plus, je suppose que certains lui en veulent de les avoir mis en contact avec moi. Quelque chose ne va pas chez moi.

Pendant des années, Thalie avait préféré invoquer les insuffisances de ces hommes, leur manque de respect pour ses projets professionnels. Cette fois, elle souhaitait se mettre au centre de sa propre histoire.

— D'après vous, de quoi s'agit-il ?

La médecin secoua la tête, étonnée de ses propres confidences, et surtout de son désir de les continuer. C'était sans doute dû au fait que Béatrice quitterait la ville bientôt. Ce serait son cas aussi après la signature de l'offre d'enrôlement. Elles risquaient peu de se trouver face à face dans un avenir proche.

— Il y a quelques années, j'aurais dit que j'ai trouvé tous ces hommes... sans intérêt. La maturité m'amène à plus de modestie. Le problème est de mon côté, non ? Ils ne peuvent pas avoir toujours tort, et moi raison.

Un bref instant, Thalie souhaita que son interlocutrice la contredise. L'autre demeura silencieuse.

— Je prends la fuite dès que quelqu'un veut s'engager. Il y a eu quelqu'un... qui voulait se marier.

« Le marchand de la rue Saint-Jean », se dit Béatrice. L'existence de Victor Baril ne lui avait pas échappé, même si celui-ci n'acceptait guère les invitations à souper chez les Dupire. Lorsqu'elle était adolescente, l'omnipraticienne comptait parmi les femmes qui la fascinaient, sans qu'elle connût quoi que ce soit de sa vie privée. L'envers de la médaille se trouvait maintenant sous ses yeux.

— J'ai cessé de le voir tout de suite après sa demande, certaine que le mariage mettrait fin à ma carrière. Le sujet n'a jamais fait l'objet d'une conversation entre nous, je ne voulais même pas savoir si mes craintes étaient fondées.

Que redoutait-elle, alors ? De découvrir un homme résolu à trouver tous les aménagements susceptibles de lui faciliter la vie.

— Je suis incapable de m'attacher vraiment. Mes soirées se passent à attendre un appel d'un membre de ma famille, ou alors d'Élise. Pour en finir avec cette existence, je me suis enrôlée.

Son interlocutrice lui adressa un sourire plein de commisération.

— Vous dites être incapable de vous engager… Peut-être n'avez-vous tout simplement pas trouvé la bonne personne.

— À mon âge… Vraiment, Mathieu s'est arrangé pour me faire rencontrer tous les bons et les moins bons partis comptant parmi ses relations. Je me suis dit pendant des années que personne ne me convenait. Plus probablement, je ne conviens à personne.

Thalie n'avait pas encore touché sa tasse, son interlocutrice non plus. Bien que cette dernière se troublât toujours d'être prise ainsi pour confidente, les réparties lui venaient très spontanément.

— Peut-être n'avez-vous pas croisé le bon.

La médecin émit un petit rire lassé.

— Je n'ai plus vingt ans. Les occasions vont se raréfier.

Plus le temps passait, moins cela lui paraissait susceptible de se produire. En 1936, une rupture avec Victor lui avait semblé la chose à faire. Personne ne devait l'empêcher de poursuivre son travail de médecin. Elle avait donc raccroché lors de ses appels, elle avait fui quand, à deux ou trois reprises, il était venu jusque sur le parvis de l'église

Saint-Dominique pour lui parler, et tout s'était terminé entre eux avec leur rencontre pitoyable lors de la parade du Père Noël.

— Vous évoquez souvent votre âge. Rien ne peut plus vous arriver de bon ?

— À moins qu'une épidémie ne tue des dizaines de femmes dans la ville, je crois avoir rencontré tous les partis raisonnablement intéressants encore libres. J'ai chassé tout le monde au nom de ma carrière.

— Tout le monde, ça commence à combien ?

Thalie haussa les épaules. Combien ? En réalité, elle parlait d'une dizaine d'hommes. Mathieu ne connaissait tout de même pas un escadron de veufs, ou de vieux garçons.

— Celui qui vous a offert le mariage… Vous regrettez ?

Le visage de la mariée lui revint en mémoire. Victor n'avait pas perdu son temps en atermoiements : des épousailles tôt en 1938 avec une toute jeune femme, une fille peu après. Thalie la jalousait. Il lui fallait l'admettre, jamais elle n'avait trouvé cet homme aussi intéressant qu'après le moment où il était devenu inaccessible.

Béatrice attendit un instant une réponse, puis déclara :

— Vous dites chasser les hommes. Je vous suggère une autre hypothèse : vous n'avez croisé personne qui vous plaisait assez pour remettre votre façon de vivre en question.

— Dans ce cas, j'ai joué de malchance, et maintenant, les candidats ne se bousculeront plus.

La blonde lui adressa un sourire voulant dire « Vous êtes têtue ». À la fin, elles s'intéressèrent à la boisson plus très chaude. Le moment de se séparer approchait quand Béatrice remarqua :

— Je ne vous ai pas beaucoup aidée, je crois.

Thalie haussa les épaules, puis admit :

— Je ne sais pas ce que j'attendais au juste. Je vous ai confié des choses que je ne croyais pas formuler à haute voix un jour.

— Je parais si inoffensive ! dit Béatrice, amusée. L'enrôlement, c'est irrémédiable ?

Thalie se troubla un peu. Reculer demeurait-il encore une option ?

— Je suppose que le roi s'attend à ce que je respecte ma signature.

— Vous regrettez ?

— Je suis tenaillée par l'angoisse. D'un autre côté, depuis plusieurs jours je ne me suis pas ennuyée une seconde. Tout prend une autre intensité, maintenant.

Se rendant compte que cela manquait un peu de conviction, Thalie précisa bien vite :

— Voilà ma routine bien cassée. Ma vie ne sera plus jamais la même.

La médecin se tut de nouveau, pensive. Plus rien ne serait pareil, il s'agissait de sa dernière certitude.

— L'histoire de ma vie terminée, que diriez-vous de parler de vos études ? Un sujet moins intime me permettra de retrouver une contenance avant de quitter les lieux.

Le parcours universitaire de Béatrice les occupa pendant un peu plus d'une demi-heure, puis elles se quittèrent en s'embrassant, avec des souhaits de bonne chance. Thalie rentra chez elle un peu perplexe, s'interrogeant sur l'utilité de cette confession.

Depuis près de quarante-huit heures, dans la ville de Québec, tout le monde ne parlait plus que du naufrage du *SS Nicoya*. Partout, sauf dans la maison de Mathieu Picard.

Du haut de ses seize ans, Alfred évoquait parfois son désir de s'enrôler dès l'année suivante. La menace n'étant pas immédiate, son père préférait ne pas user de son autorité pour bloquer ce projet, avec l'espoir de le voir changer d'idée d'ici là. Puis comment le pouvait-il ? Au premier mot, son fils répondrait : « Toi, tu t'es bien engagé, même si grand-maman s'y opposait. » Dans la bouche de l'adolescent, l'argument se révélerait imparable.

Une autre pensée rendait la position du marchand plus délicate encore. Il connaissait suffisamment bien la situation politique européenne pour reconnaître la justesse de la cause des Alliés, au point où il songeait à se prononcer pour le « Oui » lors du plébiscite. Empêcher son fils de rejoindre l'armée confinerait au cynisme, s'il pouvait l'envisager pour les garçons des voisins. Le fait d'admettre cela à haute voix lui vaudrait la haine éternelle de sa femme, aussi jamais il ne dirait un mot.

Le sujet de la guerre devenait donc un peu tabou dans l'appartement de la rue Saint-Cyrille, afin de garder intacte la paix domestique.

Le couple Picard quittait la maison tous les matins un peu avant huit heures, ou alors encore plus tôt. Le temps des bises aux enfants, comme un rituel immuable, était déjà chose du passé. Maintenant, la vie de chacun suivait un horaire spécifique, toujours un peu trop chargé.

— Bonne journée, Alfred, cria Flavie depuis l'entrée.

— Bonne journée, maman. Tu penseras à me ramener de l'encre, je n'en ai presque plus.

La voix venait de la salle de bain. Le grand adolescent passait de longues minutes à se raser. En fait, il prenait plus de temps à épier l'ombre des poils qui tardaient à apparaître qu'à couper ceux qu'il avait.

— Tu ne vas pas te mettre en retard ? s'inquiéta la mère.

— Il essaie de se faire beau pour impressionner les grandes de mon école, intervint Ève depuis la cuisine. Des fois, il me reconduit jusqu'à la porte de mon couvent juste pour se montrer.

— Toi, c'est sûr que tu vas faire fuir les garçons avec ta grande langue.

Flavie sourit en mettant son chapeau de paille. Son plus grand faisait vraiment de beaux efforts pour donner la meilleure impression. Sa fille afficherait la même préoccupation dans un an tout au plus.

— Alfred, ne dis pas des choses pareilles à ta petite sœur.

— C'est vrai, ça, ne me dis pas des choses pareilles.

Le ton rieur indiquait que ces deux-là s'entendaient toujours très bien.

— Bonne journée, Ève.

— Bonne journée aussi, maman.

Sans la moindre pause, la jeune fille continua à l'intention de son aîné :

— Tu achèves, dans les toilettes ? J'attends depuis dix minutes.

Laura fut la seule à se planter à l'autre bout du couloir pour répondre à l'au revoir de sa tante, puis elle se consacra à débarrasser la table. Dans un instant, Flavie monterait dans la voiture du couple pour rejoindre le magasin. Mathieu s'y trouvait déjà pour un rendez-vous si matinal qu'elle lui avait demandé de prendre un taxi.

L'adolescente se tenait près de la table, dans la salle à manger, le journal du matin grand ouvert, les yeux fixés sur les photographies de navires à demi éventrés par des torpilles. Il s'agissait des moins gravement touchés, puisque l'équipage avait pu les ramener au port. La plupart disparaissaient sous les flots.

Un bruit lui fit lever les yeux, son frère se tenait dans l'embrasure de la porte et, tout en ajustant sa cravate, il lui lança :

— Là, si tu ne te dépêches pas, nous serons en retard.

— Très drôle, dit-elle en courant vers la salle de bain.

Un peu plus tard, le frère et la sœur marchaient ensemble sur le trottoir. Leur chemin se séparerait à l'intersection suivante, car le couvent se trouvait sur le chemin Sainte-Foy. Ève portait son béret un peu incliné sur l'œil. Dans son uniforme scolaire, elle incarnait une charmante jeune fille, pas tout à fait une adolescente encore. Une pointe d'espièglerie dans les yeux tempérait un peu son allure d'enfant sage. Ce matin-là, elle se révélait plus inquiète que taquine.

— Tu crois que les Allemands peuvent venir jusqu'à Québec ?

— Là, on sait qu'ils se rendent à Percé.

— Oui, mais à Québec ?

Le grand garçon jeta un regard en biais à sa sœur, y lut la pointe d'inquiétude.

— Non, je ne pense pas.

Si Ève devait se sentir rassurée par ces paroles, cela ne fonctionna pas.

— Mais ils ont des savants bien… savants. Comment savoir ce qu'ils ont inventé ? Des avions capables de traverser l'Atlantique, des sous-marins d'un mille de long.

La lecture des bandes dessinées, la fréquentation des salles de cinéma présentant des films de série B où la propagande l'emportait sur la qualité artistique, lui donnaient une imagination un peu débridée. On pouvait tout attendre de ces ennemis impitoyables.

De la menace lointaine, Alfred la ramena à une autre, bien plus immédiate :

— Le garçon qui te criait des choses, il a recommencé?

— Des fois, il se tient sur le trottoir, mais sans rien dire.

— S'il te taquine encore, tu me le dis tout de suite.

— Toi, tu me taquines sans cesse.

— Ce n'est pas la même chose, je suis ton grand frère. La parenté donne le droit de taquiner. Mais ça doit rester dans la famille.

Les deux jeunes gens s'arrêtèrent au coin d'une rue, ce qui fut l'occasion pour Alfred de mieux apprécier le degré de confiance de sa sœur. Celle-ci paraissait surtout touchée d'être l'objet d'une telle attention, jamais elle ne changerait de grand frère. Un observateur aurait dit qu'il tenait beaucoup de Mathieu.

— Alors, promis, s'il t'embête, tu me le diras.

— Promis.

Ève se dirigea vers son école d'un pas un peu dansant. Elle répondit d'un geste de la main à son «Étudie bien» moqueur, sans se retourner. Sur son trajet, aucun garçon malicieux ne lui lança des mots «sales», dont le sens lui échappait parfois.

Cette absence la renvoya vers sa source principale d'anxiété. Au couvent, de nombreuses élèves profitaient de quelques minutes de liberté avant le son de la cloche. La nouvelle venue se joignit aux autres petites. L'une entretenait ses compagnes des prédictions de l'auteur de ses jours:

— Mon père dit que les Allemands vont gagner. Avec un chef comme Hitler, ils ne peuvent pas perdre. Ils ont remporté toutes les batailles.

— Moi, mon père dit que c'est un fou.

La confrontation des deux expertises opposées en matière de relations internationales et de stratégie militaire dura un moment. Les positions étaient si inconciliables que le groupe se scinda au lieu d'en venir à un échange de mots disgracieux.

— Toi, qu'est-ce que tu penses de ce que raconte Géraldine ? demanda une dénommée Thérèse à Ève.

La jeune fille comptait parmi celles qui priaient pour la victoire alliée tous les dimanches.

— Je ne sais pas. Mon frère Alfred parle des énormes machines des Allemands.

Ce sous-marin d'un mille de long lui resterait longtemps dans la tête. Si son père ne travaillait pas de si longues heures, elle lui demanderait son opinion. Après tout, il comptait parmi les héros de l'autre guerre. Parfois, elle avait aperçu toutes les cicatrices sur sa poitrine. Lui devait savoir.

— J'espère que non. Les Boches font des… choses aux femmes.

Un peu plus âgée, Thérèse ajoutait d'autres effrois à ceux de son amie. Aucune des deux ne savait exactement quoi, mais ces « choses » devaient être horribles, pour alimenter tant de conversations d'adultes à voix basse.

— Si au moins on pouvait faire quelque chose, dit Ève. On ne pourra aller dans les usines de guerre avant des années.

Cela leur semblait la façon d'aider la plus réaliste. Puis aller à la *shop* paraissait un peu exotique.

— Moi, j'ai ramassé du vieux fer, répondit Thérèse.

Devant l'air intrigué de sa compagne, elle se fit un plaisir de partager ses connaissances.

— Ils font des armes avec ça. C'est pour l'effort de guerre.

Comme Ève demeurait silencieuse, sa camarade se montra encore généreuse :

— Du vieux fer, n'importe quoi. Des cadenas, des haches, des pelles, des marteaux.

La pauvre Ève se désola, ses parents ne possédaient rien de tout cela.

— Il y a aussi des chaudrons, des poêles…

La cloche interrompit tous les conciliabules. Une armée de jeunes filles, de douze à vingt ans, s'aligna dans la cour.

Quelques fois dans l'année, Thalie demandait à son confrère Pierre Hamelin un peu de son temps pour une rencontre formelle, d'autres fois son collègue prenait l'initiative de fixer le rendez-vous. La plupart du temps, il s'agissait d'échanger sur un patient ou une patiente. D'autres fois, ils discutaient de leur horaire de travail ou de leur rémunération réciproque.

Ce jour-là, l'homme écouta avec attention, surpris.

— T'enrôler ?

— Je sais, je dois être une femme bien étrange.

— Engagée convient mieux. Je voyais bien ta mine désolée ces derniers mois. Lire tout ça dans les journaux et se sentir totalement impuissants nous tombe sur le moral.

L'homme évoquait son humanisme, son patriotisme peut-être, mais la médecin se doutait bien que ses véritables motifs ne faisaient pas mystère à ses yeux. Il les comprenait probablement mieux qu'elle. Pourtant, jamais elle ne pourrait se confier à lui. Cela ne tenait pas à son sexe, mais à son âge, à son statut d'époux et de père. Quant à se confier au vieux monsieur Caron, sa timidité l'en empêchait.

— Tu devras porter l'uniforme ?

— Je m'en suis commandé un d'une couturière de Montréal. Mon statut de médecin me vaudra des galons dorés. Ceux de capitaine, avec en plus un écusson portant le bâton d'Esculape.

Le symbole était limpide pour qui avait fait ses humanités, Esculape étant le nom romain d'Asclépios, le dieu grec de la médecine. Pierre Hamelin plaça ses coudes sur le bureau et reprit, avec un ton professionnel :

— Quand dois-tu partir ?

— Vers l'Angleterre, en juillet. Cependant, je devrai aller à Montréal et à Ottawa dès le mois de juin. Il faut me donner quelques cours, semble-t-il.

— Pour apprendre à marcher au pas, lança son collègue avec un sourire moqueur.

— On m'a dit que non, un privilège de médecin. Je n'ose y croire tout à fait. Les règlements, les procédures, les modes de communication, les grades aussi : tout cela leur semble essentiel.

La complexité de l'organisation militaire justifiait sans doute quelques semaines d'apprentissage.

— D'ici là, je chercherai quelqu'un pour occuper ton bureau, dit Pierre.

Sa délicatesse l'empêchait d'ajouter « pour te remplacer ».

— Je ne peux pas faire tout le travail dans ce cabinet, se justifia-t-il.

— Je comprends très bien.

Tous les deux payaient le loyer de ces locaux au docteur Caron, une seule personne ne pouvait assumer ces charges et gagner un honnête revenu.

— Je tiens à te remercier de m'avoir fait une place pendant toutes ces années.

— Et toi pour ta présence pendant ces mêmes années. Nous en avons tous les deux tiré des avantages.

Comme elle ne semblait pas comprendre, il précisa :

— Tu attires de nombreuses patientes, avec leurs enfants. Leurs garçons, et même leur époux, finissent dans mon propre bureau. Comme accoucheuse, tu augmentes sans cesse notre clientèle.

Ces paroles lui firent chaud au cœur. La suite ajouta à son plaisir :

— À ton retour, passe me voir. J'aimerais t'avoir encore comme collègue, et comme voisine immédiate.

— Si tu obtiens la collaboration d'un jeune médecin, ce serait dommage de t'en séparer.

— Nous pourrions partager un cabinet à trois, à ce moment-là.

L'homme se cala de nouveau dans son fauteuil, puis conclut :

— Aujourd'hui, cette discussion ne sert à rien. À ton retour, si le cœur te dit de collaborer avec moi, fais-le-moi savoir. Nous chercherons ensemble comment y arriver.

Thalie hocha la tête. Bien de l'eau coulerait sous les ponts d'ici là, aucun des deux ne savait où la vie le conduirait. Toutefois, cette proposition lui faisait un plaisir extrême. En se levant, elle prononça d'une voix émue :

— Je te remercie, Pierre. Je n'ai pas beaucoup travaillé avec ton père, tout de même je pense que je le connaissais assez bien. Je retrouve toutes ses qualités chez toi.

— … Merci. À demain.

Sur ces mots, elle quitta la pièce, un peu bouleversée de se rendre compte que son départ créerait un vide.

Des deux enfants, Ève revenait toujours la première de l'école. Non pas que le cours classique des garçons exigeât de plus longues heures que celui des filles, mais Alfred trouvait toujours le moyen de s'occuper bien longtemps après la fin des classes.

Cela permettait à la jeune fille de nuire un peu au travail de Laura sous prétexte de l'aider à préparer le souper. Elle préférait cela plutôt que de s'absorber tout de suite dans ses devoirs, ou, pire, de feuilleter encore les journaux pour y lire la liste des horreurs allemandes ou japonaises. Celles-là, même son père n'osait pas les évoquer à haute voix devant elle. Sans doute brûlaient-ils les femmes toutes vivantes après… Elle ne savait pas trop après quoi. Se faire occuper par ces «jaunes» ressemblait certainement à l'enfer, aussi le feu lui venait-il tout de suite à l'esprit.

— Ce gros chaudron, tu ne t'en sers jamais, Laura ?

L'élève des sœurs de la Congrégation plongeait la tête dans l'armoire du bas.

— J'en ai rarement besoin. Tu sais, on n'a pas souvent un si grand nombre de personnes à table.

On pouvait sans doute y faire cuire un repas pour douze personnes. Ève ne se souvenait pas de l'avoir vu sur le poêle électrique. Quant à la cuisinière à charbon, elle n'en gardait aucun souvenir. Cela relevait de «l'ancien temps», celui de ses parents, des films muets et de ces danses étranges, où tout le monde sautillait au son du jazz.

— C'est la même chose avec celui-là ?

Sans sortir la tête de sous le comptoir, la jeune fille tendait une lèchefrite.

— Avec le rationnement, on ne verra plus souvent de rôtis, répondit Laura.

Sa visite si gênante à l'épicerie, au moment de préparer le dîner de Pâques, resterait dans les plus mauvais souvenirs de la domestique. Se faire réprimander ainsi par le commis pour cette histoire de coupons ! Cet homme se montrait si attentionné, d'habitude.

Pendant de longues minutes, Ève parut se consacrer à une recherche sur la fréquence d'utilisation des divers éléments de la batterie de cuisine. Thérèse lui avait parlé d'un centre de récupération d'objets de métal rue Saint-Jean. À l'entendre, elle-même y avait déposé dix livres de « vieux fer ». Comme pour toutes ses affirmations, mieux valait diviser ce chiffre en deux.

Le dernier samedi d'avril, Thalie quitta son cabinet assez tôt pour pouvoir passer par la librairie Garneau avant sa fermeture. L'endroit lui faisait toujours une grande impression, avec ses rayonnages allant du plancher au plafond, répartis sur deux étages. Tous ployaient sous le poids des livres. Puis il y avait encore les boiseries sombres, les lampes de cuivre, les bureaux derrière lesquels s'affairaient des commis si pâles qu'ils ne devaient jamais voir le soleil.

Elle s'adressa à celui qui se tenait derrière le comptoir :

— Je cherche quelque chose sur l'Angleterre.

— Voilà un bien vaste sujet. Qu'est-ce qui vous intéresse, de ce pays ? La politique, la faune, la flore…

L'homme tout maigre, âgé d'une cinquantaine d'années, marqua une pause avant de continuer avec un sourire moqueur :

— S'il s'agit de la gastronomie, honnêtement je vous le déconseille.

La cliente fit semblant de s'amuser de la répartie, avant de préciser sa requête :

— Sa politique, son engagement militaire, ses forces comparées à celles de l'Allemagne.

— Je ne doute pas que ce soient des sujets intéressants, mais ce genre d'informations ne se trouve pas facilement, depuis 1939. Venez, je vais vous montrer.

Thalie le suivit dans un recoin poussiéreux. Sur le dos des livres, elle lut les titres sur le régime politique britannique, les grandeurs de l'Empire, son entreprise civilisatrice. À la fin, un volume sur l'organisation du gouvernement et un autre sur l'économie retinrent son attention.

— Je vous le disais, nous n'avons pas grand-chose. Depuis le déclenchement de la guerre, nous ne recevons presque rien d'Europe. Les amants de la littérature française se trouvent au régime, à moins de se limiter aux classiques.

Pareille pénurie lui faisait véritablement de la peine. La reliure rouge d'un tome épais attira l'attention de la cliente.

— Et ça ? On dirait une bible.

— Ah ! Il s'agit de celle des voyageurs. Un guide de la Grande-Bretagne publié par un éditeur allemand, Baedeker. Voilà qui est curieux, n'est-ce pas ? Les touristes britanniques se fient à ces guides depuis des décennies.

— Je vais le prendre aussi.

— Il date déjà de 1937. Je ne sais pas s'il décrit bien la réalité actuelle.

Cinq ans plus tôt, la population urbaine devait être plus faible, et surtout de nombreux monuments avaient croulé sous les bombes lors du Blitz, ces cruels bombardements de 1940 et 1941.

— En avez-vous un plus récent ?

Le commis fit non de la tête. L'instant d'après, l'omni-praticienne payait ses livres, puis se cherchait une place sur un banc du petit parc situé juste en face du commerce, sous les yeux du grand cardinal Taschereau de bronze. Il était trop tôt pour aller manger au Kerhulu, rue de la Fabrique.

Thalie commença à feuilleter ses derniers achats, sans arriver à se concentrer. Son regard se portait sans cesse sur le commerce de ses parents. Aujourd'hui, la petite bâtisse de

trois étages était devenue une annexe du magasin Simons.
Elle y avait vécu heureuse pendant de nombreuses années.

Le dimanche, la famille de Mathieu Picard se trouvait
réunie autour de la table dès le retour de l'église. Laura
acceptait de fréquenter la basse-messe pour consacrer sa
matinée à la préparation du dîner.

— Nous aurions pu manger un rôti, commenta le père
de famille au moment où la domestique posait une assiette
devant lui, mais ces temps-ci reconstituer une batterie de
cuisine pose quelques difficultés. On n'en trouve plus sur
le marché, le métal doit servir à fabriquer des armes.

Les joues brûlantes, Ève baissait les yeux.

— Mathieu, dit Flavie en réprimant un sourire.

— Bien sûr, ça nous permet d'économiser des coupons
de rationnement, puis les spaghettis, c'est bon aussi.

Tout de même, l'homme allongea la main pour caresser
la joue de sa fille du bout des doigts. Grâce à elle, l'armée
canadienne avait gagné deux ou trois livres d'un métal inu-
tilisable. Peut-être pour rendre service à sa cadette, Alfred
demanda à son père :

— Tu vas voter comment, demain ?

La question revenait sans cesse, et Mathieu était toujours
aussi réticent à répondre.

— D'habitude, ce genre d'information demeure privé.
C'est pour cela qu'on va derrière un rideau, au moment de
faire une petite croix.

— Ton père va voter "Non", et moi aussi, intervint la
mère. Personne ne devrait être forcé d'aller combattre.

Plus franche, elle aurait dit : « Je vais tout faire pour te
forcer à rester à la maison. » De son côté, Mathieu préféra

ne pas se prononcer sur le sujet. Des familles se trouvaient déjà cruellement divisées sur cette question ; demain, ce serait le pays tout entier.

— Les Allemands sont à deux doigts de contrôler toute l'Europe, insista le garçon, les Japonais massacrent tout le monde en Asie.

— Ma famille n'a pas à faire les frais de cette croisade. Déjà votre tante Thalie…

La femme s'arrêta, consciente d'en avoir trop dit. Puis elle réalisa que l'initiative ne resterait pas bien longtemps secrète. Les uniformes ne passaient pas inaperçus.

— Tu veux dire que Thalie s'est engagée ?

— Tante Thalie, corrigea la mère.

L'adolescent ne se formalisa pas de la remontrance.

— Avec le corps féminin ? Ce sera une couaque ?

— Tu sais que c'est un médecin, dit son père. On lui donnera mieux à faire.

— Si elle peut y aller, moi aussi.

D'un regard, Mathieu lui signifia de changer de sujet. Après le repas, il aida à desservir, puis prit sa femme à part pour lui dire :

— Je vais monter. Si jamais elle l'apprenait par quelqu'un d'autre, ça la blesserait tellement.

— Je suis désolée, tout à l'heure je me suis échappée.

— De toute façon, aujourd'hui ou dans quelques jours, ça ne changera rien. Impossible d'y couper.

Après avoir enfilé son veston, il sortit pour aller à l'étage.

Levée tardivement, Thalie avait décidé de faire l'économie d'un dîner en prenant un déjeuner plus copieux. Sa « glacière électrique » – tout le monde disait maintenant frigidaire – du dernier modèle contenait toujours des œufs, du lait, et assez de fromage pour concocter une omelette. Avec du thé, ce serait parfait.

Ensuite, toujours en pyjama, l'omnipraticienne s'installa dans son fauteuil préféré, puis commença à feuilleter son guide Baedeker. *Great Britain, Handbook for Travellers*, lut-elle sur la page titre. Il s'agissait de la neuvième édition. Le contenu se divisait en plusieurs sections, en fonction de la géographie : le sud, le centre, le nord de l'Angleterre. D'autres concernaient le Pays de Galles et l'Écosse.

Tout d'abord, elle n'y comprit absolument rien. Bien sûr, les chapitres sur la géographie, l'histoire, l'économie fournissaient des renseignements limpides. Mais ensuite, tout s'embrouillait. Puis la clé de lecture lui apparut. Les villes étaient évoquées en fonction de leur emplacement sur les principales routes, ou les lignes de chemin de fer. Il fallait imaginer un voyageur quittant Londres pour une quelconque destination dans le pays. Le premier trajet couvrait la distance de la capitale jusqu'à Dover, par les autoroutes A20 et A253, une distance de soixante-dix-sept milles. Toutes les localités sur le trajet faisaient l'objet d'un petit paragraphe dans un style télégraphique. Puis on indiquait la façon de couvrir cette distance en train.

— Ça doit être l'efficacité allemande, dit-elle à mi-voix. Si l'on sait exactement où aller, on consulte l'index puis on cherche la bonne page.

Tout de suite, elle s'intéressa aux villes universitaires d'Oxford et Cambridge. La description suffit à la déter-miner à s'y rendre. Comme tous les autres volontaires, l'idée de voir du pays lui servait de motivation.

Dans l'appartement de Paul et Marie Dubuc, la musique servait toujours de fond sonore à la lecture. La femme levait parfois les yeux pour regarder son époux. Soixante-dix ans déjà! Comme la vie filait vite entre les doigts. Ses cheveux, ses sourcils, les poils de ses mains devenus blancs, son dos un peu voûté indiquaient clairement son âge. Une pile de journaux s'entassait près de son fauteuil. La politique l'intéressait toujours, surtout en ces temps de turbulence, mais ce ne serait plus jamais de façon active.

Le temps avait été clément pour Marie, plus jeune de sept ans. Bien sûr, ses cheveux gris, les rides sur le visage et les petites taches brunes sur l'épiderme ne permettaient plus de faire illusion. Toutefois, tous les matins elle prenait le chemin du commerce avec plaisir. Quelque chose lui disait que la retraite marquerait sa fin. De toute façon, l'actualité ne deviendrait jamais son passe-temps, et tous ses petits-enfants se considéraient comme de grandes personnes maintenant. L'inactivité complète la tuerait.

Quelques coups contre la porte attirèrent son attention.

— Les filles arrivent déjà? demanda Paul.

— Pour le souper, c'est un peu tôt, dit sa femme en se levant pour aller ouvrir.

Devant elle, Mathieu arborait son air grave des mauvais jours.

— J'aurais peut-être dû téléphoner avant de monter.

— Comme tu vois, nous menons une vie rangée. Que se passe-t-il?

— J'aimerais te parler un moment.

Quel visage d'enterrement! Tout de même, il ne pouvait lui annoncer une faillite imminente trois semaines après avoir envoyé un état financier positif.

— Viens.

Au moment où ils revenaient dans le salon, Paul fit mine de se lever en disant :

— Je vais vous laisser seuls.

— Non, non, ce n'est pas la peine. Restez avec nous.

Ensuite, le silence s'appesantit au point d'énerver sa mère.

— Tu te décides ? Si c'est pour me congédier, tant pis pour toi, je vais ouvrir une nouvelle boutique.

— Non, ce n'est pas ça… Thalie souhaite s'engager dans l'armée.

Comme pour toutes les mauvaises nouvelles, tergiverser ne servait à rien. Les mots prirent lentement leur sens, puis la mère prononça d'une voix blanche :

— Ma foi du bon Dieu, elle est folle.

Cruel, le commentaire inquiéta son fils, il se demanda comment amoindrir le fossé entre elles. La question de l'enrôlement ne devait pas séparer irrémédiablement ces deux-là.

— Maman, ne dis pas des choses semblables. Des milliers de personnes s'engagent, avec les meilleurs motifs.

— Ma fille va sauver la civilisation chrétienne, je suppose.

La voix contenait une bonne dose de dérision.

— Pas à elle seule, mais elle peut faire sa part, ne penses-tu pas ?

Marie secoua la tête de droite à gauche, comme découragée du comportement de ses proches. Les autres sauveraient le monde, les siens devaient demeurer tout près, s'entraider de façon à affronter l'adversité.

— Puis elle ne vient même pas me le dire elle-même. Ma fille a peur de moi, et elle veut aller à la guerre.

Mathieu chercha ses yeux, lui adressa un demi-sourire. À la fin, elle confia :

— Pendant ton absence, tous les jours ont été une véritable torture, sans une seconde de repos. Je te voyais mort au fond d'une tranchée, ou alors une jambe arrachée, étendu dans le *no man's land*. Parfois, mon esprit s'évadait bien un peu. Cependant, les actualités filmées, un article dans le journal, la rumeur qu'une voisine avait reçu un télégramme, tout cela me ramenait à la même cruelle réalité. Voilà que ça va recommencer. Je suis trop vieille pour cela, je ne m'en remettrai pas.

Cette tension, tous les parents de militaires l'avaient vécue pendant la Grande Guerre; ils la vivaient encore aujourd'hui.

— Je comprends. Du moins je le crois. Alfred compte les jours qui le séparent encore de son enrôlement.

La femme arrondit les yeux, horrifiée par cette éventualité.

— Il s'agit encore d'un enfant.

— Des jeunes mentent sur leur âge pour s'engager dans l'armée. Dans un an, deux tout au plus, ce ne sera plus nécessaire de tricher.

Le monde devenait fou, pas seulement Thalie, si l'armée recrutait des enfants. Marie manquait de conviction quand elle dit:

— Il ne sera pas encore majeur, tu pourras l'en empêcher.

— Tu sais bien que non.

— Alors, que feras-tu?

Pour la première fois peut-être, elle demandait un conseil à l'un de ses enfants. Un véritable conseil, pas ce qu'elle désirait entendre.

— Je serrerai les dents, et je tenterai d'amener Flavie à faire comme moi: respecter son choix. Ensuite, nous nous torturerons pour ceux que nous aimons.

Marie hocha la tête, deux larmes coulèrent sur ses joues. Que l'on fasse le choix d'aller en enfer la dépassait complètement. Elle avait tendu de toutes ses forces à trouver la sécurité, qu'on désire faire le chemin inverse devenait si absurde.

— Bon, quand viendra-t-elle m'annoncer la nouvelle ?

— Je ne sais pas. Je lui dirai que tu n'as pas l'intention de l'enfermer dans sa chambre, pour la rassurer.

— Je devrais. Là, elle risque de se faire tuer.

Paul demeurait silencieux, témoin d'une conversation déjà familière. Lors de la Grande Guerre, Mathieu lui avait demandé de servir d'intermédiaire auprès de sa mère. Voilà que sa femme devait recevoir un nouvel émissaire, replonger dans la même réalité.

— Thalie ne connaîtra pas les combats, insista le visiteur. Aucune femme ne se trouve au front. Elle soignera les gens.

— Si les Allemands l'emportent…

La femme baissa la tête, vaincue. Depuis l'entrée en guerre de l'Union soviétique, puis des États-Unis l'année précédente, la victoire des Alliés paraissait acquise. Seule la mise au point d'une nouvelle arme formidable pouvait changer la donne, et dans ce cas même Québec ne serait pas à l'abri.

— Maintenant, je vais vous laisser.

Mathieu quitta son siège, mais Marie ne bougea pas d'un pouce. Paul dut le raccompagner jusqu'à la porte. Laissée seule, la mère laissa échapper un sanglot.

— Vous allez prendre bien soin d'elle, n'est-ce pas ?

— Je m'y consacre depuis près de trente ans.

Ils échangèrent une poignée de main, puis le visiteur rentra chez lui.

Souvent, au moment de rejoindre son ami, Oscar Drouin se pensait en route vers son confesseur. «Édouard

Picard ne compte pas vraiment parmi mes amis, réfléchit-il, et il s'agit encore moins d'un être vertueux à qui confier mes fautes. » Le garagiste était plutôt un véritable opportuniste qui échappait totalement au sentiment de culpabilité.

Cette fois, les deux hommes devaient se rencontrer au café New York, rue Saint-Jean. Si près de l'Université Laval, un samedi soir, l'endroit grouillait d'étudiants, et de petites amies d'étudiants.

— Que fais-tu dans un lieu pareil? dit-il en lui tendant la main.

Édouard occupait une table vers le fond de la salle, d'où il pouvait observer les autres clients, et tous ceux qui passaient la porte.

— Je suppose que j'essaie de faire du rattrapage. Comme je ne suis pas allé à l'université, jamais je ne serai plus près des études supérieures.

Drouin prit la chaise en disant:

— Nous sommes de loin les plus âgés, ici.

— Parle pour toi. Ces donzelles me prouvent le contraire.

Ses yeux se posaient sur deux jeunes filles en imperméable, un béret sur la tête. Que voyaient-elles? Un quinquagénaire victime du démon de midi, ou un homme toujours séduisant?

— Tu viens ici pour... te trouver des gamines à séduire?

— Dans un moment, tu vas me traîner à la cathédrale pour me faire exorciser.

Le visage allongé de Drouin faisait tout de suite penser à Don Quichotte, le chevalier à la triste figure. Dans ses jours les plus sombres, il évoquait plutôt un inquisiteur.

— Tes turpitudes ne me concernent pas.

Pourquoi le politicien le rencontrait-il avec régularité, même quand il fallait se rendre dans son horrible taudis de

Limoilou ? Pour donner une absolution, ou en demander une ?

— Heureux de te l'entendre dire, répliqua le marchand de voitures.

Il leva la main pour attirer un serveur, puis ils attendirent les bières. Dans la salle, les regards se posaient sur eux, Drouin devenait nerveux.

— Tu dois être le seul membre du cabinet à avoir jamais mis les pieds dans la place. Comme on voit ta photo un jour sur trois dans un journal, tu ne peux pas passer inaperçu.

— Compte sur moi, on se rencontre ici pour la première et dernière fois.

Les yeux des autres clients lui semblaient porter un jugement sévère. Dans le murmure des conversations, on distinguait le mot « conscription ».

— Nous retournerons au Château Frontenac la prochaine fois, juré. C'est toujours plein d'Anglais qui ne te connaissent pas. Ici, tu as des gens très intéressés par le débat sur la motion de Chaloult.

Multiplier les discours de village en village ne suffisait pas au député libéral indépendant de Lotbinière. Il avait demandé aux membres de l'Assemblée législative de se déclarer unanimement pour le camp du « Non » au plébiscite. Sans succès. Si au moins tous les membres francophones de l'Assemblée avaient appuyé sa proposition, le gouvernement fédéral craindrait de s'aliéner tout un peuple. Même cela ne s'était pas réalisé.

— Pourquoi diable as-tu fait un discours favorable à cette foutue proposition, pour ensuite voter contre en chambre ?

Le ministre comprit alors que ce rendez-vous était un piège, une convocation devant un jury populaire, même si personne dans la salle ne lui adresserait la parole. Tout autour d'eux, ces jeunes hommes s'inquiétaient pour leur avenir.

— Je n'appuie pas le "Oui", je l'ai dit devant tous les députés, se défendit Drouin.

— Donc tu as voté contre la proposition Chaloult pour conserver ton ministère.

Voilà. Édouard se traînait à genoux en 1936 pour que son ami lui obtienne le patronage de l'Union nationale, et aujourd'hui il lui tendait un miroir pour lui montrer sa propre faiblesse. Bien sûr, le politicien pouvait plaider la nécessité : sa famille et lui dépendaient de son traitement pour vivre.

— Les choses ne sont pas si simples, dit-il plutôt. Nous vivons dans l'ensemble canadien, nous ne pouvons pas nous mettre à dos toutes les provinces.

— Qu'on s'en sépare, tout simplement. Pourquoi se laisser diriger par ces étrangers ? Nous avons fondé ce pays.

Voilà qui se formulait aisément quand on n'avait jamais assumé la moindre responsabilité publique.

— Tu as eu l'occasion d'exprimer tes convictions à ce sujet un certain nombre de fois, ironisa Drouin. Par exemple, au moment de la création du Parti national. Pourquoi ne te voit-on jamais t'impliquer dans ces mouvements-là ?

Les regards des autres clients rendaient le ministre de plus en plus mal à l'aise. Mieux valait terminer son verre et quitter les lieux. Au moment de se lever, il tendit la main.

— Je vais rejoindre ma famille.

— Nous devions souper ensemble…

— Je ne me sens pas très bien.

Sa longue figure laissait toujours croire à des ennuis de digestion, le prétexte s'avérait plausible. Édouard accepta la main tendue, la retint dans la sienne.

— Demain, tu vas voter de quelle façon au plébiscite ?

— Je ne crois pas que ce soit de tes affaires.

Pourtant, il quitta le café avec la conviction que tous les clients présents voteraient comme lui.

Les deux filles de Paul Dubuc venaient souper chez leur père une semaine sur deux avec leur époux et ceux de leurs enfants disposés à sacrifier un après-midi pour voir des grands-parents. Les deux garçons de Françoise étaient les plus susceptibles de négliger ces invitations dominicales : au milieu de la vingtaine, ils étaient mariés depuis peu. Les rejetons d'Amélie, âgés de treize et sept ans, venaient plus volontiers. De toute façon, on ne leur laissait pas le choix.

Ce jour-là, Marie se montra si peu accueillante qu'avant huit heures les visiteurs avaient quitté les lieux. Tout de suite après, la femme disparut dans sa chambre. Son époux la connaissait assez bien pour la laisser seule le temps de regagner une certaine contenance. Elle vint le rejoindre au salon une heure plus tard, les paupières un peu gonflées.

— Je m'excuse. Les filles vont penser le pire de moi, maintenant.

— Elles vont continuer de penser le meilleur, et en plus elles s'inquiéteront des raisons de ta tristesse, ce soir.

L'habitude devenait si ancienne que Paul ne lui demandait plus si elle désirait boire quelque chose. Il se leva comme tous les soirs pour lui verser un sherry alors qu'elle retrouvait sa place habituelle sur le canapé.

— Je ne pouvais pas leur expliquer…

— Je comprends. Tu dois d'abord assimiler la nouvelle.

Son époux tendit le verre, regagna son fauteuil.

— J'aurai honte de le leur dire. S'enrôler à quarante-deux ans ! C'est complètement fou.

— Je n'en reviens pas. T'entendre évoquer la honte à l'égard des agissements de l'un de tes enfants…

— Quelle erreur ai-je commise ? À vingt-cinq ans d'écart, tous les deux décident d'aller faire la guerre. Volontairement !

— Ne confonds pas la réalité d'un combattant avec celle d'un médecin. Elle ne verra jamais les lignes ennemies.

Le même argument revenait sans cesse. Marie n'écoutait pas, toute à son désarroi.

— Tous les deux ! Je sais bien que je n'ai pas été très présente. Je me trouvais toujours dans la boutique, je les laissais à Gertrude. Pire, ils revenaient de l'école pour travailler une heure, parfois deux, avant de monter souper.

Le vieil homme secoua la tête. Dans cet état, sa femme se fermerait les oreilles, elle retournerait chacun des arguments contre lui, ou contre elle-même. Pendant de longues minutes, la pauvre continua dans cette voie.

À la fin, Marie tourna les yeux vers lui pour dire :

— Je suis ridicule, n'est-ce pas ?

— Sans pitié, plutôt. Si tu me destinais un dixième des méchancetés que tu viens de débiter contre toi, je me sentirais tellement malheureux.

— Jamais je ne ferais ça. Pas une journée je n'ai regretté de t'avoir rencontré.

Paul secoua la tête, dépité.

— Mais ces méchancetés, tu les adresses à une personne que j'aime. Comment veux-tu que je me sente ?

L'argument réduisit sa femme au silence pendant de longues minutes. À la fin, elle prononça à voix basse :

— Je ne pourrai jamais accepter son choix. S'engager dans l'armée à quarante-deux ans !

Marie répétait ce chiffre, comme si à cet âge Thalie aurait dû se montrer raisonnable.

— Tu n'as pas à approuver, tu n'as même pas à comprendre. Accepter, oui. Tu dois accepter que des adultes fassent leurs choix pour eux-mêmes… surtout si ces adultes sont tes enfants.

— Même des choix allant contre leur propre intérêt?

— Comment peux-tu le savoir? Il s'agit de sa vie.

Après ces derniers mots, l'homme craignit d'être allé trop loin. Marie gardait les yeux fixés sur son verre vide tenu dans sa main droite. Après un long moment de silence, elle dit:

— Cette semaine, je téléphonerai à tes filles pour m'excuser. Maintenant je vais me coucher.

— Dans le cas de Thalie…

La femme s'arrêta avant de sortir du salon, se tourna à demi pour regarder son époux.

— Elle ne m'a pas dit un mot de son projet. Ma fille a peur de moi.

Au fond, le pire aspect de la situation se trouvait là. Envoyer son frère à sa place pour ne pas s'exposer à ses reproches. Cela représentait un jugement sévère de sa qualité comme mère.

Chapitre 8

Dans tout le Canada, ce lundi 27 avril trouva les citoyens plongés dans la plus grande tension. Il ne s'agissait pas d'élections ordinaires. Relever le Parti libéral au pouvoir à Ottawa de son engagement de ne jamais recourir à la conscription pour le service militaire en Europe aurait de graves conséquences. Littéralement, le résultat deviendrait une question de vie ou de mort pour des milliers de personnes.

Chez les Dupire, on se présenterait au bureau de scrutin en famille, car tous ceux qui occupaient un emploi se trouvaient en congé en ce jour fatidique.

— Vous êtes certaine de pouvoir vous occuper de lui ? demandait Louise à la domestique.

— Oui, madame, je me suis chargée de mes frères et sœurs très souvent.

Gloria penchait son grand corps osseux sur le berceau placé au milieu du salon. Pour la première fois, la jeune mère s'éloignerait un peu de son rejeton. Cela ne la laissait guère rassurée.

— Il ne devrait pas avoir faim avant deux heures. Je l'ai nourri tout à l'heure.

Son interlocutrice hocha la tête. Si cette inquiétude paraissait charmante, la bonne souhaitait pouvoir se remettre au travail.

— Je vais transporter le ber dans la cuisine, pour le garder à l'œil.

La jeune femme allait donner toute une série de nouvelles directives quand Antoine vint se poster dans l'entrée
de la pièce.

— Louise, tu viens ? Nous ressemblons aux paroissiens
réunis pour la Fête-Dieu, tous debout sur la galerie.

— Oui, oui, j'arrive.

Pourtant, la mère se tourna de nouveau vers Gloria pour
demander :

— Vous êtes certaine ? Ce n'est pas si important, ce vote,
je peux rester ici, si vous préférez.

Antoine s'approcha pour prendre son bras doucement.

— Nous serons de retour dans moins d'une heure.

La femme s'assit sur ses talons, caressa la joue du poupon
du bout des doigts.

— Je reviens tout de suite. Ne t'inquiète pas.

Elle se leva en continuant de répéter les mots rassurants
pour l'enfant, puis accepta de quitter la pièce. Tout de
suite, Gloria saisit le berceau par ses deux extrémités pour
l'emmener vers la cuisine.

— J'pensais qu'a mettrait toute la journée à me dire
comment m'occuper de son Jésus, comme si j'en avais
jamais vu.

La cuisinière Hortense haletait un peu au-dessus de
l'évier, les mains plongées dans l'eau de vaisselle. Le simple
fait de demeurer debout l'épuisait.

— Quand a n'aura dix, a va s'calmer.

— Voyons, c'monde-là ça contrôle la famille. Prends la
nouvelle madame Dupire. Y a dix ans, a pouvait encore en
avoir, pis son homme s'occupait d'elle. On n'a pas vu de
nouveau pour autant.

Le commentaire ne comportait aucun jugement négatif.
Elle, comme sa collègue, avait trouvé la meilleure manière
d'empêcher les naissances : demeurer vieille fille.

Dehors, la famille put enfin se mettre en route. Antoine tenait toujours le bras de son épouse, Béatrice marchait de l'autre côté.

— Gloria saura en prendre soin, dit-elle dans un souffle.

— Je le sais bien. Je suis tout à fait ridicule.

— Tu es tout à fait en amour avec ton enfant. C'est touchant.

La marche jusqu'à l'école représentait tout un défi pour Louise. Son accouchement, onze jours plus tôt, l'avait laissée affaiblie. Chaque pas lui tirait un petit rictus : les points de suture entre les jambes demeuraient douloureux. À cause de sa longue immobilité, sa taille restait lourde. Fernand remarqua :

— Nous aurions pu prendre la voiture.

— Ce petit exercice me fera du bien, dit-elle en se tournant à demi pour lui faire face.

Son médecin lui avait conseillé un peu d'activité, de façon à accélérer sa récupération.

L'état de la nouvelle mère n'était pas la principale préoccupation de tout le monde. Charles ouvrait la marche. Il dit à sa sœur en élevant la voix :

— Tu vas voter "Non", n'est-ce pas ? Tu ne voudrais pas m'envoyer là-bas.

— Si je jouissais du pouvoir de te garder à Québec à vendre des assurances, jamais je ne t'enrôlerais de force. Ton travail est essentiel ici.

L'affirmation était faite avec une ironie suffisante pour l'inquiéter.

— Ne te moque pas de moi. Les Anglais n'attendent que ça, nous envoyer au massacre.

— Je ne me moque pas, mais je me demande pourquoi tu sembles croire que le résultat m'appartient.

— Nous avons besoin de toutes les voix. Aucun Canadien français ne devrait voter "Oui".

Venant au dernier rang de ce petit groupe, Fernand contemplait ses enfants. Marié, maintenant père, Antoine se trouvait en sécurité. Les femmes ne seraient jamais enrôlées de force, que ce soit au Canada ou aux États-Unis. Seul son benjamin avait des raisons de s'inquiéter. Il ne cherchait même pas à dissimuler son effarement. Son père le comprenait sans mal. L'imaginer un fusil à la main en train de faire feu sur des ennemis lui paraissait inconcevable.

Quand ils arrivèrent au bureau de scrutin, ce fut pour se trouver au milieu d'une foule grave, silencieuse. On y trouvait surtout des femmes, des vieillards et des hommes assez jeunes pour fréquenter encore l'université. Ceux dans la force de l'âge déposeraient leur bulletin de votre à l'heure du lunch, ou en revenant du bureau.

— Votez "Non", dit Charles assez fort pour être entendu à la ronde.

— Tais-toi, maugréa quelqu'un. Il y a certainement des gens de la police montée parmi nous.

Des regards se tournèrent vers le notaire. Il avait l'âge pour occuper un emploi de ce genre. Toutefois, la plupart de ces personnes le croisaient sur le parvis de l'église tous les dimanches ; les autres, devant sa mine débonnaire, trouvèrent l'idée saugrenue.

« Il a raison, le gouvernement doit avoir des agents un peu partout », songea le notaire.

Consentez-vous à libérer le gouvernement de toute obligation résultant d'engagements antérieurs restreignant les méthodes de mobilisation pour le service militaire ?

Le morceau de papier sous les yeux, Béatrice porta le crayon à sa bouche, interrompit son geste en songeant à la multitude ayant posé le même depuis ce matin. Sa lenteur à tracer son «X» la rendait certainement suspecte de voter pour le «mauvais bord», comme si elle hésitait devant son acte de trahison.

À la fin, le «Non» l'emporta. Les membres de sa famille se tenaient déjà sur le trottoir quand elle sortit. Louise grimaçait maintenant. Elle aurait plus de mal à revenir vers la maison. Charles examina soigneusement sa sœur, visiblement désireux de savoir. Il se contenta de grommeler :

— On va leur sacrer une volée, à ces maudits Anglais.

La formule pouvait laisser croire à la promesse d'affrontements dans les rues.

Le Canada était un pays très vaste qui possédait six fuseaux horaires. Aussi, même si tous les Québécois réalisèrent s'être majoritairement prononcés pour le «Non» avant d'aller au lit, il fallait attendre les journaux et les émissions de radio du lendemain pour connaître l'issue de la consultation.

Au déjeuner, Charles avait transporté son poste de TSF dans la salle à manger pour syntoniser Radio-Canada. Les résultats ne se firent guère attendre :

— Le plébiscite sur la conscription a obtenu 2 612 265 "Oui" contre seulement 1 486 771 "Non", lit-on sur la page titre de *La Patrie*, déclara un lecteur de nouvelles.

— Sacrament ! grommela Charles.

Les yeux sévères de son père l'amenèrent à continuer :

— Pardon, mais la situation me fait enrager. Là les Anglais pourront faire ce qu'ils veulent.

L'annonceur donna l'ampleur de la victoire :

— On parle donc de 64 % du vote en faveur de la proposition fédérale.

— Si on regarde le vote canadien-français, le portrait est bien différent, expliqua un journaliste partageant le micro avec l'animateur de l'émission. Les habitants de la province se sont prononcés à 71 % pour le "Non".

De nouveau, le Canada se trouvait divisé sur la question de l'enrôlement obligatoire, comme en 1917.

— Je n'en reviens pas, protesta encore le benjamin. Une véritable trahison !

L'accusation revenait sans cesse, comme une rengaine.

— Comment ça ? questionna Antoine. Tout le monde savait que King l'emporterait.

— Dans les autres provinces, ça allait de soi. Mais un Canadien français sur six a voté "Oui". Tout le monde devrait avoir voté "Non".

Le calcul s'avérait juste : l'unanimité francophone aurait signifié 85 % de « Non » dans la province, pas 71 %.

— On annonce que 1 160 villes et villages russes ont été reconquis par les troupes de l'Armée rouge, continuait la radio.

Le regard du benjamin se porta sur sa sœur. Tous les autres membres de la famille lui paraissaient avoir d'excellentes raisons de s'opposer à la mesure, pas elle.

— Dans cette maison, justement nous sommes six à avoir voté hier, dit-il avec colère.

— Cette fois ça suffit, intervint Fernand.

Posée, douce même, sa voix portait tout de même. Le garçon porta tout son intérêt sur sa tasse de café. De son côté, la blonde ne le quittait pas des yeux. Clairement, elle entendait répondre à la prochaine remarque avec fermeté. Le chef de famille ne souhaitait pas voir ses enfants se disputer sur une question aussi sérieuse que celle-là. Surtout que ce mardi devait être une journée de réjouissances familiales à l'occasion du baptême du dernier-né.

— Louise, tu ne sembles pas trop fatiguée de l'expédition d'hier, intervint Élise.

— Je deviens donc habile à faire semblant. Une partie de mon anatomie en garde un souvenir plutôt mauvais.

Toutefois, la jeune mère montrait un visage plus enjoué. Mettre le nez dehors lui avait fait du bien.

— Tout à l'heure nous prendrons l'automobile pour nous rendre à l'église, lui rappela son beau-père.

— Je l'espère bien. Je suis même prête à prendre le volant, s'il le faut.

Ce ne serait pas nécessaire. Après le déjeuner, chacun monta à sa chambre pour se faire beau. Un peu avant dix heures, Antoine soutenait sa femme pour lui permettre de descendre l'escalier et marcher vers la Buick. Béatrice suivait avec le poupon dans ses bras. Après avoir aidé la jeune mère à s'asseoir devant, le père ouvrit la portière pour que sa sœur occupe la banquette arrière avec son fardeau.

Louise tenta de se retourner à demi pour voir sa belle-sœur. L'effort lui tirant une grimace de douleur, elle y renonça.

— Il semble se trouver bien dans tes bras.

— Voilà un enfant bien calme, doué pour faire confiance aux gens.

La blonde se pencha vers le poupon, pour lui répéter : « Tu me fais confiance, n'est-ce pas ? » Un grand bâillement lui donna raison.

— L'enthousiasme de notre cadet devient un peu lourd, murmura Antoine une fois rendu dans la Grande Allée.

— La peur en fait un partisan de la pensée unique. Chaque vote pour le "Non" doit lui apparaître comme une poussée dans son dos vers l'Europe.

— Il aura vingt-quatre ans en août, remarqua Louise, le recrutement pour le service au Canada ne s'applique pas à lui. Cependant, les discours de tous ces mouvements nationalistes pour lesquels il se passionne lui montent à la tête.

Lors de toutes les conversations tenues à voix basse, elle et son mari devaient discuter de sujets très sérieux, ou alors sa grossesse lui avait permis de parcourir plusieurs journaux à petit tirage partisans de la séparation de la province du Canada.

— Dans le cas de Charles, dit Béatrice, les motivations sont surtout personnelles, pas politiques. Il semble croire sérieusement que l'âge du recrutement obligatoire sera relevé pour l'englober tôt ou tard. Mais je suis peut-être tout à fait injuste à son égard. Après tout, j'ai été deux ans presque sans le voir.

Elle gardait le souvenir d'un garçon enthousiaste, prompt à prendre à son compte un discours, prompt aussi à s'en détacher. Ses opinions toujours exprimées avec véhémence ne paraissaient pas reposer sur des convictions profondes.

Le conducteur roula jusque dans la rue Salaberry pour cueillir l'un de ses beaux-frères, le parrain de son fils. Le compère se retrouva sur la banquette arrière. Même s'il entretint Jean de divers sujets susceptibles d'intéresser un enfant de douze jours, où dominaient les «coucous», ses yeux semblaient irrémédiablement attirés vers le corsage de la marraine.

Le reste de la famille Dupire, tout comme les autres Couture, devait se rendre à l'église Saint-Dominique à pied. Fernand s'arrangea pour marcher à côté du benjamin, Élise s'intéressa juste assez aux nouvelles pousses dans le parterre des voisins pour se faire devancer d'une douzaine de pas.

— J'espère que tu sauras maîtriser un peu ton enthousiasme pour la Ligue de défense du Canada et ses projets politiques, et surtout montrer plus de respect envers les opinions des autres.

— Présentement, ce qui se passe est sérieux, il ne s'agit pas de querelles entre les vieux partis.

Ces vieux partis, c'étaient ceux qui ne changeaient rien à la réalité politique et sociale du Québec. Pour les jeunes de l'âge de Charles, vieux partis et vieilles personnes allaient ensemble. Trois mois après l'élection de 1936, l'Union nationale avait hérité de ce qualificatif. La Ligue pour la défense du Canada discutait de son entrée dans l'arène politique. Celle-là échapperait peut-être à l'étiquette un peu plus longtemps.

— Il s'agit de la survie de la race, insista le garçon.

— Ton camp a triomphé à cinq voix contre une chez les Canadiens français, et la race te paraît menacée? Il te faut l'unanimité? Crois-tu que faire la tête à ta sœur parce qu'elle a peut-être voté "Oui", je dis bien peut-être, va arranger les choses?

— Elle a voté "Oui", jamais elle n'a parlé en faveur du "Non".

Charles marqua une pause, puis reprit, un ton plus bas:

— Comme je suis le plus exposé de la famille à me retrouver en Europe, je m'attends à ce que tout le monde vote de façon à m'éviter ça.

À ses yeux, de toute la maisonnée seule Béatrice méritait ses soupçons. Les jeunes femmes lui paraissaient les moins fiables, quand il s'agissait de défendre la nation. Le notaire secoua la tête, refusant de s'engager dans une discussion si peu rationnelle. Puis son benjamin n'avait plus dix-huit ans. Avec l'âge adulte venait la responsabilité d'assumer ses choix, et les risques inhérents à ceux-ci. Sa crainte était de voir sa famille se diviser là-dessus.

Bientôt, ils arrivaient à l'église. Sur le parvis ils croisèrent les Couture. Les retrouvailles se firent de manière un peu embarrassée : ils ne s'étaient côtoyés qu'au moment du mariage, deux ans plus tôt.

Pendant le baptême, Béatrice et son compère, Henri, s'engagèrent à protéger Jean « des pompes et des ruses de Satan », à travailler à son salut. De façon plus prosaïque, si un malheur faisait disparaître l'un des parents, et à plus forte raison les deux, ils s'occuperaient du petit.

Au terme de la cérémonie, tout le monde se trouvait convié à une petite réception chez les nouveaux parents. Louise répétait avec plaisir à tous les membres de sa famille « Venez chez nous », ou « Venez à la maison ». Le titre de propriété lui faisait plus plaisir qu'elle ne l'aurait avoué. Assise dans un fauteuil du salon, son trésor dans le berceau posé près d'elle, elle se donnait des allures de nouvelle reine-mère dans sa ruche, sous les yeux protecteurs d'Antoine.

Un traiteur s'occupait du repas, les groupes se dispersaient dans les pièces du rez-de-chaussée. Les deux frères Couture avaient très vite renoncé à l'idée d'unir plus à fond les deux familles : Béatrice les dépassait de trois doigts, cela suffisait à tuer leurs désirs. Très vite, ils s'étaient découvert de nouvelles affinités électives.

— On n'aura pas le choix, affirmait Charles dans un coin du bureau de son père. Il faudra se séparer de ces maudits impérialistes, sinon on va disparaître.

Les frères de Louise hochaient la tête avec un enthousiasme de nouveaux convertis. Aucun n'ayant atteint l'âge salvateur de vingt-quatre ans, ils avaient reçu la semaine précédente une lettre les priant de se présenter à l'examen médical.

Encore quelques bières, et les trois jeunes gens marcheraient vers Ottawa en vainqueurs. Une détermination qui durerait jusqu'au moment de dégriser. De son côté, la seule fille de la fratrie des Dupire offrait des petits fours aux convives.

— Ça va ? demanda Élise en s'approchant de Béatrice au moment où toutes les deux revenaient dans la cuisine.

— Oui. Le désir d'être d'accord avec tout le monde, et que tout le monde soit d'accord avec moi, m'est passé avec difficulté. Aujourd'hui me voilà affranchie de ce manque de confiance.

— Certaines mères disent que tout vaut mieux qu'une dispute susceptible de gâcher les rapports familiaux pour longtemps. Y compris cacher ses convictions, ou même voter comme les autres désirent.

Béatrice se retourna pour contempler sa belle-mère.

— Une telle recommandation obtient les effets désirés ?

— Je ne sais pas, je ne parlais pas de ma mère. Puis je n'ai jamais servi ce genre de salade à mes enfants. Toutefois, je ne sais pas si mon approche était plus sage.

— Dis toujours.

— L'harmonie tient au respect des opinions et des valeurs des autres. La compréhension ne nuit pas non plus. Autrement, il s'agit de soumission.

La blonde hocha la tête. La sensibilité d'Élise faisait d'elle une précieuse conseillère. Ce constat rendait Béatrice un peu mélancolique : pareille présence lui avait manqué si longtemps.

Élise continua avec un sourire navré :

— Toutefois, ce respect doit s'exprimer dans les deux sens, pas au détriment de l'une des parties.

— Si ce n'est pas réciproque ?

— Certains vieillissent plus lentement, d'autres ne vieillissent jamais. Dans ce cas, il ne faut pas se donner la responsabilité de la situation…

Charles allait sur ses vingt-quatre ans. La sagesse ne lui était pas venue précocement.

— Viens-tu marcher un peu ? Louise est montée dans sa chambre, ces visiteurs tiennent visiblement à nous enfumer.

Aucun des Dupire n'enfilait une cigarette après l'autre, ni n'imposait la puanteur d'un cigare. Les invités ne présentaient pas la même délicatesse. Le nuage bleu flottant dans toutes les pièces les piquait à la gorge et aux yeux.

— La pauvre madame Couture, seule parmi tous ces hommes… déplora Béatrice.

— Antoine s'occupe d'elle. Il tient manifestement à s'imposer comme le meilleur gendre de la ville, dit Élise.

Toutes les deux, se tenant par le bras, parcoururent la rue Scott sur toute sa longueur.

La belle-mère et la fille de la maison revinrent dans la demeure au moment où Thalie sortait sur la grande galerie.

— Tu souhaitais me voir ? demanda toute de suite Élise en échangeant des bises.

— Non, même si je suis bien heureuse de tomber sur toi. Je me souvenais que le baptême avait lieu ce matin, aussi je suis passée féliciter les heureux parents.

— Oh ! Tout à l'heure Louise était allée s'étendre.

— Je suis montée la voir, avec la permission du nouveau propriétaire de la maison, précisa Thalie avec un petit sourire ironique.

Antoine ne pouvait dissimuler sa satisfaction, même à des personnes étrangères à la question.

— Malgré tout, dit Élise, si je n'entre pas, je passerai pour une mauvaise hôtesse. Je te revois cet après-midi.

Elle pénétra dans la maison, laissant l'omnipraticienne seule avec Béatrice. Toutes les deux échangèrent un regard, puis la jeune fille remarqua :

— Vos projets sont en voie de se réaliser, à en croire ma belle-mère.

— Elle doit penser que je n'ai plus toute ma tête.

— Vous savez bien que ce n'est pas le cas.

Thalie se sentit un peu gênée. Jamais Élise ne portait de jugement de ce genre. Son attitude était plutôt de chercher à comprendre. Béatrice enchaîna tout de suite :

— Votre départ aura lieu dans quelques semaines.

— En juillet.

La médecin hésita un moment avant de répondre à la question implicite.

— Une fois la décision prise, tous ces délais finissent par me tomber sur les nerfs. J'embarquerais dès demain. En même temps, j'ai un peu peur.

— Comme devant toute décision susceptible de changer une vie.

Quoique juste, cette remarque ne rasséréna pas la volontaire du service de santé de l'armée. Surtout, toutes les confidences de leur dernière rencontre flottaient entre elles, les rendant un peu mal à l'aise.

— Je dois retourner au cabinet, maintenant, dit Thalie en tendant la main. Je vous souhaite bonne chance pour la poursuite de vos études.

— Et moi pour votre grand projet, répondit Béatrice.

L'omnipraticienne descendit les quelques marches pour s'engager dans l'allée. Béatrice la suivit des yeux jusqu'au coin de la rue. Derrière elle, quelqu'un ouvrit et referma la porte.

— Ah! fit une voix familière. Ma commère! Je vous cherchais depuis quelques minutes pour vous saluer.

Le débit hésitant trahissait un certain abus d'alcool. Il n'était guère édifiant de se trouver dans cet état si peu de temps après le dîner. La blonde se retourna pour voir devant elle les deux frères Couture.

— Avec toute la fumée de cigarette à l'intérieur, autant rester dehors.

Les deux jeunes hommes semblaient avoir un mégot au coin de la bouche en permanence. L'idée de s'excuser ne les effleura pas.

— Je voulais vous embrasser avant de partir. Maintenant, nous voilà liés pour la vie.

— La vie nous réserve de ces surprises, parfois!

À en juger par son ton, celles-ci ne se révélaient pas toujours heureuses. Béatrice offrit sa joue au premier, puis au second des frères.

— Ça vous dirait de faire quelque chose, cette semaine?

— Peut-être lors de mes prochaines vacances. Demain je retourne aux États-Unis.

— Ah oui! Vos études universitaires...

Les femmes savantes ne devaient pas l'attirer outre mesure. L'arrivée de sa mère sur le perron mit fin à l'échange. La matrone dit au revoir à Béatrice, puis elle prit le chemin de la maison avec ses deux fils en remorque.

Le lendemain matin, les valises de Béatrice se trouvèrent près de la porte avant le déjeuner. Pendant le repas, tous affectèrent une fausse gaieté. La situation politique créait une tension entre certains, la certitude de ne pas se revoir au cours des six prochains mois en attristait d'autres.

Après s'être essuyé la bouche, Louise annonça :

— Je vous prie de m'excuser, mais quelqu'un criera bientôt sa faim.

— Je t'accompagne, dit la blonde. Ce sera une occasion pour moi de dire au revoir à mon filleul et à ma belle-sœur.

L'enfant passait ses journées dans le salon, afin d'éviter à la mère ou à la domestique de s'épuiser dans l'escalier. De la situation résultait un certain désordre : tout le nécessaire pour lui donner ses soins quotidiens s'étalait sur le canapé. Béatrice dit quelques mots au poupon, qui garda sa bonne humeur même si la tétée se trouvait ajournée un peu, puis elle embrassa sa parente tout en lui souhaitant le meilleur.

L'instant d'après, elle trouvait le reste de sa famille dans le couloir. Antoine fut le premier à la prendre dans ses bras pour lui souhaiter les plus grands succès dans ses études. Puis il rejoignit sa petite famille. Les adieux d'Élise se révélèrent touchants. Fernand la reconduisait, donc il ne restait qu'à dire au revoir à Charles. Un long moment, tous les deux demeurèrent immobiles, l'un en face de l'autre. À la fin, le garçon s'approcha pour l'embrasser sur les joues.

— Bonne chance dans ton hôpital pour les fous.

— Et toi dans ta compagnie d'assurances.

Elle arrivait à donner au dernier mot des accents pitoyables. De nouveau, ils se regardèrent un instant, puis il dit :

— Je dois y aller maintenant.

— Moi aussi.

— Alors, bonjour.

— Bonjour.

Leurs adieux ne témoignaient d'aucune chaleur, la question du plébiscite les avait séparés. En évitant l'usage des prénoms, ils rendaient l'échange impersonnel. Le benjamin quitta les lieux en répétant encore « Bonjour », non pas « À bientôt », ni même « Au revoir ». Fernand regarda sa fille avec des yeux empreints de tristesse, puis il prit les deux valises laissées près de la porte.

— Je peux m'en charger, papa.

— Moi aussi. Et s'il te plaît, ne me répète pas que tu aurais aussi pu prendre un taxi.

Elle se le tint pour dit et demeura silencieuse jusqu'à ce que son père s'installe derrière le volant.

— Je suis désolée, tu sais. J'aurais dû laisser entendre que je votais comme lui. Là, l'atmosphère s'est trouvée gâchée.

— Si tu l'avais fait, dit Fernand en s'engageant vers le nord dans la rue Scott, ça m'aurait attristé.

D'un seul coup, elle retrouvait son père soucieux de lui redonner une certaine confiance. Lui la revoyait à treize ans, facilement blessée par la moindre remarque juste un peu ironique. Combien ces quelques jours dans la maison familiale minaient l'assurance acquise au fil des dernières années.

— Es-tu heureuse de retourner là-bas ? voulut-il savoir.

— Oui. J'entame la dernière étape de mes études. Encore une quinzaine de mois, et je pourrai commencer à travailler pour un véritable salaire.

— Dans cet hôpital où tu seras cet été, on ne te donne rien ?

— Comme il s'agit d'un stage faisant partie de la formation, je toucherai une rémunération bien symbolique.

« Ça doit ressembler à l'année de cléricature, songea Fernand. En plus difficile, évidemment. Je n'échangerais pas mes vieux papiers pour ses patients. » À haute voix, il jugea bon de préciser :

— Je compléterai la somme, ne t'en fais pas.

— Voyons, avec ce que tu me donnes en compensation de la vente de la maison, j'aurai trop d'argent.

— Je n'ai aucune intention de changer notre entente. Je paie les études de mes enfants.

— Je traîne encore à l'école à vingt-cinq ans.

— Ah ! Tu traînes ? Pourquoi avais-je l'impression que tu étudiais ?

Le ton moqueur fit rire Béatrice. Évidemment, ses études prenaient tout son temps, tellement elle tenait à réussir. Pour elle, il s'agissait de la seule façon de justifier l'investissement consenti.

— Pourquoi te montres-tu si généreux avec nous ? Céder ta maison à Antoine à de si bonnes conditions, nous verser chacun notre part d'ici cinq ans…

Elle et Antoine se posaient souvent des questions sur ses ressources. L'économie de guerre ne semblait pas lui peser plus que la longue crise des années trente.

— Vous entrez dans la vie, vous avez besoin d'un coup de pouce maintenant. J'aimerais vivre encore au moins vingt-cinq ans. Ça te donnerait quoi de recevoir cette somme à cinquante ans ?

— Je ne saurai même pas quoi faire avec.

Tout le reste du trajet se passa à discuter des investissements les plus rentables. Le sujet permettait de mettre leurs émotions en veilleuse. Sur le quai de la gare, toutefois, le moment des adieux les toucha comme toutes les fois précédentes.

— Prends soin de toi, ma grande.

L'étreinte dura un moment, puis ils s'éloignèrent un peu l'un de l'autre.

— Toi aussi, papa. Marche tous les jours…

— Ne fais pas le travail du docteur Hamelin. Mais rassure-toi, je suis devenu très sage, ces dernières années.

L'homme avait raison à ce propos. La vie lui donnait toutes les raisons de souhaiter prolonger son séjour sur terre.

— Reviendras-tu nous voir bientôt?

— À Noël.

Fernand comptait mentalement. Près de huit mois.

— Tu me manqueras.

— À moi aussi. J'aimerais que toi et Élise veniez à New Haven, histoire de couper ce temps en deux.

— Je ne sais pas…

— J'aimerais que tu voies mon appartement, mon directeur de thèse, l'hôpital. Je veux partager tout cela. Pour que tu saches au moins pourquoi tu dépenses tant d'argent.

Bien sûr, l'Université Yale lui coûtait une fortune, il serait sûrement content de pouvoir visiter le campus. Mais Béatrice rêvait surtout de lui montrer qui elle devenait au fil des ans.

— M'as-tu entendu parler anglais? Je ne saurais même pas commander un repas.

Le notaire n'exagérait pas du tout. Pour lui, l'anglais était comme le latin : une langue écrite, mais que personne ne parlait dans son univers.

— Moi je deviens plutôt bonne, je traduirai. Maintenant, va-t'en, sinon je vais me mettre à pleurer.

— Avec ces hommes tout autour, ce serait une misère de chiffonner ton beau visage.

Les trois quarts des passagers portaient l'uniforme. Certains jetaient vers eux des regards curieux.

— À bientôt, Béatrice, dit-il en l'embrassant sur les joues.

— À bientôt, papa.

Lui-même n'en menait pas large. Il s'éloigna, la laissant debout sur le quai.

Chapitre 9

La seconde visite de Thalie à la Citadelle se déroula le dernier jour d'avril. Malgré son attitude un peu crâneuse, il lui avait fallu tout ce temps pour passer à l'action. Sa nervosité s'avérait aussi grande que la première fois. Au moins, le planton la reconnut. Le trajet dans les entrailles de l'édifice fut semblable au premier, des recrues firent les mêmes gestes pudiques sur son passage. Le colonel se leva à son entrée, s'avança la main tendue.

— Madame Picard, je suis heureux de vous revoir.

Le ton était bien un peu gouailleur, avec un sous-entendu : « Il vous en a fallu, du temps, pour vous décider. » La femme choisit de ne pas trop s'en formaliser.

— Je ne vous dirai pas que tout le plaisir est pour moi.

Il lui désigna la chaise devant son bureau, reprit sa place.

— J'ai ici l'offre d'enrôlement à vous faire signer. Vous vous trouverez sous les drapeaux pour la durée de la guerre, avec une solde de capitaine.

— Vous voulez dire avec la solde d'une femme capitaine.

En gros, les soldates recevaient les deux tiers de la somme versée à un homme. Cela tenait à un ensemble de facteurs, dont la tradition : dans aucun secteur d'activité on ne trouvait un salaire égal.

— Vous avez raison.

— Au cabinet, mes honoraires sont les mêmes que ceux de mes collègues.

— Vous n'avez pas encore signé ce document, et rien ne vous y oblige.

Son interlocuteur la défiait. Bien sûr, elle connaissait les règles et les avait acceptées, mais elle ne pouvait se retenir de protester. Cette attitude cadrait mal avec la discipline militaire.

— Prêtez-moi votre plume, je vais le faire tout de suite.

— Vous ne voulez pas le lire à tête reposée ?

Murphy prit l'offre d'enrôlement pour la placer sous ses yeux.

— À tête reposée ou non, croyez-moi, j'ai songé à tout cela.

— Le document vous engage à accepter une affectation outremer.

— C'est bien ce que j'avais compris.

La main tendue, l'impatience lui fit agiter les doigts pour qu'il y mette une plume. Puis elle tourna les pages pour apposer sa signature aux endroits marqués d'un «X». Quand ce fut fait, elle s'appuya contre le dossier de sa chaise en laissant échapper un soupir.

— Maintenant, que se passe-t-il ?

— Préparez-vous à vous rendre à Ottawa dans une ou deux semaines. Vous recevrez une brève formation, puis votre affectation.

Aucun roulement de tambour, aucun comité d'accueil au moment où sa vie changeait définitivement.

— Bon, alors je vais attendre, dit-elle en se levant.

L'officier fit la même chose, lui tendit de nouveau la main.

— La prochaine fois, mademoiselle, je vous appellerai capitaine et je ferai le salut militaire.

— Alors, au revoir, colonel.

Au moment de rejoindre le cabinet de la rue Claire-Fontaine, Thalie s'aperçut qu'au lieu d'éprouver de l'inquiétude, ou de la peur, elle se sentait légère, une vague excitation la gagnait. Enfin, quelque chose d'important se passait dans sa vie, au point de lui faire oublier tout son ennui.

Dans la salle d'attente, Élise se tenait derrière son petit bureau, le livre des rendez-vous ouvert. Elle leva les yeux vers son amie, s'étonna de voir un sourire sur son visage.

— Voilà qui est fait, dit cette dernière en s'approchant.

— Tu as signé ?

De son côté, la réceptionniste ressemblait plutôt à une pleureuse debout près d'une fosse, attendant de voir le cercueil s'enfoncer dans la terre.

— Oui, il y a vingt minutes à peine.

En accomplissant ce geste définitif, elle s'était libérée de la pression qui pesait sur ses épaules. Maintenant, il ne lui restait plus qu'à aller de l'avant, régler les derniers détails.

— Tu me disais l'autre jour que Charles souhaitait quitter le toit familial ?

— Oui, mais les logements disponibles sont peu nombreux.

— Peut-être accepterait-il de louer le mien jusqu'à mon retour.

Son interlocutrice comprit que dorénavant les événements suivraient leur cours, sans changement possible. Autant faire contre mauvaise fortune bon cœur.

— Ce serait sans doute l'idéal. Je lui en parlerai ce soir.

À cause de sa visite à la Citadelle, Thalie était en retard de quelques minutes. L'instant d'après, elle accueillait la première cliente en disant :

— Je m'excuse de vous avoir fait attendre, mais je devais régler une affaire urgente.

La visiteuse conserva toutefois son air maussade tout au long de l'examen.

Il fallut encore presque une semaine à Thalie avant de trouver le courage d'affronter sa mère. Elle ne s'avouait pas sa crainte, toutefois. De toute façon, Marie savait, Mathieu lui avait dit. Puis il restait tant de choses à régler avant que tout cela se réalise.

Quand la médecin frappa à la porte, un jeudi soir, l'heure des visites entre gens bien élevés était passée. Dans l'appartement, la femme questionna Paul du regard.

— Je n'attends personne. Mes filles ou leurs enfants auraient téléphoné avant de se présenter aussi tard.

Il ne restait qu'une possibilité.

— Laisse-nous seules, s'il te plaît.

L'homme acquiesça d'un geste de la tête, se dirigea vers la chambre lui servant de bureau et ferma la porte derrière lui. Sa compagne alla ouvrir, pour découvrir sa fille terriblement mal à l'aise, comme une enfant coupable d'un mauvais coup.

— Je peux entrer?

— Viens, dit la mère en se plaçant un peu de côté pour la laisser passer.

Dans le salon, la visiteuse prit place sur le canapé. Au lieu de s'asseoir juste à côté d'elle, comme à son habitude, Marie occupa un fauteuil.

— Mathieu t'a expliqué…

— Tout de même, j'aimerais l'entendre de ta bouche.

— J'ai rejoint le corps médical.

En omettant les mots «de l'armée canadienne», elle tentait de donner une allure de normalité à sa décision. Le silence de sa mère la força à préciser :

— Je passerai en Europe au cours de l'été. Là-bas, je travaillerai dans un hôpital. Ce ne sera pas vraiment différent du Jeffery Hale.

— Rien ne sera semblable. Des bombardiers survolent l'Angleterre toutes les nuits. Puis auparavant, il y aura la traversée.

Pour les bombardiers, elle exagérait. Le Blitz s'était terminé à l'avantage des Britanniques un an plus tôt. Cependant, à peu près toutes les semaines les journaux évoquaient les navires coulés par les sous-marins. Thalie n'avait guère envie de s'engager sur le terrain des stratégies et des risques.

— Pourquoi… fais-tu une chose pareille ?

Le «me» muet n'échappa pas à Thalie. Sa mère ramenait la question à leur relation, à sa propre inquiétude. Reprendre ses confidences à Béatrice l'aurait trop intimidée. Elle s'en tint à une version édulcorée de celles-ci.

— J'espère être moins malheureuse, c'est tout.

Cette simple notion dépassait totalement son interlocutrice. Comment pouvait-on être malheureuse quand on était plutôt jolie, intelligente, pratiquant une profession non seulement très gratifiante, mais assurant de bien vivre toute son existence ?

— Pour te sentir mieux dans ta peau, tu veux devenir une couaque.

L'intonation donnait un sens très péjoratif au dernier mot.

— Non, une médecin du service de santé. Ce n'est pas la même chose. Je ferai exactement le même métier qu'aujourd'hui.

Marie secoua la tête, incapable d'accepter cette réponse.

— Tu porteras un uniforme, dit-elle de façon abrupte.

Aucun argument ne la ramènerait à de meilleurs sentiments. Thalie décida de quitter les lieux avant d'élever la voix.

— Je dois rentrer maintenant, annonça-t-elle en se levant.

Sa mère la raccompagna jusqu'à la porte, lui ouvrit :

— Bonne nuit, maman.

Toutes les deux échangèrent un long regard. La visiteuse s'engageait déjà dans l'escalier quand elle entendit un vœu de bonne nuit murmuré.

Avant même de passer à table, Charles avait tenu à prendre un rendez-vous avec Thalie. Un peu avant huit heures, quand le portier signala son arrivée, au lieu de le faire monter, la femme descendit le rejoindre dans l'entrée.

— Bonsoir, dit-elle en lui tendant la main.

— Bonsoir. Je me suis peut-être montré un peu trop empressé, mais dès que ma belle-mère m'a dit, j'ai voulu sauter sur l'occasion.

— C'est très bien, je souhaite régler cette question au plus vite. D'abord, nous allons voir la salle à manger.

Le jeune homme ouvrait de grands yeux, visiblement surexcité à l'idée de loger dans un immeuble aussi prestigieux que le Château Saint-Louis.

— Vous pourrez prendre le déjeuner et le souper ici, et même faire monter votre repas, mais le prix est très élevé. Puis ce service cessera sans doute bientôt.

— Pourquoi ? C'est très pratique.

— Au moment de la construction, personne n'aurait songé à équiper son appartement d'un poêle à bois ou à charbon, c'était impossible. Aujourd'hui, les locataires ont des cuisinières électriques, des réfrigérateurs. Comme les clients recourant à ses services sont moins nombreux, le traiteur ne fait pas ses frais.

Charles ramassa une feuille donnant la liste des prix et conclut tout de suite que l'apprentissage de la cuisine s'imposerait, sinon il y passerait tout son héritage.

— Montons à l'appartement, suggéra Thalie.

Le jeune homme apprécia de nouveau le hall tout de marbre, les casiers postaux, les portes de laiton de l'ascenseur. Au moment d'entrer dans le logis, elle dit encore :

— Vous trouverez peut-être les lieux un peu féminins, mais au moins je n'ai pas mis de papier peint fleuri sur les murs, ou de revêtement rose sur les meubles.

Elle le guida successivement dans la petite cuisine, le salon, la chambre à coucher. Dans cette pièce, elle songea : « Voilà des années qu'aucun homme n'est entré ici. » Cette pensée suscita un mélange de tristesse et de honte. Comme elle devait être désagréable, pour faire ainsi le vide autour d'elle. Pour chasser ces pensées, elle annonça le prix de location, ce qui fit légèrement grimacer son interlocuteur.

— Mon bail prévoit cette somme, je vous le montrerai. Je ne ferai aucun profit. D'ailleurs le paiement se fera au gérant de l'immeuble.

— Je comprends, c'est juste que je viens d'obtenir mon premier emploi vraiment intéressant. Mais ça ira.

Le jeune homme commençait tout juste à recevoir les versements relatifs à sa part de la maison familiale. Au lieu de garder le tout pour acheter sa propre demeure un jour, il en consacrerait une partie à ce loyer.

— Accepterez-vous un cognac ? Je vous expliquerai les autres détails de l'entente.

Tout en acquiesçant d'un geste de la tête, Charles se troubla un peu. Pour la première fois de sa vie, il se trouvait seul avec une femme dans un appartement. Même si cette dernière était considérablement plus vieille, il ne la trouvait pas vilaine.

— Installez-vous dans ce fauteuil, dit Thalie en lui tendant son verre. De mon côté je vais prendre un peu de vin.

Quand elle se dirigea vers la cuisine, le jeune homme apprécia sa silhouette, tout en se disant : « Malgré tout, pas mal pour une vieille. » Quand son hôtesse revint, elle le trouva debout devant une fenêtre.

— Voilà une vue superbe, dit-il.

Même si le soleil avait disparu de l'horizon, il faisait suffisamment clair pour permettre de voir la ville, et au-delà la chaîne des montagnes.

— Oui, on ne s'en lasse pas.

Tous les deux occupèrent les fauteuils, l'hôtesse continua :

— Je compte laisser tous les meubles, la vaisselle, les chaudrons. Vous n'aurez rien à acheter, pas même des draps et des couvertures.

— Voilà qui rendra mon aménagement plus facile.

— J'entreposerai mes vêtements, mes papiers, enfin, toutes mes affaires personnelles ailleurs. Voulez-vous réfléchir à la question, avant de vous décider ?

Elle reprenait presque les mots du colonel Murphy, son interlocuteur montra le même empressement à répondre :

— Non, j'accepte. L'entente vaudra jusqu'à la fin de la guerre ?

— Oui, à moins que nous voulions mutuellement y mettre fin. Mon frère s'occupera de mes affaires pendant mon absence.

— Il faudrait une clause me permettant de partir sans verser de dédommagement si jamais je suis conscrit.

— Vous avez vingt-quatre ans ?

L'homme répondit négativement d'un geste de la tête, puis ajouta :

— Pas encore. Mais les conditions d'enrôlement peuvent changer rapidement, surtout avec le résultat du plébiscite.

Toute une génération de Canadiens français vivait dans la même angoisse. Thalie comprenait très bien qu'un événement de ce genre obligeait quelqu'un à rompre bien des engagements.

— L'entente deviendra caduque si vous rejoignez l'armée, volontairement ou pas.

Le jeune homme laissa échapper un ricanement à l'évocation d'un engagement volontaire. Cela n'arriverait jamais.

— Élise m'a dit que vous travaillez depuis peu pour une compagnie d'assurances.

Le changement de sujet lui fit plaisir. Pendant un moment, le visiteur parla avec enthousiasme d'un sujet qui ennuya son hôtesse. Heureusement, bien élevé, Charles remarqua que son verre de vin était vide et qu'elle ne faisait pas mine de s'en servir un autre.

— Je vais vous quitter maintenant. Vous pourrez confier l'entente dont nous avons parlé à ma belle-mère, je la signerai et la renverrai de la même façon.

— D'accord, vous l'aurez d'ici deux jours.

Elle le reconduisit jusqu'à la porte. Au moment de sortir, il osa demander :

— Pourquoi vous êtes-vous engagée ?

Thalie fronça les sourcils, puis formula après un moment de réflexion :

— Ça m'a semblé la chose normale à faire.

Au moment de monter dans l'ascenseur, Charles songea : « Pour moi, ça ne le sera jamais. Auparavant, je me sauverai dans les bois. » Ils seraient quelques dizaines à faire cela au cours des prochaines années.

Sans voiture, Thalie devait réserver les services d'un camion pour déménager ses affaires. Au moins, le chauffeur pourrait transporter ses quelques caisses du sixième étage du Château Saint-Louis au second de l'immeuble de la rue Saint-Cyrille. Au moment de frapper à la porte, elle sentit des larmes perler à la commissure de ses yeux.

— Te voilà, ma petite, dit Paul en ouvrant.

Elle se réfugia dans les bras grands ouverts, se laissa enlacer. Le gros homme qui suivait avec une caisse de vêtements interdisait les trop longs épanchements. Cela valait mieux ainsi. Le maître de la maison le guida jusqu'à une chambre inoccupée. Thalie entreprit tout de suite de pendre ses robes dans l'armoire et de mettre son linge dans la commode.

— Tu ne gardes rien?

— On m'a dit que je devais voyager léger. J'emporterai ma plus belle robe, des sous-vêtements, des bas, mais je n'aurai sans doute pas l'occasion de me faire belle là-bas.

La demi-douzaine de boîtes contenait aussi ses livres, ses papiers, tous les petits objets qui témoignent que l'on a vécu. Quand elles furent toutes dans la pièce, Thalie tira de son sac quelques dollars pour le camionneur, puis continua son rangement.

— Je m'excuse de te laisser tout faire seule. L'âge me rend inutile.

La femme leva les yeux vers Paul en souriant.

— Ne dites pas des choses pareilles. Pas à moi. Un homme inutile ne se trouve pas dans le cœur d'une bonne douzaine de personnes.

« Et moi, de si peu », se dit-elle. Pourtant elle comprenait. L'homme présentait les signes du grand âge. La peau parcheminée portait des taches brunâtres. Quand elle en eut terminé, ils se retrouvèrent tous les deux dans l'entrée, embarrassés.

— Cela me gêne tellement d'apporter mes choses pendant son absence, comme une voleuse, dit finalement Thalie.

L'absurdité de sa remarque lui tira un demi-sourire. Au contraire, elle déposait toutes ses possessions, comme si elle reprenait sa chambre de jeune fille.

— Tu n'avais pas d'autre choix, n'est-ce pas?

Oui et non. Marie se trouvait au travail pendant la journée, mais le camionneur aurait sans doute accepté de faire ce déménagement en soirée.

— Elle pensera à moi tous les jours, cette pièce servira d'aide-mémoire. Pas un seul instant elle ne m'oubliera. Mes affaires alimenteront sa colère, ou sa peur, ou les deux.

— La présence ou l'absence de tes possessions n'y changera rien : tous les jours, toutes les heures elle se souviendra de toi. La colère lui passera bien vite. L'inquiétude ne la quittera pas. On s'inquiète pour ceux qu'on aime, si on les pense dans une situation dangereuse.

— Je ne fais pas ça pour la contrarier.

— Fais-lui confiance. Parce que tu es célibataire, elle se sent responsable. Marie en viendra certainement à se convaincre un jour que tu peux te débrouiller seule, comme elle le faisait il y a trente ans.

— Même si j'étais mariée…

Sa mère exerçait aussi son contrôle sur Mathieu, ses petits-enfants n'y échappaient pas tout à fait non plus.

— Alors, Paul, je vous souhaite le meilleur.

— Moi aussi. J'espère que tu trouveras là-bas ce que tu cherches.

L'homme marqua une hésitation, puis continua :

— Tu sais, tu es une personne exceptionnelle. J'ai non seulement de l'estime pour toi, mais aussi une grande admiration. Je voulais te le dire aujourd'hui, car je n'en aurai peut-être plus l'occasion.

— Je ne m'en vais pas combattre, mais soigner des gens. Je ne risque rien, ou pas grand-chose.

— Je ne faisais pas allusion aux risques pesant sur les membres du service médical de l'armée, mais à ceux qui menacent un vieux monsieur de soixante-dix ans.

Bien sûr, une chute dans l'escalier, une mauvaise grippe pouvait l'emporter.

— Alors, laissez-moi profiter de l'occasion pour vous dire toute mon affection. Je n'oublierai jamais votre patience, même vos bons mots, quand je vous prenais à partie pour toutes mes frustrations politiques.

— Comme au sujet du vote des femmes.

— Que nous avons eu il y a deux ans seulement. Merci.

Lors de leur dernière étreinte, l'homme lui glissa dans l'oreille : « Essaie d'être heureuse, tu le mérites. » Parce que l'émotion lui serrait la gorge, Thalie quitta les lieux en larmes, sans prononcer un mot de plus.

— Franchement, même sur mesure, l'uniforme ne m'avantage pas. Le kaki non plus.

Thalie se tenait devant un miroir, dans la chambre de son hôtel. Comme tous les officiers possédant quelques moyens, elle en avait commandé deux faits sur mesure à une couturière s'annonçant dans les journaux. La dame, une Juive tenant boutique rue Saint-Laurent, en était à sa première cliente désirant ce type de vêtement. Le résultat était parfait, mais comment s'habituer à sa nouvelle allure ?

Quand elle posa le képi sur ses cheveux coupés assez courts, l'envie lui vint de pouffer de rire.

Sa valise à la main, elle prit l'ascenseur avec trois autres personnes, des hommes. Ils l'examinèrent des pieds à la tête, prononcèrent «Bonne journée, officier» l'un après l'autre. De cela aussi il lui faudrait prendre l'habitude. Les Canadiens anglais lui exprimeraient leur appréciation pour son sens du devoir, les Canadiens français la regarderaient avec la plus grande méfiance, sinon une certaine hostilité.

Un taxi la conduisit à la gare, à Ottawa un autre la déposa devant les quartiers généraux du Royal Canadian Army Medical Corps. Un moment, elle demeura plantée devant le grand édifice de pierre, regrettant de ne pas être passée à l'hôtel pour déposer sa valise. Puis en se raidissant le dos pour se grandir un peu, elle entra. Comme dans tous les locaux militaires, un soldat assis derrière un bureau accueillait les visiteurs.

— Capitaine, que puis-je pour vous?

L'appellation lui tira l'ombre d'un sourire. Pour une personne de son âge, il était plaisant de ne plus entendre «Mademoiselle».

— J'ai rendez-vous avec le colonel Luton, ou le médecin-chef, je ne sais pas comment l'appeler.

— Les deux conviennent très bien. Vous trouverez son bureau à l'étage, juste en haut de l'escalier.

En montant, Thalie remarqua la présence de nombreux soldats de sexe féminin. Chacune portait un dossier, une liasse de documents ou un bloc de sténo. Le corps féminin formé l'année précédente devait permettre de remplacer les hommes dans certaines tâches afin de les affecter à des unités de combat. Comme les politiciens l'avaient souligné au moment de l'adoption de la mesure, 10 000 femmes valaient le recrutement d'un nombre équivalent de combattants.

Tous ne devaient pas apprécier cette initiative. Les nouvelles secrétaires et commis y trouvaient toutefois leur compte, à en juger par le sourire de celle qui l'accueillit.

— Je veux voir le colonel Luton.

— Bien sûr, capitaine… Picard.

Elle avait dû regarder sur la liste des visiteurs pour trouver son nom. Dans la pièce voisine, un homme et une femme attendaient, assis de part et d'autre d'une table. Les galons dorés sur la manche indiquaient la hiérarchie entre eux.

— Colonel, commença Thalie en adoptant à peu près la posture du garde-à-vous.

Son salut donnait l'impression qu'elle voulait chasser un moustique près de son oreille. Sa méconnaissance évidente des usages lui valut un sourire un peu moqueur de la part de la jolie dame dans la trentaine.

— Capitaine Picard, je vous présente la capitaine Eaton, chef adjoint du corps féminin de l'armée canadienne.

Margaret Eaton. La photo de cette dame dans *La Patrie* avait renforcé sa détermination à s'enrôler. Fille d'un grand bourgeois, elle arrivait à se donner un air martial, ou antipathique. Les deux pouvaient se confondre aisément. Toutefois, vue de près, elle ne paraissait pas avoir trente ans.

— Capitaine…

Fallait-il saluer encore? Tendre la main? Comme la femme se contenta d'un salut de la tête, autant s'en tenir au grade comme seule marque de civilité.

— Veuillez vous asseoir, capitaine. J'ai invité la capitaine Eaton à se joindre à nous, car votre affectation concerne ses troupes.

En occupant le troisième siège, Thalie remarqua l'écusson de sa voisine sur l'épaule, les trois feuilles d'érable surmontées de la tête d'Athéna. Elle-même portait plutôt le symbole habituel des médecins, le bâton d'Esculape autour duquel s'enroule un serpent. Sa présence s'expliquait sans mal, mais le médecin-chef précisa tout de même :

— Chaque régiment comprend une petite équipe médicale, mais les soldats qui demandent plus qu'une intervention ponctuelle sont envoyés au service de santé. Nous disposons de nombreux hôpitaux au Royaume-Uni, des maisons de convalescence, des postes de triage. Nous parlons de centaines d'employés de sexe féminin, des infirmières pour au moins la moitié. Au moment de présenter votre candidature, le colonel Murphy a évoqué qu'elles pourraient préférer consulter une personne de leur sexe.

Visiblement, lui-même trouvait la suggestion ridicule, à en juger par son ton.

— À ces personnes s'ajoutent les corps féminins de l'aviation, de la marine, et celui qui sera sans doute plus nombreux, celui de l'armée. Des femmes ont déjà pris le chemin de l'Angleterre, leur nombre s'accroîtra très vite.

— On parle de la population d'une petite ville, intervint Eaton, de quoi occuper une praticienne. La seule différence sera la dispersion de ces femmes dans divers établissements militaires.

Pour sa part, la capitaine semblait trouver clairement justifiée la présence d'une médecin pour leur dispenser des soins.

— En conséquence, dit le colonel Luton avec une pointe d'agacement dans la voix, après un entraînement de base vous vous embarquerez. Il y aura un convoi au début du mois de juillet, vous y aurez une place réservée.

Thalie ne cilla pas en entendant la nouvelle.

— Merci, colonel.

Pour souligner de nouveau son désaccord à propos de son enrôlement, l'homme chercha à la mettre un peu mal à l'aise.

— Vous pratiquez la médecine depuis longtemps?

— J'ai reçu mon diplôme de l'Université McGill en 1925, je n'ai pas cessé depuis.

— Quel problème traitez-vous le plus souvent?

— Il ne s'agit pas d'un problème. Je fais des accouchements surtout.

L'autre eut un petit rire bref, il se cala dans son siège en lui jetant un regard méprisant.

— Les blessures par balle sont bien différentes... Tout le sang...

Cherchait-il à obtenir sa démission avant même le début de sa formation? Thalie voulut s'en assurer tout de suite :

— Si vous aviez pratiqué des accouchements, vous sauriez que ce n'est pas bien propre. Nous avons à peu près le même âge. Comme l'armée canadienne a peu combattu depuis l'entrée du Canada en guerre, je pense avoir vu plus de sang et entendu plus de cris de douleur que vous. Beaucoup plus.

Elle se rendait déjà coupable du crime de lèse-officier. Le visage de son interlocuteur, un blond, tendit vers le violet. De son côté, sa collègue riait franchement.

— Capitaine, vous ferez peu d'accouchements en Angleterre, dit Eaton, mais puisque les femmes ne vont pas au combat, vous ne verrez pas plus de blessures par balle. Depuis leur arrivée au Royaume-Uni, les médecins du service ont soigné surtout des cas d'influenza et de rougeole.

— J'ai une bonne expérience des deux. Très contagieux, dans le confinement d'un camp militaire.

— Cela tient au climat exécrable des trois derniers hivers. La température était dix degrés sous la normale, en février dernier. Là-bas, ils n'ont ni des vêtements, ni des logis suffisamment chauds.

Thalie hocha la tête. Sa situation serait délicate si ses supérieurs dans le service médical la prenaient en grippe.

Elle trouvait une alliée inattendue à la tête des couaques. Luton le comprenait aussi, et il savait que cette grande bourgeoise bénéficiait de l'oreille attentive de tous les ministres. Cela suffirait à le rendre conciliant à l'égard de la nouvelle venue.

— Vous pouvez disposer, capitaine.

La visiteuse se leva, salua aussi maladroitement qu'en arrivant, puis tourna les talons. Elle mettait la main sur la poignée de la porte quand elle entendit:

— Capitaine, un instant je vous prie.

— Oui, capitaine Eaton?

— Si vous êtes libre, je vous invite à dîner au mess.

— Ce sera avec plaisir.

— Attendez-moi un moment à la sortie.

Quand elle eut quitté les lieux, Luton grogna entre ses dents:

— Avec ses airs de suffragette, elle ne fera pas long feu avant de se retrouver au cachot pour insubordination.

— Vous croyez? Si je n'avais pas eu un an en 1914, j'aurais volontiers marché avec les suffragettes.

— Elle a la réputation d'être têtue.

— Vous avez fait enquête? Moi aussi. Elle a participé tous les ans au "pèlerinage" à l'assemblée du Québec pour réclamer le droit de vote pour les femmes de sa province. Sans des personnes comme elle, à cette heure je serais en train de préparer un repas. Comme il y a une base militaire et un hôpital à Sainte-Anne-de-Bellevue, elle apprendra à saluer et à marcher en ligne droite le matin, et elle se familiarisera avec l'organisation et les mœurs du corps médical de l'armée en après-midi.

Eaton se leva, salua en faisant claquer ses talons, puis quitta la pièce avec un sourire moqueur.

Thalie avait retrouvé sa valise au rez-de-chaussée et s'était plantée près de la porte. Avec le va-et-vient des officiers, elle essuya sa part de regards appuyés, et de saluts plus martiaux que le sien. La capitaine Eaton la rejoignit bientôt, toujours amusée par la scène précédente.

— Je viens de demander qu'on avertisse mon chauffeur de venir nous prendre. Il sera là dans un instant.

Évidemment, la grande bourgeoise ne marchait pas, ni ne prenait de taxi.

— Je ne vous demanderai pas pourquoi vous vous êtes enrôlée, remarqua Eaton, nous le savons toutes les deux : un vide à remplir. Je m'étonne tout de même, car votre profession devait représenter un bel accomplissement.

— Donc cette impression de vide ne concernait pas ma vie professionnelle.

Une légère crispation dans le visage signifia à son interlocutrice de changer de sujet. Heureusement, une grosse voiture de couleur verdâtre approchait. Un homme en uniforme en descendit pour ouvrir la portière. Toutes les deux prirent place à l'arrière. Quand le chauffeur retrouva son volant, Eaton dit :

— Goodwyn House.

Puis, à l'intention de sa compagne, elle précisa :

— Il s'agit du mess réservé aux femmes officiers. Les hommes n'y entrent que sur invitation. Cela permet d'échapper aux attentions parfois un peu trop insistantes de ces messieurs.

Comme Thalie fronçait les sourcils, elle continua :

— C'est un endroit où nous pouvons manger et prendre un verre. Voyez, nous arrivons déjà.

Il s'agissait d'une grande demeure à la devanture de pierre. Quand la praticienne fit mine de reprendre sa valise, Eaton demanda :

— Où allez-vous avec ça ?

— Je pensais me retrouver dans un camp dès aujourd'hui, je me suis munie du nécessaire.

— Laissez-la dans l'auto, je vous déposerai à l'hôtel Elgin tout à l'heure. Vous pourrez prendre le train pour Sainte-Anne-de-Bellevue tôt demain matin.

Peu après, elles entraient dans le mess. L'endroit rappelait un restaurant assez chic, avec une particularité cependant : toutes les clientes et les quelques clients portaient l'uniforme. Au moment où un serveur tirait sa chaise, Thalie remarqua à mi-voix :

— Je pourrais être la mère de toutes ces jeunes femmes.

Sa collègue couvrit la salle des yeux, puis convint :

— Toutes sauf moi, j'ai vingt-neuf ans. Les femmes ne font pas de carrière militaire, aucune ne s'est enrôlée avant 1939.

Pour l'ensemble des forces armées, ce n'était pas tout à fait vrai, car même en temps de paix, on conservait quelques infirmières. Ces dernières formaient l'essentiel de la clientèle, Thalie remarquait l'écusson avec le bâton d'Esculape sur l'épaule.

— La plupart des femmes de l'armée appartiennent au corps médical, à ce que je vois.

— Non, elles se trouvent plutôt dans le corps féminin, ce sont les couaques. Mais la très grande majorité des officiers, oui. Cela tient au fait que depuis la Grande Guerre les infirmières reçoivent le grade de sous-lieutenant. Ce n'est pas le cas des secrétaires, des commis ou des chauffeuses.

— Comment ça ? La formation de ces filles est à peu près la même, pour la durée en tout cas.

— Pour réprimer un peu les envies pressantes de ces messieurs. Les hommes de troupe y pensent à deux fois avant de laisser leurs mains se balader entre les jambes d'un officier. La cour martiale se montre plus sévère.

— La même tentation existe aussi dans les bureaux. Surtout que les hommes y sont en meilleure santé que dans un hôpital.

La praticienne constatait le charme de toutes ces employées. L'uniforme seyait à plusieurs, toutes portaient du rouge à lèvres, la plupart avaient des cheveux ondulés, que ce soit à cause de la nature ou par un artifice.

— Pourtant, ces événements surviennent plus souvent dans un hôpital. Les hommes ont une psychologie très particulière. Peut-être qu'après avoir frôlé la mort sur le champ de bataille, ils veulent se prouver qu'ils sont bien vivants. Ou alors les uniformes bleus des infirmières de service, leur tablier et leur coiffe blanche empesés agissent comme un excitant.

— Bon, espérons que le sarrau blanc du médecin n'a pas le même effet.

En disant ces mots, Thalie se surprit à songer sans déplaisir que dans ce milieu masculin, une femme comme elle pourrait recevoir bien des attentions. Le vide dans sa vie ne tenait-il qu'à cela ?

Chapitre 10

La gare de Sainte-Anne-de-Bellevue se révéla toute petite, mais terriblement achalandée. De nouveau, le nombre de personnes en uniforme impressionna Thalie. Une grande proportion de celles-là marchaient en boitant, ou alors portaient le bras en écharpe. Même si les Canadiens n'avaient pas encore participé à des affrontements significatifs, sauf à Hong Kong, les exercices dans les différents camps causaient leur lot de blessés.

Elle s'approcha d'un homme se déplaçant avec deux béquilles et demanda :

— Monsieur, pouvez-vous me dire où se trouve l'hôpital ?

— Madame… je veux dire capitaine, se reprit-il en menaçant son équilibre pour esquisser un salut.

— Pour tout de suite, laissons les formalités de côté. Comme vous le voyez, elles ne me sont pas du tout familières. Je viens ici pour commencer une formation.

S'il s'étonnait de voir une recrue aussi âgée, il ne le montra pas. Lui devait avoir vingt-deux ou vingt-trois ans.

— Dans ce cas, si marcher à la vitesse d'une tortue ne vous embête pas, venez avec moi, je m'y rends justement.

— D'accord.

Tous les deux regagnèrent la grande rue devant la gare. La praticienne devait en effet ralentir son pas pour éviter de le distancer.

— C'est grave ?

— Fracture du tibia.

— On dit que tous ces entraînements sont très exigeants.

— Je suis tombé en revenant d'une permission chez mes parents.

Thalie y alla d'un rire franc. Ce grand garçon portant les insignes du Royal 22e Régiment lui rappelait son frère au même âge.

— Rien pour mériter une *Victoria Cross*.

Elle craignit que son humour l'ait blessé, car il se renfrogna un peu. Il la détrompa.

— Si je boite suffisamment, ils me renverront à la maison. Ce sera ma plus belle médaille.

Celui-là comptait parmi les personnes enrôlées de force pour le « service au Canada ». Le gouvernement pouvait maintenant décider de la conscription pour les champs de bataille européens, une réelle menace pesait donc sur lui. Une blessure juste un peu invalidante le tirerait d'affaire.

Bientôt, ils arrivèrent devant l'établissement de santé. Il s'agissait de quatre grandes bâtisses parallèles, en brique, réunies entre elles par des couloirs.

— Voilà, nous sommes arrivés.

— En réalité, je dois me rendre à la maison de la Croix-Rouge. Je dois y loger pendant ma formation. On m'a dit que c'était tout près de l'hôpital.

— Nous venons tout juste de passer devant.

De la main, le jeune homme désigna une grande demeure à une centaine de pas.

— Moi je vais là-dedans. Je vous souhaite une bonne journée, madame, ou capitaine.

— Vous pouvez me dire votre nom ?

L'autre hésita, comme s'il craignait d'être dénoncé pour sa confidence précédente.

— Yves Gauthier.

— Alors, Yves, je vous souhaite de la chance, exactement la chance que vous désirez avoir.

Il hocha légèrement la tête, la remercia d'un sourire. Quand elle tourna les talons pour rejoindre ses quartiers, après une longue hésitation il osa demander en élevant la voix pour être entendu :

— Madame, et vous, quel est votre nom ?

— Thalie... Thalie Picard, dit-elle en se retournant à demi pour le regarder.

— Merci, Thalie.

Son sourire le rendait très séduisant, comme on l'est à vingt ans. « Il pourrait être mon fils. » Pourtant, pour le reste du chemin, son pas montrait plus d'entrain.

Le jeune officier marchait d'un pas vif dans la rue Dorchester. Grand et maigre, il donnait une impression de fragilité. Son uniforme portait les insignes du régiment des fusiliers Mont-Royal.

Il s'arrêta devant le concessionnaire Chevrolet. GARAGE ÉDOUARD PICARD, disait le panneau au-dessus de la porte d'entrée. Pour le propriétaire, le prénom prenait toute son importance : il ne s'agissait pas d'un héritage, mais de son affaire. Quand il passa la porte, il eut une impression de déjà-vu. Le vendeur moussait une voiture vieille de deux ans à un client. La même voiture, le même client qu'à sa dernière visite. Cette fois, la transaction semblait sur le point de se réaliser.

— Donnez-moi un instant, monsieur, je suis à vous dans une minute. En attendant, examinez ce beau char sous tous les angles.

Ce fut à ce moment qu'Édouard reconnut le nouveau venu :

— Thomas ? En soldat ?

Le militaire demeura planté là, sans répondre.

— Attendez-moi, il s'agit de mon fils.

Si le client souffrait de se voir négligé, il n'en laissa rien paraître. Il s'installa derrière le volant, s'imaginant déjà roulant dans les rues de Québec.

— Tu t'es enrôlé à cause de l'autre fois ?

Édouard faisait allusion aux dernières paroles échangées au retour de Sainte-Croix-de-Lotbinière. Son fils haussa les épaules.

— J'ai rejoint le régiment au mois de janvier dernier.

— Tu me disais avoir assisté à la manifestation tenue au marché Saint-Jacques en février.

— Quand j'enlève ça – il parlait de son uniforme –, je peux passer pour un nationaliste.

De toute façon, recrutés à cause de la loi sur le service national, la grande majorité des fusiliers appuyaient la Ligue pour la défense du Canada et craignaient que le gouvernement ne les expédie en Angleterre.

— Te retrouver dans l'armée juste pour me montrer ton courage, je n'en reviens pas. Tu ne pouvais pas te contenter de me casser la gueule ?

Le lieutenant jugea inutile de contredire son père. Au fond, ses propres motivations lui demeuraient bien mystérieuses.

— Puis là, tu viens me narguer avec ton uniforme kaki.

— Je viens te saluer une dernière fois, juste au cas. Dans trois jours, je prends le train pour Halifax. Mon bateau quittera le quai le lendemain.

La nouvelle laissa le marchand de voitures interdit, pâle.

— Tu as signé pour l'autre bord ? Tu es fou ?

Le client sortit la tête par la vitre baissée du véhicule. Peu désireux d'assister à une scène de famille, il la releva. Le père et le fils se dévisagèrent un long moment. À la fin, Thomas murmura un adieu à peine audible, puis tourna les talons pour quitter les lieux. Édouard demeurait là, immobile, murmurant :

— Maudit fou ! S'en aller là-bas pour me narguer.

Sans doute se donnait-il un trop grand rôle dans la décision de son fils. À la fin, il se précipita vers la porte et cria :

— Thomas, fais attention à toi.

La silhouette de Thomas se trouvait déjà hors de vue, hors de portée de voix.

— Fais attention à toi, glissa-t-il encore entre ses dents.

Pour la première fois, Thalie frappait directement à la porte de l'ajout à la maison Dupire construit au début des années 1920. Élise vint ouvrir, pour la découvrir vêtue de son uniforme, son képi sur la tête.

— Seigneur ! Mais oui, c'est bien toi.

Toutes les deux s'embrassèrent. Fernand se tenait juste derrière son épouse, il eut droit aussi aux bises et à l'étreinte. En s'éloignant, il remarqua :

— C'est vrai que cet habit te change beaucoup.

— Quelque chose me dit que ce n'est pas en mieux.

— Oh ! Je ne dirais pas ça. Le veston, la jupe sont seyants, puis la cravate fait son petit effet.

— Dire que j'ai dû apprendre à faire des nœuds.

« Voilà une femme qui n'a jamais vraiment été dans l'intimité d'un homme, pour ne pas avoir eu l'occasion de faire ça pour lui », songea Élise. Elle l'avait fait pour Charles

Hamelin d'abord, son premier époux, Fernand ensuite, sans compter son fils, et même son père.

— Viens t'asseoir, dit le notaire. Tu es notre première visiteuse depuis la réalisation des nouveaux aménagements.

La grande pièce prenait des allures multifonctionnelles. Essentiellement, il s'agissait d'un salon, mais des rayonnages chargés de livres occupaient le mur du fond, une petite table pour deux personnes se trouvait près de la fenêtre, exactement à l'endroit où l'aïeule faisait autrefois ses patiences.

— Il m'arrive de la voir parfois, dit l'homme en suivant son regard. Dire que maintenant je suis devenu le grand-père vivant un peu à l'écart.

— Le pauvre a des coups de vieux comme ça, dit Élise en se moquant un peu. Heureusement, le plus souvent il montre un regain de jeunesse. Je te sers un sherry.

La visiteuse fit oui d'un mouvement de la tête.

— Le fait de me retrouver sans enfant me donne l'impression de former un jeune couple, expliqua Fernand. Mais tu restes plantée là. Viens t'asseoir.

L'ajout le plus significatif dans la pièce consistait en un chesterfield recouvert de cuir, avec deux fauteuils assortis.

— Je ne savais pas que le magasin PICARD vendait d'aussi beaux meubles, dit Thalie en prenant place dans l'un des sièges moelleux.

— J'ai presque été infidèle, dit-il en riant. Le chef de rayon les a commandés juste pour moi chez le fournisseur. Ils sont passés directement de la manufacture à cette maison.

Élise prit place sur le canapé, près de Thalie, un verre dans chaque main. Elle en donna un à son amie. Son époux avait déjà le sien à sa portée.

— Vous vous sentez bien dans ce petit refuge? demanda la visiteuse en examinant de nouveau la pièce.

— Très bien, dit le notaire. Nous passons nos soirées en tête-à-tête, nous mangeons avec les enfants un soir sur deux, mais ce sera éventuellement un sur trois ou quatre. Ils voudront se retrouver en famille, et inviter des amis, des parents de Louise.

— Je pense que la moitié de la Haute-Ville est venue contempler le bébé, compléta Élise en riant. À la voir toute timide, jamais je n'aurais pensé que Louise possédait un tel réseau de relations.

— Timide et gentille, remarqua le notaire. La combinaison n'est pas toujours mauvaise.

Quand des proches évoquaient ainsi leur famille, leurs amis, Thalie sentait toujours le même pincement au cœur. Au point de revêtir un uniforme pour faire partie d'un ensemble, d'un groupe. Élise sentit le changement d'humeur.

— Ces quatre semaines de formation, intervint-elle, les as-tu appréciées?

— Me retrouver sur les bancs d'école fut un bon exercice de patience, surtout avec des instructeurs peu compétents.

— Des bancs d'école? Je croyais l'entraînement militaire plus exigeant.

— Oh! On m'a fait marcher au pas. Maintenant je pourrais participer à une parade sans faire tout rater. Du moins je le pense.

Le couple échangea un sourire. Tous les deux auraient bien aimé voir ça.

— Je sais même saluer.

Thalie se raidit, porta sa main droite à sa tempe pour le leur prouver.

— Tous les après-midi se passaient à mémoriser toute une série de règlements. Vous ne pouvez pas imaginer combien c'est complexe. On dirait le monde de Kafka.

Même si ses amis ne connaissaient pas l'écrivain tchèque, ils pouvaient facilement s'imaginer la situation.

— Puis j'ai dû me familiariser avec les étapes du traitement des blessés, depuis les brancardiers sur le champ de bataille jusqu'à la maison de convalescence... ou le cimetière.

La conversation ne pouvait porter longuement sur ces sujets. Les labyrinthes administratifs de l'armée présentaient un intérêt médiocre. Quand le silence s'étira un peu plus, Fernand évoqua son benjamin.

— Charles se languit de déménager. Le rôle du petit frère dans la maison de son aîné lui pèse sur les épaules, surtout depuis que nous ne sommes plus là.

— Je dois prendre le train le 30 juin, à Lévis. Les navires lèveront l'ancre le jour de la Confédération.

— Souhaites-tu me voir sur le quai de la gare, lors de ton départ? demanda Élise.

Son amie fit signe que non de la tête, avant d'expliquer:

— Fondre en larmes en public ne me dit rien qui vaille. Je suis venue vous saluer ce soir.

En disant cela, elle ne put empêcher une larme de se former à la commissure de ses yeux.

— Vous voyez mon état. À côté de tous ces hommes qui prendront le train avec moi, je serais un peu ridicule.

— Dans deux jours, murmura Élise. Je savais bien que ça arriverait, mais pas si vite. Je t'imaginais pendant des mois dans l'un ou l'autre des hôpitaux militaires du Canada.

— Comme tous les jeunes qui s'enrôlent volontairement, je souhaite voir du pays. Je me suis même acheté un guide de voyage.

Après un moment de silence, Thalie secoua la tête, se leva en disant:

— Je vais rentrer maintenant. Je suis contente de vous avoir vus dans ce cadre. Je me souviendrai de vous comme ça.

Elle voulait dire debout côte à côte dans la grande pièce, en amoureux.

— Élise, dit-elle en faisant un pas.

L'étreinte dura longtemps, elles se séparèrent les larmes aux yeux. Pour éviter de les voir éclater en sanglots, Fernand proposa :

— Je te reconduis à la porte.

Après des bises sur les joues, Thalie chercha une clé dans la poche de sa veste, la tendit à son hôte en disant :

— Pour Charles. Il pourra prendre possession de l'appartement le 1ᵉʳ juillet, après neuf heures. Au revoir, Fernand.

— Au revoir, et fais attention à toi.

La femme tourna les talons en mettant son képi, puis sortit dans la nuit.

Thomas se trouvait chez son grand-père depuis trois jours. Pour la première fois, il s'était présenté avec son uniforme sur le dos. La pauvre Évelyne avait lancé un grand cri, puis était montée en courant jusqu'à sa chambre. Le vieux magistrat, quant à lui, avait fixé son regard sur le jeune homme, interdit.

— Pourquoi as-tu fait ça ? À ton âge, tu ne risquais rien.

— Je vous ai entendu dire il n'y a pas si longtemps que tous les Canadiens nous prendraient pour des lâches, à cause du résultat du plébiscite. Je fais ma part pour garder votre honneur intact.

Leurs yeux s'étaient livrés à un véritable duel, jusqu'à ce que le vieil homme détourne finalement le regard. Dès le lendemain, il avait retrouvé sa morgue habituelle. Tout de même, il s'était montré circonspect. Puis le dimanche

28 juin, juste après le petit déjeuner, le garçon se présenta avec son sac de toile accroché à l'épaule.

— Je dois y aller, maintenant.

Évelyne quitta son fauteuil pour s'approcher de lui et accrocha le devant de son uniforme avec ses doigts.

— Tu n'es pas obligé. De toute façon, ton régiment passera à Lévis demain. Tu pourras aller le rejoindre là.

— Maman, je dois faire le trajet avec mes hommes.

Pas une fois elle n'avait demandé pourquoi ; elle connaissait la réponse depuis des années. Se rendre digne de respect, laver son nom. Des sottises que les quinze dernières années ne lui avaient pas permis d'effacer de son esprit.

Défaite, elle hocha la tête, se laissa enlacer. Des sanglots silencieux secouaient ses épaules. De nouveau, la fuite demeurait la seule solution. Après un instant, le bruit de la porte de sa chambre refermée avec force parvint au rez-de-chaussée. Il ne restait plus que le juge dans le salon, debout, muet. Un vieil homme.

— Bon, maintenant j'y vais.

Le lieutenant s'engagea dans le couloir, le juge s'accrocha à ses pas.

— Thomas !

Il se retourna pour voir la main tendue. Après une hésitation, il l'accepta. Aucun des deux ne prononça un mot. L'officier se retrouva dehors sous le soleil de juin. Son train ne partirait pas avant une heure. Il choisit de se rendre à la gare à pied pour profiter du spectacle de la ville une dernière fois.

Le mois de juin s'achevait déjà. Thalie continuait ce qu'elle appelait, faute d'une meilleure expression, sa tournée d'adieu. Quand elle se présenta chez son frère, Alfred vint lui ouvrir. L'uniforme le surprit un instant.

— Ma tante, ça te change beaucoup, dit le grand adolescent en souriant.

— Pour le mieux? demanda Thalie d'un ton un peu moqueur.

— … Oh! Oui, pour le mieux.

L'hésitation la fit rire.

— Tu vieillis au point de ménager la susceptibilité des femmes.

— Ce n'est pas ça. Tu es différente, pas plus ou moins jolie.

— Vraiment, tu deviens un très charmant jeune homme. Viens m'embrasser.

Le filleul s'exécuta de bonne grâce. Attirée par le bruit des voix, Ève vint les rejoindre. Sans la moindre hésitation, elle se laissa enlacer. L'émotion lui mettait des larmes aux yeux. Dans le couloir, le père et la mère contemplaient la scène.

Mathieu s'approcha en disant:

— Capitaine! Un diplôme de médecin est mieux payé qu'un diplôme de droit, dans l'armée canadienne.

— Tu n'avais pas terminé tes études.

— Même avec l'année manquante et mon diplôme en bonne et due forme, je serais demeuré un lieutenant.

La conversation légère ne dissimulait pas son émotion. Lui d'abord, puis Flavie, la prirent dans leurs bras. Dans la cuisine, Laura l'embrassa à son tour. La table se trouvait mise dans la salle à manger, le repas serait servi dans quelques minutes.

— Je vais lui téléphoner.

L'homme parlait de sa mère. Il n'osa pas fermer la porte de son bureau. Cela signifiait que les autres entendraient la moitié de l'échange.

— Maman, Thalie vient d'arriver. Nous t'attendons avant de passer à table.

Le moment de silence pesa dans l'appartement. Les autres entendirent quelques « huhum ». Flavie échangea un regard attristé avec sa belle-sœur.

— Si tu penses que c'est mieux.

Une colère contenue était perceptible dans la voix de Mathieu. Il mit un moment avant de revenir dans la salle à manger, le temps de se calmer un peu.

— Paul ne se sent pas très bien. Elle descendra un peu plus tard.

— Le malaise de notre beau-père tombe si bien que ça devient difficile d'y croire, dit Thalie d'un ton grinçant.

La remarque ne méritait aucun commentaire. Flavie dit simplement :

— Laura, nous allons enlever deux couverts.

L'époux se chargea de replacer les chaises le long du mur. La précaution devait créer l'illusion d'une famille complète.

Pendant tout le repas, la conversation languit. La routine de la vie à Québec semblait si peu captivante, maintenant, comparée à la grande aventure de Thalie. D'un autre côté, que pouvait-on dire de celle-ci à la veille du départ ? Il ne s'agissait encore que d'espérances.

Une fois dans le salon, les échanges ne reprirent pas vraiment. Tout le monde attendait les coups contre la porte. L'absente en venait à prendre toute la place. Un peu après neuf heures, la visiteuse posa son verre vide sur la table placée au bout du canapé.

— Demain la journée sera interminable. Je vais rentrer.

— Attends un moment, dit Mathieu en se levant.

Cette fois, l'homme ne chercha pas à dissimuler sa colère. Derrière une porte close, il trouva les mots pour convaincre. En rejoignant les autres, il laissa tomber :

— Dans quelques minutes, elle sera là.

Forcer une mère à venir faire ses adieux à sa fille, à la veille d'un long et dangereux voyage, laissait un goût amer dans la bouche. Pour dissimuler son malaise, Thalie chercha dans la poche de la veste de son uniforme et récupéra une enveloppe cartonnée de trois pouces sur cinq.

— Je me sens un peu gênée, comme si je me prenais pour une vedette de cinéma… mais tout le monde faisait la même chose, quand j'étais à Sainte-Anne-de-Bellevue.

Tout en parlant, la militaire sortait des photographies.

— Peut-être désirez-vous en avoir une.

Alfred se pencha sur elle pour voir, puis dit avec enthousiasme :

— Tu es en uniforme ? Oui, j'en veux une.

Peut-être se prenait-elle un peu pour une vedette : son prénom, tracé avec soin, s'étalait au bas de l'image. Le sourire paraissait crispé, peut-être un peu triste. L'uniforme ne la flattait pas vraiment, mais au moins il ne la rendait ni plus dure, ni plus martiale.

— Moi aussi, dit Ève en tendant la main.

L'accueil de ces deux-là devenait un baume. Leurs parents prirent aussi la leur avec un empressement rassurant. La dernière du lot demeura dans l'enveloppe, qu'elle laissa sur la petite table. Les coups sur la porte auraient pu passer inaperçus sans l'attention de Mathieu. Quand il ouvrit, Marie se tenait là, les paupières gonflées. Sans un mot, il la laissa entrer. Dans le salon, tout le monde se leva. En réaction à la tension palpable, Ève risqua un timide :

— Bonsoir, grand-maman.

Si la principale intéressée entendit, elle n'en laissa rien paraître. Debout devant sa fille, elle commença :

— Je te souhaite un bon voyage.

— Merci, maman.

— Tu pars demain, je pense.

— Je prendrai le train très tôt. Le navire partira d'Halifax après-demain.

La mère hocha la tête. Combien elle tenait à punir sa fille de ne pas se plier à sa volonté, et dans cette attitude, combien elle se faisait du mal. Le fils était sur le point de les pousser l'une vers l'autre avec quelques gros mots bien sentis. Ce ne fut pas nécessaire, à la fin ce fut Thalie qui s'approcha, les bras ouverts. L'autre se raidit un peu quand leurs corps entrèrent en contact.

Quand elles se séparèrent, le silence devint rapidement insupportable.

— Encore une fois, je te souhaite un bon voyage, et de trouver ce que tu cherches.

Cette fois, la pause dura juste un instant, puis elle poursuivit :

— Maintenant, je vais remonter. Paul m'inquiète un peu, depuis mon retour du travail.

Marie se dirigea vers la porte, visiblement soucieuse de quitter les lieux sans tarder.

— Maman, je peux monter pour l'examiner, si tu veux.

La mère prit les mots de sa fille pour ce qu'ils étaient, une accusation de mensonge. Elle disparut sans se retourner. Après une scène pareille, personne ne pouvait retrouver sa contenance. Avec toute la sensibilité de ses treize ans, Ève menaçait de se répandre en pleurs.

— Mieux vaut que je rentre, maintenant, dit Thalie.

— Je vais te reconduire, proposa son frère.

— Non, marcher me fera du bien. Un jour, nous nous retrouverons dans cette pièce. Je ne peux dire quand, mais nous nous retrouverons.

La benjamine fut la première à se blottir dans ses bras un long moment, pour se retirer tout de suite dans sa chambre. Le scénario se répéta avec son grand frère.

— Promets-moi de faire attention à toi, disait Flavie quelques secondes plus tard.

— Promis.

— Je vais dire à Laura de venir te saluer.

Surtout, cela lui permettrait de dissimuler sa peine à son tour. Avec la domestique, les adieux se révélèrent plus sobres. À la fin, il ne restait que le frère et la sœur dans le salon.

— Quel sens du drame ! dit Mathieu.

L'homme évoquait l'étrange attitude de Marie.

— Quand tu es parti, ça ressemblait à ça. Elle ne semble rien avoir appris au cours de toutes ces dernières années.

Tout en formulant son jugement sévère, Thalie fit le geste de reprendre la photographie laissée sur la table.

— Non, laisse-la-moi.

Le fait de la reprendre ressemblait trop à une petite vengeance, l'homme ne souhaitait pas que sa sœur quitte sa demeure de cette façon.

— Tu es certaine de vouloir rentrer à pied ?

— L'exercice me fera du bien. Puis personne ne s'en prendra à une membre de l'armée canadienne. Nous voyons-nous demain matin ?

— Je serai devant ta porte, promis, juré.

Au moins, ils ne se quittaient pas sur de grands adieux. Cela ne viendrait que le lendemain.

À sept heures du matin, Mathieu était encore en train de se faire la barbe quand le téléphone sonna. Une minute plus tard, Flavie vint se planter dans la porte de la salle de bain pour dire :

— C'est ta mère. Elle ne paraît pas brillante… et je la comprends très bien. À sa place…

L'homme savait que si l'un de ses enfants s'engageait, sa femme serait effondrée, et lui ne vaudrait pas beaucoup mieux. Il se rendit dans la petite pièce lui servant de bureau pour répondre :

— Oui, maman.

— Je n'irai pas travailler ce matin. Je ne suis pas capable de le faire.

— Tu es certaine ? Ce serait peut-être mieux de t'occuper toute la journée.

— Avec ma tête, je ferais fuir les clients. Alors, à moins que tu comptes me mettre à la porte pour cette absence, je ne bougerai pas d'ici.

Mathieu demeura silencieux. Toute réponse risquait d'alimenter sa colère, pas le contraire. À la fin, sa mère reprit à voix basse :

— Je m'excuse, je sais bien que je ne peux pas vous empêcher de vivre, ou de mourir.

— Tu désires que je lui dise quelque chose de ta part ?

— Non…

Avant de fondre en larmes, Marie avait préféré raccrocher. Elle se trouvait dans le bureau de Paul, pour ne pas être entendue. Celui-ci traînait encore dans la chambre conjugale, soucieux de se protéger de la tempête imminente.

La mère se rendit dans la pièce où Thalie avait entreposé ses quelques affaires. Malgré sa colère, elle avait préféré accueillir tous ces objets, autant de souvenirs précieux. Les quelques boîtes ne l'intéressaient pas. Dans le tiroir du haut de la commode se trouvaient des chemisiers. Elle en prit un, le porta vers son visage et en couvrit sa bouche et son nez afin de respirer son odeur.

Au jour dit dans son assignation, Thalie ferma soigneusement la porte de son appartement, tourna la poignée pour être certaine qu'elle soit bien verrouillée, puis avec son bagage à la main elle alla jusqu'à l'ascenseur. À son arrivée au rez-de-chaussée, le gardien quitta son siège, une mine solennelle sur le visage.

— Je vous souhaite bonne chance, mademoiselle. Ce que vous faites est très courageux.

— Merci, dit-elle en acceptant la main tendue. Toutefois, vous savez, je ferai là-bas le même métier qu'ici.

La femme marqua une pause avant de continuer :

— Si je reçois du courrier, faites-le suivre chez mon frère.

— Oui, mademoiselle.

Elle devait le lui rappeler pour la troisième fois, et pourtant sa correspondance se réduisait à sa plus simple expression. Autant partir tout de suite. Mathieu se trouvait bien là, appuyé sur l'aile de son automobile pour profiter un peu du début d'une belle journée.

— Je ne savais pas si je devais monter pour t'aider à porter ça.

Il s'approcha de sa sœur et prit le gros sac de toile kaki accroché à son épaule.

— Le réalises-tu, je n'ai pas le droit à une valise.

— Tu découvriras encore de curieuses exigences, dans l'armée.

— Mes vêtements seront toujours fripés. Dire que j'emporte ma plus jolie robe.

— De mon côté, je n'avais pas ce souci.

L'homme avait placé le bagage sur la banquette arrière, puis ouvert la portière du passager à sa sœur.

— C'est un peu ridicule. À Québec je n'avais jamais l'occasion de la porter, et là je l'apporte dans un camp militaire.

— Une chose est certaine, on s'attendra à ce que tu mettes ton uniforme fait sur mesure lors des banquets régimentaires.

— Ne te moque pas. Il paraît que tous les officiers font ça. Puis comme je suis petite, tu ne t'imagines pas mon allure avec celui qu'on m'a donné. Je ressemblais à une adolescente portant les vêtements de sa mère.

— Au contraire, je m'imagine très bien. Tout est disponible en trois tailles, finalement personne n'en a un tombant parfaitement.

Tout en parlant chiffons, Mathieu s'était dirigé vers la Grande Allée, pour tourner à gauche. L'allusion à une mère et à sa fille avait rendu sa sœur morose.

— Tu crois qu'elle reviendra de sa colère un jour?

— Tu te souviens de ta colère, le jour où ton père s'est embarqué à bord de l'*Empress of Ireland*?

Quand il évoquait Alfred Picard, décédé en 1914, Mathieu ne disait plus jamais «notre père». Depuis qu'il occupait le poste de directeur du magasin, en fait.

— … J'étais demeurée dans ma chambre, au lieu de l'accompagner jusqu'au quai.

Comme ce dernier au revoir raté par sa faute lui avait manqué, ensuite. Elle se le reprochait encore, parfois.

— Pourtant, lui partait pour le plus beau voyage de sa vie, pas pour la guerre.

— J'étais encore une enfant, pas une femme de plus de soixante ans.

— Tu étais la fille de ta mère, surtout. Incapable de voir quelqu'un que tu aimais follement s'éloigner. Vos proches ne doivent pas se trouver plus loin que le rayon de votre regard à toutes les deux, n'est-ce pas?

Muette, Thalie posa sa main sur l'avant-bras de son frère, exerça une pression. En approchant du pont de Québec, l'homme reprit:

— Tous les membres de ma famille t'adressent leurs meilleurs souhaits. C'était une merveilleuse idée de distribuer une copie de ta photo en uniforme.

— Tout le monde fait la même chose.

— Pourquoi renier une gentille attention?

La question demeura en suspens. Naturellement, chaque personne devant s'embarquer tenait à laisser cette image d'elle-même aux êtres chers. Le même désir l'avait animée.

— Ce matin, mes deux enfants avaient piqué cette photo à la tête de leur lit. Tu as deux admirateurs.

— Leur tante risque de leur donner le mauvais exemple, maintenant.

— Au sujet de l'enrôlement, tu te souviens, je me suis chargé de ça il y a vingt-cinq ans. Maintenant, je soupçonne Ève de chercher où on voudrait accepter une infirmière de treize ans. Quant à Alfred, il compte les jours d'ici ses dix-huit ans. Alors, tu vois, je suis des deux côtés de la barrière, maintenant. Je te comprends, mais je comprends aussi maman.

Une fois le pont de Québec franchi, Mathieu se dirigea vers la gare de Lévis. Il s'agissait du meilleur endroit où prendre le train en direction des provinces de l'Atlantique.

Aux environs de la gare, la circulation très dense rendit la progression difficile. On trouvait tous les modèles de véhicules militaires, mais aussi une multitude d'automobiles privées.

Le conducteur s'arrêta à plus de mille pieds de son objectif.

— Autant me stationner ici, nous continuerons à pied.

Bientôt, tous les deux se trouvaient debout près de la voiture, la portière arrière ouverte. Mathieu allait mettre le sac de toile sur son épaule quand elle l'arrêta.

— Non, donne-le-moi.

— Nous sommes loin du quai, et c'est plutôt lourd.

— À compter d'ici, je préfère continuer toute seule.

Elle n'allait pas répéter l'explication donnée à Élise, lui comprenait très bien.

— Je suis contente de partir avec l'image de mon grand frère toujours protecteur, toujours disponible pour m'expliquer les choses et calmer mes inquiétudes.

Mathieu la serra contre lui, murmura à son oreille :

— Prends bien soin de toi, et invoque ta bonne étoile.

— Pourquoi tout le monde me parle-t-il de la chance ? demanda-t-elle en se reculant un peu.

— Tu pourras échapper à certains dangers en étant prudente, mais la plupart du temps, ce sera une question de chance.

Thalie hocha la tête, puis se dégagea tout à fait.

— Au revoir, Mathieu.

— À bientôt, sœurette, répondit-il en lui accrochant le gros sac sur l'épaule.

Un moment, il la regarda s'éloigner. Le bagage était si lourd que son corps penchait un peu sur la droite. Puis il monta dans sa voiture pour se rendre à son travail.

Chapitre 11

Dans la gare, il y avait une telle foule que la progression de Thalie en fut arrêtée. Ses «pardon, excusez-moi» n'avaient aucun effet sur ces soldats, surexcités, et leurs proches en larmes. Sur les épaules de plusieurs de ces jeunes, elle reconnaissait l'écusson du 22e Régiment. À force de coups de coude, un peu penchée en avant comme pour affronter la tempête, elle réussit à atteindre la porte donnant accès au quai. Un membre de la police militaire en contrôlait l'accès. Tous les soldats devaient montrer leur ordre de mission. Elle chercha le sien dans la poche intérieure de sa veste.

— Capitaine Picard? Votre voiture se trouve à l'avant du train. La numéro 2.

— Merci, sergent.

Sur le quai de bois, l'affluence était moins grande, mais la progression demeurait tout de même un peu difficile. Son wagon ne se trouvait pas très loin. Au moment de grimper les trois marches un peu hautes, elle sentit son bagage la tirer vers l'arrière, au point de l'obliger à s'accrocher aux barres verticales.

Dans la voiture, elle passa d'abord par une section où déposer son sac. Ils s'entassaient les uns sur les autres, un peu comme des bûches dans une corde de bois.

— Si je ne peux pas faire presser ma robe là-bas, j'aurais mieux fait de la laisser ici.

Quelqu'un arrivait derrière elle, ce n'était pas le temps de se lamenter. Le bagage se retrouva avec les autres, puis elle s'engagea dans l'allée entre les deux rangées de sièges. La plupart étaient déjà occupés par des femmes. L'armée ne mélangeait pas les genres. Une place demeurait libre à côté d'une blonde.

— Je peux ? demanda Thalie en anglais.

Cela aussi caractérisait l'armée canadienne : tout le monde devait comprendre cette langue, alors que le français demeurait très, très facultatif.

— Bien sûr, capitaine.

La jeune femme ne devait pas porter un uniforme depuis longtemps, car elle esquissa un salut maladroit. L'espace entre les sièges ne facilitait pas ce genre de formalité.

— *At ease*, lieutenant.

« Repos ». L'indication permettait à la subalterne de relâcher un peu sa colonne vertébrale et d'abandonner les formules de politesse.

— Je vois que vous êtes aussi du corps médical, dit Thalie pour entamer la conversation.

— Oui. On m'a affectée à l'hôpital d'Aldershot. Ils ont plus de mille lits, là-bas.

— Avez-vous déjà travaillé dans un établissement semblable ?

— Jamais. Je sors tout juste de l'école.

La pauvre avait de bonnes raisons de se sentir nerveuse : l'uniforme tout nouveau, la traversée de l'Atlantique et l'apprentissage d'un nouveau métier. Elle n'osa pas demander la même information à sa supérieure, mais celle-ci se montra obligeante.

— Je dois me présenter au quartier général du service de santé. Je pense qu'ils ne savent pas encore ce qu'ils vont faire de moi.

Devant les yeux interrogateurs de sa compagne, elle ajouta :

— Je suis médecin.

Cela ne demandait pas d'autres précisions. Cette jeune femme avait côtoyé suffisamment de praticiens pour savoir qu'ils étaient tous des hommes.

— Avez-vous déjà fait un voyage en bateau ? interrogea Thalie.

— Non… Je n'ai jamais vu la mer. Je viens de la Saskatchewan.

— Moi, je n'ai jamais vu de champ de blé.

L'autre sourit, montrant un alignement parfait de dents blanches. « Une charmante jeune fille, pensa la capitaine. Sa première rencontre avec le monde ne manquera pas de piquant. »

— Et vous ? Vous avez navigué déjà ?

— Une fois, il y a quelques années.

La petite croisière aux Bermudes avec Catherine, sa mère et Paul occupa la conversation jusqu'au départ du train.

Le trajet prit toute la journée. Quand Thalie descendit à Halifax plus de douze heures plus tard, ce fut directement au port, aussi ne vit-elle rien de la petite ville. Toutefois, la rade lui réservait toute une surprise. Sous le soleil déclinant, elle apercevait des dizaines de navires. Vraiment plusieurs dizaines, cent peut-être.

— Comment je fais pour trouver mon transport de troupes, maintenant ? murmura-t-elle entre ses dents.

La jeune lieutenant s'accrochait à ses pas, comme si elle était contente de s'en remettre à une grande personne. Thalie lui répéta sa remarque en anglais.

— Quand on entrera là-dedans, quelqu'un nous guidera bien, dit-elle.

La blonde se coulait déjà dans la réalité militaire : sans cesse, quelqu'un saurait pourquoi, quand et comment faire quelque chose. La plupart des navires amarrés étaient des cargos. Des débardeurs, avec d'immenses grues, emplissaient des cales. D'autres, camouflés sous une couche de peinture d'un bleu grisâtre, étaient des paquebots servant au transport de troupes. Tant le *Normandie* que le *Queen Mary*, les deux transatlantiques les plus beaux peut-être et les plus luxueux, participaient ainsi à l'effort de guerre.

Comme l'avait prévu la jeune lieutenant, un point de passage précédait la section où s'alignaient les paquebots. Là, les autorités faisaient le tri des volontaires. Les soldats formaient de longues lignes. Des policiers militaires, encore une fois, contrôlaient les accès. Thalie entendit crier :

— *Queen's own rifle*, section 10 : l'*Express of Australia*.

«Ils font les affectations plusieurs hommes à la fois», songea-t-elle. Effectivement, une colonne de cinquante soldats s'ébranla derrière un officier qui tenait un morceau de carton à la main.

— Les maudits cochons, ragea quelqu'un en français. Nous aut', on niaise depuis deux heures, pis les Anglais qui viennent d'arriver passent tout de suite.

La protestation venait d'un soldat tenant son casque d'acier d'une main, son gros sac de toile dans l'autre, sa carabine en bandoulière.

— Ta gueule ! Si y en a un qui t'entend, toute le peloton risque de se faire punir.

— Bin dans c'gang-là, y en a pas un criss qui parle français.

Thalie se tourna vers le groupe pour dire en murmurant :

— Ne pariez pas là-dessus, soldat. On ne sait jamais.

L'homme se mit au garde-à-vous, salua en claquant des talons.

— Pardon, capitaine. Je ne voulais pas…

— Oubliez les simagrées, faites juste attention. Même si vous dites vrai, vous n'échapperez pas à la corvée.

Les hommes se détendirent, un sourire de soulagement sur le visage.

— Quel est votre régiment ?

— Les fusiliers Mont-Royal.

Le soldat marqua une pause, puis demanda, un peu hésitant :

— Capitaine, vous, c'est quoi votre régiment ?

— Service médical.

— Infirmière ?

— Médecin.

L'information, tout en l'impressionnant, le rassura. Son expérience lui disait que les gens de ce service ne se présentaient pas comme des maniaques de la discipline.

— Si je peux me permettre, les officiers passent de ce côté.

Devant une autre guérite, des militaires formaient une toute petite ligne, composée en partie de femmes.

— Merci, soldat.

Toujours flanquée de la jeune femme de la Saskatchewan, Thalie se dirigea de ce côté. Elle entendit l'un des fusiliers déclarer : « Bin j'espère qu'a va soigner ma chaude-pisse, pi que j'vas y donner. » La capitaine se résolut à se montrer désormais pointilleuse sur les saluts et l'usage du grade. Ces gars-là devaient être tenus à distance.

Bien vite, elle déclina son identité, reçut une pièce de carton portant le numéro d'un pont et celui d'une cabine. Après avoir dit au revoir à sa compagne de voyage, elle marcha vers la passerelle d'embarquement du *Queen of*

Bermuda. Un peu plus, et elle se retrouvait sur le même bâtiment que lors de ses vacances avec Catherine.

Sans mal, elle trouva ses quartiers. Quelqu'un occupait déjà la toute petite pièce, une autre capitaine qui se présenta avec son seul nom de famille : Radcliffe.

— J'ai pris le lit de ce côté-là, dit-elle. J'espère que vous n'y voyez pas d'inconvénient.

— Tous les deux me semblent rigoureusement identiques.

La médecin posa son sac sur la couche que le sort lui désignait, sortit sa brosse à dents, une autre pour les cheveux.

— Les toilettes se trouvent un peu plus bas dans le couloir, dit sa voisine.

— Je suppose que si je désire le grand confort, je devrai devenir au moins colonel.

— Nous ne sommes pas si mal loties. Les lieutenants sont quatre dans une cabine de la même taille que celle-ci, avec des lits superposés. Les soldats se retrouvent à huit, ou alors à cinquante dans un dortoir, à deux pas des moteurs.

Cette femme savait se montrer philosophe. Même si les lits étaient collés aux murs opposés de la pièce, il restait un peu moins de trois pieds entre les deux.

— Surtout, on a eu la gentillesse de placer toutes les femmes de ce côté-ci du pont. Nous n'aurons pas à nous boutonner jusqu'au cou, dans l'éventualité d'un besoin pressant en pleine nuit.

Thalie aussi apprécia cette attention en se souvenant des fusiliers croisés sur le quai. Sa compagne en avait terminé de son petit rangement. Elle suggéra :

— Nous pourrions monter sur le pont supérieur. Cette cabine sans fenêtre est un peu étouffante, puis j'aimerais jeter un coup d'œil sur ce convoi.

Toutes les deux gravirent les escaliers et se trouvèrent bientôt à l'air libre. L'horizon adoptait une teinte indigo. D'un côté, elles virent les centaines d'hommes empruntant les passerelles pour embarquer.

— Vous savez combien de passagers se trouveront à bord? demanda Thalie.

— Largement plus de 1 000, sans compter l'équipage, pour un total de plus de 1 500 personnes, je suppose.

— Tous ces paquebots portent donc ensemble près de 10 000 personnes.

— Oui. On a déjà plus de 150 000 Canadiens rendus de l'autre bord. Le nombre augmente sans cesse.

La femme parlait comme si tout cela lui était familier. Thalie jugea qu'elle avait à peu près son âge. Tout son corps paraissait massif, et sa tête carrée était encadrée de cheveux déjà striés de gris. Ses larges mains laissaient penser à une travailleuse manuelle.

— De l'autre côté, c'est encore plus impressionnant.

De cet endroit un peu plus élevé que le quai, Thalie profitait d'une meilleure vue sur la rade. La multitude de cargos la stupéfia de nouveau.

— En Angleterre, la proportion des hommes sous les drapeaux est si élevée que les usines, les fermes, tout fonctionne au ralenti, dit Radcliffe. Puis les matières premières arrivent difficilement. Le Canada envoie du blé, du porc, du beurre, des chaussures et des uniformes, mais aussi des camions, des avions et des sous-marins.

Le rationnement devait permettre d'envoyer plus de marchandises aux pays assiégés.

— Demain, combien de ces navires prendront la mer?

— Plus de quarante. Tout le trafic se fait avec de grands convois.

L'obscurité s'appesantissait sur la rade. Les deux femmes profitèrent longuement de la fraîcheur du soir, accoudées au bastingage. Des centaines de passagers faisaient la même chose, occupant tout l'espace.

— Vous allez rejoindre les services médicaux, remarqua Radcliffe.

L'écusson sur son épaule ne laissait aucun doute à ce sujet. Thalie acquiesça d'un mouvement de la tête.

— Vous ne devinerez jamais ce que je vais faire en Angleterre, continua sa collègue.

Évoqué de cette façon, le motif ne devait pas être évident.

— Les membres du corps féminin que j'ai croisés jusqu'ici s'occupaient de secrétariat.

— Vous me voyez taper à la machine ?

Elle montrait ses deux grandes mains pour prouver le côté improbable de cette proposition.

— On doit construire une immense buanderie, assez imposante pour accueillir cent cinquante travailleuses.

— Étant donné que la taille du contingent canadien approche la population de la ville de Québec, un équipement de ce genre sera utile, releva Thalie. Cependant, il doit se trouver bien des femmes capables de faire cela au Royaume-Uni.

— Les Canadiens laveront leur linge sale en famille. Je m'en vais préparer la venue de cent cinquante couaques pour laver les caleçons de nos soldats.

Présentée comme cela, la stratégie des autorités militaires devenait tout d'un coup moins raisonnable. Il semblait absurde de mettre tant d'effort pour un pareil objectif.

— Vous travaillez dans ce domaine au Canada ?

— Oui et non. Je possède un atelier de couture à Toronto, je sais organiser le travail et gérer le personnel. Dans l'armée, ça me vaut un grade de capitaine et un beau voyage.

— Vos ouvrières seront sans doute plus disciplinées que dans le civil.

— Vous croyez ? Si nous nous revoyons, je vous en parlerai.

À sa réaction, Thalie se dit que la direction de travailleuses ne devait pas être une sinécure, avec ou sans uniforme.

La capitaine Radcliffe tolérait mal de vivre dans une pièce sans fenêtre et Thalie ne s'en accommodait guère mieux, si bien que toutes les deux montaient sur le pont dès le matin, comme des centaines de militaires. Très vite, la praticienne avait fait la connaissance de toutes les infirmières du service médical se trouvant à bord, une vingtaine en tout.

Le *Queen of Bermuda* transportait aussi un autre médecin, pas très engageant. Il comptait parmi la très grande majorité de ces professionnels pour qui une femme remplissait très bien les rôles subalternes dans un hôpital, mais devait laisser les choses sérieuses aux hommes. Thalie avait l'habitude de ce genre de personne.

La présence d'une centaine de fusiliers Mont-Royal lui permettait d'entendre des bribes de conversation en français. Comme l'usage de l'anglais ne lui posait aucun problème et que lors de son premier contact avec eux, elle les avait trouvés un peu trop familiers, elle jugeait préférable de garder dorénavant une certaine distance. Bien sûr, cela ne les empêchait pas de jeter sur elle un regard insistant.

Un jeune lieutenant semblait particulièrement s'intéresser à elle. Au matin du second jour de juillet, il s'approcha, un peu hésitant.

— Mada... Capitaine, ne seriez-vous pas la docteure Picard ?

Lui non plus ne s'était pas encore fait à l'usage du grade, au moins quand il s'adressait à une femme. La question la prit totalement par surprise.

— Oui, c'est bien moi.

Le lieutenant esquissa son salut militaire, mais constatant qu'il était un peu tard pour cela, il tendit la main à la place.

— Nous sommes parents. Je suis Thomas.

— Bien sûr, dit-elle avec un sourire, comme dans Thomas Picard. Maintenant que vous me le dites, je constate un air de famille.

Le fils du bel Édouard. Le fait de le voir assez âgé pour porter l'uniforme donna un coup de vieux à Thalie. Après la poignée de main, le jeune homme expliqua :

— Je vous ai aperçue un certain nombre de fois devant l'église Saint-Dominique, mais je ne crois pas vous avoir parlé un jour.

— Nous appartenons à deux branches de la famille qui pouvaient se croiser parfois, mais sans jamais entrer en contact.

La répartie parut troubler tellement le lieutenant qu'elle s'empressa d'ajouter :

— Toutefois, nous ne sommes pas obligés de poursuivre cette tradition.

Cela suffit à redonner sa contenance à son interlocuteur.

— Vous savez, j'ai entendu parler de vous dès le soir de l'embarquement. Les hommes évoquaient une femme médecin qui leur avait fait une forte impression. Je ne sais pas pourquoi, mais j'ai tout de suite pensé à vous.

— Une forte impression... Je me demande comment cela se traduisait dans leurs mots.

Thomas ne cacha pas son malaise au moment d'expliquer :

— Vous ne seriez pas chichiteuse, selon eux.

— Bien que cette façon de me désigner me décrive assez bien, du moins je l'espère, ça ne doit pas être le seul qualificatif qu'ils ont utilisé.

— Ces gars ne s'expriment pas tout à fait comme les étudiants du Petit Séminaire, mais la plupart sont de braves garçons. Vous n'y trouverez pas plus de goujats que dans les belles maisons de la Grande Allée.

La grande rue bourgeoise de la ville de Québec n'en manquait pas, en effet. Tout de suite, Thalie songea au père de son interlocuteur, Édouard Picard. À sa plus profonde surprise, Thomas semblait suivre le cours de ses pensées.

— Je ne sais pas si vous voudrez m'expliquer, mais j'aimerais savoir pourquoi mon père... ne vous apprécie pas tellement.

Il avait pu taire les premiers mots venus à son esprit : «vous déteste autant». La femme ne s'y trompa pas, toutefois. Aussi chercha-t-elle à éluder la question.

— Il y a une dizaine d'années, mon frère, assisté de Fernand Dupire, a récupéré le commerce de la rue Saint-Joseph. Il en garde certainement un très mauvais souvenir.

— C'est vrai, mais déjà avant ces événements, mon père... utilisait des mots indélicats à votre égard.

— Le fait est que votre père me haïssait pour un certain nombre de raisons, de bonnes et de moins bonnes. Ses sentiments n'ont sans doute pas changé depuis. Alors, je me doute bien de sa façon de parler de moi.

Thomas hocha la tête. Pas chichiteuse, avait dit l'un de ses subordonnés. Cela allait jusqu'où? Il décida d'en avoir le cœur net.

— Pouvez-vous me dire pourquoi?

La praticienne secoua la tête de droite à gauche, peu désireuse de se livrer à ce genre de confidence.

— Même tout jeune, je sentais son hostilité pour vous, insista le jeune officier, alors que moi je vous trouvais un air gentil. Vous êtes la fille du frère de mon grand-père, cela ne fait pas de nous des proches parents, mais j'aurais bien aimé pouvoir vous parler.

Le compliment la toucha. Sa solitude l'amenait à s'imaginer avec un visage revêche. Une appréciation de ce genre la rassérénait un peu. À la fin, elle se résolut à dire la vérité.

— Nous ne partagions pas les mêmes opinions sur la plupart des sujets, il en va certainement de même aujourd'hui. Cependant, sa rancœur tient à un événement dont je ne suis pas fière du tout.

Un « événement » qui lui semblait être l'une de ses rares vraies mauvaises actions. Elle avait agi avec l'intention de blesser. Pour ses autres fautes, elle se reconnaissait la plupart du temps des circonstances atténuantes.

— Ce jour-là je me suis comportée comme une idiote prétentieuse.

Cette façon de tergiverser ne lui ressemblait pas.

— Me direz-vous pourquoi, à la fin ?

Un peu goguenard, il ajouta :

— Mes hommes se sont sans doute trompés sur vous. Finalement, vous me semblez plutôt chichiteuse.

— J'ai commis un geste stupide, avoua Thalie, je vous blesserai sans doute en vous le décrivant.

Le lieutenant la regardait fixement, maintenant déterminé à savoir. Sa grande taille la forçait à rejeter la tête en arrière pour voir ses yeux. Après une nouvelle hésitation, elle se décida :

— Pendant la Grande Guerre, au Royaume-Uni les jeunes femmes donnaient une plume de poulet aux hommes célibataires qui ne s'engageaient pas dans l'armée. L'habitude a gagné le Canada, les étudiantes du *high school* souhaitaient faire la même chose. Je suis sans doute la seule à avoir osé.

Les autres défiaient la petite Canadienne française de passer à l'action, pour la mettre en contradiction avec l'opinion majoritaire de sa communauté. Autrement, on l'aurait soumise à un véritable ostracisme.

— Aujourd'hui, conclut-elle, je reconnais sans peine que je n'avais aucun droit de le juger ainsi.

— Vous lui avez donné la plume de poulet des lâches !

À ce moment-là, Édouard cherchait à se marier pour se protéger de la conscription, puis à mettre sa jeune femme enceinte pour obtenir une assurance supplémentaire. L'existence de Thomas tenait à cette précaution.

— Vous comprenez, à cette époque mon frère se portait volontaire, moi-même j'étais pleine d'ardeur patriotique. Mais cela ne m'autorisait pas à me comporter ainsi.

En réalité, si ses regrets avaient été si brûlants, elle aurait sans doute trouvé l'occasion de lui présenter ses excuses au cours des vingt-cinq dernières années. À en juger par sa mine sévère, elle crut que Thomas pensait lui aussi à son manque de sincérité.

Après un silence inconfortable, il demanda :

— Vous, pourquoi vous êtes-vous enrôlée ?

Ses longues conversations avec Élise, Mathieu, et surtout Béatrice, avaient rempli Thalie d'émotions contradictoires sur le sujet. Peu désireuse de se justifier encore, elle ne reprendrait pas ses explications avec ce garçon.

— Lors de décisions aussi importantes, les motifs sont nombreux, entremêlés, et plutôt insaisissables. Alors, je dirai ce que tout le monde dit : le goût de l'aventure.

Plus pour éviter de le voir insister que par réelle curiosité, la capitaine retourna la question à son interlocuteur :

— De votre côté, quelles sont vos raisons ?

— Je pourrais répéter votre préambule sans en changer un mot. Alors, pour moi aussi, il s'agit du goût de l'aventure.

Le plus ironique de la situation était certainement que tous les deux, à peu de temps d'intervalle, avaient cherché dans une conversation avec Béatrice à tirer les choses au clair. Autour d'eux, des militaires allaient et venaient pour se dégourdir les jambes. Plantés là, ils nuisaient un peu à ces déambulations.

— Madame… Capitaine, se reprit aussitôt le lieutenant, cette conversation m'a fait plaisir. Si vous le désirez aussi, nous pourrions la poursuivre prochainement.

— Bien sûr. Nous avons plus de vingt ans d'ignorance mutuelle à rattraper.

Il tendit la main, elle l'accepta. Voilà qui faisait bien peu militaire. Ils se quittèrent ensuite pour retourner dans les entrailles du navire.

Même en plein été, la mer de l'Atlantique Nord s'avérait rude. La combinaison du roulis et du tangage donnait à Thalie un léger mal de cœur. Sa voisine de lit ne souffrait pas de la même affliction. Elle dormait à poings fermés, en émettant un ronflement rappelant celui d'un véhicule Ford.

La médecin se leva sans bruit, endossa la chemise et la jupe de son uniforme, décida de se priver de sa cravate et de son képi mais prit sa veste pendue à un crochet. Sous cette latitude, même en juillet la nuit était froide. Dans le couloir, les mouvements du bâtiment la forcèrent à utiliser les mains courantes pour éviter de tomber. Sur le pont supérieur, elle alla s'appuyer au bastingage du côté d'où venait le vent et tendit son visage pour profiter de la brise.

D'autres militaires faisaient la même chose pour calmer leur mal de mer, ou une peur diffuse. Bientôt quelqu'un s'appuya près d'elle. Décidément, pour une femme se languissant des présences masculines, l'armée canadienne multipliait les occasions. Quand elle songea à se déplacer un peu pour faire l'économie de cette attention, l'homme dit :

— Le sommeil tardait à venir ?

Thomas. Voilà qu'ils se croisaient de nouveau. Sans doute cherchait-il une présence familière.

— Je ne suis pas accoutumée à partager ma chambre avec une autre femme.

— Ni moi avec trois autres hommes. Voilà le drame des enfants uniques : tantôt seuls, tantôt envahis par l'impression d'être de trop.

La répartie un peu morose du jeune homme fit sourire Thalie. Finalement, elle le trouvait plutôt sympathique.

— La mer y est aussi pour quelque chose, confia-t-elle. Je ne dois pas avoir le pied marin.

— Alors, bénissez le ciel de faire la traversée en cette saison. Les vagues sont bien plus fortes l'hiver, puis il faut compter avec le froid.

— Déjà, je ne trouve pas le temps si clément.

En fait, sous sa veste, la femme frissonnait un peu.

— En février, les embruns couvrent toutes les surfaces d'une épaisse couche de glace, dépassant souvent les douze pouces. Les marins doivent la casser à coups de hache, sinon elle pourrait faire couler les navires.

Non seulement des récits de ce genre émaillaient les journaux, mais les actualités filmées, présentées au cinéma, laissaient des images tenaces dans les esprits.

— Comme vous savez consoler une femme, dit-elle en riant.

— Exigez de faire le retour par beau temps, l'été.

Pendant deux ou trois minutes, tous les deux demeurèrent silencieux. Thalie observait les silhouettes des autres
navires, toujours fascinée par ce spectacle qui s'offrait à elle
depuis deux jours.

— J'avais bien lu que la traversée se faisait en convoi,
mais je me représentais mal la scène, confia-t-elle. Vous
savez combien de bâtiments voyagent ensemble?

— Six transports de troupes, trente-deux navires marchands. L'idée est de pouvoir mieux nous défendre contre
les attaques des sous-marins. Nous sommes escortés par
quatre destroyers.

— C'est bien peu.

Les articles des quotidiens rappelaient ces précautions
chaque fois qu'ils évoquaient un torpillage. En plein
Atlantique, ces informations prenaient un autre sens.

— Vous croyez que nous risquons quelque chose?

L'inquiétude perçait la voix. Thomas leva les yeux vers
le ciel et dit:

— Ce clair de lune nous permet de voir les autres
bateaux. Les sous-marins allemands aussi peuvent les
distinguer.

Le frisson de Thalie ne tenait plus au vent, maintenant.
Elle remarqua:

— Quand un navire a été coulé en Gaspésie, cela a fait
toute une histoire, comme si la menace grandissait.

— Les Allemands deviennent très audacieux. Ils ont
réalisé un tour de force en attaquant dans un territoire
protégé.

— Là, vous me perdez tout à fait, avoua Thalie.

Thomas lui demanda poliment la permission de fumer.
Elle accepta.

— Dans ce cas, mettons-nous à l'abri des regards. Une
cigarette pourrait attirer l'attention des sous-mariniers.

Un instant plus tard, à l'intérieur du navire, le jeune homme en alluma une, puis commença son explication :

— Quand nous sommes partis d'Halifax, des avions survolaient notre convoi. Nous sommes passés au nord de Terre-Neuve, car c'est plus facile pour l'armée de l'air de bien protéger cette zone. Malgré les risques d'être coulés, les Allemands osent maintenant s'aventurer tout près de nos côtes.

Depuis le début de l'année, ces attaques prenaient une nouvelle intensité. Pour les Allemands, l'entrée des États-Unis dans le conflit rendait plus impérieux encore le contrôle de l'Atlantique.

— Même si nous profitions d'une sécurité relative, poursuivit Thomas, vous avez vu des hommes et des femmes monter sur le pont avec leur *Mae West*.

Le nom donné aux vestes de flottaison fit sourire Thalie. Celles-ci gonflaient la poitrine de telle façon que les aviateurs avaient aussitôt fait un parallèle avec les énormes seins de l'actrice américaine.

— Oui, j'ai vu quelques personnes qui portaient des gilets de sauvetage.

— Elles seront de plus en plus nombreuses à prendre cette précaution. Maintenant, sans aucune protection aérienne, les meutes de loups peuvent nous attaquer sans risque.

— Vous devez me traduire tout cela dans une langue que je comprends.

— Hors de portée des avions, les sous-marins ne craignent plus rien. Ils errent dans l'Atlantique Nord, et quand l'un d'eux aperçoit un navire, il appelle les autres par radio. Ils peuvent se mettre à quinze ou à vingt pour s'en prendre à un convoi.

Thalie appuya son dos contre une cloison métallique, pestant intérieurement contre le clair de lune qui mettait des reflets d'argent sur l'eau. Un temps orageux deviendrait une bénédiction.

— Bonne nuit, Thomas, dit-elle bientôt. Finalement, ce que vous venez de m'apprendre se révèle pire que le mal de mer.

— Je suis désolé…

— Ne le soyez pas. Je me suis engagée dans l'ignorance de ce que je faisais. Vous me ramenez à la réalité.

Après un salut de la main, la praticienne regagna l'escalier. Du coin de l'œil, elle aperçut l'arc décrit par le mégot de cigarette grésillant. Le jeune homme allait tenter lui aussi de retrouver le sommeil.

Chapitre 12

Le Soleil s'étalait grand ouvert sur la table de la cuisine. Marie demeurait immobile, le corps très droit, silencieuse. Deux larmes coulaient de ses yeux.

LA SITUATION DANS LE GOLFE SAINT-LAURENT S'AVÈRE PRÉOCCUPANTE

Le titre s'étalait en petites capitales sur toute la largeur de la page. Juste en dessous, on pouvait lire « déclare le ministre Angus McDonald devant les Communes ».

— Ces navires n'ont pas été coulés hier, ou avant-hier, plaidait Paul pour la rassurer. Ça s'est passé avant son embarquement.

— Trois navires marchands torpillés par les Allemands dans le fleuve. Ils contrôlent les voies maritimes au départ du Canada.

Le gouvernement fédéral tirait vraisemblablement la même conclusion.

— Des centaines de navires traversent l'Atlantique Nord chaque semaine.

— Ces bateaux ont disparu en utilisant la même route que son convoi.

Marie avait la carte sous les yeux. Que ce soit depuis Halifax ou Québec et Montréal, le trajet restait à peu près le même. Une seule variante était possible : passer au nord de Terre-Neuve, ou en longer la côte sud. Paul ne savait quels arguments utiliser, lui-même avait ses propres raisons de s'inquiéter. Le fils aîné de sa fille Françoise se trouvait en uniforme à cause de la loi sur le recrutement national. Bien sûr, il refusait de signer pour le service en Europe, mais cette liberté durerait combien de temps encore ?

— Auparavant, les sous-marins n'avaient pas assez d'autonomie pour attaquer très loin à l'ouest de l'Irlande, insistait Marie, et des avions protégeaient les navires jusque-là. Maintenant, on les retrouve dans le Saint-Laurent et sur la côte des États-Unis.

En moins d'une semaine, la mère aux abois était devenue une experte des convois maritimes. Toutes ses semblables faisaient le même apprentissage, ou alors elles se protégeaient en empêchant tous les journaux de pénétrer dans leur demeure et en jetant leurs postes de radio à la décharge municipale. Cet isolement ne donnait pourtant pas toutes les garanties de succès. Une voisine, un livreur pouvait transmettre une information inopportune.

— Madame, dit Jacqueline, la domestique, j'peux servir la soupe, à c't'heure ?

Marie mit un peu de temps avant de répondre :

— Excusez-moi, je vous gêne dans votre travail.

La femme enleva le quotidien de la table, puis dit en se levant :

— Je ne mangerai pas ce soir. Je m'en vais dans ma chambre.

— Tu travailles tous les jours, intervint Paul, tu ne peux pas sauter des repas sans te rendre malade.

Sa sollicitude ne cessait de s'exprimer, au point d'agacer parfois son épouse. Elle répondit de façon un peu abrupte :

— Je suppose que je retrouverai mon appétit quand je saurai qu'elle est rendue là-bas.

Après trois pas, elle se retourna pour ajouter d'une voix grinçante :

— Alors, je n'aurai plus qu'à m'inquiéter des bombardements.

Puis elle s'esquiva. Paul échangea un regard navré avec son employée.

— Je suis désolé, nous vous faisons travailler pour rien. Je vais me contenter de la soupe.

— J'la comprends, m'sieur. Mon plus jeune s'est engagé dans la marine.

— Mon Dieu, quel âge a-t-il ?

— Seize ans, pis y s'prend pour un homme.

— Comment faites-vous…

Il voulait dire « pour ne pas mourir d'inquiétude ».

— J'prie. Qu'essé qu'une mère peut faire d'autre ? J'prie, j'mets tous mes gages sur des lampions, pis si y coule pareil, j'braillerai.

La pauvre femme travaillait depuis dix ans comme domestique pour nourrir ses deux garçons. Maintenant que ceux-ci pouvaient subvenir à leurs besoins, voilà qu'ils risquaient leur vie. Paul lança un soupir découragé en regardant son employée verser la soupe.

De toute la nuit, Thalie ne put fermer l'œil. Si sa vie jusque-là avait été vide, maintenant elle prenait toute sa densité. La présence des meutes de sous-marins ennemis en patrouille rendait tout d'un coup chaque seconde précieuse. Bien sûr, elle savait déjà tout cela. Mais parcourir les journaux assise dans son salon était une chose, se faire rappeler ces réalités dans un transporteur de troupes en était une autre.

Le lendemain matin, l'orgueil l'amena à laisser sa veste de flottaison dans la cabine au moment d'aller manger. Un soldat sur deux portait la sienne. Au milieu de la journée, sur tous les navires les mitrailleurs s'entraînèrent au maniement de leurs armes. Le vacarme assourdissant dura une demi-heure. Elle contempla la rivière de douilles de cuivre sortant des culasses. Les artilleurs visaient le ciel, cela ne les rendrait pas plus précis en cas d'attaque. Faisaient-ils cela pour rassurer les passagers, les convaincre qu'ils ne s'exposaient pas absolument sans défense au feu de l'ennemi ?

Les mitrailleuses lourdes devaient abattre les avions au moment où ceux-ci fonçaient vers un navire pour larguer des bombes, ou arroser le pont de balles. On les inclinait vers la mer pour contrer les attaques de sous-marins. Ces armes semblaient être d'une efficacité douteuse ; de plus, elles rendaient la sécurité plus précaire encore. Plusieurs commentateurs souhaitaient les voir disparaître, car selon les conventions internationales, on ne devait pas attaquer les navires désarmés. En les équipant ainsi, on en faisait des cibles légitimes. Mais en période de guerre totale, plus personne ne semblait se soucier des traités.

Au terme de cette journée, Thalie posa la *Mae West* près de sa couche et, après une brève hésitation, garda son uniforme au moment de s'étendre.

— Vous avez peur des sous-marins ? demanda sa compagne.

— La perspective de me retrouver au fond de l'Atlantique en pleine nuit me trouble un peu, je dois l'admettre.

— Bah ! Si Dieu veut vous rappeler à lui, cette baudruche ne vous aidera pas.

« Comme je ne crois pas en Dieu, songea la praticienne, autant mettre ma foi dans une baudruche. » Radcliffe, de son côté, laissa la sienne dans son rangement et endossa sa longue chemise de nuit de toile blanche.

Comme il lui arrivait toujours après une nuit sans sommeil, cette fois Thalie s'endormit bien vite. Puis un bruit sourd l'amena à se plier en deux sur sa couche. Tout de suite, elle entendit des portes claquer dans le couloir, des voix féminines suraiguës hurler : « On va couler ! On va couler ! »

— Qu'est-ce que c'est ? Mon Dieu, mon Dieu ! se lamentait sa voisine.

La médecin ne songea pas à l'aider. Un instant plus tard elle courait vers l'escalier parmi toutes ses collègues. Des hommes se mêlaient au groupe, venus d'une autre section du navire. Au moment d'émerger à l'air libre, la femme entendit deux nouvelles déflagrations sur sa gauche. Des flammes orangées venaient des cargos touchés, bien discernables dans la nuit. Bientôt, les canons des destroyers retentirent aussi, probablement sans grand effet sur des sous-marins en plongée. Les bombes de fond, larguées une dizaine à la fois, s'avéraient bien plus dangereuses en explosant à dix ou vingt verges sous la surface.

— Mais nous avançons toujours, cria-t-elle en anglais.

— Contrôlez vos nerfs, madame, dit quelqu'un sur le même ton.

Dans l'obscurité, elle ne reconnut pas le grade de cet homme, mais le ton d'autorité lui fit penser à un colonel, au moins.

— Des navires sont en train de couler, et nous continuons dans la même direction.

Un bras s'enroula autour de ses épaules. Elle voulut se dégager, mais fut saisie plus violemment encore.

— Venez, Thalie, fit une voix en français.

Thomas Picard. Il l'entraîna vers le bastingage.

— Ces hommes vont se noyer, et personne ne leur porte secours.

— Ce serait créer une hécatombe. Des sous-marins se tiennent à l'affût, un navire qui cesse d'avancer serait tout de suite coulé. Des cibles mobiles sont plus difficiles à atteindre.

Bien sûr, si les destroyers arrivaient à occuper suffisamment longtemps les submersibles, le reste du convoi prendrait ses distances. Dans le pire scénario, les paquebots devaient s'enfuir à toute vapeur. Leur vitesse permettait de distancer les bâtiments ennemis. Quant aux cargos, leur lenteur en faisait des proies faciles.

— La menace pour nous n'est pas si grande, continua Thomas. Les porteurs de troupes sont toujours à l'intérieur du convoi, les navires marchands forment un écran autour de nous, les navires d'escorte patrouillent en périphérie pour intercepter les sous-marins.

— Les gens sur ces navires vont tous périr.

Le bras autour de ses épaules l'enserra un peu plus fort, au point de la presser contre le jeune homme. Que chacun porte sa veste de sauvetage rendait le geste moins intime.

— Avec un peu de chance, la menace s'estompera, des navires vont les récupérer.

La voix manquait tellement de conviction que Thalie comprit qu'il cherchait surtout à la rassurer. La suite le lui confirma :

— Dans l'armée, dans l'aviation, dans la marine de guerre, jusqu'ici il n'y a pas beaucoup de pertes humaines. D'un autre côté, dans la marine marchande c'est une véritable hécatombe. Les matelots disparaissent par milliers.

Toujours en la tenant enlacée, l'homme l'entraîna vers une superstructure métallique pour se mettre à l'abri.

Maintenant, le silence de toutes les personnes sur le navire étonnait la médecin. Elle devait être responsable du plus grand éclat de voix depuis le début de l'attaque. Tout au plus entendait-on le bruissement de conversations murmurées.

Maintenant, le bout d'une cigarette ne risquait plus de signaler une présence à l'ennemi, aussi les hommes ne se privaient pas. Son compagnon en chercha une dans la poche de sa veste. Quand il alluma son briquet, elle remarqua l'important tremblement de la main droite. La peur d'un côté, le courage de l'autre. Un élan de sympathie l'amena à prendre sa main gauche des deux siennes, pour la stabiliser.

Pendant toute la dernière journée en mer, à son grand soulagement, Thalie retrouva les avions de reconnaissance au-dessus du convoi. Les *flying boats* en particulier attiraient son attention. Le fuselage ressemblait bien à une coque de navire, avec une aile démesurée fixée sur elle. Juste avant la guerre, un service de transport de passagers dans ce genre d'appareils avait été établi entre le Royaume-Uni et l'Amérique, avec une escale à l'est de l'île de Montréal. Même après une traversée sous la menace des sous-marins, un paquebot lui paraissait toujours préférable, pour traverser l'Atlantique, à ces méchants oiseaux.

Le nouveau sentiment de sécurité dû à la protection de l'aviation était pourtant bien fragile. Les submersibles allemands partaient de Brest, dans la France occupée. Tout le Royaume-Uni restait exposé à la menace de ces meutes.

La grande flotte arriva par le nord, se glissa entre l'Irlande du Nord et la côte écossaise. Toujours mal à l'aise dans sa chambre sans fenêtre, la praticienne montait sur le pont supérieur afin de respirer l'air frais. À sa grande surprise, elle se découvrait coquette. Si elle tolérait le *battle dress* après le souper, cela tenait essentiellement à l'obscurité. Ce vêtement, fourni par l'armée, était trop grand pour elle et donnait l'impression qu'elle avait volé l'uniforme de quelqu'un d'autre. Aussi toute la journée, la jupe, la cravate et le veston lui paraissaient plus convenables. «Voilà l'effet de la guerre, se disait-elle devant le miroir. J'en viens à me trouver élégante dans cet accoutrement.» Heureusement, les autres femmes du service médical faisaient la même chose. Les moqueries partagées se supportaient mieux.

Au fil des jours, Thomas Picard se retrouvait de plus en plus souvent sur son chemin.

— Ton galant pourrait être ton fils, avait remarqué Radcliffe après l'avoir aperçue attablée avec lui.

La dame un peu forte semblait lui en faire reproche. Était-ce dû à la jalousie, ou à un sens moral écorché? Elle avait accueilli l'explication avec scepticisme:

— Il s'agit d'un petit-cousin. Tout de même, voilà un curieux hasard. Nous aurions pu faire la traversée sans nous croiser, dans cette foule.

Le navire portait la population d'un gros village. Toutefois, aucune des femmes à bord ne pouvait échapper totalement à l'attention de ces centaines de jeunes hommes. Les dangers de leur nouvelle situation les rendaient soucieux de profiter des plaisirs de la vie, y compris celui bien innocent de voir un mollet sous le rebord d'une jupe kaki.

— Le paysage me fait penser à la Côte-Nord, remarqua Thomas alors que leur navire descendait la côte de l'Écosse.

— Les grands froids en moins, je suppose.

La présence de ce jeune homme devenait même apaisante, comme un rappel d'une vie normale. Alors que l'assurance d'Édouard lui avait toujours totalement déplu, le fils présentait une timidité un peu touchante. Il ressemblait à un enfant dégingandé perdu dans un jeu de grandes personnes. À l'approche de l'embouchure de la Clyde, tous les deux demeurèrent interdits devant les éléments défensifs. Sur les côtes, des batteries aériennes devaient protéger des bombardements. D'autres canons pointaient directement vers la mer. Dans l'eau, des mines flottantes forçaient le *Queen of Bermuda* à exécuter un véritable ballet. Des filets à mailles métalliques empêchaient des sous-marins de venir créer une hécatombe. Un seul d'entre eux, en tirant toutes ses torpilles au jugé, sans viser, aurait coulé autant de navires tellement ceux-ci étaient nombreux.

— On dirait un véritable stationnement, remarqua encore Thomas.

Quelques ports se trouvaient sur la côte ouest du Royaume-Uni, et la plupart des approvisionnements arrivaient de l'Amérique. Cela justifiait l'affluence. La praticienne ouvrit son guide de voyage Baedeker acheté à la librairie Garneau. Destiné aux touristes, il présentait toutefois quelques informations utiles en temps de guerre.

— *"The Harbour and Docks are entered and cleared by over 4,000,000 tons of shipping annually"*, lut-elle à haute voix.

En 1937, tous les ans, quatre millions de tonnes de marchandises transitaient dans ce port.

— Avec le conflit, le chiffre a peut-être doublé.

Une petite embarcation motorisée s'approchait. Thalie se rappela ce qu'on lui avait appris lors de sa formation à Sainte-Anne-de-Bellevue.

— Voilà les autorités médicales du port qui viennent s'assurer que nous n'amenons pas la peste. À l'heure qu'il est, compte tenu de la durée d'une inspection, nous ne débarquerons pas avant demain matin.

— Alors, autant profiter de notre dernier repas à bord. Au camp de la deuxième division d'Aldershot, je vais goûter au rationnement anglais.

— Espérons tout de même que l'attente ne soit pas trop longue. Dans les quartiers des soldats, vous avez constaté la présence de maladies contagieuses ?

— La rougeole, quelques rhumes.

Voilà qu'une fois de plus on évoquait cette maladie d'enfant devant elle. Ce devait être la malédiction de l'armée canadienne. De tribord, une clameur leur parvint. Tous les deux se déplacèrent pour voir les chantiers navals. Des travailleurs adressaient de grands saluts à ces combattants venus d'outremer pour les appuyer. Les soldats répondaient avec enthousiasme, comme si l'idée de se prendre pour des sauveurs leur montait à la tête.

Puis le bruit des chaînes se déroulant dans les puits des ancres confirmèrent l'opinion de Thalie. Sauf quelques très hauts gradés qui débarqueraient avec des vedettes rapides, tous demeureraient à bord. La cousine et le cousin descendirent à la salle à manger. Si les convives n'avaient pas tous porté des vêtements kaki, on aurait pu croire à une croisière. Bien sûr, le fait que les dîneurs soient majoritairement des hommes rompait aussi l'illusion. La situation paraissait faire les délices des infirmières du service médical. On en voyait une ou deux à des tables regroupant dix ou douze personnes, devenues les objets d'une cour plus ou moins insistante, proportionnelle à la quantité d'alcool ingurgité.

Thalie et Thomas trouvèrent sans mal deux places libres à une table. La médecin s'assit entre deux officiers du Cameron Highlanders affublés d'un kilt, et une nouvelle fois elle dut expliquer qui elle était, d'où elle venait.

— Y a-t-il d'autres femmes docteurs dans le service ? demanda quelqu'un.

— Je ne sais pas. Il se peut bien que je sois la seule.

— Pour les soldats, ce ne sera pas évident.

Cela aussi revenait systématiquement. Pourtant, ces militaires auraient dû avoir d'autres sujets de conversation que la pudeur des combattants.

— Savez-vous où vous serez affectée ?

Anodine, la question suscita une réaction puérile d'un autre militaire :

— Hé ! Jack, tu veux demander un rendez-vous ?

Ces officiers, capitaines, majors, commandants, devaient tous être mariés, car les plus jeunes se trouvaient dans le second versant de la vingtaine. Les alliances avaient disparu dès le moment de monter dans le train. Le dénommé Jack bredouilla quand même un peu en répondant :

— Ne les écoutez pas, capitaine. Ces gars ne sont jamais sortis de leur ferme.

Voilà un beau dilemme. Quelle était l'attitude la plus indélicate pour un homme, dans ces circonstances : exprimer son intérêt, ou le nier avec véhémence ? Son interlocutrice choisit tout de même de répondre à sa question :

— Je dois me rendre à Welwyn afin de recevoir une affectation.

— Welwyn ? Vous savez où c'est ?

— Selon un Baedeker publié en 1937, il s'agit d'une charmante ville à une vingtaine de milles de Londres.

Combien d'officiers utilisaient comme elle un guide touristique pour se familiariser un peu avec le Royaume-Uni ? La plupart devaient s'en tenir à un vieux manuel de géographie.

— Les quartiers généraux du service de santé de l'armée canadienne se trouvent là, ajouta-t-elle.

Pas question de demander à ces hommes où ils iraient, car la capitaine se serait exposée à un peu trop d'attention de leur part. Elle préférait éviter toute parole exprimant même le plus petit intérêt. De toute façon, leur destination n'était guère mystérieuse, car les deux divisions de l'armée canadienne occupaient le camp militaire d'Aldershot.

— Vos hommes dans les entrailles du navire ont-ils droit à de tels repas ? On nous traite comme si nous étions des croisiéristes.

Comme Thalie rencontrait des officiers différents soir après soir, excepté Thomas, elle posait toujours les mêmes questions. Dans ces circonstances, il devenait facile de faire la conversation.

— Pas tout à fait, même si personne ne se plaint de l'ordinaire. Disons que nous sommes des passagers de première classe, eux de seconde.

Bientôt, un serveur leur apporta du vin. Vraiment, le sort des officiers se révélait enviable. À la fin du repas, au moment de quitter la table, les membres du Cameron Highlanders continuaient de lui témoigner beaucoup d'intérêt. Quant à elle, elle se découvrait plutôt sensible à l'élégance du port du kilt. Le trop grand nombre d'admirateurs neutralisait ceux-ci. Flirter avec des dizaines de témoins s'avérait intimidant. Tout de même, l'ineffable Jack trouva le moyen de demander à voix basse :

— Madame, coucherez-vous avec votre *battle dress* ce soir ?

Pour une question de ce genre, le « madame » convenait mieux que « capitaine ».

— Je courrai le risque de mouiller ma jupe, en cas d'attaque.

Puis elle hâta le pas afin de prendre le bras de Thomas. Le jeune homme représentait le cavalier idéal, pour qui souhaitait retrouver sa cabine sans devoir négocier avec des mains envahissantes.

Le lendemain, le navire accostait à Port Glasgow. Afin d'assurer un minimum d'ordre, on demandait aux soldats de se regrouper par régiment, par division, pour débarquer ensemble. Le corps médical descendrait parmi les derniers. Au lieu de demeurer dans sa cabine aveugle, Thalie échangea un au revoir sans chaleur avec Radcliffe puis monta sur le pont avec son sac sur l'épaule.

Le soleil de juillet rendait l'attente agréable. Avec le groupe d'infirmières, assise sur son bagage, le dos contre le bastingage, elle regardait les hommes défiler devant elle.

— Celui-là est mignon, fit l'une de ses compagnes.

— Il s'appelle Henry, précisa une autre. Je lui ai demandé de m'avertir quand il aura une permission.

Cela valait un titre de propriété. Son interlocutrice s'intéressa dès lors à des Al, des Art ou des Bobby. Pourtant, inutile de se montrer si regardante, chacune avait une demi-douzaine de noms dans la poche de sa veste. Quand les fusiliers Mont-Royal passèrent devant elle, Thomas se détacha du lot et vint la rejoindre en tendant un bout de papier.

— Si jamais nous en avons l'occasion, j'aimerais aller prendre le thé avec vous.

De son peloton vinrent des «Oh!» et des «Ah!», en plus de commentaires un peu salaces sans doute, murmurés dans l'oreille.

— Je vous enverrai un mot quand je saurai où je suis affectée.

La promesse tira un sourire à son interlocuteur. De nouveau, Thalie constata combien leur rencontre semblait compter pour lui.

— Vous êtes vraiment sa tante, capitaine? demanda la petite blonde de la Saskatchewan.

Les commérages entre elles circulaient aussi vite qu'à la cantine de l'hôpital Jeffery Hale.

— Vous ne voyez pas que nous nous ressemblons?

Cela ne sautait pas aux yeux, mais une fois le lien de parenté connu, toutes voulaient trouver des points communs entre eux.

— Puis à mon âge et au sien, je pourrais être sa mère.

La jeune lieutenant protesta que non, qu'elle paraissait trop jeune pour ça. La rumeur de son célibat à un âge aussi avancé devait lui valoir une certaine pitié. «Quelle gentille petite fille», songea la praticienne. Une part d'elle-même souhaitait toutefois que ce fût vrai, que son apparence demeurait juvénile.

— Moi, je prendrais bien son adresse, formula une autre infirmière.

Elle ajouta après une pause:

— Capitaine?

Thalie préféra ignorer la demande. Une autre commenta:

— Moi aussi. Il ressemble à un petit chien perdu.

Il manquait assurément de l'assurance, feinte ou non, de la plupart de ses collègues. Parmi les dernières à descendre, les femmes du service médical empruntèrent la passerelle. Sur le quai, il fallait prendre bien garde aux nombreux camions qui allaient et venaient. Déjà on s'affairait à décharger les cargos. Les forces combattantes étaient affectées à des wagons précis. Pour les infirmières et la médecin, comme pour certains hommes au rôle indéfini – beaucoup de ces officiers alimenteraient une administration pléthorique –, il fallait trouver une place dans un train pour se rendre en ville. Heureusement, la gare se trouvait à côté du port et des locomotives faisaient sans cesse l'aller-retour jusqu'à Glasgow.

Les membres du service médical eurent un peu de chance, mais profitèrent surtout de la politesse des autres passagers. Elles occupèrent une demi-douzaine de compartiments contigus.

Tout comme les cinq autres jeunes femmes assises près d'elle, Thalie gardait les yeux fixés sur la grande fenêtre de leur compartiment. Le trajet les conduisait d'une ville industrielle à l'autre, des petites localités constituant la constellation de Glasgow. Une fois dans celle-ci, la conversation s'arrêta à peu près. La voie ferrée traversait des quartiers industriels. De plusieurs usines, il ne restait plus que des murs noircis, à moitié effondrés. Des pâtés de maisons entiers paraissaient avoir été écrasés par le poing d'un géant.

— Je ne m'imaginais pas que les bombardements avaient fait autant de dommages, dit la blonde venue de la Saskatchewan.

La praticienne lui avait finalement demandé son nom : Irina Krasnov, la fille d'un immigrant russe ou ukrainien arrivé au Canada dans les années 1920. Pourtant, l'une et l'autre continuaient de se désigner par leur grade.

— C'est le Blitz, fit une autre. En 1940, des centaines d'avions venaient tous les soirs, sans relâche pendant un, même deux mois.

Au cinéma, les actualités filmées, avant le programme principal, avaient montré des images innombrables sur la bataille d'Angleterre, sur ces bombardements massifs destinés à ralentir l'effort de guerre et à ruiner le moral de la population. Parfois, on voyait le roi George VI ou le premier ministre Winston Churchill visiter un quartier dévasté ; toujours, une voix soulignait l'extraordinaire courage du peuple britannique.

Voir cela sur un écran argenté émouvait déjà, avoir ce spectacle de désolation sous les yeux les impressionnait beaucoup. Oui, ces nuits devaient avoir été terribles. Dans tous ces édifices détruits, les gens ayant fait le pari de ne pas aller dans les abris devaient l'avoir payé de leur vie.

Le train s'arrêta bientôt dans la gare centrale de Glasgow, une immense construction de fonte et de verre, un temple du siècle précédent à la gloire de l'industrialisation. Depuis les quais, le petit groupe d'officiers du service médical de l'armée canadienne se dirigea vers une salle aux dimensions extraordinaires. Elle baignait dans une clarté diffuse, à cause du toit transparent. Les excréments des pigeons et la crasse des machines des usines environnantes, accumulés au cours des décennies, servaient de filtre. Les infirmières se regroupaient en fonction d'un instinct grégaire rassurant. Il existait une bonne demi-douzaine d'hôpitaux destinés aux membres du contingent, elles allaient maintenant ensemble selon leur lieu d'affectation.

Comme Thalie serait seule à se rendre à Welwyn, elle fut séparée des autres. Cela lui convenait très bien après plus d'une semaine de promiscuité sur le navire. Un grand kiosque de fonte, en plein centre de l'immense bâtisse, accueillait quelques commerces, dont un marchand de journaux. Un présentoir offrait des jeux de cartes postales, elle en choisit trois représentant la gare sous différents angles. Les plus impressionnantes montraient l'entrée de la rue Gordon, avec au-dessus les quatre étages de l'hôtel Central.

Se présentant à la caisse, la médecin vécut deux expériences un peu déconcertantes. D'abord l'accent écossais, dans sa version particulièrement marquée de Glasgow. À une tirade où elle distingua un seul mot, « Canada », elle répondit :

— Je vous demande pardon ?

Le commis riait de la situation, lui offrant son sourire à demi édenté. Depuis 1939, il avait dû s'amuser un millier de fois au moins de l'incompréhension de ses interlocuteurs venus du Canada.

— Vous venez de là-bas pour faire la guerre ici ? se reprit-il.

— Plutôt soigner ceux qui la font.

Il hocha la tête. Toutes les femmes venues de ce coin de l'Empire répondaient la même chose. L'autre surprise venait de la monnaie. Le Royaume-Uni n'utilisait pas un système décimal. Ainsi, il fallait 12 pence pour un shilling, 20 shillings pour une livre. Pour ajouter à la confusion, les pièces de monnaie s'avéraient des plus fantaisistes. La demi-couronne valait deux shillings et six pence, le florin deux shillings, il existait encore une pièce de six pence, une autre de trois pence, le penny valait un pence, et aussi des pièces d'un demi-pence, et le farthing, pour un quart de penny.

À cause des gens attendant derrière elle, Thalie tendit sa main, des pièces anglaises obtenues à Québec dans sa paume, et le vendeur se paya lui-même. Son sac accroché à l'épaule, elle quitta le commerce pour chercher un endroit où s'asseoir pour manger un peu. Le petit restaurant de la gare lui procura du thé et un sandwich. Le pain offrait une texture bizarre, et une saveur plus étrange encore. Quant au jambon, la tranche mince comme deux feuilles de papier goûtait n'importe quoi, sauf la viande.

— Si Laura avait à se débrouiller avec le rationnement imposé ici, murmura-t-elle, la pauvre se trouverait en dépression.

Sa voix atteignit les convives d'une table voisine, deux femmes et un vieil homme tournèrent la tête vers elle. Tous les médias insistaient sur les dangers de la « cinquième colonne », ces espions susceptibles de ruiner l'effort de guerre. Entendre une voix étrangère suscitait tout de suite les soupçons. Elle les rassura de son plus beau sourire et chacun retourna à ses affaires. Après tout, les agents allemands étaient peu susceptibles de porter un uniforme de l'armée canadienne.

Cherchant un crayon dans la poche de sa veste, elle plaça ses cartes postales devant elle. Bien sûr, le texte serait lu par les services de sécurité, et peut-être censuré. Autant en rester aux généralités. La praticienne écrivit d'abord l'adresse de sa mère, puis ces quelques mots : « Maman, je suis bien arrivée après un voyage sans histoire. Je me présenterai demain aux autorités pour recevoir mon affectation. J'écrirai plus longuement bientôt, Thalie. »

« Sans histoire ! », songea-t-elle. Deux avires avaient coulé à la suite de l'attaque de la meute de sous-marins, quatre autres gîtaient un peu à cause d'avaries. Elle préférait ne pas songer au nombre de victimes. Un cuirassé avait peut-être pu recueillir les survivants, une fois les submersibles ennemis mis en déroute.

Mathieu et Élise recevraient exactement le même texte. Comme ces cartes pouvaient bien se retrouver au fond de la mer après une attaque, dans trois ou quatre jours elle en enverrait d'autres. Cela fait, Thalie regarda la montre à son poignet. Il lui faudrait tuer trois bonnes heures. D'abord, elle dénicha le service de consigne au bout d'un couloir obscur. Un vieil homme – tous les jeunes portaient l'uniforme, ou se trouvaient employés dans des usines de guerre – accepta de garder son sac en échange de quelques pièces. Puis elle sortit pour faire un peu mieux connaissance avec Glasgow.

À cette heure, les ouvriers et les ouvrières commençaient à rentrer à la maison pour le repas du soir. Les rues s'encombraient de bicyclettes, ou alors d'autobus. Les voitures particulières demeuraient rares. Les trottoirs se trouvaient tout aussi achalandés. Des hommes la saluaient en portant la main à leur chapeau, ou alors d'une petite inclinaison de la tête. Elle entendait des « *Captain* » prononcés à mi-voix. Les femmes se contentaient d'un sourire. Des soldats, souvent vêtus du *battle dress*, plus rarement du kilt, esquissaient un salut militaire.

Bien sûr, faire du tourisme en période de guerre comportait des inconvénients. Les monuments, de même que les façades et les vitrines de nombreux édifices, étaient protégés par des sacs de sable entassés les uns sur les autres. Plus elle s'éloignait de la gare, moins elle voyait de maisons, de commerces ou d'ateliers détruits. Tout de même, comme les bombardiers allemands avaient tenté de mettre le peuple britannique sur les genoux, ils avaient fait des dommages en dehors des zones industrielles.

Les vieux édifices signalés dans son guide Baedeker perdaient un peu de leur magnificence dans la réalité. Plus d'un siècle de chauffage au charbon laissait sur toutes les pierres une croûte noire. Malgré le bel éclairage jeté par le soleil déclinant, l'endroit était un peu lugubre.

Les fusiliers Mont-Royal avaient occupé tous les sièges de quatre wagons de chemin de fer. Pour l'ensemble des soldats canadiens ayant débarqué ce jour-là, on parlait de plusieurs dizaines. Le trajet depuis Glasgow jusqu'à Londres leur prit des heures. La présence de ces centaines de militaires canadiens, appartenant à cinq régiments, produisit son effet dans la gare de King's Cross.

— Bin y en passe en masse des *blokes* icitte, dans une journée, cria quelqu'un en français avec un accent marqué de l'est de Montréal.

— R'garde toutes les filles qui nous attendaient.

D'autres donnèrent leur appréciation des voyageuses avec de longs sifflements. Tout pour se faire discret, en somme.

— *Quiet! Quiet!* tonna un officier.

L'intervention d'un capitaine de la Saskatchewan contenait un reproche implicite pour l'officier responsable, et un jugement sévère de l'ensemble des *frenchies* du Canada.

— Formez les rangs, intervint Thomas Picard, vexé de se voir pris en défaut.

— Bon, le jeune qui s'prend pour une grande personne, à c't'heure.

Les mots murmurés parvinrent aux oreilles du jeune homme. Le diplômé en droit timide ne se destinait pas à devenir une vedette des prétoires. Le rôle de meneur d'hommes sur les champs de bataille lui conviendrait-il mieux? Le doute le tenaillait toujours.

Tout de même, il sut les conduire jusqu'au quai situé cinquante verges plus bas dans un ordre relatif, afin de prendre le métro. Les fusiliers firent de nouveau sentir leur présence encombrante à tous les autres usagers. Il fallait rejoindre la gare Waterloo pour aller vers le sud-ouest du pays. Tous les soldats se regroupèrent selon le régiment, la compagnie, le détachement. Cette multitude devait prendre un autre train pour se rendre dans la grande base établie à Aldershot. Cette petite ville se situait dans le Hampshire, à moins de deux heures de la capitale du Royaume-Uni.

Chapitre 13

Le train quittait Glasgow à neuf heures trente, en soirée. À cette heure, en juillet le soleil paraissait sur le point de basculer sous la ligne d'horizon, du côté de l'Atlantique. Les membres du service médical se retrouvèrent sur le quai, toujours par petits groupes, parmi les centaines de voyageurs désireux de regagner le sud du royaume. Thalie ne chercha pas à rester avec les infirmières et aucune ne l'invita à le faire.

À la place, elle trouva un compartiment accueillant une petite famille.

— Je peux me joindre à vous?

Non seulement la matrone accepta-t-elle, mais le père, un solide gaillard, prit son sac pour le placer sur le porte-bagage. Au moment où la locomotive se mettait en marche, il demanda:

— Devez-vous regagner un hôpital canadien?

Le bâton d'Esculape sur son épaule donnait tout de suite l'occupation de la capitaine, tout le monde savait comprendre ce genre d'information après trois ans de guerre. Même les trois enfants de ce couple devaient être devenus des experts dans ce domaine.

— Oui, sans doute, mais je ne sais pas encore lequel. Il y a une dizaine d'établissements dans le sud de l'Angleterre.

L'homme hocha la tête. Alors que des Britanniques se trouvaient dispersés aux quatre coins du monde, de larges sections du sud du royaume devaient être défendues par les troupes venues d'outremer.

— Connaissez-vous l'importance du contingent canadien ? On en voit dans tous les coins de Londres, les dimanches.

— En ce moment, plus de 150 000 hommes.

Lors de sa formation à Sainte-Anne-de-Bellevue, elle avait appris que les établissements de santé canadiens devaient être en mesure de recevoir un vingtième de l'effectif, soit un total de plus de 7 000 malades ou blessés. Ce n'était pas encore le cas, mais comme les troupes n'avaient participé à aucune action militaire, cela suffisait.

À côté de la praticienne, dans les sièges les plus près de la fenêtre, étaient assises deux fillettes. Un garçon plus jeune s'appuyait contre le flanc de sa mère.

— Vous étiez en vacances en Écosse ? demanda Thalie.

La question tira un sourire narquois au chef de famille, son interlocutrice comprit tout de suite que le concept même de vacances avait disparu.

— Nous sommes allés récupérer ces trois-là.

— En 1940, précisa la mère, nous avions expédié les enfants chez l'un de mes frères à cause des bombardements sur Londres. Il habite en pleine campagne, là-bas ils étaient en sécurité.

— Les Boches ne sont pas allés jusqu'à bombarder les troupeaux de moutons, ricana le conjoint.

De nouveau, la praticienne se souvint des informations filmées diffusées dans les cinémas avant le programme principal. Des dizaines de milliers d'enfants avaient été envoyés vers le nord, loin de leurs parents. Un nombre significatif d'entre eux se trouvaient même au Canada.

Cette habitude de leur faire traverser l'Atlantique avait cessé quand des attaques de sous-marins avaient envoyé un très grand nombre d'entre eux au fond de la mer.

— Comme les bombardements sont devenus plus rares, expliqua encore la mère, nous les ramenons à la maison pour la prochaine rentrée scolaire.

Par la suite, la conversation porta sur divers sujets liés à la situation du Royaume-Uni. La praticienne apprit que son interlocuteur travaillait pour la police. Cela expliquait pourquoi l'homme n'était pas engagé dans l'armée. Même si l'obscurité régnait maintenant, aucune lampe n'éclairait le train, dehors elle ne voyait aucune lueur, aucune fenêtre éclairée. Personne ne fumait.

— Le *black-out*, dit l'homme en réponse à une question muette.

Comme la plus infime lueur était suffisante pour trahir une activité humaine, la population se soumettait de bon gré à cette discipline. Thalie ne pouvait s'empêcher de penser que du haut des airs, l'intérieur de la cheminée de la locomotive devait apparaître comme un disque rougeoyant, infiniment plus facile à localiser que le fourneau d'une pipe ou l'extrémité d'une cigarette.

Dans le compartiment, les enfants s'endormirent très vite. Pour les adultes, ce fut plus long, mais tout de même, chacun put gagner quelques heures de sommeil. Quand le train entra dans la gare de King's Cross, la nuit s'achevait. L'adieu de Thalie à ses nouvelles connaissances prit une minute. Puis la voyageuse se planta devant l'immense panneau donnant les heures de départ vers différentes villes du royaume. Les trains vers Cambridge partaient à un intervalle régulier pendant toute la journée. En route, ils s'arrêtaient dans la ville où se trouvait le quartier général du service de santé de l'armée canadienne : Welwyn Garden

City. L'horaire lui laisserait le temps de déjeuner. Cela lui permit de mesurer de nouveau les effets du rationnement. Personne, dans ce pays, ne devait plus souffrir d'obésité, pas même du plus léger embonpoint.

Puis, peu après être sortie de table, elle montait dans un autre train en essayant de ne pas se tenir trop près de quiconque. Depuis vingt-quatre heures, elle n'avait pas quitté ses vêtements, et seuls son visage et ses mains demeuraient à peu près propres après un passage dans les toilettes.

Aldershot in Hants, a town of 34,300 inhab., with a race course, is the headquarter infantry army command...
Baedeker, 1937

Lorsque le train entra dans la gare d'Aldershot, le soleil se trouvait au zénith. Les militaires se déplaçaient depuis la veille, à cause de la fatigue ils se montrèrent plus disciplinés au moment de former les rangs.

— Le camp se trouve à deux milles, expliqua Thomas à ses hommes. Plus vite nous arriverons, plus vite vous pourrez vous reposer.

L'argument amena les hommes à marcher d'un pas alerte dans les rues. L'arrivée de nouvelles troupes ne retenait plus l'attention des résidants. À cette heure, de toute façon, peu de gens traînaient dans les rues. La plupart des habitants se trouvaient à leur travail, seules quelques ménagères et des vieillards les virent défiler. Une trentaine de minutes plus tard, le contingent passait sous les yeux d'un Wellington de bronze monté sur un cheval placé à l'entrée du vaste camp. Il donnait l'impression d'une véritable ville composée de bâtisses d'un étage, construites en brique. Depuis près d'un siècle, l'armée de terre y tenait ses quartiers.

Un grand champ permettait d'apprendre à marcher en rang. Lors des grandes cérémonies, des milliers de personnes pouvaient y défiler. Des officiers se tenaient sur une grande estrade avec des liasses de papier. Quelqu'un criait les noms des régiments et le numéro d'un baraquement.

Quand les fusiliers Mont-Royal atteignirent le leur, ce fut pour se trouver devant le lieutenant-colonel Ménard, un colosse de plus de six pieds sanglé dans son *battle dress*. Il se tenait très droit, les jambes un peu écartées. Machinalement, tous s'alignèrent, posèrent leur bagage sur le sol pour se mettre au garde-à-vous.

— Soldats, officiers, bienvenus au camp d'Aldershot. Ce sera votre domicile jusqu'au jour où nous débarquerons sur le continent. Demain, vous commencerez une nouvelle phase de votre entraînement. D'ici là, vous pourrez faire connaissance avec les lieux. Maintenant, rompez.

Thomas Picard garda les yeux sur son commandant un long moment. Celui-là ne devait jamais entendre des murmures dans les rangs, personne ne pensait qu'il faisait semblant d'être une grande personne. Pourtant, il n'avait que quatre ans de plus que lui.

À la fin, il regagna la chambre minuscule qui lui servirait dorénavant de logis. L'après-midi se passerait à explorer un camp abritant des dizaines de milliers d'hommes, bien plus populeux que la ville voisine d'Aldershot.

Welwyn Garden City is the second of its kind. (Pop. 7,000) Founded in 1919. The church contains the tomb of Edward

Young (1683-1765), author of 'Night Tought', who was rector from 1730.

Une cité jardin, la seconde fondée au Royaume-Uni. L'expression désignait des localités construites selon un plan rigoureux, afin de donner un cadre de vie idéal à ses habitants. En sortant de la gare d'Howardsgate, Thalie constata la présence de rues très larges, d'un jardin public tout à côté, de bâtiments élégants, souvent de style art nouveau. Sauf de rares maisons de ferme, ou des résidences secondaires de Londoniens, rien ne datait d'avant 1920.

Ces observations, elle les ferait surtout dans les jours suivants. Pour le moment, fatiguée, plantée devant la gare, elle cherchait l'habituel alignement de taxis. Aucun ne se trouvait là, comme si le fait de se déplacer en brûlant de l'essence devenait indécent en temps de guerre. Même avec son guide Baedeker à la main, il lui serait difficile, voire impossible de marcher jusqu'à Digswell Place. Le livre ne contenait pas le plan d'une ville si petite. Elle ne pouvait même pas repérer les points cardinaux. Personne ne lui avait dit de se munir d'une boussole.

La fatigue lui enlevait ses moyens, des larmes montaient à ses yeux quand une voix retentit :

— Capitaine Picard ?

Un soldat se tenait près d'une jeep de fabrication américaine stationnée près du trottoir. Elle s'approcha d'un pas rapide, répondit quand elle fut assez proche pour être entendue sans crier :

— Oui, c'est moi.

Le militaire la rejoignit pour prendre le sac accroché à son épaule. Le geste faisait un peu cavalier, pourtant elle lui en fut reconnaissante. Malgré l'épaisseur de la veste et de la chemise, après tout ce temps à le porter la courroie lui brûlait la peau.

— Je me demandais si je vous reconnaîtrais, dit l'homme en regagnant son véhicule.

« Voilà un soldat bien peu observateur, songea-t-elle. Aucune autre femme en uniforme n'est sortie de la gare en même temps que moi. » Comme s'il devinait le cours de ses pensées, il continua :

— Si vous nous aviez envoyé un télégramme depuis Londres, cela aurait été plus simple.

La praticienne n'alla pas jusqu'à s'excuser de sa négligence. La fatigue lui paraissait une circonstance atténuante suffisante. Son bagage se retrouva à l'arrière du véhicule, elle prit place du côté passager. Ils empruntèrent des rues élégantes, avec des pelouses devant les maisons. Toutefois, le gazon avait disparu au profit d'un potager. Ensuite, la route les amena dans une forêt soigneusement entretenue, un parc, privé ou public.

— Allons-nous loin comme ça ?

— Du centre de WGC, comme on dit par ici, à Digswell Place, il faut compter un peu plus de deux milles. Voyez, nous sommes déjà rendus à destination.

Une grande demeure en brique apparaissait effectivement au fond d'une courte allée. Elle semblait avoir plus d'un siècle. On voyait des dépendances, sans doute les anciennes écuries, une remise, un lavoir. Trois voitures de couleur kaki se trouvaient là, de même qu'une petite automobile noire.

Quand Thalie fit le geste de prendre son bagage, le soldat lui dit :

— Vous n'en aurez pas besoin, vous ne logerez pas ici.

Ce jeune homme en savait plus qu'elle sur son propre avenir, une situation un peu vexante. Dans la demeure, le bruit d'une demi-douzaine de machines à écrire l'accueillit.

Sur sa gauche, elle aperçut une grande salle où s'affairaient des secrétaires, toutes civiles. Pour des tâches de ce genre, on recrutait la main-d'œuvre locale.

— C'est de l'autre côté, indiqua son guide. Je vous attendrai dehors.

La médecin pénétra d'abord dans une petite pièce où un commis vêtu d'un uniforme de caporal la reçut.

— Capitaine, vous voilà enfin.

Le planton quitta sa place, revint bien vite avec une femme de près de quarante ans. Thalie la trouva sèche, peu sympathique et plutôt masculine. Le duvet noir au-dessus de la lèvre supérieure justifiait cette impression.

La nouvelle venue enleva son képi, tendit la main en disant:

— Je suis la docteure Picard. Je suis heureuse de vous rencontrer.

Si l'autre accepta la poignée de main, son visage disait qu'elle aurait préféré un salut militaire.

— Lieutenant Pense. Je suis la matrone en chef des effectifs infirmiers dans ce pays.

La matrone, la supérieure de toutes les femmes responsables des soins dans les divers hôpitaux. Un effectif considérable se trouvait sous ses ordres.

— Allons-y, le colonel nous attend.

Cette fois, Thalie salua en respectant les règles militaires. Cet homme, le colonel Bolton, dirigeait le service médical de l'armée canadienne au Royaume-Uni. Il lui désigna une chaise, Pense en occupa une autre. Thalie regarda discrètement autour d'elle. Le bureau se trouvait dans un petit salon. Le papier peint sur les murs s'ornait de fleurs roses, la marqueterie sur le plancher dessinait un motif complexe.

— Capitaine, dit l'homme en ouvrant un dossier, nous avons une maison de convalescence pour le personnel féminin pas très loin d'ici, à Digswell House. On y trouve trente-cinq lits. Vous vous occuperez de ces personnes. Bien sûr, si le besoin se fait sentir, vous recevrez une autre affectation.

— Bien sûr. Je veux me rendre utile.

L'affirmation tira un petit rire à la matrone. Celle-là paraissait bien sceptique. Thalie était trop fatiguée pour réagir. Pour raccourcir cette entrevue, elle demanda :

— En ce qui concerne le logement ?

— Vous logerez là, tout comme les trois infirmières de service.

Un silence pesa sur la pièce, puis le colonel demanda :

— Vous avez des questions, capitaine ?

— Une seule. Comment dois-je faire pour me rendre là-bas ?

Cette fois, Bolton eut un demi-sourire. Il s'adossa contre sa chaise pour expliquer :

— Digswell House se trouve assez près d'ici pour y aller à pied, mais vous ne voudriez pas vous perdre dans nos forêts dès le premier jour. Stevens vous conduira. C'est le garçon qui vous a amenée ici.

Comme elle faisait déjà le geste de se lever, l'officier supérieur continua :

— Auparavant, notre hôtesse aimerait échanger quelques mots avec vous. Vous avez eu une bonne traversée ?

— Quelques navires ont été torpillés, deux sont allés vers le fond.

L'homme afficha une mine si désolée que cela le lui rendit plus sympathique.

— Cette année, les pertes sont épouvantables. Les Allemands ont de nouveaux sous-marins, et comme ils partent de l'ouest de la France, les meutes ont une moins grande distance à parcourir pour rejoindre les convois.

Thomas lui avait expliqué la même chose. Il continua :

— Heureusement, ils n'ont pas encore réussi à couler un transporteur de troupes. Imaginez les centaines de victimes, dans ce cas.

— Littéralement, les navires marchands nous entouraient. Ces pauvres hommes nous servaient de bouclier, en fait.

Même la matrone parut touchée. Devant les victimes de la guerre, elle devait s'adoucir tout à fait. Un bruit contre la porte attira leur attention. Le caporal l'ouvrit pour dire :

— Colonel, madame Maitland est arrivée.

— Nous avons terminé, déclara l'officier.

Puis il se tourna vers la nouvelle venue pour dire :

— Vous avez plus de quinze ans d'expérience dans un hôpital. Vous saurez quoi faire. Maintenant, ne faites pas attendre madame.

Congédiée, Thalie se leva, salua son supérieur et la matrone, puis sortit. Dans la petite pièce servant de bureau au secrétaire, elle trouva une femme élégante, capable de porter un rang de perles au cou avant l'heure du dîner.

— Bonjour, capitaine.

— Madame.

La poignée de main lui rappela sa vie d'avant, quand saluer quelqu'un ne signifiait pas encore porter le bout de ses doigts à sa tempe. Toutes les deux passèrent dans le hall de la grande demeure.

— Capitaine, voudriez-vous dîner avec moi ?

— … Bien sûr. Dites-moi quel moment vous convient.

Si l'invitation surprenait Thalie, elle excitait aussi sa curiosité. La femme lui adressa un sourire amusé.

— Je pensais à ce midi.

La médecin hésita un moment, puis décida de demeurer candide :

— Ce serait avec plaisir, croyez-moi… mais voilà plus de vingt-quatre heures que je me déplace.

Voir une lady plisser le nez devant elle ne lui disait rien. Madame Maitland dut très bien comprendre, car elle précisa avec un sourire de connivence :

— Vous aurez amplement le temps de vous rafraîchir. Je demande à ma domestique de vous conduire à une chambre. Nous nous retrouverons dans ma petite salle à manger improvisée.

— Je vais prendre mon bagage dans la voiture.

— À tout à l'heure, capitaine.

Sur ces mots, la femme disparut dans une pièce attenante.

— Nous y allons ? demanda le caporal Stevens en voyant ressortir Thalie.

Le soldat paraissait avoir attendu tout ce temps appuyé contre la calandre de la jeep.

— Pas tout de suite. Je viens de recevoir une invitation à dîner.

Si le jeune homme se sentit déçu du changement de pro-gramme, il n'en laissa rien paraître. La médecin prit son sac pour retourner dans la grande demeure, où l'attendait une vieille domestique sanglée dans un uniforme noir, portant un tablier et une coiffe blanche lourdement empesés.

À l'étage, Thalie découvrit une chambre au décor démodé. Le papier peint fleuri, les meubles blancs délicatement tournés, tout faisait penser au refuge d'une vieille fille un peu fanée. Elle profita aussitôt de la salle de bain attenante pour se décrotter un peu. Même pas très chaude, l'eau de la baignoire lui parut accueillante. Elle n'eut toutefois pas le temps de s'y prélasser, car on l'attendait. Bientôt, elle sortait ses vêtements de son sac pour les poser sur le lit. Son unique robe lui apparut irrémédiablement froissée. Son uniforme de rechange ne lui parut pas vraiment dans un meilleur état, mais personne ne s'attendait à voir un vêtement de ce genre toujours fraîchement pressé.

Quand elle revint au rez-de-chaussée, la même vieille domestique se tenait à sa disposition.

— Madame vous attend de ce côté, capitaine.

Dans une petite pièce autrefois utilisée comme salon, on avait placé une table et quatre chaises. Contre un mur, un foyer au charbon permettait de la réchauffer en des saisons moins clémentes.

— Venez vous asseoir, capitaine Picard, dit la maîtresse des lieux en quittant son fauteuil placé dans un coin.

Thalie occupa la chaise que l'hôtesse lui désignait. Cette dernière s'installa juste en face d'elle, puis agita une petite clochette.

— Avez-vous fait une bonne traversée ?

Sans doute devrait-elle faire le même compte rendu à de nombreuses reprises, à chaque nouvelle rencontre, en fait. Elle formula la même réponse qu'au colonel Bolton.

— Quelle situation horrible. Les faire revenir serait bien trop dangereux.

L'entrée de la domestique, une soupière dans les mains, interrompit la confidence. Pendant quelques minutes, la maîtresse de maison et son invitée se concentrèrent sur le premier service. Incapable de donner un sens aux dernières paroles de madame Maitland, Thalie osa demander :

— Qui évoquiez-vous, tout à l'heure ?

Après tout, si son hôtesse abordait le sujet, elle souhaitait se confier.

— Mes trois enfants se trouvent au Canada. Nous les y avons expédiés en 1940, alors que les bombardements ennemis se poursuivaient nuit après nuit.

La praticienne se souvint de la conversation avec les passagers du train. Si les employés de la police expédiaient leur progéniture en Écosse, les plus nantis mettaient un océan entre les leurs et les ennemis.

— Vous comprenez, nous habitons tout près de Londres, la première cible des nazis en cas d'invasion. Il aurait été criminel de les garder avec nous.

— Je le comprends très bien, je vous assure. Maintenant, alors que la menace d'invasion s'est estompée, celle qui pèse sur les convois vous paraît insupportable.

La femme hocha la tête. Elle ne pouvait imposer ce risque à ses enfants pour le seul plaisir de les voir revenir près d'elle.

— Je sais qu'on les traite bien là-bas, dit madame Maitland, mais ils me manquent tellement.

Thalie jugea inopportun de répondre une platitude comme «Cette guerre ne durera pas toujours».

— Alors, pour remercier les Canadiens, reprit l'hôtesse, j'ai offert l'usage de cette maison au service de santé. Comme je demeure seule ici, je n'occupe qu'une petite place de cette grande demeure. Cette pièce et ma chambre me suffisent.

De la main, elle désigna le salon.

— Je m'en sers comme salle à manger, alors que tout le personnel du service utilise l'autre.

— Tous ces gens habitent sous votre toit?

Un peu de rouge envahit les joues de la bourgeoise quand elle répondit:

— Les officiers supérieurs, oui. Les employés de bureau logent dans des demeures des alentours.

Ainsi, elle trouvait le moyen de bien s'entourer de gens de sa classe sociale. Cela facilitait sûrement la cohabitation.

— Cependant tous prennent leurs repas ici. Avec le rationnement en vigueur, on peut aisément se dénicher une chambre, mais pas la nourriture.

Après ces mots, le second service surprit un peu la médecin. De la viande. De toute évidence, dans ce grand manoir, les vivres ne manquaient pas. Était-il convenable de poser des questions ? Thalie essayait de se souvenir de ses cours de bienséance, au *high school*. La châtelaine ne l'avait pas invitée pour dîner en silence.

— Monsieur Maitland se trouve en voyage ?

— Le colonel Maitland a été affecté en Égypte avec son régiment. Des combats intenses se déroulent présentement là-bas, vous le savez sans doute.

Au ton peiné de son hôtesse, l'invitée regretta de l'avoir imaginée satisfaite de la présence chez elle des officiers du service médical.

— Les Américains entendent trouver en Afrique du Nord leur premier champ de bataille important. Je suppose que les troupes de Rommel seront bientôt chassées de ce territoire.

L'affirmation contenait sa part d'arrogance, comme si elle croyait les Britanniques incapables d'y arriver seuls. Son hôtesse ne s'en formalisa visiblement pas. Par la suite, madame Maitland décida de s'intéresser à la vie de son invitée.

— Vous vous appelez Picard… Il s'agit d'un nom canadien-français ?

La dame s'était tout de même donné la peine de lire un peu sur le pays d'accueil de ses enfants, pour savoir que le Canada comptait une population de langue française. Ou peut-être tous les habitants du Royaume-Uni se faisaient-ils une bonne idée du dominion à en juger par l'échantillon de ses habitants représenté par 150 000 hommes de troupe.

La réalité canadienne les occupa jusqu'à la fin du repas.

Après le dîner, madame Maitland avait laissé entendre qu'un jour prochain, elle inviterait la praticienne à prendre le thé. Le ton ne laissait pas croire à une grande amitié naissante, mais l'une et l'autre tromperaient ainsi leur ennui.

Le caporal Stevens devait passer sa vie appuyé sur sa jeep, car Thalie le retrouva dans cette posture de nouveau. Il prit son sac de ses mains pour le mettre à l'arrière du véhicule. Au moment de démarrer, il demanda :

— Ainsi, la châtelaine vous a fait les honneurs de sa salle à manger personnelle ?

— Elle a eu cette attention, caporal.

Le garçon se redressa à ce rappel des usages entre soldats et officiers. Les hommes ne paraissaient pas trouver la chose évidente, quand une femme possédait le grade le plus élevé.

— De votre côté, vous avez profité de l'autre salle à manger ?

— Ça vaut mieux que jeûner, non ?

Le soldat ajouta bien vite, en souriant :

— Puis, on n'a pas souvent l'occasion de retrouver une dizaine de secrétaires à la même table.

Leur compagnie lui plaisait visiblement.

— Comme tous les jeunes Anglais sont dispersés aux quatre coins du monde, vous voilà en bonne position.

— ... Pas tant que ça. Elles sont toutes à la recherche des officiers. Déjà il y avait ceux du Canada, maintenant les Américains vont venir par milliers.

Tous ces mouvements de population devaient entraîner des histoires de cœur bien complexes. De nouveau, le trajet se déroula dans de beaux chemins bordés d'arbres. D'abord, la route Knightsfield, puis la montée des Moines. Digswell House, un grand manoir construit au tout début du siècle précédent, gardait fière allure. Le corps du logis principal s'ornait de quatre grandes colonnes. Le lierre montait sur la façade et les côtés.

— Voilà la plus belle maison de convalescence que j'ai vue dans ma vie, dit la praticienne.

— Dans ce pays, c'est plein de bâtisses comme celle-là, avec des propriétaires incapables de les entretenir. Pour eux, louer à l'armée canadienne est une aubaine.

— Comme les Maitland ?

Le caporal Stevens laissa échapper un rire bref en se stationnant près de l'entrée principale de la grande demeure.

— Non, ceux-là sont de vrais patriotes. L'armée paie les frais de fonctionnement, sans plus.

Donc, la grande dame disait vrai, sa reconnaissance pour l'accueil de ses enfants la portait à la générosité. Le caporal prit le sac à l'arrière de la jeep et le tendit à la médecin en disant :

— Ce fut un plaisir de faire le taxi pour vous, capitaine.

— Merci, caporal.

Après un salut bien cérémonieux, le soldat remonta dans sa jeep. Il démarrait quand une jeune femme se présenta sur le seuil. Elle portait l'uniforme des infirmières du service de santé de l'armée canadienne : une robe d'un beau bleu royal recouverte d'un grand tablier blanc amidonné et un voile sur la tête. Ce dernier détail lui donnait un peu l'allure d'une religieuse. Dans son cas, une religieuse bien accorte de vingt-quatre ou vingt-cinq ans.

— Docteure Picard, c'est bien vous ? demanda-t-elle en français.

— C'est bien moi.

Dans les circonstances, le salut militaire paraissait inopportun. Thalie tendit la main, l'infirmière la prit.

— Marion Poirier. Je travaille ici depuis un an. Donnez-moi votre sac.

La capitaine accepta de le lui remettre. Après tout, depuis dix jours elle l'avait manipulé suffisamment souvent.

— Nous vous attendions pour le dîner, dit la jeune femme en ouvrant la porte du manoir pour la laisser passer.

— J'ai reçu une invitation inattendue, s'excusa Thalie.

Dans le grand hall, elle s'arrêta pour contempler les lieux.

— Impressionnant, n'est-ce pas ? On se croirait dans un film. Enfin, moi, les gens de la haute, je les vois au cinéma.

— Moi aussi. Ma mère tenait une boutique de vêtements.

Son origine relativement modeste rassura l'infirmière. Ainsi, elle se sentirait plus à l'aise.

— D'après ce qu'on m'a dit, dans le passé on trouvait une trentaine de domestiques ici.

— Maintenant, on en trouve combien ?

Marion eut un sourire narquois. Visiblement, le sort des riches et des puissants lui paraissait une source d'amusement.

— Une vieille cuisinière et une fille de la campagne s'occupent des repas. Des femmes de la ville voisine viennent tous les jours pour l'entretien ménager.

Tout en parlant, la jeune femme s'était engagée dans un grand escalier, le bagage toujours sur l'épaule. À l'étage, elle se dirigea vers la première porte dans le couloir.

— Comme vous dirigerez les lieux, nous avons pensé que vous occuperiez la même chambre que votre prédécesseur.

La pièce se révéla très confortable, avec ses fenêtres donnant sur le parc, à l'arrière du manoir. Thalie y découvrit un lit à baldaquin ainsi qu'un pupitre qui n'aurait pas déparé le bureau d'un ministre. Un canapé lui permettait de passer de longues soirées devant le foyer au charbon.

— Je sens une odeur de pipe.

— Votre prédécesseur en avait toujours une vissée entre les dents.

— Où l'a-t-on affecté?

— Avec un régiment qui se bat en Égypte. Si vous croisez un docteur Lennox très en colère, ce sera lui. Il aimait s'occuper d'une douzaine de malades, mais la proximité du son des canons ne lui disait rien.

La lieutenant Poirier avait prononcé les derniers mots avec une pointe d'humour, mais dès qu'elle eut fermé la bouche, un certain effarement se lut dans ses yeux. Il était indélicat de parler d'un patron de cette manière dans le civil, assez pour entraîner une mise à pied. Dans l'armée, cela devenait-il le motif d'une sentence de cachot?

— Dans ce cas, je saurai pourquoi il me fait grise mine, dit la médecin avec un sourire entendu. Maintenant, posez ce sac et conduisez-moi près des malades.

— Oh! Oui, bien sûr. On les a mises en bas, dans la salle qui servait autrefois aux spectacles.

Déjà Marion sortait de la pièce. En la suivant dans l'escalier, Thalie demanda:

— Des spectacles?

— Après la Grande Guerre, la maison a été utilisée pour des activités artistiques. Les Anglais sont très fiers d'avoir reçu ici des personnes dont je ne connais pas du tout le nom. Tenez, comme George Bernard Shaw.

— Avez-vous vu le film *Pygmalion*?

— Avec Leslie Howard? Oui, il y a trois ou quatre ans.

— Le film est une adaptation d'une pièce de théâtre qu'il a écrite.

La jeune femme hocha la tête. Voilà qu'elle regrettait de ne pas avoir rencontré le dramaturge.

— Auparavant, continua-t-elle, c'était une salle de bal.

Elle poussa une porte, puis s'effaça pour laisser passer la capitaine la première. Trois lustres de cristal pendaient au plafond d'une grande pièce lourdement décorée d'appliques en plâtre. On y avait placé une vingtaine de lits sur deux rangées. Six étaient occupés par des femmes. Les yeux des patientes, tout comme ceux d'une seconde infirmière, se fixèrent sur la nouvelle venue.

— Voici la capitaine Picard, la présenta Marion Poirier dans un anglais sans accent. Elle remplace le capitaine Lennox.

Les malades murmurèrent « Bonjour, docteure ». L'employée vint vers les deux arrivantes.

— Mildred Hill, ma collègue, dit Marion.

De nouveau, la poignée de main prévalut sur un salut plus martial.

— Je pensais que vous vous occupiez d'une douzaine de femmes, remarqua Thalie.

— En effet, mais les autres se promènent dans le parc.

Bien sûr, il s'agissait d'une maison de convalescence, ces patientes étaient sur la voie du rétablissement, pas des grabataires.

— Pouvez-vous m'accompagner au chevet des malades qui se trouvent dans cette salle et me dire un mot des motifs qui les amènent ici ? demanda la praticienne.

— Certainement, dit l'infirmière de service en s'approchant d'un lit.

Marion en profita pour s'esquiver. Après tout, elle bénéficiait d'un peu de temps libre avant de se remettre au travail. Mildred commença :

— Voici la lieutenant Thompson. Sa vilaine fracture au bras résulte d'une très mauvaise chute.

Celle-là regagnerait très bientôt son affectation avec un plâtre pour prouver son état. Les autres femmes souffraient de diverses affections, d'une pneumonie à une appendicectomie récente. Aucune vie n'était en danger. Thalie commençait à se dire que son existence à Welwyn Garden City serait tout aussi peu exaltante qu'à Québec.

La vie dans la maison de convalescence n'avait rien à voir avec tout ce que Thalie avait connu jusque-là. Cela ressemblait à une pension de famille. La plupart des résidantes se sentaient assez bien pour prendre leurs repas avec le personnel, dans la salle à manger. Ce premier soir, elles étaient treize à table. Seules deux malades souperaient dans leur lit, et Mildred Hill dans une minuscule pièce attenante au dortoir. De service ce soir-là, l'infirmière ne les quitterait qu'au moment d'aller se coucher.

L'omnipraticienne s'habituait lentement à la magnificence des lieux. Témoignant de la majesté passée de Digswell House, la pièce où se déroulait le souper était grande, avec un plafond richement orné et du papier peint sur les murs. La table aurait facilement pu accueillir une vingtaine de convives. La médecin s'amusait à imaginer une réception au siècle précédent, avec des femmes aux longues robes soulignées de rubans et de dentelles.

La confusion des époques s'arrêtait là : les convalescentes et la nouvelle directrice portaient un uniforme militaire, tandis que les soignantes revêtaient l'habituelle robe bleue et le tablier et la coiffe blancs. Daisy Sargent, la petite bonne, et Ruby Carruthers, la cuisinière, ne suffisaient pas à faire le service. Les infirmières devaient aider. Au bout de la table, Thalie semblait tenir le rôle de chef de famille. Comme elle était nouvelle, les questions s'adressaient à elle. Déjà, il lui avait fallu évoquer sa formation, sa famille, les événements de la traversée.

— C'est une belle affectation, ici, remarqua une grosse fille.

Celle-là n'envisageait pas son retour à Aldershot du meilleur œil. Le travail de secrétariat était aussi morne dans ce camp qu'au Canada.

— Je ne l'ai pas choisie, mais oui, le travail ne sera pas bien difficile.

— Si vous aviez vu la tête de l'autre médecin quand il a appris son transfert, ricana une autre.

Thalie se souvint de l'allusion de Marion. Elle se rappela également ce que la capitaine Eaton lui avait expliqué : les recrues féminines permettaient d'envoyer les hommes sur la ligne de feu. Le changement avait de quoi décevoir certains. L'attention se détourna ensuite de l'omnipraticienne pour se porter sur la vie au Royaume-Uni. Chacune y allait de son anecdote pour montrer combien ses habitants se révélaient excentriques.

Le repas se composait d'un potage, d'un peu de viande et de beaucoup de légumes. Le rationnement ne pèserait pas trop. De toute façon, dans un établissement de soins, il fallait permettre à la clientèle de refaire ses forces. L'infirmière Poirier disait vrai : les conditions de vie se révélaient très supportables.

Chapitre 14

— Bin là, les gars, préparez-vous à marcher.

L'homme de troupe ne s'enthousiasmait pas devant le programme de la journée. Au contraire, ce fusilier affichait le plus grand dépit. Parti du Canada par esprit d'aventure, il accumulait les ampoules aux pieds.

Au moment du petit déjeuner, les fusiliers Mont-Royal se trouvaient réunis dans une grande cantine. Ceux arrivés la veille emmagasinaient les informations utiles, comme les noms des sergents les plus détestés, la liste des corvées à éviter à tout prix et la meilleure façon de se faire envoyer à l'infirmerie pour profiter d'un petit repos.

— C'est bin simple, renchérit un autre, si on mettait toutes les marches forcées boutte à boutte, on s'rait de r'tour à Montréal.

— Pis la mer, qu'essé tu fais d'la mer ? Tu marches au fond ?

— Vous savez ce que j'veux dire.

Les nouveaux venus comprenaient très bien. Lors de leur entraînement au Canada, après avoir appris à se déplacer en rangs bien alignés dans une grande cour, ils avaient dû marcher des journées entières avec tout leur équipement sur le dos : le sac, la gamelle, la gourde, les vivres, les grenades, les munitions, l'arme sur l'épaule. Un poids d'une quarantaine de livres.

— Ça fait combien de temps qu'vous êtes icitte ? demanda un bleu.

— Deux ans betôt.

— Deux ans à marcher en rond, insista le premier intervenant, dans un temps d'chien neuf fois sur dix.

Les membres des bataillons venus en renfort se regardaient. La recherche d'une vie d'aventure semblait les conduire dans le lieu le plus ennuyeux sur terre.

— Pis les Allemands ?

— Bin, on n'en a jamais vu.

Un homme placé au bout de la table laissa tomber :

— On aurait pu, mais y mouillait trop.

La remarque trahissait beaucoup de frustration. Au moment de partir, il donna un coup de pied contre sa chaise.

Après le souper, Thalie occupait le salon avec deux autres infirmières, Mildred Hill et Dorothy Jones. Toutes les deux avaient vingt-quatre ans, venaient de l'Ontario et cherchaient dans le service militaire la même chose que leur supérieure immédiate : un peu de piquant dans leur vie.

— Je suis étonnée de voir autant de personnes avec des problèmes pulmonaires, disait la médecin.

— Avec le climat de ce pays, expliqua Mildred, ce n'est pas si surprenant.

Thalie avait entendu cela dès sa première visite à la Citadelle. Pourtant, l'été était plutôt chaud.

— Le temps est resplendissant depuis que je suis descendue du navire, objecta-t-elle.

— Voilà qui est tout à fait représentatif, ricana Dorothy. Une semaine de beau temps et le reste de l'année pourri. Si vous aviez vu les orages de la semaine dernière…

Ce devait être vrai. Alors, autant profiter de ces beaux jours avant de subir des trombes d'eau.

— Nous avons les pires hivers depuis un siècle, renchérit Mildred. Puis tout le monde chauffe sa maison avec du charbon, dans ce pays. Certains jours, un brouillard jaunâtre flotte au-dessus de Londres et rend l'air irrespirable. Parfois le vent le pousse jusqu'ici. Nous ne sommes qu'à une vingtaine de milles de la ville, vous savez.

La capitaine hocha la tête. Si on se fiait à la couleur des murs extérieurs de tous les édifices, la pollution devait être difficilement supportable.

— Des gens meurent, dans ces moments-là.

La jeune Daisy Sargent faisait le service. Au premier coup d'œil, Thalie l'avait jugée un peu lente d'esprit, mais remplie de bonne volonté.

— Vous mangez toujours aussi bien?

— Pour les malades, les portions sont généreuses, expliqua Dorothy. Nous en profitons aussi.

— Selon le colonel Bolton, vous pouvez recevoir jusqu'à trente-cinq convalescentes en même temps. Je n'en ai vu qu'une douzaine.

— Il n'y a pas tant de femmes dans l'armée. À moins d'une épidémie, nous n'en verrons pas plus. Bien sûr, si des centaines de couaques passent de ce côté-ci de la mer au cours de l'année, ce sera différent.

— Ce manoir est immense, mais seule la section centrale se trouve utilisée?

— Tout le reste est verrouillé. Voilà la gestion typique de l'armée: du gaspillage. Qui sait? Peut-être un jour nous enverra-t-on dans une plus petite bâtisse, pour récupérer celle-ci pour recevoir des hommes.

Mildred semblait énoncer là un souhait. Sans doute cet environnement féminin ne satisfaisait pas sa recherche de piquant. La conversation languit un bon moment puis, après avoir consulté sa collègue des yeux, Dorothy aborda le sujet qui lui brûlait la langue.

— Capitaine, jusqu'ici nous nous sommes partagé les heures de travail afin de pouvoir sortir à tour de rôle. Vous savez, l'existence devient parfois bien ennuyante dans notre beau parc.

— Dites-m'en un peu plus sur ce partage.

— ... Certains soirs, l'une d'entre nous reste sur les lieux, les deux autres se rendent en ville. C'est pareil le samedi ou le dimanche, dans l'après-midi.

« Voilà d'excellentes conditions de travail », songea Thalie.

— Je regarderai votre arrangement, dit-elle, j'aimerais même faire partie de la rotation. Toutefois, je demeurerai seule juge de l'état de nos patientes, et des besoins en personnel pour en prendre soin.

Les deux autres hochèrent la tête, heureuses de la trouver si accommodante. Leur patronne aussi risquait de devenir morose, à jouer à la châtelaine dans un grand manoir. Vingt minutes plus tard, elles buvaient un sherry avant d'aller au lit.

Les étudiants n'étaient pas obligés de s'enrôler, mais ils devaient participer au programme de formation des officiers de l'armée canadienne. Aucun n'y échappait, à moins d'avoir de bonnes raisons médicales. Du nombre, plusieurs étaient ensuite conscrits pour le service militaire au Canada. Même si la plupart de ceux-là refusaient de passer en Europe, un diplômé de l'Université de Montréal avait de bonnes chances de trouver des visages familiers parmi les fusiliers Mont-Royal.

En entrant dans le mess des officiers de la base d'Aldershot, Thomas reconnut trois de ses anciens condisciples. Il les rejoignit à leur table et échangea des poignées de main.

— Alors, Picard, tu as aimé ta première journée au cœur du grand Empire britannique ?

Les autres éclatèrent de rire. Ils devaient poser la même question à tous les nouveaux arrivés, et s'amuser de leur déception.

— C'est toujours comme ça ?

— Si on laisse les hommes à ne rien faire, dans un mois ils vont s'entretuer... ou tuer nos compatriotes d'une autre origine. L'entraînement les tient occupés.

L'allusion aux Canadiens anglais fut faite sur un ton acide. Thomas demanda, intrigué :

— Ils les haïssent tant que ça ?

— Regarde-les.

Le mess contenait une cinquantaine de tables, les Canadiens français en occupaient deux. La paranoïa jouait peut-être un rôle dans sa perception, mais le nouveau venu eut l'impression de remarquer des regards hostiles. Le résultat du plébiscite suffisait à gâcher les relations. De nouveau, les membres de la minorité se voyaient accusés de lâcheté.

Dans ces circonstances, les membres de bataillons francophones devaient alterner entre le désir de se faire discrets et celui de régler leurs comptes.

— D'autres fois, les *blokes* font les frais de la mauvaise humeur de la troupe. Il se passe bien peu de permissions sans que quelques gars saouls ne tapent sur la gueule des habitants de la ville.

— Des fois, on a l'impression de faire partie d'une armée d'invasion.

La remarque trahissait un malaise évident.

— Pourquoi ça ? Les Anglais doivent être contents de notre présence.

Les compagnons de Thomas étouffèrent un fou rire. Le troisième whisky les aidait à trouver sa naïveté amusante.

— Actuellement, les Britanniques se battent en Afrique et en Asie, tous les jours des parents reçoivent un joli télé-gramme pour annoncer un décès. Nous, nous restons là à ne rien faire. En permission, les gars font du tourisme. Depuis deux ans, nous sommes supposés défendre une partie du sud du pays contre une attaque allemande. Celle-ci n'est jamais venue.

— Jamais les Allemands ne passeront la Manche, déclara un autre officier. Nous serons ceux qui débarqueront les premiers.

L'auteur de cette affirmation, un dénommé Turgeon, avait été diplômé de la Faculté de droit en 1940. Thomas gardait un bon souvenir de lui.

— On sait bien, se moqua un lieutenant, toi tu vas envahir la France dans deux ou trois semaines.

— Arrête de faire l'imbécile.

Le ton ne tolérait aucune réplique. « Finalement, pensa le dernier arrivé dans ce petit groupe, les Canadiens français s'arrangent très bien entre eux pour échanger des coups. »

— Il y a les femmes aussi, pour déclencher les bagarres, reprit un autre lieutenant après une minute de silence embarrassé.

Thomas parut si intrigué que celui-ci expliqua :

— Dans ce camp, tu as 50 000 gars toujours bandés, et dans les trois villes pas trop éloignées d'ici, environ 6 000 filles célibataires. Chacune a un amoureux en uniforme, quelque part dans l'Empire. Qu'est-ce que ça donne, tu penses, quand on va dans un pub ?

L'allusion à ces besoins primaires troubla un peu le jeune homme. Au fond de lui-même, il demeurait toujours un collégien timide. La conversation se continua sur ce thème si obsédant pendant encore une demi-heure, puis deux des officiers regagnèrent leurs quartiers. Il ne restait que Turgeon, la mine préoccupée, comme devant une décision difficile.

Le silence dura un moment, puis Thomas demanda :

— Tout à l'heure, qu'est-ce qu'il voulait dire ?

Son camarade souleva les sourcils, intrigué.

— Envahir la France.

De nouveau, aucun des deux ne parla pendant de longues secondes.

— Bof ! Après tout, ça ne restera pas secret bien longtemps. Ménard cherche des volontaires pour une expédition en France. J'avais dit oui, ça devait se passer en juillet, mais il faisait mauvais. Là ils parlent de se reprendre en août.

— Il va y avoir une invasion ?

Le rire de Turgeon le mit mal à l'aise, au point qu'il se sentit totalement sot.

— Bien sûr, se moqua l'officier. Les fusiliers vont poursuivre les Allemands jusqu'à Berlin.

Sur un ton plus amène, il continua :

— Juste un coup de main, pour rappeler notre existence aux Boches. Là, les Anglais font quelque chose, les Russes font presque tout. Nous, rien.

Les journaux ne tarissaient pas sur l'héroïsme des Soviétiques, malgré des pertes humaines effroyables. Joseph Staline exigeait de ses alliés un effort militaire à l'ouest de l'Europe.

— Je ne sais pas si je me porterai encore volontaire, conclut Turgeon d'un air taciturne.

Demander pourquoi aurait été manquer de la plus élémentaire délicatesse.

— Ce sera une attaque importante ?

— Environ 6 000 hommes, des navires, des avions. Il faut semer le désordre, tuer le plus de monde possible, puis revenir.

— Seulement des volontaires ?

— Nos chefs sont bien prévenants à notre égard.

De nouveau, Turgeon sombrait dans le sarcasme. Les hommes mêlés à ce raid se montreraient sans doute un peu moins désabusés, mais cela valait-il de risquer sa vie ?

Le centre de la ville de Welwyn se trouvait à un peu plus de deux milles. Pour une femme de bonne constitution, cela ressemblait à une marche de santé. Toutefois, les informations des infirmières se révélaient très justes : le temps était revenu à la normale. Toute la matinée il avait plu des cordes, si bien que le gravier de la route Knightsfield était couvert d'une mince pellicule d'eau. Après quinze minutes, les pieds trempés, Thalie se reprochait d'être sortie.

— Pourquoi ne pas avoir accepté l'offre de Marion ? grommela-t-elle.

L'infirmière lui avait offert d'utiliser sa bicyclette pour se rendre en ville. Afin de ne pas se sentir redevable envers une subalterne, la capitaine avait refusé. Un regard vers le ciel menaçant l'amena à pester encore plus.

De nouveau, les demeures récentes – les premières dataient de 1923 seulement –, les potagers méticuleusement entretenus, les rues larges exercèrent leur séduction. Une agglomération si soigneusement aménagée était rassurante. Tout devait s'y dérouler dans un ordre prévisible, sans mauvaise surprise.

Sa première destination était le bureau de poste, situé près de la gare Howardsgate. Dans la poche intérieure de sa veste, Thalie transportait trois lettres adressées aux personnes à qui elle avait déjà envoyé ses cartes postales, quelques jours plus tôt. Si ses destinataires se mettaient en tête de comparer ses missives, ils constateraient combien elle manquait d'imagination. Les textes s'avéraient à peu près identiques, excepté les premiers et les derniers mots.

Quand elle poussa la porte du petit édifice gouvernemental, ce fut pour se retrouver dans une salle de petite taille, avec deux guichets alignés sur le mur du fond. Sur un autre mur, une grande photo du roi George VI incitait chacun à faire son devoir. Une douzaine de personnes faisaient la queue. Une vieille dame se retourna, déclara en se tassant un peu :

— Passez devant moi, officier.

— Non, merci, madame.

— Allez-y, je peux attendre.

— Moi aussi. Je vous remercie toutefois pour votre grande gentillesse.

Son sourire, plus que les mots, convainquit la dame d'interrompre ses politesses. L'attente fut plutôt longue, car les bureaux de poste servaient aussi de caisse de dépôt. Des travailleurs venaient y encaisser des chèques, d'autres déposer une guinée dans un compte d'épargne.

Cela lui permit de lire tous les encarts accrochés aux murs de ce bureau des postes royales. Certains appelaient les plus jeunes des deux sexes à joindre les rangs de l'armée, de la marine ou de l'aviation. En 1942, les rares personnes qui ne portaient pas encore l'uniforme devaient être dans l'impossibilité physique de le faire. Les plus âgés s'engageaient dans la Home Guard, une armée chargée de combattre une invasion allemande. Ce danger se trouvant écarté, on utilisait ces contingents de grands-papas pour diverses missions d'utilité publique.

D'autres affiches évoquaient le rationnement, différents aspects de l'effort de guerre, les emprunts de la victoire. Quand elle arriva à l'un des guichets, un « Bonjour, capitaine » l'accueillit. L'employé s'occupa de ses lettres et enchaîna :

— J'espère que vous n'avez pas trop de malades ou de blessées à Digswell House.

Sans doute connaissait-on aussi son nom dans tout Welwyn. Depuis jeudi, elle avait croisé trois femmes de ménage, sans compter les fournisseurs venus faire des livraisons. La femme médecin ne devait pas échapper à l'attention publique.

— Heureusement, le chiffre demeure bien petit.

Le guichetier hocha la tête, reçut les pièces de monnaie.

— Vos lettres atteindront vos proches dans une dizaine de jours, capitaine.

Après un « merci », la praticienne se dirigea vers la sortie. Un panneau d'affichage attira son attention. Des clients y avaient piqué de petits cartons. Le premier qu'elle lut portait les mots « Chatons à donner ». Les autres offraient en vente les produits les plus divers, ou alors servaient à demander un objet devenu indisponible à cause de l'effort de guerre.

Trois personnes proposaient des bicyclettes aux consommateurs. L'une donnait l'adresse d'un garage. Une fois dehors, Thalie demanda la direction à des passants et repéra rapidement l'endroit grâce à une pompe à essence qui se dressait près de la rue. Une vieille automobile rouillait lentement à côté du garage et des pneus usés jusqu'à la corde s'entassaient dans un espace boueux. Des bruits métalliques venaient d'un petit atelier. Entrant par la porte laissée ouverte, elle appela :

— Hello, il y a quelqu'un ?

— Ouais, fit une voix venue de sous une Austin toute déglinguée. Qui veut le savoir ?

— Quelqu'un qui cherche une bicyclette.

Un homme au visage couvert de cambouis s'extirpa de sous le véhicule.

— Ah! Capitaine, vous seriez mieux avec cette magnifique automobile.

— Je ne sais pas conduire.

— Vous êtes sérieuse, là ?

On devait lui avoir fait croire que dans un pays de Cocagne comme le Canada on trouvait une voiture pour chaque habitant. La praticienne fit oui d'un geste de la tête.

— Pour trois shillings, je veux bien vous enseigner. Deux, si vous négociez serré.

Cette fois, la tête fit non. Le bonhomme offrait un sourire à moitié édenté. L'autodérision rendait ses efforts pour se montrer charmant plutôt amusants.

— Bon, dans ce cas je vais vous montrer mes trouvailles.

Le garagiste commença par s'essuyer les mains sur un torchon plus sale encore que sa peau, puis la conduisit derrière son atelier. Quatre vélos se trouvaient appuyés contre le mur de la bâtisse, tellement rouillés que l'on mettait un moment avant d'identifier la couleur du cadre.

— Des produits d'avant-guerre. C'est du solide.

— Vous voulez dire d'avant la Grande Guerre.

— Évidemment! Ceux fabriqués dans les années 1920 ou 1930, personne ne s'en départirait jamais.

Son ton railleur indiquait qu'il ne fallait guère le prendre au sérieux. Après une pause, il reprit, désireux cette fois de ne pas allonger indûment la conversation.

— Si vous épluchez les petites annonces, vous trouverez peut-être mieux, plus récent, mais certainement pas assez vite pour échapper à l'orage.

Des yeux, l'homme fixait le ciel menaçant. Il avait raison, bientôt la pluie tomberait de nouveau. La présence d'un «bicycle de fille», c'est-à-dire avec la barre supérieure oblique, l'amena à se décider.

— Je peux essayer celui-là ?

— Prenez-le pour aller faire un tour, mais n'oubliez pas de le ramener, ou de le payer.

Thalie prit la bécane par le guidon alors que le garagiste retournait à son travail. Tout de suite, elle constata que la roue avant était déformée. Jamais elle ne remporterait de course sur cette machine, mais au moins elle n'avait pas besoin de se trousser jusqu'en haut des cuisses pour se jucher sur la selle.

Les pneus ne s'écrasèrent pas sous son poids, le guidon faussé permettait tout de même de se diriger assez bien. Finalement, la plus grande difficulté venait de sa propre inexpérience. De toute façon, elle aurait tout le chemin du retour pour réapprendre à se déplacer là-dessus.

— Monsieur, fit Thalie en revenant dans l'atelier, vous en demandez combien ?

— Mettez trois shillings sur la chaise près de la porte, ou remettez la bicyclette à sa place derrière.

Le garagiste ne semblait pas du genre à apprécier la négociation. Elle déposa la somme demandée, puis quitta les lieux. La circulation étant heureusement très limitée, ses zigzags dans la rue ne mirent pas sa vie en danger. On avait évoqué devant elle un magasin à rayons, des passants lui indiquèrent de nouveau le chemin. De construction récente – une plaque près de la porte indiquait l'année d'ouverture : 1939 –, le commerce s'étendait sur tout un pâté de maisons et offrait un stationnement à l'arrière. Thalie appuya son vélo contre une barrière, à côté de ceux qui y étaient déjà rangés. D'un coup d'œil, elle constata que le sien était le plus mal en point. Cela réduisait le risque de se le faire voler.

L'entrée du Welwyn Department Store s'ornait de six grandes colonnes.

— Mathieu serait jaloux, murmura-t-elle en entrant dans l'édifice.

Le commerce de la rue Saint-Joseph avait bénéficié de rénovations quelques années plus tôt, mais celui-là était tout neuf. Cela signifiait un meilleur éclairage, à la fois naturel et artificiel, des allées plus larges, de l'équipement plus moderne. Toutefois, l'endroit se distinguait aussi par la rareté de la marchandise : on n'y trouvait aucune bicyclette, à peu près aucune laveuse, aucun appareil de cuisson.

Comme pour s'excuser, les propriétaires multipliaient les affiches appuyant l'effort de guerre. Les vêtements, les chaussures s'avéraient rares aussi. Près des étals, de petites affichettes demandaient : « Avez-vous pensé à apporter vos tickets de rationnement ? » Thalie en possédait bien quelques-uns, obtenus de ses collègues. Les autorités canadiennes ne se montraient pas trop avares à ce sujet, elles les leur remettraient à la première occasion.

Tout de même, ce jour-là, Thalie se limiterait à un seul achat : un imperméable en forme de poncho, fabriqué dans un rectangle de coton égyptien enduit de cire. Comme la pluie battait maintenant les fenêtres du grand magasin, le moment de l'étrenner viendrait tout de suite. De couleur kaki, il ne déparerait pas le reste de ses vêtements.

Après une nuit sans sommeil, Thomas junior envisagea la seconde journée d'entraînement avec dégoût. Heureusement, les marches interminables faisaient relâche au profit des exercices de tir, qui demandaient un moins grand effort physique.

En fin d'après-midi, le lieutenant arriva à se ménager un rendez-vous avec le lieutenant-colonel Ménard. Il le retrouva dans un grand édifice de brique réservé aux officiers supérieurs, érigé au tout début du siècle. Un caporal l'autorisa à entrer dans le bureau. Après les saluts échangés, de son siège le jeune homme examina la petite pièce. Deux poignards au manche fait d'une longue lanière de cuir enroulée bien serrée sur une tige de fer trônaient sur le pupitre. Les lames avaient été grossièrement forgées. Au mur, un mousquet aux gravures exotiques pendait.

— Juste avant la guerre, j'ai été affecté en Inde. Ce sont des souvenirs.

Le visiteur hocha la tête. Tout le monde connaissait les états de service de l'officier supérieur. De nouveau, il apprécia la stature de son vis-à-vis.

— Lieutenant-colonel, j'ai entendu parler d'un projet de raid contre la France.

— Où ça?

Ménard affichait maintenant une grande sévérité. Pour avoir la moindre chance de réussir, une telle attaque devait demeurer secrète. Autrement, les Allemands concentreraient leurs forces sur le point de débarquement.

— Je ne sais pas, une conversation, une rumeur.

Devant un ordre formel de se montrer plus précis, jamais Thomas n'aurait pu se dérober. Turgeon se trouverait dans de mauvais draps pour son indiscrétion.

— Je veux me porter volontaire, dit-il avec empressement.

Son supérieur le regarda un long moment, puis demanda:

— Picard? Ça fait moins de quarante-huit heures que vous êtes là, n'est-ce pas?

Cela ressemblait à un reproche.

— Donc, je ne suis pas encore blasé.

Si le jeune homme arrivait à présenter une certaine assurance, son cœur battait la chamade. Heureusement que les usages militaires ne favorisaient pas les poignées de main, car ses paumes étaient on ne peut plus moites.

— Quand vous êtes-vous engagé ?

— L'automne dernier.

Ni son grand-père ni sa mère ne l'avaient su. Alors qu'il évoquait son année de cléricature devant eux, ses semaines se passaient à marcher au pas et à apprendre le combat corps à corps.

— Vous ne croyez pas manquer de préparation ? J'ai ici des officiers qui s'entraînent depuis deux ans.

— Parmi eux, certains ont sans doute reçu une préparation pour le projet de juillet.

Le lieutenant-colonel hocha la tête. Finalement, rien n'était resté secret du coup de main prévu.

— Je n'ai participé à rien de cela, mais je crois pouvoir me rendre utile lors de cette attaque. J'ai proposé de bonne foi mes services, vous en jugerez. Je vous remercie de m'avoir reçu.

— Je penserai à tout ça, dit Ménard en se levant en même temps que son subalterne.

Très certainement, le lieutenant-colonel prendrait des informations auprès de ses supérieurs des derniers mois. Ils se quittèrent sur des saluts bien formels.

Si la solde de capitaine ne se comparait pas aux honoraires reçus à Québec, le travail s'avérait aussi bien plus léger. La douzaine de patientes étaient peu exigeantes. Après tout, une maison de convalescence ne recevait que des personnes bien engagées sur la voie de la guérison. Si jamais la condition d'une résidante se détériorait, la directrice la renverrait à l'hôpital, tout simplement.

Thalie tirait un autre avantage de la situation en menant une vie de châtelaine. Dans ses temps libres, elle marchait dans le parc, se réfugiait dans la grande serre située à gauche du corps du bâtiment principal. Cinquante ans plus tôt, la maîtresse de la maison devait y cultiver toutes les plantes ornementales exigées par les événements de la vie familiale, petits et grands. De ce temps, il ne restait plus que des pots vides, des outils rouillés et une extraordinaire abondance de toiles d'araignée. Une vieille chaise longue en rotin lui permettait de s'y réfugier parfois pour lire un peu à l'abri des averses.

Du côté opposé, une longue section de l'édifice était fermée. De lourdes chaînes et de gros cadenas l'empêchaient d'y jeter un coup d'œil. De toute façon, l'espace disponible suffisait complètement à la mission de l'établissement.

Sa nouvelle existence se révélait particulièrement satisfaisante en soirée. Si une infirmière, ou elle-même certains jours, demeurait au rez-de-chaussée pour répondre aux besoins des malades, les autres se réunissaient dans une chambre transformée en salon pour leur usage exclusif. Même à la fin de juillet, un feu de charbon brûlait dans la cheminée afin de faire baisser le niveau d'humidité. Sans cesse une radio distillait de la musique, ou alors des nouvelles. Quand commençaient les informations de la British Broadcasting Corporation, l'une ou l'autre des infirmières lançait d'une voix ironique, assez fort pour couvrir le son de l'appareil :

— Les vaillantes troupes de l'Empire ont chassé les Allemands de l'Asie et les Japonais de l'Europe... Ou alors il s'agit du contraire.

Évidemment, les exigences de la censure militaire rendaient tous les renseignements sur les opérations bien douteux. Certains soirs, pour contrebalancer ce discours, les jeunes femmes cherchaient la station émettrice Reichssender de Hambourg, pour entendre Lord Haw-Haw, un homme né aux États-Unis nommé William Joyce. Son émission commençait par les mots « *Germany Calling, Germany Calling* ».

Dès que la voix nasillarde emplissait le salon, une autre jeune femme se gaussait :

— Les vaillantes troupes allemandes ont chassé les Britanniques, les Américains et tous les autres d'Europe. Elles ont eu beau chercher, elles n'ont trouvé aucun soldat canadien sur le continent.

Les premiers soldats canadiens stationnés en Grande-Bretagne attendaient de voir l'action depuis presque trois ans. Leur implication en France ou en Norvège ne s'était pas concrétisée. On en trouvait certains en Afrique du Nord. En conséquence, l'interminable attente minait le moral des troupes massées à Aldershot.

Comme il était bien peu patriotique d'écouter Lord Haw-Haw, les infirmières jetaient des regards un peu inquiets en direction de leur officier supérieur. Thalie n'entendait pas jouer au censeur. De toute façon, ce samedi-là la propagande nazie destinée aux Britanniques ne les intéressa que quelques minutes.

— Capitaine, souhaitez-vous entendre de la musique ? demanda Mildred.

— Ça me semblerait plus agréable que les sottises de ce type.

La jeune femme tourna le gros bouton jusqu'au moment où elle entendit du jazz. En se relevant, elle demanda encore :

— Nous pouvons faire ça ici ? Dans nos chambres la lumière n'est pas trop bonne.

— Nous sommes entre nous, non ?

Mildred prit cela comme une permission. Après avoir tiré sur le ruban d'une clochette située dans les cuisines pour signaler à Daisy de monter, elle passa dans sa chambre un moment, sa collègue dans la sienne. Pendant leur absence, la fille de cuisine frappa à la porte, ouvrit pour demander :

— Vous avez besoin de quelque chose, madame ?

— Non merci, Daisy. Nous sommes samedi soir, les filles sont allées s'habiller pour sortir en ville et elles aimeraient bénéficier de vos talents de dessinatrice pour compléter leur tenue. En attendant, vous pouvez vous asseoir.

La jeune fille n'avait pas plus de dix-sept ans. Ses yeux se posèrent sur le siège le plus près, puis sur le devant de son uniforme, comme pour y chercher une saleté. Satisfaite de son examen, elle prit place sur le fauteuil le moins confortable.

— Daisy, vous vous plaisez ici ? demanda Thalie.

La bonne se troubla un peu, puis murmura, les yeux posés sur le tapis :

— Oui, madame.

« La pauvre, que peut-elle dire d'autre ? » Même si le ton de la cuisinière était plutôt rugueux – cela semblait être une exigence, dans ce métier –, elle la traitait bien, et surtout la nourriture ne manquait pas. Avec un peu de chance, un fils de fermier lui proposerait le mariage à la fin de la guerre.

Les deux infirmières revinrent dans la pièce cette fois vêtues en civil, tenant leur robe troussée à mi-cuisse.

— C'est encore tout humide, dit Dorothy, mais dans un moment, ce sera sec.

La jeune femme esquissa un pas de danse, comme pour faire circuler l'air sur ses jambes. La lumière électrique permettait de voir la teinte couleur tabac. Comme les bas de soie s'avéraient introuvables et que toute la production de nylon allait à la fabrication des parachutes, un peu de teinture badigeonnée sur la peau devait en faire office. La publicité parlait de *silk in a bottle*.

— Bon, je suppose que là, ça y est.

L'infirmière monta sur une chaise, Daisy quitta la sienne pour accepter un crayon gras de la part de Mildred. La bonne s'agenouilla derrière l'infirmière, posa la pointe du crayon cinq ou six pouces au-dessus du pli du genou et traça une ligne bien droite jusqu'à l'arrière du talon. Elle recommença l'opération sur l'autre jambe.

— Vraiment, dit Dorothy en se penchant un peu de travers pour voir son mollet, personne ne dessine une couture aussi droite que toi.

Les bas montraient tous cette couture à l'arrière. En réalité, en soirée cette ligne seule aurait pu créer l'illusion, sans la teinture. Mildred eut son tour, Daisy reçut une tablette de chocolat pour sa peine, dont bénéficieraient ses frères et sœurs le lendemain.

— Docteure Picard, passez une bonne soirée, dit Dorothy au moment d'ouvrir la porte.

Sa collègue répéta exactement les mêmes mots, puis elle disparut à son tour.

— Vous n'avez besoin de rien, madame ?

Daisy se tenait debout au milieu de la pièce, les yeux baissés.

— Non, merci. Vous pouvez faire comme bon vous semble jusqu'à demain.

Pareille liberté paraissait tout à fait superflue à la domestique. Elle retourna dans sa cuisine. Pendant deux heures, Thalie continua d'écouter la radio en parcourant un livre prélevé dans la petite bibliothèque de sa chambre. Son prédécesseur aimait apparemment les romans d'Agatha Christie, mais il n'avait pas dû juger utile de les emporter dans son nouveau lieu d'affectation.

Chapitre 15

Afin de répartir équitablement les jours de congé, chacune des employées du service de santé profitait d'un samedi sur deux, avec chaque fois une compagne différente. Thalie devinait que cette dernière précaution servait à éviter à la même personne de se trouver toujours collée à elle. Après tout, personne n'aimait passer sa soirée avec sa patronne.

Ce privilège, ou cette corvée, incombait ce soir-là à Marion Poirier. La lieutenant ne paraissait pas attristée par cette perspective. Un peu après souper, elle se présenta dans le salon vêtue d'une petite robe à fleurs, visiblement heureuse de quitter son uniforme et de s'éloigner un peu de la maison de convalescence.

— Vous ne viendrez tout de même pas en ville dans cette tenue, capitaine.

Évidemment, si la pauvre espérait se faire conter fleurette, la présence d'un officier à ses côtés découragerait les cavaliers les plus audacieux.

— Je passe ma robe, et je suis prête.

— Vos jambes…

— Aucune teinture pour moi. Faire semblant d'avoir des bas pendant trois heures ne vaut pas de se frotter pendant une durée équivalente ensuite pour tout faire partir.

Son vêtement civil faisait un peu trop chic pour cette expédition, mais au moins elle trouvait une occasion de le mettre. Daisy s'était assurée d'en effacer tous les plis avec son fer à repasser. Quelques minutes plus tard, toutes les deux roulaient dans la belle allée bordée d'arbres conduisant au chemin public. À chaque coup sur le pédalier, le contact de la roue avant faussée contre la fourche produisait toujours le même bruit : schuss. Les efforts de Thalie pour la redresser n'avaient rien donné.

— Capitaine, la prochaine fois que vous achèterez quelque chose, dit Marion, laissez-moi vous accompagner. Cela vous permettra de faire des économies. Trois shillings pour cette épave, c'est de l'abus.

Toutes les deux roulaient à la même vitesse. Il ne pleuvait pas, mais le ciel demeurait couvert. Le soleil se coucherait après neuf heures, cependant personne n'en verrait rien. Dans ces circonstances, chacune s'encombrait d'un sac en bandoulière contenant un imperméable.

Au moment où elles s'engageaient sur la route Knightsfield, la capitaine déclara :

— Vous savez, avec cette robe sur le dos, autant laisser tomber le "capitaine" et le "lieutenant". Cela d'autant plus que déjà nous ne nous encombrons pas de ça à Digswell House.

Dans le manoir, leurs rapports rappelaient plus la hiérarchie d'un hôpital que la discipline de l'armée. La plupart du temps, elles oubliaient les grades et les saluts pour n'utiliser que les titres de « docteure » et d'« infirmière ».

— Puis le vouvoiement me donne l'impression d'être une vieille tante.

Marion eut un rire bref. Sans doute le souvenir d'une parente un peu ridicule lui revenait-il en mémoire.

— Je veux bien, mais je risque de me tromper devant les autres, ensuite.

— Tu feras ton possible.

La situation serait amusante si elle se trompait, pas catastrophique. De toute façon, devant les autres, Marion s'en tenait toujours à l'anglais. Le «*you*» éviterait les impairs. Après quelques verges, Thalie demanda :

— Comment se fait-il que tu passes si aisément d'une langue à l'autre ?

— Le français est ma langue paternelle, l'anglais ma langue maternelle.

Après un moment de silence, elle ajouta :

— Maman est irlandaise. Elle n'a pas du tout aimé me voir m'engager pour venir en Angleterre.

— La mienne est canadienne-française, et elle me boude encore. Je n'ai reçu aucune lettre de sa part depuis mon arrivée ici.

— Ça fait quoi ? Moins d'un mois, je pense. Puis les lettres ne se rendent pas toujours.

Bien sûr, chaque convoi devait affronter les meutes de sous-marins.

— Il y en a sans doute une en route, ajouta Marion.

— Tu es gentille, tu sais.

Elles ne mirent pas plus de vingt minutes pour couvrir la distance jusqu'à la ville. Comme l'infirmière connaissait Welwyn, elles se retrouvèrent devant la porte du cinéma suffisamment longtemps à l'avance pour marcher un peu dans les rues avoisinantes.

— Tu vois toutes ces femmes seules, un samedi soir ?

Pour la première fois, elle se risquait à l'usage du «tu».

— Tellement d'Anglais sont en uniforme, maintenant, répondit sa supérieure.

— Et comme la ville ne compte ni base militaire, ni industrie de guerre, il ne reste que les éclopés et les petits vieux.

Un garçon d'une vingtaine d'années affligé d'un pied bot passa sous leurs yeux, comme pour lui donner raison.

— Tu imagines les filles résidant à Aldershot ? continua Marion. Elles ont des milliers de soldats canadiens à se mettre sous la dent.

Sa propre formulation lui tira un rire amusé. Même si les militaires n'avaient pas la liberté de sortir tous les soirs, dans tous les établissements publics on devait en trouver cinq ou six pour chaque jeune femme.

— Welwyn ne possède aucune usine ? demanda Thalie.

— Il y en a bien une, mais sans lien avec l'effort de guerre.

— On y fabrique quoi ?

De nouveau, Marion eut un ricanement bref.

— Tu connais les céréales vendues par Nabisco ?

— ... Les *Shredded Wheat* ?

— Bingo ! Voilà la seule production de notre belle cité jardin. La plus haute construction est leur silo.

Au gré de leur promenade, elles s'arrêtaient parfois devant une vitrine, toujours pour commenter les effets du rationnement sur la quantité et la diversité de la marchandise. Machinalement, Marion prit le bras de Thalie. Un moment, celle-ci se crut revenue à ses années d'études, quand elle se promenait dans les rues avec une compagne. Elles passèrent devant une auberge pittoresque, avec de grandes cheminées, des lucarnes et un toit de tuiles fortement incliné.

— Il s'agit de l'Applecroft Hostel, expliqua Marion. Depuis le début de la guerre, on y loge des réfugiés juifs. Ils viennent d'Allemagne, d'Autriche, de la Tchécoslovaquie. Je me demande si tout ce qu'on raconte sur leur sort là-bas est vrai. Ça donne froid dans le dos.

— Je ne sais pas. Ces histoires de grandes tueries me paraissent inimaginables.

— Parfois, votre prédécesseur était appelé là pour soigner un malade. Il ne demandait jamais un penny pour la consultation. Ces gens sont économes, à ce qu'on dit.

Au Québec comme ailleurs, on prêtait aux Juifs un si grand talent pour les affaires que leurs succès devenaient toujours suspects.

— À ce qu'on dit, oui.

L'information sur l'absence d'honoraires rendit le capitaine Lennox sympathique à la praticienne. Généreux et amateur de romans policiers : elle regrettait presque de ne pas l'avoir croisé. Vers huit heures trente, les deux femmes revinrent devant le cinéma. L'endroit servait autant à la présentation de films qu'à celle de pièces de théâtre interprétées par des troupes locales.

Une fois assise, Thalie écouta les conversations tout autour. Des femmes évoquaient une absence, celle d'un fils, d'un époux ou d'un amoureux. Cette situation créait une curieuse ambiance, mélancolique à souhait. Bientôt, les lumières s'éteignirent. Un court film devait d'abord galvaniser toutes les âmes. *Listen to Britain* décrivait une journée sous le Blitz, un exercice de propagande sirupeux destiné à convaincre tous les Britanniques de leur propre héroïsme.

La praticienne apprécia le changement de ton du programme principal : *Banana Ridge*. Rire aux éclats fit sans doute du bien à tous les spectateurs. La grande majorité des productions parlaient du conflit, celle-là racontait l'histoire de deux hommes ayant chacun de bonnes raisons de croire être le père d'un jeune garçon.

Surtout, Thalie reconnut de nombreux endroits de la ville, peut-être même le cinéma où elle se trouvait. Quand les lumières éclairèrent de nouveau la salle, en se levant elle demanda à sa compagne :

— Je me fais des illusions, ou ce film a été tourné ici ?

— Je me demandais si tu le remarquerais. Tous les extérieurs ont été réalisés dans les environs, et les scènes intérieures au Welwyn Studio, situé à deux pas d'ici.

Au moment de mettre le pied dehors, la praticienne eut une nouvelle surprise. Bien sûr, à Digswell House, on respectait les règles du *black-out* : de lourdes toiles masquaient les fenêtres avant même que les habitants n'allument les lampes. Dans une ville, cette noirceur absolue était oppressante. Tous les édifices devenaient des masses noires. Avec un peu d'imagination, on s'attendait à voir des ennemis surgir des coins d'ombre. Les deux femmes récupérèrent leurs bicyclettes pour marcher en les tenant par le guidon.

— … Tu viens prendre une bière avec moi ? demanda Marion après une hésitation.

— Pourquoi pas.

Thalie n'en ressentait aucune envie, mais l'idée de priver sa compagne de cette occasion lui parut trop égoïste. Elle se laissa guider dans une rue un peu à l'écart. À une trentaine de verges, un rectangle de lumière apparut brièvement, le temps d'ouvrir et de refermer une porte. Le bruit de la musique leur parvint. Un moment plus tard, elles entraient à leur tour dans une salle enfumée.

La praticienne pénétrait dans un *public house*, ou *pub*, pour la première fois. Celui qu'elle découvrait était très représentatif des établissements de quartier. Des clients se tenaient accoudés à un comptoir de chêne, derrière lequel un gros homme actionnait les pompes dotées de manches de porcelaine. Dans un coin, d'autres consommateurs commentaient bruyamment la performance des joueurs de fléchettes. Autour des tables, les conversations allaient bon train.

Surtout, comme au cinéma, les femmes étaient nettement plus nombreuses.

— Il y a une place là, lui dit Marion assez fort pour couvrir les voix et la musique à la radio.

Une table dans un coin demeurait déserte, sans doute à cause du vacarme ambiant.

— Tu aimes la bière anglaise ?

Thalie secoua la tête de gauche à droite pour signifier son ignorance. Marion prit sur elle d'aller chercher deux pintes de *lager*. De sa chaise, la praticienne vit un homme jeune, d'une maigreur de phtisique, entamer une conversation avec l'infirmière. L'accueil se révéla poli, mais tout de même peu susceptible d'encourager le séducteur. Il ne se laissa pas abattre, son attention se porta sur une autre jeune femme, peut-être une employée de Nabisco, ou une secrétaire des Welwyn Studios. Pour lui, le défi demeurait de se marier avant la fin de la guerre. Maintenant, aucune concurrence sérieuse ne risquait de lui prendre l'élue de son cœur, mais le retour des soldats lui gâcherait l'existence.

Un autre client, pas plus séduisant, s'approcha de l'infirmière. Marion jeta un regard vers sa patronne, puis engagea une conversation. Tout de suite Thalie comprit pourquoi. Un homme chauve, un peu ventripotent, se pencha vers elle.

— Vous me permettez de m'asseoir ?

La voix la fit sursauter. Elle reconnut un membre de la Home Guard, cette armée composée de réservistes refusés par toutes les organisations combattantes, même les moins exigeantes sur les performances physiques.

— J'attends mon amie, là.

Des yeux, elle désignait sa compagne. L'homme prit cela pour une réponse positive, car il occupa la chaise vacante.

— Vous devez être infirmière aussi.

Comme elle aurait paru prétentieuse de rétorquer «Non, je suis médecin», elle hocha la tête. Marion ne devait pas être inconnue en ces lieux, ou alors c'était l'accent de Thalie qui conduisait à penser qu'elle travaillait à Digswell House. Seule la maison de convalescence embauchait des Canadiennes.

— J'enseigne l'histoire au collège, ici dans la ville. Je m'appelle Jim.

Elle accepta la main tendue, murmura «*Thalia*». Son interlocuteur s'exprimait bien, il devait avoir entre cinquante et soixante ans. «Pas si vieux pour moi...», se dit la praticienne. Puis elle se trouva ridicule. Sa conversation avec Béatrice lui revint en mémoire. Finalement, des escadrons masculins ne venaient pas vers elle pour lui faire la cour, et cet homme n'était certes pas plus intéressant que ceux rencontrés à Québec.

— Habitez-vous à Welwyn depuis longtemps?

Près du comptoir, Marion lui adressa un sourire que Thalie trouva ironique, puis reporta son attention sur le garçon un peu voûté lui faisant la cour.

— Il y aura un mois cette semaine, reconnut-elle enfin.

Puis elle enchaîna avec une phrase complète:

— Je travaille à Digswell House.

— Je sais. Vous êtes canadienne-française?

Un professeur d'histoire devait connaître tous les peuples de l'Empire britannique.

— Me voilà déçue. Je croyais que mon anglais était sans faille.

— Il l'est. Je discerne à peine une petite pointe d'accent français, le tout est très élégant.

Éduqué, poli, charmant. Non seulement sa main ne portait aucune alliance, mais elle ne distinguait pas la ligne plus pâle indiquant qu'il l'avait fait disparaître dans sa poche avant d'entrer dans ce lieu public.

— Voulez-vous que j'aille vous chercher à boire ?

— Marion tient mon verre à la main. Peut-être daignera-t-elle me l'apporter bientôt.

Un porc-épic, disait Mathieu. Loin d'accepter son offre, elle trahissait son impatience de voir son amie l'abandonner ainsi. L'infirmière lui laissait l'occasion de commencer un brin de conversation : une délicate attention médiocrement appréciée. Son interlocuteur ne s'y trompa guère.

— Je ne doute pas qu'elle revienne bien vite, fit-il d'une voix juste un peu plus froide. Je vais lui rendre sa chaise.

Sur les derniers mots, le professeur se leva. Il prononça encore :

— Bonne fin de soirée, *Thalia*.

— Bonne fin de soirée...

Déjà, elle avait oublié son prénom. L'homme marcha vers le bar, échangea un salut de la tête avec Marion, posa son verre et sortit. Comme il l'avait prédit, l'infirmière retrouva tout de suite sa place.

— Seigneur, il ne te faut pas longtemps pour chasser un admirateur.

— Je n'ai pas vraiment la tête à ça.

— De mon côté, continua Marion comme si elle n'avait rien entendu, je me ferais plus accueillante. Si Jim avait vingt ans de moins, je lui réserverais mon plus beau sourire.

« Mon Dieu, songea Thalie, elle m'avait ménagé cette rencontre. » Cela se pouvait-il ? Tous les deux se connaissaient déjà, l'hypothèse s'avérait plausible.

— Tu sais, Marion, je devrais rentrer tout de suite. Avec ma mine renfrognée, je vais chasser tous tes prétendants potentiels.

— Comme je n'en vois aucun, cela ne changera pas grand-chose.

Pour se donner une contenance, Thalie porta le grand verre à sa bouche et grimaça à cause de l'amertume de la bière. Remarquant sa réaction, sa compagne commenta :

— Heureusement que je ne t'ai pas apporté une *bitter*. Le goût est encore plus prononcé.

Des yeux, elle lui désigna les verres de bière brune sur la table voisine.

— Si la guerre dure assez longtemps, je m'habituerai, je suppose.

Une nouvelle pièce musicale vint de la radio. Une femme cria :

— Monte le son, c'est Vera Lynn.

La personne interpellée obtempéra et la voix riche mit fin à toutes les conversations. Surtout, chacun entonna avec la chanteuse :

We'll meet again,
Don't know where, don't know when,
But I know we'll meet again, some sunny day.
Keep smiling through,
Just like you always do,
Till the blue skies drive the dark clouds, far away.

— Allons-nous-en, dit l'infirmière en posant son verre sur la table.

— Non, moi je vais partir. Profite de ta soirée.

— Cette chanson, je ne la supporte plus. Partons.

Quand elles retrouvèrent les bicyclettes appuyées contre un mur, une question brûlait les lèvres de Thalie : « As-tu quelqu'un que tu rêves de rencontrer de nouveau, un jour ensoleillé ? » Pour cette jolie fille, cela s'avérait possible, sinon probable. Sur la route Knightsfield, le bruit d'une voiture se fit entendre, puis deux minces traits de lumière apparurent. Toutes les deux s'arrêtèrent sur le bord du chemin pour la laisser passer.

— Avec les phares masqués comme ça, remarqua la capitaine, ce conducteur va provoquer un accident.

— C'est à cause du *black-out*. On met du ruban gommé sur les phares, en laissant une fente large comme un doigt dans la partie inférieure. On ne signale aucune catastrophe routière. Si tu veux mon avis, la consommation de bière représente un plus grand danger.

Quand Marion se tut, Thalie perçut un nouveau grondement plus sourd, plus lointain.

— En voici une autre. Ou plusieurs autres.

— Non, dit sa compagne en levant les yeux. Ça vient du ciel.

Le grondement gagnait en intensité, au point de devenir assourdissant. Pendant quelques minutes, elles demeurèrent immobiles, la tête rejetée vers l'arrière, sans rien distinguer toutefois dans cette nuit d'encre.

Le vacarme diminua lentement, bientôt la conversation redevint possible.

— Une autre nuit aux mille avions, souffla Marion.

— Tu veux dire que…

— Depuis cette année, on envoie régulièrement mille bombardiers à la fois au-dessus d'une ville allemande, pour l'écraser. Tu imagines l'enfer de flammes?

L'infirmière paraissait sincèrement émue, Thalie ne savait comment réagir.

— Les bombes n'atteignent pas que des bases militaires ou des usines d'armement, continua la lieutenant. Dans trois ou quatre heures, des femmes et des enfants vont brûler vifs.

Les émissions d'information de la BBC évoquaient ces raids, sans jamais formuler de commentaires sur les victimes collatérales, ou si rarement. La guerre totale, c'était cela. Les victimes civiles se comptaient par dizaines de milliers, par millions s'il fallait prêter foi aux informations sur les événements en Pologne, en Ukraine et en Union soviétique.

Les deux femmes reçurent les premières gouttes d'eau. Chacune enfila l'imperméable porté en bandoulière depuis le début de la soirée. Très vite, l'averse s'abattit en trombes. Elles appuyèrent de toutes leurs forces sur les pédaliers. Cette fois, la fin du trajet ne leur prit que quelques minutes. Quand elles pénétrèrent dans le grand hall de Digswell House, Mildred, de faction dans la salle des malades, vint les rejoindre.

— Vous rentrez tôt.

— *We'll meet again*, chanta Marion en se débarrassant de son imperméable.

Sa collègue devait partager son dédain pour cette chanson, car elle acquiesça d'un geste de la tête, compréhensive. L'infirmière se dirigea vers le grand escalier tout en disant :

— Bonne nuit, Mildred ; bonne nuit, capitaine Picard.

Quand elle fut hors de portée de voix, Thalie s'informa :

— Est-ce que l'état d'une de nos malades s'est détérioré ?

— À en juger par les ronflements, pas du tout.

L'infirmière marqua une pause, puis demanda :

— Vous avez entendu les avions ?

— Impossible de les manquer. Tous les mille, je pense.

Mildred hocha la tête, attristée. Aucune soignante n'oubliait l'existence des victimes, qu'elles parlent anglais ou non.

Jacques Létourneau en était à sa sixième mission, à la seconde comme escorte de bombardiers dans les expéditions regroupant un millier d'appareils. Voler à côté de cette multitude le rendait terriblement nerveux. Heureusement, une fois au-dessus du couvert de nuages, une clarté relative permettait de les entrevoir.

Il pilotait un Spitfire, capable de rivaliser avec les meilleurs avions ennemis. Le réel danger commençait au-dessus de la France. Les Allemands y occupaient plusieurs aéroports, tous leurs appareils s'envoleraient afin de détruire le plus grand nombre de bombardiers. Avec quelques dizaines de collègues, il lui fallait les en empêcher.

Comme il devait s'y attendre, il aperçut de petites flammes sur sa droite. «On dirait des lucioles», songea le jeune homme. Les armes lourdes des appareils créaient ces petits éclairs de lumière. D'autres apparurent, comme un essaim. Inclinant son aile, il glissa vers elles. Des Messerschmitt faisaient feu en direction de l'escadrille, son rôle était de les intercepter.

Son affectation lui convenait très bien. Seul aux commandes, son masque sur le visage pour lui permettre de respirer en altitude, une veste doublée de mouton sur le dos pour ne pas mourir de froid, assourdi par le moteur Rolls Royce tournant à trois pieds de lui, sa guerre se passait en face-à-face, ou presque. Pas de boue, pas de longues marches, pas de tir au jugé vers un ennemi invisible. Jacques plongea en direction de l'un des attaquants, ouvrit le feu quand l'appareil se trouva dans son viseur. Les huit mitrailleuses de calibre 303 crépitèrent ensemble, pourtant inaudibles dans le vacarme de sa mécanique.

Son adversaire tenta de se dégager en plongeant. Trop tard. Les balles touchèrent son avion, il descendit comme une feuille et éclata dans une gerbe de feu au moment de toucher le sol. Le pilote n'avait pas le temps de se réjouir de cette victoire facile, ni de se désoler de la mort d'un adversaire. Quelqu'un cherchait à lui rendre la monnaie de sa pièce. Au lieu d'essayer de s'échapper en perdant de l'altitude, il tira sur le manche pour monter. Les étoiles scintillèrent un instant tout là-haut, puis il s'inclina vers la gauche.

Le ballet mortel se poursuivit quelques minutes, puis une boule de feu éclaira la nuit quand un bombardier explosa avec toute sa cargaison. Les Messerschmitt se dispersèrent finalement sous la puissance du feu des Spitfire. Une petite heure plus tard, les chasseurs d'escorte se dégagèrent sur l'ordre du commandant d'escadrille. Les réserves d'essence ne permettaient pas à ces petits appareils de s'aventurer plus loin. Les Lancaster continueraient seuls vers Francfort.

Marie était restée en colère pendant deux ou trois jours après le départ de sa fille. Quelle abominable enfant pour ne pas se montrer plus obéissante, pire, pour souhaiter mettre un océan entre elles. Ensuite, pendant la même durée elle se sentit honteuse d'être une mauvaise mère, incapable de laisser ses enfants vivre leur vie.

La seconde semaine de juillet, elle avait retrouvé une attitude plus saine. Toutefois, la douleur de la séparation et la peur de savoir Thalie exposée au danger ne la quittaient pas. Au moins, elle avait appris qu'aucun transport de troupes n'avait coulé à la suite d'une attaque depuis son départ. L'idée que dans son convoi des cargos n'avaient pas eu la même chance la rendait bien triste pour tous ces marins tués en faisant leur travail.

Le 19 juillet, la femme montait dans la voiture de son fils pour regagner le magasin PICARD. Des explications un peu vives entre eux avaient été nécessaires avant le retour à des rapports plus harmonieux. Comme au moment de l'enrôlement de Mathieu de nombreuses années plus tôt, le travail empêchait Marie de trop penser. Tout le monde dans la province occupait un emploi maintenant, les clientes se multipliaient pour trouver des rayons bien dégarnis.

De son côté, Paul Dubuc menait une vie confinant à l'ennui. Seul avec la domestique toute la journée, il parcourait les journaux, marchait longuement les jours de beau temps, passait de longs moments au téléphone avec ses filles ou d'anciens collègues.

Tous les jours, en descendant pour sa promenade quotidienne, sa canne de bambou à la main, il jetait un œil dans la boîte destinée à recevoir le courrier. En plus de la facture de la Québec Power, il trouva une carte postale montrant une photographie de la gare centrale de Glasgow. Le sourire aux lèvres, le vieil homme changea ses projets. Sa voiture était garée derrière la maison. Le trajet vers la Basse-Ville lui fit courir quelques risques de froisser des tôles tellement l'excitation rendait ses mouvements trop vifs.

Quand il s'avança dans le rayon des vêtements pour femmes, le souffle manqua à Marie. Il venait la rejoindre pour la première fois au magasin, cela annonçait une mauvaise nouvelle. Puis elle distingua son sourire, le morceau de carton qu'il secouait au-dessus de sa tête.

— Thalie ? lança-t-il en s'approchant du comptoir.

La marchande prit la carte postale avec des doigts tremblants, les larmes embrouillèrent sa vue.

— Lis-la-moi.

Paul aurait pu la réciter de mémoire, mais il en fit la lecture afin de ne commettre aucune erreur :

Maman,

Je suis bien arrivée après un voyage sans histoire. Je me présenterai demain aux autorités pour recevoir mon affectation. J'écrirai plus longuement bientôt,

Thalie

Marie s'appuyait sur le comptoir, comme pour éviter de s'effondrer sous l'émotion. Elle ferma les yeux un moment, puis les ouvrit bientôt pour dire à l'une de ses employées :

— Vous allez me remplacer, je dois monter pour mettre Mathieu au courant.

— Je suis très heureuse pour vous, madame Dubuc.

Bien sûr, une demi-douzaine de personnes avaient tendu l'oreille, dans dix minutes tous les employés du commerce connaîtraient l'heureuse nouvelle. Quand le couple arriva devant l'ascenseur, la porte de laiton ne s'ouvrit pas tout de suite. Aussi la femme déclara en tournant les talons :

— Je prends les escaliers.

Paul Dubuc ne bougea pas d'un pouce, constatant une nouvelle fois que son épouse jouissait d'une meilleure forme physique que lui. La cabine s'ouvrit trois ou quatre minutes plus tard, il monta avec quelques clientes, s'arrêta à chacun des étages jusqu'au sixième. Dans les bureaux administratifs, il trouva Marie pleurant dans les bras de Flavie, et Mathieu avec la carte dans les mains.

— Enfin ! disait le directeur. Aujourd'hui, elle se trouve au travail depuis une dizaine de jours.

Sa mère se ressaisit un peu, assez pour commenter :

— Je veux lui écrire, mais elle ne donne aucune adresse.

Elle désirait exprimer ses regrets pour son attitude des dernières semaines, et formuler des souhaits plus sereins de bonne chance.

— Je suppose que tu pourrais envoyer une enveloppe aux soins du quartier général de l'armée à Londres, mais combien de temps mettra-t-elle ensuite pour se rendre à destination? Peut-être que dans quelques jours nous saurons où elle se trouve.

La directrice du rayon des vêtements pour femmes n'hésita pas une seconde.

— Je rentre à la maison avec Paul, je veux lui écrire tout de suite, quitte à garder ensuite la lettre sur ma table pendant une semaine.

Un peu plus tard dans la journée, Laura téléphonerait à Flavie pour lui lire une carte postale identique à la première. En soirée, les Picard apprendraient que Fernand avait reçu la troisième. Parties ensemble de la gare centrale de Glasgow, elles arrivaient ensemble à Québec.

À la fin, le lieutenant-colonel Dollard Ménard avait accepté la proposition de Thomas Picard. Sous son commandement, six cents fusiliers Mont-Royal passèrent discrètement sur l'île de Wight. Le jeune lieutenant comptait parmi eux. Les officiers d'un grade modeste et les hommes de troupe ne savaient guère combien de temps durerait leur séjour. Toutefois, une rumeur évoquait une période d'un mois. D'où venait-elle? Peut-être de l'estimation des réserves alimentaires de la part d'un cuisinier doté d'un bon sens de déduction, ou d'un militaire particulièrement bien informé des conditions climatiques dans la Manche.

Début août, accroché à une échelle de corde pendue au flanc d'une falaise, le jeune lieutenant luttait de toutes ses forces pour ne pas être emporté vers l'arrière par le poids de son sac et de son arme.

— Picard, pensais-tu te retrouver ici avec moi, au moment de t'enrôler?

Deux semaines plus tôt, Turgeon hésitait à se porter volontaire de nouveau, maintenant il semblait s'amuser, perché entre ciel et terre.

— Avec toi, non. Mais je n'ai pas signé pour l'Europe en m'imaginant passer deux ans à marcher en rang.

— Monte. Pour l'instant, il faut pouvoir gravir une falaise. On verra bien la mine que tu feras, quand les Allemands te tireront dessus.

Le petit échange leur avait permis de reprendre leur souffle, accrochés avec les bras et les jambes aux barreaux de l'échelle. Celle-ci ressemblait à un immense filet, on y grimpait à plusieurs de front. Des soldats les dépassaient maintenant, il convenait de reprendre la progression. Lorsqu'ils atteignirent le sommet, les deux officiers demeurèrent un long moment étendus sur le sol, haletants.

— Nous allons donc descendre sur une côte escarpée, dit Thomas en essayant de retrouver son souffle, les deux bras au-dessus de la tête.

— En face, c'est escarpé partout.

— Tu ne sais pas? L'endroit précis, je veux dire?

— Nous le saurons au moment de débarquer.

Personne ne formulait d'hypothèse à ce sujet, ou plutôt on en proposait tellement que cela ne servait à rien. Le lendemain, on commencerait à s'entraîner à débarquer sur une plage. L'opération promettait d'être complexe. De grandes barges permettraient d'amener des chars d'assaut. Plutôt que de chercher un port où accoster, on les jetterait tout simplement sur le sable et les galets. Bien des hommes utiliseraient le même moyen de transport, parmi ceux qui descendraient les premiers.

Les fusiliers Mont-Royal se déplaceraient plutôt dans de grandes embarcations de contreplaqué, la partie avant couverte par une toile pour les protéger des embruns. En touchant terre, tous devraient se jeter à l'eau pour parcourir les dernières verges à pied. Pour donner plus de réalisme à l'entraînement, sur les berges les canons et les mitrailleuses envoyaient une grêle de fer et de plomb. Tous les participants savaient que les tireurs s'efforçaient de ne toucher personne. Les Allemands feraient exactement le contraire.

Tous les matins, Thalie faisait le tour de ses convalescentes. Quelques-unes s'impatientaient un peu à l'attendre, mais la plupart étaient en assez bonne santé pour revêtir leur uniforme et se promener dans le parc, habituellement deux par deux. D'un autre côté, si elles montraient leur trop bonne santé, elles risquaient de retourner rapidement à leur poste de travail. Leur séjour à Digswell House ressemblait fort à des vacances, tout naturellement elles tentaient de les allonger un peu.

Pourtant, tous les deux jours, la médecin donnait son congé à une résidante, indiquant au dossier «*fit for service*». À la même fréquence, une ambulance amenait une nouvelle patiente en voie de rétablissement. L'affluence ne paraissait pas susceptible de diminuer au cours des prochains mois.

Elle sortait de la grande salle quand Mildred vint la rejoindre, un sourire un peu moqueur sur le visage.

— Docteure Picard, vous avez une lettre d'un certain... Thomas.

Peu après son arrivée à Welwyn, elle lui avait envoyé son adresse grâce à une carte postale. Thalie ne parlait jamais de sa vie personnelle. Cela suffisait à faire d'elle un sujet de conversation. Peut-être ses compagnes imaginaient-elles un époux affecté ailleurs dans l'Empire. De la même façon, aucune des trois autres n'évoquait un amoureux. Ou toutes se montraient discrètes, ou personne n'occupait leur cœur. Dans l'un ou l'autre cas, chacune affichait son désir d'une nouvelle rencontre.

— Lieutenant, si vous regardez mieux, ce garçon porte le même nom de famille que moi.

L'usage du grade servait toujours à souligner à son interlocutrice que le ton devenait trop familier. Plus amène, elle continua :

— Je pourrais être sa mère, je suis tout simplement sa cousine.

Mildred tendit l'enveloppe, puis alla prendre soin des trois convalescentes devant toujours garder le lit. Du pouce, Thalie déchira le rabat. Comme toujours dans le cas des lettres de militaire, elle savait en être la seconde lectrice. Le service de la censure de l'armée tenait à contrôler les informations véhiculées par ses membres.

Cousine Thalie,
J'aurai une permission d'une journée, dimanche prochain. Des amis me disent qu'il y a un charmant salon de thé sur Knightrider Street, une rue située juste au sud de la cathédrale Saint-Paul. The Priory. Même si le quartier a souffert des bombardements, je suppose que l'endroit vaut le détour.
Au plaisir de s'y rencontrer peut-être,
Thomas

Un rendez-vous avec un jeune homme ! Ses collègues auraient sans doute pris sa place avec plaisir. Elle-même envisageait avec joie de revoir un parent, même si celui-ci se révélait volontiers mélancolique. Il lui restait toutefois à régler les aspects pratiques de cette rencontre. Le colonel Bolton voudrait-il faciliter ces rapports familiaux?

Thalie avait quitté Québec depuis plus d'un mois maintenant. Après la carte postale, Marie avait reçu une lettre écrite sur un ton assez léger, décrivant la grandeur de Digswell House, le petit nombre de ses patientes, la bénignité de leur maladie ou de leur blessure. Le charme de la petite ville de Welwyn Garden City faisait l'objet de deux longs paragraphes, le studio de cinéma, d'un autre.

Marie avait lu la missive au téléphone à son fils, puis lors du repas dominical suivant. Deux jours plus tard, Mathieu en recevait une autre, d'un ton un peu plus désabusé. Dans le salon, après le souper, il entreprit de la lire à sa femme. Quelques sections attirèrent plus d'attention.

Pendant la traversée, deux cargos ont été coulés. Personne ne s'est arrêté pour venir au secours des pauvres marins, pour ne pas augmenter le nombre de victimes. Ça me reste dans la tête; dans mes moments d'insomnie, je crois entendre leurs cris.

— Marie devra recevoir une version censurée de cette lettre, dit Flavie, sinon nous la verrons revenir à ses jours de mauvaise humeur.

— Déjà, je m'étonne que le service de censure ne se soit pas occupé de ça.

— Tout le monde sait que des marins se noient.

— Le lire dans le journal est une chose, l'entendre de la part d'un parent témoin des événements en est une autre. Si les jeunes gars apprennent qu'on les laissera crever dans la mer dans le cas d'une attaque, les volontaires se feront plus rares.

La suite leur parut plus légère. Thalie parlait de sa rencontre fortuite avec Thomas Picard junior, mentionnant que la timidité et le manque d'assurance du jeune homme ne rappelaient guère son père, Édouard. Avant de terminer, la médecin fit un autre commentaire susceptible de nuire au moral des Canadiens.

Maman paraissait bien inquiète de me voir sous les bombes. Sais-tu quel vacarme produisent un millier de bombardiers volant en groupe ? Maintenant, les Allemands font relativement peu de dommage ici, mais j'imagine l'effet de tous ces appareils vidant leur soute sur Cologne ou Hambourg. Des milliers de personnes innocentes meurent chaque fois.

Décidément, les services de censure s'étaient montrés négligents. Personne ne devait s'inquiéter des victimes chez l'ennemi au nom d'un principe tout simple : il avait commencé. Comme si chaque Allemand avait personnellement déclenché les hostilités.

Chapitre 16

Dans la poitrine des officiers les plus sévères battait un cœur sensible : le colonel Bolton, directeur des services de santé de l'armée canadienne, avait écouté la requête de Thalie avec attention.

— Votre cousin compte parmi les fusiliers Mont-Royal. Ce régiment est dirigé par un soldat très déterminé : Dollard Ménard. Nous verrons bientôt ce qu'il en est dans le feu de l'action.

L'homme se troubla un moment, comme s'il en avait trop dit.

— Je suppose qu'aucune de vos patientes ne risque de voir son état empirer soudainement.

— Ce serait tout à fait étonnant.

— Quand votre prédécesseur s'absentait, les infirmières savaient pouvoir faire appel à un médecin de la ville en cas d'urgence. Cela n'a jamais été nécessaire. Vous reviendrez en soirée, je présume.

La médecin fit oui d'un geste de la tête. Les trains entre Londres et Welwyn étaient assez nombreux pour permettre l'aller-retour à tout moment de la journée. Elle allait se lever quand son interlocuteur demanda :

— Comment vous acclimatez-vous à notre petite ville, capitaine ?

— En comparaison, la vie à Québec me paraît trépidante.

— Pour nous, la *phoney war* n'a jamais pris fin.

La «drôle de guerre», comme on désignait tous ces mois, en 1939-1940, pendant lesquels rien ne s'était passé.

— Bientôt, ça fera trois ans que je suis là, poursuivit-il. Pour tous les soldats, cela signifie des entraînements sans cesse répétés. Le moral s'en ressent, les problèmes de discipline se multiplient tout comme les heurts avec la population locale.

— Je sais que mes contacts avec les gens de Welwyn sont très limités, mais je n'ai pas remarqué la moindre tension.

— Même pas avec les jeunes femmes de l'endroit, pour obtenir l'attention des quelques hommes disponibles?

Le colonel disait cela d'un ton gouailleur. Lui profitait sans doute de l'aubaine, peut-être même avec son hôtesse.

— Comme je ne participe pas du tout à cette compétition, tout le monde demeure souriant avec moi.

Comme d'habitude, elle saisissait l'occasion pour réitérer son indifférence au sujet de sa vie amoureuse. La suite lui indiqua que le colonel trouvait là un véritable mobile d'inquiétude.

— Quand les soldats britanniques viennent en permission, ils n'aiment guère constater que les Canadiens courtisent leur fiancée.

Cela risquait peu de se produire à Welwyn, mais la situation devait être délicate dans les villes de garnison.

— Tous ces problèmes sont exacerbés par l'ennui, continua l'officier. Nos hommes se sont portés volontaires pour les combats, ils poireautent dans des camps. Ils n'attendent que l'occasion de voir un peu d'action, après la tension retombera.

— Voilà une réalité qui m'échappe. L'action, comme vous dites, pendant la Grande Guerre, cela a signifié des morts par milliers, trois ou quatre fois plus de blessés. Cette éventualité me rendrait plutôt tendue, au contraire.

Le colonel lui adressa un sourire amusé. Malgré l'uniforme et le grade, elle arrivait à voir en lui un collègue plus qu'un supérieur.

— C'est une caractéristique masculine, je pense. Tous ces jeunes gens veulent se battre, pour prouver quelque chose à quelqu'un, ou se prouver quelque chose à eux-mêmes. Plus vraisemblablement, les deux à la fois.

— Il me semble qu'on peut mieux prouver sa valeur en restant en vie.

— Chacun a la certitude de s'en sortir. Elle leur passera quand ils verront tomber des camarades lors des combats. Pour le moment, tous se croient immortels, ils ont hâte d'en découdre.

Thalie hocha la tête. Ce discours ressemblait au contenu de ses lectures des derniers mois. Bolton avait un peu plus de cinquante ans, sans doute se trouvait-il sur les champs de bataille des Flandres, pendant la Grande Guerre. Combien de ces immortels s'étaient retrouvés sous ses yeux, étendus sur une civière ou une table d'opération ?

— Alors, le jour de la grande hécatombe, j'espère que mes compétences seront mieux utilisées que maintenant. Là je me fais l'impression de diriger une pension de famille dont les locataires traversent une mauvaise passe.

— Vous connaissez comme moi les réticences de l'état-major, et aussi celles des soldats eux-mêmes. Mais parfois les situations de grande nécessité entraînent un changement des règles.

« Parfois », songea la médecin. La perspective de passer toute la guerre dans son grand manoir lui faisait regretter ses parturientes.

— Colonel, je crois que je vous empêche de travailler. Dimanche, je partirai en matinée et je reprendrai mon poste en soirée.

L'homme se leva en même temps qu'elle et tendit la main :

— Bonne promenade à Londres, capitaine.

Au passage, Thalie jeta un coup d'œil au petit escadron de secrétaires. Le caporal Stevens jouissait d'une situation enviable parmi elles, celui-là ne devait pas rêver de la gloire des champs de bataille. Elle allait récupérer sa bicyclette quand madame Maitland se présenta dans le hall.

— Oh ! docteure Picard, je ne vous oublie pas, vous savez.

Comme la praticienne levait ses sourcils en accent circonflexe, elle précisa :

— Pour le thé.

— Le thé, bien sûr. Ce sera avec joie, madame. Au plaisir de vous revoir, mes patientes m'attendent.

— … Je comprends. Je vous donne de mes nouvelles bientôt.

En retrouvant sa bicyclette, la médecin cherchait encore le motif de sa mauvaise humeur. Parce que cette femme, après un mois, n'avait pas donné suite à son invitation du premier jour ? Vraiment, elle aussi profiterait d'un peu d'action, si elle s'ennuyait à ce point.

London, the metropolis of the British Empire and the largest city in the world (with the possible exception of New York), lies in S. E., on both banks of the Tames…
Baedeker

Une carte postale lui avait permis de confirmer le rendez-vous avec Thomas, à trois heures cet après-midi-là. Toutefois, dès huit heures Thalie prenait le train vers le sud. Parvenue à King's Cross, elle s'enfonça dans la terre grâce à des escaliers automatiques jusqu'à rejoindre le fameux *Tube*, le métro.

Sa première impression ne fut pas très bonne : une odeur d'urine assaillit ses narines. Les journaux, les actualités filmées et même le court métrage visionné en compagnie de Marion plusieurs jours auparavant exposaient longuement les épisodes les plus cruels du Blitz, quand des milliers de personnes, des centaines de milliers même, hommes, femmes et enfants confondus, se réfugiaient dans ces souterrains. Les photographies les montraient étendus sur le quai, les récits évoquaient la convivialité entre voisins ou entre de purs étrangers, les conversations enjouées. Le courage d'un peuple galvanisé par les discours du premier ministre Winston Churchill.

Une fois la part de la propagande faite, que restait-il ? La peur, la promiscuité, les odeurs de tous ces corps entassés et de leurs déjections... Certainement du courage devant l'adversité aussi. Impossible d'en douter, ces quelques semaines lui avaient appris cela des Britanniques. Avaient-ils d'autres choix ? Sans doute pas.

Ce second dimanche d'août, l'affluence dans la gare ou dans le métro la surprit. Des familles entières venaient passer la journée dans la grande ville, un nombre aussi important effectuait le chemin inverse. Des familles auxquelles manquaient souvent le père ou les garçons les plus âgés. Tout de même, de nombreux militaires jouissaient sans doute d'une permission, car il s'en trouvait des centaines, regroupés deux ou trois ensembles, des membres de régiments de toutes les régions d'Angleterre, d'Écosse, du pays de Galles et d'Irlande du Nord. Des Canadiens aussi. Beaucoup l'examinaient de la tête aux pieds. Sa jolie robe achetée au magasin PICARD la flattait plus qu'au moment de son départ de Québec. Le rationnement raréfiait la viande et les desserts, pour augmenter la part des légumes et des fruits : cela se voyait sur ses hanches. À cause de ses quelques cheveux gris peut-être, ou de son air sévère, aucun ne lui adressa la parole.

To the South of Newgate St. rises St. Paul's Cathedral, an imposing late-Renaissance building with a beautiful dome…
Baedeker

Avec son gros guide Baedeker à la main, on devait la prendre pour une touriste. Trouver la ligne de métro conduisant à la station St. Paul lui prit quelques minutes, le trajet aussi. En émergeant à l'air libre, Thalie vit l'immense coupole se découper dans le ciel. Impossible de la manquer. Elle se dirigea vers l'édifice religieux. Il s'agissait de la cinquième cathédrale érigée sur le même site. Celle-là avait été construite par Christopher Wren après le grand incendie de 1666. À peu près aucun édifice, dans toute cette section de Londres, ne datait d'avant.

Devant la façade flanquée de deux clochers, la praticienne demeura un moment immobile, le souffle coupé. Pourtant, la guerre imposait des exigences peu compatibles avec l'esthétisme. En 1940, les bombes l'avaient atteinte deux fois – la première l'aurait entièrement détruite, si la charge avait explosé –, et une fois encore l'année suivante. Des échafaudages se dressaient çà et là pour réparer les dégâts, certains vitraux avaient été retirés, des amoncèlements de sacs de sable en protégeaient d'autres, ou divers éléments architecturaux.

Malgré tout, cela n'en affectait pas la grandeur. Le dôme s'élevait à 365 pieds, précisait un feuillet de renseignements disponible à l'entrée, les tours à 221. La longueur dépassait largement les 500 pieds, tandis que la largeur approchait les 250. La femme poussa la porte. L'office était commencé, tous les sièges étaient occupés. Les malheurs du temps rendaient la population pieuse. Tout de même, ça ne l'empêcherait pas de suivre la cérémonie anglicane, debout au fond.

À la fin de la messe, quand les croyants se dispersèrent, Thalie prit le temps de faire le tour de la cathédrale. De nouveau, malgré les précautions peu esthétiques prises pour limiter les dégâts des bombardements, elle apprécia la beauté des lieux. Dans le contexte européen, il s'agissait d'une église assez récente. Elle se promettait de voir bientôt celles de Leicester et de Westminster pour goûter à l'architecture médiévale.

Avant de partir de Welwyn, la praticienne avait pris la peine de glisser un sandwich dans son sac, incertaine de ce qui serait ouvert ou fermé un dimanche. Elle décida de chercher un endroit plus charmant que le parvis pour manger. Des arbres se dressaient du côté sud, là où le cimetière se trouvait sans doute une demi-éternité auparavant. Cela ne cessait de l'impressionner. Le Canada n'existait pas encore, et l'Angleterre était déjà un vieux pays. Ces émois de touriste lui tirèrent un sourire. Un banc lui permit de se reposer un peu. Les passants soulevaient leur chapeau à sa vue, les passantes esquissaient un sourire, à moins que la politesse de leur compagnon ne les ait mises de mauvaise humeur.

Son rendez-vous n'était qu'à trois heures, elle marcha longuement dans la *city*, le quartier des affaires, contempla *the monument* commémorant le grand incendie. Puis elle revint dans les environs de la cathédrale, se perdit un peu quand il lui fallut dénicher Knightrider Street. Le salon de thé s'appelait avec à-propos The Priory. Assise à une table, Thalie attendit l'arrivée de Thomas. Celui-ci se présenta avec dix minutes de retard, grand, mince et même fragile dans son uniforme.

— Je suis désolé, dit-il au moment de s'approcher. Je ne suis pas coutumier de ce *Tube*.

— Ça ne fait rien, l'excusa la médecin, je pense que j'en aurai pour un an avant de venir à bout de ce gros livre rouge.

Ses yeux se posaient sur son guide touristique : plus de sept cents pages imprimées serré, plus de mots que dans une bible. Tous les deux restaient debout, embarrassés.

— Je ne sais pas comment vous appeler, dit-il avec un sourire d'enfant timide. Madame, ma cousine… Au moins, sans votre uniforme, je peux éliminer le "capitaine".

— Essayez donc Thalie, répondit-elle en tendant une joue, puis l'autre. C'est encore la meilleure façon d'obtenir une réponse de ma part.

Ils occupèrent les chaises de part et d'autre de la table.

— Je suis contente de vous revoir, Thomas.

— Moi aussi. Puis nous avons la place presque à nous seuls. Trop tard pour le lunch, trop tôt pour le thé. Nous aurons droit à un service attentionné.

Déjà, une employée un peu âgée venait vers eux. Une fois le dessert et le thé commandés, le garçon expliqua encore :

— Même si nous ne nous sommes à peu près jamais parlé à Québec, après un mois ici je vous perçois comme un visage familier. Le mal du pays, je suppose.

— Les choses se déroulent bien, là-bas ?

— À Aldershot ? Marcher en rang, courir dans la boue, tirer vers une cible : l'ennui total. Heureusement, à l'île de Wright nous passons aux affaires sérieuses.

Le jeune homme se troubla. Son malaise seul fit deviner qu'il venait de commettre une indiscrétion. Autrement, elle n'aurait rien remarqué.

— Promettez-moi de ne rien répéter.

— Je veux bien, mais là je ne sais trop ce que je dois taire.

— Mon entraînement à l'île de Wright. Il se prépare… quelque chose.

Même s'il était tenu au silence, il semblait avoir une envie irrépressible d'en dire plus. À qui d'autre aurait-il pu se confier ?

— Une expédition aura lieu bientôt sur le continent européen, en France.

— Je dois comprendre que vous participerez à cette attaque.

Thomas présentait un visage incertain, hésitant entre la fierté et la peur. Désirait-il des félicitations, des encouragements ? Thalie ne savait trop quelle contenance prendre.

— Déjà un transfert dans une zone de combat ? Vous êtes arrivé ici il y a un mois. Certains hommes s'y trouvent depuis près de trois ans.

— Je me suis proposé dès que j'ai su qu'il se tramait quelque chose. Tous les autres aussi sont des volontaires.

— Pourquoi ?

Le garçon posa ses grands yeux bruns sur elle, mais sans dire un mot, comme si la réponse lui était inconnue. Son interlocutrice n'insista pas.

— Faites attention à vous, dit-elle simplement.

S'il désirait absolument le dire à quelqu'un, pourquoi pas à une petite-cousine à peu près inconnue ?

— De votre côté, comment vont les choses dans cette maison de convalescence ?

Le sujet les occupa quelques minutes. Thalie continuait de se questionner sur les motifs de cette rencontre. La conversation se mit bientôt à languir, au point de les rendre tous les deux mal à l'aise. À la fin, Thomas junior chercha dans la poche intérieure de sa veste, sortit une enveloppe.

— Thalie, j'aimerais vous laisser ceci.

Il lui tendit la missive, elle portait l'adresse d'Édouard Picard, rue Dorchester.

— S'il m'arrive quelque chose, j'aimerais que vous mettiez cela à la poste. Je veux dire… si je suis tué.

Le colonel Bolton prétendait que tous ces combattants se pensaient invulnérables. Celui-là lui rappelait un enfant effrayé.

— Voyons, ça n'arrivera pas, se surprit-elle à dire.

Le jeune officier lui adressa un sourire navré.

— À la guerre, il arrive que des soldats se fassent tuer.

Thalie accepta la lettre, la mit dans son sac.

— Vous comprenez, seulement si je disparais. Autrement, je serai en mesure de lui parler à mon retour.

— Je comprends, et surtout je souhaite que votre conversation avec lui se déroule en face-à-face.

De cela, Thomas ne se sentait pas si certain. Les choses ne s'étaient pas déroulées comme il l'avait voulu la dernière fois, au garage.

— Je devrais partir, maintenant, dit le garçon en récupérant son képi posé sur la table.

Rien ne pressait pourtant, les trains se succédaient toute la journée vers les petites villes de la banlieue londonienne.

Elle acquiesça d'un geste de la tête. Le jeune homme régla l'addition, puis tous les deux sortirent du salon de thé pour se saluer sur le trottoir.

— Faites attention à vous, dit Thalie en se levant sur la pointe des pieds pour lui embrasser la joue.

— Promis. Vous aussi.

Quand Thomas s'éloigna, elle eut envie de courir pour le rejoindre, le prendre dans ses bras. Pourtant rien n'existait entre eux. Un peu morose, la femme continua sa visite de Londres. La journée demeurait belle, le soleil ne se coucherait pas avant quelques heures. Hyde Park lui procura l'occasion d'une longue marche. Dans les rues environnantes, elle contempla les maisons cossues. Ses pas la conduisirent devant le numéro 2, Cokspur Street: le quartier général de l'armée canadienne au Royaume-Uni y était établi au second étage. Bien à l'abri, sans jamais rien risquer eux-mêmes, des officiers supérieurs concoctaient les plans d'attaques, notamment celui de la prochaine, sur le sol français. Des jeunes gens prendraient les risques à leur place.

Après avoir mangé un repas décevant dans un hôtel situé près de la gare, Thalie alla prendre son train. Elle se retrouva parmi des militaires de retour de permission qui présentaient tous des mines attristées. Certains lui jetèrent des regards, mais comme d'habitude aucun ne tenta d'entamer la conversation. Leur indifférence lui donna un coup de vieux. D'un autre côté, elle aurait pu être la mère de la grande majorité d'entre eux.

À Welwyn, la praticienne récupéra sa bicyclette près de la gare, là où elle l'avait laissée tôt ce matin. Le trajet en solitaire, dans cette obscurité absolue, la rendait bien un peu mal à l'aise. D'autres dangers prenaient presque toute la place dans son esprit.

Dix jours plus tard, le 18 août, les troupes canadiennes se regroupaient dans quelques ports de la côte anglaise. Comptant juste un peu moins de 5 000 hommes, elles ne composaient pas les seules forces de débarquement, car plus d'un millier de Britanniques se joindraient à elles.

Les fusiliers Mont-Royal se trouvaient entassés sur le quai, à Shoreham-by-Sea, le soir du 18 août. Tout le monde portait son *battle dress*, son arme posée tout près. Le lieutenant-colonel Dollard Ménard vint se planter parmi eux pour dire :

— Messieurs, voilà presque deux ans que nous sommes ici. Demain nous irons à Dieppe.

Le vacarme des « Hourrah » couvrit tout le reste pendant une bonne minute. Ils ressemblaient à des enfants le jour où commençaient les longues vacances. Puis le calme revint progressivement, pour les laisser bouche bée. La prise de conscience de ce qui les attendait vraiment leur vint lentement. Sans faire preuve de pessimisme, chacun convenait qu'au même moment dans vingt-quatre heures, certains seraient morts.

Thomas Picard se tenait appuyé contre une bitte d'amarrage, les jambes allongées devant lui, curieux de voir la réaction de ses camarades une fois le calme revenu. Certains démontaient leur arme pour en polir soigneusement les pièces avec un chiffon. D'autres sortaient un chapelet de leur poche et murmuraient une prière.

— Coderre, cria quelqu'un, tu viens jouer ?

Un caporal montrait un jeu de cartes, déjà deux autres l'accompagnaient. Une caisse de bois retournée servirait de table.

— Ce n'est pas la plus mauvaise façon de tuer le temps, remarqua le lieutenant Turgeon à haute voix.

Ce dernier se tenait tout près de son ancien condisciple. Tous les deux formaient un duo depuis le début de l'entraînement sur l'île de Wight. Ils n'étaient pas vraiment des amis, mais du simple fait de s'être côtoyés quelques années plus tôt à l'Université de Montréal, l'un terminant ses études de droit, l'autre les commençant, ils se considéraient comme des familiers.

— Je serais incapable de me concentrer, avoua le garçon en cherchant ses cigarettes dans la poche de sa veste.

Lorsqu'il sortit le paquet, il s'aperçut que sa main tremblait un peu. Son compagnon fit non de la tête quand il le lui tendit.

— Dommage. En se concentrant sur la somme en jeu, on ne pense sans doute pas à cette petite excursion.

Turgeon ne fit pourtant pas le geste de chercher des partenaires de jeu parmi les hommes assemblés.

— Tu crois que tu pourras dormir un peu? demanda-t-il plutôt.

— Ça m'étonnerait.

Ceux qui y arriveraient jouissaient sans doute d'une extraordinaire faculté de faire abstraction de la réalité. Thomas ne prierait pas, il ne jouerait pas aux cartes non plus. Les heures à venir se passeraient à réfléchir. Par moment, il regrettait sa lettre à son père, se trouvait pathétique de se plaindre encore de ce déserteur, comme dans l'attente d'excuses, d'une amende honorable. Comme il se sentait puéril. Il avait beau être un soldat sur le point d'effectuer un raid sur la France, chaque fois que le vendeur d'automobiles lui revenait à l'esprit, il avait l'impression d'avoir encore dix ans.

Au fur et à mesure que le temps passait, le jeune officier revenait dans le présent, un peu surpris de se retrouver relativement serein devant l'action envisagée. Il éprouvait une certaine anxiété, bien sûr, mais aucune terreur insurmontable.

Une alarme avait réveillé tout l'escadron en plein milieu de la nuit. Les pilotes s'attendaient à ce dénouement, ils dormaient tout habillés. Avec une trentaine de collègues, Jacques Létourneau prit place dans une hutte affectant la forme d'un demi-cylindre. À une extrémité, un officier projetait sur le mur du fond des images d'une petite ville portuaire. La même scène se répétait au même moment dans de nombreuses bases.

— Dieppe se trouve juste au sud de la Manche, exactement en face d'Eastbourne.

— Où ça ? lança quelqu'un.

Le son des conversations murmurées indiquait que tout le monde, dans la salle, venait du Canada. L'accent de quelques-uns les désignait comme Canadiens français.

— Sur la côte française, à moins de cent milles d'ici.

Les premières photographies, prises depuis les airs, montraient une petite ville. À peu près au centre, on distinguait des aménagements portuaires, de chaque côté des plages. Certaines sections de la ville étaient situées à peu près au niveau de la mer. Ailleurs, des falaises se dressaient sur plusieurs dizaines de verges.

— Le débarquement se déroulera sur ces plages. Vous devrez faire deux choses : d'abord arroser copieusement ces petits aéroports pour empêcher les Boches de voler.

Une carte apparut sur le mur, l'officier pointa du doigt ces endroits. « Cela signifie se promener avec une bombe dans le cul », songea Jacques Létourneau. Assez curieusement, sa plus grande crainte concernait l'effet d'une balle dans le cylindre chargé de TNT accroché sous son appareil. Portant, la grande déflagration garantissait une mort rapide, alors que le fait de descendre en flammes ou de recevoir une balle hors des organes vitaux laissait présager de longues minutes de souffrance.

— Vous vous occuperez ensuite des nids de mitrailleuses et des bunkers sur la falaise, autrement les nôtres vont se faire canarder comme des lapins.

Des photographies se succédèrent, des agrandissements un peu flous de constructions de béton tout au bord de la falaise, ou alors sur le flanc de celle-ci.

— On fait comment, pour bombarder ça ? s'enquit un aviateur.

— Comme avec n'importe quelle autre cible. Vous laissez tomber la bombe, puis vous arrosez le tout avec vos mitrailleuses.

Des sous-officiers distribuaient des liasses de documents aux pilotes. Chacun recevait une carte détaillée de ses objectifs spécifiques, accompagnée de reproduction des photographies. Pour cette mission, on utiliserait des chasseurs équipés d'une seule bombe. Si des flottilles de bombardiers écrasaient les villes allemandes, on ne pouvait faire la même chose sur une agglomération française, l'alliée de 1939. Cela d'autant plus que l'endroit ne recélait aucune usine de guerre et aucun établissement militaire important. Dans une telle opération, le nombre des victimes civiles dépasserait de beaucoup les pertes des soldats.

— Lors du premier passage au-dessus de Dieppe, vous vous concentrerez sur les aéroports. Au second, descendez les avions en vol et mitraillez l'équipement défensif.

— Les avions en vol ? voulut savoir un autre pilote.

— Ceux qui auront échappé à vos bombes. Sinon, ils feront un massacre dans la flotte de navires et de petites embarcations impliqués dans l'opération.

— Ce débarquement, c'est le premier épisode de la reconquête de la France ?

Les mieux informés savaient l'importance d'une action à l'ouest, pour forcer l'état-major ennemi à déplacer des hommes de ce côté du continent européen. Chaque régiment passé en France soulagerait les Alliés soviétiques.

— Vous connaîtrez le détail de nos objectifs à votre retour. Maintenant, messieurs, allez-y.

Le major n'avait plus rien à leur dire, les hommes connaissaient à la fois leur mission et la façon de l'accomplir. Les pilotes quittèrent les petites chaises métalliques en conversant à mi-voix. Tandis que les uns s'essayaient à l'humour, les autres abordaient des sujets triviaux. Chacun s'efforçait de ne pas penser au fait que certains parmi eux ne reviendraient pas.

— Eh! Jack, si tu voles assez bas, tu pourras faire la conversation avec les *frogs*.

Létourneau entendait régulièrement ce genre de remarques, un témoignage d'une bonne entente plutôt que de préjugés. Comment ne pas apprécier un garçon si beau, robuste, et capable de faire sa part dans cette guerre?

— Tu devrais en profiter toi aussi, répliqua Jacques. Apprendre une autre langue, ça ouvre l'esprit.

Son camarade lui adressa une grimace, peu soucieux de s'engager dans une véritable discussion à ce sujet. Dehors, la nuit sans nuage laissait voir une multitude d'étoiles. Il s'agissait de l'effet le plus agréable du *black-out*: l'obscurité ambiante redonnait au ciel toute sa splendeur.

Jacques retrouva son Spitfire à l'extrémité de la piste, au troisième rang. Les pilotes s'envoleraient cinq à la fois. Des préposés s'étaient déjà occupés de faire le plein et de vérifier l'état de l'armement. Il jeta un coup d'œil au cylindre d'acier plein de TNT fixé juste sous son siège. Un sergent s'approcha pour dire:

— Lieutenant, tout à l'heure le moteur tournait très bien. Votre dernière promenade n'a pas laissé de traces.

— Tant mieux, ça me ferait de la peine de sortir avec une autre beauté. Nous formons déjà un vieux couple.

Du bout du doigt, le pilote caressa les deux petites dépressions dans la tôle d'aluminium tout près du cockpit, derrière le moteur. Des impacts de balles récoltés trois jours plus tôt, réparés avec soin. Il grimpa sur l'aile droite de l'appareil, s'installa dans son siège. Le parachute lui servirait de coussin. Au moment de boucler les courroies de cuir destinées à le maintenir, il dut négocier avec la veste de sauvetage lui gonflant la poitrine. Portée par-dessus son blouson de cuir doublé de mouton, elle lui donnait l'allure d'un gros homme.

Un premier groupe de cinq appareils décollait dans le fracas des moteurs lancés à plein gaz. Des préposés à l'entretien enlevaient les cales de bois destinées à garder les roues immobiles en prenant bien garde de ne pas se faire hacher par les hélices. Le second rang s'envola à son tour. Jacques tira le dôme au-dessus de lui pour fermer le cockpit, puis lança son appareil sur la piste. Bientôt, il connut la sensation grisante de quitter le sol.

Les fusiliers prenaient place sur de petites embarcations qui pouvaient transporter vingt-six hommes. À cinq heures trente du matin, de nombreux esquifs stagnaient à trois milles de la côte française, sur une mer d'huile. On ne voyait guère les falaises à cause d'un léger brouillard.

Toutefois, avec le vacarme, chacun devinait ce qui se déroulait. Des avions passaient au-dessus des têtes en mitraillant les fortifications allemandes, les canons de quelques navires tonnaient. Pourtant, c'était le bruit venant des lignes ennemies qui impressionnait le plus les soldats. Des armes légères jusqu'aux armes lourdes tiraient sans interruption, produisant comme un roulement de tonnerre. La riposte se révélait farouche.

Les moteurs des petites embarcations se firent entendre. Les fusiliers Mont-Royal devaient prendre pied les derniers sur la plage « Rouge » qu'on leur avait attribuée. Leur rôle était de soutenir l'attaque, et surtout de protéger la retraite des autres régiments. L'opération *Jubilee* – on lui avait donné ce nom – ne devait pas permettre de s'établir sur le continent, mais simplement d'atteindre quelques objectifs pour se retirer aussitôt. Le Royal Regiment of Canada devait débarquer sur la plage « Bleue », tandis que le Royal Hamilton Light Infantry, l'Essex Scottish Regiment, un commando britannique des Royal Marines ainsi que le Calgary Tank Regiment se partageaient les plages « Blanche » et « Rouge ». Le South Saskatchewan Regiment et le Queen's Own Cameron Highlanders héritaient de la plage « Verte ».

Les Montréalais devaient soutenir le retrait de tout ce monde.

Trois milles, cela représentait une toute petite distance, ou très longue selon l'accueil. Au moment où les moteurs s'emballaient, le soleil avait dissipé le brouillard. Les artilleurs allemands profitaient d'une vue parfaite. Si la mer très calme avait permis aux soldats d'éviter le mal de mer, maintenant elle en faisait des cibles idéales.

Les mitrailleuses labouraient la mer, des obus soulevaient l'eau jusqu'à vingt pieds dans les airs. Les soldats demeuraient pliés en deux pour ne pas se montrer. Cela ne servait à rien, les plats-bords en contreplaqué ne pouvaient arrêter une balle. Une volée de projectiles traça une ligne dans le flanc de l'une des embarcations, celle-ci dévia de sa trajectoire violemment, le pilote devait avoir été touché. Thomas leva la tête un peu au-dessus du plat-bord pour la regarder s'éloigner. De l'autre côté, un bateau explosa littéralement. Vingt-six militaires allèrent par le fond, certains démembrés.

La plupart des embarcations arrivèrent toutefois sur la plage de galets. L'avant de chacune reposa contre le sol, leur poids les immobilisait. Il s'agissait de cibles totalement immobiles maintenant. Bien à l'abri dans des casemates de béton, les Allemands les arrosaient à loisir.

— Sautez! cria Thomas à ses hommes.

Le jeune officier devait les mener à l'attaque.

— Vite, vite, sinon ceux-là ne nous manqueront pas.

Du plat de la main, il frappait les épaules des soldats placés à l'avant, pour les inciter à sauter par-dessus le bastingage. Les impacts de balles eurent plus d'effet que ses exhortations. Les premiers s'exécutèrent, puis les suivants. Ils sortaient sur deux lignes, pour se retrouver à droite ou à gauche du bateau.

— Vite! Vite! criait toujours Thomas.

Il fut le dernier à basculer au-dessus du plat-bord. Comme l'embarcation était devenue plus légère, elle se dégageait lentement des galets. Il atterrit dans quatre pieds d'eau, perdit l'équilibre en touchant le sol. Le sac, l'arme en bandoulière, le casque, tout cela pesait très lourd. Son visage s'enfonça sous l'eau, ses mains touchèrent les galets. Les lèvres serrées pour ne pas remplir ses poumons d'eau de mer, il marcha sur ses genoux. Sous ses yeux, il voyait des traits dans l'eau, les projectiles.

Après d'interminables secondes d'effort, Thomas réussit à se redresser. En émergeant, il renoua avec le vacarme de la fusillade. En avançant vers la rive, il aperçut l'un de ses hommes, reposant sur le dos dans deux pieds d'eau. Il l'accrocha par le devant de son *battle dress* pour le tirer. Puis les taches de sang sur la poitrine, les yeux révulsés lui apprirent que ce gars ne se battrait jamais.

Sur la terre ferme, les corps s'alignaient dans des poses grotesques. Les balles continuaient à pleuvoir, de plus en plus près. L'officier s'écrasa sur le sol derrière trois cadavres que le hasard avait enchevêtrés. Ils lui donneraient une certaine protection.

Le lieutenant-colonel Ménard arriva bientôt sur la rive, pour trouver des hommes alignés sur le sol, la tête tournée vers la falaise.

— Ne restez pas là ! cria-t-il.

Puis il se rendit à l'évidence : des cadavres. Des fusiliers s'agitaient un peu plus loin. Il tenta de les rejoindre au pas de course.

Au moment de débarquer, l'officier supérieur savait déjà que rien ne fonctionnait selon les plans préparés par l'état-major. Les six destroyers n'avaient pas une puissance de feu suffisante pour faire taire les nids de mitrailleuses et les batteries de canons allemands, les chasseurs envoyés dans le même but s'étaient heurtés aux appareils ennemis. En conséquence, aucun des objectifs des cinq autres régiments n'avait été atteint. Pourtant, on ordonnait au sixième de descendre à terre.

Selon les plans, les fusiliers devaient soutenir le retour des hommes débarqués quelques heures plus tôt. Une ligne de barbelés demeurait intacte au bout de la plage, des soldats du Royal Hamilton se massaient au pied de la falaise. Celle-ci était tellement abrupte que les armes, légères ou lourdes, ne pouvaient tirer à cet angle. Les Allemands lançaient toutefois des mortiers et des grenades. Personne ne se trouvait à l'abri sur ces galets.

Personne, sauf peut-être les conducteurs de char. Ménard changea d'avis en regardant autour de lui. Des barges portant ces véhicules avaient été atteintes de plein fouet par des obus au moment de toucher le sol. D'autres blindés avaient subi le même sort en roulant sur les galets. Pourtant, certains, près des falaises, menaçaient les voies d'accès au sommet. Les Canadiens, malgré le feu ennemi, contrôlaient la plage, mais n'arrivaient pas à aller plus loin.

— Les barbelés, là-bas ! hurla le lieutenant-colonel en rejoignant un groupe de soldats indemnes, ou à tout le moins toujours en état de bouger. Nous devons les ouvrir !

Les militaires le regardèrent, étonnés. Au lieu de protéger la retraite des survivants, il entendait poursuivre le plan initial.

Trois cents pieds sous lui, Jacques Létourneau voyait les dizaines d'embarcations au large de Dieppe. Il apercevait des cuirassés déchargeant leurs canons en direction de la falaise. Leur nombre s'avérait nettement insuffisant pour être vraiment efficaces. Sur la plage, deux types de bâtiments s'alignaient, la proue engagée sur les galets. Des péniches d'abord, dont tout l'avant s'ouvrait pour laisser descendre des fantassins ou des chars d'assaut. Il y avait aussi des bateaux longs et étroits, visiblement plus fragiles. Ceux-là, il le saurait bien plus tard, portaient les fusiliers Mont-Royal.

Visiblement, au sol rien ne se passait comme prévu. Les tanks semblaient tous immobilisés. De la fumée s'élevait de certains. À cette altitude, les corps étendus à terre se distinguaient facilement. Certains se levaient pour s'écraser de nouveau après quelques pas, atteints par des balles, ou alors soucieux de les éviter.

Dans un petit avion lancé à toute vitesse, impossible de se consacrer à un long examen de la stratégie des assaillants. La falaise se trouvait droit devant, dangereusement proche. De la fumée provenant de mitrailleuses sortait de ce qui ressemblait à une fente dans la pierre. Jacques appuya sur la détente pour tirer dans cette direction. La plupart des balles devaient s'incruster dans le calcaire, ou alors ricocher sur le béton de l'abri. Avec un peu de chance, quelques-unes faisaient taire des ennemis.

Puis le pilote tira sur le manche à balai pour monter vers le ciel quelques petites secondes avant l'impact sur la falaise. L'effort le faisait grimacer. Il lui restait assez de munitions pour effectuer un dernier passage avant de rentrer à la base faire le plein d'essence et de cartouches.

Pour faire demi-tour, Jacques devait survoler la ville en partie. Cette fois encore, il constata combien l'état-major avait bâclé la préparation du raid. On avait présumé que les avions alliés maîtriseraient le ciel. L'effectif s'était avéré très nettement insuffisant pour détruire les appareils ennemis au sol. Selon son évaluation, chaque Spitfire faisait face à deux Messerschmitt en vol.

En tout cas, deux chasseurs peints en gris, avec des croix noires sur les ailes, venaient vers lui. Dans un grondement de moteurs, en essayant de reprendre encore de l'altitude, l'homme se dirigea résolument vers la côte anglaise, distante de moins de soixante-dix milles.

Pendant un moment, Létourneau crut prendre ses adversaires de vitesse. Puis il entendit deux bruits sourds, suffisamment forts pour couvrir le vacarme du moteur.

Des impacts de balles. De nouveau, il tenta de se dégager. Son mouvement ne le servit guère. Une brûlure sur le côté gauche de la tête le laissa un peu étourdi, du sang gicla sur le pare-brise maintenant percé par ce projectile. Sous l'impact, le pilote perdit la maîtrise du Spitfire. L'appareil descendit vers la mer en décrivant une longue trajectoire oblique. L'air s'engouffrant maintenant dans le minuscule poste de commande permit au pilote de reprendre à peu près ses esprits. Il ressentit aussitôt une douleur à la poitrine, une autre à la jambe.

Au moins trois impacts sur son corps, combien sur son avion ? De la fumée s'échappait du moteur, et même de petites flammes. Ses gestes lui parurent si lents quand il tendit les mains pour ouvrir le toit de verre du cockpit au-dessus de sa tête. Il réussit à l'arracher. D'une main – l'autre était engourdie –, il détacha la boucle pour se dégager des courroies le liant à son siège. Chacun de ses mouvements lui semblait durer une éternité. Mais il fallait faire vite, les pilotes de chasse poursuivaient souvent les appareils en perdition pour donner le coup de grâce.

Même si la survie d'un pilote abattu au-dessus de la mer paraissait bien aléatoire, la Royal Canadian Air Force ne lésinait pas sur les moyens de sauvetage. Rien de tout cela n'aurait la moindre utilité s'il n'arrivait pas à s'extirper du cockpit. Étourdi comme un boxeur ayant reçu une raclée, Jacques mit toutes ses forces pour se lever à demi. L'air lui fouetta le visage comme une énorme gifle. Il se laissa tomber sur la droite par-dessus la carlingue. Le parachute lui ayant servi de coussin jusque-là se déploya très vite. Un coup vif sur un cordon lui permit d'actionner la petite bonbonne d'air comprimé destinée à gonfler le gilet de sauvetage. Un sac sur le ventre contenait un petit radeau de sauvetage de caoutchouc, un dinghy. Lui aussi se déploierait d'un coup.

Tout cela pouvait se révéler inutile. Le son d'un moteur se fit entendre sur sa droite. Un Messerschmitt passa à une quinzaine de verges, le pilote lui fit un geste de la main avant de s'éloigner. Au loin, Jacques vit son appareil heurter la mer et éclater en morceaux. Puis il regarda l'eau glacée s'approcher bien vite. Trop vite.

Caché par des cadavres, Thomas pouvait contempler une grande partie de la plage. Il regarda la haute silhouette de Ménard avancer, se diriger vers un groupe de militaires. Un échange de mots s'ensuivit, l'officier tendait le bras vers la ligne de barbelés empêchant d'utiliser la rampe d'accès à la falaise.

Ensuite, le colosse chancela, touché par une balle. Il se releva, fit signe à ses hommes de le suivre vers les rouleaux de fils de fer. Il eut un mouvement vif du haut du corps, l'épaule droite ouverte par un second projectile, mais il put se relever et le travail des cisailles commença contre les barbelés. Le jeune lieutenant réalisa que si les Canadiens maîtrisaient la plage, des francs-tireurs pouvaient quand même les prendre dans un feu croisé.

Peut-être que la haute stature du lieutenant-colonel attirait l'attention vers lui. Les barbelés coupés permettaient le passage depuis un instant quand une balle à la jambe droite l'obligea à poser un genou au sol. Il allait suivre ses hommes en titubant quand un autre impact dans le même membre le cloua tout à fait dans les galets.

Chapitre 17

Digswell House comptait trois appareils téléphoniques, un souvenir de l'époque où l'endroit faisait office de centre culturel. La sonnerie retentit un peu après onze heures. Thalie était en train d'offrir son bras à une convalescente pour la conduire vers l'un des bancs du jardin.

— Rien ne vous fera plus de bien qu'un long moment au soleil.

— J'ai encore toussé une partie de la nuit.

— Ne vous inquiétez pas, vous êtes sur la bonne voie.

Un cri provint de l'entrée principale. Marion, debout entre deux colonnes, faisait de grands gestes des deux bras.

— Il se passe quelque chose, dit la praticienne. Je dois vous laisser ici.

La patiente n'eut pas même le temps de protester, déjà Thalie courait vers la grande maison. Le souffle court, elle rejoignit l'infirmière.

— Le colonel Bolton souhaite vous parler. À son ton, je parierais qu'il se passe quelque chose de très sérieux.

— Très bien. Allez aider cette patiente, si personne ne lui tient la main, elle prendra racine.

La malade demeurait immobile, dans l'attente que quelqu'un vienne la soutenir. Puis la praticienne entra dans le grand édifice et se rendit dans un petit bureau équipé d'un téléphone. Le cornet pendait au bout de son fil.

— Colonel, dit-elle, Picard à l'appareil.

— Capitaine, la matrone Pense est déjà en route pour venir vous chercher. Au minimum, vos malades demandent les services de combien d'infirmières ?

— … Deux, je pense.

— Tant pis. Amenez avec vous celle qui parle français.

L'homme raccrocha brusquement. Marion revenait vers la grande maison en courant.

— Dites à Mildred de prendre votre place, puis rejoignez-moi dans la cour, lui commanda la médecin.

L'infirmière fit comme sa supérieure le lui demandait. Dehors, Thalie se tint debout devant l'édifice, songeuse. Si elle faisait le lien entre la confidence de Thomas et cet appel, elle en déduisait que l'attaque était en cours. Pourquoi emmener avec elle la francophone de son équipe ? Des hypothèses catastrophiques lui traversaient l'esprit. Heureusement, le bruit d'un moteur mit fin à ses sombres réflexions. Une voiture kaki descendait l'allée un peu trop vite, elle s'arrêta dans un crissement de pneus et un nuage de poussière.

En s'approchant, Thalie vit que mademoiselle Pense, la matrone des services de santé canadiens, était au volant.

— Montez devant, ordonna celle-ci.

Un peu dépitée, l'infirmière occupant la place du passager alla s'installer sur la banquette arrière, là où se trouvait déjà une consœur. Lorsque Marion arriva, elles durent se serrer les unes contre les autres.

La praticienne avait tout juste fermé sa portière que la conductrice appuyait sur l'accélérateur. Pour ne pas se trouver projetée sur sa voisine, Thalie devait se tenir au cadre de la voiture.

— Que se passe-t-il ?

— On a besoin de renfort rapidement.

La suite ne venant pas, Thalie s'impatienta.

— Même si l'une de nous est une espionne allemande, nous ne ruinerons pas l'effort de guerre du Canada en sachant ce qui nous attend.

La lieutenant Pense grommela quelque chose entre ses dents au sujet des « *French Canadian doctors* », puis se résolut à se faire plus loquace :

— Nos troupes ont fait un raid contre la France, en Normandie… Les blessés sont ramenés à Southampton, nous devons aider à faire le tri.

La matrone conduisait brusquement, avec un sentiment d'urgence. Heureusement, les vitres baissées prévenaient les haut-le-cœur. Même si elle avait eu la sottise de l'apporter, la lecture de Baedeker se serait révélée impossible. Southampton était un port important sur la Manche, un point de départ évident pour un raid contre la côte normande, ou pour le retour après celui-ci.

— Ça se trouve à quelle distance ?

Mademoiselle Pense garda encore le silence, avant de répondre :

— Cent dix, cent vingt milles, je ne sais pas exactement. Nous allons contourner Londres par l'ouest. Nous en aurons pour plus de deux heures.

À tout le moins, elle ne ménageait pas ses efforts pour réduire cette durée. Son empressement rendait les autres plus inquiètes encore.

— Mademoiselle, fit une voix derrière, il y a beaucoup de blessés ?

La lieutenant ne montrait aucune inclination à répéter les rumeurs très inquiétantes entendues à Digswell Place.

— Si on demande des renforts, c'est qu'on en a besoin. Maintenant, laissez-moi conduire.

Le glissement des pneus dans un virage un peu raide les convainquit de mettre fin à toute conversation. Elle avait besoin de toute son attention pour la route.

Deux bonnes heures se passèrent dans la terreur. Des embarcations vinrent de nouveau sur la plage de Dieppe. Des soldats canadiens purent les rejoindre, beaucoup en titubant, d'autres avec le soutien de camarades plus chanceux. Ils se mirent à deux, puis à trois pour traîner Ménard, inerte depuis le dernier impact de balle. En s'approchant de la mer, ces combattants s'exposaient aux coups de feu venus de la falaise.

Des francs-tireurs demeuraient aux aguets. Thomas mesura toute l'importance de la menace quand il tenta de se redresser pour revenir vers la mer. Une balle lui effleura le dos, labourant la chair comme un soc de feu. Tout de suite, il sentit comme un engourdissement dans ses jambes. Quelqu'un le tenait dans sa mire. Ses cris ne reçurent aucune réponse de ses camarades. De toute façon, des centaines d'hommes hurlaient, blessés ou terrorisés. À bonne distance, le jeune homme regarda ses camarades rembarquer.

Le port de Southampton avait beaucoup souffert des bombardements en 1940 et 1941. La voiture de la lieutenant Pense emprunta des rues où des monticules de débris se trouvaient encore entassés sur les trottoirs. Les maisons détruites ressemblaient à des caries sur une rangée de dents saines.

Des navires de guerre étaient amarrés aux quais. Des rubans de fumée s'élevaient de certains, Thalie remarqua la gîte importante de l'un d'eux. Surtout, des brancardiers transportaient des hommes vers un grand hangar. La matrone comprit qu'il s'agissait de leur destination, elle s'y dirigea. Le coup de frein précipita les infirmières vers l'avant.

— Dépêchez-vous, dit-elle en ouvrant sa portière.

La recommandation était inutile, toutes les autres faisaient comme elle. Les femmes s'engouffrèrent dans une porte assez grande pour laisser entrer les plus gros camions, pour se retrouver dans une version moderne de l'enfer. D'abord, Thalie perçut les odeurs. Celles du sang, des excréments. Puis les cris. Pas des hurlements, des cris étouffés, des pleurs.

— Qu'est-ce que vous faites plantées là ?

La matrone Pense ne voyait pas une scène de ce genre pour la première fois, l'immobilité de ses compagnes l'excédait. Un médecin-chef se tenait au milieu de cette agitation. Il demanda :

— Vous en avez qui parlent français ?

— Deux.

— De ce côté, les fusiliers.

Sans s'en rendre compte vraiment, Thalie se laissa pousser dans un coin du hangar. Des tables graisseuses étaient converties pour la chirurgie. Un homme affublé d'un grand tablier souillé de sang se tourna vers elle, remarqua le sarrau encore propre, puis lui dit en anglais :

— Si vous êtes médecin, faites-le voir. Ces blessés-là… Trouvez ceux qui doivent être opérés tout de suite, ceux qui peuvent attendre…

L'homme continua un ton plus bas :

— Et ceux pour qui c'est trop tard.

Le classement, le tri. Tout cela lui avait été expliqué à Sainte-Anne-de-Bellevue. Le médecin tenait une petite scie d'acier dans sa main. Dans un instant, quelqu'un aurait un membre en moins.

— Vous y allez?

Thalie se précipita vers l'endroit désigné, Marion sur les talons. Les brancardiers déposaient les blessés à même le sol. À tort ou à raison, elle considéra que ceux qui se trouvaient le plus près de la porte attendaient depuis le plus longtemps. Lorsqu'elle s'agenouilla à côté du premier, les mêmes odeurs lui levèrent le cœur. Le garçon murmurait quelque chose, le mot «maman» se répétait.

La médecin se rapprocha encore, son sarrau blanc rougit au contact du pantalon imbibé. Sa main s'appuya sur la poitrine. Que devait-elle dire?

— Soldat? Soldat?

Les yeux s'entrouvrirent. Elle remarqua la respiration inégale, bruyante.

— Ma sœur...

La confusion pouvait tenir à un souvenir d'un hôpital du Québec, avec ses religieuses, ou alors à l'usage, dans les établissements anglais, de désigner les infirmières du nom de *sister*.

— Ma sœur, dites-moi que je vais bien aller.

La phrase était venue dans un souffle, il eut du mal à en aspirer un autre. Thalie parcourut son corps des yeux, les posa sur les deux mains crispées sur son abdomen. Des boucles roses et grises apparaissaient entre ses doigts sanglants. Une balle lui avait ouvert le ventre, peut-être tenait-il ainsi ses tripes depuis une plage en France.

— Dis-moi ton nom, soldat.

— Yves, ma sœur.

— Ça va aller, Yves. Ne t'en fais pas.

Sa main se posa sur les siennes, le contact des viscères sur sa peau nue la troubla.

— Nous allons nous occuper de toi, maintenant.

On avait dû lui injecter une dose massive de morphine pour réduire la douleur, et son anxiété. La médecin songea à obtenir une nouvelle seringue. Ce ne fut pas nécessaire. Le garçon ferma les yeux, cessa d'abord ses murmures, puis sa respiration.

Marion se tenait tout près, debout, les yeux écarquillés. Son menton et sa lèvre inférieure tremblaient un peu. Au moment de se relever, la médecin essuya sa paume droite sur son vêtement, prononça d'une voix dure :

— Pas ici, pas maintenant.

L'injonction s'adressait d'abord à elle-même.

— Tu regardes l'autre.

Des yeux, elle désignait un homme étendu à deux pas. Le diagnostic de celui-là ne faisait pas mystère : l'une de ses jambes présentait un angle curieux. La praticienne se remit à genoux, se pencha en mettant sa main sur la poitrine d'un troisième.

— Soldat, vous m'entendez ?

— Le gars à côté…

— Où avez-vous été blessé ?

— Il est mort ? Au moins, il ne se lamente plus.

Les plaintes des estropiés s'additionnaient, formant un grondement insupportable. De la main, il désigna un renflement sur sa poitrine. La médecin chercha ses ciseaux dans la poche de son sarrau, coupa le tissu ensanglanté du *battle dress* pour trouver la compresse posée là par un brancardier, sur le champ de bataille. Quand elle la souleva, le soldat émit un grognement.

— Je dois regarder. J'ai presque fini.

Lorsqu'elle décolla le tissu de la chemise pour le couper aussi, il laissa échapper un cri, serra les dents pour se retenir. Un seul trou, bien rond.

— Vous n'avez pas d'autres blessures ?

— Après celle-là, j'me suis un peu assoupi.

Crâner pour ne pas dire sa terreur. Thalie ne voyait pas d'autres taches de sang importantes sur le devant du corps. Celles qui s'y trouvaient venaient sans doute d'autres blessés, ou de morts, pendant le transport.

— Savez-vous si la balle est sortie de l'autre côté ?

L'homme eut un éclair dans les yeux. Elle ne se trouvait pas dans son bureau, à écouter les inconforts d'une femme enceinte de huit mois.

— Serrez les dents, je vais vous tourner un peu, pour voir.

La médecin accrocha son ceinturon d'une main, le tissu du *battle dress* sur l'épaule de l'autre, puis tira de toutes ses forces.

— Jésus-Christ ! grogna-t-il tout en l'agrippant.

La main sanglante laissa une trace sur le sarrau, à la hauteur du sein.

— Pardon.

Même en cet instant, les règles de bienséance lui demeuraient à l'esprit.

— Aucun de nous deux n'est là pour s'amuser, dit-elle en le replaçant sur le dos. La balle est ressortie.

Comme l'autre lui jetait un regard interrogateur, elle précisa :

— C'est une bonne nouvelle. Pas besoin de trifouiller là-dedans pour la retrouver. Je vais essayer de vous prendre un rendez-vous là-bas.

Elle désignait une table d'opération inoccupée. En quelques pas, elle rejoignait le chirurgien qui se lavait les mains à grand renfort d'alcool.

— Cet homme, là, a reçu une balle dans la poitrine. Le poumon ne paraît pas touché. La blessure de sortie est à la hauteur de l'omoplate.

— *Nurse*, j'établis les diagnostics.

Thalie écarta son sarrau pour faire voir son uniforme.

— Moi aussi, dit-elle tout en songeant qu'il aurait pu s'en douter, car elle n'avait pas la tenue d'une infirmière.

— … Désolé, docteure. Faites-le mettre là.

Tandis que des brancardiers apportaient le blessé au chirurgien, elle se pencha sur un autre. Le trouvant capable d'attendre un peu, elle passa au suivant. Il s'écoula une heure pendant laquelle elle vit vingt jeunes hommes mutilés, une autre heure, et la même récolte. Tous des fusiliers Mont-Royal. Chaque fois, la praticienne craignait de reconnaître les traits de Thomas sous une couche de crasse et de sang coagulé. À ceux qui ne semblaient pas trop souffrir, elle osa bientôt demander :

— Picard… Thomas Picard, ça vous dit quelque chose ?

Au cinquième, une voix bourrue lui répondit :

— Le p'tit lieutenant tout maigre ? Ouais, y était dans mon bateau. Y a bu une tasse en descendant.

— Que voulez-vous dire ? demanda-t-elle le cœur serré.

— Bin, c'est comme j'vous dis. Y a fait trois pas dans la mer et paf ! En pleine face dedans.

Le coup la fit chanceler. Incapable de tolérer la réponse, elle n'osa pas demander ce qui s'était passé ensuite.

Depuis trois heures au moins, une demi-douzaine d'infirmières allaient de l'un à l'autre. L'une d'elles se tourna à demi pour remarquer en anglais :

— Docteure, je ne saisis pas ce qu'il me dit.

Thalie avait compris dès les premières minutes pourquoi Bolton lui avait demandé d'emmener Marion avec elle. Même si deux ans en Angleterre avaient permis à ces garçons d'apprendre la langue, blessés et en état de choc, ils revenaient aux premiers mots de leur enfance et oubliaient tous les autres. L'une et l'autre devaient donc servir de traductrices.

— Il parle d'une Jeannette, expliqua la médecin. Sans doute son amoureuse.

Puis elle se pencha, répéta encore le même geste de poser la main gauche sur la poitrine du garçon pour demander :

— Soldat, vous pouvez me dire votre nom ?

— Robert… Robert Savard.

— Vous savez où vous êtes ?

— Christ !

Après un instant, il se reprit :

— Pardon. Chus dans un maudit entrepôt. Chus chanceux, y ont pu me ramasser. Y en a une gang qu'est restée à terre sur la plage.

— Maintenant nous allons bien nous occuper de vous.

Tout le flanc du *battle dress* était sanguinolent, à cause d'éclats de shrapnel, sans doute. Elle découpa le tissu, souleva les compresses de gaze poisseuses. En anglais, elle dit à l'infirmière :

— Il faut l'opérer bien vite. Allez arranger ça.

Évidemment, dans ce hangar, le « bien vite » prenait un autre sens. Tous les chirurgiens s'activaient autour de tables improvisées. Dix minutes plus tôt, elle avait vu trois ou quatre membres amputés dans un baril métallique.

— Cette Jeannette, c'est votre petite amie ?

— Bin oui. Chus un maudit fou d'avoir signé pour c'bord-citte.

Tous ces blessés devaient se dire la même chose. Si ce matin ces garçons brûlaient d'envie de voir « de l'action »,

une dizaine d'heures plus tard leur perspective avait beaucoup changé.

Sur la plage de Dieppe, des heures s'écoulèrent encore
dans un silence relatif, puis des soldats ennemis vinrent sur les
galets, un pistolet mitrailleur dans les mains. Un peu partout,
des Canadiens lançaient leurs armes au loin, cherchaient
une pièce de tissu blanc afin de signaler leur intention de se
rendre. L'arrêt des tirs permettait à de nombreux survivants
de se manifester. Des anfractuosités de la falaise, des replis
du rivage révélaient des militaires, parfois blessés, d'autres
fois juste épuisés par l'enfer de cette journée.

Au cours des premières heures dans le hangar, les événements s'étaient bousculés. Des blessés couvraient le
sol jonché de débris, il fallait courir de l'un à l'autre. On
nettoyait les plaies et on changeait les pansements de ceux
qui étaient capables de parcourir quelques dizaines de
milles dans une ambulance, puis des brancardiers venaient
les cueillir pour les conduire à la base militaire d'Aldershot
où se trouvait un hôpital. D'autres étaient recousus sur
place par un chirurgien. Quelques soldats présentaient des
fractures après une chute au moment de descendre dans une
péniche de débarquement. Cela leur avait valu un simple
aller-retour vers la plage, sans jamais toucher le sol. Certains
voyaient là une chance inouïe, d'autres se plaignaient de
leur mauvaise fortune.

Évidemment, les blessures par balle, ou attribuables à des
éclats d'obus, étaient de loin les plus dangereuses. Quand,

dans un membre, l'os avait éclaté sous l'impact, les chirurgiens procédaient à une amputation. Thalie jugeait parfois la mesure un peu trop expéditive. Il lui semblait qu'attendre un peu, pour opérer dans de meilleures circonstances, permettrait peut-être de placer des tiges métalliques, des vis. Toutefois, mieux valait taire son opinion.

Rien, au cours de ses dix-sept années de pratique, ne la préparait à une telle situation. Elle avait réduit quelques fractures d'enfant, suturé de très nombreuses chairs déchirées. Toujours, elle pouvait sinon prendre son temps, du moins ne pas subir la pression d'un autre éclopé gémissant qui risquait de mourir au bout de son sang si on le faisait trop attendre. Ses propres interventions se déroulaient dans un environnement propre, bien éclairé. Là, quand il lui fallait enfoncer une aiguille dans un bras pour une transfusion sanguine, ou pour poser un soluté, elle devait d'abord couper du tissu rugueux et enlever la crasse avec un coton imbibé d'alcool.

Toutes les ambulances de l'Angleterre devaient avoir été réquisitionnées pour le transport des blessés vers les hôpitaux. Heureusement, ceux-ci venaient par vague, au gré de l'accostage des navires. Cela laissait un moment pour souffler, et le temps aux véhicules de revenir pour transporter une nouvelle fournée.

— Ils ont débarqué à Dieppe, vint lui dire Marion lors de l'une de ces accalmies.

— J'ignore où cela se trouve.

— Juste de l'autre côté du *channel*, une petite ville construite sur des falaises dominant la plage. Nos gars débarquaient sur le rivage pour se faire tirer d'en haut, comme des lapins.

Même sans avoir fait l'école militaire, la médecin devinait que dans cette position les attaquants n'avaient guère de chance de l'emporter, à moins de déborder complètement les défenseurs par le nombre.

— L'expédition a été menée par les Canadiens seulement?

— Surtout, pour l'infanterie en tout cas, avec un régiment anglais et quelques commandos américains. La marine, l'aviation aussi je pense, se composait des nôtres et de British.

Tout cela, l'infirmière l'avait appris lors d'une conversation avec un caporal aux blessures plutôt légères, le temps de fumer une cigarette. Elle secoua la tête avec colère. L'air de *We'll meet again* la hantait maintenant, comme un ver d'oreille. Dans deux semaines, ce garçon serait de nouveau bon pour le service, disposé à aller se faire tuer sur une autre plage. Mieux valait s'efforcer de ne plus penser à l'absurdité de la situation et s'en tenir à transférer des informations.

— En plus des fusiliers, il y avait quatre ou cinq autres régiments, de Toronto, de Hamilton, de l'Alberta. Puis les Cameron Highlanders, de Montréal.

— Tous ces jeunes gens massacrés...

Des cris vinrent de l'extérieur, deux brancardiers passèrent les portes, suivis tout de suite d'une douzaine d'autres. Lorsqu'ils les déposaient sur le sol, des plaintes échappaient aux blessés. Les deux femmes se dirigèrent tout de suite vers ceux qui s'exprimaient en français. Puis il y en eut de plus en plus. De petites embarcations ramenaient les fusiliers sur les côtes anglaises. Dans les situations les plus critiques, un cri faisait accourir Thalie ou Marion à la rescousse. Autrement, la plupart racontaient leurs malheurs dans leur langue, pour se faire répondre « Huhum, huhum » par des soignantes fourbues ne connaissant que l'anglais.

Après une nouvelle accalmie, une seconde vague de fusiliers arriva. Un brancardier cria en anglais :

— Docteur, ça c'est un lieutenant-colonel. Il dirigeait ces gars.

«Même ici, songea Thalie, avoir des galons apporte des privilèges.» La suite changea un peu sa perspective :

— C'est le seul commandant à s'en être sorti vivant. Les autres se sont fait tuer à la tête de leurs troupes.

Puis elle regarda l'homme sur le brancard. On l'avait placé un peu sur le flanc gauche, tout son côté droit se trouvait ensanglanté. Le transfert sur la table lui tira des gémissements, puis sa voix continua plus forte, comme si on venait de le réveiller.

— Vous ! là ! cria le chirurgien en lui adressant un geste de la main.

Celui-ci posait son stéthoscope sur la poitrine de l'officier, tout en gardant les yeux sur elle.

— Oui, docteur ?

— Vous êtes ?

— Docteure Picard.

— Alors, docteure Picard, ce gars est en train de se vider. Faites-lui une transfusion.

Déjà, l'homme découpait le *battle dress* du côté droit, en partant du col. Thalie commença par chercher le groupe sanguin sur la plaque d'identité que le blessé portait au cou, puis chercha un sac pour l'accrocher à une tige de métal. Le bras droit portait deux blessures par balle. Quand elle enfonça l'aiguille dans la veine du gauche, le blessé eut un geste brusque, recommença à grommeler.

— Qu'est-ce qu'il raconte ? demanda le chirurgien.

— Il nous demande de le laisser tranquille et d'aller plutôt chercher ses hommes restés sur la plage.

— Ça, ça ne relève pas de nous. Parlez-lui pour qu'il comprenne qu'il n'est plus là-bas.

— Vous n'allez pas couper son bras ?

Le chirurgien leva sur elle un regard dur, celui du médecin pour une infirmière osant avoir une opinion. La praticienne soutint son regard un long moment.

— Non, admit-il enfin. Il s'agit d'une fracture simple, le radius demeure intact, le cubitus ne paraît pas éclaté.

Le chirurgien s'occupait de nettoyer la plaie, dans un instant il poserait des compresses de gaze, enroulerait un pansement pour les faire tenir.

— Parlez-lui.

— ... Officier, officier ? dit-elle en prenant sa main.

— Ménard... Dollard Ménard.

Donner un pareil prénom à un enfant, c'était le prédestiner au champ de bataille.

— Vous savez où vous êtes, lieutenant-colonel ?

Le blessé entrouvrit les yeux pour la regarder, puis examina les lieux. La douleur causée par les soins de l'autre praticien avait pour conséquence de le ramener au présent.

— Avec tout ce sang, vous n'êtes pas un ange.

Machinalement, Thalie baissa les yeux sur son sarrau totalement barbouillé.

— Je ne suis pas à Québec non plus. Je parie pour l'Angleterre.

— Je suis la docteure Picard. Je travaillais au Jeffery Hale.

Il venait d'évoquer sa ville natale, elle lui précisait venir de là aussi. Ménard avait une stature de colosse, mais la perte de sang le rendait très faible. Tout de suite, ses yeux se refermèrent.

— Aidez-moi à le mettre sur le côté gauche, dit le chirurgien, et continuez de lui parler.

Le mouvement du corps sur la table tira un «Jésus-Christ» au blessé, puis des grognements. Le chirurgien découpa de nouveau dans le tissu pour lui dégager le dos. Des éclats de shrapnel lui avaient labouré la chair.

— Lieutenant-colonel, l'un de mes cousins a participé au raid, Thomas Picard.

Comme l'autre ne répondit pas, elle se pencha pour se rapprocher de son oreille.

— Thomas Picard.

— … Le casse-pieds?

Curieusement, à cause de l'épithète, Thalie comprit qu'ils parlaient bien de la même personne. Son allure de grand adolescent désirant bien faire devait donner cette impression à ses supérieurs.

— Savez-vous ce qui lui est arrivé?

— Je me souviens de l'avoir vu ramper sur la plage. Des Allemands l'avaient dans leur ligne de mire, il cherchait à se mettre à l'abri.

«Donc il ne s'est pas noyé», songea-t-elle. Le récit de l'autre soldat n'avait cessé de lui tourner dans la tête.

— Pourquoi le casse-pieds?

— Il ne m'a pas lâché jusqu'à ce que j'accepte de le prendre avec nous.

Thomas n'était pas assez naïf pour ignorer les risques de se faire tuer dans l'opération. De là la fameuse lettre destinée à son père. Penchée sur le blessé, la praticienne eut une meilleure vue des dégâts à la tempe. Le sang coagulé formait une croûte dans les cheveux. L'officier tentait d'y porter la main gauche. Elle devait l'en empêcher à cause de l'aiguille dans le bras.

— Je vais m'occuper de ça.

Une pièce métallique pointait. Prenant une pince parmi les instruments de son collègue, Thalie saisit le bout d'acier un peu enfoncé dans l'os du crâne. Il avait la taille d'une pièce de cinq sous, tout en étant bien plus épais. Le blessé laissa échapper un nouveau juron quand elle l'arracha, puis il déclara:

— Je veux le garder.

Elle le lui plaça au milieu de la paume gauche. L'éclat de shrapnel une fois retiré, le sang recommença à couler. La praticienne chercha un paquet de coton, y versa de l'alcool puis entreprit de nettoyer la plaie. Ensuite, après avoir refermé le tout avec trois points de suture, elle lui fixa un gros pansement.

Son collègue en avait terminé de bander aussi sa jambe droite, ils replacèrent Ménard sur le dos, provoquant de nouveau des grognements de douleur.

— Lieutenant-colonel, aucune de vos blessures ne semble létale, dit Thalie. On va vous transporter à l'hôpital d'Aldershot, où des collègues finiront le travail.

— Docteure… Picard, je vous remercie.

— De rien. Je crois que l'on a besoin de moi de ce côté.

Un soldat et une infirmière entretenaient une conversation sans se comprendre, son rôle d'interprète l'attendait.

— Vous reviendrez m'aider, dit le chirurgien avant qu'elle ne s'éloigne. Je commence à avoir la main moins sûre.

Après des heures à jouer surtout le rôle d'une infirmière, Thalie allait pouvoir mettre davantage ses compétences à contribution.

Les prisonniers étaient conduits vers la ville de Dieppe, en haut de la falaise, certains sur des brancards, d'autres par leurs propres moyens. Thomas estimait leur nombre à plusieurs centaines. Il tentait de retarder l'inéluctable, s'aplatissant sur le sol, faisant le mort. Par ses yeux entrouverts, il voyait les uniformes d'un gris foncé s'approcher. Un soldat poussait les corps du bout du pied pour les mettre sur le dos, à la recherche de survivants. Quand ce fut son tour, il ne put réprimer une grimace de douleur. L'homme abaissa le canon de sa mitraillette pour lui viser le front.

— *Komm, komm, mein Lieber.*

Sans connaître un mot d'allemand, le lieutenant comprit le premier, tellement il ressemblait à l'anglais. «Viens, viens.» Il se redressa en grimaçant de douleur, le désespoir lui donnait toutefois une énergie suffisante pour se déplacer. D'un mouvement de son arme, le soldat lui fit signe de lever les mains. Il obtempéra tout de suite. Les cent pas jusqu'à la rampe d'accès à la ville lui parurent une torture.

L'Allemand prononça encore quelque chose. Devant le regard perdu de Thomas, il reprit dans un mauvais anglais:

— Ta guerre est terminée.

Maintenant, son sort ne faisait pas mystère: un peu plus d'un mois après son passage en Angleterre, il se retrouverait dans un camp de prisonniers. Les journaux ne les présentaient pas comme des lieux infernaux, tout de même, la perspective d'un long séjour le terrorisait.

Près de la falaise, il rejoignit une quarantaine de Canadiens, de langue française pour la moitié. Parmi eux, une dizaine montraient des blessures sérieuses, quelques-uns ne pouvaient plus tenir sur leurs jambes. Dans les plaintes qu'ils laissaient échapper, les mots «J'ai soif» revenaient sans cesse.

— De l'eau, dit le lieutenant au soldat qui l'avait cueilli sur la plage.

Comme ce dernier le regardait sans avoir l'air de comprendre, il fit le geste de porter une bouteille à sa bouche. Son interlocuteur montra des cadavres sur la plage, quelques mots accompagnèrent le geste. Bien sûr, ceux-là n'en avaient plus besoin. Péniblement il rejoignait les morts les plus proches, un trio de fusiliers. Un visage lui parut familier, malgré le rictus. Chacun portait une gourde à la ceinture. Des obus de mortier avaient labouré leurs chairs. En revenant, il passa les contenants sur le devant de son uniforme pour en effacer le sang, puis s'agenouilla pour faire boire ses camarades, soutenant leur tête de sa main droite.

Depuis une heure peut-être, des soldats allemands parcouraient les plages de Dieppe afin de faire la part des morts et des vivants. Des civils français, dirigés par des policiers et des pompiers, s'occupaient d'aligner les cadavres sur les galets. Plus tard, des camions les ramasseraient pour les jeter dans des fosses communes. Par groupes de plusieurs dizaines, les autres devaient emprunter les routes abruptes donnant accès au sommet de la falaise.

Le lieutenant Turgeon se retrouva parmi un détachement de soldats marchant en rang, cinq de front. Il avait survécu en se plaquant dans une anfractuosité de la falaise. Après toutes les épreuves de la journée, ses compagnons et lui avançaient comme des automates, portés par l'adrénaline. En parcourant les rues de la ville, les hommes défaits attiraient l'attention des habitants. Ils s'arrêtaient sur les trottoirs pour les regarder passer, comme devant un cortège funèbre. Peut-être s'agissait-il bien de cela. Après un pareil massacre, les espoirs d'une victoire alliée s'estompaient.

Le groupe fut conduit sous escorte jusqu'à l'Hôtel-Dieu. De part et d'autre de la colonne, des soldats allemands marchaient, un fusil mitrailleur dans les mains. Toute tentative de fuite s'apparenterait à un suicide. Sur la place devant l'établissement de santé, les officiers se trouvèrent séparés de leurs hommes. La hiérarchie militaire était respectée même dans la défaite : ils ne seraient pas détenus dans les mêmes camps.

Turgeon se retrouva tout près de l'hôpital avec ses camarades. Il remarqua un homme portant le col romain sous son *battle dress*. Des aumôniers de diverses confessions avaient débarqué avec leurs ouailles. Celui-là faisait le tour des blessés étendus à même le sol, dans l'attente de soins. Une religieuse le suivait dans le but d'identifier les cas les plus urgents, afin de les faire transporter à l'intérieur. Un soldat allemand s'approcha bientôt en bousculant les prisonniers toujours debout, son pistolet à la main.

— Occupez-vous de ceux-là, ordonna-t-il dans un mauvais français en pointant son arme vers le visage de la religieuse.

Cette partie de la France étant occupée depuis deux ans, les militaires avaient eu le temps d'apprendre à peu près la langue. La femme ne leva même pas la tête. Turgeon remarqua pour la première fois la présence d'uniformes gris parmi les blessés. L'énergumène entendait voir les siens soignés en premier. Sa façon d'agiter son pistolet laissait craindre un malheur. L'un de ses camarades saisit son poignet pour l'abaisser vers le sol, avec un flot de paroles peu amènes.

Quand la religieuse passa près de l'officier des fusiliers, il demanda :

— Vous pouvez me dire votre nom, ma sœur ?

L'autre le dévisagea un moment, visiblement surprise de se voir interpeler en français.

— Sœur Agnès.

— Vous êtes très courageuse.

Elle haussa les épaules, puis poursuivit son travail. Elle s'occupait des blessés en fonction de l'urgence, sans s'arrêter à la couleur de l'uniforme.

La côte donnant accès au sommet de la falaise s'appelait « le cirque ». Certains hommes ne pouvaient tenir debout. Si les Allemands voulaient bien fournir les brancards, aucun n'entendait les porter. Les prisonniers les plus valides s'en chargèrent. De son côté, Thomas se ressentait de plus en plus de sa blessure au dos. Le sang s'écoulait jusque sur son pantalon, à l'arrière. Au moment de gravir la côte, chacun de ses pas lui coûtait un effort surhumain.

— Lieutenant, remarqua un autre fusilier, vous êtes en train de crever, là.

La remarque le troubla. La douleur était croissante, la tête lui tournait. Il tomba sur les genoux, deux camarades le saisirent sous les bras. En haut de la côte, des camions attendaient. Une fois que les blessés se retrouvèrent au fond des véhicules, ceux-ci sortirent de la ville et s'engagèrent sur une route de campagne.

En soirée, l'équipe médicale put enfin respirer un peu. Même si en août le soleil se couchait passé neuf heures, la pénombre envahissait le grand hangar depuis longtemps. Il avait fallu soigner les derniers blessés à l'aide de lampes électriques insuffisantes. Si tout le monde dut faire son deuil du souper, des membres de la Home Guard vinrent avec des thermos de café ou de thé.

Les infirmières évoquaient le moment de regagner leur base respective quand un premier duo de brancardiers passa les grandes portes. Marion connaissait maintenant la plupart d'entre eux. Après une brève conversation, elle revint vers Thalie.

— Un navire a reçu quelques obus, assez pour le retarder de plusieurs heures. Il vient tout juste de s'amarrer au quai. Nous devrons nous occuper de certains de ses passagers.

Les blessés se firent bientôt plus nombreux, les infirmières se dispersèrent dans la grande bâtisse.

— Celui-là est tombé du ciel, cria quelqu'un. Il semble plutôt mal en point.

« Tombé du ciel ? », se demanda la praticienne. Le jeune soldat se retrouva sur la table métallique du chirurgien Thompson, avec lequel elle s'était occupée des blessés au cours des heures précédentes. Il lui fit signe de la main. En approchant, elle remarqua que ce client portait la veste de cuir des aviateurs.

— Il s'est fait descendre tout près de la plage de Dieppe à ce qu'il paraît, expliqua son collègue. Savez-vous ce qu'il raconte ?

Le pilote laissait surtout échapper des plaintes, mais Thalie comprit le prénom « Fulgence ».

— Rien d'intelligible.

Machinalement, la médecin aida son collègue à tourner le blessé sur le côté pour retirer une manche de la veste de cuir doublée de mouton, puis la seconde.

— Des centaines d'avions devaient immobiliser la Luftwaffe au sol pendant le débarquement, expliqua le chirurgien. Visiblement, ça n'a pas marché, car de nombreux appareils des nôtres ont été abattus. Voyez sa tête.

Alors que lui entreprenait de couper les vêtements, elle nettoya le côté droit du visage, couvert de sang. Une balle avait labouré le crâne, juste au-dessus de l'oreille. Recoudre les têtes risquait de devenir sa spécialité, au rythme où allaient les choses. Son collègue s'occupa d'une blessure plus conséquente à la poitrine.

— Fulgence, râla encore le blessé. Papa.

En même temps, il agitait les bras, comme pour se maintenir à flot. Les vêtements mouillés par l'eau de mer, couverts çà et là de mazout, indiquaient qu'il était tombé dans la Manche. On devait l'avoir récupéré dans son minuscule bateau de caoutchouc. Cela témoignait d'une chance inouïe. Thalie contemplait le visage maintenant à peu près propre avec une étrange impression de « déjà vu ». Un très beau visage, des cheveux blonds.

— Fulgence.

Il prononçait toujours le même prénom, celui d'un proche parent sans doute. Puis le souvenir lui revint tout d'un coup. Québec, la maison de Fernand Dupire, sa patiente Eugénie au second étage.

— Jacques ? Jacques Létourneau ?

L'autre eut un mouvement de la tête, un froncement des sourcils.

— Jacques ? Nous nous sommes croisés à Québec, chez votre mère.

Le garçon leva la main pour prendre l'une des siennes.

— Thalie Picard, précisa-t-elle. La médecin.

Il s'agissait bien de ce garçon, avec douze ou treize ans de plus. Ils s'étaient vus deux ou trois fois peut-être, quand elle rendait visite à sa malade. Un fils abandonné à la naissance retrouvant sa mère au cours des derniers mois de vie de celle-ci. Grand, blond, terriblement beau. La tête et la poitrine lacérées n'y changeaient rien.

— Vous savez qui je suis ?

Le docteur Thompson les regardait du coin de l'œil, tout en plaçant une aiguille dans son bras.

— Vous semblez le connaître.

— Un cousin plutôt éloigné.

— Encore ? Toute votre famille s'est engagée, à ce que je vois.

Il se souvenait des questions posées à un autre blessé. Le hasard faisait curieusement les choses. C'était un peu comme tomber pour la seconde fois sur un voisin alors qu'elle se trouvait à l'autre bout du monde.

— Pas toute, je vous rassure. Que pensez-vous de son état ?

— Et vous, docteure ?

— Commotion cérébrale. La blessure à la poitrine ne paraît pas si grave, aucun organe vital n'a été touché.

Le chirurgien lui adressa un sourire un peu moqueur, tout en faisant signe que oui d'un geste de la tête. Une balle à la tête, une autre à la poitrine, la dernière à la jambe, la chute dans la mer : pourtant il avait eu de la chance. Jacques lui tenait toujours la main, comme si elle offrait une présence rassurante.

— Sa jambe semble cassée. Aidez-moi à mettre une attelle.

Cela leur prit quelques minutes.

— Merci de votre aide, encore une fois, dit le praticien à l'adresse de sa collègue. Quand nous en aurons terminé avec ceux-là, nous pourrons aller dormir.

Thalie hocha la tête, serra une dernière fois la main du blessé en lui adressant des paroles rassurantes. Jacques prononça des mots inintelligibles. Des brancardiers vinrent le prendre pour l'amener vers une ambulance. Elle s'approcha ensuite des autres soldats couchés à même le sol.

La nuit tombait quand la colonne d'officiers assez bien-portants pour marcher sur une longue distance atteignit le village d'Envermeu, à trois ou quatre kilomètres de la ville de Dieppe. Turgeon ne pouvait s'empêcher de penser aux histoires d'officiers russes exécutés par dizaines en Union soviétique. Ses compagnons d'infortune ne paraissaient pas plus rassurés.

À la fin, les prisonniers se retrouvèrent dans une petite église de pierre, des soldats gardant toutes les issues. On pensa enfin à leur distribuer des rations militaires, plus de vingt-quatre heures après leur dernier repas.

Chapitre 18

Thalie et les infirmières se reposaient, adossées au mur du grand entrepôt, assises à même le sol. Toutes se sentaient fourbues. Les fumeuses se passaient des cigarettes l'une à l'autre, puis des briquets. Personne ne parlait, excepté quelques mots pour évoquer la peine, l'épuisement. Aucun blessé ne leur avait été amené depuis une bonne heure quand la matrone Pense vint chercher le personnel venu avec elle de Welwyn.

— Nous allons rentrer. Je doute qu'il reste un seul rescapé encore en mer.

Même si la praticienne ne comptait pas parmi le personnel soumis à son autorité, Thalie comprit que la directive la concernait aussi. La petite Austin kaki était garée dans un coin sombre du port, sous l'éclairage un peu cru d'un lampadaire. L'omnipraticienne remarqua que le vêtement de chacune se trouvait taché de sang. Elle se laissa choir sur le siège du passager, les infirmières s'entassèrent sur la banquette arrière.

— Vous n'êtes pas trop fatiguée? s'inquiéta-t-elle à l'instant où la matrone retrouva sa place derrière le volant.

— Savez-vous conduire?

— … Non. Je n'ai jamais appris.

— Dans ce cas, je ne suis pas trop fatiguée.

Pourtant, lorsqu'elle recula, l'embrayage cria un peu, la voiture frôla un mur. Toutes demeurèrent silencieuses jusqu'à ce que le véhicule roule en pleine campagne. La matrone déclara alors :

— Vous avez très bien travaillé. Toutes.

Curieusement, la praticienne se sentit reconnaissante, même si la femme évoquait un travail infirmier. En quelque sorte, il s'agissait de leur baptême du feu.

— Vous avez déjà connu une journée comme celle-là ? lui demanda Thalie.

Mademoiselle Pense demeura un moment silencieuse, comme pour rassembler ses souvenirs.

— Il y a longtemps. En pire. Je me trouvais dans un hôpital de campagne, dans les Flandres. L'année 1918 a été la plus terrible.

Ainsi, elle avait connu de près la Grande Guerre. Elle était alors une jeune fille de l'âge de Marion. Vingt-cinq ans plus tard, l'armée demeurait sa seule famille. Thalie ne jugeait pas sa propre situation vraiment meilleure.

— Vous avez retrouvé des parents, aujourd'hui ? demanda son interlocutrice.

— Un seul, un cousin assez éloigné. Précisément, le fils de la fille du frère de mon père.

— Ah ! Je croyais pourtant…

— L'autre, je ne l'ai pas vu, mais il a débarqué à Dieppe.

Pendant des heures, Thomas junior lui était sorti de la tête. Cette pensée la rendit morose…

— Ainsi, dit Pense, ce garçon n'a pas été blessé. Vous le retrouverez à la base d'Aldershot dans un jour ou deux.

— Il peut aussi être mort là-bas.

On ne pouvait pas avoir des centaines de blessés sans une bonne proportion de tués. La matrone le savait aussi.

— Vous serez fixée sur son sort très bientôt.

Bien sûr, elle chercherait à savoir, avec la crainte de trouver le nom « Thomas Picard » dans la liste des victimes. Plus de deux heures plus tard, mademoiselle Pense s'arrêtait devant Digswell House pour laisser descendre deux de ses passagères. Elles demeurèrent un long moment debout dans la cour de la grande demeure.

— On ne sait pas comment on va réagir avant de se retrouver dans le feu de l'action, dit Marion en regardant vers le ciel.

Un escadron de bombardiers passait au même moment. Aucune ne savait reconnaître les avions au bruit de leur moteur. Amis ou ennemis ?

— Tous ces jeunes gens qu'on a vus aujourd'hui… Ils ne me sortiront plus de la tête, maintenant, remarqua encore la jeune femme. Puis tous les autres qui ne reviendront pas.

— Viens dormir, dit Thalie en lui passant un bras autour des épaules.

Une lumière éclairait le rez-de-chaussée, l'une des autres filles veillait sur les convalescentes. La vie tranquille prenait fin, toutefois.

Les camions allemands étaient restés de longues heures immobiles, en pleine campagne. Puis longtemps après la nuit tombée, ils pénétraient dans un camp militaire. Thomas aperçut un alignement d'avions, des chasseurs à en juger par leur taille.

— Qu'est-ce qu'on vient foutre dans cette base ? murmura quelqu'un.

À l'arrière du véhicule, il ne restait que des officiers blessés. Certains râlaient, d'autres plus du tout. Il s'arrêta brutalement devant un alignement de tentes, provoquant des protestations douloureuses. Des hommes vêtus de sarraus blancs attendaient devant, de même que des femmes en tenue d'infirmière. On les avait conduits dans un hôpital de campagne. Des hommes de troupe arrivèrent avec des brancards, ils placèrent les blessés dessus avec ménagement. Thomas fut mis sur le ventre. Le sang avait coagulé dans son dos, encroûtant son uniforme.

Les blessés se retrouvèrent dans la même tente, couchés sur un alignement de lits étroits. Des ordres se donnaient en allemand. Cette langue lui sembla rugueuse, dure. Une infirmière s'approcha avec une grosse seringue. Une blonde à la stature athlétique, qui rappela tout de suite Béatrice à Thomas. Sa conversation avec elle lui revenait parfois, avec un sentiment de gêne. Comme elle avait dû le trouver immature !

— Aïe ! se lamenta le blessé étendu près de lui. Elle manie son aiguille comme une baïonnette.

Le jeune homme comprit bientôt. La beauté aryenne lui donna un coup d'estoc dans le bras, à travers la manche de l'uniforme, pesa sur le piston, passa à son voisin. « Une injection contre le tétanos », songea-t-il. La façon de procéder risquait de répandre des germes. Peut-être le sauverait-on d'une manière pour le condamner d'une autre.

Quelques minutes plus tard, la femme revint armée d'une paire de ciseaux pour couper son uniforme. Pris dans le sang coagulé, le tissu adhérait à son dos. La douleur le fit râler, ses mains se crispèrent sur les bords du lit. En comparaison, le nettoyage de sa blessure ressembla à une caresse. L'homme se concentra sur les jambes de la soignante, élégante. Cela lui permit d'oublier un peu le son de sa voix. Certaines intonations se comprenaient dans toutes les langues, la sienne évoquait une blessure sérieuse. Ça, la raideur envahissant tout le bas de son corps le lui avait déjà appris.

Puis très vite, il eut l'impression de tomber dans un trou noir.

Thalie dormit mal, traîna au lit une partie de la matinée. Au moment de se lever, elle trouva Marion dans la salle à manger, devant un déjeuner tardif. En face l'une de l'autre, elles demeurèrent un long moment silencieuses, toujours habitées par les scènes et les cris de la veille. À la fin, la brunette murmura :

— Tout à l'heure je leur ai raconté. Pas juste aux infirmières, aux malades aussi. Sinon, elles ne nous auraient pas lâchées de la journée pour satisfaire leur curiosité.

La médecin hocha la tête. Toutes voudraient savoir. Depuis la débâcle à Dunkerque deux ans plus tôt, il s'agissait de la première véritable incursion dans le territoire occupé. En plus, l'attaque avait été menée par une très grande majorité de Canadiens, des compatriotes. Parmi les 6 000 volontaires, chacune de ces femmes en connaissait vraisemblablement au moins un.

— Tu as bien fait. Chez nous, *Le Soleil* et *La Presse* doivent déjà donner des détails de l'opération.

Si le silence était de rigueur avant le raid, maintenant à l'état-major on devait concocter une histoire glorieuse à l'intention des citoyens.

— Voir tous ces jeunes hommes, ça m'a bouleversée, continua l'infirmière.

— Je comprends. Moi-même, je n'en menais pas large. Rien dans mes quinze années de pratique ne m'avait préparé à une scène pareille.

— Vous ne comprenez pas… Pas vraiment. Mon fiancé se trouve dans l'armée anglaise, quelque part à l'autre bout du monde. Aux Indes.

Des larmes coulaient des yeux de la jeune femme. En Asie, les Britanniques affrontaient les Japonais. Les histoires d'horreur circulaient, notamment au sujet de ce qui se passait dans les camps de prisonniers.

— Je ne savais pas…

Toutefois, sa sensibilité à *We'll meet again* le lui avait laissé deviner.

— Je l'ai rencontré ici, à Welwyn, au début de l'année. Il se trouvait en permission chez son père, nous nous sommes croisés dans le pub où je vous ai emmenée.

Marion marqua une pause, toute à sa morosité. À la fin elle ajouta, cette fois avec un sourire en coin :

— L'homme qui vous a adressé la parole… Il s'agit de son père.

Thalie ne put retenir un éclat de rire. Cette rencontre n'avait donc rien de fortuit.

— Si j'avais su, je me serais montrée plus aimable.

Son interlocutrice ne dissimula pas son scepticisme, renvoyant à Thalie l'image de son irascibilité. Sa subordonnée n'arrivait pas à croire qu'elle soit capable d'offrir un visage sympathique.

— Vous n'avez pas réussi à obtenir de nouvelles de votre cousin, je pense, demanda Marion après un autre moment de silence.

— Le lieutenant-colonel Ménard m'a dit l'avoir vu étendu sur la plage.

L'homme semblait dans un piètre état, une partie des événements devait lui avoir échappé.

— Ça ne me paraît pas très prometteur, marmotta-t-elle.

— Ils ont ramené tous ces blessés et les bien-portants. D'habitude, l'état-major dresse une liste des combattants, des *casualties* aussi.

L'infirmière utilisait le mot anglais utilisé pour désigner les pertes : les morts, les blessés et les prisonniers. Ceux qui ne combattraient plus.

— Nous ne les recevrons pas, ces listes.

— Le colonel Bolton pourra sans doute vous renseigner.

Marion considérait que les médecins formaient une petite coterie, disposés à se faire des faveurs. Elle n'avait pas tout à fait tort.

La médecin fit le tour de ses patientes un peu après le dîner. Ensuite, elle retrouva sa bicyclette à la roue faussée et prit la direction de la maison de Maitland. La route bordée de grands arbres paraissait si paisible, le soleil lui chauffait le dos. Le beau temps se maintenait depuis quelques jours, une occurrence rare dans ce pays.

Devant la grande maison, elle reconnut les voitures de fonction habituelles ; à l'intérieur, le cliquetis des machines à écrire l'accueillit. Une couaque inconnue la reçut, elle lui permit de rejoindre le colonel Bolton dans son bureau. Les saluts échangés, assise devant son supérieur, Thalie commença :

— L'un de mes cousins a participé au débarquement hier.

— Je sais. Mademoiselle Pense me l'a répété.

— Êtes-vous en mesure de me dire ce qui lui est arrivé ?

Un moment, Thalie craignit qu'il n'évoque la voix hiérarchique, les canaux officiels. L'armée, elle le savait déjà, croulait sous une avalanche de paperasse.

— Aujourd'hui, non, je ne le peux pas. Les officiers de cette demi-douzaine de régiments sont encore à compiler les noms.

Comme la femme gardait les yeux fixés sur lui, le colonel crut nécessaire de préciser :

— Nous évoquons là près de 6 000 hommes ayant participé à cette opération. On a ramené près de 600 blessés, environ 2 500 sont revenus sur leurs deux jambes, ou à peu près.

La praticienne comptait rapidement. Elle déclara :

— Près de 3 000 sont encore en France.

— Les bien-portants qui sont de retour sont faciles à identifier ; pour les blessés, la chose devient un peu plus compliquée, mais ce sera fait d'ici la fin de la journée.

Donc Bolton saurait rapidement si Thomas était revenu, indemne ou pas.

— Les autres, ceux demeurés à Dieppe, se divisent entre morts et blessés. La Croix-Rouge cherchera les noms, elle nous les acheminera.

L'association internationale faisait le lien entre les pays belligérants, visitant les camps de prisonniers, acheminant des colis venus des familles, et les lettres échangées. Comme chaque soldat portait un numéro matricule autour du cou, on les prélevait sur les cadavres pour dresser la liste des victimes.

— Vous pourrez me faire savoir s'il est revenu ? questionna la médecin.

— Je téléphonerai aux officiers des fusiliers pour vous renseigner aussitôt l'information compilée.

— Je vous remercie.

La visiteuse se leva sur ces derniers mots, son supérieur fit la même chose.

— Vous aviez un autre parent dans cette attaque. Vous l'avez même soigné.

— Un aviateur. Ses blessures guériront.

Ils échangèrent une poignée de main, puis se quittèrent. Thalie s'esquiva bien vite avant que madame Maitland n'évoque de nouveau le projet d'une rencontre.

À Digswell House, toutes savaient que Thalie attendait une communication importante. Marion avait fait le récit des questions posées sur un cousin, celui pour lequel elle était allée à Londres deux semaines plus tôt. La jeune infirmière mentionnait surtout un autre parent, un aviateur transporté sur un brancard. Malgré le sang, la crasse, comme celui-là semblait beau, grand et athlétique !

En conséquence, chacune tendait l'oreille, curieuse de connaître les nouvelles, inquiète aussi. Toutes parmi le personnel attendaient aussi un message, porteur de bonnes ou de mauvaises nouvelles au sujet d'un militaire apparenté, ou aimé.

L'omnipraticienne auscultait une secrétaire de l'état-major victime d'une mauvaise pneumonie quand la sonnerie du téléphone accroché dans le hall retentit. Un instant plus tard, Mildred Hill se tenait dans l'entrée de la grande salle.

— Docteure Picard, le colonel Bolton veut vous parler.

Dans un hôpital, ce ton laissait présager le pire.

— J'écoute, dit-elle dans le combiné.

— Capitaine, comme promis je me suis informé du sort de ce jeune homme…

— Thomas Picard, lui rappela-t-elle.

— Oui. Malheureusement, il ne figure pas dans la liste des hommes revenus de ce côté-ci de la Manche. Ni parmi les bien-portants, ni parmi les blessés.

Thalie laissa échapper un long soupir. Depuis l'information venue de Dollard Ménard, ce dénouement lui semblait inévitable. Le silence dura suffisamment longtemps pour que Bolton reprenne, un ton plus bas.

— Nous savons que les Allemands ont fait des centaines de prisonniers. Les journaux, tant à Paris qu'à Berlin, ont multiplié les grands titres, accompagnés de photos.

Elle ne prononça pas un mot. Le colonel devait imaginer un lien très étroit entre eux.

— Nous saurons leur identité d'ici quelques jours. Je pourrai vous donner des précisions.

— … Oui, colonel, je vous en serai très reconnaissante. Merci de vous être donné la peine de prendre des informations.

— C'est tout naturel, docteure.

Les souhaits de bonne journée manquèrent tout à fait de conviction. Après avoir raccroché, la praticienne monta lentement le grand escalier, jusqu'à rejoindre sa chambre, les larmes aux yeux. Le souvenir du grand adolescent lui revenait si clairement. Sur le navire qui les conduisait sur le continent, dans le salon de thé de Londres, il lui avait fait l'impression d'un enfant perdu.

Dans sa chambre, Thalie ouvrit le premier tiroir de sa commode pour prendre la lettre adressée à Édouard Picard, dans son petit garage de la rue Dorchester. «En cas de décès», avait-il dit. L'envoi serait prématuré.

Quand les soldats commencèrent à mourir sur les plages de Dieppe, à Québec on était un peu après minuit, le dix-neuvième jour d'août. Au moment où les gens se levaient pour commencer une journée de travail, de l'autre côté de l'Atlantique les attaquants retraitaient déjà vers les navires.

Sur le chemin du bureau ou de l'atelier, les travailleurs aperçurent les grands titres des journaux: «Les Canadiens débarquent en France». Plus bas, en lettres plus petites: «et livrent un vif combat aux nazis». Les copies s'envolèrent tout de suite. Les seuls détails fournis étaient qu'une batterie de canons et un dépôt de munitions avaient été détruits… et que des ambulances attendaient les premiers rescapés à revenir sur les côtes anglaises.

Le lendemain, 20 août, les mêmes quotidiens affirmaient: «Le commando laisse Dieppe en ruine.» En temps de guerre, l'information avait peu à voir avec la vérité, et beaucoup avec la propagande. La disponibilité au Canada des publications américaines donna tout de même une meilleure idée des faits.

Le 24 août, tout le monde connaissait l'importance des pertes, et les noms des régiments impliqués dans l'opération. La plupart des habitants de Québec laissèrent échapper un soupir de soulagement, car très peu de garçons de la ville faisaient partie des fusiliers Mont-Royal. À l'exception des habitants de la grande maison du juge Paquet, dans la Grande Allée.

— Ces hommes compteront toujours parmi les braves, répétait le vieil homme. Ils ont fait leur devoir.

Le magistrat avait cherché des nouvelles du raid jusque dans la page trois du *Soleil*, tellement la bataille de Stalingrad prenait maintenant beaucoup de place dans les deux premières. On donnait la sixième liste des victimes, portant les noms de 102 soldats. Depuis la première, les pertes conjuguées atteignaient les 520, dont 79 tués, 316 blessés et 125 disparus.

La femme et la fille de Paquet contemplaient leur petit déjeuner. Ainsi, 79 familles avaient reçu un télégramme de l'état-major canadien pour leur annoncer un décès. Cette pensée traversait justement la tête d'Évelyne quand quelqu'un sonna à la porte. Elle et sa mère échangèrent un regard angoissé, tout d'un coup le juge perdit beaucoup de sa superbe.

La vieille domestique quitta sa cuisine pour regagner l'entrée. Elle revint avec une feuille de papier portant le nom du Canadien National.

— Non! lança la mère en portant les mains à son visage.

La grand-mère ne valait pas mieux, ses sanglots se firent entendre. La bonne restait la main tendue, avec son bout de papier. Le magistrat l'accepta enfin pour en prendre connaissance. Sa voix se cassa sur les premiers mots.

— *Missing in action.*

Il marqua une pause, puis reprit en français, comme si les autres ne l'avaient pas compris.

— Porté disparu.

Dans les jours suivants, tous les trois se demanderaient si cette nouvelle valait mieux que celle d'un décès.

— Il est mort, prononça Évelyne d'une voix blanche.

— Non, dit le père, pour une fois avec un semblant de tendresse. Tout ce qu'ils savent, c'est qu'il n'est pas revenu en Angleterre.

— Il n'est pas revenu...

— Il peut être prisonnier.

De nombreuses familles connaissaient aussi cette cruelle réalité: les mots échangés d'un continent à l'autre donnaient des détails sordides des conditions d'existence dans les camps de prisonniers, les colis envoyés par les parents transitaient grâce aux bons offices de la Croix-Rouge.

— Certains parviennent à s'évader, insista encore Paquet.

Évidemment, des histoires héroïques remplissaient les pages des magazines, parfois des livres entiers. Cela ne survenait pas toujours du même côté de l'Atlantique. Des prisonniers allemands en fuite de camps de prisonniers au

Canada avaient mobilisé les forces de police pendant de longs jours.

Beaucoup pour échapper aux tentatives maladroites de son père pour la rassurer, Évelyne se leva en disant:

— Je vais apprendre la nouvelle à Édouard.

Elle allongea la main afin de récupérer le télégramme. Son interlocuteur demeura impassible, les yeux incrédules.

— Il s'agit de son père, insista-t-elle.

Le vieil homme céda enfin. La feuille de papier à la main, Évelyne quitta la salle à manger. Sa mère lui emboîta le pas, en pleurs, pour aller se cacher dans sa chambre. Toutes ses émotions un peu vives se géraient avec des larmes. Sa réserve semblait inépuisable, même après plus de quarante ans de mariage.

Afin de se calmer un peu, Évelyne décida de se diriger à pied vers la Basse-Ville. En cours de route, elle parcourut deux ou trois fois le télégramme, comme pour se convaincre de ne pas rêver. Ce lundi matin, de nombreuses personnes marchaient vers leur travail. Le nombre de femmes allant à l'atelier grandissait sans cesse. La production de guerre exigeait de plus en plus de bras. Pour la première fois lui vint l'idée d'offrir ses services. Le fait de fabriquer des munitions dix heures par jour lui permettrait d'échapper un peu aux idées noires.

Dans la rue Dorchester, la femme s'arrêta un moment pour contempler le garage plutôt modeste. Elle le voyait pour la première fois, mais Thomas le lui avait déjà décrit, de même que le précédent dans le quartier Limoilou. Elle eut besoin de tout son courage pour pousser la porte. La salle de montre contenait trois véhicules, tous usagés.

— Je suis encore fermé, dit une voix familière. Revenez après neuf heures.

— Dans ce cas, il faudrait mettre le verrou.

Édouard reconnut sa voix. Il émergea de son bureau, surpris.

— Je suis sorti dès le réveil pour aller chercher le journal. J'ai oublié.

Tous les deux demeurèrent un long moment silencieux l'un en face de l'autre. Ils se voyaient pour la première fois depuis deux ou trois ans, excepté les rencontres fortuites dans la rue ou dans un commerce.

— Tu cherchais des informations sur le raid de Dieppe ?

L'homme fit un geste de la tête pour dire oui.

— En voilà une, exclusive.

Évelyne lui tendit le télégramme. Elle aurait aimé le rendre responsable de ce qui arrivait. S'il n'avait pas abandonné sa famille des années plus tôt, jamais Thomas ne se serait enrôlé. Puis tout le ridicule de la situation lui apparut. Sa colère contre la décision de son fils de se porter volontaire ne concernait pas son ancien mari.

— Nous avons reçu ça ce matin à la maison. J'ai pensé venir te le dire.

— Merci. Vraiment, merci.

Dans ce moment d'émotion, Édouard voulut ouvrir les bras, la serrer contre lui. La peur de se faire rabrouer le retint.

— Qu'est-ce que ça veut dire, *missing in action* ?

— Exactement ça, je suppose. Notre fils est resté sur la plage, là-bas.

Pendant tout le trajet, la mère avait tenté de se rassurer. Le juge devait avoir raison : les 3 000 jeunes gens n'étant pas revenus en Angleterre ne pouvaient tous être morts, la plupart devaient se retrouver dans des camps, maintenant.

Les journaux canadiens avaient publié des photographies de prisonniers marchant dans les rues de Dieppe.

— Le maudit fou! Rien ne l'obligeait à s'enrôler, encore moins à aller là-bas.

Pour une fois, les deux parents partageaient la même opinion sur leur fils. Les soldats gardaient la liberté de ne pas signer pour «l'autre bord». Pourtant, Évelyne voulut plaider pour lui:

— Tellement de jeunes hommes ont fait la même chose. Avec tous ces discours patriotiques, ces parades incessantes, ils pensent n'avoir aucun autre choix. Ils craignent de passer pour des lâches.

Parfois, Édouard savait se taire plutôt que de dire une sottise du genre: «Je suis bien arrivé à résister à ces pressions en 1917, moi.» Son ex-épouse avait épuisé sa provision de gentillesse à son égard; une telle déclaration l'aurait fait sortir de ses gonds.

— Puis il y a tous les motifs personnels, insista Évelyne.

«Familiaux», comprit le marchand de voitures. Le climat de leur dernière rencontre lui demeurait toujours en travers de la gorge. Cet enrôlement, il le devinait, s'avérait être le dernier chapitre d'une relation douloureuse entre eux. Après un silence embarrassé, elle se reprit:

— Bon, je dois partir. Tu me le redonnes?

Elle tenait à récupérer le télégramme. Aucun ne savait comment mettre fin à l'échange. Après un souhait de bonne journée un peu ridicule, la visiteuse se dirigea vers la porte. Il la suivit pour dire encore:

— Merci.

Resté seul, Édouard sentit la tristesse l'envahir. Tant que son fils ne risquait rien, il pouvait bien le traiter de fou. Maintenant, le garçon pourrissait peut-être sur la plage. Il ne lui restait plus qu'à alterner entre la douleur et l'espoir.

Depuis cinq jours, dans tout le Royaume-Uni, on ne parlait plus que d'une chose : la mort du prince George, duc de Kent et jeune frère du souverain, lors de l'écrasement d'un hydravion en route vers l'Islande. Les quatorze autres victimes du drame se voyaient reléguées dans le plus total anonymat. Le sacrifice d'un membre de la famille royale permettait de prétendre à l'égalité de tous dans la tourmente. Des familles entières oubliaient leurs propres disparus pour pleurer avec la nouvelle veuve, la jolie Marina de Grèce.

Le dernier jour d'août, le colonel Bolton vint à Digswell House, conduit par le caporal Stevens affecté à un rôle de chauffeur. Thalie l'attendait debout devant la porte. La présence de témoins les amena à se saluer de façon bien raide, puis ils se serrèrent la main.

— Je ne suis pas certaine d'avoir bien compris la raison de votre visite, commença la praticienne. Suis-je soumise à un examen ?

L'officier supérieur éclata de rire avant de lui dire :

— Je désire seulement visiter ces lieux de fond en comble. Voulez-vous m'accompagner ?

— Avec plaisir, mais je ne possède pas toutes les clés.

— Moi je les ai.

Bolton sortit un anneau de sa poche, les pièces de métal s'entrechoquèrent. Ils commencèrent par la salle des convalescentes. Deux lits seulement étaient occupés, les autres patientes se promenaient dans le jardin, ou se prélassaient dans la grande serre. Thalie y avait fait aligner quelques chaises. Avec le climat de ce pays, cela s'avérait utile.

— En pressant les couchettes les unes contre les autres, nous pourrions en mettre quatre de plus.

Thalie comprit que le contingent des couaques connaî-
trait une augmentation de ses effectifs, et elle de ses convalescentes. Cela correspondait au discours de la capitaine
Radcliffe avec qui elle partageait une cabine lors de la
traversée.

— Allons voir de l'autre côté.

Sur la droite de l'entrée majestueuse, une aile complète
demeurait fermée. Bolton chercha la bonne parmi toutes
ses clés, ouvrit. Une enfilade de pièces servait à diverses
fonctions, du bureau-bibliothèque à une salle à manger
bien formelle, en passant par deux chambres à coucher. À
l'étage, d'autres chambres en plus de celles occupées par le
personnel, des petits boudoirs à l'usage des grandes dames
habitant les lieux un siècle plus tôt.

— Nous pouvons aller dans votre bureau? demanda le
colonel.

— Suivez-moi.

Au rez-de-chaussée, Thalie occupait une pièce minuscule, avec une petite table, deux chaises dépareillées et
un gros classeur métallique. Elle prit sa place, invita son
supérieur à s'asseoir.

— Je peux demander à Daisy de nous apporter du thé.
Je commence tout juste à prendre l'habitude d'utiliser cette
clochette.

Des yeux, elle désignait le petit objet d'argent.

— Elle peut aussi faire du café, mais le résultat est encore
un peu approximatif.

— Non, ça ira. Si vous voulez, nous commencerons par
aborder une question personnelle.

La femme comprit tout de suite. Douze jours après le
raid, l'image de Thomas Picard ne lui traversait plus aussi
souvent l'esprit.

— Vous avez des nouvelles... concernant les survivants.

— Et les morts aussi. Les noms commencent à nous parvenir. Votre cousin ne compte pas parmi ceux-ci. Mais je ne le trouve pas non plus chez les prisonniers.

— Comment cela se peut-il ?

Personne ne pouvait disparaître de la surface de la terre. Toutefois, plusieurs de ces hommes avaient coulé à pic, non seulement au moment de débarquer, mais aussi lors de la retraite. Les assaillants avaient fui sous la mitraille. Les courants marins pouvaient l'avoir entraîné au loin. Le colonel lui procura une explication plus simple, plus rassurante aussi.

— La bureaucratie, l'océan de documents où nous nous débattons. Une famille de Montréal a reçu l'annonce du décès d'un proche, et trois jours plus tard la nouvelle qu'il se trouvait à l'hôpital d'Aldershot.

— J'imagine la surprise de ces gens. Une fois le deuil commencé, cela doit paraître comme une renaissance.

— Une surprise capable de tuer un cardiaque. Nous annonçons aussi parfois que des morts sont blessés. Dans ce cas, l'incompétence est plus facile à dissimuler. On plaide une dégradation inattendue de l'état du patient.

La praticienne hocha la tête. Des centaines de milliers de personnes se trouvaient maintenant dans l'armée canadienne, des erreurs de ce genre étaient inévitables.

— Je continuerai de chercher le nom de Picard dans toutes ces listes. Vous serez la première à savoir.

Le colonel voulait dire que les secrétaires de son service demeureraient attentives.

— Je vous remercie. Maintenant, pourquoi cette visite des lieux ?

— Le raid de Dieppe a encombré nos hôpitaux. Les hommes maintenant inaptes au combat rentreront à la maison. Pour les autres, nous manquerons bientôt de place dans nos maisons de convalescence.

— Et ici, de nombreuses pièces demeurent inoccupées.

— Vous comprenez que des actions de ce genre se répéteront. Le problème ira en s'aggravant, et le manque de main-d'œuvre nous empêche de construire de nouveaux bâtiments.

— Je ne tiens pas à garder tout cet espace vide. Maintenant, nous sommes entourés de fantômes. Je serai heureuse de les voir arriver.

En réalité, Thalie entrevoyait avec plaisir un accroissement de sa tâche. Après ces quelques semaines, une nostalgie de sa vie à Québec l'envahissait. Avec trois fois moins de travail que dans sa ville d'origine, elle arriverait bientôt à la fin des livres abandonnés par l'ancien directeur de Digswell House.

— Bien sûr, poursuivit son supérieur, nous trouverons un endroit très convenable où vous reloger.

Cette fois, la praticienne accusa le coup. Si, dans la vie civile, hommes et femmes partageaient les mêmes hôpitaux, à l'autre bout du monde les autorités militaires souhaitaient se montrer prudentes. Déjà, la moralité des couaques intriguait les bien-pensants, autant ne pas ajouter à leurs calomnies.

— Voyons, ce ne sera pas nécessaire, protesta-t-elle pourtant. Nous avons tant d'espace!

— Nous vous garderons dans les parages. Comme ça, vous pourrez donner un coup de main ici, en cas de besoin. J'ai entendu de bonnes choses sur votre travail, le jour de l'attaque.

— La matrone Pense doit me reconnaître une certaine utilité, maintenant.

— Pas juste elle, ricana son interlocuteur.

Après avoir recousu tant de périnées à la suite d'accouchements, on admettait qu'elle puisse en faire autant avec des blessures par balle. Il ne servirait à rien de protester contre un déménagement, son supérieur hiérarchique se montrait tout simplement attentionné en venant lui-même lui faire part de ses décisions.

— Me permettrez-vous de jeter un coup d'œil sur mes nouveaux locaux avant le déménagement de mes pénates ?

— Certainement. Vous devrez me dire vos exigences. Dans la mesure du possible, je tenterai de garder votre petite équipe intacte.

Thalie hocha la tête. Ces filles lui plaisaient, elle désirait continuer de travailler avec elles. Après avoir écouté la liste de ses attentes, Bolton retourna à Digswell Place. Avant de monter dans la jeep, il sortit une enveloppe de la poche intérieure de sa veste pour la lui remettre.

— De quoi s'agit-il ?

— Un mot de madame Maitland.

L'invitation à prendre le thé se concrétisait, après toutes ces semaines.

Chapitre 19

Depuis plusieurs jours, l'inquiétude tenaillait Édouard. Il éprouvait aussi de la colère : contre Thomas junior et contre lui-même pour ne pas avoir su le retenir au Canada lors de sa dernière visite au garage. Avait-il seulement essayé ? Les reproches qu'il s'adressait dominaient ses nuits. Une fois le jour venu, il se reconnaissait tout à fait innocent. Quelle responsabilité pouvait-il assumer dans le comportement imbécile d'un grand adolescent immature ? Après tout, l'essentiel de son éducation venait du juge Paquet, pas de lui.

Un peu après midi, le 4 septembre, l'homme fermait son commerce pour le reste de la journée. Sans aucun bagage il regagna le boulevard Charest d'un pas rapide. La gare ne se trouvait pas très loin. Le trajet jusqu'à Montréal lui prendrait largement plus de trois heures, aussi il ramassa les journaux dans le kiosque placé près du restaurant. En première page de *La Presse*, on annonçait la tenue d'un grand rassemblement au Forum en hommage aux héros du débarquement de Dieppe. Le tout se déroulerait sous les auspices du Club Rotary et des autorités militaires du district de Montréal.

— Rendre hommage à des hommes envoyés au massacre, ragea-t-il en regagnant sa place.

Une fois rendu dans la grande ville, il prit un taxi pour se rendre rue Sainte-Catherine. De la première moitié de son existence, il conservait un intérêt pour le commerce de détail. Pendant plus d'une heure, il se promena dans les allées du magasin Dupuis Frères, supputant le rendement de l'établissement. Quatre, cinq fois celui du magasin PICARD, sans doute, avec le revenu des ventes par catalogue.

Une fois chacun des rayons visité de long en large, l'homme retrouva la rue pour marcher vers l'ouest. Déjà, des gens quittaient leur travail et encombraient les trottoirs. En passant au-delà de la rue Saint-Laurent, il eut l'impression de changer de pays. Si à l'est de la ville on affichait souvent en anglais, à l'ouest le français disparaissait tout à fait. Les commerces, les voitures, les vêtements des badauds, tout lui paraissait suinter la richesse.

Pour sa seconde visite, il s'arrêta au magasin Eaton. À cet endroit, impossible de deviner le chiffre d'affaires tellement les entreprises de cette envergure lui étaient méconnues. Des succursales aussi grandes étaient établies dans d'autres villes canadiennes. Toute la marchandise – vêtements, chaussures ou meubles – lui semblait si coûteuse. Au dernier étage, il s'extasia une nouvelle fois sur le magnifique décor du restaurant. Là non plus, il n'entendit pas le moindre mot de français. Dans ce pays, la véritable richesse parlait anglais.

Le Forum de Montréal se trouvait encore plus loin vers l'ouest, rue Sainte-Catherine. Édouard s'y rendit après le souper, toujours à pied. Il ralentit à peine le pas en passant devant les vitrines du magasin Ogilvy. L'amphithéâtre se dressait au-delà, une grande bâtisse à la façade de brique. Les spectateurs arrivaient déjà, même si la cérémonie ne commencerait pas avant huit heures.

Pour la première fois depuis la rue Saint-Laurent, le marchand de voitures entendit de nombreuses personnes parler sa langue. Deux régiments de Montréal avaient participé au raid de Dieppe, les fusiliers Mont-Royal et les Cameron Highlanders. Une véritable foule pourrait prendre place dans l'amphithéâtre. Les alignements des sièges prenaient la forme d'un grand ovale autour de la surface de jeu. La saison du Canadien de Montréal ne commencerait pas avant plusieurs semaines, la glace viendrait plus tard. On y avait construit une grande estrade, des chaises disposées juste devant attendaient les invités d'honneur.

De leur place, dans les estrades, Édouard Picard et les 8 000 autres spectateurs assistèrent à un véritable branle-bas de combat à l'arrivée des notables. Le premier ministre, Adélard Godbout, flanqué du maire de Montréal, Adhémar Raynault, tous les deux accompagnés de leur épouse, entrèrent en même temps qu'un groupe d'officiers supérieurs de l'armée et de l'aviation canadiennes. Sous les applaudissements de la foule, un animateur présenta chacune des personnalités. Parmi elles figurait le colonel Paul Grenier, ancien commandant des fusiliers Mont-Royal. De très nombreux militaires étaient dispersés dans les rangées de bancs et sur les chaises du parterre. Leur enthousiasme laissait croire qu'ils rêvaient d'aller mourir sur les plages de France.

Debout sur la scène, le président du Club Rotary, Arthur Marion, commença par remercier toutes les personnes présentes, puis il lut un télégramme venu du premier ministre du Canada, William Lyon Mackenzie King, empêché d'être là :

— Les hauts faits d'armes accomplis par les troupes canadiennes marqueront des pages immortelles et glorieuses dans les annales canadiennes.

De nouveau, des cris retentirent, assourdissants. La ferveur des politiciens allait de soi : leur travail était d'envoyer de la chair à canon vers les champs de bataille pour la plus grande gloire de l'Empire britannique. Toutefois, les jeunes soldats et des milliers de parents des héros de Dieppe faisaient tout autant de bruit. Ces histoires de devoir, de sacrifice, demeuraient incompréhensibles à Édouard. Seule la vie comptait. Ces jeunes gens ne connaîtraient plus l'amour des femmes, de leurs enfants, et toutes les autres joies de la vie. L'admiration de tous les gens réunis ce soir-là leur faisait une belle jambe !

Ross Munro, un journaliste de la Presse canadienne, prit le micro. Il confirma l'impression d'Édouard : ces spectateurs étaient des proches des soldats.

— Ce soir je crois parler surtout aux parents et amis des fusiliers Mont-Royal et des autres soldats de Montréal qui participèrent au grand raid sur Dieppe il y a un peu plus de deux semaines.

Pendant un long moment, l'homme raconta l'histoire de ce débarquement depuis le départ des péniches et des petits bateaux chargés de vingt-six hommes jusqu'à la mitraille sur la plage. Une version un peu embellie sans doute, comme il convenait dans ce genre de récit, mais véridique pour l'essentiel. Au sujet des fusiliers, le discours se déroula en français ; l'orateur changea d'idiome quand il évoqua les Blackwatch. Les marins et les aviateurs eurent aussi leur tour. De gros mensonges émaillaient ce récit déjà embelli : la maîtrise des airs par les Alliés, les très lourdes pertes des Allemands. Surtout, déjà se développait le mythe du raid destiné à prouver la faisabilité d'un débarquement en Europe, et l'expérimentation des stratégies les meilleures. Ces sacrifiés donneraient la victoire finale aux leurs.

Aux yeux de tous les Canadiens français, un officier se distinguait parmi les autres : le lieutenant-colonel de vingt-neuf ans Dollard Ménard. Si Ross Munro n'avait pu le voir à l'hôpital avant de quitter l'Angleterre, il entreprit de citer en français une longue dépêche de son collègue William Stewart. Ce dernier rapportait une entrevue récente à l'hôpital d'Aldershot.

— Il était assis sur son lit, fumant une cigarette. Sa forte carrure, ses larges épaules ressortaient sous sa robe de chambre. Son bras droit était dans le plâtre du coude jusqu'au bout des doigts, la jambe du même côté couverte de pansements. Son épaule droite était entourée de gros pansements et l'on pouvait voir que sa tempe droite avait également été bandée.

Après cette description, Munro poursuivit avec un récit des opérations effectuées par le colonel lui-même et un long éloge du courage de ses hommes. Un petit détail devait définir le genre d'homme qu'il était :

— Sur la table de chevet du colonel, on remarque un éclat d'acier d'environ la grandeur d'une pièce de cinq cents et trois ou quatre fois plus épais. Cet éclat descendit Ménard. Ce dernier le conserva en souvenir avec une feuille de paie tachée de sang d'un soldat allemand qui, lui, fut descendu pour de bon.

Ce héros devrait servir d'argument lors des campagnes de recrutement auprès des Canadiens français. Pendant une demi-heure encore, le journaliste continua de chanter ses louanges. Puis quand il passa de nouveau à l'anglais, le voisin d'Édouard dans les estrades se tourna à demi pour demander :

— Vous aussi, vous avez un fils parmi les héros ?

— Oui, le lieutenant Thomas Picard.

Apprendrait-il à penser à lui comme à un héros, et non comme à un petit imbécile ?

— Mon p'tit gars m'en a pas parlé dans ses lettres… Mais y sont des centaines, pas vrai ?

Ces soldats partageaient les mêmes dortoirs et les mêmes exercices interminables, mais Thomas était arrivé si peu de temps auparavant qu'il devait rester un inconnu pour la plupart. Le marchand de voitures dit :

— Votre garçon est revenu en Angleterre ?

— Gérard ? Bin oui, pas une grafigne. Pis le vôtre ?

— Porté disparu. *Missing in action*, comme ils disent.

L'autre laissa échapper un « Oh ! » de surprise. Il s'éloigna un peu puis tendit la main.

— Mes sympathies, m'sieur Picard. C'était un brave.

Édouard voulut protester, crier que « disparu » ne voulait pas dire « tué ». Pourtant, son visage ressemblait à ceux des centaines de personnes portant le deuil dans ce grand amphithéâtre. Pour plusieurs, cette cérémonie ressemblait à une veillée mortuaire.

Le lendemain à Digswell House, Thalie se retrouva dans sa chambre avec l'habituelle question en tête : que porter ? Pour visiter une châtelaine, sa petite robe achetée au magasin PICARD lui semblait bien médiocre. Si au moins elle venait de chez Holt Renfrew, ou même de chez Simons, des commerces situés tout près de la demeure de son enfance ! En même temps, une voix dans sa tête la semonçait. Cette femme ne signifiait rien pour elle, pourquoi se soucier de sa tenue ?

La solution était toute simple : elle allait endosser son uniforme, comme lors de leur première rencontre. Elle dissimulerait ainsi la modestie de sa condition sous son déguisement de capitaine. Car à ses yeux, elle demeurait une médecin jouant au militaire, pas le contraire. Tout de même, elle fit l'effort de mettre le plus fraîchement pressé. Puis elle alla attendre le caporal Stevens devant la grande demeure. Marion vint se planter tout près d'elle, amusée.

— Comme tu as de la chance : une visite chez le beau monde.

— Tu veux prendre ma place ?

— Une simple infirmière chez cette dame de la haute ? À ses yeux je suis au mieux une "brave fille", juste un cran au-dessus de ses domestiques.

Après une brève interruption, elle reprit :

— Même pas au-dessus, je présente la bassine à nos clientes. Comment puis-je lui offrir cette main à serrer après avoir manipulé de la merde ?

L'infirmière levait sa main droite, toujours avec son expression moqueuse. Thalie s'étonnait de constater combien, dans ce pays, la question des classes sociales devenait importante pour les Canadiens, elle comprise. Cela tenait sans doute à la hiérarchie si évidente, au fait que personne ne se surprenait des privilèges des élites, ni de la vie tracée d'avance de tous les humbles.

— Je ne suis pas si loin de la merde moi-même.

Marion lui adressa un sourire ironique. Le métier de médecin lui semblait bien supérieur au sien. Heureusement, la petite Austin kaki apparut à l'extrémité de l'allée.

— Alors, bonne soirée, docteure. Moi je passerai mon samedi soir avec nos patientes.

Thalie se tourna à demi pour faire face à sa subalterne. Les paupières de celle-ci paraissaient un peu gonflées.

— Tu n'as pas eu de nouvelles depuis un moment, je pense.

Marion ne put garder sa contenance, des larmes quittèrent la commissure de ses yeux.

— Ça fera bientôt trois semaines. D'habitude, je reçois une lettre toutes les semaines.

La voiture s'était arrêtée près des deux jeunes femmes, mais aucune ne lui prêta attention.

— Ces temps-ci, les transports sont tellement incertains, dit Thalie.

Marion hocha la tête, puis murmura :

— Vous devez y aller, maintenant.

Puis la jeune femme tourna les talons pour rentrer dans la maison.

— Je commençais à penser que vous prendriez racine, remarqua le caporal Stevens quand Thalie occupa le siège du passager.

— Le soin de nos patientes exige un minimum de concertation, vous savez.

Le sous-officier démarra en hochant la tête, tout de même sceptique. L'état des convalescentes ne devait pas souvent conduire les infirmières au bord des larmes.

— J'aurais pu me rendre là-bas à bicyclette, remarqua Thalie au moment où le véhicule s'engageait sur la route.

— Pour vous retrouver trempée au retour.

De lourds nuages gris pesaient sur la région depuis le matin, la journée ne se terminerait pas sans une bonne averse. En voiture, le trajet jusqu'à Digswell Place ne prenait que quelques minutes, un temps trop court pour permettre la conversation.

— Je vous reconduirai à la maison dans une heure ou deux, dit le sous-officier.

— Deux heures ? Il s'agit de prendre le thé.

— Alors, dans dix minutes, si vous préférez.

Le ton un peu moqueur troubla la médecin. Son malaise devait être bien évident. Elle marcha vers la porte d'un pas déterminé. À l'intérieur, un bruit de machines à écrire l'accueillit sur sa droite. L'armée produisait toujours un océan de paperasse. Puis madame Maitland apparut au bas de l'escalier, très élégante, un rang de perles autour du cou. Thalie se réjouit d'avoir laissé sa modeste robe de côté.

— Docteure Picard, comme je suis heureuse de vous revoir enfin.

Le sourire semblait sincère, la poignée de main, chaleureuse.

— Madame Maitland, je vous remercie de m'avoir invitée.

L'hôtesse s'engagea dans l'escalier, suivie de la médecin. Dans le petit salon, un plateau portant des biscuits et des sandwichs se trouvait déjà sur la table.

— Si vous voulez occuper ce fauteuil, dit madame Maitland.

Tout en parlant, elle tirait sur un ruban situé près d'une fenêtre. Quelque part dans la cuisine, une cloche indiquait le moment de monter la boisson chaude. Puis elle occupa le siège placé en face de Thalie.

— Le colonel Bolton me dit que vous acceptez de bonne grâce de quitter Digswell House pour rejoindre de nouveaux quartiers.

— Dans l'armée, je ne crois pas que nous ayons le droit de prendre les ordres d'une autre façon.

La châtelaine remarqua, un peu moqueuse :

— Vous ne donnez pas l'impression d'être une fanatique de la discipline militaire.

Cette fois, Thalie ne put retenir un sourire sincère. La domestique arriva à ce moment-là avec un plateau portant une théière et deux tasses. Le temps de placer le tout sur la table, et la vieille employée disparut.

— Je ne suis pas tellement attachée à ces grandes demeures… d'une autre époque, dit la médecin en choisissant ses mots (elle avait failli dire «des grands bourgeois»). Le parc manquera toutefois à mes patientes, même si la ville leur fournira l'occasion de se dégourdir les jambes.

À Disgwell House, les convalescentes demeuraient le plus souvent à portée de vue du personnel, des bancs permettaient de ménager leurs efforts.

— Pour la maison proprement dite…

Au lieu de répéter son désintérêt, Thalie se montra plus franche :

— Je comprends très bien qu'on ne peut plus accaparer tout cet espace pour une quinzaine de patientes alors que des centaines de blessés engorgent les hôpitaux. Ce qui me semble toutefois ridicule, c'est que je ne pourrai pas soigner les officiers qui viendront à Digswell House. Après tout, j'ai bien montré que je savais m'occuper des blessés, l'autre jour.

L'allusion au centre de tri la rendit morose. Le sort de tous ces hommes au corps brisé la hantait toujours. Mais il ne servirait à rien de se plaindre de l'absurdité de la guerre. Les livres d'histoire indiquaient que ce genre d'hécatombe revenait avec une affreuse régularité.

— Certaines habitudes sont difficiles à oublier.

Madame Maitland avait versé le thé dès le début de la conversation. Elle porta sa tasse à sa bouche. Thalie trouva préférable de faire de même au lieu de s'engager dans un autre plaidoyer pour le droit des femmes à exercer pleinement leur profession.

— Ce raid… commença l'hôtesse. Les Canadiens ont montré un courage extraordinaire.

Que répondre ? Tous les journaux répétaient cela, au Canada et au Royaume-Uni. À en croire ces derniers, même la presse allemande leur rendait cet hommage.

— Un courage bien inutile. L'opération n'a pas affaibli l'ennemi. Le seul résultat est l'hécatombe de nos hommes.

La grande bourgeoise se troubla un peu, puis répéta la justification présentée dans tous les quotidiens.

— Je sais bien que leur sacrifice a été cruel, mais nous savons maintenant comment procéder à un débarquement grâce à ces héros.

La visiteuse esquissa d'abord un sourire incertain, puis remarqua :

— Je ne m'attends pas à ce que les journaux soumis à la censure parlent d'une opération mal planifiée et mal appuyée par l'aviation et la marine, avec des objectifs fumeux.

Embarrassée, madame Maitland s'intéressa un moment à sa tasse de thé. Thalie poussa son argument un peu plus loin.

— La radio de Hambourg dit exactement cela : inutile et mal planifiée.

— Hambourg ? Vous ne devriez pas écouter ça.

Le « ça » paraissait désigner quelque chose de franchement répugnant.

— Si je peux faire la part des choses quand j'écoute la BBC, ne craignez rien, j'y arrive aussi avec la propagande ennemie.

— Vous faites partie des forces armées. Si quelqu'un le savait…

Déjà, les trois infirmières de Digswell House, et sans doute les domestiques, ne l'ignoraient pas.

— Si vous ne le dites à personne, qui le saura ?

Le sourire de la médecin contenait un défi. Si son interlocutrice répétait l'information au responsable du service de santé de l'armée canadienne, le colonel Bolton lui ferait des remontrances, si ce n'était pire. Aussi choisit-elle de changer tout à fait le cours de la conversation.

— L'absence du colonel Maitland doit vous peser beaucoup.

La tasse de l'hôtesse trembla un peu dans sa main lorsqu'elle prit une gorgée.

— Compte tenu de son occupation, ses absences font partie de la routine. Je suis née dans une famille de militaires, je savais à quoi m'attendre. Évidemment, en temps de guerre, ça devient insupportable.

La tristesse du ton amena Thalie à regretter d'avoir amené ce sujet. Les nouvelles parlaient de combats farouches en Afrique du Nord. Jusque-là, elle avait cru que les colonels se tenaient loin des premières lignes. Le souvenir de Dollard Ménard lui prouvait le contraire.

— Vous réussissez à obtenir de ses nouvelles ?

La médecin pensait à la mine attristée de Marion, une heure plus tôt.

— Moins souvent que je le voudrais. En plus de ses lettres, parfois des messages transitent par des collègues.

Une fois lancée dans cette direction, madame Maitland continua les confidences sur sa vie d'épouse d'officier. À la fin, Thalie en vint à préférer sa situation à celle de cette femme. Le rang de perles ne l'impressionnait plus guère.

Tôt le lundi matin suivant, l'appel du colonel Bolton interrompit le déjeuner de Thalie. À cette heure, il n'entendait certainement pas lui parler des réaménagements prévus à Digswell House. Sa main tremblait un peu au moment de prendre le combiné.

— Colonel ?

— Docteure Picard, les informations sont décevantes. La Croix-Rouge nous a fait parvenir une dernière liste. Votre cousin ne figure ni parmi les morts, ni parmi les blessés.

Cela ne la surprenait pas vraiment, pas après le passage de tant de jours. Déjà, l'éventualité d'une disparition en mer lui était venue à l'esprit.

— Que se passera-t-il, maintenant?

— Pendant les prochaines semaines, rien. Par la suite, nous écrirons aux proches pour parler de sa mort probable.

— Mais s'il n'y a pas de preuves...

— Après un mois ou deux, cela signifiera que nous n'en aurons jamais. Les laisser dans l'attente serait cruel, ne croyez-vous pas? Pour continuer leur vie, les gens doivent faire leur deuil. Puis il y a des considérations légales.

Des parents devaient ranger leur fils dans un tiroir de leurs souvenirs, des épouses ou des fiancées découvrir l'existence d'autres hommes, des héritages demeuraient sans doute à transmettre. Tout cela exigeait un dénouement officiel.

— Je suis désolé, docteure Picard, dit Bolton en guise de conclusion.

— Je vous remercie, colonel.

Au moment où elle raccrochait, Marion passa la tête dans l'embrasure d'une porte.

— Ça ira, docteure?

— Aucune trace de lui.

Marion se mordit la lèvre inférieure. Tous les jours, la hantise de recevoir une nouvelle semblable à propos de son fiancé l'habitait. Heureusement, ce matin était arrivée une lettre longuement attendue.

— Je ferai ma tournée un peu plus tard aujourd'hui.

La praticienne se dirigea vers l'escalier d'un pas machinal, puis regagna sa chambre. Une nouvelle fois, elle prit dans ses mains l'enveloppe laissée par Thomas. Le jeune homme souhaitait que son père la reçoive s'il mourait. Que faire dans le cas d'une disparition? Comment mieux respecter sa volonté? Officiellement, il serait déclaré mort dans quelques semaines.

Dans le cas des aviateurs, des hommes sautaient en parachute dans des endroits isolés, mettaient ensuite une éternité à rejoindre leurs semblables. On pouvait toujours imaginer des marins réfugiés sur une île déserte. Aucun scénario de ce genre ne pouvait concerner Thomas. Il y avait Dieppe, l'Angleterre, la Manche entre les deux. Le lieutenant n'étant pas revenu, la Croix-Rouge ne le retrouvant pas parmi les cadavres sur la plage ni dans les camps allemands, sa sépulture devait être la mer.

Dans ce cas, le respect de la promesse donnée s'imposait. Ce garçon ne parlerait jamais directement à son père, mais il lui avait confié ses mots. L'idée de le trahir lui paraissait insupportable. La larme à l'œil, elle rejoignit son bureau, chercha une grande enveloppe pour y mettre la plus petite, recopia soigneusement l'adresse. Ensuite, un petit feuillet sous les yeux, le bout de sa plume entre ses dents, elle attendit patiemment les mots, les phrases. Vers midi, elle prendrait sa bicyclette pour se rendre au bureau de poste de Welwyn Garden City.

La blessure au dos était si grave que Thomas Picard dut séjourner plus de deux semaines dans son hôpital de campagne ennemi. Pire, au moment de son transfert vers l'Allemagne, il ne pouvait toujours pas se mouvoir. Le lieutenant était étendu sur le ventre sur une couchette étroite, la poitrine entourée d'épais bandages. Une bonne vingtaine de blessés partageaient son wagon, installés sur des lits superposés. La plupart étaient des soldats allemands en route vers leur pays après une blessure invalidante. Pour les trois prisonniers de guerre, l'avenir serait moins rose.

Thomas occupait une couchette près du plancher, sa vision du monde se limitait aux jambes des soignants. Un médecin se trouvait là, aisément identifiable à son sarrau blanc. Les infirmières lui présentaient de jolis mollets. Le nylon étant plus rare encore qu'en Amérique, aucune ne portait de bas.

— Bénéficierez-vous d'une longue permission ? demanda-t-il en anglais à la plus proche.

Au cours des deux dernières semaines, non seulement le lieutenant avait-il repéré celles qui se débrouillaient assez bien dans cette langue, mais il maîtrisait déjà une quarantaine de phrases simples en allemand. Cet apprentissage lui avait permis de chasser un peu ses idées noires. D'abord, pendant des jours il avait craint de ne pas retrouver l'usage de ses jambes. Puis la vie dans un camp de concentration ne lui laissait présager rien de bon. Il était difficile de garder le moral.

— Deux semaines. L'un de mes frères doit se marier.

La tristesse dans la voix amena le garçon à rétorquer :

— Vous doutez de l'accueil que vous réservera votre belle-sœur ?

L'infirmière hésita un moment sur le sens de *sister-in-law*, puis elle expliqua :

— Non, c'est une gentille fille. Mon frère se dirigera vers le front de l'est.

Malgré la progression rapide de la Wehrmacht sur le territoire russe l'année précédente, plus personne n'espérait une victoire facile. Pour la première fois depuis 1939, les pertes prenaient des proportions inquiétantes, le génie militaire d'Adolf Hitler soulevait des doutes.

— Je comprends.

Après des jours à compter sur ces femmes pour satisfaire ses besoins de base, impossible de ne pas ressentir une certaine sympathie. L'infirmière lui adressa un sourire contraint.

— Vous voulez de quoi boire ?

— Non, pas tout de suite. Toutefois, pouvez-vous me dire où nous sommes ?

Comme l'Allemande se montrait hésitante, il insista :

— Voyons, vous ne craignez pas que j'assomme tout le monde pour prendre la fuite en courant…

L'image lui tira un sourire. Depuis peu, il arrivait à grand-peine à se rendre seul aux latrines. Il ne présentait pas la moindre menace.

— Nous serons à Paris dans une demi-heure. Ce wagon sera ensuite rattaché à un train-hôpital à destination de Berlin. Je retrouverai ma famille là-bas.

La capitale de l'Allemagne, autrement dit à l'autre bout du monde.

— Ensuite, que m'arrivera-t-il ?

— Les camps de prisonniers réservés aux Alliés se trouvent plus à l'est.

— Je veux dire… resterai-je infirme ?

Seule une consommation régulière d'opiacés lui permettait de calmer la douleur. Il lui semblait improbable qu'il puisse de nouveau marcher normalement.

— Vous passerez encore un moment couché sur le ventre, puis tout ira mieux.

Thomas aurait préféré entendre ces mots de la bouche d'un médecin, mais il souhaita faire confiance à cette femme. Cette réflexion l'amena à penser à Thalie. De façon tout à fait irrationnelle, la présence de cette parente de ce côté de l'Atlantique le rassurait un peu.

Son interlocutrice s'occupa des autres blessés. Comme elle l'avait dit, bientôt le train entra dans Paris. Pendant deux heures, le wagon demeura immobile sur une voie d'évitement. Un choc indiqua qu'on l'attachait à une autre locomotive. Un va-et-vient se produisit, des officiers supérieurs s'arrêtèrent devant les rangées de couchettes. Ils pointaient du doigt les prisonniers tout en discutant. Après quelques minutes, ces hommes quittèrent les lieux. Le jeune lieutenant attendit le passage de l'infirmière pour demander :

— Ces grosses légumes, que racontaient-ils ?

La jeune femme accepta de s'arrêter de nouveau pour lui faire la conversation.

— Le colonel expliquait combien vos supérieurs sont des imbéciles. Ce débarquement vous condamnait au massacre.

— Pour une fois, je suis d'accord avec votre état-major !

— Jamais vous ne serez capables de prendre pied en Europe.

Cette fois, Thomas se garda bien de donner son assentiment. En plus grand nombre, les assaillants auraient connu un meilleur sort.

— Toutefois, il a ajouté que les Canadiens ont montré un courage exceptionnel. Comme s'ils étaient cloués sur la plage, prêts à se battre jusqu'à la dernière cartouche.

L'appréciation fit plaisir au lieutenant. Les armées allemandes avaient multiplié les victoires depuis trois ans. Cela leur conférait une certaine expérience pour jauger leurs adversaires. Quand l'infirmière s'éloigna de nouveau, un blessé américain s'adressa à Thomas :

— Au train où ça va, tu vas l'épouser avant la fin de la guerre.

Le soldat occupait la couchette supérieure depuis le départ des environs de Dieppe. Quelques dizaines d'hommes des États-Unis avaient participé au raid, essuyant de lourdes pertes.

— Elle m'a torché depuis le premier jour, puis m'a fait la conversation aussi souvent que possible. C'est une bonne fille, répondit Thomas.

— Une nazie.

Les derniers jours donnaient une perception plus nuancée des choses au jeune lieutenant. Bientôt, il s'ennuierait de la bienveillance de cette femme.

À Berlin, les blessés allemands furent tous descendus sur le quai, des ambulances les attendaient. Leur place fut occupée par des prisonniers de guerre de diverses nationalités. Avant de débarquer à son tour, l'infirmière vint saluer une dernière fois son patient canadien.

— Vous ne m'avez jamais donné votre prénom, remarqua Thomas.

— Brunhilde, consentit à dire la jeune femme après une hésitation.

Le son un peu rugueux de ce nom cadrait mal avec les traits réguliers et la chevelure blonde. Il allait lui dire adieu quand des membres de la police militaire montèrent à bord du wagon en compagnie d'un médecin, celui qui avait pris le relais au moment de quitter la capitale française. Du doigt, il désigna certains blessés. Tout de suite, des soldats s'approchèrent pour leur passer des menottes.

Le lieutenant protesta un peu quand ce fut son tour. L'infirmière interrogea son supérieur d'un ton empreint de respect. Ensuite, elle expliqua d'une voix sévère :

— On a trouvé une consigne écrite sur le corps d'un officier canadien tué à Dieppe. Elle prévoyait que les prisonniers allemands seraient mis aux fers en contravention de tous les traités internationaux.

La femme paraissait tout à fait outrée par un tel ordre.

— Vous subirez le même traitement.

Sur ces mots, l'infirmière quitta le wagon.

— Adieu, Brunhilde, grommela Thomas au moment où les fers enserrèrent ses poignets.

Voilà qui laissait présager des conditions difficiles. Au gré des nombreux arrêts pour laisser passer des convois militaires, il fallut plus de vingt-quatre heures pour se rendre jusqu'en Prusse. Ce serait avec ces bracelets d'acier que Thomas descendrait au Lazarett, l'hôpital d'un camp de concentration.

Dès qu'il était monté dans le train avec sa femme, Fernand avait mesuré une nouvelle fois toutes ses lacunes en anglais. Que ce soit pour comprendre les directives au moment de changer de train, ou commander un repas, Élise et lui devaient combiner leurs connaissances pour se débrouiller.

— Nous aurons l'air fin dans cette ville, dit le notaire en récupérant les deux valises dans le porte-bagage.

— Avec un peu de chance, Béatrice n'a pas oublié toutes ses notions de français depuis avril dernier. Nous pourrons compter sur elle.

— Tout de même, ma propre ignorance me déçoit. Dire qu'on prenait des cours au séminaire !

Le couple était descendu à la gare de New Haven depuis quelques minutes. Le nombre de militaires se révélait impressionnant dans ce pays aussi. Les États-Unis étaient en guerre depuis neuf mois, la mobilisation allait bon train. En mettant le pied sur le quai, Fernand retrouva toute sa bonne humeur. Sa fille se tenait là, jolie dans sa robe bleue, comme d'habitude, ses cheveux attachés sur sa nuque. Cette coiffure la vieillissait un peu. Enfin, le père jugea que

Béatrice ne pouvait avoir changé en si peu de temps, son impression devait tenir à ce détail.

Après un échange de bises, elle demanda :

— Vous avez fait bon voyage ?

— Très bon, si on omet le fait qu'on devait tout répéter trois fois.

Dehors, les deux valises à la main, Fernand se dirigea vers un alignement de taxis.

— Nous allons par là, dit la blonde. J'ai emprunté une voiture.

Fernand et Élise échangèrent un regard. Béatrice s'arrêta à la hauteur d'une vieille Ford pour en déverrouiller le coffre. Son père y déposa les bagages. Quand il ouvrit la portière avant côté passager pour sa femme, celle-ci déclara :

— Je monte derrière.

Élise préférait ne pas troubler les retrouvailles, ces deux-là s'ennuyaient trop l'un de l'autre. La blonde démarra, braqua les roues avant pour se dégager.

— Tu ne m'as jamais raconté comment tu as appris à conduire.

— Quand les autres étudiants ont compris que je n'en étais pas capable, ils se sont donné la mission de m'apprendre. Dans ce pays, des gens n'ont parfois pas de maison, mais tout le monde roule.

— Et quelqu'un te prête sa voiture, comme ça !

Il fit le geste de claquer des doigts. À l'arrière, la belle-mère eut un petit sourire. Son époux aurait du mal à laisser son hirondelle s'envoler.

— Un ami. Je veux vous le présenter demain.

Voilà de quoi réduire Fernand au silence. Ils roulaient depuis un moment quand Béatrice ralentit devant un grand immeuble gris.

— Je travaille ici.

— Dans un hôpital psychiatrique ?

L'édifice ressemblait tout à fait à une prison.

— Pour les psychologues, ce n'est pas rare, répliqua-t-elle avec un sourire.

L'arrêt suivant eut lieu devant un petit hôtel. En éteignant le moteur, Béatrice dit :

— Vous pouvez venir dormir à la maison, vraiment.

— Pour te condamner à coucher sur le canapé ? Nous serons très bien ici.

La jeune femme n'insista pas. Son appartement comptait un lit et deux fauteuils.

— Veux-tu que je descende, pour l'enregistrement ?

— Si nous n'y arrivons pas à deux, nous dormirons sur des bancs de parc. Donne-moi les clés, je vais prendre les valises dans le coffre.

Fernand descendit, Élise s'attarda un peu, se pencha en direction de la conductrice :

— Tu vas bien ?

— Oui, je vais bien.

— Vraiment ?

Le ton de la belle-mère contenait une pointe d'humour. Elle enchaîna :

— Cette voiture ?

— Voilà une raison supplémentaire de bien me porter.

Elle évoquait certainement celui qui la lui avait prêtée. La belle-mère lui adressa un sourire de connivence, puis retrouva son mari. Après les derniers bonsoirs échangés près de l'automobile, ils se quittèrent.

Depuis une semaine, des ouvriers choisis parmi les membres de l'armée canadienne prenaient en charge les rénovations à apporter à Digswell House. Il leur restait une autre semaine de travail.

— C'est donc vrai, nous allons nous faire chasser comme ça ? demanda une patiente au moment de l'auscultation.

Cette couaque venait tout juste de faire la traversée de l'Atlantique. Une mauvaise chute sur le quai au moment de débarquer lui valait ce long séjour à la campagne.

— La maison est aux trois quarts inoccupée, expliqua Thalie. Ce serait scandaleux de ne pas faire de la place à tous les blessés de Dieppe.

Depuis sa journée au centre de tri, la praticienne éprouvait un grand respect pour les combattants. Une fois la surprise passée, elle s'était vite fait à l'idée d'abandonner ces locaux.

— Nous serons très bien à Welwyn Garden City, continua-t-elle. L'endroit sera même mieux adapté à la prestation des soins.

— Mais il n'y aura plus ce grand parc.

Plus que la demeure monumentale, l'ombre des grands arbres faisait de ce lieu un endroit attachant. On pouvait errer toute une journée dans les sentiers sans jamais croiser personne.

— Quand même, on appelle cet endroit une cité jardin. Les espaces verts ne nous manqueront pas, vous verrez.

Un peu lasse de répéter à chacune ces arguments, la praticienne fut heureuse de voir Mildred venir dans sa direction.

— Docteure Picard, le colonel Bolton au téléphone.

Depuis le début des travaux, l'officier l'appelait si souvent qu'elle en venait à espérer un déménagement immédiat. L'homme paraissait souhaiter qu'elle lui rende compte de toutes les étapes.

— Colonel, je vous écoute.

— Docteure, votre cousin est vivant. Je viens juste de recevoir l'information.

— Comment ça ? demanda l'omnipraticienne, surprise. Voilà trois semaines qu'il est porté disparu.

— Il a été blessé assez gravement sur la plage, il se trouvait dans un hôpital de campagne allemand, plutôt qu'à celui de la ville. Quelqu'un, quelque part, a oublié de nous signaler son existence.

Dans ce grand désordre de la guerre, il fallait accepter les ratés administratifs avec bénignité. Thalie ne se réjouissait pas encore de l'information. Elle se sentait plutôt troublée, comme si ce jeune homme revenait d'entre les morts.

— Je vous remercie, colonel. Je suppose que ses parents à Québec ont appris la nouvelle.

— Si ce n'est pas déjà fait, ça ne tardera pas.

La conversation se termina par une allusion au déménagement prochain.

L'Université Yale se trouvait un peu à l'écart du centre de la ville de New Haven, un regroupement d'immeubles de brique pour la plupart, de pierre parfois, avec certaines façades agrémentées de lierre. Le père et la belle-mère de Béatrice ouvraient de grands yeux surpris sur les dizaines de jeunes gens. Depuis plus d'un an, la blonde étudiait là, les lieux lui étaient devenus familiers. Le premier contact demeurait toutefois impressionnant.

— Nous sommes samedi, on ne donne pas de cours aujourd'hui, remarqua Fernand devant le grand nombre d'étudiants des deux sexes devisant sur les pelouses.

— Les résidences se trouvent au fond là-bas, la bibliothèque de l'autre côté, les laboratoires de science doivent être remplis d'étudiants. Tout est désert les dimanches, toutefois.

— Ça doit être l'éthique protestante, se moqua le notaire.

— Plutôt la peur du prochain examen.

La jeune femme s'arrêta un peu brutalement devant le département des sciences cognitives. Visiblement, la conduite automobile ne lui était pas encore familière.

— Tu crois que c'est la chose à faire ? dit son père.

— Ce monsieur a été très attentionné avec moi. Je serais ingrate de venir ici sans le saluer, et lui présenter les personnes qui comptent pour moi.

— Ingrate ! grommela Fernand en descendant de la voiture. Je ne comprendrai rien de ce qu'il dira, et lui non plus.

— Serais-tu timide, par hasard ? demanda Béatrice en riant.

— Où penses-tu avoir trouvé tes joues rougissantes ?

Ils devaient aborder le sujet pour la millième fois. Élise les suivit en souriant. La blonde tenait à leur faire voir sa vie, s'afficher en contrôle de son existence, enfin. Puis son séjour en ces lieux coûtait une petite fortune, il lui importait de montrer qu'elle faisait bon usage de la générosité paternelle.

Le grand édifice était plutôt défraîchi avec ses planchers usés par les pas de tant de générations d'étudiants et sa peinture vieille de plusieurs années, au point d'offrir des teintes plus foncées qu'au moment de son application. Après des bureaux administratifs, ils passèrent devant quelques classes et un grand amphithéâtre, puis ils prirent un couloir vers la gauche.

Une seule porte était ouverte, la doctorante se planta devant, frappa doucement sur le cadre.

— Docteur Watson, j'aimerais vous présenter mes parents.

Élise apprécia qu'elle formule la chose ainsi au lieu de dire «Mon père et sa compagne», ce qui contenait toujours une exclusion.

— Ah! Bien sûr, Béatrice. Avec plaisir.

L'homme écorchait son prénom, mais l'affection marquait sa voix. Quittant son siège pour s'approcher, au passage il lui effleura le bras du bout des doigts, une façon de lui dire son plaisir de la voir. La jeune femme évoqua Québec, la fonction de *sollicitor* au moment de présenter son père, celle de *thesis director*. Peut-être à cause de l'accent de sa fille, Fernand la comprenait sans mal. Le psychologue se déclara de nouveau *very pleased*.

Quand il enchaîna, le notaire perdit bien vite le fil de la conversation. Tout de même, certains qualificatifs paraissaient élogieux, le rose sur les joues de sa fille lui en donna l'assurance. Surtout, elle s'abstint de traduire. L'échange se poursuivit quelques minutes, un peu emprunté, puis ils se séparèrent sur une dernière poignée de main.

De retour à la voiture, le père demanda, taquin :

— Pourquoi as-tu cessé de nous préciser le sens de ses paroles?

Comme elle ne répondait pas, il continua en s'assoyant dans le véhicule :

— Cet homme semble te tenir en haute estime.

À l'arrière, Élise crut percevoir une petite pointe de jalousie, comme s'il craignait de perdre sa place.

— Monsieur Watson pense que j'ai du talent. Puis mon air de fillette perdue toute seule dans un pays étranger m'a valu sa compassion.

— Crois-tu vraiment ressembler à une fillette?

La suite de la journée prouva que ce n'était pas le cas. À l'heure du souper, le propriétaire de l'automobile d'avant-guerre prêtée à la blonde apparut, un grand jeune homme aux épaules larges. Il devait être fortement entiché, car il commença dans un français laborieux :

— Madame Picard, monsieur Picard, je suis enchanté de vous connaître.

Il avait dû lui falloir une bonne heure d'apprentissage pour prononcer ces quelques mots.

— Nous le sommes aussi, commença Fernand.

— Art étudie la médecine, s'empressa de préciser Béatrice en anglais.

Art pour Arthur. Un parti parfait, promis à un bel avenir. Pendant tout le souper, la conversation s'arrêta souvent. Faute de sujets à partager, mais surtout à cause de l'obstacle de la langue. Le jeune homme tentait de compenser à force de sourires, pour mettre les visiteurs un peu plus à l'aise. Les poignées de main se révélèrent chaleureuses au moment de se quitter.

Chapitre 20

Deux heures plus tard, étendu dans son lit, le notaire gardait toujours les yeux fixés au plafond. À ses côtés, Élise murmura :

— Ils étaient charmants.

— … Tout à fait. Il ne ratait pas une occasion de lui effleurer la main. Alors, imagine ce qui se passait sous la table !

— Voyons, ne dis pas ça.

— Pourquoi ? Je faisais la même chose de mon côté.

Évidemment, dans les moments un peu embarrassants, une pression des doigts sur la cuisse d'une personne aimée rassurait.

— Dans ce cas, pourquoi je ne vois pas un sourire sans réserve sur ton visage ?

— Antoine père de famille, ma fille amoureuse, Charles dans un petit appartement de la Grande Allée. Rien de tout cela ne me rajeunit.

— Mon pauvre vieux…

Élise chercha le creux de l'épaule de son mari, y posa la tête. Il ne se montrait pas si vieux, finalement.

— Puis imagines-tu tout le travail en perspective ? J'ai compris trois phrases dans tout ce qu'il a dit, les trois fois il me demandait si nous avions fait un bon voyage. Je m'inscris à un cours d'anglais en revenant.

— Sans compter que si tu as des petits-enfants…

Cette fois, Élise ne put retenir son fou rire. Son mari vivrait sans mal cette nouvelle réalité, mais toutefois avec une petite nostalgie : quelqu'un s'occuperait de sa fille chérie à sa place, désormais.

Sur le quai de la gare, le petit groupe des Dupire se tenait devant la porte d'un wagon, partageant la même émotion.

— Merci d'être venus, insistait Béatrice.

— Ce ne sera pas la dernière fois, maintenant je sais que je peux commander un repas ou réserver une chambre en anglais. Où que tu sois, j'accepterai tes invitations.

L'étreinte dura un long moment. En se séparant de sa fille, l'homme dit encore :

— Tu as rencontré un bon garçon, je pense.

Cette fois, Béatrice renifla un peu, soucieuse de ne pas pleurer. Élise la prit dans ses bras à son tour. À la fin, voulant éviter que sa tristesse soit mal interprétée, la jeune femme précisa :

— Il pense à s'enrôler dans l'armée.

Personne ne lésinait avec le patriotisme, depuis l'attaque de Pearl Harbor. Toute une génération faisait comme lui. Le temps d'attente du départ du train ne permit pas à la jeune femme de retrouver toute sa contenance. Depuis la fenêtre de son wagon, Fernand la regarda penchée vers l'avant, les épaules secouées.

En rentrant à la maison après une longue journée à l'hôpital psychiatrique, comme tous les jours Béatrice ouvrit sa boîte aux lettres. Ce 15 septembre, une seule enveloppe l'attendait. Le timbre l'étonna d'abord : ni canadien, ni américain, mais anglais. Puis l'adresse de l'expéditeur, l'hôpital militaire d'Aldershot, au Royaume-Uni.

Un peu paniquée, elle monta l'escalier deux marches à la fois. En entrant chez elle, la jeune femme lança :

— Art, je viens de recevoir une lettre de mon demi-frère.

— C'est la première, non ?

L'étudiant en médecine connaissait l'existence de ce parent, et tous les principaux événements de la vie familiale de son amoureuse.

— Une carte au printemps pour me donner son adresse, puis rien d'autre.

Ce silence l'avait blessée. Considérait-il que leur rencontre à Québec, en avril dernier, représentait des adieux définitifs ? Elle l'avait cru jusqu'à cet instant.

Son compagnon était assis dans la cuisine, quelques documents posés sur la table. Après un baiser, elle prit place juste en face de lui, coupa le rabat de l'enveloppe et sortit une fine feuille de papier, d'un bleu pâle.

Chère petite sœur,
Je suis tombé du ciel après avoir perdu quelques plumes. Maintenant on me les a recollées, je devrais m'envoler de nouveau bientôt.

La nouvelle lui fit monter des larmes aux yeux. Elle recommença sa lecture à haute voix, pour le bénéfice du jeune homme.

Dans une semaine, je dois me retrouver dans une maison de convalescence. Comme je suis maintenant en congé, je prendrai de nouveau la plume pour te raconter mes derniers mois par le menu.

La lecture se termina sur un sanglot. La pudeur amena Béatrice à dissimuler son visage derrière ses mains. Art quitta sa place pour venir mettre son bras autour de ses épaules.

— Voyons, maintenant il se porte bien, il te le dit lui-même.

Ce garçon, si sensible d'habitude, ne comprenait rien cette fois. La jolie blonde ne pleurait pas sur le sort de son demi-frère. Ses yeux ne se détachaient pas des documents d'enrôlement posés sur la table. La formation en médecine de son compagnon se continuerait dans un hôpital près des champs de bataille. Bientôt, elle s'inquiéterait pour un demi-frère retrouvé quelques années auparavant et pour celui qui souhaitait se fiancer avec elle avant son départ.

Après l'arrivée du premier télégramme, dans la maisonnée Paquet tous vivaient dans la terreur des prochains coups contre la porte. Les proches de la famille s'étaient vu ordonner de téléphoner avant de rendre une visite, et on ne faisait plus rien livrer. Il restait le facteur, lors de livraisons spéciales, ou les employés des compagnies de télégraphe. Dans ces deux éventualités, cela signifiait une mauvaise nouvelle.

Quand les bruits secs se firent entendre, monsieur le juge et sa dame profitaient d'une promenade sur les plaines d'Abraham. Dans le salon, Évelyne appuya sa tête contre le dossier de son fauteuil. Lorsqu'elle cligna les yeux, deux larmes coulèrent sur ses joues, elle cessa tout à fait de respirer.

— Madame, fit une voix venue d'un autre monde.

La femme souleva une paupière. La domestique se tenait tout près, aussi terrorisée que sa patronne. Des années de cohabitation dans cette grande maison l'avaient attachée à l'enfant, puis à l'adolescent mélancolique. Sa main tendait le télégramme, Évelyne ne se décidait pas à le prendre.

— S'il vous plaît, madame.

La mère voulait prolonger le moment où elle ne savait pas vraiment, où l'espoir demeurait encore possible. À la fin, la pitié pour la vieille bonne la força à agir. Tout de suite, comme pour s'épargner une scène intolérable, la domestique sortit, puis s'appuya au mur, assez loin pour s'enfuir au premier cri, assez près pour accourir si ça se révélait absolument nécessaire.

Dans le salon, Évelyne ouvrit enfin la feuille de papier. Les mots s'emmêlèrent. Puis l'un d'eux retint son attention. Prisonnier. À Lazarett, comme dans Lazare, l'homme ramené à la vie par Jésus. Le miracle se répétait. Repris dans le contexte de 1942, le mot faisait penser à un hôpital.

— Il est vivant ! cria-t-elle assez fort pour être entendue de l'employée de la maison.

Un sanglot lui répondit. Elle recommença la lecture. Prisonnier de guerre après un long séjour dans un hôpital, écrivait un officier. Tout en bas se trouvait une promesse, celle de recevoir un mot de Thomas bientôt. Et une adresse ensuite, celle de la Croix-Rouge en Suisse, pour lui écrire. L'organisation internationale s'occuperait de faire transiter lettres et colis.

Pendant une demi-heure, immobile, pleurant en silence, elle remercia la Vierge, les trois personnes en Dieu et tous les saints et les saintes dont ses années au couvent lui avaient permis d'apprendre le nom. Puis lui vint l'envie de courir en direction des Plaines afin de partager la nouvelle avec ses parents. Le risque de ne pas les trouver dans ce grand parc la retint. De toute façon, ils ne marcheraient pas toute la matinée et seraient bientôt de retour.

Elle trouva l'énergie pour se lever, le télégramme toujours à la main. La domestique était retournée dans la cuisine, les yeux gonflés, déjà occupée à préparer le dîner.

— Je vais sortir. Vous expliquerez à maman et papa que Thomas se trouve dans un camp de prisonniers en Allemagne.

— Oui, madame. Ils seront si heureux.

Évelyne n'en doutait pas. Même le juge laisserait sans doute couler une larme.

— Je serai de retour pour le repas.

La femme monta ensuite à sa chambre pour prendre son chapeau et son sac. À cette heure de la journée, on lui pardonnerait bien de ne pas mettre de gants. Dehors, le 10 septembre 1942 lui parut magnifique.

Édouard,

J'ai eu l'occasion de rencontrer Thomas au moment de mon passage en Angleterre. Il m'a remis une lettre à ton intention. Je devais t'envoyer ceci en cas de décès. Comme il est porté disparu depuis le 19 août, je ne sais pas quoi faire pour respecter sa volonté. Je te l'envoie, tu jugeras si tu veux l'ouvrir, ou attendre.

Je suis désolée,

Thalie

— "Je suis désolée"... La salope a dû se forcer pour écrire ces mots, grommela le vendeur.

Cette satanée cousine le traitait de lâche, vingt-cinq ans plus tôt, aujourd'hui elle portait l'uniforme et se faisait amie-ami avec son fils. Ils devaient bien s'entendre, ces deux-là.

Puis cette lettre. Il la tournait en tous sens. Bien sûr, cette femme devait avoir lu ce texte, juste pour fouiller dans les affaires des autres. Qu'elle soit cachetée n'y changeait rien, elle avait pu l'ouvrir et changer ensuite d'enveloppe sans problème. Un moment, l'envie lui vint de la réduire en tout petits morceaux, pour les jeter ensuite dans les toilettes.

La colère contre ce petit idiot lui permettait de réprimer sa douleur. Jusque-là, avec un effort considérable, il arrivait à prendre le mot « disparu » au pied de la lettre. Cela ne signifiait pas « mort au combat ». Sa faculté de demeurer optimiste l'aidait à repousser les pires scénarios. Dans les journaux, les listes des victimes s'allongeaient, les tués se comptaient maintenant par centaines, mais ce père croyait son fils toujours vivant, jusqu'à ce qu'on lui affirme le contraire.

Dans une certaine mesure, la lettre ruinait ses espoirs. Cette médecin croyait à la mort de Thomas, ça lui semblait évident. Alors, elle lui communiquait ce message posthume. Édouard déchira le rabat avec rage, sortit deux feuillets blancs. Il trouva l'écriture enfantine, de grosses lettres tracées maladroitement, avec colère, au point d'avoir déchiré le papier par endroit. Le contenu ne le surprit guère, les reproches d'un enfant malheureux. La séparation d'abord, puis l'accusation de négligence, les rendez-vous manqués pour rencontrer des putains, la honte au moment du naufrage du commerce en 1932. La finale, il aurait pu l'écrire lui-même : s'enrôler pour restaurer l'honneur de son nom.

— Petit imbécile !

Il n'était pas spécialement doué pour comprendre les besoins ou les émotions des autres ou pour se montrer sensible à leur douleur. La vie n'était simple pour personne, puis qui pouvait se dire satisfait de ses parents ? L'odeur de la chambre de sa mère, Alice, lui revint : les excréments, la sueur, la folie. Il posa les feuilles de papier sur son bureau. Ce grand guerrier n'avait même pas eu le courage de lui dire tout cela en pleine face. La fuite en Europe d'abord, un uniforme sur le dos, une lettre ensuite avant d'aller au combat. Comme le scénario d'un mauvais film.

Le bruit de la porte qu'on ouvre et referme n'attira pas son attention. Quand la silhouette se dressa devant lui, il sursauta :

— Évelyne ? Que fais-tu ici ?

— Un jour, un voleur viendra prendre toutes tes voitures, et tu ne t'apercevras de rien.

De nouveau, la femme était venue à pied depuis la Haute-Ville. Après avoir craint le pire, elle en arrivait à prendre à la légère le sort de prisonnier de guerre. Au point d'ironiser sur l'imprudence de son ex-mari.

— Que fais-tu ici ?

— J'ai reçu des nouvelles de Thomas, je voulais t'en faire part.

— Quel heureux hasard ! Moi aussi.

La visiteuse ne cacha pas sa surprise, elle regarda les feuilles sur le sous-main du bureau. Son ex-mari posa la main dessus, pour l'empêcher de lire.

— Il a posté ça avant Dieppe. Rien pour te surprendre : je suis un mauvais père.

Le ton contenait une part de reproche. Il demeurait convaincu qu'on montait son fils contre lui, dans la grande demeure du juge Paquet.

— Moi c'est plus récent. Thomas a été capturé.

Le télégramme changea de main. Édouard s'absorba dans la lecture. Il eut une toux sèche pour réprimer son émotion, s'essuya les yeux de la main. Pendant ce temps, Évelyne prit une chaise, examina les lieux.

— Si tu permets, je vais prendre cette adresse en note.

L'homme chercha une feuille de papier et un crayon dans un tiroir.

— Ça dit qu'il va t'écrire. Veux-tu me tenir au courant ?

Édouard ne doutait pas que tous les messages iraient à son ex-femme. Elle partageait tout à fait sa conviction.

— Bien sûr. Je ne reviendrai pas nécessairement chaque fois, mais je pourrai téléphoner.

— Merci.

Aucun des deux ne trouvait les mots pour rassurer l'autre. Après un long silence, la femme se leva de son siège.

— Je vais rejoindre mes parents. Nous avons besoin de nous retrouver tous ensemble.

En cet instant, le vendeur de voitures regrettait de ne plus faire partie d'aucune famille, d'aucun groupe.

— Je peux te reconduire, si tu veux.

— Non, je prendrai un taxi.

— … Tu en trouveras en face de l'église Saint-Roch.

Il l'accompagna jusqu'à la porte. Ils échangèrent encore quelques mots, puis se séparèrent. Édouard la regarda marcher jusqu'au coin de la rue Saint-Joseph, puis retourna s'asseoir dans son bureau pour relire la lettre.

Enfin, on passait à l'action. Thalie ne se distinguait pas par sa patience : depuis l'annonce du transfert de la maison de convalescence pour femmes, il lui tardait d'emménager dans ses nouveaux locaux.

Une petite auberge comptant une douzaine de chambres avait été réquisitionnée un peu en périphérie de Welwyn. Les patientes logeraient à deux dans chacune. Aussi les lits d'origine avaient disparu pour faire place aux étroites couches fournies par l'armée. Fini les plafonds à caissons, le papier peint suranné mais si élégant, les planchers de marqueterie. Thalie occuperait la chambre et le bureau abritant autrefois le gérant de l'endroit, les infirmières hériteraient des pièces sous les combles.

La perte de confort s'avérait grande, les filles affichaient des mines maussades. Pour les consoler, la praticienne plaidait la proximité des plaisirs de la ville : un cinéma, un magasin à rayon et une demi-douzaine de pubs. La modestie de l'offre ne suffisait pas à ramener des sourires sur les visages. Rien ne remplacerait le magnifique parc de plusieurs acres.

La journée du 21 septembre, un lundi, promettait d'être épique dès le lever du jour. Deux ambulances stationnaient devant la porte pour prendre en charge les quatre patientes dans le plus mauvais état. Deux infirmières les accompagnèrent. Au moment de monter dans les véhicules, elles adressèrent un regard sombre à leur patronne.

— Tout de même, je ne les envoie pas en enfer, marmonna Thalie, debout devant la porte.

L'habitude de se parler à elle-même ne la quittait pas, même quand quelqu'un se tenait tout près. Dans ce pays, la médecin présumait que personne ne la comprenait. C'était oublier la présence de Marion.

— Peut-être pas, mais vous les chassez du paradis.

Devant le regard étonné de Thalie, elle précisa :

— À la fin de la journée, une cinquantaine de célibataires en assez bonne santé pour retourner un jour au combat vont se trouver attablés pour le repas, et de nouvelles venues vont en prendre soin. Voilà bien des projets de romance envolés.

Ces convalescents arriveraient en effet avec toute une équipe soignante. Plus encore, un cuisinier et du personnel de maison viendraient aussi. Alors, Ruby et Daisy, la cuisinière et la domestique, se retrouveraient dans la petite auberge pour continuer d'assurer le service.

— Tous ces blessés ne sont pas des célibataires.

— Mais avec leur femme au Canada, ils arrivent si bien à faire semblant.

La remarque s'accompagnait d'un sourire. La médecin hocha la tête, puis rentra afin de terminer son bagage. En un peu plus de deux mois, ses possessions s'étaient enrichies : un imperméable, des livres, pour la plupart un héritage de son prédécesseur à Digswell House.

Pendant la matinée, quelques ambulances arrivèrent avec des patients venus de l'hôpital du camp d'Aldershot. Il s'agissait des plus mal en point, incapables de souffrir le trajet en train. Thalie descendit afin de les accueillir, puis elle accompagna les infirmiers affectés à leur transport jusqu'à la salle à manger transformée en dortoir. Dorénavant on prendrait les repas dans le grand salon, plus vaste, la seule pièce susceptible de recevoir tous les convives.

— Vous allez rester avec nous, docteure ? demanda un homme du Nouveau-Brunswick au moment où elle remontait les couvertures sur sa poitrine.

— Je suis affectée ailleurs, mais je suis certaine que mon remplaçant vous donnera satisfaction.

— Vous dites ça parce que vous ne le connaissez pas.

L'appréciation lui tira un sourire. Quand elle sortit de la magnifique demeure, tous les taxis de Welwyn Garden City semblaient s'être donné rendez-vous dans la cour. Ils devaient conduire les blessés venus par le train. Le colonel Bolton les avait devancés de peu dans sa propre voiture, afin de coordonner le travail des accompagnateurs. Devant tous ces témoins, la médecin fit son plus beau salut militaire.

— Docteure Picard, vous êtes toujours heureuse d'emménager dans vos nouveaux locaux ?

— Je suis surtout heureuse que la question se règle enfin. Mes infirmières et mes patientes me font grise mine à l'idée de quitter leur château.

Le colonel fit semblant de ne pas comprendre pourquoi ces femmes se montraient déçues. Il avait hâte d'en venir à sa bonne nouvelle.

— Je peux vous rassurer sur un autre de vos parents. L'aviateur. Il se nomme Létourneau, je pense.

— C'est bien son nom.

— Je viens de le voir à la gare. Vous pourrez le visiter au cours des prochaines semaines, il effectuera sa convalescence ici.

Jacques ne lui paraissait pas celui de ses petits-cousins qui avait plus besoin de son soutien, mais elle prendrait certainement plaisir à le rencontrer. L'éloignement de leur pays entraînait de tels rapprochements. À Québec, ni lui ni Thomas n'occuperait la moindre place dans sa vie.

— Ça me permettra de renouer avec ces grands arbres, dit-elle en désignant le parc des yeux.

Les éclopés, dans certains cas, ne pouvaient couvrir seuls la distance entre le taxi et les pièces leur ayant été affectées. L'omnipraticienne déclara :

— D'ici là, je vais donner un coup de main à ces garçons.

Cela agit comme un rappel à l'ordre pour son supérieur. Il joignit ses efforts aux siens.

Une fois leurs premiers clients descendus, certains chauffeurs devaient attendre les convalescentes pour les conduire dans leurs nouveaux quartiers. Aussi ce fut sous les yeux de ces femmes que Thalie renoua avec son petit-cousin. Le pilote avait pu s'extraire de la banquette arrière de la voiture, mais sa canne et son sac de soldat rendaient la marche jusqu'à la maison plutôt difficile.

— Jacques, dit-elle en s'approchant, laissez-moi vous aider.

Le jeune homme posa ses yeux bleus sur elle, esquissa un sourire.

— Docteure Picard! C'est bien vous. Un moment, j'ai cru qu'un ange s'était occupé de moi ce jour-là dans le centre de tri, mais mon voisin de lit à l'hôpital m'a assuré que vous étiez réelle.

L'allusion à un ange lui mit un peu de rose sur les joues. Elle entendait ces mots pour la première fois, et curieusement ne les trouvait pas ridicules.

— Je suis heureuse de vous voir bien-portant, dit-elle en lui prenant son bagage des mains.

— Bien-portant! dit le pilote avec humour.

Le gros pansement sur sa tête faisait penser à un turban, la jambe gauche de son pantalon semblait un peu gonflée, cela lui fit penser à des attelles. Ces blessures entraînaient une sévère claudication.

— Je vais porter votre sac. Appuyez-vous sur mon épaule.

— Je vais me débrouiller, occupez-vous de mon bagage.

Il fit un pas, puis un autre. Pour se déplacer, il devait lancer sa jambe de côté, car il ne pouvait plier le genou. Le pilote se retourna, lui sourit de toutes ses dents en disant:

— Vous devrez me montrer le chemin. Je suis nouveau dans le coin.

— Oui, oui, bien sûr.

L'homme faisait bien six pieds. Mince, les épaules carrées, il lui paraissait si fort. Au moment de le dépasser, elle sentit son regard sur son corps. «Avec ce maudit uniforme, je ressemble à un épouvantail», songea la médecin. De nouveau, un peu de rose monta sur ses joues. «Qu'est-ce qui me prend?»

La même chose qu'à toutes les autres femmes sensibles au charme de ce jeune homme. Lui ne se surprenait guère de ce genre de réaction. Elle se produisait depuis son adolescence. On lui avait attribué un lit au rez-de-chaussée, dans une pièce servant autrefois de bibliothèque. Il la partagerait avec un officier aux deux bras cassés. Celui-là, personne ne l'enviait.

— Posez ce sac sur le sol. Moi, je vais prendre l'air. Plus de deux semaines à respirer l'odeur de l'hôpital m'ont tombé sur les nerfs.

L'homme clopina jusqu'à l'extérieur, sa parente sur les talons. Dans les taxis, des convalescentes ne les quittaient pas des yeux.

— Je suis content de vous retrouver, dit Jacques en s'engageant dans l'allée couverte d'un fin gravier.

Thalie s'étonna de cette déclaration. La présence d'une vieille cousine ne changerait certainement rien à son existence.

— De brèves retrouvailles. Je quitte ces lieux aujourd'hui.

— Pourquoi ? Nous sommes sûrement assez nombreux pour vous occuper.

— Le sens de l'organisation de l'armée. Des hommes soignent les hommes ; des femmes, les femmes. Il paraît que c'est plus moral ainsi.

Létourneau laissa échapper un rire bref, puis commenta :

— Seigneur ! Pendant une longue semaine, une jolie blonde de la Saskatchewan m'a apporté l'urinoir et la bassine, mais vous ne pouvez pas m'enlever ces foutus points de suture.

Sa compagne pendant tout le trajet en train de Québec à Halifax revint en mémoire à Thalie. Il s'agissait de la même, sans doute. Le lieutenant avait bien résumé l'absurdité de la division des tâches.

— Tout de même, j'aimerais bien vous voir, à l'occasion, insista Jacques.

— Ce sera possible. Mes patientes et moi nous retrouverons dans un petit hôtel près de la ville, le Kings' Arms.

— Au risque de paraître mal élevé, je vous demanderai de faire le chemin jusqu'à moi. À cause de cette jambe, je serai plutôt casanier au cours des prochaines semaines.

Thalie se sentit un peu sotte. Tout de suite, elle répondit :

— Je dois avoir la tête ailleurs. Je viendrai avec plaisir, au moment qui vous conviendra. Mais pour l'instant, il faut que je me mette en route. Tout le monde semble attendre après moi.

Dans les taxis, les convalescentes les observaient toujours. Marion se tenait près d'une jeep, un sourire moqueur sur les lèvres. La médecin tendit la main en disant :

— Nous nous reverrons bientôt, Jacques.

— Je compterai les jours…

La situation paraissait l'amuser. Il s'interrompit, puis dit en riant :

— Je ne vais pas vous appeler docteure, cela ferait trop formel, et le "ma petite-cousine" serait très ridicule.

— Alors, entendons-nous sur Thalie.

— Au revoir, Thalie.

De nouveau, au moment de rejoindre Marion Poitras, elle sentit le regard du jeune homme. Quand elle prit place dans le véhicule, l'infirmière murmura, taquine :

— Vous êtes très liés, dans votre famille.

— Voyons, il s'agit de mon petit-cousin.

— Dans ma paroisse, quand un homme observe une femme comme ça, le curé s'en mêle. Il ne vous a pas quittée des yeux.

La médecin se troubla encore plus. Heureusement, bientôt tous les véhicules s'engagèrent dans l'allée pour regagner la ville.

Un long mois était passé. Le dimanche 18 octobre 1942, une foule immense se trouvait réunie à la gare de Québec pour rendre hommage à son héros. Elle envahissait les quais, la grande salle des pas perdus et le stationnement autour de la bâtisse aux allures de château. Édouard Picard se tenait tout près des notables invités pour cette occasion : le maire de la ville, deux ministres du cabinet provincial, le cardinal Villeneuve et de nombreux militaires.

— Je te remercie encore de m'avoir permis de venir avec toi, Oscar, insistait le marchand de voitures. Je veux juste lui dire quelques mots.

— J'ai pu t'avoir une place ici, mais je ne sais pas s'il voudra te parler.

Drouin occupait toujours le poste de ministre de l'Industrie, du Commerce et des Affaires municipales dans le gouvernement d'Adélard Godbout. Cela lui valait la possibilité de distribuer quelques laissez-passer. Cet événement rendait possible un petit miracle : Évelyne s'accrochait au bras de son époux, une première occurrence au cours des vingt dernières années. L'inquiétude partagée entraînait ce petit rapprochement.

— S'il vous plaît, insista la mère éplorée à son tour, juste une seconde. Lui se trouvait là-bas, à Dieppe.

Le politicien hocha la tête, acceptant de se faire rabrouer un peu pour rendre service à cette femme. La porte du wagon arrêtée près du quai s'ouvrit exactement à une heure trente, comme le prévoyait le scénario préparé à l'avance. Il fallut un moment avant qu'un colosse se manifeste enfin. Dollard Ménard revenait dans sa ville natale pour terminer sa convalescence. Surtout, l'état-major s'attendait de sa part à une énergique participation à une campagne de recrutement. L'homme portait encore un plâtre au bras droit. Sa jambe, du même côté, était recouverte de gros pansements. Pour tenir debout, il devait s'appuyer sur une béquille.

Des cris et des applaudissements l'accueillirent. Juste derrière lui, une femme un peu frêle et surtout très intimidée suivit. Madame Ménard, née Charlotte Joncas, accompagnait son époux, avec son fils de dix-huit mois dans les bras. Les parents du héros descendirent ensuite. On mettait en scène non seulement le sacrifice des soldats, mais aussi celui de leurs proches.

Une fois toute la famille sur le quai, les invités d'honneur serrèrent la main du brave soldat. Quand ce fut son tour, Drouin prononça quelques mots, tournant la tête vers son ami. Le lieutenant-colonel ne réussit pas tout à fait à dissimuler son agacement. Tous les parents des fusiliers devaient sans doute chercher à lui parler lors de ces rassemblements publics. La veille, il participait à une manifestation au parc Lafontaine, à Montréal.

Puis le général de division Georges Vanier s'approcha d'un micro placé sur le quai pour déclarer :

— Dollard Ménard, je remercie Dieu de la protection spéciale dont il vous a entouré et je vous propose en modèle glorieux à la jeunesse canadienne-française.

La foule manifesta bruyamment son enthousiasme.

— Vous avez conduit vos hommes au feu en affichant un mépris absolu de la mort, avec le même courage que votre illustre homonyme, Dollard des Ormeaux.

Ce discours serait diffusé par toutes les stations de radio de la ville. Le maire Borne se fit bref, car un cortège de voitures attendait tous ces personnages importants sur le boulevard Charest. Quand les officiers supérieurs firent signe aux policiers militaires de fendre la foule pour permettre au contingent de passer, Oscar Drouin fit un pas vers le héros pour lui désigner le couple Picard. Il se dirigea vers lui.

— Vous êtes les parents du lieutenant Picard? demanda-t-il d'entrée de jeu.

Ménard avait été renseigné par le politicien et réfléchissait depuis quelques instants à ce subordonné si pressé d'aller au combat.

— Oui, Thomas. L'avez-vous vu, là-bas?

Édouard se faisait pressant, au point de poser la main sur le bras blessé de son interlocuteur.

— J'ai déjà dit ça à une parente à vous, une docteure.

Ça ne pouvait être que Thalie, songea le père.

— Quand je suis arrivé sur la plage, il se cachait…

L'homme contempla la mère éplorée, se retint de dire «derrière un tas de cadavres».

— … avec ses hommes.

— Vous l'avez vu, intervint Évelyne. Était-il blessé?

— Je ne pense pas. Là je dois y aller.

Des militaires étaient venus se planter de part et d'autre de la vedette du jour, pour l'entraîner avec eux. La parade dans les rues de la ville ne pouvait attendre, la population de Québec se massait déjà sur les trottoirs.

Le couple se rangea un peu de côté pour laisser passer tous ces gens. Évelyne pleurait, le visage contre la poitrine de son mari. Quand le calme fut revenu, elle leva la tête pour demander:

— De quelle parente parlait-il?

— Thalie. Je te l'ai dit, elle a mis une lettre à la poste pour Thomas.

La fameuse missive contenant tous les griefs d'un enfant abandonné. Le couple quitta bientôt les lieux bras dessus, bras dessous.

En soirée, lors d'une réception au manège militaire, la Société symphonique de Québec donnait un concert sous la direction de Wilfrid Pelletier, le chef d'orchestre du Metropolitan Opera de New York. Dollard Ménard s'adressa au public pour mousser les emprunts de la Victoire.

— Il ne suffit pas d'applaudir des héros, dit le grand homme, il vous faut consentir à des sacrifices pour aider ceux qui combattent pour vous.

Quelques mots pour terminer

Peut-être aimeriez-vous prendre quelques nouvelles de moi entre la parution de deux romans? Vous pourrez le faire sur Facebook en indiquant: Jean-Pierre Charland auteur.

Au plaisir de vous y retrouver,

Jean-Pierre Charland

Suivez-nous

@209x27

Achevé d'imprimer en août 2014
sur les presses de l'imprimerie Marquis-Gagné
Louiseville, Québec

A
Dose of Frontier
SOLDIERING

. . . .

Edited by
Thomas T. Smith

. . . .

University of Nebraska Press

Lincoln & London

A
Dose of Frontier
SOLDIERING

· · · · · · · · · · · · · ·

The Memoirs of Corporal
E. A. Bode,
Frontier Regular Infantry,
1877–1882

The views expressed herein are those of the author and do not
purport to reflect the positions of the United States Military
Academy, Department of the Army, or Department of Defense.

The paper in this book meets the minimum requirements of
American National Standard for Information Sciences –
Permanence of Paper for Printed Library Materials,
ANSI Z39.48–1984.

Library of Congress Cataloging-in-Publication Data
Bode, E. A. (Emil Adolph), b. 1856.
A dose of frontier soldiering: the memoirs of corporal E.A. Bode,
frontier regular infantry, 1877–1882 / edited by Thomas T. Smith.
p.   cm.
Includes bibliographical references and index.
ISBN 0-8032-4232-8 (alk. paper)
1. Bode, E. A. (Emil Adolph), b. 1856. 2. Soldiers—Southwest,
New—Biography. 3. Indians of North America—Southwest, New.
4. Southwest, New—History—1848– 5. Frontier and pioneer life—
Southwest, New. I. Smith, Thomas T., 1950–   . II. Title.
E786.B68 1994
978′.02′092—dc20   93-26155
[B]   CIP

Contents

. . . .

Illustrations

MAPS

. . . .

Acknowledgments

As in any project of this nature, there are the contributions of innumerable persons to acknowledge. Professor Joseph G. Dawson III, of the History Department at Texas A&M University, served as taskmaster, mentor, and comrade in my graduate studies of the U.S. Army on the frontier. Dr. Donald H. Dyal and Ms. Terry Bridges of the Special Collections of the Sterling C. Evans Library at Texas A&M University not only introduced me to the Bode manuscript but cheerfully provided a constant source of background material. Mrs. Judy Crowder, the archivist of the Fort Sill Museum, took an immediate personal interest in the project, becoming an invaluable source of local history, maps, photographs, and a wide range of archival material. Mr. Towana D. Spivey, director of the Fort Sill Museum, shared his extensive knowledge of available photographs and very kindly provided a detailed orientation of the old fort's geography and architecture.

Robert M. Utley was kind enough to offer his wise counsel and valuable suggestions toward selecting a methodology for dealing with the Bode manuscripts. Although she did not agree with the methodology I had selected Sherry L. Smith of the History Department of the University of Texas at El Paso provided keen insight from her perspective as a cultural historian and important advice from her own experience at editing the diary of another frontier enlisted man. My uncle, Kenn Smith, not only proved to be a good trail partner, but also found the key army document entry that verified Emil Bode was indeed our man.

And heartfelt thanks go once again to my wife, Holly, and

especially to my son, Miles, and daughter, Dustin, who are good natured about having a daddy who, when not gone to the field "playing army," himself, is lost somewhere among the soldiers of the last century.

. . . .

Introduction

"**A** dose of frontier soldiering" is how Corporal Emil A. Bode neatly summed up his experiences in the West. His recollection of his duty in the post–Civil War frontier army is unique in many respects. The bulk of military memoirs of the frontier are by officers or their wives, yet his is the record of a common enlisted soldier. Of the few accounts of enlisted men from the period the majority were written by the cavalry elite. However, Bode was an ordinary foot soldier, and like all infantrymen, was well aware of the class difference. He wrote, "There is more laboring than soldiering in the U.S. Infantry. In the cavalry companies . . . there are very few on extra or daily duty at the forts."[1]

Many frontier soldiers were at least sympathetic to the situation of the Plains Indian but had limited immediate contact with the tribes. Bode lived directly among the Kiowas and Comanches on their Indian Territory reservation. In the course of his duties he carefully observed and formed opinions on these tribes as well as the Southern Cheyennes, Cherokees, and Apaches. He admired much about the various Indian cultures that faced, as he put it, "incarceration in the gilded cage of civilization." He formed lasting attachments to warriors as individuals and Bode, like any lonely young soldier from any land, had an eye for pretty young women. He admitted that on one occasion an Indian "Cupid" had "sent an arrow clear through the old rusty armor" of his bachelorhood.[2]

Although Bode was often in potentially dangerous situations and confrontations, like the majority of the soldiers on the post–Civil War frontier he never fired his weapon at an Indian, nor did an Indian shoot at him; his life was more frequently threatened by rattlesnakes, prairie fires, raging rivers, angry bulls, and by accidental discharges of rifles than by Native Americans.[3]

Except for a brief stint during the Victorio Campaign, in which he was engaged in chasing Apaches on foot, or, as he put it, "running after shadows," then-Private Bode spent the bulk of his military years in the workaday business of soldiering in Louisiana, the Indian Territory (present Oklahoma), present New Mexico, and Texas. He spent this time on guard duty, on escort, on telegraph repair, and on kitchen or work details.

By and large he enjoyed his adventures as a soldier, particularly the pageantry of military parades, the camaraderie of his peers, and the excitement of exploring new lands. Although he has probably included more than one entertaining tall tale or "war story" in this memoir, his memory is fairly accurate as to sequence of events, dates, and specific details when measured against the available military records of his unit and posts. His chief pleasure, revealed in the stories about wild game in his memoirs, was hunting and fishing. During his constant life outdoors he developed a passion for zoology and botany, traveling with *Line Battany* [Botany] in hand, carefully observing or preserving flora specimens.

With the exception of his marksmanship and hunting skills he seldom took himself, the army, or the world very seriously, modestly playing down his contributions and achievements, always aware of his limitations as a soldier and of the frailty of human nature. It is with a self-deprecating manner and keen sense of humor that he manages the everyday trials of a junior enlisted man in the West.

Typical of Bode's ecological interests as an amateur naturalist, his only moment of rage is expressed in dismay over the sight of rotting animal corpses littering the prairie: "They were slaughtered by the merciless buffalo hunters. . . . If buffalo have no right to live why shall we permit deer, antelope, and other game to exist, why not exterminate them all. . . ."

His narrative is filled with wry comments about junior officers — "Lieutenants are generally good after they have lost their West Point ways," — with well-known frontier army names such as Lt. Henry O. Flipper, Mackenzie, Shafter, Davidson, Hatch, Buell, and Grierson. Bode has equally poignant quips about sergeants, his peers in the ranks, and even green recruits, one of whom he describes as "Darwin's missing link of some backwoods — just fresh from the farm with a frame and walk like a cart horse, back like a camel, with brains to match a monkey."

Bode's account is unusual simply because his experience and focus are on the ordinary. Although the leadership elite and "guns and drums" will always be at the center of military history, it is necessary to have detailed examinations of the more common, or grassroots, level of experience to help

complete the picture. Bode's memoirs make a significant contribution to our understanding of the social dynamics of a
military unit, and provide new anecdotal insight into better
known episodes, places, and personalities of frontier history.
For ethnic and cultural historians Bode offers a glimpse into
the life of the reservation Comanche society as well as that
of other tribes. These statements perhaps reveal more about
Bode's own cultural attitudes than about the Indians he ob-
serves. However, historical analysis aside, the important char-
acteristic of Bode's memoirs is that they are entertaining, a
good story.

Bode probably pronounced his name with a long "o," as in
"abode," with an "ie" ending, so that it sounds like "Bodie."
While on guard duty at the Fort Sill guardhouse he is sometimes listed in the log book by the Sergeant of the Guard
with the phonetic spelling of "Body" or even "Boddy."

Born in Schonhagen, Hanover, on 8 January 1856, Emil
Georg Adolph Bode and his three brothers may have had a relatively comfortable middle-class childhood. His father, Georg
Heinrich Theodor Bode, was a schoolmaster, as was his grand-
father, which may explain why Emil was literate and, for a
recent emigrant, had such an excellent command of English.
His mother, Charlotte Friederike Emile Forster, was the daughter of a master mirror maker. Their American connection came
through the children's godparents, probably uncles, Kaufmann
Adolph Forster of Philadelphia, and Heinrich Forster of Bal-
timore. Bode's father died in 1868, soon followed by his mother
in 1869, leaving the thirteen-year-old boy an orphan. Possibly
he then came to the United States to live with one of his
uncles.

Bode enlisted in Company D, Sixteenth Infantry Regiment
in New Orleans on 1 March 1877. Listing his occupation as
"laborer" the Register of Enlistments describes him as five-
foot, ten inches tall with blue eyes and sandy hair. With the

exception of several short periods of detached service he served his entire five-year enlistment in the same rifle company. Discharged at Fort McKavett, Texas, on 28 February 1882, his company commander noted that he was "intelligent, temperate, trustworthy." The captain described Bode's character as "excellent." In a frontier army with as many as one-third of the soldiers deserted and a good number in the guardhouse, Bode's honorable service is well above the norm. He also serves as a good example of a European emigrant in the army. During the post–Civil War period nearly one-half of the soldiers were foreign born. Although he was promoted to sergeant a few weeks before his discharge, these memoirs focus on his duty as a private and corporal; therefore I have titled him at the latter grade, a rank that he took reluctantly but served in admirably.[4]

Little is known of his life after the army. He may have died young, as he never applied for an Indian Wars pension. The memoirs were written sometime between 1884 and 1889, as he mentions that Colonel Ranald S. Mackenzie was at the time in an asylum. Mackenzie was confined in 1884 and died in 1889. The drafts of several letters included within the pages of the manuscript reveal that in the 1880s Bode traveled by railroad in what he calls his "business," spending a great deal of time in both Chicago and Dayton. Although he does not specify precisely, he may have been a surveyor. A journal accompanying the manuscript has several highly detailed hand-drawn topographic maps of New Mexico and of the vicinity of El Paso, all created within a large-scale survey grid. The journal narrative consists primarily of minute topographic descriptions of various mountain ranges, rivers, and roads of the Southwest, and includes annotations of longitude and latitude. The draft letters also reveal his continuing interest in botany, mentioning he had sent to Texas for shipments of various cacti and other plants. He likewise maintained an interest in the activities of his old army comrades, passing gossip and swapping addresses along with last-known locations of friends from the rifle company.

Bode states that he originally enlisted because of "peculiar circumstances," and "without hope of a speedy relief in civil life." This is a reflection of the widespread unemployment and economic depression still lingering four years after the Panic of 1873. The economic situation helped keep the ranks of the army nearly filled during this period, with 10,080 new recruits or reenlistments by late 1876, a 22 percent increase over 1875. Bode's enlistment in 1877 came just before the lack of appropriated funds halted all army general service recruiting.[5]

The U.S. Army that Bode joined in March 1877 conducted such a wide range and diversity of missions that one scholar later dubbed it "the government's obedient handyman." Four months before Bode enlisted for five years in the ranks the secretary of war, James D. Cameron, cataloged in his annual report to Congress the multitudinous tasks undertaken by the army. Soldiers maintained the seventy-eight national cemeteries, ran a military prison at Fort Leavenworth, and were in the processes of publishing the mountain of official records of the War of the Rebellion. The Adjutant General's Office, in addition to its normal duties, was responsible for the Bureau of Refugees, Freedmen and Abandoned Lands, a mission finally winding down after a decade of aiding freed slaves and trying to sort through the political chaos of a defeated Confederacy. The secretary additionally reported on the status of army preparations for an exhibit at the Centennial Exhibition in Philadelphia. Army engineers were supervising the United States Military Academy at West Point, erecting public buildings in Washington, D.C., maintaining and constructing seacoast defenses, supervising public works such as the improvement of rivers and harbors, conducting engineer surveys of the Great Lakes as well as geological explorations, and topographic and hydrographic surveys of the Western territories. The Army Signal

Service was collecting scientific data and issuing meteorological reports and storm warnings to farmers and seaports. The Ordnance branch maintained arsenals and supervised the production of weapons and munitions.[6]

Yet Bode's army was on the verge of a fundamental transformation from a constabulary force concerned with nation-building and police duties to an increasingly professional force with one central peacetime mission – the preparation for war against any adversary. This change in the army's mission paralleled the slow change in national outlook from a continental focus to an internationalist-imperialist stance that would mature with the Spanish-American War.

A subordinate task in which Bode became directly involved was the ongoing installation of a military telegraph in the Southwest. Bode became something of a specialist in the installation and maintenance of telegraph lines, spending so much of his enlistment on this task that he and his fellow infantrymen became "as well acquainted with handling a crowbar as [they] were in the manual of arms or any other military exercises." He was on the detail that completed the Texas and Fort Sill–Fort Reno, Indian Territory telegraph connection, and as a noncommissioned officer led a number of repair crews. He enjoyed this mission for it gave him some degree of independence and took him out of the dull routine of fort life.[7]

Although these were nation-building or ancillary tasks Bode was also directly involved in the army's primary missions. At the time of Bode's enlistment in March of 1877 the U.S. Army's Reconstruction occupation of the old Confederacy had diminished to two artillery regiments and five infantry regiments in the Department of the South and the Department of the Gulf, the two commands embracing most of the Deep South. This represented 2,751 soldiers and officers, or about 10 percent of total authorized army strength. Rather than a general occupation the troops were assigned in 1876 the specific mission "to preserve order in the South," a result of the excitement generated over the disputed election contest between Rutherford B. Hayes and Samuel J. Tilden. Bode joined the Sixteenth Infantry concentrated in New Orleans and seemed unaware, or at least did not mention, the broader political issues, perhaps because the expected violence did not materialize.[8]

While other regiments in the South deployed for strike-breaking duties in Northern cities Bode and his regiment soon departed New Orleans for the Indian Territory. This move involved him directly in a second major task of the U.S. Army, that of being the government's primary instrument of policy concerning the "Indian problem." The secretary reported to Congress that the army would compel the Sioux to "acknowledge the authority of the government," something of an understatement, considering the disaster the previous summer with Custer and the Seventh Cavalry on the Little Bighorn and the campaigns then underway to crush the Sioux. Although Bode was not to be involved with the Sioux he would become a part of the force trying to police the government's reservation system in the Indian Territory. The secretary of war noted that in the recent period there had been no serious outbreaks and by removing the Indians' arms and ammunition and concentrating them on reservations it looked "as if the 'Indian problem' was approaching a solution."[9]

Neither the Secretary nor Bode would anticipate the festering situation in September of 1877 when a group of Mimbres Apaches under Victorio broke from their reservation in Arizona Territory and renewed intermittent warfare in New Mexico and Texas for three years. In May of 1880 Bode and his Sixteenth Infantry Regiment were rushed to New Mexico to participate in the final phase of the campaign to subdue Victorio. Although Bode enjoyed camp life and the hunting opportunities the mission offered he was highly critical of the conduct and leadership of the campaign and saw himself involved in "a useless occupation of chasing Indians from one section of the country to another."

Bode found equally odious the government's Indian reservation policy, and disliked his own role as "game-keeper," depriving the Indians of what was "natural through birth [and] citizenship of America...." However, Bode viewed himself and the army as the protector rather than the persecutor of the Kiowas and Comanches that he lived among at Fort Sill. "The Indians are ... kept at the mercy of the agent and are driven through his dishonesty on the warpath. Whites infringe on the rights of the Indian and cheat them at every turn." On a number of occasions Bode went with his captain to inspect contract beef "to see if the Indians got their due." After an experience with the ruthless methods of the Texas Rangers, Bode considered the army to be somewhat more humanitarian. "... [T]he U.S. troops endeavored to kill as few as possible and to capture alive if possible in order to take them back to the reservation...."

Bode's thoughts about Indian campaigns and reservation duties were shared by many of the professional soldiers of his day and reflect an army uncomfortable with the disagreeable "Indian problem" mission. The army was generally considered a frontier constabulary, a responsibility that was rapidly becoming unneeded, or as the secretary of war had put it, approaching a solution. The army of the 1870s and 1880s, with Reconstruction over and the Indians barely a minor threat, had greatly diminishing constabulary tasks and was ripe for transformation into a professional, modern force.

Some intellectuals within the army had never truly embraced the frontier constabulary concept and as early as Winfield Scott's tenure as general-in-chief in the pre–Civil War era had argued that the army's peacetime purpose should be to prepare for war with another professional army. The impetus toward this concept was even stronger after the Civil War, when military reformers began to reflect on the complex requirements demanded by a modern war in the industrial age. An American army repeating the improvisations experienced in 1861–62 would be unlikely to survive a confrontation against a well-trained European adversary.[10]

This pressure for military reform was in direct opposition to the traditional national policy of maintaining a small peacetime army designed as a constabulary and a defensive force to buy time while citizen volunteers answered the call to arms. That the army leadership treated the frontier mission as a distasteful stepchild is reflected in the fact that although drill manuals were created for linear tactics against another professional force the army did not explore a doctrine or formally study effective tactics for conducting Indian campaigns. Successful methods of warfare against the Indians were worked out by individual commanders and were not transmitted as a body of knowledge to other officers except through informal personal networks or as folkways handed down by frontier veterans. What worked in one military department might never be tried in another. Inconsistent methods used in the field combined with the lack of coherent national policy concerning the "Indian problem" provided decades of frustration for the officers and soldiers such as Bode who were involved in the mission.[11]

To carry out the multitude of tasks cataloged by the secretary of war the U.S. Army had a composition in 1877 of twenty-five regiments of infantry, five of artillery, and ten of cavalry. The army was short about 10 percent of its total authorized force of 27,442. It was near the size of just two of the seven Union corps at Gettysburg and yet was expected to police the West as well as carry out the additional assigned tasks enumerated by the secretary of war. Two cavalry and two infantry regiments were composed of white officers and black enlisted men. The nineteen original infantry regiments of late 1861, with the exception of the Fifth Infantry, had seen extensive service in the Civil War, in either the Eastern or Western Theater.

Bode's regiment of the Sixteenth Infantry, for example, was formed in April 1869 from the consolidation of the Eleventh and Thirty-fourth Infantries. The Civil War battle streamers of the Sixteenth Infantry included the campaign on the Peninsula and the battles of Second Manassas, Antietam, Fredericksburg, Chancellorsville, Gettysburg, the Wilderness, Spotsylvania, Cold Harbor, and Petersburg. The Sixteenth Infantry was very near full strength when he joined in 1877 but its ten companies had been reduced to only 65 percent of authorized strength at the end of his enlistment in 1882.[12]

Bode would probably disagree with one historian's characterization of the soldiers of a post-war regiment as "poor white trash and semiliterate immigrants." About 50 percent of the recruits of this period were foreign born, but did have to undergo, as Bode relates, a medical examination and character determination. Bode was an emigrant but far from semiliterate. Like Bode the majority of recruits were from the unemployed and laboring class. In spite of the high desertion rate and the limited quality of the troops the army of the mid-1870s was probably at least as good as the army of the mid-1970s, with its problems of drug use, racial strife, and lack of discipline.[13]

After Bode had signed his papers he had time to reflect and observe. He later wrote, "I confess after seeing a little deeper under the shining exterior, was not a very brilliant one." He discovered the reality of soldiering in the infantry was hard marching, occasional danger, slow promotion, low pay, and poor rations. Reforms in the 1870s had somewhat improved the quality of the soldier's life, easing the harsh discipline of the antebellum era, providing post schools, sports, libraries, and even encouraging a company garden to improve the diet. That garden, as Bode learned, required a soldier on the end of the hoe. The other luxuries, such as books, came from company funds earned by selling off the company's flour

as baked bread. Thus even the well-meaning reforms were
not free of a cost to the soldier. Nevertheless, Bode endured
and even flourished, coming into his own as a trustworthy
soldier and junior leader. At one point on a frozen prairie he
spent the night trying to keep warm by a fire, staring into
the flames and weighing a civilian's life against the hardships
he had endured as a foot soldier. In the end Bode concluded,
"I was perfectly satisfied where I was."

I first came across the Bode manuscript in 1991 as a regular
army infantry captain (with ten years in the enlisted ranks)
engaged in graduate research at Texas A&M, before I began
an assignment to teach military history at the United States
Military Academy at West Point. I was searching for new
material to include in a monograph history of the nineteenth-
century U.S. Army in Texas. The head of the Special Collections of the Sterling C. Evans Library, Texas A&M University,
Donald H. Dyal, told me of this interesting army memoir. He
had purchased the holograph manuscript and journal for the
Special Collections in 1986 from the late John H. Jenkins. The
Jenkins Company Rare Books and Manuscripts, Austin, Texas,
carried the manuscript in its catalog, described as being by an
army engineer, "Emil A. Baue." Within the manuscript is part
of a letter Bode had written and signed in such a way so the
scribbled "o" appears as an "a" and the hasty "d" is unclosed,
looking like a "u," thus it was listed and later cataloged as
"Baue" instead of "Bode." The company's only record of ac-
quisition is that it was bought from an unnamed book dealer
somewhere in Mr. Jenkins' travels. Following his purchase
Donald Dyal had a student worker, Lisa Petersen, make a
typed transcription of the memoir and journal, a painstaking
labor resulting in 448 typed double-spaced pages that required
eighteen months and countless ad hoc conferences on the
meaning of hastily scribbled, illegible, or abbreviated words.
Being a fortunate student of military history in the right

place at the right time and the grateful beneficiary of the efforts of Dr. Dyal and Mrs. Peterson, I had the opportunity to edit the manuscript for publication. The methodology I selected for this task requires a brief explanation.

The handwritten manuscript has five basic parts. The first two parts are an original draft and a revised version of the period 1877–80, covering Bode's enlistment, the move from New Orleans to Fort Sill, Indian Territory, duty at Fort Sill, and the receipt of orders to Fort Gibson, also in the Indian Territory. Part three covers the period 1880–82 and is the original draft of the period at Fort Gibson, the Victorio Campaign in New Mexico, and of his duty at Fort Davis, Texas. Part four, which I have labeled "Bode's Journal" is a dated journal kept for the period 1880–81. The fifth part consists of various short notations that are labeled as revisions or paragraph insertions to the other parts. I have used these insertions as Bode intended, but without specific notation.

I combined the two-part draft and revision of the period 1877–80 by taking the most interesting or descriptive words and portions of each and fusing them together to form a single narrative. To avoid the endless and distracting use of brackets I have tried to limit their use to only those places where I was required to add a completely new word for clarification. For part three, the period 1880–82, I have cross-dated specific dates or places with Bode's Journal of the same period to make clear the time or location. Bode's Journal is treated more or less as a separate document, but there are a few places where the journal contains insight or interesting narrative not found in the original manuscript memoirs. I have added that narrative to the appropriate place in the memoirs, usually by subject rather than by chronology, using a footnote to indicate the source.

I saw no value in retaining Bode's tortured punctuation, abbreviations, and phonetic spelling, thus "Armee" becomes Army, "sircumstance," circumstance, "enspection," inspection, "co," company, etc. Bode had the habit of mixing present, future, and past tenses in the middle of a sentence. I have taken the liberty to impose the tyranny of the past tense while leaving unchanged the root verb, thereby giving a smoother flow to the narrative. English was Bode's second language and much of his awkward sentence construction makes better sense in his native German. The decision to embellish the very rough original version in this way was not an easy one. In the end I decided to follow the likely policy of any would-be nineteenth-century editor of Bode's manuscript by correcting and regularizing spelling, punctuation, and grammar. For the researcher whose study requires the original of Bode's irregular language usage, the 448 pages of typed transcript is available in Western Box 2, W2, the Special Collections of the Sterling C. Evans Library, Texas A&M University.

1

. . . .

Enlisting in the Infantry, 1877

Finding myself under somewhat peculiar circumstances and my vital powers gradually decreasing without hope of a speedy relief in civil life, I concluded to go under the protecting shield of Mars and join the United States Army, with its well-fed, well-dressed, and citizen-honored sons.[1]

Entering the custom house at New Orleans one chilly day in February 1877, where a regiment of infantry was stationed, I inquired of the sentinel if they wanted any more fighters. The answer being affirmative and directed up a flight of stairs, I passed the main body of the guard from whence another

stairs brought me to the top floor. I found myself in a large
room with iron bunks around the wall, bedsacks folded up
and nicely deposited at the head of the bunks on which were
blankets and clothes displayed for inspection. The bed slats
were scoured white – on which were the haversack and knapsack, the latter filled with rolled up trousers drawers, socks,
and towels. The harness, canteen, and polished tin cup, black-
ened belts, and cartridge boxes [were] ready for inspection. At
the foot of each bunk stood a small box in which was kept
the cleaning kit and rest of the clothes. Back on the walls
were shelves and racks in which covered and uncovered guns
stood ready for use.

The men were variously employed, some sat on their boxes
cleaning equipment, while others were playing cards, or laying
on their bunkboards with their legs dangling over the foot of
the bed, their heads resting against the bedsack, either smoking
or reading books. Addressing myself to one in regard of enlisting I was directed to a cluster of men. Starting in that direction I heard some voice sing out "Attention!" As if by magic
everybody jumped to their feet, standing straight and staring to
the front, heels on line. Almost frightened out of my wits, the
call had also a magic effect on me, it made me stop with hair
standing up. My first thoughts were that this was all for my
special benefit, some initiation performance, an invitation to
ride the goat. But the goat, it seemed, was not yet ready for me.
A "Never mind" from the Captain who had just entered
brought everyone back to their former occupation.

I went to a man with a powerful voice who proved to be
the first sergeant of the company, and inquired of him about
enlistment, which was answered after a criticizing look. Just
then I heard a big cowbell ring and seeing everybody jump
up I expected now the initiation. The sergeant inquired if I
had my dinner. Being answered in the negative he took me
into the dining hall where I saw hundreds of men feasting,

each company having two tables for their men. Here I was given meat, potatoes, bread and gravy which I relished to the great satisfaction of my kind host and future superior, not knowing when and where I had my last meal.

I was soon summoned in the [Captain's] presence for my primary examination. This I fortunately passed. Applications were forwarded for a physical examination by the regimental surgeon. The afternoon came when I and another forlorn individual were taken to a small room where the doctor, a clerk, and the hospital steward were waiting. We were now ordered to dress à la Adam and Eve and put through different maneuvers. The body and mouth were examined, the breast sounded, and the eyes – taking squints with first one then the other eye at charts with different colors and letters. I was declared passed, the other [recruit] rejected.

Every applicant's descriptive list and surgeon certificate was sent to Washington, D.C. for approval before the oath to the flag could be administered. For five days I waited the return of my papers which left me sufficient time to reflect upon the future, which, I confess after seeing a little deeper under the shining exterior, was not a very brilliant one.

On the first day of March [1877] I was again summoned into the presence of the Captain – to take the oath of allegiance to the United States and at the same time to be clothed from Uncle Sam's clothing store. I was now a soldier, subject to orders and compelled to obey them, whatsoever their nature.[2]

A sunrise drum called us to reveille where everybody, in line with the rest, answered to his name, after which bunks were made and the room swept out. The quickest move of the day [was] to the mess hall, answering the cowbell for breakfast – a ration of a little over one-half pound of meat with that indispensable gravy, six ounces of bread, and one pint of coffee. I have heard malicious men say that the coffee was made by boiling the shadow of a coffee bean suspended above the pot. Dinner was about the same quantity of meat and bread with the addition of some vegetables. Supper consisted of a feast of bread and coffee.[3]

After breakfast some prepared for guard mount, others marched to the police sergeant for fatigue duty at the custom house (where they had the opportunity to fill pockets with fine confiscated cigars), the recruits prepared for an hour or two of drill in the forenoon with a repetition in the afternoon. Retreat sounded at sunset, at which time a cannon was fired in the regular forts. Tattoo generally was at eight P.M., another roll call, and taps one-half hour later as a signal to go to bed.

[Retreat] began the time of recreation for the weary warrior. He would get a pass to leave the building, make a race of four bits or a dollar somewhere, meet a soft-hearted civilian, and be shown the town. He would come home either late at night or not at all. When drunk and noisy he would be locked up in the guardhouse under hard labor, taken out to work his headache off. Charges preferred against him with a tail [list] of specifications, he would usually be convicted [sentenced] to a month in the guardhouse with the loss of ten dollars pay. While in the lockup he would use all his ingenuity to obtain liquor, when out at work he would contemplate how to work without doing anything.

Free from the hands of the guard once more he would look to borrow money. When not successful he would examine his box for clothes or new shoes or try to draw some from the company in order to sell them for whiskey. The captain kept enough clothes on hand to meet the immediate wants of the company and would issue every month or fourteen days to every man who was in need, charging it to his clothing allowance varying from $24 to $60 a year. If our gallant soldier should not be successful in the above he would wait until dusk, hook a pair of shoes or blanket unobserved, and throw it out of the window where a pal would catch it on the fly.

Time rolled on and soon I was considered an accomplished

warrior after receiving thorough instruction in drill and the manual of arms. Our Jewish drill sergeant and my superiors seriously contemplated putting me on guard duty, which in a recruit's eyes is the highest accomplishment, a knight's last stakes to a soldier. The day came when I was marched down to guard mount, turned over to the officer of the day and, through one of his subordinates, marched to a sentry in order to relieve him, placing me at his post. A string of orders was turned over to me, but the only thing I recollected was how many prisoners I had to watch. Of these, in five minutes, I did not know how many I ought to have, the affair being more complicated every moment through prisoners being taken out and brought back [to the guardhouse]. Thinking to place myself on the safe side of the bunk I called to one of the petty officers of that day, who, in his turn, thought it advisable for his own good and mine to place me in a less responsible place, posting me in a quiet corner to watch the woodpile. This I did faithfully by marching up and down for two hours, impressing the woodchoppers with my authority.

Men came, enlisted and deserted, and still I was there, apparently to stay. Two months passed and the first payday dawned upon my horizon. Oh what excitement. Long rows of gambling tables were prepared for the event, everything busy and boiling. The afternoon came, everybody was paid. Here were the men standing behind tables shouting "up she comes, down she goes, a one, four and six, and bet there!" The habitual gamblers luring a few suckers and greenies into a chuck-a-luck game; further on a faro and keno game in full blast, while in a corner twenty-one and monte played by an anguished looking crowd with feverish eyes on the card which would make them five or twenty dollars richer or poorer. Groups of fours had blankets spread over the bunkboards, indulging in quiet games of poker. In this way our soldiers passed their payday until all the money was gone, satisfied that their luck was against them.[4]

Another class of our heroes paid their debts, twenty-five cents interest on every dollar for two months or less, after which they [would] go out for a spree that meant a beastly drunk, returning to quarters with empty pockets, generally missing one or two roll calls. Put in the guardhouse he would be taken care of by a kindhearted guard and fellow prisoners. The latter would go through him and take all the money the sirens missed. If he had no money left the rest of the prisoners would convey a court. This august tribunal would sentence him to receive so and so lashes, administered to him while held across a chair, or to be "blanketed" — which means the prisoner is put into a blanket which four strong men hold by the corners. A jerk sends the poor victim flying in the air, arms and legs working to all points of the compass, caught and thrown again. These guardhouse courts-martial are more dreadful than the legal military punishments.

The payday pleasures and excitements having died out I was taken to the hospital with a chronic attack of diarrhea, from which a great many of the troops were suffering and dying, attributed principally to the Mississippi River used for drinking purposes. I was placed in a bed which stood next to a man who was there with a vile disease brought on by immoral habits, rotting body and soul. Looking about the ward I saw men suffering from all kinds of ailments — some with sore arms caused through vaccination and made worse by the individual in order to get discharged from the service. Others were lame or crazy, or suffering of consumption, chills and fever, and secret diseases caused through unclean and immoral conduct, which, with shame I confess, existed to a great extent — both officers and men.

Seeing men dying daily and feeling myself a little uneasy I concluded to get out of that place as soon as possible by finding [pretending] strength in the presence of the doctor, [and was] successfully detailed for duty a short time afterward. Thinking that wine would be of great benefit to my shattered system I purchased a bottle of claret and kept it between the folds of my bedsack, in the absence of a cellar. I [soon] found it gone. Every bottle I purchased afterwards went the same way, compelling me to abandon the hope of recreation on this line. I could not find the thief at the time, but hearing the details afterward, the thief being discharged and dead, a friend of his disclosed the fact that the man thought me in such a low state of health that the wine would only be thrown away, consequently of more benefit to a living than to a dead man.

The time drew near when the troops were ordered to more exposed places in the Union and preparations were made to leave New Orleans. Tents were put in good condition, field cooking utensils examined, boxes packed and taken to the railroad cars to be conveyed to our destination. The day came at last when we marched to the depot with the regimental band in the lead.[5]

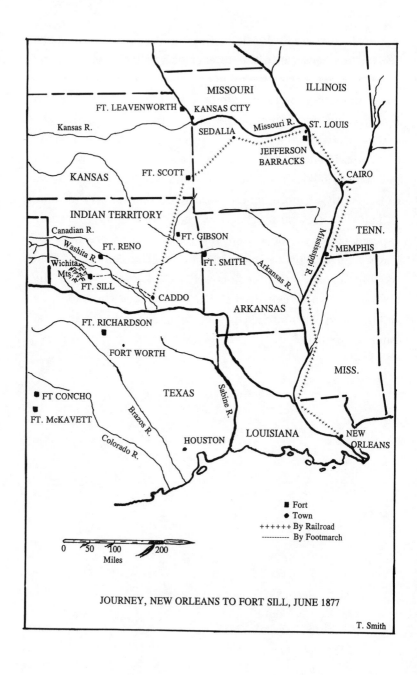

MISSOURI

ILLINOIS

FT. LEAVENWORTH KANSAS CITY

Kansas R.   SEDALIA   Missouri R.   ST. LOUIS

KANSAS   FT. SCOTT   JEFFERSON
                                         BARRACKS   CAIRO

INDIAN TERRITORY
Canadian R.   FT. GIBSON   TENN.
         Washita R. FT. RENO   MEMPHIS
Wichita   FT. SMITH   Arkansas R.
Mts. FT. SILL
                  CADDO   ARKANSAS

            FT. RICHARDSON   MISS.

            FORT WORTH

FT CONCHO   TEXAS   Sabine R.

FT. McKAVETT   Brazos R.   LOUISIANA   NEW
                                                                   ORLEANS
         Colorado R.   HOUSTON

■ Fort
● Town
++++++ By Railroad
---------- By Footmarch

0   50 100   200
     Miles

JOURNEY, NEW ORLEANS TO FORT SILL, JUNE 1877

T. Smith

2

. . . .

En Route to Fort Sill,
June 1877

The seventh of June 1877 saw us slowly drawing out of the station of New Orleans by special train for St. Louis. Sentries stationed on both sides of the car prevented the men from leaving or from obtaining much liquor, but plenty of New Orleans manufactured ice and whiskey was flowing to produce a marked change in the men: some sang, others defacing or unscrewing everything in the car, as if the devil himself had taken command of the company, no married man or officer being present, they having a separate car for their use.

Past cotton fields and over bayous we sped with a parting

glance at the Crescent City, entering Southern forests. Sky high trees formed a dark roof over the green stagnant water, long strings of moss hung from the branches while trunks were covered with creeping vines. Fan palms and other swamp plants spread their leaves like shields to catch the few rays of light permitted to pass through the roof above.

Night came over us and a deathly sleep soon settled over those who only a few moments [before] were all life. Not so with the ones who had less indulged in the bottle. These unfortunate beings felt the seats – offering a comfortable place for the short man, but by no means to a long one whose legs were in constant misery by putting them in all imaginable positions. Came Morpheus, as grateful to them as he was to the worshipers of Bacchus.

Cairo [Illinois] dawned upon our sight a few days later, where our cars were put on a ferry across the Ohio River to the Illinois side. From here we passed innumerable fields of wheat and corn and the black entrances of coal mines. The same evening brought us to East St. Louis, across the river bridge and into the tunnel of which we found out by the suffocating smoke entering the windows. We left the cars for Jefferson Barracks, a few miles from the city.[1]

The atmosphere stifling hot, it was evident a thunderstorm would soon be on us. Before we had gone [far] the sluices of heaven opened and brought down hail and water on those unfortunate beings who still had some miles to walk. We came to the sheltering roof of the barracks drenched to the skin. In front of the building in rain and a lake was a mountain of knapsacks which had been carried by the wagons. Everybody trampled over his own and others' property to seek only what could been seen with the assistance of a lantern. We soon stumbled with "somebody's" knapsack into a dark room assigned to us as our temporary barracks.

When Aurora showed her blushing face the next morning

on the eastern horizon everybody made a pleasant discovery
– the property he possessed was not his, wet blankets and
clothes, guns rusty and muddy, everything "lovely." We remained four or five days which gave us sufficient time to put
our equipment again in good order. In the meantime our cooks
prepared for the field by cooking the salt out of the pork with
a slight boiling and storing [this] "Cincinnati chicken" in boxes
for immediate wants.[2]

Our marching orders were received in due time and we
found ourselves again imprisoned in nine cars en route to
Caddo, Indian Territory. Immediately west of St. Louis the
train kept to the valley of the Missouri River, bordered on the
south by small grapevine covered hills. Reaching Sedalia,
Kansas [actually Missouri] about dusk we had to exchange for
a south-bound train.

We followed a level country to the south, with German
looking hedges on farms, entering the Indian Territory under
the same landscape, passing no farms, but occasionally a small
Indian village. Within a short distance of the Arkansas River
the country assumed a more hilly appearance. After passing
a fort [Fort Gibson] we reached Caddo and selected a place
five miles west of the railroad as our first camping grounds,
giving us the first sweetness of camp life. Strictly speaking
we were still inside the limits of civilization, although everyone
could not resist the feeling of something foreign, especially
when we were attacked by small insects the size of a red dot,
fastening their sharp pincers into our tender skins, creating a
by no means pleasant sensation.[3]

Caddo, an Indian village of about 2000 on the Missouri,
Kansas, and Texas Railroad, was principally inhabited by the
Choctaw, one of the five tribes brought from Carolina and
Florida. They were further advanced in civilization than a
great many whites and farmers in the states, not to mention
the negroes – but did not enjoy the privileges of citizenship

like the latter. As may be expected the country was overrun with lawless whites, who impressed the Indians with a very low standard of our civilization.[4]

Thousands of cattle grazed in the valley and hillsides where daring cowboys kept watch over them. Who would not envy a cowboy's freedom, but certainly not his lot, which was far from being a bed of roses, night and day on the alert, exposed to weather and wind. Clad in a blue or gray shirt without collar, gray or brown pants in front of which [was worn] a protective leather shield, a pair of boots with large Mexican spurs, a slouch hat, and a cartridge-belt with pistol around his waist, the attire of the Indian Territory cowboy generally different from that of his Texas brother. His horse was either an Indian pony or mustang which he constantly rode with fancy light halter, heavy saddle and stirrups, one blanket under, another blanket or coat at the rear of the saddle, a little frying pan, coffee kettle, and long rawhide lariat comprised his earthly wealth. If [he were] rich there would be coffee, sugar, salt, a few pounds of bacon, and a box of matches tied in small bags, on which he could travel a great many miles. His pony was his home, riding here or there, dashing into the herd with lasso flying around his head, yelling at the top of his voice as he singled a certain animal out of the herd. This set of men were generally good-hearted and jolly, only when they had whiskey on board were they a little too reckless with their pistols.[5]

The company's property and men's private boxes had been transferred from the railroad cars to "prairie schooners" and were on their way to Fort Sill, our destination, 165 miles west of Caddo. The prairie schooner was never found in the more settled country. The four and one-half or five foot high-boarded sides of the wagon were wider at the top than bottom. A smaller wagon was generally attached to the rear, both covered with canvas stretched over bows. This train was drawn by six mules or six to eight yokes of oxen, the latter kept in line by the voice of the driver, while the [mules] were kept in motion with a long whip. From five to twenty such double wagons were frequently seen, crossing the prairie like a huge snake with a white back.

The company started on its first march, walking an hour and resting ten minutes. I, being yet in poor health, was detailed as permanent "kitchen police" or chief cook and bottle washer, in which capacity I had the privilege to ride in the cookwagon, a government vehicle or freight wagon of a straight bed twenty inches high covered with canvas for transporting the company's rations, drawn by a six mule team. My work, very light, consisted principally of gathering enough firewood for a few kettles of coffee and frying a little pork. Dishes – I had none to wash, as every man was compelled to take care of his own tin cup, knife, fork and meat dish of an oval tin plate fitting exactly over a frying pan, the handle of which could be folded over the plate and clasped at the other side, issued to every man as his marching outfit. Our rations on this march were barrels of salt pork, hardtack, coffee, beans, sugar, salt and vinegar. Besides the rations and cooking utensils we had to carry on the cookwagon the four company tents and the men's blankets and knapsacks.

The first day went well, riding on the top of the bows like a broad-backed horse, the wagon not having been scientifically packed owing to our ignorance of camp life. The country spread before us in ever changing scenery, beautiful forests and boundless prairie. The road became very rocky and we held on to the hoops of the wagon for dear life, tossed from side to side. Dismount and trot beside the wagon? – No!, a bad ride was preferable to a bad walk.

[Suddenly at] a high steep bank everybody prepared to jump off, but it was too late, the brake-chain on, the driver held his mules back as we found the hind part of the wagon high above the front, expecting to be hurled to pieces on the rocks. We shot down the embankment as if fired from a cannon, arriving softly at the bottom of the creek, a cold chill running through us [from] the danger. In order to prevent future chills I concluded to walk at such places, descending from my lofty position. Before us was a steep bank. Eight extra mules were hitched to our wagon and the black-snake applied to their hides, a terrible yelling of the drivers, a shower of gravel from the hooves and the wagon had gone. There was no time to be lost in silent wonder so I hastily ascended and resumed my position.[6]

The camp reached and wagons unloaded, tents pitched with occupants lounging on the outstretched blankets, smoking or playing cards, while their guns were loosely strapped to one of the upright poles of the tent. In the evening candles illuminated the canvas town, with bayonets doing service as candlesticks, songs and laughter making the spot an oasis in the prairie. Soon the scene changed. A cloud, at first small and insignificant, grew larger and larger until it hung above, enveloping us with an impenetrable darkness. The lightning which followed was blinding, the thunder deafening, shaking the earth to its foundation. The terrible storm drove everything before it, destroying our whole beautiful village, leaving us at the mercy of the tempest. Passing as fast as it had come the damage was soon repaired and everybody slept, except the guards, who were trying to guard what they could not see.

Long before daybreak the next morning the bugle sounded reveille, ten or fifteen minutes later the companies were on the march, the city of canvas folded, nothing [to] be seen except wagons winding their way across the prairie. By sunrise we had traveled quite a distance. Fortunately the road got smoother, the wagon taking pity on my poor soul, softly rocking side to side, lulling me to sleep. One of the hind wheels dropped into a deep hole in the road, sending my limber body heels over head, whirling through the air and landing unceremoniously on the prairie. Being truly awake I mounted my angry "steed" and stuck there.

From my elevated position I had a splendid view. In every direction a soft rolling prairie covered with rich gamma grass, in the bottoms a height of six feet and over. Along the rivers cottonwoods, elm, oak, and pecan shaded the waters of streams with black bass, catfish, and mussels. Colonies of beaver here built their dams, flocks of wild turkeys roosted on the inclining cottonwoods at night, seeking their food in the sand hills at daytime, preferring a certain red berry the size of a gooseberry to any other. Larger game such as deer, panthers, wild cats, catamounts [mountain lions], coyotes, antelope, and the occasional wolf afforded exciting enough pleasures for the hunter. Wild horses, it was claimed, roamed this prairie, but in all my trips I can not say I ever knowingly saw a real wild horse.

We drew near a farm where the daughter of the house stood in the frame of the cabin door, attired in a bright calico skirt, the picture of Indian perfection. We threw a kiss, receiving a smile in return, the cruel wagon moving too fast.

Entering a forest of dwarf oaks and walnuts interwoven with poisonous vines we gained a clearing where the Indians had constructed a church, schoolhouse, and a shade built of trees and branches for summer service. The children were children; rich, poor, civilized, or wild, they enjoyed the freedom alike when relieved of the strains of school. It did our hearts good to see them chase each other or mount their little ponies and bound off like the wind.

In sight of the Little Blue River we camped. Situated a short distance of the camp was an Indian blockhouse surrounded by a fence to which a couple of magnificent ponies were fastened. Indian maidens, the most bewitching beings I ever beheld, made their appearance, mounted their ponies and were off before I knew that I was head over heels in love with one of them. I really felt sick in the region of my heart and was convinced that Cupid had sent an arrow clear through the old rusty armor of my bachelorhood. I took a good bath in the cold stream and returned to the house to find out more about the unknown, but without success. Many a time I passed afterward on detached service, but never had the good luck of meeting her again. I left camp the next morning with a feeling of loneliness and the knowledge of a lost heart.

Governor Harris' was our next camp, in a rich valley, deriving its name from an ex-chief of the Chickasaw who lived in a neat little farmhouse in the center of a well-kept flower garden. [He] owned, besides a great number of cattle and horses, a store and a flour mill. Two well-educated daughters conducted his house, who had been married to white men but were shamefully deserted by them, after the adventurers had stolen a herd of market cattle from the chief.[7]

After crossing a few more creeks we came to the Washita River and Cherokee Town, an Indian village of about 500 inhabitants on the left bank of the river. A very clever bridge was thrown across the deep muddy stream. The bridge was built entirely of wood. Sections of heavy logs linked together formed six-cornered boxes filled with heavy rocks. These formed the pillars upon which the bridge rested.

While passing over one of the small knolls between towns we saw the frontier stage, drawn by four horses, draw up to a post on which a cigar box was nailed. The driver deposited a letter. Coming closer we saw the unmistakable lettering "Post Office" on the cigar box — but could discover nothing of the postmaster.

The population of these [Washita Valley] towns were generally law abiding people but this valley was infested with a lawless band of thieves who stole horses or cattle in Texas and sold them again in Kansas, New Mexico, or Colorado.

Crossing the Texas and Kansas Cattle Trail [we discovered] a depression where a prairie dog community had built their homes. Our arrival caused quite a sensation. They threw the front of their bodies into the air, giving a long yelp, after which they rushed for their holes, peeping over the edge, barking and keeping time with their tails.[8]

At last we ascended the hill which concealed Fort Sill from our view, passing Cache Creek on its course south to where it empties into the Red River. Above the confluence with Medicine Bluff Creek lay the small elevation of the fort which glittered in the evening sun as the last rays fell upon the blue limestone walls of the buildings. Two miles west the steep walls of Medicine Bluff could be traced running in a half-circle, forming an invincible barrier. It appeared as if forces in the bowels of the earth had split the surface, forcing one section [to] form a bluff where rolling prairie ought to be. The bluff derived its name, according to Indian tradition, from a medicine man who made a leap over the precipice to prove his power over death. What ever the truth of this, it remains a fact that the Indians celebrated their sun dances, their most solemn dance, within sight of these bluffs. Besides [this] they bury their dead on the top.

Six to seven miles southwest of this bluff was a hill of 700 feet. A small stone house erected on the top was formally used as a signal station from where the movements of Indians were signaled to the fort. It was called Signal Mountain.[9]

West and northwest of this hill is the main cluster of the Wichita Mountains, the highest in the territory, about four or five thousand feet. The range covered an area of 200 miles, was well watered and covered with a luxurious growth of timber. The puma, bears, and other wild beasts still held undisputed sway over the rest of the animals. Indians were in former years very hostile in this section and many a battle has been fought by them for their liberty, but they had to gradually submit to their incarceration in the gilded cage of civilization.[10]

One mile southeast of the fort was the Indian agency, partially hidden from our view by the trees along the creek. Indian tepees could be seen in clusters along the bank, while highly colored figures, mounted on light-footed ponies, headed for our wagons, twenty or thirty galloping across the prairie to head us off. Our guns [stored] way down in the bottom of the wagon, to get them out then was too late. Our hair began to rise as we pictured ourselves in hot battle – our small number overpowered, taken prisoner – tortured! The Indians came up rapidly. After a greeting of "How John!" they appealed for tobacco, which we readily gave them, after which our new friends took their departure and left us to continue our way to the fort.[11]

The trip over, we were stationed in very neglected infantry quarters, which unfortunately were the only barracks there built of wood, and got a dose of frontier soldiering.[12]

3

. . . .

Fort Sill, 1877-1878

Fort Sill, Indian Territory, on the southern extremity of the line of Indian agencies, was first established in 1869 by General Sheridan under the name Camp Sheridan. The Kiowa and Comanche Indians had been brought from their wild haunts in Texas and placed there on a reservation with their agency a short distance from the fort. A vigorous but cautious policy had to be followed to accustom them to their present homes. They were [then] well-pleased with their present situation and most of them had farms or herds of cattle from which they derived a comfortable revenue.[1]

American western forts were not, as their name would indicate, fortresses with breastworks in a zig-zag [with] cannons

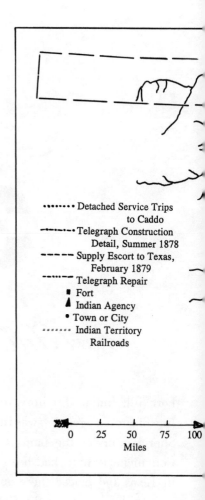

•••••••• Detached Service Trips
             to Caddo
–••–••–•• Telegraph Construction
             Detail, Summer 1878
– – – – Supply Escort to Texas,
             February 1879
–••–••–•• Telegraph Repair
■ Fort
▲ Indian Agency
• Town or City
======= Indian Territory
             Railroads

0   25   50   75   100
            Miles

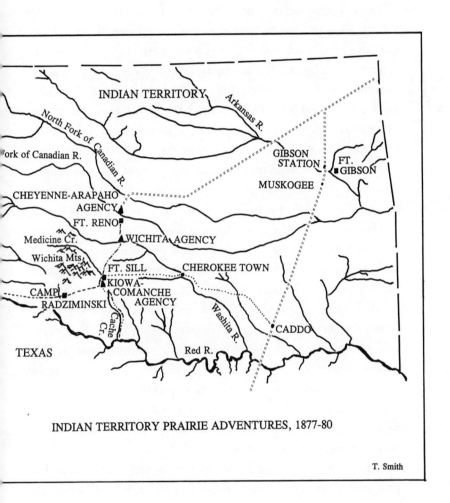

INDIAN TERRITORY PRAIRIE ADVENTURES, 1877-80

T. Smith

planted behind entrenchments. Fort Sill, for instance, had a large square parade of 400 to 500 feet with a flagpole in the center. On the north and east sides were neatly constructed officers' quarters, surrounded by an orchard. On the west side were the cavalry quarters with large dining rooms and kitchens adjoining the rear, and 300 feet west were the stables [with] a ten foot high wall. On the south side of the square or parade ground was the adjutant's office with two infantry barracks to the right and left. Two hundred feet south were the band quarters, to the east of these were the commissary and further on [was] the quartermaster's storehouses. One hundred feet southwest of the band quarters was the powder magazine, only fifty feet from the latter was the guardhouse, and fifty feet south of this building stood the post bakery.

Directly north of the stables and west of the officers' quarters, in the center of a newly created peach orchard, stood a well-ventilated, nicely constructed hospital overlooking to the north the valley of Medicine Bluff Creek.

All of these buildings, with the quartermaster stables, comprised the fort proper and were constructed of a blue limestone which was the principal stone of that country. East of the officers' quarters and south of the quartermaster storehouses were the small picket houses constructed of upright logs, isolated shelters of the wives and children of the married soldiers, quartermaster employees, post interpreters, traders, and a church and schoolhouse.

One-quarter mile northwest of the cavalry stables was the post trader's establishment comprising three or four buildings, one corner of one set apart for the post office with its modern improvement of letter boxes. The post trader was an indispensable evil of the forts. There everything from a collar button to a saddle, and all kinds of hardware and grocery goods could be obtained [by] paying exorbitant prices. Drinks were furnished direct over the bar or through an order signed by an officer of the fort, at the rate of twenty-five cents for one glass of beer and $2.00 a quart for "rot-gut" stuff called whiskey.

A stagecoach ran thrice a week to Caddo connecting with the railroad and the rest of civilization, completing a single [one-way] trip in thirty-six hours.

The municipal power of the fort was vested in one person — the commanding officer, who had as his assistant an adjutant. Next in power to the commanding officer was the "Officer of the Day" selected daily from the officers of the fort, and properly relieved every twenty-four hours by his successor. His duty consisted of quelling any disturbance in the command and seeing that the sanitary rules were properly enforced in the fort and camp. He was always assisted by a sufficient force of guard who were [also] detailed daily and relieved at the same time. The post commissary and quartermaster offices were generally filled from headquarters with either civilian or commissioned appointees belonging to these special branches, as was the post medical staff, ordnance, and telegraph officers. The telegraph office, filled by regular enlisted men or civilians, [was] solely under the surveillance of the signal officer in Washington, and not subject to the orders of the [post] army officers.

The ordnance of every fort was in charge of an ordnance sergeant appointed by the department. The quartermaster at the forts had the power, if permitted by department headquarters, to select clerks and teamster civilians who in [any] other respect would not be permitted on the reservation fort.

A quartermaster had a wide field for dishonesty placed within his reach. He could (and a great many did so) cheat the government in different ways. There were, for instance, 20,000 lbs. of useless corn to be condemned by the commanding officer, where in reality only 5,000 lbs. was presented for inspection, the rest of the sacks filled with sawdust or sand. Or some poor government mule died and was examined by the officer, while a day or two later another mule [dies], and

if the weather cold, more mules could die in succession, the
body of the first mule representing the other absconded animals. These are only two ways, while there were more than
a hundred ways to get rich from Uncle Sam's pockets. The
medical head and doctor had the same chances as the quartermaster and commissary, as he was generally the post treasurer
and in this had charge of the post bakery where an enlisted
man could buy an extra loaf of bread for five cents, and a
civilian or Indian had to pay ten cents. From a civilian in
need of medical treatment the doctor could slide an unobserved
bill into his own pocket.[2]

There were [also] the captains of the companies with their
share of easy gains. The day on which the commanding officer
of a fort examined and condemned serviceless [unserviceable]
property was always considered a day of rejoicing for all parties
concerned, except the superior officer [who] did his duty and
saw personally that the condemned articles were destroyed, in
which case he would find a great many bright faces rather
disappointed [and] dark. Nevertheless there were always more
bright than dark faces. The commanding officer would go to
a company, see an old [canvas] fly of a wall tent, or formerly
condemned pieces of tents [that] were again representing a
complete tent, [and] with a superficial glance at the pile,
condemn the articles to be destroyed immediately as unfit for
further service, remaining until preparations are made to burn
the old "tents." Presuming that $500 instead of $5 worth of
government property lies in ashes, they are checked as [off
the records] out of existence. A couple of hundred dollars
worth of property and tents may [then be] moved by the
captain, afterwards represented as his private property. Officers
and men could have tents to the value of $40 to $80 and never
pay a cent for them.

[There was] an easy way of making a gun or horse. A man
for instance deserts a company without taking anything belonging to the government. If he should be caught he might

have found in the company records that he stole a horse, saddle, gun, or pistol, for which he would be charged besides desertion. In this case the first sergeant of the company made an affidavit that such and such article was taken when [the man] deserted. There were very few first sergeants who did not make a false affidavit in the five years of [my] service.

Amongst the captains were some great fellows who deserved to be put on ice instead of being in command of troops. There was one captain who stood at attention when speaking to his first sergeant, while the sergeant suited himself about his own position. Another fine specimen of an officer took a lantern when making his rounds of the guard. That same gentleman ridiculed himself by sending reports of his Indian slaughters to certain newspapers, [events] which had never taken place. Most of the company commanders were of a kicking disposition, delighting in aggravating a weak superior in every possible way, and my captain, H. A. Theaker, was one of the principal.[3]

Lieutenants were generally good, even second lieutenants, after they lost their West Point ideas. Lieutenant Flipper, the first colored man who passed West Point and was commissioned in the regular army, was assigned for duty with the 10th Cavalry (colored) at Fort Sill. He was at first met with contempt by his brother officers, and his tact kept him away from places where he was not wanted, that is, the officers' homes. But his superior knowledge and good tact soon brought him in close commune with his captain who made him his confidential friend and advisor, and entertained him in his private home. Whenever the Captain got into a scrape his lieutenant was sure to get him out. He also proved his courage in a couple of engagements with horse thieves. While he was apparently enjoying the love of this officer and the respect of the men, his enemies were quietly at work laying snares and traps wherever he went. At last they succeeded. It was later at Fort Davis in 1881 where Flipper was made acting commissary

officer and accused of intentionally defrauding the government
by Colonel Shafter. He was found guilty and dismissed from
the service.[4]

Colonel [William R. "Pecos Bill"] Shafter, of the 1st Infantry,
was a good and daring leader, but a man without morals or
character.[5]

Speaking of officers I would say a few words about a certain
colonel, [Lieutenant Colonel John W. Davidson, Tenth Cav-
alry]. Commanding officers were also at times subject to the
weaknesses of mankind. This gentleman was an opium and
morphine eater under the strict leadership of his wife. He
would walk up to the flagpole on the parade ground in the
morning and raise his cap to the flag. He was also seen by
the guards at the fort in unworthy and ridiculous places for a
commanding officer. He would go up to a sentinel in civil
dress and play a suspicious character, or try to enter, unobserved, places under the guard's watch. In which he was, by
some sentinels, humored, detained and recognized. But by
others he was brought to his senses and treated as a suspicious
character, that is he was kept standing in one place with the
gun pointed at him, until the arrival of the corporal of the
guard. In respect of dignity this colonel could not be beat –
a sergeant as orderly had to be at his door, instead of the legal
private.[6]

Colonel [Ranald S.] Mackenzie of the 4th Cavalry, the three-
fingered Jack (on his right hand) in command of the fort
[1875–77], was one of the ablest fighters in the West, in my
estimation the only man fit for command of troops amongst
Indians. He was strict, but well-liked by all his subordinates,
his strong hands kept order, no officer slaves to "kick" like
under other camps. The Indians looked to him as their father,
they received punishment when they deserved it, but their
grievances were also well-considered and investigated. He was
not afraid, like his successors, to arrest Indians, put them in
ball and chain, and send them out to work in order to obviate

an outbreak. This officer is now in Washington, D.C., in an asylum, crazed from drink.[7]

[Colonel Edward] Hatch, commander of the 9th Cavalry and of the District of New Mexico in 1878–80, [was a] perfect gentleman, probably a very clever general in a civilized war, but against hostile Indians the principle objection against him was staying at headquarters at Santa Fe, receiving and giving orders to troops at remote places – where an immediate order and quick execution would have been crowned with success.[8]

Colonel [George P.] Buell, then in command of the 15th Infantry, was ordered to suppress an [Apache] Indian outbreak, but instead of selecting seventy-five or one hundred mounted infantry with twenty-five extra horses and a pack train of about fifty mules, a force sufficiently strong enough to capture any number of hostile Indians, he also went into an extensive scale by taking a long slow tour of government wagons and 800 or so men across trackless plains and mountains, where time was precious.[9]

Colonel [Galusha] Pennypacker [Sixteenth Infantry], having received over thirty wounds during the war, some of which were still running, was most surely unfit for an active service needing a strong hand to rule a lot of contrary and kicking subordinates, where a graceful hand only causes a greater relaxation in obedience and respect.[10]

Colonel [Benjamin H.] Grierson of the 10th Cavalry, preferred the safe side.[11]

Lieutenant Colonel [James] Van Voast of the 16th Infantry had a mania for working the troops.[12]

Major [George W.] Schofield of the 10th Cavalry was a perfect gentleman, but the penny was his god. At one payday while I was orderly for him, I had the pleasure to walk about ten or fifteen times to the different offices, all for thirty-five cents [extra pay]. As major at the fort he had nothing at all to do so he passed his time by experimenting in the improvement on pistols of which he had an interest. [Schofield perfected the automatic ejector for the Smith & Wesson .45-caliber pistol]. Once while at Caddo this same major engaged a negro woman for his servant, brought her up to [Fort] Sill on government transportation and, it was said, made her work for two months free for her fare.[13]

Having partially sifted the commissioned officers in their capacity as officers and gentlemen of the Army, we take a step or two lower and look at the noncommissioned officers and men. We [would] find there the same as with the officers. How could it be otherwise? – So the master, so the servant.

In charge of every kitchen was a corporal [or] sergeant who had to draw the rations every ten days for all the men in the company and supervised their proper cooking and division among the men. In case the company did not use all the rations this man was authorized to dispose of the surplus in the most profitable way and turn the money over to the "company funds," in charge of the captain. The captains generally wish to give the men all they [are] entitled to but they had unfortunately a chief of the kitchen with a hole in his pocket, or [perhaps] one of the cooks would have an Indian sweetheart with a bottomless desire for coffee, especially sugar.[14]

Being still in poor health I concluded to go to the hospital and get well before doing post duty. For two months steady [I was] in the post hospital, swallowing opium pills by the dozens without success. From the early morning until late at night I made lonely trips across the back yard [to the latrine], greeting every breeze as a welcome strength-giving draft from heaven. My feelings were rather depressed at the time and I frequently thought how sad it would be to leave this loveless and cruel, but nevertheless sweet, life and exchange it for an imaginary one. Such were my thoughts when leaning against the deadhouse overlooking from a high bluff the lovely dark green valley [with] the silvery Medicine Bluff Creek passing at my feet. One early summer morning before the sun had taken possession of the day, and while in one of my sentimental moods, lost in meditation, I did not observe the approach of a small white and black animal, until it was almost in reach of my hand. I retreated as fast as my feeble condition would permit, pelting it with stones after learning of the "strong" power of its weapons. Another time I received the full benefit [of] its "cologne" [but] I easily killed the [skunk's] stink by an application of coal oil.

A few nights later at the hospital, while on one of my nightly picnics, I happened to meet with a more dangerous adventure. This time it was a wild cat who had forced an entrance into the chicken coop and played havoc amongst our rooster and his family. I opened the door [and] to my surprise saw [the] beast shoot past me with a tender or tough chicken (I hope it was the latter) in his fangs, soon disappearing into the brush.

We had a little white rooster belonging to the hospital laundress who made his appearance in our [barracks] yard every morning. We had two or three large roosters in our flock but none was equal in strength and endurance to our little stranger. So one day the death sentence was passed over him and he was subsequently captured, beheaded, and put into [an oven] to roost. How our mouths watered for the morsel as we waited for him to bake. At last he was done and a sharp dissecting knife inserted into the body. If our roosters had found their jawbones and spurs too weak and dull to penetrate the tough flesh of that little fellow during his life, we discovered that he still retained his tenacity after death.

Seeing that the [opium] medicine would eventually ruin my system, I concluded to take my case in hand and put myself [on a] light diet in which I so well succeeded to be considered by the doctor, in a short time, fit for duty. Through his kindness I was detailed for extra duty in the hospital, first as a nurse, then as an assistant cook in which capacity I received twenty cents a day extra pay in addition to my soldiers pay.[15]

While thus employed one Sunday morning I received direct

notification from my company commander to attend inspection. Here I was one hour before the time of inspection, without gun or equipment, and if then issued to me – too late to clean properly. The best thing I thought I could do was to stay where I was and not attend. I did most respectfully decline the invitation, in other words I ignored the order. Charges of disobedience were in consequence put against me by my captain and forwarded to the commanding officer of the fort for approval. [These] were returned by Colonel Mackenzie to the former with a copy of an order excusing all extra and daily duty men from roll call and inspections.

One day at the hospital while standing in the kitchen washing dishes and pots I heard a faint yell. In the life on the plains nothing startles a "greeny" more than the war whoop of an Indian so without losing further time I rushed out to see what was going on. To my horror I saw a long line of Indians galloping full speed through the woods, yelling like devils. My first thought was an attack upon the fort, but I was soon convinced of the absurdity of that idea. They soon entered the fort, attired in their best, yelling as if this was their last chance on earth, having a parade with the permission of Colonel Mackenzie. In the front and rear of the line were five chiefs clad in their feather headdresses which reached down to both sides of their horses' flanks. Then came about 150 yelling and whooping Indians. After the parade there was a reception of nations.

After working at the hospital for some time I was taken sick with chills and fever [malaria]. Only a person once afflicted with them can form an idea of what they are. At first a person feels cold, even if it is 105 degrees in the shade, the teeth commence to chatter and hammer together as if a flour mill. When this spell came I would go to bed and cover myself with all the blankets I could find, dozing off as the chills passed over. Awakening two or three hours later was like a dream – a terrible heat in my throat, all my senses were numbed, the evening concert of the regimental band sounding like the strains of fairy harps and music from another world. [With] ten-grain doses of quinine after a week or so I was again considered well and sent to my company for duty under the command of the man I angered by refusing to attend inspection, my place as cook in the meantime being filled by somebody else.[16]

The equipment was issued to me and I mounted my first guard in the Indian land. Night came, the sky clear and bright, not a cloud to disturb the beautiful speckled arch above me, not a sound to be heard as I walked my post around the haystacks on the outskirts of the fort, at least three-quarters of a mile from the guardhouse. I was meditating, building aircastles for the future (the usual occupation of sentinels) [but] was interrupted by a peculiar odor, carried to me on the gentle breeze, followed shortly by an Indian from whom this sweetish odor originated. The Indian was on his way to camp in the bottom near the creek where the others were engaged in preparing for a dance in which the Indians indulged the night before their ration day, once a week.[17]

The broken threads of thoughts were running again when the faint sounds of howling dogs interrupted me once more. The sound came nearer and more distinct. My imagination carried me into the spiritual world, the yells seeming to come from every direction, floating in the air while nothing was visible or any other noise audible to my straining ears. I was almost convinced that there were ghosts or at least the spirits of the "wild hunter" in the air. All my imaginations were cut short by the appearance of the real hunter – not ten feet away I saw burning eyes staring at me like two red coals. A cold chill ran down my back as I saw a pack of wolves throwing hungry glances at this sweet morsel. A few lumps of dirt soon brought them to a greater distance and, as if by command, gave me a parting concert as they took the direction to the Indian camp.

I strained my ears for the welcome footsteps of the relief party but instead heard the click from the sword of the officer of the day making his nightly round of the guard. Mad with disappointment I thought to take all the satisfaction I could out of him. [I] let him go all the way round the haystacks and as [he] turned the last sharp corner I brought my gun down to "charge bayonets" with as much emphasis as possible, challenging "Who comes there!" He stopped as if made of stone, but came to life after receiving the command "advance and be recognized!"

Now it was his turn to crow. "Where have you been, asleep?" "What are your orders?" A great many bewildering questions were asked such as, "What would you do if a steamboat would come up?" Not a very sensible question to ask at a place 500 miles from any navigable stream, in the middle of a prairie amongst uncivilized Indians.

Soon after the officer had left the relief party came, finding me standing at the nearest corner of my post. I was relieved and had four hours to rest before my turn came again for two more hours [of guard]. At the guardhouse [I] rolled in a blanket, asleep without having been permitted to unrobe or take off any equipment. No sooner asleep when there came an order [to] turn out the guard for the officer of the day. Everybody seized his gun and ran outside. I, half asleep, could not find my gun and grasped a broom standing in the corner, appearing with it in the line of the guard. The officer passed down the line in front of the guard and prisoners, the latter in their nightdresses. I was passed without being detected [without a rifle] and punished by the officer. The guard was then dismissed and we returned once more to our bunks to obtain as much sleep as possible in the short time before going on post again. I returned to the room with a much lighter feeling, thanking my lucky star and the darkness to pass inspection undetected with a broom. Next [I] looked for the gun, which I found under my bunk where someone had kicked it.

The clock struck three [A.M.] and we were aroused and posted on our respective places by the corporal of the guard. The Indians had ceased singing, the wolves [ceased] howling. I resumed my duty as sentinel around the haystacks with no other nightly visitors or companions [such] as Mr. and Mrs. Skunk. The morning air [being] chilly I selected a cozy place between the hay for a short rest. Soon heavy lids dropped over my eyes and I was fast asleep.

How long had I slept? Had the relief been there and another sentinel posted? [These] were my first thoughts as I awoke and saw a faint light on the eastern horizon, the cock announcing a new day. A walk and investigation showed I was still king. Slowly the faint shimmer of the coming sun extended along her path, broadened the eastern horizon into the morning, gradually spreading with a beautiful carmine.

A few hours later we were standing on the porch of the guardhouse waiting to be relieved by the new guard at nine A.M. when one of the corporals, in a playful way, brought his gun to his shoulder, pointing it at an old white horse about forty feet away, feeding on the grass around the magazine. Passing the remark that he could hit that horse right in the eye he pulled the trigger of that unloaded gun. How great was his and everyone's astonishment as a sharp report and cloud of smoke issued from the muzzle of the rifle, transforming the corporal almost into stone. All eyes directed to the horse, but he looked unconcerned, continuing his meal to the great relief of the sharpshooter. Strange to say nothing was done to him for his carelessness, which should have been severely punished by the military authorities.

The following morning we, the old guard, reported to the police sergeant for fatigue. The police sergeant was a noncommissioned officer appointed by the commanding officer to attend to the sanitary condition of the fort and had, to this end, the prisoners and fatigue parties under his instructions. Some of our party were sent to the sawmill, where an old boiler, afterwards horses, furnished the moving power for the circular saw.

Others were sent on the water wagon, a box holding 400 gallons of water drawn by eight strong mules. [After] filling the wagon with rubber hand-buckets in the creek [the water detail made] about five trips a day to supply the fort, bringing water from the creek to the barrels of the troops, laundresses, and gardens, by a hose on the rear [of the water wagon], or to wet the roots of orchards and shade trees. We were ordered to put fifty buckets full on newly planted trees around the parade ground, drowning every one. Still another party was furnished with scythes to cut the high weeds in the vicinity of the fort.[18]

As I previously stated I got the best of my captain, if I may use that phrase, when refusing to attend inspection while in the hospital as an attendant. [I], being [again] with the company, my captain did not lose an opportunity to take his revenge on me and find fault wherever it was in his power to do so, especially on Sunday morning inspections. I was reprimanded and checked at every inspection, nothing was clean or neat enough, although I was selected immediately [after] at guard mount as the cleanest man for orderly by the adjutant. As orderly for the commanding officer or officer of the day my duty being to be always in the presence of the officer, to transmit any orders by him. [If orderly] in the evening I had the liberty to enjoy my bed undisturbed.

4

. . . .

*Indians and the
Indian Territory,
1878-1879*

Weeks passed and I was detailed in the kitchen as assistant
cook. Each company had two cooks who were detailed from
the men of the company and required to attend to that duty
for ten successive days, although if they were willing they
remained permanently. Their duties were not very inviting
for the majority of the men. At three o'clock in the morning
they were awakened by the guard [to] boil the coffee [and]
get the meat prepared for breakfast.

At reveille the kitchen police put in his appearance, assisting the cooks, washing the dishes and pots, scrubbing the table and floors, chopping wood for the kitchen, also for the dining room in winter, in general the roustabout in the kitchen. Daily inspection was at ten o'clock, when everything had to be clean and shining. There was continual work, with a few hours rest in the afternoon, from morning until seven or eight at night.

One morning the cooks were late, their own fault, in the evening [before] nothing had been prepared – no water in the coffee boiler – out rushed the cook to the water barrel and soon had his kettle full. At reveille breakfast was ready and our coffee stood smoking in our pint bowls as we sat down to our morning mess. Our meat was brought to us and it soon disappeared, but not so the coffee. After blowing at it long enough to bring its temperature down to a lower degree we discovered bones, potato peels, etc. An investigation showed that [in the dark] the cook had filled the coffee boiler from the swill barrel instead of the water barrel which stood near.

My entree in the kitchen as cook took place soon after. We had on the fare for that day beans, regular army beans [that had] been soaking in water overnight. Being late that morning I put them in a boiler without examination. When looking at the beans a half hour later I discovered scorpions floating on the top. Time was precious and something had to be done to give the men their dinner. It was too much of a loss to throw the beans away and I concluded to taste them – should they make me sick the beans would have to be thrown away – if not I concluded to go on and prepare them for dinner. The beans stood on the table that noon – and never had tasted better to the men before. Useless to say I did not eat beans that day, and I examined pots before using [them] in the future.

Being now an expert military cook I was detailed in that capacity to the Indian farm, where I had an opportunity to see and study these beings at their homes.[1]

A band of dissatisfied Comanche Indians had, in the summer of 1876, gone back to their old hunting grounds in the Staked Plains of Texas. They were captured by the 10th Cavalry with great difficulties under extreme hardship and were returned to their agency at Fort Sill. They were first locked up and confined in prison but subsequently two bands numbering about two-hundred were taken to a place five miles from the fort where a farm and houses were built for them by the troops. They worked the farm raising corn, watermelon, muskmelon, and living in their old tepees while their horses were stabled in the houses. They were kept under the supervision of the military for one year, [then] the bands were separated and their camps located in different places.[2]

One band had their camp immediately on the outskirts of the fort and was under the supervision of a soldier. This worthy young man made himself very intimate with the squaws and almost lost his life by the hands of a jealous husband who entered his tent one night and struck him over the head with a tomahawk, inflicting a ghastly cut across the forehead. There was almost an Indian outbreak over this.

The jealous husband of the squaws and would-be murderer was subsequently apprehended and taken to Fort Smith, Arkansas for trial. A U.S. marshal was sent to Fort Sill to procure the witnesses in the case. He was accompanied by soldiers and the post interpreter to make the Indians understand the nature of the mission. Through some blunder of the interpreter the Indians thought that the man [witness] was to be arrested and they naturally resisted the authorities. The consequence was that a couple of Indians were shot and two or three wounded. The Indians began the fight by feigning friendship, shaking hands with every white man. Soon a shot was fired, the Indians driven back, and the dead and wounded [soldiers] thrown into the wagon [and] sped back to the fort.

Cavalry was immediately ordered to the Indian camp and the infantry kept under arms at the fort. The Indians saw their mistake and kept quiet while we put their wounded into the hospital and the dead in the guardhouse, from [which] they were buried in the military graveyard. Strange as it may seem the [dead] Indians had been scalped in the guardhouse by some guards or prisoners overnight, and had naturally, in that state, [been] kept from the sight of the other Indians or there might have been some more "fun."³

Notable during this excitement was the display of courage amongst the "old soldiers." One claimed to be in charge of the kitchen, the others had passes – but they had to go along!

At the beginning of the year [1878] there were at least fifteen guards at the camp, but shortly before the excitement took place I was the only one, besides a corporal with another band one-half mile from mine, who guarded the Indians or at least camped with them. There were from twenty to twenty-five tepees in my section [which] stood in the shade of high trees on the banks of a clear cool stream, Cache Creek. The rations were issued to them daily by the corporal who drew them at the fort. My abode was a picket house on the lower corner of the camp where the farming tools were kept with the tents for some of the homeless Indians.

A young Indian by the name of Tasstaouy who was the most good-hearted fellow I ever met out West, lived, with his mother, two wives, brother and sister, in a tepee next to my picket house. The oldest [wife] was about eighteen years of age and of exceptional beauty with very pretty eyes, but the youngest squaw [was] the reverse of the first, in fact a mere child of eleven or twelve, I think kept in reserve for future marriage.⁴

We were naturally on good terms and mutual exchanges were frequent. I could enter their tepee at any time in the day or evening without running the risk of my modesty being shocked by the display of nude squaws lounging about, or the sight of seeing [them] eating their own vermin, or nursing young dogs, as I have seen others do. They took their baths every day, dressed neat, and kept themselves very clean and tidy. They also used paint, like their civilized sister, only they used red instead of black paint for the lids of their eyes.

The red paint was very artistically applied to their cheeks and eyelids, making the oldest [wife] the most bewitching soft eyed and innocent looking woman in the camp, especially when dressed up [for] visiting. In spite of her beauty, innocent eyes, and good behavior she was not exempt from the weakness of women. She knew she had control over her husband through her beauty, that is as far as a squaw is [able] of getting control, and she kept him there. He would not permit her to work in the field where he worked with the hoe and spade from morning to night, although she would do a little work around the wigwam such as cooking, making moccasins, tanning hides. She had to follow the custom of the tribe, for which the long scars on her arm above the wire bracelet gave sufficient proof.[5]

They [the women] frequently paid me a visit at my house where they offered me a splendid opportunity to study their language and pass the time pleasantly playing casino while the "old man" was at work on the farm. Although always hungry like the rest of the Indians they never made themselves disagreeable with their behavior and I never had occasion to check them with a "vamoose."

Strange sights were seen in [the] Indian camp. A talisman was always to be found in the center of a camp, consisting of a shield, weapons, feathers, and various other articles fastened to a pyramid shaped arrangement formed by three sticks meeting at the top. In front of the chief's tent stood a leather shield, a quiver with bows and arrows, scalps and other articles suspended by three sticks. There a lot of [the] men sat upon their heels around a fire diving with their hands into an iron meat pot — if the piece was not satisfactory it was thrown back and exchanged for another — smoking and discussing the news of the day.

Squaws entered the camp with loads of wood heavier than

themselves. In one of the tents an Indian practiced on a homemade clarinet, a hollow tube with holes in it and dough [clay] used as the mouthpiece. Others amused themselves with gambling, for which [was] used a number of marked sticks. An old man beyond the age of fighting made arrows, straightening the shafts with his still sound teeth. There we [could] see a squaw scraping a buffalo robe with a bone, while others softened [one] by working it to and fro over a rope between two trees, again others had a robe on the ground, scraping and painting it with battle scenes. [Some were] making ropes of rawhide or threads of sinew.

The squaws did all the work in or out of camp and even saddled the horses for the men. The latter hunted and fought, but generally did nothing, or attended to the duties of the family. The girls were brought up to work and were mothers before they were women. The boys were given all the liberties of the race, were early instructed in archery and hunting, and taught the secrets of warfare. They used a stick with different marks as a geographic map.

The [Comanche] men were well proportioned, with an awkward walk, being Plains Indians and always on horseback. They had projecting cheekbones and rather flat noses. Their dress, as may be expected, was original. It consisted, for the men, of a breechcloth kept in place by a string or leather, held around the waist, while the ends fell below the knees. A pair of tight leggings with fringe on the seam, nicely painted, were supported like the breechcloth and elegantly ornamented with beads. [A] buckskin or calico shirt and a red blanket [went] around their waist when on horseback, but covered the upper body and head when on foot. The feet were covered, by the Plains Indians, with a pair of beaded moccasins the style of which differed with the tribes. A leather sock with a heavy sole which curved in front to protect the toes [was worn] by the Mountain Indians.

The hair, parted in the middle and braided with cloth and

scalps, ornamented with bear claws, eagle feathers, and panther teeth, was kept hanging over the left shoulder. Their cheeks, noses, eyelids, and tops of heads were painted with red, yellow, blue, and black circles and lines. As ornaments they wore five or six large earrings. An ornament made of bones or bear claws was frequently seen on the chest, running in four rows, each two inches wide, from throat to waist.

The bows and arrows were made of strong and elastic wood, the two ends of the bows connected with a string made of sinew. There were four different kinds of arrows, one with an iron or stone head, and others with a three or four-cornered painted wooden head, the third [type] with a kind of ball on the top, and the fourth was only worked into a point. Bows and arrows were kept in a quiver made of deer or beaver skin and embellished with beads. Sometimes an Indian didn't consider it beneath his dignity to fish. Their fishhooks were made of bone, and a fish catches himself sometimes on them. The "bucks" were sure with an arrow. I have seen them hit a five cent piece at a distance of forty feet. They [had] also shot their arrows in the air and struck a six inch circle [at] about ten feet.

The Comanche squaw was small and clumsy in shape and by no means a beauty (except some). The women were clad in calico gowns reaching a little below their knees, a pair of leather hose with heavy soles on the lower limbs, and at times a cloak over their shoulders. A nicely made pocket with colors in [it], needles, and other nic-nacs, accompanied [their] dress. Their ornaments were fewer than the men's. Feathers were not worn by them, neither were earrings, and red the only paint which they used. Their hair very seldom reached below their shoulders and was kept loose. They wore wire bracelets on their arms and tin fringe belts with beaded painting, needle cases, besides other tingling articles attached to them.

Remarkable was the squaw's constitution in pregnancy. There was no suspension from her daily labor, no rest on the road. Should her hour come when traveling she leaves the pony for about ten or fifteen minutes, rolls the baby in a cloth, and mounts her pony as before, proceeding on the journey. Squaws carried the baby in a nicely decorated case made of buckskin and a board, covering the baby completely, except the face.

At an Indian death [a] great demonstration was prepared for his burial. Under considerable crying and singing the body was put in the grave, with his arms and other property at his side, then covered with stones and a monument erected to indicate the place. After this his favorite horse was killed.

The ponies were indispensable to the comfort of the Plains Indian and [he] would not walk one step if he could ride. Both sexes rode the same way and mount from the right side of the horse. Indians were great gamblers and would bet their last on a horse race.

The tepees were [then] mostly made of canvas stretched over poles. The height was fifteen feet, the diameter of the tent twelve feet. However, the old buffalo [hide] tepee was frequently seen in winter. A flap with a pole attached to one corner regulated ventilation. Bunks were arranged around the sides and a place for fire in the center. The opening or door was four by two feet, with a door of cloth or skin. These tents were in [a] permanent camp, which were always on top of a hill, surrounded with shade under which were elevated bunks, affording a pleasant resting place for the weary hunter.[6]

Small dog-tents, thirty inches high, four feet in diameter were frequently used on long trips, which in cold weather were heated with hot stones. The sweat tents were similar to this, only hide was used for covering the half-moon tent. The man was then placed in the tent and water poured over hot stones to generate steam. A good while elapsed and the man [then] rushed out, plunging in the coolest water he could find.

The agencies issued the rations every week to the Indian,

while [he] had to report in person and present his paper [census record] with the name and number of his family. Clothes were issued every year by the agencies, but were generally disposed of again, with the exception of red blankets, to civilians and [to] soldiers who wished to desert.

On dances they had [four]. The medicine dance [was] kept in a small tent by the medicine man who dances with a knife in his hand around an iron pot, singing and accompanied by a tom-tom drum. The medicine was then given to a sick person or to the warriors to make them bullet proof. A buffalo dance was a representation of a buffalo hunt with a subsequent smoke and dance for the hunters. A scalp dance [was] celebrated after a successful raid where the scalps were put on a pole while the warriors danced around it and "blow" [brag about] what they did do and might have done. The sun dance [was] most important of all. It was the time when the new warriors were initiated and chiefs elected.

The Indians were generally cruel when on the warpath and nothing would soften their hearts. At a raid in Mexico by the Comanche Indians a woman fought to the last but was eventually overpowered and killed, her heart eaten by one of the raiders who assumed the name of Woman Heart [Woman's Heart], afterwards a well-known person at the fort. The Indians believed that by eating a brave person's heart the bravery is transferred to them.[7]

I used to be acquainted with an Indian chief who delighted in telling me his career. At his first raid into Mexico he was given a stick by his father with a serrated mark for each hill, river, or particular formation of the country as his map, to guide him to a certain village or farm. The raid was successful and they returned with one prisoner who had fought like a tiger, to Texas, where the prisoner, after riding for days with his face to the sun, was buried alive with his upper body above the ground and deep gashes in flesh, left to the mercy of the flies and wolves. Another ghastly curiosity of his was the skin with full beard of a white man's face from Kansas who had been killed in a raid.

He also gave many tales about hunting. One evening when his tribe was on a buffalo hunt he took his well trained buffalo pony and ascended a knoll to view the country. His eyes detected a dark spot on the horizon and he was soon in the presence of a negro who was frantic with thirst. The chief said that the negro's horse was half dead but he possessed a fine rifle, pistol, and a belt full of ammunition. He thought to do away with him but in which way he did not know as he did not take any weapon besides a knife when leaving camp. A puddle of water was shown to the negro, who stooped to drink. Quick as lightening the Indian was upon his back and pressed the negro's head under water but the latter was up to the situation. [He] got the Indian in his clutches and made him swap horses, after which he hastily departed. The negro was pursued for two or three days by the Indian but never overtaken.

Indians, even the most cruel, have a soft spot in their hearts. I knew an old war chief, a devoted friend of mine, who loved his children more than anything else. Our friendship sprang up through the sickness of one of his children I had under treatment and cured of malaria fever.

These sons of the forest only had traditional laws and such rules as the chiefs saw fit to apply. In only exceptional cases the government took them to Fort Smith, Arkansas for punishment. There were also Indian police, endowed by the agent with some authority, to keep order and report any disturbance amongst the tribes.[8]

During my stay at the Indian farm, which to my sorrow was only a short time, I took frequent hunts, either alone or in company with an Indian. At one hunt along the creek [we] kept well in the woods, following a drove of wild turkeys. They run as fast as horses and we were unable to get a shot.

At last we came to an open space where the creek made a large bend, giving us a splendid opportunity to cut the turkeys off, getting ahead of them. The grass was about six or seven feet high and in our eagerness to make the cutoff we came almost on top of a cow and calf before we knew it. The mother, angered by the sight of man and maddened by the flash of color in the Indian's breechcloth, lowered her head and came for us. There was never made any faster time as we made that day through the grass — Indian and soldier alike took a beeline for the creek, leaping over the steep bank into the water where our enemy declined from following.

Another day when out hunting alone along the bank of a creek I heard the pitiful wail of a woman. There is nothing which affects a man more than the cry of a female and I thought at first that some jealous Indian was cutting the nose off [of] his unfaithful wife. After crawling to a place from whence I could observe without being seen I saw the woman.

Before me, on the bank of the river, sat a naked Indian squaw. In her right hand she held a large knife with which she was cutting herself across arms, legs, and breasts, causing the blood to flow in streams from gashing wounds while she was singing an Indian deadsong, making other frantic movements with her arms and body.

My curiosity satisfied, I left the squaw to mourn her dead and took a shorter route to camp. My path led me past an abandoned Indian camp with the sticks of their small half-round shaped tents still standing, [with] the formerly heated rocks in the center. I was met in camp by the corporal who had done me the never forgiven trick to get me relieved and a favorite of his put into my place on the Indian farm.

While at Fort Sill I made frequent trips on detached service to Caddo and other points. [On] one of my first trips to Caddo our party consisted of one corporal and three or four men. Our duty consisted [of] escorting a quartermaster to the railroad station. While there we had the misfortune to meet a certain major [George W. Schofield] of our fort on his return from a leave of absence. He naturally took our accommodation instead of the stage to convey him there.[9]

This gentleman had nothing whatsoever to occupy his mind in the fort and had no duties, except [when] the commanding officer was absent, in which case he took the command for the time being. He generally passed his time with improvements of the pistol on which he already had a patent. While on this Caddo trip he engaged a colored woman as a servant and took her to Sill on government transportation, but subsequently made her work two months without compensation as the price of that trip. This gentleman took also the liberty to take freight, belonging to the post sutler, on government transportation, and without doubt received his share for it.

[On] our first day out [from Caddo] a hole got into one of the above mentioned sutler's freight boxes which gradually became longer and longer as soon as it was discovered that there were oranges in it. If the major did not get his share of them, we surely did, and it was not our fault that any reached the fort.

We were traveling through the woods when the corporal's gun, [which was] standing in the front part of the wagon, caught between two trees and bent almost forty-five degrees. Fortunately the gun was a supernumerary one issued to him for the trip to save his own from wear and exposure of the weather. That evening the gun was straightened again between some trees and given to a [visiting] civilian, who claimed to be a good shot, for practice. As might be expected the ball went way off its mark and somewhere around the corner.

At one of our camps a friend and I took a walk to the different Indian houses in quest of butter and eggs. This by-the-way was mostly an excuse to introduce ourselves into the families and get a chance to speak to the young folks and pass the evening at their houses. [We] happened to strike it rich this time. Our way led us to a secluded farmhouse where we were invited and entertained with singing and music by the [Indian] daughters of the house, and where we spent one of our [most] pleasant evenings of our trips, in something for us unusual — ladies' society.

These blockhouses stood generally in a clearing surrounded by a rail fence. They were constructed of horizontal logs, with mud to fill the cracks. The floor was constructed of logs, [as] was the chimney. The roof was covered with homemade shingles, but the doors and windows were an importation of civilization if the owner was not too poor to buy glass. All the logs were straightened and beveled with the ax, and some skill was required to make the furniture and wooden utensils for the kitchen.

We had successfully dodged the barn dogs as we left our pretty girls that evening and were soon comfortably rolled in our buffalo robes and sleeping the sleep of the just. We were awakened during the night by the major who fired his revolver to frighten cows out of the camp. The next night the major [ordered] the corporal to put a guard over camp. I was selected as the first relief. The mules had been picketed in the grass around the camp to give them plenty of room to feed during the night. How faithfully I executed that order may be seen by the fact that I took my blanket in the prairie and slept on the outskirts of the camp, beyond the reach of the mules, until the sun awoke me the next morning to my duty as guard.

We entered the Washita Valley where in one of the stores I invested [in] twelve to fifteen dozen eggs, packing them in salt as an, I thought, profitable investment, [by] paying ten cents a dozen and making one hundred-fifty percent, transportation not costing anything, thus following the major's example in making money. That evening I discovered the bottom of my egg box yellow and slimy from the broken eggs within, which caused a repacking of my investment. Keeping the broken articles aside for immediate use we had nothing but eggs for the balance of our trip.

The next day we discovered smoke on the horizon and coming nearer [realized] that the prairie which we had to cross was on fire. Prairie fires are not as dangerous as they are represented to be. A person with a cool head can easily place himself out of danger. [In] this instance the fire was raging in grass of two to three feet. The road proved too narrow to check the fire so we had to drive through a sea of smoke and flame for one-half mile or more, almost suffocating us and the stock.

A day or two later we returned to the fort. Our corporal returned his gun as if nothing had happened to it. With the investment in eggs I made only what [I] paid by selling the good ones at twenty-five cents a dozen.

How [does] a soldier's time pass at a frontier fort? Payday was always a holiday and duly celebrated by all concerned. Buying necessary articles, spending foolishly, or on whiskey and gambling, the money was generally invested and nothing left for most, [other] than the hope of another payday. If one or more were unlucky enough to have their pay taken by a court-martial there was always a dollar or so left to gamble with, trusting their luck for drinks.

[If] the commanding officer had issued orders to the officer of the day to enforce the military rules in regards to the lights being extinguished after taps the gamblers were up to the emergency. The windows of outhouses darkened with blankets, the tailor shop filled with men anxiously awaiting their luck at monte, others took possession of the post bakery or butcher shop, and others went into the woods. The gamblers were especially persistent, selecting all unknown places as their dens. [Sometimes] about ten or eleven o'clock the guard [would] quietly surround the houses and arrest all the players, taking them to the mill [guardhouse] for that night. The next morning their vessel of sorrow was filled to the rim by walking the Bull Ring all day, walking continually without stops in a circle, one behind the other. This would only temporarily check them, they would be as bad as ever after their long march in the "ring."[10]

During our stay at [Fort] Sill I had got into my possession six or eight wolf skins which the squaws refused to tan on account of the animals being poisoned, for fear of getting the poison on their hands. Having no use for the skins as they were I accepted the offer of my first sergeant who put one dollar against each wolf skin [to] play poker. At first his dollars were rolling into my pockets, but luck changed – the dollars went back into his pockets and my wolf skins soon followed.

A year or two later a man gave me five dollars to bet at his "twenty-one" game in order to call suckers [as a shill]. I bet until all the money was lost, but it left me in a very excited state and I declined the next time to play decoy.

Theatrical entertainments were occasionally gotten up by the men, or dances given to wile away the monotonous time of frontier life. The only thing a soldier hates to do is what he is compelled to do as a soldier.

The guard at [Fort] Sill consisted of fifteen men. During the daytime only two sentinels were walking posts, while the rest were supernumerous [or] taking the prisoners out to work. Poor fellows those prisoners, chained in shackles, not able to take a full step, taken daily to do all kinds of dirty hard work, until their departure to the military prison in Fort Leavenworth, Kansas. Early after breakfast they went out to gather garbage in the fort, in the afternoon they chopped wood, and in the evening the sinks were cleaned – not a sweet chore.[11]

Guard was always a treat in peach season when one could take, in the middle of the night, an undisturbed feast in the officers' gardens. The guard also had a good time when taking prisoners out to chop wood for the laundresses, in which case the sentinels were fed on pies and homemade cakes. But guard was not always so pleasant, especially in winter when walking post at twenty below zero, [or] in such weather when one was taken out by the officer of the day to make a grand round of

the fort and visit all the sentinels, with the probable chances
of getting lost on the prairie. This was where the funny line
ends and time of hardship commences.

Parades were the military display of strength and power
and were very interesting and pretty to look at. There were
lots of fun in them for the soldiers when dressed in their
glittering uniforms, marching up to the parade ground for
inspection with their gallant officers in front and rear. [With]
the troops all in a line the band played a lively tune while
marching and counter-marching in front of the line. The band
of the 4th Cavalry, while at Fort Sill, was always accompanied
by a tame deer who followed them like a dog through all
their maneuvers. The troops were marched in review and
brought back into line, with a couple of repetitions of the
same. During all this marching we had to keep our eight-
pound guns at a "carry," that is, the hammer resting over the
middle finger, for at least fifteen or twenty minutes, causing
something like a cramp to the muscles of that finger.

Apart from these kinds of fun we had foot and handball
games, or we could go to the post library, where we found a
great variety of weekly and monthly papers, besides useful
books to enrich the mind a thousand different directions. For
those who wished to be educated [there] was a provision made
by the government. Schoolteachers were stationed at every
fort to teach the men in the evening and the children during
daytime. Great attention was especially directed to the education of officers' children at these post schools.[12]

Some men in the army were favored with the doubtful
honor of [being] an officer's servant, striker, or "dog-robber."

What would a soldier be without drill? – No order, nor
discipline, nor anything which makes an army effective. As a
rule the regulars did not take much interest in anything they
were compelled to do – except fighting. They went through
the motions in drilling like a machine. Every man would take
pride in drill so long as it was useful skirmish drill accom-

panied by the manual of arms. But when it came to the bayonet and saber exercise – the infantry not using the bayonet and the cavalry [not using] the saber in the field – then a man [would] lose interest.

We want to follow the infantry on their skirmish drills across ditches, creeks, and rocks, or the cavalry jumping fences on their bare-back horses, but let us turn to the more sullied duties of the enlisted man. Take an [infantry] company of thirty-seven men and see how many really did garrison duty – that is guard duty and general fatigue. Subtract from these thirty-seven men: five sergeants, four corporals, two cooks, one or two servants (dog-robbers), two gardeners, one tailor and shoemaker, one clerk, about eight on extra duty detailed in the quartermaster department receiving thirty-five to fifty cents a day extra, add four or eight for daily duty in the fort and we have two or six men left to do the military work for the company and fort.

There is more laboring than soldiering in the U.S. Infantry. In the cavalry companies, besides being stronger at seventy to eighty men per company, there are very few on extra or daily duty in the forts.[13]

Extra work in the company [included] work at the Captain's quarters, or wood hauling in case our allowance for the month ran short (each man was entitled to one-sixth a cord of wood per month), or work at the lime kiln burning lime, or having the pleasure to try muscle in the rock quarry. In the winter there might be work on the ice pond, to cut and pack ice for the summer.

But as hard as it was, there came a time in the evening when everything was forgotten and we lived a life like Adam and Eve, not [only] mentally, but also by outward appearance. In the summer evenings, when the day's work was done and the shadows of the trees got longer, troops with towels under their arms wound their way down the steep banks of the creek [to] take a plunge in the clear waters. A happy and jolly lot of men diving and playing like so many dolphins, not caring if immediate death may lurk in the shape of a hostile Indian behind the trees and bushes on the bank. [We] lived a true life of "today" — live so long as you can, the next instant you may be dead.

When a company was stationed at a fort they usually had a small garden [of] from one to five acres where a couple of members of the company raised enough vegetables to keep their table well supplied for the summer. In our company at Fort Sill the gardeners had the care of a dozen or so hogs and fed them on garden produce and weeds, in addition to the slop from the company kitchen — which gave us a profitable addition to our mess in winter.[14]

One summer I [worked] there with another one [soldier] as assistant to the gardener, cultivating five acres in a field of twenty-five where the other companies had also their garden sections assigned. The water was brought the same as to the company quarters, by the water wagon. Our head man, who lived in the garden under the large roof of a wall tent, was a German by birth. He was naturally inclined to weariness, not to say lazy, and made us do all the necessary and unnecessary work. But there is not a rock too hard that cannot be cut. He was very fond of drink. If there were days we did not feel like working — and there were some — all we had to do was to give him a couple of drinks of rotgut whiskey and work was done for that day. The hoes were put aside and a small meal prepared for us — the best the house could afford. [One] time an Indian and a couple of squaws put in their appearance and the fun commenced. Our hero [was] put on a horse with a squaw while the latter was instructed to give full reins. There was [not] anything more laughable on earth [than] to see our superior behind a squaw on horseback hanging on for dear life, seeking protection from an insignificant little girl in front of him.

In the fall when the sweet potatoes and onions were dug

up and stored for the winter we were always welcome guests at his tent. Our entry was celebrated with a bottle of homemade wine and a possum feast prepared worthy for the table of a king. We generally would help him gather fox grapes and hunt a possum in the evening, of which there were an unlimited number in the garden and the adjoining woods.

[When] the autumn weather fairly set in the leaves began to wither and fall to the ground. Innumerable wild geese passed over our heads day and night on their southerly flight. The smaller animals and reptiles sought their warm burrows and wintering places. Here and there we could see curls of smoke from distant prairie fires as flame danced in the high grass of the bottom land, or dashed across the treeless hills, leaving in its path a black smoldering surface. Our time [then] was principally occupied with watching and counter-burning the prairie to protect the fort from that destructive element as the fire approached the combustible material in the vicinity of the post.

How the cold northerly wind howled, bringing with it a shower of gravel and sand, while a cloud of grasshoppers darkened the sky, how the tumbling weed broke from its roots, fleeing with spirit wing across the plains to seek shelter in a nook or hollow. We gathered around the warm stove in the quarters, throwing piece after piece of wood into the fiery bowels, trying to console ourselves with the skunks beneath and the scorpions and centipedes above – that there was warm weather coming.

It made us feel so much colder to think of summer with its beautiful green trees, plums and berries, and the hot dry southerly wind, even if it did carry fine sand through all the cracks in the room and transformed our lungs into a bank of quicksand – it was still preferable to twenty degrees below zero in a building where the wind had free access from all sides, as well as from below through cracks in the floor large enough to admit a hand. Let us not think of the horned toads we carried in our pockets [in] summer, and [of] the pleasures we had while fishing for bass and catfish, nor the fun we had when sleeping in our bunks and a scorpion dropped down on us, nor receiving a visit from a tarantula. We would also forget the flies we swallowed with our meal and the acquaintance we made with the colonies of big red ants when standing [at] rest during drill hour.

Most of the men drew their beds together and "doubled up" to keep warm, sleeping as well as circumstances would permit. [One night] I did not rest snugly in the arms of a loving wife nor in the arms of Morpheus, but tossed restlessly with intense pain from side to side, chewing tobacco, paper, straw, and everything else to stop the aching in my tooth. Old Sol the next morning threw his light on a very pitiful looking individual and my first walk was to the hospital steward. I was soon resting with my head upon the back of a chair while this worthy man of quinine pills and medicine stood over me with a pair of tongs, having a hold on my sick molar. Our combined efforts could only bring [it] half-way out and I was dismissed, unable to speak or close my jaws. A little shake and pressure brought the tooth back to its place, permitted to reoccupy its former position, which it held without giving further annoyance.

The thunderstorms which I experienced in summer were very short but destructive. I remember during one of these storms lightning struck one of the cavalry quarters, demolished a gun, destroyed the headpiece of an iron bunk, and split the floor on its way to the ground. Fortunately for the man [of the bunk] it occurred in the daytime or he might have gotten his transfer papers without his knowledge.

Sometimes the monotony of the fort was interrupted by the funeral of a soldier. A long line of men, while the flag of the fort was at half-mast, wound their way down the hillside to a lonely spot in the prairie, keeping step to the solemn music of a funeral march. At the head of the procession was the

band playing the dead march and in whose footsteps the firing
party was following. [The firing party] consisted of eight men
and a noncommissioned officer if a [dead] private, and sixteen
if a sergeant. All officers according to their command in ranks
– a major was entitled to four companies. Next came the
hearse with six pall-bearers walking along the sides, then
followed, if the deceased was a cavalryman, by the horse of
the [man] saddled and bridled, the reversed boots of the dead
man in the stirrups, led by two men. At the grave the men
were drawn in one line, the coffin, covered with the U.S. flag,
was carried and placed on cross-trees over the grave, while the
firing party [was at] "present" arms. They came to "rest" arms
during the reading of the funeral service by an officer or the
doctor. Three shots were fired across the grave, the band played
a lively march, and the men marched off back to the fort –
the man just buried a thing of the past.

[In the] fall guard duty came quite often, [and] I will give
a few occurrences connected with sentinel duty at the guardhouse. I [often] walked in front of the guardhouse, executing
my duty to keep the Indians out of the fort and [away] from
the powder magazine, seeing that no prisoners left the guardhouse unaccompanied by a member of the guard, and kept
watch over all the government property in view.

[Once] on the porch of the guardhouse I saw a prisoner
in the shape of an Indian who had a chain and iron ball
attached to one of his legs, judging from his pallid face [he]
was very sick. Next to him sat a sacrificing squaw who went
willingly into prison with her husband. Every morning for
guard mount his face was carefully and artfully painted by
his wife. She followed him every step, nursed him, and carried
the chain and ball. At the beginning of his incarceration,
when taken to the parade ground to work, which was on the
account of sickness discontinued, she also did the work there.
I can see them now, setting on the bench side-by-side, conversing in their Indian tongue. She appeared to be happy in

her knowledge of duty, and seemed to see a heaven in the face beside her. Happy man who can call such a devoted being his own I thought [then] as the green monster of envy slowly entered my heart.[15]

Behind those gray [guardhouse] walls have been confined sons of poor and rich parents, intelligent and imbecile, murderers and innocent – all were there to await or receive their just or unjust punishment. A man [for example], poor fellow, who deserted but got caught – awaited his trial while both his legs were connected with a twenty or twenty-four inch chain. More than one young man had surely repented there for having ever left his mother's apron strings. There [were] also confined behind those walls the outcasts of civilization in the shape of horse thieves. Those birds were kept there after their capture by the troops, until they could be transferred into the hands of civil authorities and taken to Fort Smith for trial.

It may [have] happened that the civil authorities were saved the trouble of trying them. Legally they could not be executed without a just trial, but the military had a right to shoot if they should attempt to escape. The rumor was of some thieves who had been captured in Texas, were taken fifteen or more miles from [Fort] Sill and there shot dead, acting under the verbal instructions from the commanding officer of the fort. The detachment of soldiers returned with the report that the thieves attempted a break for liberty and were all killed, five in number, buried on the spot.

Besides horse thieves there were proud Indian chiefs with ball and chain attached to their legs, who have graced at different times the hard stone lower floor of the guardhouse. [Also] an unruly civilian negro who refused to leave the military reservation, or work for his board when in the lock up, was tied with his thumbs on the posts of the porch.

Leaving the gloomy walls of the guardhouse [I recall] Indians passing on the way to the post butcher shop [to] buy meat or [to] stop at the post bakery for bread. It [was] on ration day [that] whoever had a little money bought food at the fort and repaired to the creek [Indian camp] for a nights jollyfication, as ration day was a kind of Christmas day for them. The ones who were less fortunate directed their steps to the company kitchens and laundresses where they would enter (if permitted) into everything that is private, and appropriate anything in the line of eatables and other desirable things – or they would stay in the kitchen with a tenacity worthy of a traveling agent, saying "no savy" to all questions. They could only be dislodged by a savage "vamoose" or a bucket full of water.

While watching from my [guard] post the passing Indians who frequently nodded to my Indian [prisoner] on the porch I saw an Indian damsel and, presumably, her beau returning from the butcher shop, stopping at the bakery. He did [a] very unusual thing for an Indian – carried the meat for her. The woman soon returned with the bread in a sack and fastened it on the saddle of her pony. She mounted, waiting for her Adonis to do the same. We found there again human nature having the same tendency as in a civilized man – he liked to display and be graceful, but instead was awkward under the admiring eyes of his sweetheart and made a misstep. Loosing his hold upon the horse brought his posterior in a rather uncomfortable connection with the ground. We sympathized with him in his calamity and hoped he had not hurt himself but it is human nature to laugh over others' misfortunes. In this case soldiers and Indians joined to make the situation a very embarrassing one for the unfortunate lover who, after a savage look at the guard, mounted unceremoniously and was soon lost to sight, with his Juliet at his heels to console him with a good meal.

The girl was still in sight when another Indian beauty with three or four others passed the guardhouse on [their] way to the butcher shop. How different was this girl from the first one – she didn't ride "à la man," [rather, she rode sidesaddle], her hair instead of black [was] a beautiful veil of nice soft brown enveloping her shoulders – how erect she rode and how willingly the pony followed the guidance of her delicate hand – I had to see her again [after] my two hours were up and I was relieved [of duty]. The butcher shop was not far and I soon found myself in the presence of my admired. She had her beautiful liquid eyes not on me but on the butcher's scale, waiting for the meat. Next to her stood her brother eating, with apparent relish, a raw kidney. Further on another relative or friend of hers had just commenced at one end of a gut, gulping it gradually down his throat. This was enough of an acquaintance for me and I returned to the guard without having received a smile from the object of my admiration.

In front of the guardhouse stood the powder magazine. Upon my return I found most of the members of the guard congregated, examining a large snake which had been caught by the ordnance sergeant in his chicken coop. It was a rattlesnake-pilot measuring seven-feet one-inch. They were longer and thinner [than] a rattlesnake, but have the same color and are considered as poisonous.[16]

That same afternoon we saw a fight between a wolf and a pack of hounds. The wolf, caught by an officer of the fort when young and tamed, had broken his chain and took a ramble around the fort. In this he was opposed by about eight or ten dogs who, frightened of the sharp white teeth of the wolf, contented themselves with giving him an occasional nip in the hindquarters and by making a hideous noise. The wolf was recaptured and chained before any damage was done to some of the valuable hounds. Wolves, as a rule, are never truly tamed, like deer or other wild animals, but always keep their wild nature which, sooner or later, would sprout out again – with increased fury.

The sun was on that day nearing the horizon and I prepared to load the cannon to fire the evening salute. The powder was rammed into the muzzle and, intending to create a louder report, a round rock and wet gunny sack [I] hammered down on top of it. Everything was ready, the cannon pointed to the trees of an old dry creek one-half mile off, while the musicians were beating retreat – at the last note of which I had to fire. To my consternation I saw the major of our fort on his evening drive coming up the road which passed between me and my target. My blood changed from hot to cold to hot again as I pictured to myself the punishment in store for me if the major should hear a stone whiz over his head. To my relief he was passed and over the hill by the time of firing. I heard the stone rattling in the trees as it left my cannon and went straight to its mark, striking a hill on the other side. So much about my experience as an artilleryman. Nothing is easier for a soldier as to get [in] an escapade.[17]

My post at the guardhouse that night [was] a dark one, I had to depend more on my ears than eyes. I was startled by the sensational brightness of the sky. The prairie had been fired by the Indians. The fires were generally created by the Indians in fall and spring to get fresh grass for their stock. Miles of the grassy sea was laid waste [in] one night, the ashes forming the manure for the new crop. The nights were made bright as day by the burning country. In time of war and peace the Indians employed the prairie fires to communicate news to their far off friends. An idea [of] how fast the Indians communicate the news may be taken from the fact that the news of General Custer's massacre in Dakota was received by the Indians at Fort Sill before the soldiers received theirs by telegraph.

During the rest of the winter we were marched to the creek to cut ice, and had at times a very rough time on guard, with the only difference [that] in the first [former] there was plenty of whiskey and hot coffee to keep us warm, in the latter case we were well treated with pies etc. by the laundresses.

5

· · · · · · · · · · · ·

*Frontier Duties in
the Indian Territory,
1878-1879*

The winter with the cold weather was a thing of the past and
the hot wind of the summer months was again bringing us a
shower of sand and gravel [when] we prepared to build a
telegraph line between Fort Sill and Fort Reno. Owing to the
annual destruction of the [Fort Sill to Fort Richardson] southerly line by prairie fires it was decided to construct this line,
the northerly, with iron poles.

About sixteen men were detached from the two infantry

companies and provided with crowbars and shovels, starting
one day in June 1878 to sink three-foot holes for the poles,
shortly followed on [our] heels by about eight or ten civilian
wire stretchers.[1]

Our hands were sore and blistered from handling the tools
and hot iron telegraph poles for the first few days, but soon
got accustomed to the work and burning sun. We moved along
in pairs to the designated spots for the holes, here digging in
loose sand, there in solid sandstone or gravel, or trying our
muscles and temper on the sticky black sod of rich bottom
lands. It was altogether a very dry and tiresome piece of work
for our unaccustomed backs. But this lasted only a few days
and we were soon as well acquainted with handling a crowbar
as we were in the manual of arms or any other military
exercises.

Five miles from the fort we passed the Indian farm, this
was a branch [of the farm] on the west side of a creek. A
stone throw from there, situated on the top of a small hill
overlooking the farm, stood a vacated Indian village. The
inhabitants had vacated their winter habitations and departed
for a summer hunt, leaving nothing but their surplus property
well protected upon a platform and covered by canvas against
the weather. In charge [were] a few old bucks and squaws
who cast their inquisitive eyes at our work.

Eight miles further [was] another Indian town, also situated
on an elevation, away from the fever region of the creek and
swarms of mosquitoes of the bottom land. Here the curiosity
was on both sides equally strong, especially with some of our
men who had never seen Indians butcher and prepare meat
for winter. An Indian drove a plump heifer up the hill to a
convenient spot near the town where a well directed bullet
brought the animal to the ground. Before life was fairly extinct
a number of squaws went to work at it with butcher knives,
taking the hide off the carcass. The belly being cut, it was
discovered that there was an unborn and still living calf. A

rush was made for it. Torn from its innocence [it was] carried in triumph to a hut where it was later consumed as the choice tid-bit of the animal. In the meantime the internals were taken from the heifer and the kidneys and other morsels were consumed by the men and children. The rest of the meat was cut in thin slices and hung up in the sun, in other words being jerked.

We soon left the disgusting feast, returning to our camp satisfied with our tour of investigation, determined never to kiss an Indian squaw again.

We progressed with our telegraph line at the rate of four and one-half miles a day and were gradually leaving the town behind us, passing a prairie dog town. It was at the prairie dog town where I had my first opportunity to see the poison of a rattlesnake. We were compelled at one place to walk quite a distance for the telegraph pole which had been previously, rather irregularly, distributed along the line of construction. We discovered a large rattlesnake sleeping under its coils near the pole.

Disturbed by our arrival it attempted to make off but was checked by the heavy iron post brought down on its back. Like a flash the head of the reptile turned and struck with full force at the iron pole, sending streams of yellow poison from the broken fangs. The snake was soon dispatched and we resumed our work with another rattle added to our collection of frontier curiosities.

Our provision wagon had proceeded us and prepared a camp at the upper branch of a stream which, after many bends and windings, passed Fort Sill to the south. The banks of the stream were very steep, formed of a bluish soft clay apparently of a limestone origin.[2]

There was little timber at this place and a Comanche chief had a considerable portion of the bottom under cultivation, but like the rest of his kind only raised watermelons and a little corn. He only varied in one respect from his fellow warriors, that is in physical proportion. His squaw was also as fat as himself and both, when seen together, were a picture of happiness and good nature. She was also considered chief of all the Comanche squaws in the territory.

This country was rolling prairie. The water courses could readily be traced for many miles, their tributaries and smaller valleys conveniently used as guides to travel by, especially if one kept on top of a divide or the reach of hills which divides two water courses. A person with a little frontier experience can follow [them] with the same accuracy as if traveling by the numbered streets of a large city.

Our [next] camp was near the top of one of these divides, at a small spring shaded by high cedar trees – hence the name "Cedar Spring." The water flowed from under heavy sandstone rocks and formed, with other small springs after their con-solidation, a nice clear creek. The valley gradually assumed the fertile timbered appearance of the main valley of the Washita River. Upon the rocks above the spring were engraved the names of white men who had camped and passed at a time when the Indian[s] were still in undisputed possession of the country and tall in the shape of scalps. Cattle in great numbers roamed over the country and had possession of the water. Our appearance at the spring was unexpected and [the cattle] had no other exit except the steep rocks which they climbed without hesitation and with the grace of a goat.

The place had a good location for larger game. I made a proposition to one of the men for an evening hunt, which was gleefully accepted. A few minutes later we followed the border of the timber for whatever might come within reach of our guns, from a squirrel to a bear. Nothing of any account turned up worth shooting. Darkness overtook us and we crossed the valley to return to camp along the opposite side of the timber. Our direction was due west but after walking for a considerable length of time and no light of the campfire yet in sight we discovered by the brightly shining stars that we were walking in a southerly direction, consequently at right angles to the camp. The realization of our position may better be imagined than described as we stood there. Strong feelings run through a man when he realizes the greatness of the world and his own insignificance. Our minds were soon made up to go due west where we knew we would strike the road or our telegraph line, which ran almost due north and south, after which we would have no difficulty of finding the camp.

After walking a few steps we made the unpleasant discovery that there were obstacles in our way which might compel us to remain and wait until daylight before venturing further. Our path was hemmed by a steep deep gully at the bottom of which I could hear the sound of running water. After striking a match to discover the possible depth and nature of the bottom I concluded to venture a slide. Taking the gun in one hand and guiding myself with the other I sat down on the brim and made my descent faster than expected, but landed softly on a pile of dry twigs at the foot of the rocks. My companion soon followed and by the sparse light of a match and after considerable crawling we managed to cross the bottom. Here we were confronted by a steeper, higher wall as the [one] we descended.

We were well nigh at the end of our wits, realizing the possibility of making this our sleeping place for the night with the probability of a storm and subsequent washout [flash flood], not to speak of wild beast, rattlesnakes, or other unwelcome visitors. But nature lent us her helping hand in our misfortune. There stood a tree close by with one branch reaching to a projecting rock which we in safety reached. From here we gained the top by one standing on the other's shoulders and [then] drawing the other up after. Our hearts beat free as we had the open prairie once more under our feet and saw, not over one-quarter mile away, the welcome lights of our campfires.

Our next day's work on the line brought us into view of the Washita River. The country gradually sloped down [to] the river and after leaving a very rich valley of about one-half mile on each side made an abrupt ascent to the north. Immediately at our feet was a well cultivated field and a farmhouse surrounded by a large garden. Here lived an old Indian chieftain whose daughters were married to white men and who was considered an authority, not alone in his own tribe, but with all the smaller tribes in this section. His name was Black Beaver, chief of the Delaware Indians and [he] traced his lineage back to the same Delaware who concluded a treaty with William Penn in 1682. The walls of his rooms were adorned with pictures representing the signing of the treaty. He had in former years [been] employed as a scout and interpreter by the government, but [then] enjoyed the comforts of a nice home in the midst of his family and kin.[3]

Across this old chief's farm on the other side of the river [was] the main agency, of the Comanche, Kiowa, and Apache Indians, including a dozen or so smaller tribes, numbering probably 10,000 all told.[4]

[We] descended and crossed the yellow river by a well beaten ford, about one hundred feet [below a] falls of two or three feet, following the road through a half-mile field of wild sunflowers. In the midst of the weed, surrounded by the large drooping discs of the flowers, we met an object too pretty to pass without mention. It was in the shape of an Indian lady from the half-civilized Wichita Indians who passed us on horseback. [She wore] her calico dress, red jacket with large silver buttons, headdress in a crown of diamond, silver, tin or some other reflecting material which glittered in the strong light of the sun. Her attitude was commanding and we bowed in homage and admiration as she passed us as proud as a queen. My heart was rolled at this occasion. It was some time before we could get over this meeting and straighten our faces again to an everyday mask.

From time immemorial the Indians have been considered a roaming class of people but there is nothing more absurd than this assumption, as an Indian loves his home as dearly as a civilized man. Each nation had its distinct territory with a division for the different tribes and under these again there were the different bands who had their permanent homes at some convenient hill. From there the young men took their annual hunting tours in some part of the territory belonging to their nation, while the old men and squaws remained at home.

The U.S. government had most of the Indians removed from their own territory and given or assigned them to a smaller border, with an agent to civilize them. The Indians were allowed by the government a sufficient amount of rations and clothing for support until they [became] self sustaining.

There was one great mistake of the government in civilizing the Indians and this was to give them a school education, to train the children at places far from their homes, surround them with the luxury of the white man, and then cast them back again to their former obscurity. It was not alone unjust, but cruel in the highest degree to condemn them to their former mode of living after teaching them the wrong of it.[5]

In order to civilize the Indians they ought to be elevated step after step. Teach them the value of cattle raising. Enlist them in the army instead of whites, and teach the young only in schools at home. In five and twenty years we would have no more "wild" Indians in the country.

As the Indians are at present [1884–89] they are at the mercy of the agent and are driven through his dishonesty on the warpath. Whites infringe on the rights of the Indians and cheat them at every turn. Some colonel of the army, anguished to better his record, assists in a general kick and drives them on the warpath.

The Kiowa-Comanche agency at Wichita, I must confess, was conducted in a very honorable way by Mr. Hunt. I have on several occasions accompanied an army officer to that place to inspect the meat to see if the Indians got their due and

found them, to my knowledge, to receive enough meat for a
week to live on.[6]

The Indians there were also given the contract to haul the
Indian stores from the railroad to the agency. The army gave
them the wood contract.[7]

Passing this place [we] took a glance at a schoolhouse under
construction, the old one having been burned down by the
Indians two years [before]. We ascended the small reach of
hill bordering the valley on the north side and found a valley
richer than the last. From there to the South Fork of the
Canadian River the country was a continual change of wood-
covered sand hills and rich valleys where isolated Indian farms
gave life to the scene.[8]

While at camp on the Canadian River we started out for a
bear hunt, having seen a bear and two cubs during the day
in one of the small valleys. Our luck was against us and we
only brought home a raccoon for our supper where I had the
first taste of the strong dark meat. The water of the river was
very brackish, flowing in thin sheets over the quicksand covered
bottom. We dug a small well into the quicksand of the bank
of the river, using old barrels for walling, in order to obtain
cooler water for our canteens. We found the well water too
much saturated with alkaline which was useless for drinking
after it becomes warm.

From there we had only a short distance of ten or twelve
miles and had the pleasure to complete our work to Fort Reno
a few days later. At last fourteen or fifteen days hard work
were at end. Facing the hot sun day after day, Sunday is an
unknown thing with soldiers, we were permitted a few days
rest. Our first walk, after we had established ourselves near
the fort, was down to the North Fork of the Canadian River
for a bath and a thoroughly general cleaning.

The current in the river was too swift for bathing so we
concluded to take a swim in one of the small ponds formed

by high water in the bed of the broad river and kept fresh by the flow of the water through the quicksand. There was a little hesitation at first about bathing there as we saw black water moccasin snakes leaving their comfortable places along the edge and getting back into the pond at our approach. But it was agreed to count "three" and then take a dive together. The jump was made with feelings as if jumping amongst alligators or sharks and we naturally made haste to return to the bank while a lively movement was kept up with our arms and legs to frighten the snakes.

It was either the strange sight or the accumulated dirt from our bodies which paralyzed the quiet inhabitants of the pond. We saw the edge of the water lined with apparently dead fish, but who came to life again when taken up to be examined. Unfortunately the fish were not good to eat, as we were informed, and we had to content ourselves with a usual supper of biscuit, coffee, bacon, and one-half [an] onion – the last was an allowance for the good of our health.

The fort [Fort Reno] was established somewhat later than Fort Sill, [and] was located on the right bank of the North Fork of the Canadian River. The plan was similar to Fort Sill but the buildings were constructed of wood and, with few exceptions, were frame houses. The country was more level than further south, and the river, a brackish yellow stream, flowed between low banks. There was no timber or shade trees within view.[9]

Across the river two miles northwest of the fort the Cheyenne Agency had about 4,000 Cheyennes and Arapahoes on the reservation. The [former], a very courageous tribe, made a daring break for the north through Kansas in 1877 but succumbed, returned to the agency by the troops after a long and tenacious resistance.[10]

This tribe had, in average, the best looking men and women of the Plains Indians. The women frequently marry whites, especially soldiers, or the better young and pretty squaws were sold by their mothers to soldiers at a price of $20 per year. The mother kept the money and the soldier provided his young wife with shelter and provisions and, if soft-hearted, for the whole family.

This way of buying squaws was in fact legal marriage among the Indians. A young Indian woos his "Juliet" as ardently as a white "Romeo." If the young wooer succeeds he would go to her parents to barter and pay the price which varied according to the beauty of the girl. The girls were bought as young as ten years and generally lived happy, although they had a hard road to travel through life. Elopements were more frequent than in civilized countries and were accompanied with a great deal more danger. She may lose her nose by it, or both their lives, when apprehended.

After a few days stay at Fort Reno we received orders to return to Fort Sill, which was accomplished with only the following mishap. We were all riding in our mess wagon when the team halted in the middle of a river, on apparently sound bottom which gave way with alarming rapidity to the weight of the animals and wagon. The words barely left the driver that the wagon was sinking into the quicksand when everybody made quick time from under the shady covering of the wagon and got hold of the spokes and wheels. A moment longer and it would have been too late. The wagons and animals were saved, through our quick action and combined strength, from a dreadful grave.

At last we were back at Fort Sill after an absence of fifteen days, within the comfortable walls of our barracks among friends. To my great sorrow I learned the bad news of the death of a little pet I had left in the care of a friend when starting on my trip. At the beginning of the spring I received as a present from an Indian a young prairie dog. He was very young but as he grew up he became the pet of the garrison on account of his fondness for sugar and cakes, [and] was fed by everyone who had money enough to treat him. The hounds in the fort were afraid to go near him for fear of a lashing. I never saw him real angry except once when a young raccoon was brought to our place. The hair stood up on his back, his eyes shot fire and he made a rush for that unfortunate animal. Thanks to the young age or sickness of the latter our prairie dog was not made acquainted with the sharp teeth of the coon.

He answered to the name of "Dick" and would come and play when called. A small box was provided for him as his abode but he preferred to live in his burrow which he had dug in the yard. At one time he had a fondness to go between the boxes in the rear [of the barracks] and I was compelled to use stringent means to break him of it. Scolding was useless, he would lay quiet in the forbidden place when called. One day, after peeping around the corner to see if the coast was clear he was trying to sneak back to the yard. But it was too late – I had him by the back of the neck and gave him a couple of dunkings in an old water barrel. When liberated he gave a squeal or two and went to his burrow to think over the philosophy of obeying orders. The next day he was back at his place again and I concluded to give him a good sound lashing. He tried his old antics again to evade me, but with the same success as the first time. He received his punishment [and] never left the yard again after that lesson, remaining a wiser prairie dog than before. The friend in whose care I had left my pet overfed him gingerbread or snaps and the consequence was diarrhea [from] which he subsequently died.

A few days after our return from the telegraph line I took my gun and fishing line for a days sport. [I] killed a beaver in the forenoon who, by all probability, had been expelled from his colony and was seeking another further up the creek, as beaver never move in the daytime. Beavers only work at night. Trees near a stream to a thickness of ten to fifteen inches [they] fell across the water in order to get a strong hold for their dam. Smaller trees, branches, and stones, the latter carried upon their tails, are placed between the branches of the large tree in such a manner as to form a network. Leaves and grass are then used to check the water to the desired height. The entrances to their burrows are under the level of the water to which regular paths may be seen to lead from different directions on the bottom of the stream. Their burrows are generally about six or eight feet from the water and from one to three feet above it. A beaver is very cautious when leaving his hiding place after dark and a trap has to be well hid and all traces of a man's presence removed before one may [be] expected to be caught, especially so if placing a trap in front of a hole which is above the water line.

Meeting no other game I concluded to pass the afternoon with fishing. While in this way occupied I saw an Indian and a squaw advancing. The man was dressed in breechcloth, leggings, and beaded moccasins. The upper body was covered with a clean white shirt and a red blanket with a large U.S. thrown around his waist. His breast was covered with a shield of bones and his ears decorated with rings on the border, the face and hair parting line was painted, and an eagle feather fastened in his scalp lock. Over his shoulder was thrown a beaded quiver with bow and arrows.

The squaw wore painted buckskin hose, a calico gown fastened around her waist from where the paint stick case and other Indian trinkets were dangling, her whole face painted red. I was wondering what their object may be of paying a visit. After the usual greeting of "How John" it was insinuated by the young man that his blushing innocent sister was still free. I naturally declined this Leap Year offer and they turned their horses and left me with my fishing hooks and thoughts of their decaying race. As Cortez in the sixteenth century conquered the Aztec, disease was unknown to the Americans, but it soon made its hideous appearance in their midst and carried from parent to children, unable to check its progress with herbs of the forest and sand of the prairie, [and] killed more of their number than all the wars of extermination with the whites.

Moving from one place to another and trying quiet places with my line I experienced the usual end of a fisherman's luck. It was well nigh disgusted when I struck a place where my fishing thermometer rose to one hundred-twenty. The recent high water had brought down large trees and left them at a bend in the creek in about eight feet of water. Here on one of the trees floating in the water the fishing spirit had tempted me to go. It was only a short time, that is a fisherman's "short time," when I had three fine catfish fastened on my extra line.

I was already thinking of going home and cooking what I had caught when my cork went without warning clear out of sight. A gentle pull on my pole convinced me that a larger fish than any of the former had got himself into trouble. The fish made a dash to the full length of the line while his head was drawn to the surface. How great was my surprise when I saw the head of a garfish four or five feet long with a mouth as large as an alligator. Feeling that he was captured he turned and made in a straight line for me and struck the log where I was standing. The log gave a turn and for only a timely quick jump to the bank I would have been the captured instead of the captor in this contest.

My fishing line was now gone and also my fishing spirit. I went down to the water to get my extra line with the catfish. I found the line still in the same place where I had fastened it, but no catfish. The heads were still on the line, but the bodies had been eaten in the meantime by some water snakes who, by the way, delight in playing such tricks on an ardent fisherman [in] any of the western rivers. I took my rifle and beaver, following one of the cow trails along the river, returning home a wiser man.

The 4th of July drew near and preparation had been made

to celebrate this national holiday in as grand a style as was possible in a frontier post. In the morning at sunrise thirteen guns were fired in commemory of the Declaration of Independence by the thirteen original states of the Union. At noon thirty-eight shots were fired in honor of the present states. The day was celebrated throughout very pleasantly. [A] blindfolded wheelbarrow race, sack race, and other laughable games were played in the forenoon, while in the afternoon a horse race took place between the Comanche and Kiowa Indians. In the evening the day was concluded with fireworks. The horse race of the Indians was very interesting, with a saddle as first prize and a carriage whip for the second (a carriage whip for an Indian!). Horse racing was one of the principal amusements of the Indians and they would wager their last penny on their favorite horse. I saw handfuls of paper money exchanging hands during a race at the Wichita Agency when I was at that place as an escort for an inspecting officer.

Although they were very excited, they never gave way to such ridiculous exhibitions as we frequently see on our civilized racetrack, but [they] patiently waited and paid their money over to the winner as quietly as if paying for a box of matches. They rode their horses bareback with nothing but a bridle to guide the horse. When racing amongst themselves they generally had their track in a straight line.

Hearing that the race was going to be an Indian horse race a friend and I started to the track to see it. We went first to the Indian Agency where a few Indians were lounging around on the porch while some squaws received their rations and [were] packing them on one of their pack horses. [In a nearby] level valley we saw a cluster of soldiers and Indians preparing for the race at the starting post. The long grass was mowed off and a round one mile track made on the short dry turf.

As we were thus engaged in viewing the scene an Indian mounted on a magnificent pony came up and greeted us. On his right side was a rusty cavalry saber suspended, which he probably captured from one of the cavalrymen in some fort. Being curious how the Indian would handle such a machine of war in an engagement I asked him to show me. No sooner said than done. I made a jump to get beyond the reach of that dangerous weapon as he brandished the blade over his head and made a plunge at me. We all laughed as he put the saber back in his place and took the direction of the racetrack.

The racing was quite exciting for us whites. On dashed the small muscular ponies, urged to the highest speed by their nude riders. We may say nude, as the Indians had selected very light men or boys for their riders, who relieved themselves of all their clothing except the breechcloth. With their horses bareback the riders gave as little as possible weight to the horses and resistance to the air.

A short time after or before the 4th of July race we [were] starting on our usual Monday morning target practice when an order came from the adjutant's office for four or five men to report immediately with one day's ration. I was one of the selected and we reported to the office for further orders. Here we met a detail of the same number from another infantry company and were placed under charge of a corporal, put in an ambulance [wagon], and driven to the Indian Agency.

Our corporal was reticent in regards of the orders he had received and we were kept in ignorance until we gained the agency and our mission [made] clear to us. The Indian agent had ordered the arrest of Big Bow, the head chief of the Kiowa, for some irregularities committed by the latter. On the chief's appearance at the agency for rations, five or six cavalrymen were ordered to execute the order of the agent, but finding themselves impeded by about fifty of the chief's followers eight infantrymen were ordered to their assistance. We were ordered to "load" which singularly enough was also executed by the Indians surrounding us, with the only difference that they put sixteen cartridges into their guns against our one.

The chief was leaning against the fence around the agency

as our corporal ordered him to a seat in the ambulance. Seeing that he would be the first one to bite the grass if one shot was fired by his men he did the wisest thing under the circumstances following the orders of the corporal, entering the wagon. The door was closed behind him, the driver gave whips to the mules and the chief went to his prison under charge of the cavalry while a few Indians set up a howl and followed them close on their heels.

He was taken to the office of the commanding officer where another demonstration of the chief and his few followers (as I was informed afterwards) caused that officer to leave their presence, while a captain equally as frightened as his superior called the assistance of the post guard. The chief was at last placed in the guardhouse and subsequently informed by the commanding officer that the order directing his arrest was not from him but from the Indian agent, clearing in this rather singular way the responsibility of the arrest from his own shoulders. The chief was detained in the guardhouse only a few days and received, by order of the commanding officer, all the attention and comfort possible in such a place.

During all the excitement at the fort over the chief's arrest we, the infantry, remained at the agency and stood the pressure of the greatly increased and excited Indians. Five or six of our number were stationed on the porch of the agency while the rest were intended to guard the rear doors, with orders to keep the Indians bearing weapons outside. The excitement grew with every new arrival and we saw ourselves surrounded by at least one hundred-fifty Indians while the hills and trails were lined with squaws and children.

Speeches were made by some old chiefs to pacify and quiet the crowd but with no apparent effect. I expected every moment to hear the report of a gun or see one of our number stabbed. Hot and cold chills ran up and down my back as I thought of the possible consequence of such a fiddle to dance by. But the cold feeling in me at last got the upper hand and

I selected one end of the porch as the best place to fight — if fight we must. I was sitting on the [porch] rail with my right leg extended along the top and had my rifle resting in my hands, ready to use it at every moment. To the left of me stood a civilian employee while the nearest Indian to me was sitting on the rail at my foot so I considered myself comparably safe from any Indian Bowie knife. The porch stood about two feet above the ground, with a little garden and a fence to keep the main body of the Indians about fifteen feet from our throats. The rest of our men were taking it easy on the porch and permitted Indians to stand to the right and left of their chairs. My eyes were continually kept on these Indians and I noticed one of them pushing one end of the blanket back which he wore around his lower body. I expected to see the knife plunged into its victim and I took a glance at the young Indian at my foot to see what he was doing or intended to do, but he was quiet and not a muscle in his face indicated a murderish thought. It was different with me, I had selected him as the first one to introduce to my "Long Tom" and had kept her in such a position as to get him in front of the gun in the shortest possible time.

Lucky for our precious scalps the excitement subsided and some old bucks who had kept at a safe distance during the excitement now made their appearance at the agency and begged tobacco from us to smoke the pipe of peace. I was heartily glad to see the old men with their pipes appear on the porch. [I then noticed] the removing of a .50 caliber buffalo gun by an Indian who had put his big rifle in position on the garden fence to the right of me. [He had] hid behind some bush in the garden and had evidently a bead drawn on me and intended me as the most convenient one on the porch to let the daylight shine through in case it should be found necessary to stop me from harming the Indian perched on the railing of the porch at my right foot. He smiled as he saw me looking at him removing the gun and I must have cut a rather saner face as I fully realized the danger I had been in. How foolish I was to consider myself comparatively safe so long as I kept my eyes to the front and on the porch.[11]

The number of Indians grew smaller and smaller [as] the sun neared the horizon and we were permitted to return to the fort. Our rations were still untouched in our haversacks but we felt after the excitement was over that we could stand any kind from a Delmonico dinner down to a bacon and hardtack supper. Our tastes were for anything to fill up while the quality was not necessarily considered. Our cook had, in expectation of our return, done justice to our stomachs and prepared a large dish of hash which disappeared so fast that it frightened him out of his wits. It requires some extra fast eating to frighten an army cook.

The above occurrence had long passed [when] we received news of an Indian dance to take place on the parade ground at the fort. The war dance was given by the Indians to satisfy the curiosity of the commanding officer. The Indians formed in platoons outside of the fort and marched eight abreast. They kept time by the sound of a drum, entering the fort with long measured steps. Presumably they had the formation of military marching adapted from us. In making a wheel their marching was excellent and could not be surpassed by a company of soldiers. The dance was performed by the men walking in a circle and singing while the squaws kept up a dance on the outside.

Companies on the frontier were generally stationed at one fort for two years but frequently stay less and then are transferred to another post in the department, or exchange quarters with another regiment from another department. In the latter case the whole regiment was ordered either to the north or south as the case may be. While companies are stationed at a certain fort they were frequently ordered in the field, establishing a temporary camp for a month or two during the summer, thirty to three hundred miles from their station. The cavalry companies might be absent for months or longer at a time — according to the feelings of the Indians and their disposition to go on the warpath, or the state the country was kept in by the horse thieves and lawless characters.

The infantry generally remained at the fort and did all the escort duty or work connected with that place and were only sent to the field when short of cavalry. [At times] the infantry, mounted on ponies or mules, were employed as cavalry.

My [company] and a cavalry (colored) company were ordered to select and establish a camp at Boulder Creek camp thirty miles west of Fort Sill, the uneasiness of the Indians having made it necessary to have troops at a place near the line to their old hunting grounds in order to intercept them in case of an outbreak. My company was one of the lucky ones selected for that camp and we started with wagons and pack mules one hot summer day.

I, for some reason, had the privilege to ride that day with a half-dozen others. [We] crawled under the canvas covering [of the supply wagon] and made ourselves easy while the rest of the company hoofed it across the prairie. We passed the time sleeping and smoking. Little was thought of the men in front and pack mules behind, until the wagon descended a steep rocky bank and aroused us from our dreams of idleness. Here we discovered that one of the pack saddles had sprung a leak, the coffee sack open and our fine Java beans strewn along the trail for a considerable distance. The joke was now on us. [We] had to leave our comfortable places and gather them. Our work kept us about an hour back and there was considerable growling as we came into camp. We were well starved and many a walk was taken to the cook fire to see how supper was progressing.

At last the bacon was fried and one of the cooks cut fresh bread. A yell from the cook found us all on time with our tin cups and plates. We received our ration of coffee and bacon and were permitted to help ourselves to bread. There was too much unbaked dough in the center but it went all the same.

The next day we left the trail and took across the country. Everything went well until we attempted to cross a small gully. By some mishap the wagon upset and we had a narrow escape of being buried under a load of corn sacks. At last we got into camp and selected a place at the bend of the creek near a nice fresh spring.

The tents were soon pitched in a line with large ditches in front and rear and smaller ones between the tents as a drainage in case of rain. Two men were assigned to each tent and they went to work to make their little home as comfortable as possible, dirt being thrown on the ground flaps to keep out the draft. Four wooden forks [were] driven into the ground with crosspieces for the foot and headboards to our beds. Willow pieces [were] placed on top of this and fastened lengthways to the crossbars. We then cut enough dry prairie grass with our knives to make a good foundation on which to spread our buffalo robes and blankets. Our bed was completed with overcoat for a pillow, where we slept as warm and comfortable as in a brownstone house. A [rope] line was drawn between the upright poles of our tent for our surplus clothes, and the gun fastened to the reach pole. The bed was lengthways and we had plenty of room to pass in and out of our little abode.

Guard duty was light and we had plenty of time to play cards, fish, and hunt. Game was plentiful in the vicinity, pumas even ventured so far as the cook tent for the offal, making, in company with the wolves, the night hideous with their roaring and howling. When in the field the men had to do their own washing using, if obtainable, a rock for a washboard.

Passing Indians frequently gave variety to our lives while couriers kept us in connection with the fort, bringing us old papers and other reading material. The state of health of the troops at this place was excellent and, with the exception of a couple of chills and fever cases, we only had one sick man. This one undressed himself to wrench out his clothing after falling into water and was poisoned by the fumes of poisonous vines. He lay in his tent with nothing but a mosquito net around his swollen body, looking like a boiled crab.

There was a notable occurrence which brought the whole camp to their legs and threw everything in confusion. Separated and isolated from the rest of the tents stood the wall tents of officers and their mess tent with a soldier as cook. This cook, while busy preparing a meal set fire to the grass, the wind carrying it with [the] speed of a bird in a straight line over a small knoll, but [it] fortunately died when reaching a prairie dog town. The flame was soon extinguished, making a track of only about thirty feet, but it was just broad enough to fire one officer's tent. Men came running with buckets full of water but it was too late – the burning canvas roof fell and set fire to everything inside. Now the fun commenced. Inside the tent were stored about 5,000 rounds of ball cartridges packed in wooden boxes. These boxes were ablaze and the heat began to explode the cartridges within. Shells and bells went whizzing past our heads, sounding as if the Indians had attacked and were giving us a shower of blue-beans. We succeeded at last by throwing enough water on them to save most of the cartridges, putting a stop to the unwelcome "whizzers" who, in not a small degree, endangered our precious lives for a while.[12]

Unhappily we were ordered back to the fort before our thirty days were up, exchanging our happy camp life for the drudgery of fort life. A very important change soon took place in my military career which relieved me of all the labor and work which a private soldier is compelled to do in the army. I was promoted to corporal in the place of a man who was reduced to ranks for incapability and various other reasons.[13]

My first duty as corporal consisted [of] taking charge of an escort party for a paymaster trip. On the evening before our trip we were standing in line to answer retreat roll call as the first sergeant read the detail for detached service. To the surprise of the company and myself [he] read my name as the corporal of the detail and the corporal's name as a private for that detail. There was surely a mistake somewhere I thought — as a man when promoted or reduced to ranks is published to the company or regiment when drawn up in a line so as to acquaint the command with the fact, which in our case had been neglected. Nevertheless, we went on with our preparations for the trip.

The next morning about one hour before the start the company was ordered to assemble and the privilege given me to put stripes on the seams of my pants while the corporal was ordered to take his off. Now I was a corporal, the leaf had turned and I was given the first chance at a man who was hated by everyone in the company. It was a pleasure to order him at the heaviest and dirtiest work connected with the preparation. Fortunately for him he was selected as the cook for the officer in command and in this way got beyond my official reach for the balance of that trip. He subsequently got into favor with the paymaster and [was] selected by the latter for his cook on the return to the railroad where our man, disgraced as he was, availed himself of the opportunity and took "French leave," in other words deserted.

Orders had been received from headquarters that the paymaster would be at Caddo at such and such a time and to have a sufficient guard at that place to receive him. Our second lieutenant was quite green. The young officer was placed in command of our little party and [was] on his initiation of prairie life. He was just fresh from West Point, still chock-full with book learnings and thoroughly saturated with an idea of superiority above enlisted men. He ridiculed the advice of the old timers about the men pulling the "horns" off of him and laying snares, or in other ways trying to get an unfavorable officer into a court-martial.[14]

Before he left the fort on this journey some mischievous brother lieutenant advised him to put in a requisition to the quartermaster for knives, forks, and spoons for his private use. It was returned with a severe answer from that official, stating that the quartermaster department did not furnish such articles to officers. He was thoroughly ridiculed, the quartermaster department supplying only tents, axes, [and] transportation to traveling parties. Another of his city importations was a number of beautiful clean white blankets which he gave to one of the men to pack up for the tour besides a bunk and mattress. There can not be much care taking with such fine articles on detached service. The bundles were thrown with our blankets between the greasy and dirty pans in the wagon. There wasn't much color in them after fourteen days traveling, while our blankets were protected by a rubber blanket or old canvas sheet.

We left the fort with one ambulance and two escort wagons, traveling at a rate of forty to forty-five miles a day. We usually broke camp long before sunrise and got into camp about three o'clock in the afternoon. The time passed with spinning yarns and smoking. Flirting with pretty girls along the road gave us occasionally a variety and spice to our lives.

Hunting was also indulged in after getting into camp or if game happened to be near the road of our travel. It was, I think, on our second day out when one of our party made such an excellent hit on a prairie chicken that he was constantly reminded of it for the whole trip. One of the men sighted a prairie chicken and dismounted to get a good shot. He was all excitement as he cautiously walked within twenty yards of the fowl, steadily kneeled down and aimed. Bang went the shot and we saw the bird jump and drop dead on the spot. Our mouths were watering as we imagined eating a juicy supper, but all our happy thoughts came to naught as our hunter returned without the bird, keeping a dead silence about his game. Another man was sent to the spot to investigate. He had shot and killed a buffalo chip. A war whoop went up as the fact became known to all. The hunter was made the target of jokes for the balance of that day.

When going into camp near a village or farm house we were generally annoyed by hogs and pigs, who paid their respects as soon as we had the tents up. They busy themselves around the mules and wagons to pick up the loose grain and other eatables, they [would] even carry off the rations, especially our bacon, when placed by their reach. [One] memorable night the mules, after having been fed, were fastened to the tongue and wheels of our cook wagon with long halters and were thought to be beyond the reach of our rations. The next morning we were looking for the bacon to prepare breakfast. It was gone – nobody knew what had become of it until we saw one of the mules chewing at the gunnysack in which we carried the bacon.

Our only recourse was to fall back on the livestock and kill the pigs when they were picking up the grain. We became quite expert in knocking them over with an ax and skinning them by the light of the moon. All went well until we were in a camp near the railroad when our sins were forcibly brought to light. [We] narrowly escaped paying a high price for our fun. One of our men made [a] purchase of bacon in town and had just returned, placing it upon our table in camp when a hog made a dash, grabbed it, and ran off. There was a lively tune for possession for the bacon as the thief dodged axes and other missiles [while] running for the woods. One or two bullets were sent after it and it let go its hold and rolled down an embankment, badly wounded. A man soon engaged with the work of butchering the animal, so busy that he did not observe the appearance of the owner who had been attracted by the shots. The man claimed and proved his property by the marks in the hog's ears, demanding $20 as his share of the fun. We naturally objected, claiming a right to protect ourselves against loss and damage of our rations.

Our grievance was carried before the officer in charge who satisfied the owner with $15, to which he himself contributed $5 of his own purse, we paying the other $10, which cleaned us out. We swore revenge for this outrageous price as the real value of the hog was about six dollars. We killed and supplied our mess with fresh pork at every subsequent trip to the railroad from this man's herd.

The paymaster and money box were in the ambulance and we kept close on his heels as we traveled back to the fort. At night the money was kept in [a] tent while a guard stood watch. After a few days of travel we were camping one evening near a nice springs a short distance from the road. I took my gun and went to the officer to get permission for a hunt when the paymaster signified his willingness to go along. He had a beautiful breech-loading shotgun and a complete modern hunting outfit. Unfortunately he never had the luck of hitting anything. He would pop away at every real or imaginary animal he saw and naturally frightened all the game in the country, besides endangering my life to no small degree.

I concluded to keep him continually on the alert so as to draw his attention to a certain spot. [Then] I would tell him that there was a deer in front and to be cautious. Down we went on our knees and commenced to crawl through briars and thorns, or dodge behind trees − only to find the deer gone. The breakage of a dry branch would start a rabbit and, the deer forgotten, both barrels were emptied. I also drew his attention occasionally to a squirrel. At such occasions everything else was forgotten. He'd run around the tree to get a full view of the animal, stumble over trees, get entangled in vines, tear his hands and face bloody, only to find that he missed his mark and the squirrel still alive. We returned in the evening from that hunt with only one or two squirrels and birds.

That night about one o'clock, when everything was asleep, I was standing at the fire to warm myself. I saw our worthy paymaster make his appearance from behind the folds of his tent and direct his step in my direction. He was hatless, coatless, and shoeless, his step cautious and uncertain, his eyes had the appearance of weariness. After a talk about our hunt I was invited to a drink of whiskey, which of course was accepted, also with a drink for the sentry on guard. He tried to call the stagecoach which was passing about a half-mile away, but this was rather unceremoniously interrupted by a curse from one of the men in the tents who thought that the guards were neglectful of their duty permitting such noise at night. This brought the paymaster to his senses and he returned to sleep the balance of the night.[15]

The following evening we were camping about two miles from a farmhouse and I took a walk over to buy eggs and butter. I was compelled to pass some cattle on the open prairie. The bull of the herd confronted [me], my passage questioned. He seemed very angry, and in a great hurry about it. He tore the ground with his horns and hoofs, lowered his head, and came thundering towards me. I was not willing to make his bovine lordship's acquaintance so I turned in short order, taking to my heels. I can not state the exact speed with which I flew across the prairie but I know that I lowered my own record by many seconds. I gained the woods before I had a chance to get that bull by the horns – or it might have been the last of him if I did.

[The next] evening I started again for a hunt, this time unaccompanied by the paymaster. Squirrels were very numerous, as I was in quest of turkeys they were left unmolested to play in the shadow of the evening, but they gave me great annoyance with their playing in the dry leaves. I soon returned to camp without having seen any game worth shooting at with a rifle. Supper was over and I went on a tour of inspection around the different camping utensils where I found that my absence had not been overlooked. A pot full of sweet potatoes, bacon, fresh pork, biscuits, and a kettle of coffee [were] still near the fire. I did justice to all. After a hearty meal I went to our tent where my junior "bunky" had already rolled in and was fast asleep.

I followed suit, soon comfortably sleeping under warm blankets after I had relieved myself of unnecessary clothing, that is cap, blouse, and shoes. I was awakened by the crashing of thunder and splashing of water. We heard the voices of men and [the] tramping of feet past our tent. We ventured with one corner of our eye outside of the tent to see what was going on. It was nothing serious – only a tent or two down and its occupants hunting in the dark for an ax to fix the tent pins. A terrible gust of wind struck our tent and shook it as if it must tear it to pieces while the rain beat against the walls and sent a fine spray of water through the canvas [onto] our shivering bodies. One corner of the tent became loose and the storm came in upon us with increased force. The wind found free access, threatening to raise our little house bodily from over us. I grasped the dangerous corner with both hands while my bunky had to do the dirty work going out in the storm to fasten the pins.

We retired once more and the rain lulled us to sleep. How long we enjoyed the sweetness of this slumber I do not know but we were again aroused by the falling of the tent poles and the dropping of wet canvas on our heads. What mischievous spirit or soldier raised our tent pins and exposed us to the fury of the tempest? Were they jealous of our comfortable shelter after their own was destroyed by the angry gods? They [did] not have the satisfaction of seeing us in the rain – we remained where we were, covered partly by the fallen canvas. Slowly the water took possession of our beds and gradually came higher and higher until at last we could not draw our legs up any higher. We grabbed our caps and ran feet into our shoes [which] had, in the mean time, become water tanks, emptying up our pants legs like two streams from a fountain.

There is nothing miserable in the life of a soldier. That

was the idea we were trying to impress upon our minds as we stood shivering around a big fire, endeavoring to get warm. What fools we mortals were — to imagine ourselves safe against a storm and laugh at others in their apparent misfortune. It took two days to dry our buffalo robes by exposure to the direct rays of the sun from the back part of our wagons while traveling home. We returned to the fort in due time, got paid, and experienced the usual excitement of a payday.

6

· · · · · · · · · · · ·

Prairie Adventures, 1879–1880

The following winter, to a place over one hundred miles west of [Fort] Sill, our company was detailed as a guard for a supply train to the cavalry in Texas. It was February and a heavy layer of snow covered the ground as we started our march. The train consisted of about eight or ten civilian wagons — prairie schooners and trail wagon, or double wagons, conducted by their wagon master. For a guard they had a herder who took the stock of the train out to graze overnight and enjoyed whatever rest or sleep he could get during the day in one of the moving wagons. We also had an Indian to guide the train across the trackless prairie to a place where we were to meet government teams with an escort of cavalry to take the rations and grain to their command, some fifty to one hundred miles further into the Staked Plains of Texas.[1]

Unlike our government teams who generally made three to four miles per hour, the civilian train moved at the rate of one and one-half miles in one hour, and we hardly knew what to do with ourselves as we rode, [then] walked with the wagons. We made our first camp near a little creek which most part of the year was dry, but at [that time] could easily float a ship of a size between a rowboat and a nut shell, according to the melting of the snow in the mountains. There our Indian guide met all of his relatives, taking his [issue of] his thirty-days rations to their camp. They celebrated a pow-wow and left our Indian without food. We were consequently compelled to mess him from our own kitchen or else do without his service for the trip.

We retired early that night as we thought bed the most comfortable place in cold weather. We could not sleep as the cold was excessive. [We] four who slept in one tent were huddled so closely together that if one of the outsiders would take a turnover the rest had to follow. We were trying all imaginable ways to get as much space as possible between our hips and the ground. We were laying on top of our guns, rolled the overcoat up like a rope and slept on it, some even tried to sleep on top of the others while they were asleep.

In this way we passed the first night, thanking the bugler as he called us to reveille at one or two o'clock in the morning. A warm cup of coffee and breakfast gave us a chance to walk ourselves warm. Before I left the fort I had provided myself with a couple of quarts of whiskey which I kept secreted in a bundle of clothes, taking a two-ounce bottle full for my daily use. To this I gave my frequent attention. I was soon rid of the chill and bad effect of the last night's rest and could sit on one of the wagons, smoke, and enjoy a ride while waiting for the sun to thaw us up.

We came within view of an Indian village where the governor of the Kiowa and Comanche resided. He was a Comanche half-breed, Quinine [Quanah Parker] by name, made the head chief of the Comanche Indians by the U.S. government. The Indians respected his authority so long as they saw fit, but did not dare to openly oppose him as that would be a breach with the government. The chief lived like the rest of the Indians in a tepee and had two or three of the prettiest young girls for his squaws. He was very wealthy and had a large herd of cattle and ponies grazing in the adjoining valleys. There was in the vicinity of the village a field of about fifteen to twenty-five acres under cultivation. The Indians were also provided with wagons which they used when coming to the fort.[2]

We sat on top of the wagons, carefully keeping a blanket around our shoulders and heads as a protection against the "norther." We crossed rich fertile valleys heavily timbered, keeping along the southern borders of a range of mountains. We came to a prairie dog town where nothing but fine buffalo grass was permitted to grow, apparently to bite, for the little rodent. Mesquite trees gave the town the appearance of a peach orchard. There we saw a herd of antelope, a flock of turkeys, or a wolf run for their lives as they were made acquainted with some bullets from the rifles of our hunters.

We met an Indian packtrain driven by squaws while little papooses clung like monkeys to the back of a pony and were decorated with red cloth and small bells. The caravan slowly disappeared between the trees, leaving nothing of their passage but their trail, furrowed by the dragging tent poles.

We crossed a river or creek and went into camp. In consideration of the atmospheric changes and heavy storms, in the western territories creeks were always crossed by the teams in the evening, so as not to be detained by unexpected floods in the morning. Freezing at night we rolled up the frozen tents at one in the morning and continued to move. [We] camped at old Camp Radziminski and left the section of good water and rich valleys. The mountains to our right bent to the north and we entered the sand hills and sandy valley of the North Fork of the Red River.[5]

We had great difficulty in crossing this stream with our heavily loaded wagons. The banks were steep and we were compelled to travel for a mile in the sand of the dry portion of the river to get to a suitable crossing, having to double the teams to prevent the sinking of the wagons in the quicksand. At last safely across [we went] into camp on the high banks, preparing our supper with brackish yellow water, and [got] to bed early. I was detailed on guard for that night and brought in a good supply of logs for the fire.

Everything in the camp was quiet, the men asleep, the animals at rest, as I sat near the fire and sought consolation in my clay pipe. The usual building of air castles was this night suspended and more solid thoughts crossed my mind. Happy days of my youth passed before my gaze. I saw the long past, but not forgotten, kindness of a friend and loving kindred appear in the warm flame. How could I forget those good old times when, through with my day work in an unhealthy dusty shop, I could seek recreation in theaters [or] concerts. I was thinking of the difference of a civilian and a soldier. The first – in the midst of a loving family and intelligent friends, surrounded by the comforts of civilization, enjoyed his existence at the fireside at home. The latter – far from any home, thrown in company with all classes of mankind, exposed to all kinds of weather, not knowing at what instance a bullet or arrow may pierce his heart and end his unhappy existence. These pictures are surely in favor of civil life.

But look at them a little deeper [and] see if there is nothing desirable in the life of a soldier, in preference to the first. We have an intelligent civilian, willing and worthy. He arises early and goes to his place of business in order to make his existence. He remains there all day and uses all his physical and mental power at his work in an unhealthy place, returning in the evening too tired to enjoy the few hours which are left to him before he retires to repeat the same the next day. Or he has a family, [and] an extravagant wife who scolds him when he is in need of rest. Business is dull. He fails, disgraced, and can not get enough money to buy bread for his crying children. [If] he is doing well [he] has to listen to the senseless conversation of the so-called society fops. He is deceived, his daughter seduced and wife disgraced, and he is laughed at by the heartless friends of civilization's production. He goes out in the evening to take a little exercise and fresh air. He is sandbagged, robbed, killed and his body found the next day. A coroner's inquest follows with a burial, the grave is robbed, the body taken to some medical college, butchered, and dissected in pieces — if there were any left — put into alcohol for preservation. This is the last of him.

A soldier supposes to do nothing else but to obey orders and do what he is told. If he has hard times for a while there are surely ninety percent sunny days coming. He is permitted to hunt and follow any pleasure he is inclined to. He can read books and papers, study all branches of science, and cultivate himself when in [the] fort. He has concerts, dances, and theaters, and selects his own companions. He does not need to worry his brains about the next meal, and if sick there is somebody to nurse him. There is no smiling and deceiving society to contend, but the pure virgin of nature's creation daily before him, within his own grasp. If he should die, no matter what place or time, he is buried with military honors and there are no hands to disturb his sacred grave. There are surely good sides in all stages, [but] I was perfectly satisfied where I was.

My thoughts, as I was setting near the campfire, were rather abruptly interrupted by the cry of an owl from a tree overhead.

I started to my feet and to my intense surprise saw I was not alone. Two or three large timber wolves were standing on the other side of the fire, staring at me with their burning eyes. I took a piece of wood from the fire and made for them. They were not so easily frightened away, slow to abandon their hope of getting one of the turkeys in the tree near the fire. They only ran about ten yards, stopped and clattered their teeth at me. These wolves were accompanied by a large number of coyotes who set up a terrific howl and ran between the tents and wagons. The whole camp was awake before I could drive these beasts to flight and restore order and peace.

The night passed without another invasion from wolves. In the morning we took our tin cups to get our ration of coffee for breakfast and prepared to cross a plateau. Little we could drink and enjoy, the alkaline of the river made it salty, the yellow mud and sand made it appear as if we had the unusual treat of milk in our coffee. We started on our day's journey half-choked with thirst.

We ascended a small rise and gained a plateau which we had to cross on a trackless road. Our Indian guide was far in advance of the wagons as he rode ahead to find and avoid impossible cuts. Only occasionally we could see him stop to wait for us to come up, while he drew his red blanket closer around his bony body. The wind was cutting and the cold intense. Only with difficulty could we keep ourselves warm with walking as the wagons moved very slowly. The sun soon made her appearance and took control of the day, thawed the snow, disclosing a fine growth of grass under our feet.

We had a fine day before us and before evening set in we were drawing near to the Salt Fork of the Red River. The atmosphere was warm and the ground dry. Within view of the river, and of the beautiful growth of trees on its banks, our hearts were longing for camp and a good hearty meal. What do we see ahead? Smoke – the prairie was on fire at the very place where we intended to camp and rest. Large clouds of smoke enveloped the trees and the flame rose playing between the branches, slowly traveling before the gentle breeze.

We crossed the river and circumscribed a circle to get beyond the fire, soon in camp beyond, on the safe side of the destructive element. We provided ourselves with wet gunny sacks and long sticks to fight the fire and prevent it from turning with a change of wind and delay or imprison us with nothing but the black barren soil to feed our stock upon. Our task was not an easy one as the grass was eight to ten feet high and the heat intense, so much so that it was impossible for us to reach the seat of the fire with our sacks. We were compelled to abandon all hope of checking its progress, leaving it to continue its destructive work unmolested. What a change! Only a short time before we saw a beautiful forest, now black smoldering arms, shadows of their former beauty.

Traveling westward we came to places where the buffalo, only six months [before], wallowed in the loose ground, making round holes to roll in the mud and enjoy their free existence. Nothing was seen of them but their bones and skulls. They were slaughtered by the merciless buffalo hunters for the sake of their hides, their bodies left to the wolves and buzzards. We found the carcass of an old buffalo bull with his torn and ragged hide still clinging to his bones, [dying] alone as one of the last of his race. It may be justly stated that cattle raised upon the same ground are more profitable to man and consequently there is no loss for us if they were extinct. But if buffalo have no right to live why shall we permit deer, antelope, and other game to exist – why not exterminate them all and live entirely upon the meat of domestic animals. Formerly the buffalo furnished everything the Indian required for his living: clothes, tents, needles, thread, and meat. Now he is thrown on the hands of the government for a living, besides the few antelope and deer he may kill.

The number of animals had been reduced to such a small figure that in all my travels in the Indian Territory, Texas, and Kansas I never, to my knowledge, saw a genuine wild buffalo. Had it not been for the cavalry who killed a few in Texas and brought some of the meat home I never would have had an opportunity to taste buffalo meat.

After passing the buffalo wallows, where the snow water formed miniature lakes, we came to a large prairie dog town ten to fifteen miles long. The surface of the ground was almost bare of any vegetation, no trees or grass patches to relieve the monotory vision. We were at a loss [as to] how a great many of them managed to live. They probably followed the example of a superior race and lived like people in some overcrowded city.

Turning from the prairie dog town we came to a valley and a creek called Turkey Creek. Innumerable flocks of wild turkey there went to roost in the trees overnight. There was no difficulty of hunting these birds as they were seldom disturbed by a hunter and consequently [were] easily shot down at night. Here we had the misfortune of losing our Indian guide who absconded during the night after learning from some passing Indians that his brother had been shot in Texas.

We only had twenty-five miles more to travel to get to our destination, which we happily reached, and found the government teams already waiting for us. The transfer was soon accomplished. This place was about two miles north of the Red River, where the 100th meridian forms the boundary line between Texas and the Indian Territory.

We remained a few days to give our teams a short rest before starting upon our return. I [took] the opportunity to scout and hunt a little in this section, especially to take a view of the Red River which I had never seen before at this longitude. I found the river, what there was of it, a small creek flowing in the middle of a broad red plain. The plain was about three-quarters of a mile wide, bordered by a two foot high bank. The red plain constituted the bed of the river. Through the red sand, or quicksand – at some places packed solid, at others quivering pockets – the main portion of the river water was flowing until, at some distance further down where the hills compressed the bed, the water was forced to the surface and continued to flow above ground.

Being naturally curious to place my foot on Texas soil I took a walk across. I found the water clear as crystal, too salty to drink. My life was more than once endangered by the quivering sand [when] I stepped unconsciously on places where I was sinking with every step and my shoes held fast by the sand. I accomplished my task and returned to the Indian Territory completely exhausted. I took a seat to watch the setting sun and rest before returning to camp. The change of the light was magnificent. The sun slowly sinking behind the western horizon transformed the sky to a beautiful red. The air was quiet, no sound to disturb the death of the parting day. I took my gun to give a parting shot to Texas and the valley, the report almost startled me. I could hear the ball whizzing across the river while the echo reverberated between the hills and made the plain ring with thunder. Darkness surrounded me, the stars twinkling overhead, the timid rabbits ventured out of their hiding places in search of food, while the wolves were howling in the distance.

I found the camp in safety. [There were] a few peculiarities of that place. The water was altogether alkaline and had a salty taste. The wood was small and we were compelled, in order to get good coals to bake with, to dig for mesquite roots. An old Indian mound or monument was said to exist in this vicinity, but I was unable to find it.

[Upon the] start for our return three men were sent a day in advance to hunt turkeys for the company at Turkey Creek. We found them waiting with sixty some-odd birds at our arrival. We preserved them with salt and charcoal filling. In spite of this precaution we lost twelve to fifteen birds by the prevailing warm days before reaching the fort.

One more incident remains to be mentioned in connection

with this trip. This was the temporary loss on one Frenchman, an old warrior of many battles and travels under the French flag, [whom] we had the honor of calling one of our members of the company. Although an old soldier who had been in campaigns before − the Franco-Prussian War, Algeria, and under Maximilian in Mexico, he always had the misfortune of getting lost from the company if we undertook a trip. He was considered the most useless man in camp for work, and consequently was promoted to Camp Fool, of which a camp always had a couple. This time he made no exception to the general rule. It was, I think, on our third day [en route] back when he had occasion to leave the wagons early in the morning. He got lost in the dark but struck our trail at daylight. He followed but later left it to follow the trail of a buffalo hunter's wagon and was entirely lost.

He spent the first night in the wilderness [by] shooting at wolves, keeping them at bay. At daylight he started to find our camp or trail. After crossing a river three or four times he was fortunate enough to find − not us − but a buffalo hunters' camp. He was fed and directed in the right direction by them, but instead of finding us he got lost once more and ran half-starved into an Indian camp. Here he was detained and nursed. A squaw eventually put him on [a] pony behind her and turned him over to the commanding officer of a cavalry company at Camp Radziminski, thus ending his exploits amongst the wolves and wild beasts in the prairie. He subsequently returned to us with the return of the cavalry after leaving word for the squaw to visit him when coming in for rations. She soon put in her appearance at the fort and was duly honored with $5 in money and a sack full of rations.

While staying at Fort Sill I took walks in the woods and hills for botanical and mineralogical researches which brought me often a variety of new things, [and] into some strong places and adventures. All of the plants and fine specimens of stones, by the way, I was compelled to leave behind at the fort as we were ordered to another place afterwards, not having a chance to store them away for transportation in one of our company boxes or wagons.

Of cactus there were only three varieties [in] this section of the country, while of other plants I had a whole box full, nicely pressed and dried specimens. We had also two kinds of wild plums, strawberries, raspberries, and gooseberries growing at the bluffs a few miles from the fort, to where I frequently took my walks.

One time when descending [Medicine Bluff] from a good feast of berries and crossing a trail at the creek, I passed a couple of mounted Indians who stopped to greet me. My vocabulary of their language was very limited, and so was theirs of English. Our conversation was consequently confined to a few signs added by the little Indian I knew. There was really nothing strange in this meeting and I would have thought no more of it, had it not been for the suspicious glances they threw at me, which seem to say more than words. They were evidently sizing me up to see if I was armed or if it was worthwhile to go into details about my further existence. I was far from being at ease after that discovery and the knowledge that I had nothing for a defense, except the rocks at my feet – with the possible chances I stood with the quickness of my legs.

I always had traveled unarmed when not out hunting and had met Indians in more isolated places than this, but never had a reason to wish for a pistol until then. It was too late to think over that so I put on a bold face and acted as cool as if I were laying behind breastworks, not caring if there were two or three hundred of them there. [Either] my confidence in my lucky star and my action, or the Indians suspected more soldiers in the vicinity – whatever it may have been which kept them from executing their unspoken desire – they said "Goodbye John," and resumed the trail, while I took to the hill to see where they were going, before venturing home.

I recall a walk to the top of Medicine Bluff in company with a friend, where we went to pick raspberries and gooseberries. After the inspection of an old fortified camp halfway between the fort and the bluffs, once the headquarters of General Sheridan before the fort was constructed, we ascended the hills above the bluff. They were about one and one-half miles from the fort and faced to the north, with a creek of the same name passing at the foot. At some places the walls were perpendicular and consequently inaccessible to any human foot, while at another place we found a platform midways, strewn with smaller rocks. There the vines of the berries had found a foothold and were thriving well, bringing forth delicious fruit.

To this platform we descended. After encountering a couple of rattlesnakes and maneuvering past dangerous places we were fairly installed in the midst of berries and picking with both hands. But there is no rose without a thorn. We soon found that the place was anything but comfortable. The south wind could not strike us and the sun overhead made the rocks as hot as a bake oven. A burning thirst aided our pleasures, which even the juicy berries could not satisfy. We were standing on an old cedar tree picking to our heart's content when we heard a rattling noise under our feet in the vines. A sickly feeling crept over me as I thought of the possible chances of going to heaven on a rattlesnake route. It would have been sure death for us to jump and fall over the bluff, so we were compelled to remain and await developments, not long in coming. A large panther or puma had selected this place for a bed and left it to look for a quieter one [to] continue his disturbed nap. The look he gave us before disappearing was enough to show his displeasure – we took the hint as we had no gun to attack him.

A few days later I came again, provided with a rifle to get the hide of the panther. After climbing, crawling, and hunting all accessible places on the bluff I had to return without it and leave the king of the felines of the U.S. in full possession of his pelt.

Another time a party of us borrowed ponies from some of the men in the fort and started to a place for blackberries. On our return somebody suggested a race and was immediately accepted by all. The ponies went off at full speed across the prairie and we had fair chances to break our necks or turn somersaults at some of the water cuts. My pony especially seemed to select all breakneck places and bound upon having a little extra fun for himself and me. I lost all control of him. Instead of keeping straight ahead with the rest of the horses he persisted upon describing a circle to the left and taking me to a large ditch which I surely thought would be our halting place. He cleared it with one jump and continued his mad race until he was completely exhausted.

I had lost my foothold on the stirrups in the jump but managed to stick to him. There could be no chance of winning a race under such difficulties so I slowly followed the rest to the end of the designated course, where I had to stand the ridicule of the winners.

Fort Sill was connected with the civilized world with a telegraph line, making a connection at some point in Texas. The line was constructed of wood poles between the fort and the border, consequently easily damaged by prairie fires and storms, which had to be repaired by details of troops sent by the military. I had about three or four trips of this kind [and] will give a detailed description of one.[4]

Our party consisted of myself and two men, besides a civilian teamster and a six-mule team to carry a number of poles and the necessary tools and rations. The weather was bad and a steady rain set in and continued all day, drenching us from head to foot before we left the fort. Our progress under such circumstances – very slow. We concluded before we had traveled five miles, to go into camp and await a better day.

The tent was soon up and the rations securely stored under

shelter, while a fire, after considerable difficulties of building it, returned some of our bodily warmth and brought the blood again into circulation. The following morning broke with the indication of a nice day, and so it was. The sun had full control and made the effects of the foregoing day fast disappear. We were following the road with the wagon while one man walked along the telegraph line to see where repairs were needed. The damage was comparatively small and we accomplished our task sooner than expected, one and one-half days making forty-five miles, leaving us two and one-half days out of the four to return to the fort.

We were naturally adverse of returning so soon, so we concluded to go into camp at a convenient place and pass the balance of our time with hunting. The place selected was about six miles from the road, situated at a bend of a creek in the beautiful valley of Cache Creek. The grass was high and rich, the woods hid us from view of any curious eyes. Game was plentiful, venison and antelope meat our principal diet. To this life of plenty was added the hind-quarter of a heifer, presented to us by some cowboys who were herding upon forbidden ground.[5]

We made our regular meals on game meat while between time we cut off a hang from the heifer, broiling it on a stick over the fire, eating the delicious steak with a little salt. If our time was not occupied with hunting or eating we could walk a couple of miles up the creek and pay a visit to an Indian hunting camp, or go about the same distance down [the creek] and play cards with the cowboys.

One of my hunts in the afternoon took me past the Indian camp and I stopped at one of the tepees for a little rest. On my way home I crossed the creek where I met a number of squaws digging for some kind of eatable roots, and I stopped there for a short time to watch and try to get some of that delicacy. The sight was similar to one we see in civilized countries where women dig potatoes, with the only exception the dress, which had a little more color and was more picturesque.

I stood there for some time listening to their talk and laughter. One little plump thing turned her laughing face to me and made some inquiry, an unintelligible question. Not caring to admit my ignorance of their language I wobbled out my "Kim e heights" − "Come here." Down went the digging tools and everything came running towards me. Dumfounded and paralyzed from the unexpected rush I soon found myself surrounded by old and young, homely and pretty squaws who gibbered and chattered like parrots. Enough of it I could understand − they wanted tobacco. [I was] undecided if I should kiss some of the pretty lips or go down into my pocket and distribute tobacco.

There was not the least bit of difference of these simple creatures as they stood with smiling faces and laughing eyes asking for a gift [as] from a scene we [would] meet at our fairs where their civilized sisters with their sweetest smiles and tongues tug at strangers for the favor of ten cents. It is hard to resist the pleading of female eyes. The siege to my heart being at last successful, and my tobacco bag empty, I pursued my way along the creek. I found our camp still in its place at my return, and a warm supper waiting for me.

It was altogether a life too good for any ordinary man, but not so for Uncle Sam's children, who could have stood this for some time, and we were naturally loath to leave it. But everything has an end, and so our pleasure. We were at the eve of our return to the fort and were preparing the surplus game to take home to the company. A little before dark the mules, knowing their feeding time near, came in from the pasture to be tied up for the night and receive their corn. But it was yet a little too soon, and they were driven back, no further notice taken of the way they were going. A half hour passed and we started to bring them in, but to our greatest consternation they were nowhere to be found, as if some mischievous spirit had carried them from the surface of the earth.

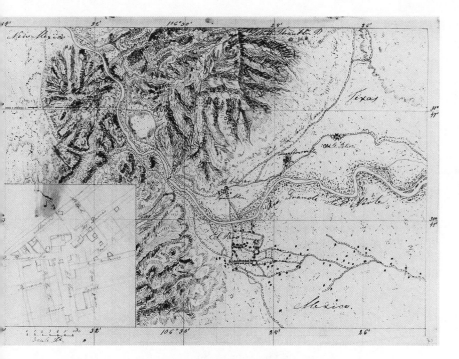

Published here for the first time is a detailed map of El Paso and vicinity, drawn by Emil A. Bode in the early 1880s. In his journal Bode included several carefully drawn topographic maps of New Mexico and Texas. Although they are not signed, the labeling on the maps matches the handwriting of the Bode manuscripts. Map by Emil A. Bode. Courtesy Special Collections of the Sterling C. Evans Library, Texas A&M University.

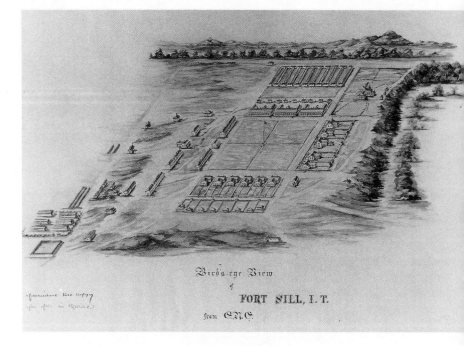

Birds-eye View
of
FORT SILL, I. T.
from G.T.C.

"Above the confluence with Medicine Bluff Creek lay the small elevation
of the fort which glittered in the evening sun as the last rays fell upon
the blue limestone walls of the buildings." Looking west, this painting
offers a bird's-eye view of Fort Sill, Indian Territory, in 1877, the year
Bode arrived for duty with the Sixteenth Infantry Regiment. The large
building on the upper right is the post hospital, the right-hand border is
Medicine Creek. Lining the left of the parade ground are the enlisted
infantry barracks, directly opposite are officers' quarters. On the upper side
of the parade ground are the cavalry barracks and stables. Water color by
Brigadier General S. B. Holabird. Courtesy Fort Sill Museum, photo number
P527.

Looking north from the guardhouse, a panoramic view of the Fort Sill parade ground in 1873. Bode's infantry barracks, in the center foreground, he described as being "very neglected ... [and] unfortunately ... the only barracks there built of wood." Courtesy Fort Sill Museum, photo number P1406.

The "well-ventilated, nicely constructed hospital" at Fort Sill, where Bode lay as a malaria patient for two months, "swallowing opium pills by the dozens without success." Bode also served temporarily on extra duty as a nurse and cook at the hospital for a month in 1877. The hospital stewards' quarters are on the right. Post Hospital, ca. 1890s. Courtesy Fort Sill Museum, photo number 8729.

THE OLD GUARD HOUSE FORT SILL OKLA.   BUILT A.D. 1868.

"Behind those gray [guardhouse] walls have been confined sons of poor and rich parents, intelligent and imbecile, murderers and innocent." The Fort Sill guardhouse where Bode often served as guard. Although the date on the front of the photo indicates the building was constructed in 1868, it was actually built in 1873. The photo was made in 1918 but the building had remained unchanged since its construction. Courtesy Fort Sill Museum, photo number 8079.

Big Bow, Kiowa, ca. 1870. This chief's temporary arrest in 1878 caused a minor sensation on the reservation, leading Bode and his comrades into a confrontation with one hundred angry Indians on the front porch of the Kiowa-Comanche Agency building at Fort Sill. Courtesy Fort Sill Museum, photo number P1774.

"The tepees were [then] mostly made of canvas stretched over poles. . . . However, the old buffalo [hide] tepee was frequently seen in winter." An Arapaho family camp near Fort Sill, 1870, similar to the Comanche camp at which Bode was detailed as a guard in 1878. Courtesy Fort Sill Museum, photo number 3042.

Woman's Heart, Kiowa, ca. 1875. "The Indians were generally cruel when on the warpath and nothing would soften their hearts. At a raid in Mexico by the Comanche Indians a woman fought to the last but was eventually overpowered and killed, her heart eaten by one of the raiders who assumed the name Woman Heart [Woman's Heart], afterwards a well-known person at the fort. . . . By eating a brave person's heart the bravery is transferred to them." Photo by W. S. Soule. Courtesy Fort Sill Museum, photo number P1780.

"His name was Black Beaver, chief of the Delaware Indians and [he] traced his lineage back to the same Delaware who concluded a treaty with William Penn in 1682." Black Beaver—fur trapper, commander of a volunteer company in the Mexican War, and highly respected friend and guide of the explorer Captain Randolph B. Marcy. Photo ca. 1874–75. Courtesy Fort Sill Museum, photo number P4026.

"Her attitude was commanding and we bowed in homage and admiration as she passed us proud as a queen. My heart rolled at this occasion." Arapaho sisters Zah-e-cha and Har-ke-i in a regal pose for photographer W. S. Soule in 1874 or 1875. Courtesy Fort Sill Museum, photo number 3046.

Medicine Bluffs, Fort Sill, Colonel B. H. Grierson and party, 1869. Bode relates, "The bluff derived its name, according to Indian tradition, from a medicine man who made a leap over the precipice to prove his power over death. . . . The Indians celebrated their sun dances, their most solemn dance, within sight of these bluffs." Bode had several unexpected adventures while hunting for blackberries on the face of the bluff. Courtesy Fort Sill Museum, photo number 1812.

A somewhat blurred but rarely published panoramic view of Garrison Hill, Fort Gibson, Indian Territory, about 1909, looking much the same as Bode would have seen it when stationed there in 1880. From left to right are the commissary, blacksmith shop, west officers' quarters, armory, south half of barracks, Presbyterian Church, and hospital. Published by J. C. Bert, Fort Gibson, Okla., postmarked 7 October 1909. Courtesy Oklahoma Historical Society, photo number 13380.

"The Prairie Schooner . . . a smaller wagon was generally attached to the rear, both covered with canvas stretched over bows . . . drawn by six mules or six to eight yoke of oxen. . . . From five to twenty such wagons were frequently seen, crossing the prairie like a huge snake with a white back." The type of wagon Bode escorted to Texas in the winter of 1879, shown here in 1877 in front of John Becker, Co., in Belen, New Mexico, through which Bode passed on the way to the Victorio Campaign in 1880. Courtesy Museum of New Mexico, negative number 66013.

The closest town to Bode's Victorio Campaign camp at Knight's Ranch was the mining town of Silver City, which he reported had "hotels and saloons fitted up in grand style. One of the latter even went so far as to bring a piano to these wild regions. . . . " Silver City, New Mexico ca., 1882. Courtesy Museum of New Mexico, negative number 11428.

"Fort Cummings . . . had a wall twelve feet high . . . with one arched entrance. . . . [It] had been made the headquarters for the troops in the field. We saw long rows of cavalry and infantry tents in the rear of the dilapidated fort." Fort Cummings, New Mexico, in 1882. Courtesy National Archives and Records Service, Washington, D.C., negative number 111SC-82937.

Our anxiety increased with every minute as the shadows of the evening were getting longer and longer. No sign or sound from the [mules'] shackles struck our ears. At last we were compelled to give up the hunt and wait for daylight to track them to their hiding place. The following morning we found their tracks and followed their trail so far as the road. Here they had taken the direction of the fort. We [then] knew that after driving them away from the wagon the foregoing evening they took a beeline for the fort, twenty-five miles [away].

There was one animal still in our possession who had been kept in camp as a herding mule. This one [was ridden] to the fort to bring the other five back. We also borrowed a pony from the Indians, giving a blanket for the privilege, to assist the first one.

We who remained in camp made the best of the situation and in the meantime enjoyed ourselves [but] were compelled to live almost entirely on meat, as the flour and coffee had been all used up. The following evening, after hunting all day for antelope, we were around the fire conversing as good as we could with an Indian who had come down for a visit to await the arrival and return of his [borrowed] pony.

The air was quiet [without] a sound to disturb the motionless surroundings of our little camp when the Indian raised his hand and, pointing in the direction of the fort, said that our animals were coming. They were still one-quarter mile away and nothing was audible to our untrained ears, but we soon discovered them turning the corner and coming down for the camp, to deliver us from our imprisonment. The animals, immediately after their arrival, were taken to the creek to water and, as misfortune once set in never comes alone, we almost lost one of them by drowning. The banks of the river were steep where one of the mules while drinking lost his foothold and fell into the water. Although the water was not one and one-half foot deep the animal seemed to lose all control of his limbs in the swift flowing current and could not rise to his feet. [He] always fell back after every attempt, with his head under water. [He] would have soon joined his ancestors on their happy roaming ground where there are no blacksnakes and pack saddles if he had not been saved by a man jumping into the river for his assistance, bringing him to his feet again. He was at last brought back to the wagon and chained for the night while our Indian friend returned to his camp with the pony.

The night passed without an interruption and we were aroused on the morning of our departure by the bellowing of a cow. It was yet too early and we took another turn. We were once more aroused by the lowing of a calf. It was after daybreak and we got up to prepare breakfast, brought face to face with the disturbance of our morning slumber and saw at once the connecting links of a drama and probable tragedy between some quadruped mammals.

A cow had lost her calf and following the valley for her offspring was probably a good distance [away]. The little one, presumably alone, was standing a short distance from our camp and eyeing us as we emerged from the tent. It was a sight, [this] young creature just starting in this world. But our minds were adverse to philosophical thoughts, the desire of our stomachs had the upper hand. We took the gun to exchange the dry tough turkey breakfast for that of a juicy veal omelet and were preparing to shoot the calf. Providence put her protecting hand over the defenseless being in the shape of another enemy, neutralized two destructive elements, and saved the weak. We saw three or four large wolves following, keeping intervals of about forty yards, endeavoring to encircle the calf and preparing to throw themselves upon their intended victim. It would have been murder to take advantage of the situation and kill the calf, our guns were therefore used for its protection and those wolves killed and scattered by a few bullets from our rifles. The calf, frightened by the reports of our guns, was permitted to continue in its search for its mother and enjoy a little longer the pleasures of its existence before furnishing food and nourishment for some ravenous animal.

Although it was against the law of the country and the order of the military to kill the stock of a citizen, it could not prevent the occasional slaughtering of cattle for private use. Soldiers would kill stock whenever they have an opportunity of doing so without being caught, cowboys whenever they felt hungry and have a chance of stealing a heifer from another man's herd.

After this early episode [we] continued to prepare our meal, broke camp, and started on our return to the fort. Nothing of note came within our vision until we passed a small hill near the road where the brown tepees of an Indian village looked down on us from their lofty position. We saw an Indian squaw descending, carrying a bundle in her arms, going to a smaller hill to the left of the road. The bundle contained the body of a child and the mother was taking it there for burial. She cried continually as she covered the little body with rocks to protect it against the wolves, singing a dead-song before taking the final parting. She turned to leave after her sorrowful duty to her departed beloved and returned to the care of the living in her tepee.

Here was a mother – a wild mother, but was there ever a mother's heart in a civilized race more sorrowful in parting from her beloved treasure than this simple woman? Although there were no carriages and magnificent displays to convey the body to its last resting place. There were no flowers or other visible tokens of love placed upon this little departed being's grave, it nevertheless received a token, insignificant in appearance, but more valuable than all colored and sweet scented offerings. It was a tear, a mother's tear, which fell and pressed the last seal of love on the eyes of the dead child.

Continuing our traveling we were soon within the lines of the fort. After reporting to the commanding officer and notifying him in person of my return I retired to the company barracks to clean my equipment and put them in good order again. This naturally included the airing of the blankets. The blankets were put together by two or three men and one bed made of them. A rubber blanket or piece of canvas with a buffalo robe and some woolen blankets were used for the bedding, while one to three blankets, according to the atmosphere outside, were used as covering. These latter were straightened a little in the morning and the whole rolled into a bundle for convenient transportation. In the evening the bundle was thrown into the tent and the blankets put down as they were taken up in the morning without disturbing the original bed. It so happens that snakes and other animals may seek a rest between the warm folds and are not discovered until the shaking and cleaning process [which] takes place at the fort after the return, which may be two months after starting out.

I found, as I took my blankets on the parade ground for an airing, between their folds a nest of snakes who seemed to be rather indisposed to give up their claim for the possession of the blankets, which they had probably shared with me in peaceful harmony for the last four or five days.

Thanksgiving Day was drawing near and hunting parties of four men each from every company were sent out to furnish the garrison with the customary turkey dinner. Our party started independently from the rest and were consequently compelled to furnish [our] own transportation, which consisted of some borrowed rickety buckboard drawn by two ponies belonging to some men in the company and an extra pony for riding. We started for a five day hunt and selected a place about thirty miles west of Fort Sill as the most suitable for an operation.

We pitched our tent in the middle of a large forest on the banks of a dry stream where the water could only be obtained by digging a little into the sand of the bed of the stream. Turkeys were numerous, but very shy, and we experienced some difficulty of hunting them. Nevertheless we were fortunate enough to kill about fifteen of their number before we returned to the fort.

To successfully hunt these birds a man ought to have a shotgun and start to walk shortly before or after sunset along the banks of some creek where turkeys are known to have their roost. They can easily be heard flying up in the trees. They generally select a high cottonwood tree overhanging the water for their resting place. Their bodies are distinctly visible against the starry heaven, easily shot after dark. Where the leaves are off the trees in the fall [they can] be hunted all night. In the morning before daybreak their presence is brought to notice by the morning call of the gobbler who begins to chuckle.

After daybreak the game leaves the roost to feed and wallow in adjoining sand hills, and only return about one o'clock for a short time to water. They are in the daytime best hunted with a small dog who barks and drives them in the trees and draws the attention of the birds from the hunter. The hollow bone from the leg of a turkey is also used to imitate the call of a hen and draw his turkeyship within the jaws of death. They are also deceived at night, in country where there are pigs roaming in the woods, by crawling on all fours and imitating the grunt of a hog. Hunting with a rifle affords undoubtedly more sport to a pleasure seeker, but for a living I prefer a shotgun, even when hunting for deer, as there are more chances of hitting some vital spot.

On the first evening after our arrival at the camp two men went down to the river and killed about eight turkeys, but they were too heavy to carry home that night. I started the next morning after receiving a description of their location, to bring them in with our pony. I had no difficulty finding the place where the turkeys were hanging in a tree. After tying their legs together and throwing them across the saddle in front of me I took a shortcut through the woods for camp.

According to my calculation I was about one-quarter mile

from camp, where I expected to strike the river again. At that moment I was thrown into confusion by the voice of the man I had left in camp. The voice came from my right and the man seemed to be in great agony and in need of speedy relief. I hesitated, as I had thought the man to be in camp, and that I had lost my bearings. I concluded to keep on my course for a short distance to see if I was wrong. The horse was urged to full speed and I saw that I had not been mistaken in regards to the location of the camp. But the man was not there, nor anywhere near.

The voice was now stronger and two shots were fired in quick succession. My turkeys were thrown to the ground in camp and the pony given full rein in the new direction. The possible fate of Absalom stared me in the face at every jump as the pony passed under branches and through bush and thickets. I came to the man with the full expectation of seeing him combat with a bear or puma. He welcomed me with a sickly smile and claimed to be very tired, but would not admit that he was lost and went through all this vocal exercise to attract somebody's attention in order to get back to camp. I let him mount the pony and took him back to camp which, by the way, he never left again for another hunt, preferring rather to tend to the camp duties than go through the same ordeal.

The same afternoon I kept on hunting until way after dark when I started for camp with two turkeys hanging over my shoulder. The night was clear but it was impossible for me to see the north star on account of the trees. My compass had been borrowed by some of the other men and I was consequently left without a guide. My only means of telling the north was by the moss covered side of the trees, which I examined every couple of hundred yards by the light of a match. In this manner I came to the [dry] bed of the river and here found the [downstream] direction I had to take by the leaves and branches which a flood had washed down the stream and deposited at projecting points near the bank. [Near camp] was the feeling of a warm current of air originating from our campfire which I struck when yet a good distance away.

The next morning we arose early to get a last chance at the turkeys but they were now so wild that we met with little or no success and returned to camp empty-handed to prepare for the home trip. Our return from the hunt was accompanied with only one or two breakdowns. We found at our arrival that the other parties had been comparatively less fortunate [with] only six or seven turkeys to the company to our eleven.

I recall another of our Caddo trips where a detachment of soldiers were sent to receive a number of recruits destined for the different companies at the fort. Those trips generally lasted fifteen days and were mostly in charge of a commissioned officer. We had on this trip, shortly after Thanksgiving day, the most delightful weather, while the hunting was excellent.

Wild geese of great numbers were found in the Washita Valley, we killed more than we could eat. This was also the time for pecan nuts and we found the trees so full we could gather enough from a small tree to last us for the balance of the trip and to give to every man in the company after our return. The nuts on the trees in the vicinity of Fort Sill were all worm eaten and consequently useless.

We found our recruits already awaiting us at the railroad station and we took them to a convenient place to camp. Oh what a variety of humanity, from a very intelligent society man, to Darwin's missing link of some backwoods — just fresh from the farm, with a frame and walk like a cart horse, back like a camel, with brains to match a monkey. Another was from the Puritan City in the Bay State, a real Yankee "by gosh." He read too many dime novels, poor boy, and wanted to go west to kill Injuns, and wished he'd never left home. There stood a young man, apparently from a better class and more intelligent than the general run. He had both hands in his pockets and a languid look about him as he gazed over the camp or stared into the fire, apparently dreaming of the nice home he had so recklessly thrown away, where his wish was law, and where he never knew any other will but his own, a loving mother and sisters left behind. We hoped he would do better when his time of service was expired – if he didn't leave before.

We found men without the least knowledge of the English language who had enlisted after unsuccessful attempts to obtain work. [One] said he wanted to join "soldier boys," a very dubious honor, another had to leave on account of a girl. We found men of intellect and stupidity, sons of congressmen and sons of farmers, rich and poor, men who are willing to work and can not find it in civil life, men who are looking for work and hope that they never may find any: gamblers, thieves, cutthroats, drunkards, men who were formally commissioned officers. There was a combination and variety of stock which, under careful training, had produced some of the best soldiers on the frontier.

The recruits in camp had their own mess and we took a walk to their fire to see how they progressed with baking. They had built a large fire with enough coals to roast an ox. The ovens were completely covered [with coals] and their burning bread filled the air with smoke. We naturally gave them all instruction required.

That evening some of the most timid recruits came over to our camp. They wanted to know all about Indians and the dangers of prairie life. A couple of our best yarn-spinners made the poor fellows think that their hair wasn't their own when outside of the camp. This might have been wrong, but it surely served as a check for those who had any inclination of deserting or leaving camp to go to town.

We remained at the camp for a few days longer to give men and beasts a rest before starting home. The home trip was made without any hindrance or special occurrence, except with one remarkable case of losing. I was returning from a hunt and could hear the voices of the men when I met our officer in charge who asked for directions to the camp. He was apparently lost and was skylarking on the outskirts, in search of the camp. A nice officer to command soldiers on the plains, I thought, as I escorted him back to his tent.

The recruits were assigned to the different companies by the commanding officer after our return to the fort. The noncommissioned officers had not an easy task to drill and instruct them in the science of military tactics to make soldiers of them. It required more than public school teacher's patience to do this, as I have myself experienced it.

Fires were seldom at the fort and we only had two while I was there, both in the winter. One was at the post hospital and originated from an overheated stovepipe, but was timely extinguished [with] very little damage. The second one took place at the haystack and destroyed hundreds of dollars worth of hay.

The night was bitter cold and we were comfortably sleeping between the folds of our buffalo robes when the bugler on duty sounded the fire call. In less time than it takes to write we were in line in front of the quarters, awaiting orders. They were not long in coming and we started for the seat of the fire at the double-time. The haystacks were over one-half mile from the barracks. Although a well-beaten road led there we stumbled over rocks and tumbled into ditches at a very lively rate as we had nothing but the glare of the fire to guide us. We found all the hay on fire and nothing for us to save but the fence. We stood with shivering bodies before the fire while a norther blew through our thin clothes and shook the marrow in our bones. The thermometer, inspected while working, [showed] twenty below zero.

The fires lasted four days and nothing remained of the hay. Nobody knew how the fire started. The sentry claimed to have seen a man running away and fired at him, but it might have been himself, seeking shelter behind one of the stacks and attempting to smoke. One curious sight connected with the fire was a stampede of skunks. Hundreds of these animals had made their winter quarters under the hay and were driven out by the heat and smoke. They were rushing madly between the burning stacks from where the heat drove them back to their burning nests again, to perish in the flames.

In the first part of February a dozen of us, accompanied by the post interpreter, under the charge of an officer, started in the mountains to exercise our muscles in chopping oak trees and splitting fence rails for a new garden at the fort. We all started in good spirits. Sun Bow's camp, a Kiowa chief who had a contract to furnish wood for the fort, was passed on our way to the "picket camp" in the mountains. The place was in the heart of the mountains to the west of Fort Sill, at the foot of one of its highest peaks, surrounded by a forest of post oaks. The peak was called Sheridan's Roost and was one of the most abrupt mountains in the range. Its summit is accessible from only one side and was about 1200 to 1500 feet above the camp. The stream passing at its base was Medicine Bluff Creek and formed a junction with Cache Creek at the fort.[6]

Our work was comparatively light and we had plenty of time to hunt and roam around. One day a friend and I concluded to make an ascent of the mountain and we gained the summit after a long circuit and difficult climbing. We stood on the brim of a couple of hundred feet high precipice. A few cedar trees had found a foot-hold between the rocks of the cliff while the slope below was covered with bush and small scrub trees. A couple of flocks of turkeys were seeking food while bear slept in the caves between the rocks. Pumas were the masters of the rocks to our rear and kept a small round valley clear of any game, while deer selected the rich grassy slopes of the larger valleys for their home.

To our right, past the highest mountain in the range, Mount Scott, we [could] see, eighteen miles [away] the bright buildings of Fort Sill with an endless rolling prairie beyond – a magnificent view! Hostile Indians had, in former years, their strongholds in these mountains and many a battle had been fought in the narrow ravines. We frequently met places where the troops had their fortified camps, or where fights took place with the Indians, [finding] equipment of soldiers and Indians scattered over the battlefield.

Although the work was hard the time passed pleasantly and I had every opportunity to pass my time hunting along the creek after turkey, or in the valleys after deer. Traveling Indians frequently paid us a visit, asking for tobacco and "chuck away." The latter appeal was made more plain by cutting across their stomachs with their hands which generally produced the desired effect and they were furnished with what ever there was left of the last meal.

I remember one young Indian who came to our camp claimed to be a good shot with his bow. He was brought to task [by a] promise of every coin he could hit at a distance of thirty feet. He did better than we expected and we discontinued the coin shooting as a bad investment on our side. He was promised a square meal if he could hit a cap in the air. A new cap was furnished willingly by a recruit who had been led to believe by us that the Indians were bad marksmen with bows and arrows. The cap was thrown up and we all thought he had lost, but a hole was found through the middle, to the great sorrow of the owner.

Our stay at the picket camp was soon to end as a courier arrived from the fort ordering the men from our company immediately back. After our return we found the company busily engaged in packing boxes. The company had been ordered to Fort Gibson, Indian Territory, about 300 miles northeast. We [were] to start the next morning to walk to a railroad station in Texas, from whence we were to take the train. Transportation was furnished for the necessary military materials only. There was no corner to pack my carefully collected pressed plants, or money enough in my possession to express them to a safe place. They had to be left behind and abandoned to the wind and the cows.

7

· · · · · · · · · · · · ·

Fort Gibson, 1880

The wind was blowing strongly from the north as we left the place with almost three years of pleasant recollection behind, directing our steps to the south. [We took] one more glance back at the place we entered three years ago with the firm conviction of finding wild men in this country on the same level with beasts, but instead were welcomed by a race who in every respect were equally intelligent to the Caucasian.[1]

The sun was getting warmer as the road led us across the dry rolling prairie with nothing to ·break the light brown glare and the vibrating heat of the surface, while we in our march suffered from severe thirst. At last we saw the dark line of timber [to be] the campground. Our throats became dryer and dryer and the distance seemed to increase as we walked with more vigor to cover the uniform level between us and the creek.

A few hours later, after a refreshing rest in camp at Beaver Creek, I mounted a horse to cross the prairie to pay a neighboring village a visit, but the horse meant different. With bit firmly between his teeth he raced over the country, regardless of trees, ditches, and all my attempts to hold him. At last, after a wild chase of a mile or two, he agreed to go where I wanted.

My appearance at the village seemed to spread consternation amongst the quiet villagers, people were excitedly running to and fro, keeping their eyes on me as if the evil one had appeared in their midst. Well they might be frightened by the presence of U.S. troops so long as they were setting on forbidden ground in the Territory, consequently living under the apprehension of being expelled and driven from their present homes by the government.[2]

We left the creek the next morning with our canteens filled with clear cool water in forbearance of another day of suffering. The heavy fog which had been hanging over the earth all morning turned into steady rain, soaking our clothes thoroughly, filling our shoes to the brim. We tried to take the situation philosophically and look sheepful. Under this favorable condition for a drunk we crossed the Red River into Texas and entered a small village. The few saloons and grog shops were soon crowded with soldiers who invested what little money they had in whiskey to keep the chill from their bones and prevent further rheumatism.

After a reasonable satisfaction most of them followed the wagons into camp, while others remained and misused the confidence given them by their commander. It was a miserable afternoon and evening for the sober ones in camp. After pitching a tent and changing clothes I scrambled out to obtain the names of the men who were going to be on guard with

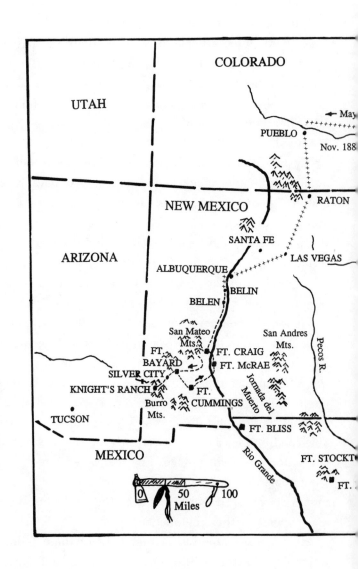

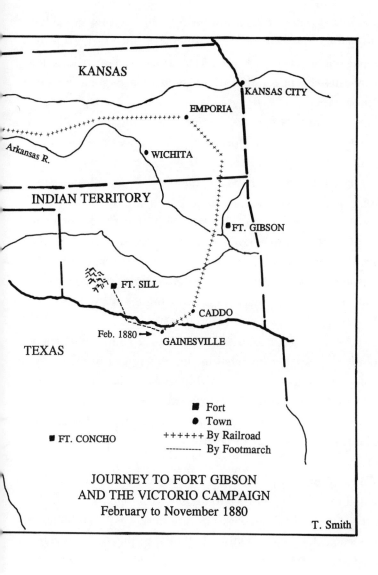

KANSAS

KANSAS CITY

EMPORIA

Arkansas R.

WICHITA

INDIAN TERRITORY

FT. GIBSON

FT. SILL

CADDO

Feb. 1880 → GAINESVILLE

TEXAS

■ Fort
● Town
++++++ By Railroad
---------- By Footmarch

■ FT. CONCHO

JOURNEY TO FORT GIBSON
AND THE VICTORIO CAMPAIGN
February to November 1880

T. Smith

me that night. The sights I met were anything but desirable. [The] camp under a couple of inches of water; a newly created muddy stream passed close by; cooks trying to build a fire; [a] drunken sergeant and men swearing and fighting; a soldier pitching a tent [for his] family, while four or five little children cowered under a tree to keep dry; a drunken man striking his wife because he has nothing else to strike at — such is camp life on a rainy day.

The morning opened as pleasant as a spring day to all who had been temperate the foregoing day. It was discovered at roll call that a great many men were absent. Some had returned to the last town for a drink, or had walked ahead and were waiting at the next town for us to pass. [A] few [of the] first arrived in time to march with the camp, but the latter were arrested as the camp arrived in town. Here was another disgraceful display of soldiery, over half the camp had to be put under guard, behaving in a very disorderly manner. Strict measures had to be abided to control some violent prisoners, while others lay down and refused to move.

Thanks to the cool collected action of the commander there were no more serious breaches of the men after this. Although we had to suffer more or less under the strict order drawn over the camp by a few drunkards, we were perfectly willing to have a little restriction put upon our liberty and complete our journey in peace, as to be still more disgraced in the eyes of civilians.

We were on the platform of the depot at Gainesville, surrounded by a guard to prevent any man from going into town, when a dish full of fat pork and crackers was brought to us by the cooks for supper. Only a few men displayed an appetite that evening, owing to the presence of some ladies in the windows above, and the civilians around us, who stared as if we were a set of wild beasts caged up behind iron bars and exhibited for two bits.[3]

What a relief to us as we were ordered to the car, away

. . . .

from the eyes of the civilian idlers. One night's comfortable sleep in the cars and we entered once more the Indian Territory. Here the orange vendor entered the car and offered fruit for sale – twenty-five cents an orange, and for one [dollar] the orange was filled with whiskey. This was only one of the numerous devices to smuggle whiskey in small lots into the Territory.

We left the cars at Gibson Station and pursued our way past Indian farmhouses and forests, after having [been] thoroughly soaked by a thunderstorm crossing the ferry at Gibson. What a miserable place we thought as we entered and took possession of the fort. A two-story wooden barracks with a cistern in front and rear [stood] on one side of the parade ground. On the other side the officer quarters [were] situated. Visa via of these was a small miserable looking shanty destined [as] the guardhouse. Back of this place, adjoining the post garden, a space where banks of cart wood were stacked.[4]

Fort Gibson was situated in the Cherokee Nation, on the left bank of the Grand River, two and one-half miles above the confluence with the Arkansas River. There was very little prairie in this vicinity. The fort stood on a little elevated ground on the banks of a lovely stream which passed at the foot of the hill where, in former years, boats were anchored. Hills and high bluffs lined the river to the north, while to the south the country became more level and marshy. Heavy fogs and mists hovered over the water after sunset and in the mornings.

Innumerable wild ducks bred in the high grass and reeds along the river and creeks. The waters were well stocked with fish and soft-shell turtles. Deer, panthers, and turkeys gave life to the forest which covered the hills and valleys where, day and night, birds sent forth their melodious songs. Different varieties of squirrels hid in wild plum and apricot trees, while poisonous reptiles coiled under blackberry-and dewberry vines.

. . . .

The town of Gibson lay on the foot of the little hill on which Fort Gibson was located. [It] had a population of four to five hundred with two churches and schools. The principal buildings were a brick store, a frame store, a steam mill, one drug store, and the private residence of Bushyhead, the principal chief of the Cherokees. Isolated farmhouses, surrounded by peach orchards, [were] here and there, and a mile beyond we saw the flag of a national cemetery playing in the breeze. Standing on the rocks at the creek [we] watched a herd of cattle swimming across the river. In the place at the ferry where we saw the cows crossing soldiers had lost their lives from diving off the boat and striking the sharp pointed rocks below.[5]

It was here that we witnessed the baptism of negro women. I don't think there is a religion better suited for that race than Baptist and Methodism. The congregation slowly walked down the narrow road to the edge of the water, singing hymns. The minister selected a secure place in the river and, aided by an assistant, baptized an old woman, who went through the ceremony quietly. The next one was a young mulatto woman with [a] prepossessing appearance, dressed in a long gown or night shirt. Slowly she walked to where the minister stood, singing her hallelujah, but stifled by the dunking she wildly threw up her arms and burst forth in, "Ah Lord, I is baptized!" Carried back to the bank by the assistant, she changed her gown, while friends held up shawls as a protecting shield against "mean" eyes on the banks above.

After our arrival at the fort we did not see the sun for three or four weeks. Our outside enjoyments were naturally very limited so in order to repay us for our loss we made arrangements for a grand ball, inviting all the "aristocracy" of the Cherokee nation, that is a select few of the Indians, besides the farmers in the vicinity. Naturally disappointed to swing to the reputation of soldiers in general these "select few" remained at home. Nevertheless we had a splendid time and found the girls pretty, intelligent, and well-educated, besides extremely modest.

The seat of the government and the high schools were at Tahlequah, twenty-eight miles east of Fort Gibson, where their only paper was published. The *Cherokee Advocate* was printed partly in the Cherokee language, the types of which are a mixture of English and assumed letters. The principal difference from a civilized nation were the laws, yet very incomplete. Only the school laws were strict, but the execution of the law for murder was loose, when comparing it with the laws of the New England states.

In summer they had their old Indian dances, altered a little. The right of settlement could be gained through marriage in the nation, or by paying a heavy fee to the nation fund, which was payable yearly. The slaves of the Indians, when set free, assumed the rights of the nation. Remarkable was the beauty of the Cherokee and Chickasaw women.[6]

I was on guard when a man was brought to the guardhouse for disorderly conduct and placed under my charge. He had my utmost confidence. Taking advantage of this he made his escape, going direct to the saloon, where he was unfortunately seen by my captain before I could recapture him. My goose was cooked, I thought, as I saw the prisoner brought back to the guardhouse, but after a satisfactory explanation I was permitted to go free of the punishment which invariably would have been the consequence of permitting a prisoner to escape.

The same afternoon I arrested three negroes for malicious conduct and placed them in the strongest cell, with the intention of giving each a twenty-five pound log to carry for an hour or so. One of them complained about a dislocated shoulder which at first seemed to be so, but proved a willful action after a careful examination.

The following morning a man was ordered to the parade ground to hoist the flag. Through his stupidity the flag went to the top of the pole without any means of lowering it. A man at last volunteered to climb the swinging pole and brought the flag down after a desperate struggle. A sigh of relief went from everyone's heart as the man returned the flag to our midst without having come to grief. Nobody imagined what a narrow escape the man really had from being dashed to pieces on the ground below until we saw the pole laying on the ground the next morning, blown over by a heavy storm during the night.

We went to the river to rebait a fishing line with about fifty hooks we had stretched across the water where a catfish of sixty-five pounds had been caught that morning. Finding nothing on the line, we hoisted a small sail on our boat and went flying up the stream, until we came to a place where the combined force of the sail and oars were insufficient to overcome the swift descent of the water. We were compelled to draw the boat by a rope past this rapid. During our stay at [Fort] Gibson I frequently extended my fishing trips further up the river and adjoining bluffs. One day I saw a red and black snake with black diamonds lazing in the road, sunning herself. Thinking that I had a harmless water snake I walked close to kill her with a stick. How great was my consternation as I heard the rattles of rattlesnake under those harmless coils, which she gradually unrolled, and soon disappeared unharmed into a crevice under the rocks.

I responded to an invitation one pleasant evening in May [and] a friend and I took a stroll after the sun had disappeared behind the western horizon. The vampire bats were enjoying themselves by whizzing past our faces and around our heads. The mocking bird sounded the last notes of the day when a pair of steers harnessed to a carriage passed us at a lively gait. In astonishment of that singular turn-out we returned to the fort.

A few days after the above occurrence we saw an Indian crossing the river. He was attired in a civilian suit, a pistol fastened around his waist, the hair long, falling in curls over his shoulders, [with] a large hat completing his dress. He was drunk and returning from a dance in town where his friends, [at] the risk of their own lives, prevented him from killing a negro whom he was going to shoot, "for the fun of it." This man was the quickest shooter in the country and nobody would believe that that pleasant face and laughing eyes could do more harm than kissing a girl.

Some whiskey was smuggled from Arkansas and Texas, while most was distilled by moonshiners in the Territory and was called "White Mule," because it kicked a man higher than the sky.

After skirmish drill and blank cartridge musketry one day I was setting on the porch reading when my attention was called to a cat whose eyes were steadily fixed on a swallow. We saw the bird let go its hold on the rafter and drop to the ground as if under the influence of liquor, too stupid to fly. The cat made a quick move to get hold of the bird, but [was] intercepted by us. She retired while the swallow rose and joined the rest.

A negro, who had stopped to look at the cat in her bird-charming act, [had] two wives, a white and a black one. He was married to a colored woman and living in Arkansas when he made the acquaintance of a white woman. Deserting his lawful wife he eloped with the latter and settled at Gibson. Traced there by his first wife he accepted her, a reconciliation followed, and they all lived happy and contented under one roof.

[One day] I took up my gun to seek a little variety in hunting. While penetrating the dense forest below the fort my eyes met a fat little porker industriously rooting the ground. The temptation was too great and the opportunity too good to pass this game and look for uncertainties. With a quick bullet and a quick plunge of the knife the work was soon over. I returned to the fort with a "deer" in a gunny sack. A half

hour afterwards saw us going to the theater in town as if
nothing had happened.

Unfortunately for us we received orders to repair for a
campaign in New Mexico and were compelled to abandon our
already far advanced garden, and our new acquaintances in
the neighborhood.[7]

8

. . . .

The Victorio Campaign, 1880

Twenty-four hours after the notice was received we were speeding again over the country on the iron horse, passing villages and farms on the boundless prairie of Kansas. We passed a "city" of new wooden houses facing the railroad, flying through a cut on the prairie where fences were erected as a protection against the snow in winter. [In places] we saw houses of which nothing but the stone weighted roofs were visible above the ground, level country with [no] change of scenery except the low treeless banks of the Arkansas River.[1]

[Once] our iron horse moved slower and slower, blowing

the whistle [at] a young heifer lazing in the ditch along the road while a herd of cattle accompanied by a couple of tame buffalo ran for their lives.

At last we entered Colorado and stopped at a place to change cars. The weather was warm and we went to the river for a bath to obtain a little relief of the heat and the hot sand which seemed to float in the air. On our return some went after [haircuts. The barber] placed a seat cushion across the aisle. My barber was standing in front with his scissors over me when a shift engine bumped against our cars, sending me heel over head in the middle of the aisle, after giving the barber a terrible kick in the ribs.

We were at last fairly started for the south. After amusing ourselves by firing from the cars at antelope, and passing some square mud houses, we got to the foot of a branch of the Rocky Mountains. Slowly we entered a valley and gradually ascended the high hills before us, an extra engine pushing the rear of our three cars. The sides of the mountains were steep, almost perpendicular, and here and there we could see them dotted with the black entrances of coal mines.

We seemed to float in midair as we crossed a gulch on a high bridge. Hundreds of feet below a flowing brook edging its way from rock to rock between inaccessible mountains. Gradually ascending into the higher region we found the trees small and the summits crowned by a cape of snow. At last we penetrated the backbone of the range, over 9,000 feet above sea level. Soon [we] emerged from the tunnel, a broad plateau of New Mexico spread before our view. Our descent was easily accomplished and our train thundered across the plain while the Rocky Mountains, like a row of gray headed patriarchs, kept guard on our right.[2]

We passed Las Vegas [New Mexico] and entered the mountains again, the cars rocking like a steamer on the ocean [as] we held on to the seats to prevent us from being dashed through the windows. [We] descended into darkness after a short stop where the road branches off to Santa Fe.

We awoke the next morning at Albuquerque, a Mexican village on the Rio Grande, [of] about 3,000 inhabitants. The building material was adobe, a sun dried brick. Irrigation ditches of over twenty miles furnished the necessary supply of water for the fertilization of the valley. The principal produce was red pepper, onions, corn, wheat, and grape vines. The wine was brought into the market pure. Mescal, a frequently used spirit of the Mexicans, was made of cactus commonly called the Spanish Dagger.

The houses of adobe [had] rooms of ten by fifteen feet, placed as to enclose a court of forty to fifty feet. Nothing [could] be seen from the outside, except an arched entrance, which terminated in the court. The flooring was made of mud, the interior and courts of the houses were according to the owner's wealth and taste, sometimes magnificently furnished. By the rich the court was nicely laid out in flower beds, with fountains to cool the air. Cloth-covered stone vessels filled with cactus coal [to] purify the water furnished a cooling drink in hot weather. The poorer classes kept their "carras," an entirely wooden wagon, garden tools, and sometimes their stock in the court. Conical ovens of different sizes were at every dwelling. They were in average four feet in diameter. The wash tub was a large clay vessel made of burned clay with a diameter of two feet and a depth of one foot and a half.

The habits of the Mexicans were very different [from] the Americans, especially in old towns. The Spanish and the Indian seemed to be amalgamated in the Mexican. Their only good habit was the cleanliness of their clothing. The dress of the women was similar to "civilized" dress, except in some lonely place or Old Mexico, where they dressed only in a skirt. The men dressed civilized, shirt and white pantaloons. Their religion was Catholic.

Very entertaining it was to attend a Mexican fandango, besides to study the character and music of those people. Their hospitality was their only virtue, they were fond of drinking and gambling like the Indian.

The ass was the universal riding animal all over the country. The ox was yoked by the horns with leather strings to the cross. The shepherd dog was an indispensable animal of the herder, his value exceeding three hundred dollars. Herds of sheep by the thousands were herded only by dogs, nothing attended to by man, except to take meals to the dogs. The sheep, goat, burro, and ox was the wealth of the native. Sheep were frequently used for thrashing wheat and other grain.[3]

New houses were erected at the station as the new town, about one half-mile from the old town. Suspicious looking individuals, followers of the new railroads, were lounging in the vicinity of the provision and mess cars. We were placed for further transport on flat-car freighters with railroad ties. From there we had an excellent opportunity to admire the beautiful Rio Grande valley.

We traveled over a sand constructed road, the speed of the train enveloping us in a cloud of this fine material. We discovered a conspicuous bank ahead which developed into a Mexican village. We crossed the river where the Mexicans, men and women, were bathing together in blissful innocence. Belin was the end of our rail journey and we camped a few days in order to join [together] the wagons which had been taken apart for easier transportation at the beginning of our trip.[4]

Enough leisure time left us for a tour of inspection through a town of ancient looking buildings with a population three hundred years behind present civilization. The materials with which all the buildings were constructed were adobes. We saw what must have been two or three store buildings, [a] town hall, a nicely constructed Catholic church with ancient fittings and carved rafters and doors, [which] relieved the eye of its weary surroundings. A man [was] driving his steers through town with nothing but a white shirt and a large hat to cover his body. It [was] already a puzzle to me how they could get their clothes white in such a dirty [river] which was so yellow and muddy [that our] camp kettle was covered with two inches of sand after boiling the coffee.

In the evening the population gathered for a little musical entertainment or dance, attired in calico loose dresses. Even these were found a little warm [by] the women for dancing, who generally unrobed on the veranda during intermission.

[At] a well with salty water only two feet below the surface, in front of a store, a man with a strangely Hebrew nose and decidedly German accent addressed us as we entered the store. He was the proprietor of the institution, and moreover, with his sect, had the sale trade of the valley under his control. [He] kept the prices stimulated by the formally difficult and long transportation of freight.

Our next move was [to] a saloon and gambling house where fantastically dressed Mexicans seemed to have more money and looks than sense. We went to [a] hall where a fandango was in full blast. The heavy walls and roof had protected this hall comparatively well against the hot rays of the sun during the day. Merry pairs of dancers were moving by the strain of the string band Mexican music. Heavy clouds of dust created by the fast and beautifully shaped feet of graceful señoritas were floating in the air. We returned to camp with pleasant vistas of coquettish women before us.

Early the next morning we started over the country on foot in credit of our nickname do-rays [doughboys?], infantry, to do active duty against a hostile tribe of Indians who terrorized the southern section of the territory and committed depredations in large towns as well as the settlements. Only a few days before our arrival they had set a whole mountain range afire, which was yet burning, descended into a village, killed the population, and drove off the stock. Their number was variable, estimated from 750 to 800. Assuming the smaller number as the one nearer to the truth we still found them of sufficient strength to withstand successfully a large force for some time which may be deemed necessary to put against them, especially as they were commanded by a very intelligent chieftain who had lawless whites in his command to sell the stolen stock and purchase rifles.[5]

The Indians were well acquainted with the country, knowing all the out of the way watering places in the almost inaccessible mountains. The Apaches were mountain Indians and could, if necessary, travel on foot faster than any body of whites in the country. They [wore] buckskin leggings and moccasins with heavy soles. It was said they could run down a young deer in a long run. The Apache, when on the warpath, either laid in ambush or sneaked up on his victim. When in an attack or fight no war whoop was heard. Comanche generally frightened a timid person half to death with their yells, while the Apache prefered to take their enemy unawares.

It was a great mistake of emigrants, when going through a defile or dangerous place, to keep together. An Apache would not attack a party if he could not kill most of them with the first volley, even if the Indians should be ten to one. Their object was to kill, and not get killed. A single man or party could travel with greater safety at night. An Indian was in average a poor marksman with the rifle, especially firing from an elevated position.

A Comanche would shake hands with you before he commenced a blow. [A] Kiowa would seek your confidence through attention, and stab you in a suitable moment in the back. The Mescalero [Apache] never took scalps or mutilated the dead, they even kept their prisoners alive. Only the roaming plundering bands of different tribes mutilated the dead and tortured the living.[6]

They had been on the warpath over one year and, in spite of the endeavors by the negro cavalry regiment and an infantry regiment, were still making noses to the authorities. Unfortunately the troops had to be scattered as small detachments over the territory to guard towns and stations against raids. What was left of the command, including over one hundred Indian troops or scouts, were poorly maneuvered by the commander of the district at Santa Fe who, instead of being at that place, should have been with the troops in the field to act instantly and not leave a splendid opportunity to pass. Receiving information and giving high-sounding orders from headquarters may be well enough in a civilized war, but never against a band of Indians.[7]

We started fresh with good spirit to our destination, but after a walk of ten or twelve miles in the sand we experienced a soreness of feet and a pain in the upper legs. Halt was given and we dropped exhausted under the shade of a tall cottonwood tree. [The] lieutenant, too proud for anything [and who] used to ride in an ambulance, emerged from between coffee kettles and greasy pans on the cook wagon.

After a rest of ten or fifteen minutes we proceeded, soon comfortably lodged in camp, feeling as fresh as ever after a foot bath and a couple of days rest. [This] feeling seemed to improve instead of diminish through the rest of the trip.

[Because] the road was hardly traceable on the sea of sand and hills we had to guess the way. The surface was covered with small waves [like] water, we frequently saw a pipe-shaped whirlwind carrying sand 800 or 1000 feet in the air. The houses and mud fences [were] half buried in drift sand, difficult to distinguish from the surrounding country. Here and [there] we saw Mexicans with bull teams [and] ancient looking vehicles with wooden axles and two heavy wooden wheels. The steers were bound with rawhide to their horns to a crosstree of the "carra" while the drivers walked along with a pole in hand.

We saw a magnificent forest of deerhorn cactus ten or twelve feet high, covered with innumerable red flowers, which gave the appearance of a tall rose garden. This cactus was frequently used by the Mexicans for the construction of hedges around exposed fields.

We moved along the ground with our eyes on the tracks of the man ahead of us while a hot air, constant from the south, dried our throats, filling our lungs with sand. At last we were in a place waiting for the wagons to come up [to camp], but owing to the contrariness of the commander, who was in one of the wagons under strong stimulation, he sent a messenger ordering us back three miles to a place where the wagon had gone into camp. There laborers were engaged in cutting trees and clearing track for the construction of the railroad. Not far [away] a large colony of beaver had built a dam, gathering the scanty waters of a small spring.

The tents were soon pitched and blankets spread in the sun for an airing to clear the rattlesnakes and tarantulas who might have secreted there during the previous night. After a foot-wash and a meal of "Cincinnati chicken" and hardtack we went out for a hunt or retired for a game of cards. At sundown we retired with nothing to unrobe but the shoes and blouse, the gun and cartridge belt placed conveniently on the blanket.

Early in the morning, long before daybreak, the bugle awoke us for reveille. The tents were struck, the blankets rolled, bacon and crackers consumed, and we left camp twenty min-utes after the first sound of the bugle. We never washed our faces in the morning while on the road for fear of softening the skin or catching cold in the eyes, but we always made it a rule to bathe if possible in the evening.

We stopped at Fort Craig, awaiting further orders from district headquarters, giving ourselves a general hauling-over in the Rio Grande. Our clothes needed a wash and we started for the river armed with a bar of soap, the river high, muddy yellow water passing through the channel at a great fall. Into this water we took frequent plunges from the bank while we were waiting for our washed clothes to dry in the sun.

The fort was situated on a little hill on the right bank of the Rio Grande. [The] quarters, built of adobe, were in a decaying condition. The post was the only one on the frontier with proper earthworks, all other forts were merely quarters built in a square.[8]

West of Fort Craig the dark mass of the San Mateo Mountains could be traced on the horizon for a considerable distance. South of the plateau ran a plain on which in former years hundreds of Spanish troops perished for the want of water and has since borne the name "Journey of Death" [Jornada del Muerto]. East of the fort [was] a dark mass of mountains with abrupt deep cuts, [Sierra del Oso].

Stopping at the fort and also awaiting orders was a scout by the name of Jack Crawford. "Captain Jack," as he was generally called, had a beautiful entirely white Newfoundland dog who shortly after our departure saved his master's life from a watery grave while the former was bathing in the river and got overpowered in the quicksand and stray current.[9]

Orders were received by our captain to scout the [San Mateo] Mountains [to] the west for Indians. We found ourselves on our way the next day. The heat was intense and the air dry as we walked over the hills or through the sand in the valley. It was in one of the latter places where I passed the remark that some people had their brains in their heels, for which I was placed under arrest by a sergeant who thought my remarks referred to him. For this he received a reprimand from our captain while I was released after our arrival in camp. I and two other men were selected for advance guard as the troop entered the foothills of the San Mateo Mountains, to prevent any contemplated surprise by the Indians while the men were engaged in lowering the wagons down steep hills.[10]

The camp was selected at the head of a deep canyon which in former years, judging by the work on the eighty-foot wall, must have been the outlet for water from the San Mateo, whereas then only a little water appeared at the surface which was honored with the name Nogal Spring. The flow [was] greatly improved by clearing the water hole of its slimy substance, lining the sides and bottom with gravel, and placing charcoal on the bottom to purify the water. Shelter tents were erected by some men in the middle of the ravine, while others less particular selected caves, the retreats of innumerable rattlesnakes, for their abode.

The range still seemed to be in the hands of its original owners, the Indians. Very few ranchmen let the cattle or sheep enter the meadow in the foothills. Very little use was made of the forest in the mountains, [and] the prospectors in search [of] precious metals seldom penetrated this region. During the time of occupation we experienced a feeling of separation from the rest of the world. We were prevented from obtaining a fresh supply of tobacco, smoking dried walnut leaves as a substitute.

Small forts or redoubts [were] erected as breastworks and every precaution taken to guard against a surprise by the Indians. Pickets were thrown out every night in the ravines and different approaches to the camp, in addition to a permanent guard on top of one of the hills.

Up this hill we went one evening to relieve the guard and take their place for the next twenty-four hours. After a few rests and many puff-outs we succeeded in reaching the summit. We were six to seven hundred feet above the camp in a place hardly large enough for four men to lay down, only accessible by one narrow path. From this little natural fortress protected by perpendicular walls we kept guard day and night over the safety of the camp below. From there we saw at night the fire telegraphing of the Indians in the mountains, and watched their signaling with smoke in the day. But we were safe and well provided with ammunition in case of attack, in fact didn't need to fret about Indians or their signaling so long as our scalp locks were in place, nor holes through our bodies.

We gathered some of the thick flower stems which grew

on the sides of the hill on rosette-like cactus [to] support a blanket for shade over our little fort. Our attention was drawn to a piece of paper which ascended from the camp and carried six hundred feet over our heads, descending somewhere on the plain. We [later] learned that a whirlwind passed over the camp and took a paper from the hands of the company clerk who had just emerged from the Captain's tent with the payroll [list] in his hands.

The sun disappeared behind a black cloud from which a heavy rain soon poured down. Our blanket roof was useless and I found shelter in a small cave. After the rain [I] was climbing back when I heard a rattlesnake above me. My position [on] the precipice was [too] dangerous on wet stones to stand much agitation so I returned to the cave and called to my friends for assistance. The snake [was] killed, a beautiful dark green reptile with black velvet stripes, nine rattles and a button on her tail.

A few days afterwards I was on picket guard in one of the ravines, rolled up in a blanket and laying between the rocks with my blouse for a pillow. The [other] sentry was cautiously moving about watching the different objects in the neighborhood. Indians frequently when advancing for a night attack carried a bush in front of them to prevent detection. Everything was quiet except the call of an owl in the canyon. Without previous introduction some coyotes came up and started a concert at almost arms-length from where I was concealed. I enjoyed the entertainment as well as I might in that lonely place, besides [being] the evidence that no other grisly beast or Indian was near. A puma or Mexican leopard appeared on the scene with a roar. The coyotes broke up their concert very unceremoniously and beat a hasty retreat while I, with gun in hand, looked for the beast. But it did not [show itself] and everything was quiet for the rest of the night.

The following day a friend and I went on an exploring tour down the canyon and were richly rewarded with a string of small trout caught by hand under rocks in the pools of fresh water. We [found] the remains of a small sheep which only a few days ago had been stolen from a herd on the plains by a large grisly bear. We turned out for a bear hunt but there were too many green hunters and too much notice for the bear to wait for us to shoot him, so we returned without having seen a thing.

At our arrival in the mountains we noticed a young hog which were known in Texas and the Indian Territory as the razorback, having a sharp pointed back with a long snout, and were considered the poorest breed. This little porker [was] quite tame, becoming the pet of the place. He was permitted to live on account of his leanness, picking up the wasted grain to fatten himself for future usefulness.

Besides this porker there were daily visits of cattle and other animals at our spring. There was only one narrow gate in the rock [to the spring] large enough to permit one animal at a time to pass through. This place was selected as the best for appropriation. [The] suitable animal was hit with an ax [and] the carcass easily strayed where the wolves would clear any evidence of the slaughter while the meat was taken to a cave and secreted for our daily use. We were compelled to keep this secret or pay for the cattle we ate owing to the occasional visits of a ranchman who had been engaged by the government as a guide for us, and who, by the way, was always fed [only] bacon whenever he put in his appearance at the camp. The object of our staying at the spring in the first place [was] to protect the stock ranches.

One pleasant morning we left camp provided with a canteen full of water and a couple of pack mules, starting for a scout through the mountains. I and two more were again selected as advance guard to prevent surprise by the Indians. We advanced steadily, directed by the guide, keeping a sharp lookout. After a five or six mile walk we were relieved by another advance guard. We arrived at the foot of the range and entered a pine forest. We climbed steep hills and passed under high bluffs on our way to a spring way up in the mountains said to be guarded by Indians. Now we were coming down to business, frequently using our hands to climb over rock. Even our captain, who at first attempted to scale the mountain [on] a mule, had to come down and use his legs a little.

In spite of that exhaustive work and empty canteens the men kept cheerful all the way, jokes passing by those whose tongues were not too dry. Even the mules, packed with our rations and one blanket for every man, needed very little urging as they followed us in a zig-zag up the mountain. Everything went well until one of the mules lost his foothold and fell, mule and cracker boxes chasing each other as they rolled down the hill. Fortunately his life and the crackers were saved by some small trees in the path.

After hours of hard crawling we gained the summit, taking an extended rest while a man and our guide volunteered to go to the spring to bring water on their ponies. [This] was the place where the Indians had herded their stolen sheep and cattle for which the signs on the ground gave sufficient proof. We waited patiently for an hour for the return of the scout, during which time we experienced the effect of an elevated position, shaking with cold. The party at last returned but without water, the scout confessing his inability to find the spring.

There was only one thing for us to do, to return to a spring which we passed in the morning three miles from our permanent camp. The command was accordingly given to retrace our steps. On our way back no precautions were observed when there was the most danger of being surprised by Indians and massacred. The commander and everybody else went their own way, only thinking of themselves and their individual wants. How easy it would have been for a small number of good marksmen to do effective work in our ranks, killing a great many before we could have realized and avoided the danger. We learned afterwards in one of the Mexican towns that the Indians had been within one hundred feet of us as we scaled the mountain that morning.[11]

We were fortunate reaching the water without a more serious mishap beyond that of a little fright, which happened when we were within a half-mile of the spring. It was getting dark as we heard a sharp quick report of rifles in front. Our first thought was that the Indians had taken possession of the water and were now defending it. Our thirst was temporarily gone and we prepared for a little fun with the redskins, everybody being in anguish for an engagement, preferring rather a good fight to walking for days and nights through sand and hills. But less dangerous "game" than expected, deer, came into the evening to the spring and were surprised by our men who blasted without killing anything.

All of our men arrived but two, one was considered the meanest man in camp and disliked by all, receiving now very little sympathy. He was always without water, being too lazy to carry it, in the habit of depending on others for drinking on all our marches. He was generally accommodated by kind souls but [that] day left high and dry. It was a pitiful sight to look at, going from one to another begging for only one drop but there was no pity, everyone recalled all the water they had for themselves. Late that evening he arrived in camp with the other man, more dead than alive, finding all the men asleep peacefully, with the exception of a few timid ones [who] selected an isolated bush for their bed with the hope of being overlooked by the Indians in the event of a massacre.

In the morning we returned to our permanent camp without having anything at all accomplished. Another party sent out afterwards returned with five or six Indian ponies and a mule which they had found in the mountains.

It was July and the middle of the rainy season. A storm or

two was the order of the day, making camp life miserable for those who were living under their shelter tent and had not been fortunate enough to capture a cave. But relief was near and one rainy morning we left the mountains and entered the sunshine on the plains to go to a stage ranch in the extreme southwestern portion of the territory.

We went back to the river again a little better provided with transportation since the capture of the Indian ponies. The little mule proved himself a very intelligent and useful beast through the rest of the campaign. He would follow us all day with our dinner and a keg of water securely strapped on his back.

After following the course of the Rio Grande for some time the Captain took a cut-off across the plain between the mountains and the river. We found the road smooth and hard as a boulevard or park drive, but equally hard on feet and legs. After an hour's rest it required at least one mile to ease the stiff limbs. Deep drains of considerable depth ran over this plain, their existence not perceptible until we were within a short distance.

We were camping in one of these drains, not far from a Mexican village with a name as long as the town, when our second lieutenant caught up with us. This poor fellow was a complete wreck from marching. After our arrival at Fort Craig, after riding on the camp kettle in the cook wagon, he had an opportunity to go on sick report and get excused from further duty, which kept him at that place while we were in the mountains running after shadows.

Vegetables were slim, bacon and hardtack plentiful on our march. One or two of the ponies we had captured in the mountains could hardly be used for anything and some of us were sent to the village with orders to sell them. With a reasonable amount of money, ten dollars, and a sack full of onions we returned to camp perfectly satisfied we had not got the worst of the bargain. Here the nemesis of heaven over-hauled us and a thunderstorm crashed over our heads, blew down the tents, water swamping the place.

Good spirit prevailed and as much fun as possible was drawn from the situation. While we were putting up our tents again we could see the men and women in the town climbing up on the houses and repairing the roofs with mud. It seemed as if we were going to get the full benefit of the rainy season, although we had been informed on the Rio Grande that there had not been a strong enough shower for three years to wet clothes. We were inclined to brand all the Mexicans as a set of liars. But this was easily explained, in fact [there] had been very little rain in the valley of the river, while only a few miles away heavy showers were daily falling in the mountains.

The next day found us walking two by two with our guns over shoulders to see more of that strange country. Our path led us past another town where we saw a man standing on top of a wheat stack with a long pole in his hands while dozens of sheep were running, thrashing the wheat spread around the stack. The wheat was spread on cloth exposed to the sun while a man industriously cleaned it. We passed a sage bush, breaking off some of the needle-like leaves for a tea in the evening. We camped on a river again a mile or so from a large Mexican town where the Indians only nine months [before] reduced the population one-third.

Newly created rivers from the mountains made a swamp of the usual meadows, the wagons sinking up to their axles in mud. We had to unload the wagons and carry the car-tridge boxes at the worst places. [The] men crossed a rivulet on two unhitched and most gentle mules, while one, proud of his superior horsemanship and under considerable "blow-ing," mounted a kicker. No sooner had his legs encircled the body of the animal [than] the spirit of the mule was aroused with one short jump followed by a high kick. [The] man went flying through the air with his gun across his shoulder, going

head foremost into the mud, leaving nothing but heels above
water to indicate where our rider disappeared. With assistance
he was extricated and prevented from eating more mud than
was good for his constitution.

At last we were past this morass and westward to the mining
region, entering the foothills of the Mimbres Mountains where
the town of Hillsboro was situated. The town was a very
important and flourishing mining town before the Apache
went on the warpath. The stamp mills and other machines to
work the ore were not working and the few miners who
lingered were idle. The prices of articles and vegetables were
enormous.[12]

From there we passed through the richest, most fertile
section of the territory. [Around] a lake some [sixteen miles]
distance south of the town was a beautiful valley about a mile
in circumference [McEvers Ranch]. Small hills surrounded the
valley from where the Indians laid siege to a house in the
center, succeeding in compelling the occupants to abandon the
house and leave their fields to the mercy of the hostiles. Two
Irishmen were captured by the Indians and compelled to herd
their stock all day without being offered any food or water,
or permitted to wear their clothes, but were graciously excused
in the evening and directed to leave for their homes.

To the Black Range we directed our steps and soon camped
on the divide at [Mule Spring] many feet above the level of
the sea. Twenty-one miles from Mule Spring was Hot Springs,
sprouting out of the ground on the top of a little hill, twenty
feet high, caused by the deposits of the water rich in iron
and other minerals. The temperature of the water was 160
degrees Fahrenheit. Bath houses and a hotel were erected on
the foot of the hill for the accommodation of the sick. A
garden, irrigated by the surplus water of the spring, furnished
necessary vegetables. The only drawback was the scarcity of
shade trees. An alley of trees [a] few years old was yet too
small to afford such.[13]

Fort Bayard, twenty-one miles from Hot Springs, was established in 1866 in the center of the southwestern mining district of New Mexico. The houses were built of rocks and adobe. After stopping for a few days we continued to march to the principal city of the district, Silver City.[14]

[Silver City] was situated in a beautiful valley where here and there we saw the entrances of the mines on the slopes. The city was a composition of Mexican shanties and frame houses. The frame houses, with the exception of a few private dwellings, were hotels and saloons fitted up in grand style. One of the latter even went so far as to bring a piano to these wild regions and place [it] in the barroom. Of the Mexican houses, some were the usual mud while others were constructed in the shape of the letter "A" with the reed-like leaves of cactus used for the roof.

We camped on a small creek at the outskirts of town and some of the men went in, got drunk, and were put in the lockup, while others entered dining halls and were bounced for not paying. A friend and I visited two stamping mills operated by the last syndicate running, our pockets loaded with specimens of fine silver ore. [The mills] pulverized the ore, washed it, [and] separated the silver with quicksilver, after which the silver was melted into bars.[15]

Leaving the camp the next morning we were marched through town, stopping at a place to take one more drink for fear of never returning alive to take another. Some got more than their share and the consequence was a demoralized mob leaving the town. Even the commanding officer found the beverage too strong for his legs and took an extended rest along the road which kept him in the rear of his command until the next morning when the men were already prepared to leave camp.

The commander was not the only one. Our Frenchman again got lost, took another road and stumbled over human bones under a destroyed house in the mountains. Frightened by this he regained the main road, returning a few days after.

We started on our last days march, crossing the Continental Divide on the southern side of the Burro Mountains, soon settling in a camp to rest after passing over 370 miles of ground, averaging about twenty miles per day, at Knight's Ranch, thirty-four miles southwest of Silver City. We were one-half mile from the stage ranch, living under oak and fir trees, with a roof of tent and flour sack to shelter us against the weather, passing the days as best we could.

Some played cards in front of the tents under a big oak tree, others hunted or ran over the mountains in search of minerals, while some secretly worked with pick and shovel in lonely places, expecting to strike it rich and become million-aires in a short time. At times the men lounged under trees, being taught the signals of the bugles, or drilling by the sound of the bugle. [Others] enjoyed themselves with two orphaned donkeys, going through the feats of a circus performer, much to the amusement of the audience.

Beside us were about one hundred negro cavalry with a large pack train and a camp of about twenty Indian scouts to guard the four or five different Indian trails which the hostiles generally took on their way to the north. Nightly our Indian scouts danced at camp, rending the air with yells, after which they would sleep in a circle with their feet toward the campfire. In the mornings some scouted the country while others amused themselves trying to roll a small wheel past a ridge with a long pole.

[That] these [Indian scouts could be depended upon] for the cause they were enlisted . . . is exampled [by] the man who could not get a shot at the enemy, [and in] anger shot himself, trying to commit suicide. The constitution of these people and the amount of hardship they were capable of enduring was extraordinary. They could travel on foot for forty or fifty miles in a day without taking nourishment, rest, or indulging in a drink of water. This made them, as soldiers, superior to the white who had to carry water and food, which the former gathered along the road as needed. In fact eighty Indians well trained and maneuvered were strong enough to fight a hostile force four or five times their number.

The negro troops in the forts were a success, but in the field lacked in endurance and did not fight as well as the whites. [In] the words of some, "I isn't going to stay there and let them shoot at me 'fo' thirteen dollars a month. No sir! I isn't goin to do it!"

In our own camp the officers were engaged with a small cannon, firing at a high cliff. As if the elements were in with them a heavy thunderstorm drew up, struck the cliffs, and paralyzed our captain and the operator in the telegraph [tent].[16]

[In the] evening preparations were made to place a guard over camp. After relieving a man of duty who claimed to be blind and could not see after dark we went on guard and I placed a sentry with the necessary instructions over the stock. My watch was given to the first one with the order for the last man to wake me one hour before daybreak, the time for reveille in hostile country. The night passed without being awakened and I awoke at last with the sun shining brightly in my face, two horses and my own watch gone. A pursuing party was at once sent after the fugitive, but they returned soon, leaving the man to follow his own way, and time the distance by my watch.

After a month's rest all the troops and my company were ordered into Old Mexico to join the U.S. troops already there to assist the Mexican troops in capturing marauders. I was left at [the camp] in charge of ten men to guard the ranch. Our position was not a very secure one. If the troops failed to capture the Indians they would [have] surely passed and probably given us a call.[17]

That did not worry us, [henceforth] being relieved of all restrictions from the presence of officers and superiors. Our old camp was abandoned and a nice site at a small spring below the ranch selected as the most suitable and strong place for such a small band. Here the site was cleared of rubbish and a strong house erected at the entrance to a small valley, while loopholes in the sides of the house gave it the appearance of a fort. Our victuals were cooked on a nicely constructed oven and the "washwomen" — everyone being his own laundress — found a large rock below the spring a very commodious washboard.

We lived like lilies of the valley, nothing else to do but cook and eat. We were stepmotherly dealt with by the company [first] sergeant, who left us with less than our allowance of rations, compelling us to live on acorns for a while, until our rations were sent from the fort. Then we lived high, that is considering the frontier. We lived like the flowers around us, surplus bacon, flour, and yeast powder were sold to prospectors and freighters, while we bought or traded vegetables and live sheep for our kitchen. The latter supplying us also with bedding, of which we were in need, especially in cold nights of the latter part of our stay.

We were never in want of excitement [to] pass the time. Playing cards was our usual amusement. American and Mexican freighters would stop to fill their water barrels, the first generally drove six mules while the latter had ten mules, four abreast, on the wagons. Bull freighters driving ten or more yokes of oxen also [stopped] when on their way from mining towns in Arizona and Mexico to Silver City. Besides these transients there were horse thieves in the vicinity who stole the cattle and stock of emigrants, or attacked and robbed the stage that passed. Tramps passed daily in quest of a handout. We were overrun by these bums since the construction of the railroad had progressed [within] twenty miles, and could not afford to feed every hungry soul who passed.

[One day came] the appearance of a civilian scout. He claimed to be a government scout on his way to headquarters, but finding us he concluded to be flush with money. With two of my soldiers [he] went on a spree, which I would not

. . . .

have objected, if they had remained away from camp. They
returned to our camp and made it very disagreeable for our
peace loving community. That evening two men from the
ranch, who probably were also in good spirits, came galloping
down the road, yelling like Indians, which seemed to arouse
the spirits of our scout who commenced to fire his pistol in
rapid succession, causing something like a stampede from the
fire where we had been sitting.

The scout, being informed that any such nonsense had to
be discontinued, settled down at the fire and began telling
stories. In this art he was undoubtedly a master. I can not
recall any of his hair-breadth escapades and daring deeds for
the simple reason that I put them down at the start as lies
and consequently passed from my mind as soon as they were
told. Only one thing I recollect – he had killed so and so
many "greasers" this year already and there were so and so
many more to make a hundred. He was undoubtedly a tough
case judging by the pistols in his belt, the lameness of one
shoulder, and his general action. I was glad when his back
was turned upon our camp the next morning.

A scout of our party returned with unpleasant news, having
seen an Indian trail, which sent the whole camp into excitement. More scouts were sent out to discover the whereabouts
of the hostiles who might have been hundreds of miles from
us. One of these scouts returned with the news that a cave,
about four miles [away] was inhabited by a puma.

A panther hunt was exactly what I wanted for a change,
having chased skunks and wolves long enough from our camp.
The next morning bright and early [I] started out, provided
with matches and candles. [At] the cave with a burning candle
in one hand and gun in the other I made my way into the
darkness, while my friend waited outside, ready to assist me
at my call.

I was [proceeding] through [the] edifice when two glittering
eyes checked my advance. I called to my pal to be ready and

come in, waited but [heard] no noise in [the] rear of me, [while] the eyes in front were preparing for an attack. Not caring to take up the combat single-handed I beat my retreat to see what kept my partner. He was gone – nowhere to be seen. Thinking it prudent to hunt him first, instead of the panther, I started up the ravine where I soon caught up with the man. [He] positively refused to go into the cave or remain to smoke the animal out. I abandoned the hope of having that puma's hide for my bed sheet and we proceeded up the canyon for a scout.

Walking a little in advance of my friend I saw an animal hastily leave its course and ascend a hill. My always ready rifle stopped its flight, a well directed bullet sending it rolling into the bush. My first impression was that I had killed a wolf, but it proved to be a female panther [of] six foot, my wish gratified, and a puma skin was to decorate our shanty.

There were also numerous bears, but I never had the luck to meet one of the bruin family, except once. I was one day preparing to leave camp when I saw to my astonishment a big black bear trotting leisurely along the road, turning a corner at our camp. Calling the attention of the others I quickly loaded my gun, [but] saw a man behind the bear – with a rope in his hand with which he was leading the animal.

At all times during my enlistment I had a mania to climb mountains, stroll over the country, gather rocks and flowers, [or] try to bring home everything eatable. I would in stocking feet venture up steep and dangerous places to pluck a flower, [and] in fact commit frolics and risk my life where there was no reward gained. [On] one of these dangerous tours I ascended a steep mountain from where I obtained truly a magnificent view of the country. [Upon] descending [I] decided upon a shorter route to camp. The place was steep and dangerous so I removed my shoes to get a firmer handle on the rocks. Smelling a rattlesnake I made a quick move. In my eagerness to get away from that poisonous reptile I lost my hold, feet went from under me and I went sliding where I intended to walk. Only for my gun, which I pressed against a rock to check my descent, I would have made a well beaten steak for a puma. My descent was slow enough to keep the bones together but too fast to prevent myself from falling into a cactus where I got my body full of needles which took some time to shave off.

We remained [at Knight's Ranch] until November when orders were received from headquarters to rejoin our company at Fort Gibson and further to proceed to Fort Davis, Texas.

Here we had a clear case [of] how foolishly the money of the people, appropriated by Congress for the protection of the settlers on its frontier, was expended by its servants to the gratification of their own individual whim. Our company, or at least the main portion of it under the command of the Captain, was somewhere on the Rio Grande and about two hundred miles from Fort Davis, the point of destination.

Through the mere whim of the Captain [to return to Fort Gibson] we had to walk about six hundred extra miles, besides being transported over 3,000 extra miles by rail, making an expenditure of about 10,000 dollars to the government, for which nothing was gained by the people.

At last we [were] to return to civilization and enjoy the gifts of that institution of which we had so long been deprived. To read once more a newspaper, to listen once more to the sweet notes of music, and to look upon the fools of the refined society. We gave a parting glace and retraced our steps with light heart to join our friends at Fort Gibson, from where we started with the firm belief that some of our comrades would never return, paying the earth with their blood for the benefit of the country and its citizens. But we were safe and hearty without having received a wound from the arms of the enemy, every man answered to his name, except the one who took my watch and lit out while on guard.

Although we were in the heart of a dangerous country we

had the satisfaction to know that our presence was sufficient guarantee for the safety of the inhabitants and sojourners, of which even our own President was one who knew that he was tolerable safe to travel in this country with a strong guard.

We managed to retreat from these dangerous mountains without having lost any of our hair by one of those numerous devils. The morning was cold as our wagons passed between the walls of the Burro Mountains and ascended from where water sought the two great oceans of our continent, passing a couple of freight wagons which had, previous to our arrival, been attacked and burned by Indians.[18]

In Silver City we received a disagreeable addition to our party in the shape of a deserter who, while his company passed here, got drunk and left behind. On our way to the fort we crossed a valley where some time previously I narrowly escaped from having my head blown off. During my last trip to Fort [Bayard] on detached service [I] saw a wolf on the roadside. I took my gun, which had been laying on some corn sacks, loaded it and dismounted to fire. Before I could execute my intention the wolf disappeared behind the trees. On my return to the wagon I took the cartridge from the chamber, noticing a few grains of corn rolling out. Examining the barrel I saw it was stocked with corn up to the muzzle. What a narrow escape! Had I fired the barrel would have exploded and blown my head off, and made a cornfield of a wolf's hide.

The wind blew forty miles an hour as we camped on the bald hill on which Fort Bayard was situated. We had prepared for a nice open air rest after [temporarily] turning the prisoner over to the commanding officer of the fort, but our little shelter tents were blown into all shapes. The sand and pebbles flew around our head as if from a blowpipe, the temperature low enough to be disagreeable.

Morning awoke us with a pleasant smile and we started on our way to Fort Cummings afoot, there being only enough room on the wagon to pack our blankets. Over rolling barren country we moved, having again charge of the deserter to be taken to headquarters at Fort Cummings.

The road entered Cook's Canyon [where] mesquite brush was the principal growth. Five miles from the entrance to the canyon the road bent to the north, ascending the pass through Cook's Range. In this pass the depredations of Indians took frequent place. There were breastworks of the Indians on the roadside hills where an encounter took place between Indians and U.S. troops. Scattered bones of man and beast indicated the place, [including] the unburied bones of Victorio's son, laying in one of the ravines west of the divide.[19]

Fort Cummings, an old abandoned fort established in 1863, had a wall twelve feet high enclosing a square of 6400 yards, [with] one arched entrance on the south side. [It] had been made the headquarters for the troops in the field. We saw long rows of cavalry and infantry tents in the rear of the dilapidated fort. Under the shadows of a ledge of rock a company of Indian scouts [was] roasting a hindquarter of deer on the coals of a small fire. From there scouts were dispatched in different directions to scour the country while the troops were always ready to take up the Indian trail at a moments notice.[20]

In spite of this vigilance the hostiles, within twelve miles of there, attacked a stagecoach and killed the occupants. The cavalry were at once ordered to the scene to punish the marauders, but were badly punished themselves by the latter who permitted the troop to enter a ravine, attacking from both sides, compelling them to retreat with heavy loss.

[In] the evening we ascended the hill to the fort to listen to the music as the regimental band played a lively march for the troop to mount guard. It was a poor band, not better than a curbstone band, nevertheless it was music and sounded sweet, filling our hearts with delight and greater joy than the voice of a Paddy. The details of the different companies for the night guard were drawn in line to be inspected by the adjutant and placed in command of the officer of the day.

We had different branches of the service forming one company to guard against surprise and destruction by the enemy. On the right side of the line stood a negro sergeant in charge of the company. Next to him stood a couple of infantrymen abreast [of] white and black cavalrymen.

[At] a row of infantry tents the habitually lazy infantrymen either played cards or lounged around. Not far [away] were the cavalry tents where saddles [were] suspended from a rope in front, while the men had blown [up] a beef bladder, kicking it about for a football. Further on [I heard] the merry laugh of the colored troops, playing ball and going through all sorts of antics which they endeavored to amuse themselves. Vis-a-vis of the row of tents, on the other side of the street, was a line of wall tents where the officers of the command were quartered, and where the difference between the cavalry and infantry was as distinct as with the men.

The cavalry officers, as a rule, were more cordial and intelligent [than] infantry officers, and did not consider their West Point teachings supreme in a frontier campaign. They would listen to the suggestions of experienced enlisted men and would shape actions accordingly, or would follow the advice of one who had gone through the mill before.

Our way from this fort took us back [to] the mining town of Hillsboro again where we met a company of soldiers with Indian scouts returning from a scout through the Black Range. We entered the valley of the Rio Grande to take a more difficult but shorter route to Fort Craig. Our wagon sank up to the axles in sand hills on an imaginary road, but at last we crossed the Rio Grande and followed a rocky foundation to a spring called the Mexican name of Ojo del Muerto, appropriately "Spring of Death" from the fact that it was death to every single man or small party who camped there overnight.

Houses were erected there and Fort MacRae established in 1863 to protect the emigrants and freighters against an ambuscade by the Indians. A graveyard close by with the names

of California Volunteers on the headstones showed plainly
how well the Indians succeeded in those days in carrying on
their murderous work, giving free passes to the happy hunting
ground to a careless civilian or reckless trooper. The fort was
abandoned and the dwellings fallen to pieces, but the mountains were still there and the Indians, although in less numbers,
still hovered and paid an occasionally unexpected visit to the
unsuspecting Mexican freighter.[21]

The next morning we passed through mountains and descended to a dry plain, the Jornada del Muerto, [and] a well-
beaten road hollowed out to a depth of three or [more] feet
by wagons passing for three hundred years from Old Mexico
to Santa Fe. After one cold night on this plain we regained
the river valley and crossed the river to Fort Craig.

We selected a former kitchen as the best room in the abandoned barracks for our temporary shelter. The woodwork of the
doors and windows was torn off and the fresh autumn wind
had free access to our den, but [we] fastened blankets in the
openings and [had] a roaring big fire kindled in the room,
soon forgetting that there were some people who have a better
time than soldiers. A terrific snowstorm sprang up during the
night, opening our door and windows with ease, covering us
with a soft white sheet of a foot of snow before morning.

We remained only a few days, sold coffee [beans] to buy
liquid coffee on the road, baked bread in one of the old ovens,
and mounted a train one night which took us back again from
where we started over four months [before]. We reached our
destination without further mishap except a laughable incident
east of Colorado where a new conductor took charge of the
train. He entered our car to collect tickets from the passengers
when he spied one of our men comfortably behind the stove,
selecting this place as the warmest in the car. Mistaking him
for a tramp the conductor collared him with intention. My
recognition of the man satisfied the conductor that the man

was alright, the man's clothes [being campaign] worn, dusty, and sun faded.

We reached Emporia, Kansas where we had to change cars for a south-bound train about four o'clock in the morning. Instructing our cook to retrieve our rations and luggage from the baggage car I attended to the men and we were soon lodged comfortably, through the generosity of the station keeper, in a nice warm room at the station.

That evening we stood around a fire at the station a few miles from Fort Gibson, anxiously waiting for a couple of venison hams to fry which had that morning been thrown into our possession by mistake by the baggage [man] at Emporia with the impression that they belonged to us. In answer to my telegram to the commanding officer at the fort a wagon appeared the next morning to convey our luggage to the fort. Here we found everything in the old same track as we had left it the last spring.

9

. . . .

The Texas Frontier,
1881–1882

The Indian girls were as pretty as ever and [at] the first opportunity I went down to see the "girl I left behind me." I found her in the milk house, but there was a man admirer in the shape of a young Indian who seemed to have the inside track and had taken my place in her heart. [After] one glance from her pretty black eyes, a few words of warm greeting, and I was escorted to the house and ushered into the parlor.

We remained at the fort only one week when all our property was taken to the railroad and we started on our way to Fort Davis, Texas. At Eastland, Texas, at that time the end station of the unfinished Texas railroad, we transferred our property to government teams and from there to Fort Davis had another series of camp life.[1]

Before leaving that station we had anything except a pleasant time. The money was flush [after] the soldiers received four months pay at [Fort] Gibson. The place suited them to perfection to blow it in, having what they called a good old time for their few dollars after their exposures in New Mexico. All the scum of humanity were represented at that place; gambling houses, dance halls, whiskey dens, and women joining hands to extract the hard-earned money from the railroad constructors and our worthy comrades and fellow soldiers. Drunks and fights were the order of the day while camping there and I was glad when it was time to leave.

Our first days were not a pleasant one for the guard, of which I unfortunately was again a member. We had charge of a dozen quarrelsome drunken men, in the meantime trying to keep up with the rest of the command and wagons. Frequent rests delayed us on the road, darkness overtaking us [when] yet there were miles between us and the camp. During one of our rests one of our prisoners sufficiently sobered up to know what he was about, taking French leave, as he told us afterwards, walking back to a farmhouse to have a good rest. I, as corporal of this guard, was held responsible by the officer of the day for the man's action and was subsequently tried but acquitted by a general court-martial after our arrival at Fort Davis, contrary to general rule without having been placed under arrest.[2]

After our first night's rest everything went smoothly, most of the prisoners liberated and returned to their respective companies for duty. The marching regulated into one hour marching and ten minutes rest, the leading companies of the column changing daily, there being four companies [of the regiment]. The dull time of the march passed with the men singing and joking. The appearance of a jack rabbit was followed by a

JOURNEY TO FORT DAVIS
AND TEXAS FRONTIER TRAVELS
December 1880 to May 1881

■ Fort
● Town
• Spring
++++++ By Railroad
---------- By Footmarch

0   50   100   200
Miles

Staked Plains
or
Llano Estacado

Guadalupe
Mts.

OLD EL PASO ●   ■ FT. BLISS

FT. QUITMAN
● Eagle Spr.

Dec. 1880 ←
May 1881 →

Van Horn's
Wells
Barrel
Spr.   ■ FT. DAVIS   ■ FT. STOCKTON

MEXICO

Pecos R.

Rio Grande

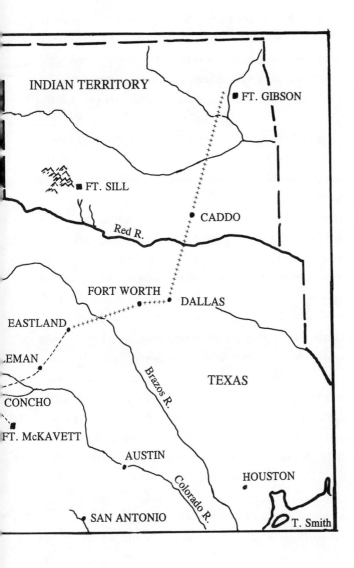

INDIAN TERRITORY

FT. GIBSON

FT. SILL

Red R.

CADDO

FORT WORTH

DALLAS

EASTLAND

EMAN

TEXAS

CONCHO

Brazos R.

FT. McKAVETT

AUSTIN

HOUSTON

Colorado R.

SAN ANTONIO

T. Smith

lively chase by our hounds, furnishing excitement for the occasion, making us forget the distance to camp and tired legs.

Near Fort Concho we saw the colored cavalry band mounted on splendid white horses advancing to escort us into that place. We were delayed at the fort a few days, joined in the meantime by a few more companies and recruits. The weather was cold, the ground covered by a soft layer of snow as we slept under our small shelter tents, doubling up to keep each other from freezing.[3]

One morning I felt something crawling over my body, which proved to be a louse. My partner, a wreck, had been out the night before and brought home a few of these for free. We dissolved partnership at once and I went to the icy river to change clothes. With a little imagination of a hot summer day [I] took a fire-ash bath, changing clothes with the catfish.

The snow and ice had disappeared and the sun was shining softly as we left Fort Concho to resume our march west. We soon came to a remarkable valley where only five years [before] we could have seen thousands of buffalo, but where only their bleaching skulls and skeletons gave evidence for their former existence, while cattle, almost as wild as the buffalo, took their places keeping abreast of the times and wants of mankind.

We crossed a waterless plateau, a corner of the Staked Plains, where the grass dried in summer under the burning rays of an equator sun, and the blizzard had an unhemmed sweep in winter, which no animal life could face. It was Christmas as we crossed a plain of cactus and sage, and occasionally a mesquite tree, while here and there a pretty prairie flower would repay us with its beautiful color.

A guarded spring at the head of one of the numerous valleys made our home for one night. We lay that evening under the bright rays of luna, thinking of the happy days of boyhood when standing around a decorated Christmas tree admiring our presents. We [thought] of a poor wretch from the ranks of the colored troops stationed to guard the spring who had been killed by one of his comrades and buried that afternoon a short distance from camp with all the military honors due a soldier, but over whose grave the wolves were howling. This was surely a loss to the government but there was [also] a small party of emigrants who had met with a great calamity by having their stock stolen, and only for the assistance of the military who brought them [to the spring] they would have perished on this God-forsaken plain.[4]

[We left] on the day of joy of all Christian nations, following a valley which gradually deepened, terminating at the river Pecos. The sun overhead burned and our water supply dwindled to the last drops as we passed [a] natural cistern constructed by wise mother nature in the rocks where the rain water, as fresh as spring water, kept for months. The valley of the Pecos ran for miles to our right and left, bordered by table mountains. We made our descent by a road running diagonally across the face [of a steep hill]. [We had] another race in marching by the companies, of which the officers of the command had a little delight to test the endurance of the different commands. [The others] increased the cadence of the steps to five miles per hour. [There was] at least one sensible captain of the command who did not indulge in unnecessary haste, bringing his men, if not as soon, in better condition to the [river] than the rest, this one our captain.

Tents were pitched on the bank of the river and after a supper of government straight we took a plunge into the water. There was nothing which equalled a good bath to refresh and ease the limbs after a long hot day's marching, that is if it can be done without wishing a furnace under the river to heat the water.

Nothing of note occurred on our march from that point to Fort Stockton, except that we stole wood from a woodpile at a ranch near a spring over which we had been placed as guard to keep anyone from stealing [wood]. We went into camp for a few days at Fort [Stockton] in order to give our teams a rest.

A clear stream of lukewarm water passed our camp. The ground was white from the alkaline of the soil where our tents were pitched in a triangle, flaps fastened [together], forming a large room [of] three chambers with a low fire burning in the center with the pleasant odor of mesquite root.[5]

The weather was intensely cold and we couldn't think of taking a bath in the creek whose waters were invitingly warm, so we either remained in the tents, or crossed the little barrel bridge to pay visits to our friends in warm quarters at the fort, or at the warm stoves of the traders in the town nearby.

The weather was moderate [when] we left on New Year's day to complete our march to Fort Davis. We came to a marshy valley [and] Leon Spring, thirty feet in diameter, [it] was said to be over 1500 feet deep. A long plank had to be used to go near the water on the account of the insecurity of the edge surrounding the hole. On solid ground [we] went into a dry camp, awaking the next morning to find a heavy layer of snow and a cold wind blowing from the north.[6]

Little time was lost in breaking camp and starting on the road. A walk of eight miles in the snow was more fatiguing than walking thirty miles over a good road [so] we were compelled to go into camp again to wait for colder or warmer weather. In the morning the sun brought a milder air which melted the snow and made the day one of the most disagreeable of the march. It was impossible to step in a dry place so we waded through snow-water and mud. At our last camp of this march, in a canyon at the foot of a line of cliffs [on] Limpia Creek, we found that some officer had brought his intellect to bear by having cart wood sent to the command from Fort [Davis], while better wood for camp purposes was growing within easy reach. The creek ran through one of the most dangerous canyons in Texas, [Limpia Canyon], especially a stretch of seven miles where the walls were vertical, two hundred yards apart and three hundred feet high. The canyon opened four miles from Fort Davis in a fertile valley where Mexicans had made their homesteads.[7]

[After] our four hundred mile walk from the railroad the fort was soon in sight and we were once more lodged under a warm comfortable roof of the military barracks. We were almost strangers [to] a civilized habitation and felt a little out of place after [almost] seven months of continual camp life. Nevertheless it appeared our health had improved since we sat before the camera of a traveling frontier artist at Fort Gibson last spring. One thousand miles of walking and exposure to direct change of weather, not to mention the three thousand miles of railroad ride, seemed to have knocked all the diseases of the men and brought health to their bodies, but sickness to their clothes.[8]

We fairly returned to the civilized way of living and usefulness of society people, playing pool and billiards, drinking whiskey, besides other accomplishments. We felt that our lives were not thrown away with the idle amusement of a useless occupation of chasing Indians from one section of the country to another.

Some [men] went to the hospital for treatment of real or imaginary diseases, frost bite, and the effect of cold spells on the road. Men went to the Mexican village for a dance or to seek excitement with the señoritas, while others barged off to take in the gambling and dance hall of a German Jew whose pretty daughters were not too proud to accept the love of a negro.

Others took their guns to the mountains for black bear and other game, there being a great many of the former in the hills. It was not unusual for the sentries in the fort to see a bear passing their post in the dark to examine the swill-barrel of the kitchen, and we had a couple of bears chained up at the hospital.

Small Mexican farms dotted the bottom of the valley where

the land was low enough to be cultivated by irrigation. [On] the steep hills we noticed small rooms hidden beneath huge rocks and caves in the cliff where some human hand had been once at work to construct a shelter. Flint arrowheads gave evidence of former battles with Indians. Natural wells, almost inaccessible to human beings, [were] only known to one well-acquainted with the country.

[As to] the people of the country we discovered [a] deviation from those in the eastern sections of Texas. [The] frontier dude – a flannel shirt with colored designs, a wide pair of breeches, a pair of boots with fancy stitching, a rimmed white hat with heavy silver band covered his top-knot, a pair of pistols in a belt around his waist, this was a Texas dude.

[The] colored soldiers at the fort were very fond of this showy display – although I had frequently seen white commissioned officers make the same display in order to gain easier access to the fortified hearts of the Mexican señoritas – the outer seam of the pants was ripped at the bottom as far as the knee and a red piece of triangular cloth inserted which enlarged the bottom of the pants enough to completely hide the shoe. When returning from a ball or visit to town this red piece disappeared for plain military regulation suit [by] drawing the seams together and fastening with hooks and eyes.

One morning when sleeping soundly in my bunk I heard heavenly music, a small Mexican band – two violins, guitar, and clarinet I think – on their return from a ball, who took it in their heads to serenade the post trader. The piece they were playing, a wild Mexican air, was played with the mellowness of a southern nature. The notes, soft and sweet, seemed to float in the air as I lay in a trance, unable to move a limb or perceive anything beyond the music. The trance gradually wore off after the strong sound of the morning bugle called us for reveille, arousing us to the full realization of life.

I always considered detached service a pleasure and a nice

pastime. [An] order with instructions to repair a telegraph line was given to me one morning and I immediately repaired with an escort wagon to the telegraph office to get the necessary instruments. We were soon on our way and, after adjusting a few insulators near the fort, entered a canyon through which the line was running. Following the line on its angular way [as] it zig-zagged through the canyon it was necessary for me to climb one of the [leaning] poles. I securely adjusted a pair of iron [climbing] spurs to my boot and managed to reach the top but while I was trying to repair the damage I lost my spur hold, swung around to the inclining side of the pole, and came down with a velocity that slowed on top of a large pile of rocks.

My fall was soon forgotten as we moved on, shortly passing a suspicious looking individual who, although dressed like a Mexican, had a certain Indian air about him, which forced us to keep a watchful eye and guns convenient when at work. At camp coffee was quickly prepared while a section of a hawk was roasting on a pole. The supper was an unusually tough one, but even a tiresome walk through that evening did not elevate our bill of fare above the standard bacon.

We returned to the fort [the next] morning to take a few days rest before going on another trip as an escort to El Paso. It was a cold Sunday morning [when] an ambulance and escort left the fort with an inspecting officer to inspect the various forts on the frontier.[9]

We traveled fast and little spoke by the men who sat on their wagons with a blanket wrapped around à-la-Indian, while rifles rested conveniently between their knees. The scenery was magnificent, the road winding through mountain defiles [and] over hills to Barrel Springs [where] the Indians frequently visited in dry season for water. The rock was mostly white-red marble [and] game such as antelope plentiful. [At] Elmurto [El Muerto] Springs, eighteen miles west of Barrel Springs, I saw one camp not over two days old. Elmurto was the last watering place for sixty miles [to] Eagle Springs. The road [to] Van Horn's Well led mostly over rolling prairie. [At] Van Horn's Well water was only found in the wet season. From there the road gained Bass Canyon [where] projecting rocks and ledges afforded good hiding places for hostile Indians to ambush emigrants and the stage. Their depredations were numerous in 1880, but mostly induced through the carelessness and ignorance of the travelers by keeping cowed around their wagons. Eagle Springs was enclosed by mountains, and the most dangerous place on the road. Indians were compelled to go there for water when on their route to or from the Guadalupe Mountains.[10]

We entered some canyons [Quitman Canyon] where the Indians had attacked a stagecoach, leaving behind nothing but scattered letters, charred trunks, and dead mules. They also left the dead bodies of the passengers besides the mutilated and outraged body of one of the women victims.

We shall pass over the details of this horrible crime and [mention] the acquaintance of the Texas State Militia Rangers whom we met at a spring in the mountains. They were all fantastically dressed and painted in Indian dresses and wigs, [as if] to go on a variety stage in a city. They came to our camp on a visit before returning to the trail of the hostile Indians. The life of these men can not be compared with a regular soldier.[11]

The state paid them only thirty dollars a month including rations, while each furnished his own horses and ammunition, besides what they could make raiding the Indians. As frontier soldiers they were far superior to the [Army] regulars, in fact twenty-five of [them] were more efficient in an Indian outbreak than one hundred U.S. troops commanded by high sounding West Pointers. But this superiority was gained through their uncivilized treatment of the unfortunate beings of the Plains. Their orders were to kill every Indian on sight without pardon, treating them like beasts. While the

U.S. troops endeavored to kill as few as possible and to capture alive if possible in order to take them back to the reservation to be kept there by their "game-keepers," depriving them of what was natural through birth [and] citizenship of America, placing them in this respect below the negro, whose superior [they] were in every respect.

On our way to El Paso we were soon in sight of the Rio Grande Valley. The road was very sandy and our progress slower, but for this we were sufficiently repaid by the smiles of señoritas as we passed houses and homes. [A] Mexican, with one corner of his plaid thrown over the shoulder and a large brimmed sombrero on his head, leaned leisurely against the pillars of a mud arcade, matching the blue [smoke] rings from a cigarette. Close by his side we saw vessels suspended by a rope from the ceiling, in which water was lowered to an icy temperature by circulation. From the house stood a scaffold where yellow river water was kept in a bull's hide to be purified with cactus charcoal.

We greeted a Mexican whose hand lay on the head of a ferocious looking dog. [He] escorted us through the arched entrance into the courtyard of his house, showing us the inside of the building, a suit of rooms placed in a square with doors and windows open to the court and a strong door protecting them against the outside world. The block of [adobe] mud was only one story high, as most of the buildings were, covered with a twenty-inch thick roof. After enjoying the hospitality and admiring his ancient farm machines we took our departure to seek further adventure.

Our steps to that place had been observed by some of the female inhabitants of the village who were on top of a roof and by all appearance had made us the subject of their talk. Seeing themselves discovered they hastily withdrew beneath the protecting roof of the "old man." We had just directed our steps in that direction to make, if possible, their acquaintance, when our attention was drawn to another object of interest, a young girl in her best calico dress passing us on her way to church. Besides her there were other well-dressed beauties going to the same place of worship to repent their sins and pray.

By this time we experienced a strong longing for salvation, a feeling that our sins needed a thorough overhaul and cleaning, and that it was best to have this done at once while it was within easy reach, not waiting until it was too late. So we entered the structure and went through the ceremony at the holy water basin but there came to the end of our wits. Being Protestant in our beliefs we did not know what to do next.

The congregation, all ladies kneeling before the altar, did not aid our comfort by frequently turning their heads and drawing a bee-line of us, seeming to find more interest in our presence than [that] of their own salvation. We stood this for a while but the heavy cross-fire of black eyes was getting too hot for us and we beat a hasty retreat without having received forgiveness for our sins, or even a chance to repent them.

The following day we [visited] the home of our Mexican friend. The old man, [who] by the way had in the meantime his pistol stolen from him by one of our men while indulging in the evening in too much Mexican agenda, was feeling a little hostile towards us.

We continued our journey toward El Paso where a few days later we pitched our tents on the banks of the Rio Grande, a short distance above that old Spanish settlement. Fort Bliss lay about one mile above El Paso at a place where the river, after cutting through the Franklin Mountains, resumed a winding and sandy path. Above [a] falls the river [had] been dammed and used on the American side for working a flour mill, on the Mexican side for supplying a large irrigation ditch which furnished the old town of El Paso with water. Franklin, or El Paso, Texas, was one-half mile from the river and was the seat of the custom house of the district. On the opposite bank of the Rio Grande the Mexican town of El Paso [had] a population of six thousand.[12]

We forded by ferry for the nominal sum of five cents and entered the [old] city. The town was laid out in irregular narrow streets and sidewalks paved with limestone and sandstone. Only a few streets were entirely bordered by houses, the rest intermixed with wine gardens surrounded by adobe walls. In the center of the city was the plaza, two hundred feet square, with two rows of adobe seats surrounding it. In the center of the plaza had been a fountain but it was broken. [The plaza] was shaded by high cottonwood trees, on the east side were stores, on the north and south dwellings. On the west [stood] a celebrated three hundred-year old Catholic church built of adobe, the rafters and other wood works carved in a style different from the altar, pulpit, and Holy Mary shrine. Beyond this structure we observed an arcade, probably used as a market or stables, and extensive vineyards irrigated by a network of ditches.[13]

[We] returned to camp as the sun neared the horizon, [as] night would endanger the life of an unarmed roamer. It was not very safe for a man to travel after dark, a boy had been killed only a day or two [before] by some knights of the road and our men held up and relieved of their valuables while returning from an entertainment in town. We lay in the tent that evening listening to the exceptionally melodious notes of a fife and drum band as they sounded tattoo in the garrison, while the rattle of a flour mill near the river lulled us to sleep for our last night of stay.

The morning sun found us traveling over the sandy road down the Rio Grande valley on our return to Fort Davis. Our second or third day from El Paso we met the Texas Rangers again. They had followed and overtaken the Indians, killed and captured their stores since we met them at the spring in the mountains, and were loaded with plunder and scalps, going to El Paso to do police duty there.

Back in Fort Davis I tried to get my witnesses together for my approaching trial by general court-martial, which might have meant in this case [being] reduced to the ranks and confined in the guardhouse for six months. I found there were some men in my company already aspiring for my [corporal's] place, the first step to [a] general's position. But they were to be disappointed in this respect, as the court found me not guilty of the charges preferred against me.[14]

There was no rest for the soldier, especially if he, individually, did not like too much of it. This time it was the telegraph line between [Fort Davis] and old Fort Quitman on the Rio Grande which needed repairing. Our party consisted of four men: myself, a colored driver, and two recruits from my company. Two of my party were pleasant company for such a trip, but one of the recruits was the "gorilla" in the company, deserving the name so far as his intellect and physical appearance was concerned.

We left on a pleasant day in May 1881 provided with fifteen days rations and all necessary repairing tools. How pleasant it was to travel across the country with a brisk morning breeze fresh from the green mountains. We saw big volumes of smoke rising from the plain ahead, carried before the wind [as] a messenger of death and destruction. Turning a mountain and entering the valley, smoldering black surface at our feet, the [fire] ascended the hills to our right until checked by rocks.

The fire had done its work. Telegraph poles, rotten and dry from long standing, were still burning while some of the stumps dangled on the wire. We replaced them with iron poles which had previously been distributed in different places along the road. [We traveled] a few miles further [to] a stage ranch to camp and share the scanty water of a small spring with the station keeper.

Stagecoaches plied regularly between towns and forts to carry the mail [and] make connections to railroad stations. [Stage stations] were established along the road at intervals of twenty to forty-five miles where the stock was exchanged. Broncos or Mexican mules, owing to great endurance, were principally used on the line. These animals were the toughest and keenest little creatures on the frontier. When started at a station they would travel the whole distance without needing much urging from the driver but neither would they mind the reins when scenting wolves or Indians on the road, in which case they would turn as fast as convenience would permit and return to the starting point.

A stage driver was always a very interesting individual. He had been driving stages on every line in the country since he was a boy. He had many adventures with road agent and Indian, fought Indians in Missouri and Dakota, and had hairbreadth escapes in Texas and New Mexico. He was never too tired to enlighten you on the subject [and] could tell more frontier stories than any man alive, and was never in want of having seen an Indian on the last trip only a few days ago.[15]

The following day, after discovering an Indian trail during our day's work, we went into camp at another stage ranch near a small spring at the mouth of a canyon. We met a party of emigrants already camped for the night. They hailed from Tennessee and were on their way to Silver City, New Mexico. We went down to their camp to see if there were any girls with the party. We found the leader of the pack in a very downhearted mood about the safety of his family. He had received information from the stage drivers that the country was swarming with Indians and that there was eminent danger if he should venture further. Even my assurance of the absurdity of such an assertion did not elevate his spirits, not until I promised my escort past the most dangerous places for the whole length of my trip. They felt themselves safe to continue their voyage.

Our way led us across very dry country, to Devil's Backbone, in fact the devil's country – no water for sixty miles except in some of the valleys where water from the last rain was retained in pockets in the rocks. Men had tried to obtain water by digging [at] Van Horn's Well but as of then there was no sign of any water and consequently the work had to be discontinued. Water had to be transported in barrels for a distance of twenty-two miles.[16]

Our next stopping place was Eagle Springs, where we met the Rangers on our last trip to El Paso, perpendicular rocks and cliffs where the eagle felt at home, where bear and mountain lions lurked under the shadows of the cedar, and where marauding Indians [would] lay in ambush for their prey. A very interesting place, that, and the only spring and watering place for a distance of 105 miles on the road. A very sweet consolation for a thirsty wayfarer, to travel there knowing he might be compelled to exchange his own blood for each drop of water to drink. No wonder the emigrants displayed signs of fear to cross there on their own merits and the good looks of the females under their protection. A strong stone house had been erected by the station keeper as protection against Indians, [and] a detachment of soldiers was stationed there as a guard to afford temporary protection to sojourners.

We resumed our work on the telegraph line, continuing alone as our friends the emigrants remained under the protection of the soldiers for a few days in order to give their exhausted teams a rest. We saw a valley of roses, a whole forest of beautiful red flowers in the midst of the "Devil's country," deerhorn cactus in full bloom. We entered [Quitman] Canyon where only a month [before] the old [devil], in the form of Indians, got away with one of his followers – a gambler – and burned him on a stake for the amusement and delight of the family.

With the fate of that man still fresh on my mind I left the wagon to follow the telegraph line on foot when – bang! I heard a shot and a bullet whistled close to my ear. Indians! I thought, my body dropping behind the thick stump of a cactus. After a quick glance in front I discovered that the shot had been fired accidentally from our wagon in the rear. Past the habitual Indian trail we entered the canyon. Strange feelings take possession of a man when he is about to pass a place where death may meet him at every step. We kept our eyes suspiciously on every stone, expecting to see a gun or hear the report of a rifle, but nothing of that sort happened and we passed the last natural breastworks of rocks, [which] by the way were painted with hieroglyphics.

After passing the carcasses of the mules who had been killed at the time when the gambler met his redeemer we went through that back door of hell without losing our hair and came into full view of the Rio Grande. At last we were comfortably encamped near an old fort on the banks of the river, taking a much needed rest after one hundred forty-five miles of labor.

We took a stroll up to old Fort Quitman [to] pay a visit to some friends temporarily stationed there and to see if the telegraph was in working order. The fort, first established in 1852, lay at a point where the valley of the Rio Grande narrowed between steep mountains, eighty-five miles from El Paso. The fort had been abandoned at different times and the buildings left without care, and with the exception of one or two houses, was consequently in very bad condition. Owing to the insecurity of the country by hostile Indians and lawless whites the place was again occupied by a detachment of soldiers, while small detachments were distributed at different stage ranches along the line to act as escort.[17]

We found everything satisfactory but an hour or two later I returned to the camp loaded with the unpleasant news that Indians, or whites clad like Indians, had crossed the river on the regular Indian trail only twelve miles above us and fired at a surveying engineer of the proposed railroad. This intelligence was inconvenient to us but more so for the man [who] was our "gorilla" of little use who I learned through the other men, intended to cross the river into Mexico and desert. [That would have been] of little loss to us, that is if he would leave without taking a mule from our team. He changed his mind, concluding to stay with the crowd, by which I was thrown out of heaven as I was in hopes that he would desert and deliver us of his disagreeable presence.

We resumed our return trip [to] to Fort Davis, passing a bull team slowly drawing a section of heavy iron boiler over the dreary country for the distant mines while the poor beasts were having to be content with salted cactus as their supper. I had a little experience in that myself. Having heard once that the new sprout of a Spanish dagger, while in the shape of a cabbage, was good to eat when boiled and afterwards fried. I tried it and found it a good substitute for anything better. We camped at one of the stage ranches, dining on the cactus with the station keeper as our guest for the royal dish. This old worthy pronounced our preparation a decided success, intimating that the secret be divulged to him and his own table [be] supplied with this valuable dish of the plains.

We left the station the [next] morning, not waiting to see how he succeeded with his cabbage. We heard a few days later that the "greens" had played havoc with his bowels and acted [as] bitter [as] a dose of oil. He was yet very weak but sent his best wishes and prayers to us, with a hope to meet us again sometime.

When returning to Fort Davis [we] learned that our company had in the meantime been ordered away and were now stationed at the regimental headquarters at Fort McKavett, Texas, about three hundred miles east. We were assigned temporarily to another company of our regiment. After their arrival from the different stage ranches where most of them had been stationed we started east to Fort McKavett.[18]

We left Fort Davis on the same road which led us there and retraced our steps to Fort Concho. From there we had fifty odd miles to our destination. A few days later we were camping near a ranch on the Concho River [and] found cowboys out in full force engaged in rounding up cattle to subject them to the cruel treatment of branding. The whole side of a steer was sometimes covered with brands. [We] passed quickly over the road and got into permanent quarters at Fort McKavett, joining our company again.

Fort McKavett was established in 1852 in what was then the haunts of the Comanche Indians. These original inhabitants have since greatly diminished in number and were on a reservation in the Indian Territory, the shadow of their former strength. The fort lay at the dividing line in Texas where the well-watered and timbered valleys of the eastern portion are bordered by the dry timberless plateau of the northwestern section. The country was generally rocky and the rocks principally limestone composed of millions of petrified shells. The valleys were fertile but [required] irrigation as it very seldom rained in the summer. The winters were mild while summer nights were cold. With the healthy climate and beautiful country life was worth living − even for a disappointed lover.[19]

[As] to the military life at the fort, the joys and sorrows of soldiers at a regimental headquarters, the guard duty was light. One hour's drill two or three times a week kept our limbs from growing stiff. [This] besides a couple of spectacular displays of dress parades for the amusement of the women constituted our post duty. The privates, if they were not policing around the garrison or scrubbing the company kitchens, were marched to the river to work from morning to night with pick and shovel building dams for the post gardens, or else some other kind of slaving about the fort.

The noncommissioned officers, on the other hand, had less work to perform, [being] only required to superintend. But their money was well-earned by drilling recruits, putting them through their first military instruction. The most disagreeable job was surely to have a dozen green shavetails (a new army mule) and instruct them in the different maneuvers. No one

[can] imagine that there is such ignorant class of men alive on this earth until he puts a dozen or so through the different maneuvers and manual of arms.

EDITOR'S NOTE:

Emil A. Bode's memoirs end rather abruptly at this point. He was promoted to sergeant in February 1882, taking his discharge the same month at the expiration of his term of service. From several letters and notes included in his manuscript it is apparent that he worked for a while for the government, perhaps as a surveyor. From the letters it seems that he was a businessman by the end of the 1880s, traveling frequently in the area of Chicago and Dayton, Ohio. Nothing further has surfaced about his later life. I close his story with a simple statement, one he might regard as rather high praise. Corporal Emil A. Bode saw his duty and did it; he was a good soldier.[20]

. . . .

Notes

INTRODUCTION

1. There are very few monograph-length memoirs by soldiers in the enlisted infantry on the frontier in the post–Civil War era; among these is James D. Lockwood's *Life and Adventures of a Drummer Boy* (Albany, N.Y.: John Skinner, 1893). Lockwood, a regular in the Eighteenth Infantry, served in Montana and Wyoming from 1866 to 1868. An account from the First Infantry is Rev. John E. Cox, *Five Years in the United States Army* (Owensville, Indiana: 1892; reprint, with Introduction by Don Russell, New York: Sol Lewis, 1973). Article-length memoirs of the post-Civil War regular infantry are almost as scarce but include Sergeant John E. Cox, First Infantry, "Soldiering in Dakota Territory in the Seventies: A Communication," *North Dakota History* 6 (Oct. 1931): 62–82; Michael D. Hill and Ben Innis, eds., "The Fort Buford Diary of Private Sanford, 1876–1877," *North Dakota History* 52 (Summer 1985): 2–40. Sanford served in the Sixth Infantry; Jon G. James, ed., "Montana Episodes: Sergeant Molchert's Perils: Soldiering in Montana, 1870–1880," *Montana: The Magazine of Western History* 34 (Spring 1984): 60–65. Molchert soldiered with the Seventh Infantry at Fort Shaw in the 1870s.

Enlisted cavalry memoirs of the post–Civil War frontier are more numerous and include, by regiment, the First Cavalry: George F. Brimlow, "Two Cavalrymen's Diaries of the Bannock War, 1878," *Oregon Historical Quarterly* 68 (Sept. 1967): 221–58, (Dec. 1967): 293–316, which combines an officer's and private's diaries; the Third Cavalry: Thomas R. Buecker, ed., "The Journals of James S. McClellan, 1st Sgt., Company H, 3rd Cavalry," *Annals of Wyoming* 57 (Spring 1985), 21–34; the Fourth Cavalry: John B. Charlton, *The Old Sergeant's Story: Fighting Indians and Bad Men in Texas in 1870 to 1876,* Robert G. Carter ed., (New York: Hitchcock, 1926; reprint, Mattituck, N.Y.: J. M. Carroll, 1982); James B. Kincaid, "Diary of Sgt. James B. Kincaid, Co. B, 4th Cav., August 1876 to 1881," *Winners of the West* 16 (July 1939); James Larson, "Manuscript," James Larson Papers, Arthur Arndt Collection, Barker Texas History Center, University of Texas at Austin, published as *Sergeant Larson, 4th Cavalry* (San Antonio: Southern Literary Institute, 1925); Sherry L. Smith, ed., *Sagebrush Soldier: Private William Earl Smith's View of the Sioux War of 1876* (Norman: University of Oklahoma Press, 1989); Henry P. Walker, ed., "The Reluctant Corporal: The Autobiography of William Bladen Jett," *Journal of Arizona History* 12 (Spring 1971): 1–50, (Summer 1971): 112–44; The Fifth Cavalry: Paul

H. Hedren, ed., "Campaigning with the 5th Cavalry: Private James B. Frew's Diary and Letters from the Great Sioux War of 1876," *Nebraska History* 65 (Winter 1984): 443–66; the Sixth Cavalry: H. H. McConnell, *Five Years a Cavalryman: or, Sketches of Regular Army Life of the Texas Frontier* (Jacksboro, Tex.: J. N. Rogers and Co., 1889; reprint, Jacksboro, Tex.: Jack County Historical Society, 1963); the Seventh Cavalry: Ami Frank Mulford, *Fighting Indians in the 7th United States Cavalry* (Corning, N.Y.: Lee & Mulford, 1878), and a Seventh Cavalry enlisted biography of one of Custer's orderlies, John Burkham, by Glendolin D. Wagner, *Old Neutriment* (Boston: Ruth Hill, 1934).

The rarest of all enlisted accounts are by black soldiers of the Ninth and Tenth Cavalries or of the black infantry regiments. Three outstanding works on black enlisted soldiers on the frontier are William H. Leckie, *The Buffalo Soldiers: A Narrative History of the Negro Cavalry in the West* (Norman: University of Oklahoma Press, 1967); Arlen L. Fowler, *The Black Infantry in the West, 1869–1891* (Westport, Conn.: Greenwood Press, 1971); and John M. Carroll, ed., *The Black Military Experience in The American West* (New York: Liveright Publishing Corp., 1971).

2. For a discussion of the soldiers' sympathetic attitude toward the Plains Indians see Sherry L. Smith, *The View from Officers' Row: Army Perceptions of Western Indians* (Tucson: University of Arizona Press, 1990), and Richard N. Ellis, "The Humanitarian Generals," *Western Historical Quarterly* 3 (April 1972): 169–78.

3. For a historical synthesis of the enlisted soldier in the frontier army see Edward M. Coffman, *The Old Army: A Portrait of the American Army in Peacetime, 1784–1898* (New York: Oxford University Press, 1986); Oliver Knight, *Life and Manners in the Frontier Army* (Norman: University of Oklahoma Press, 1978); John J. Lenny, *Rankers: The Odyssey of the Enlisted Regular Soldier of America and Britain* (New York: Greenburg, 1950); Don Rickey, Jr., *Forty Miles a Day on Beans and Hay: The Enlisted Soldier Fighting the Indian Wars* (Norman: University of Oklahoma Press, 1963); idem, "The Enlisted Men of the Indian Wars," *Military Affairs* 23 (1959–1960), 91–96; Robert M. Utley, *Frontier Regulars: The United States Army and the Indian, 1866–1891* (New York: Macmillan, 1973); Henry P. Walker, "The Enlisted Soldier on the Frontier," in *The American Military on the Frontier: The Proceedings of the 7th Military History Symposium, U.S. Air Force Academy, 30 Sept.–1 Oct. 1976*, ed. James P. Tate (Washington, D.C.: GPO, 1978), 118–33.

4. Letter to author from Rolf Nowak, 15 January 1992, Archivpfleger des Kirchenkreises Uslar, Uslar, Germany. Register of Enlistments, vol. 72, 1871–1877, 198 entry 118, Records of the United States Army Adjutant General's Office, 1870–1917, Record Group (RG) 94, National Archives and Records Service (NARS) (hereinafter cited as Adjutant General's Records); Muster Roll for 28 February to 30 April 1882, box 474, Regular Army

Muster Rolls, Sixteenth Infantry, Company D, 31 Oct. 1872–31 Dec. 1902, ibid.

5. "Report of the Recruiting Service from October 1, 1875–October 1, 1876," *House Exec. Doc.,* 44th Cong., 2d sess., no. 1, pt. 2, Serial 1742, 73.

6. The army as "handyman" quote is from Samuel P. Huntington, *The Soldier and the State: The Theory and Politics of Civil-Military Relations* (New York: Vintage Books, 1957), 261; "Report of the Secretary of War, 10 Nov. 1876," *House Exec. Doc.,* 44th Cong. 2d sess., no. 1, pt. 2, Serial 1742, 5–9, 12–13.

7. "Report of the Secretary of War, 10 Nov. 1876," 12–13.

8. Ibid., 5; "Report of the General of the Army, 10 Nov. 1876," *House Exec. Doc.,* 44th Cong., 2d sess., no. 1, pt. 2, Serial 1742, 46–50.

9. "Report of the Secretary of War, 10 Nov. 1876," 6.

10. For an overview of the army struggling toward professionalism see William B. Skelton, "Professionalism in the U.S. Army Officer Corps during the Age of Jackson," *Armed Forces and Society* 1 (Summer 1975): 443–71; Russell F. Weigley, *History of the United States Army* (New York: Macmillan, 1967), 265–92; Clyde R. Simmons, "The Indian Wars and U.S. Military Thought, 1865–1890," *Parameters: Journal of the U.S. Army War College* 22 (Spring 1992): 60–72; Jerry M. Cooper, "The Army's Search for a Mission, 1865–1890," in *Against All Enemies: Interpretations of American Military History from Colonial Times to the Present,* ed. Kenneth J. Hagan and William R. Roberts (Westport, Conn.: Greenwood Press, 1986), 173–95; Allan R. Millett and Peter Maslowski, *For the Common Defense: A Military History of the United States of America* (New York: Free Press, 1984), 233–66.

11. For views on the U.S. Army's frontier strategy and tactical doctrine see Francis Paul Prucha, *The Sword of the Republic: The United States Army on the Frontier, 1783–1846* (New York: Macmillan, 1969; reprint, Bloomington: University of Indiana Press, 1977), 249–68, 352–64; Russell F. Weigley, *The American Way of War: A History of United States Military Strategy and Policy* (New York: Macmillan, 1973; reprint, Bloomington: Indiana University Press, 1977), 153–63; Robert M. Utley, *Frontiersmen in Blue: The United States Army and the Indian, 1848–1865* (New York: Macmillan, 1967; reprint, Lincoln: University of Nebraska Press, 1981), 18–90; Robert M. Utley, "The Frontier and the American Military Tradition," in *Soldiers West: Biographies from the Military Frontier,* ed. Paul Andrew Hutton (Lincoln: University of Nebraska Press, 1987), 1–10; Robert M. Utley, "A Chained Dog," *American West* 10 (July 1973): 18–24, 61; John M. Gates, "Indians and Insurrectos: The U.S. Army's Experience with Insurgency," *Parameters: Journal of the U.S. Army War College* 13 (March 1983): 59–68; Utley, *Frontier Regulars,* 45–59, 147–67; Coffman, *The Old Army,* 42–103, 215–87. For discussions on national policy and broad military policy toward the nineteenth-century American Indian see Robert Wooster,

The Military and United States Indian Policy, 1865–1903 (New Haven: Yale University Press, 1988), 1–12; Smith, *The View from Officers' Row,* 7–14, 182–85; Robert G. Athearn, *William Tecumseh Sherman and the Settlement of the West* (Norman: University of Oklahoma Press, 1956), 25, 31; Dan L. Thrapp, *The Conquest of Apacheria* (Norman: University of Oklahoma Press, 1967), 87–107; William B. Skelton, "Army Officers' Attitudes toward Indians, 1830–1860," *Pacific Northwest Quarterly* 67 (July 1976): 113–24.

12. Chief of Military History, *Infantry,* vol. 2 of *The Army Lineage Book,* 7 vols. (Washington, D.C.: GPO, 1953), 108–9; "Report of the Secretary of War, 10 Nov. 1876," 24–25; Regimental Returns, Sixteenth Infantry, January 1880–December 1889, microfilm no. 665, roll 176, Returns from Regular Army Infantry Regiments, June 1821–December 1916, Adjutant General's Records, NARS. (hereinafter cited as Regimental Returns, Sixteenth Infantry).

13. In comparing the troopers of 1876 to the soldiers Custer led in the Civil War Gregory J. W. Urwin writes "A large portion of the 7th Cavalry, on the other hand, were composed of poor white trash and semiliterate immigrants. They were on no great mission. They merely looked to the Army to provide them with a secure livelihood." From *Custer Victorious: The Civil War Battles of General George Armstrong Custer,* (reprint, Lincoln: University of Nebraska Press, 1990), 288. A profile of the typical soldier of the army of the mid-1870s is found in Coffman, *The Old Army,* 330–32 and Rickey, *Forty Miles a Day on Beans and Hay,* 17–32. The generalization about the army of the mid-1970s is from the author's personal observation in the ranks.

CHAPTER ONE: *Enlisting in the Infantry*

1. Bode joined the Sixteenth Infantry Regiment, which had 368 present for duty of its authorized enlisted total of 375. He was assigned to Company D, which was nearly at full strength, with 36 of its authorized 37 enlisted men. During Reconstruction duties through 1876 the Sixteenth Infantry had been scattered in company garrisons in Alabama, Arkansas, and Louisiana. In November 1876, three months before Bode joined, the regiment, minus one company, assembled in New Orleans with the Third Infantry to prevent political violence during the contested vote count in the presidential contest between Samuel J. Tilden and Rutherford B. Hayes. The Sixteenth took up station at Jackson Barracks, three miles south of New Orleans. "Report of the Secretary of War, 19 Nov. 1877," and "Report of Brigadier General C. C. Augur, Headquarters Department of the Gulf, 12 Oct. 1877," *House Exec. Doc.,* 45th Cong., 2d sess., no. 1, pt. 2, Serial 1794, 24, 40, 47, 99–100; Joseph G. Dawson III, *Army Generals and*

Reconstruction: Louisiana, 1862–1877 (Baton Rouge: Louisiana State University Press, 1982), 224–34.

2. In 1877 Congress required a five-year enlistment for soldiers, compared with twelve years in the British Army. The minimum height for an infantry recruit was five feet, four inches. Minors of sixteen years could enlist, with parental consent, as musicians. One-half of the recruits of this period were foreign born, with Irish and Germans predominating. The majority of recruits joined, as did Bode, because they were unemployed. Most were from the unskilled labor class or the lower economic strata. A medical officer performed a required physical examination to look for grounds for rejection, such as disease or alcoholism. As a part of a reform movement to improve the quality of the ranks, beginning in 1874 the recruit's application and medical results were forwarded to the Adjutant General's Office for a data search to determine if he had been previously discharged for bad character or was a deserter. The waiting period for the return of final confirmation gave the company leadership a chance to observe the behavior of the new soldier and look for further grounds for rejection. Bode joined just before all recruiting for general and mounted service halted on 9 May 1877 because of the lack of appropriated funds, leaving the army short 2,692 of its authorized 27,442. "Adjutant General's Report of the Recruiting Service for the Year Ending October 1, 1877," *House Exec. Doc.*, 45th Cong., 2d sess., no. 1, pt. 2, Serial 1794, 44–46; Coffman, *The Old Army*, 330–32; Rickey, *Forty Miles a Day on Beans and Hay*, 17–32.

3. In 1877 a ration by regulation was worth about twenty cents per day and consisted of 20 oz. salt beef, fresh beef, or mutton; 12 oz. pork or bacon; 18 oz. flour or soft bread, or 16 oz. hard bread, or 20 oz. cornmeal. Additions per man for each one hundred rations included 2.4 oz. peas or beans, 1.6 oz. rice or hominy, 2.4 oz. sugar, .6 oz. salt, 1.2 oz. roasted coffee or .2 oz tea. The flour was exchanged for an equal weight of bread at the company or post bakery. Each one hundred rations also included 1 gallon of vinegar, 1.1 lbs. of candles, 4 lbs. of Babbitt's soap, and 4 oz. of pepper. In 1879 the salt beef ration increased to 22 oz. and the per–one hundred issue of tea to 2 lbs, and of salt to 4 lbs. The ration was barely adequate to maintain health under difficult labor. The soldiers supplemented their diet with vegetables and fruits when available through the company garden or a personal purchase. Wild game gained through hunting was also important; it was a skill at which Bode excelled. "Report of the Commissary-General of Subsistence, 10 Oct. 1881," *House Exec. Doc.*, 47th Cong., 1st sess., no. 1, pt. 2, Serial 2010, 484–85, 515; Coffman, *The Old Army*, 340; Rickey, *Forty Miles a Day on Beans and Hay*, 39. Utley, *Frontier Regulars*, 88–89.

4. A private of this period earned thirteen dollars per month, with longevity pay of one dollar per month for each year of service after the

third year. A private in his fifth year of service earned sixteen dollars per month, less the three dollars' time in service pay that was held to discourage desertion until his honorable discharge. A corporal earned fifteen dollars per month base pay, a sergeant seventeen dollars. Rickey, *Forty Miles a Day on Beans and Hay*, 21; Coffman, *The Old Army*, 346–47; Utley, *Frontier Regulars*, 23.

5. In the summer of 1877 the majority of troops in Louisiana were ordered to Northern and Midwestern cities to put down labor strikes or, like Bode's regiment, sent to the frontier. The Sixteenth Infantry was ordered to take up stations in Kansas and the Indian Territory. This movement effectively ended Reconstruction occupation in the South. The notion that the Compromise of 1877 was a direct trade – that the Democrats would ratify the disputed electoral vote count to Republican candidate Rutherford B. Hayes in exchange for withdrawal of troops in Reconstruction duties in the South and other concessions – is a historical generalization. But as historian Clarence E. Clendenen has pointed out, only 12 percent of the army was in the South; the majority had long since departed for the practical necessities of dealing with labor strikes and Indian uprisings. Clendenen, "President Hayes' 'Withdrawal' of the Troops: An Enduring Myth," *South Carolina Historical Magazine* 70 (Oct. 1969): 240–50; Dawson, *Army Generals and Reconstruction*, 261–62.

CHAPTER TWO: *En Route to Fort Sill*

1. Jefferson Barracks, Missouri, on the west bank of the Mississippi a few miles below St. Louis. Founded in 1826 it served as an ordnance depot from 1871 to 1878. Bode was there in 1877. In the period 1878–94 Jefferson Barracks became a cavalry training post. It was last used by the regular army in 1946 and was afterward turned over to the Missouri National Guard. National Park Service, *Soldier and Brave: Historic Places Associated with Indian Affairs and the Indian Wars in the Trans-Mississippi West*, The National Survey of Historic Sites and Buildings, vol. 12, Robert G. Ferris, ed. (Washington, D.C.: United States Department of the Interior, National Park Service, 1971), 177–80.

2. "Cincinnati chicken" was soldier slang for a piece of salt-preserved pork ration. Rickey, *Forty Miles a Day on Beans and Hay*, 266.

3. Fort Gibson, Oklahoma. Bode's company transfered there in 1880.

4. Caddo, Bryan County, Oklahoma, then a small town on the Choctaw reservation, was a stop for the Missouri, Kansas, and Texas Railroad, 120 miles southeast of Fort Sill, 153 miles by way of the old military road of this period. The Missouri, Kansas, and Texas Railroad was, like most of the western lines, a land-grant railroad, required to transport government troops and equipment free of charge. "Report of the Quartermaster General,

1 Nov. 1881," *House Exec. Doc.*, 47th Cong., 1st sess., no. 1., pt. 2, Serial 2010, 359.

5. The Union Agency managing the Cherokee, Creek, Choctaw, Chickasaw, and Seminole statistics reported these tribes had about 168,000 head of cattle in 1877. In addition to the Indians' herds grazing these lands, white cattlemen routinely allowed their herds to graze freely on Indian lands, especially when northbound across the Territory on one of the large cattle trails. In 1877 the commissioner of Indian Affairs set a penalty of one dollar per head for those cattle grazing away from the main trails. In the late 1880s a lease, or "grass-money" system, was eventually established to allow the legal grazing as a source of cash for the tribes. "Report of the Commissioner of Indian Affairs, 1 Nov. 1877," *House Exec. Doc.*, 45th Cong., 2d sess., no. 1, pt. 5, Serial 1800, 704–7; Ernest Wallace, "The Comanches on the White Man's Road," *West Texas Historical Association Yearbook* 29 (Oct 1953): 3–32.

6. Crossing the Big Blue River, about twenty-two miles northwest of Caddo. Bode's Journal, page 64, Western box 2, W2, Special Collections of the Sterling C. Evans Library, Texas A&M University, College Station, Texas (hereinafter cited as Bode's Journal).

7. Harris' camp, recorded in Bode's Journal, page 65, as being twenty-seven miles west of the Big Blue River. Cyrus Harris was the Chickasaw governor in the periods 1856–58, 1860–62, 1866–70, 1872–74. B. F. Overton served as tribal governor from 1874 to 1878 at the time of Bode's assignment to Fort Sill. Arrell M. Gibson, *The Chickasaws* (Norman: University of Oklahoma Press, 1971), 265–66.

8. The Texas-Kansas Cattle Trail or the Chisholm Trail of 1867, near Rush Springs, Grady County.

9. Signal Mountain, on the present Fort Sill Reserve. The army built the blockhouse in 1871 to serve as a signal and heliograph station, as well as a weather observation point. Gillett Griswold, "Old Fort Sill: The First Seven Years," *Chronicles of Oklahoma* 36 (Spring 1958): 2–14.

10. The highest peak of the Wichita Mountains is 2,479 feet above sea level.

11. Founded by Major General William B. Hazen, the Kiowa-Comanche Indian Agency originally began near Medicine Bluff at Fort Sill, established in conjunction with the post in 1869. The first agent was Lawrie Tatum, a Quaker who resigned in March 1873 after President Grant's Quaker Peace Policy failed. The agent in 1877, at the time of Bode's arrival, was another Quaker, J. M. Haworth. The reservation encompassed 2,968,893 acres and contained 1,090 Kiowas, 1,545 Comanches (Komantsus), 343 Kiowa-Apaches, and a few Delawares. In 1877 the Indians had 4,194 horses and 1,343 head of cattle. In 1878 the Agency was consolidated with the Wichita Agency, thirty-five miles north of Fort Sill at Anadarko, but the Indians were reluctant to move and remained at Fort Sill more than seven

years after the consolidation. The army officers at Fort Sill were equally reluctant to force them, believing the local stock-raising conditions and grass were better than in the valley of the Wichita, and also being concerned that the Indians would be cheated by white contractors if transactions were not monitored by the soldiers. "Report of the Commissioner of Indian Affairs, 1 Nov. 1877," 664, 689, 705; William T. Hagan, *United States–Comanche Relations: The Reservation Years,* (New Haven: Yale University Press, 1976), 135–40; National Park Service, *Soldier and Brave,* 251, 268.

12. Bode arrived at Fort Sill 29 June 1877. Bode's revised manuscript, 15, typescript, 348, Western box 2, W2, Special Collections of the Sterling C. Evans Library, Texas A&M University, College Station, Texas (hereinafter cited as Bode's revised manuscript and typescript); Post Returns, Fort Sill, Oklahoma, June 1877, microfilm no. 617, roll 1174, Adjutant General's Records, NARS (hereinafter cited as Post Returns, Fort Sill, Adjutant General's Records); Post Returns, Fort Sill, Oklahoma, March 1869–January 1917, Fort Sill Archives microfilm number NAS-E88-Roll 1.

CHAPTER THREE: *Fort Sill*

1. Fort Sill, Comanche County, Oklahoma. On a site selected by Colonel Benjamin H. Grierson, Tenth Cavalry, Major General Phil Sheridan established Camp Wichita, which was briefly known as Camp Sheridan but later came to be called Fort Sill, in January 1869 to supervise the newly created Kiowa-Comanche Reservation, to protect the exposed northern flank of the Texas frontier, and to serve as a base of operations for future campaigns by Custer's Seventh Cavalry and Grierson's Tenth. Sheridan named the post for Brigadier General Joshua Sill, one of his brigade commanders killed at Stones River in the Civil War. One of the most important forts of the post–Civil War frontier, Fort Sill was home to the Fourth Cavalry when Company B, and Bode's Company D of the Sixteenth Infantry arrived 29 June 1877. The post garrison, commanded during that period by Colonel Ranald S. Mackenzie, consisted of the headquarters and Companies A, C, D, K, L, and M of the Fourth Cavalry, and Companies B and D of the Sixteenth Infantry, a total of 22 officers and 536 enlisted men present for duty. Except for the wooden infantry barracks mentioned by Bode most of the post buildings were of cut limestone, quarried and constructed by the soldiers of the Tenth Cavalry and Sixth Infantry in 1871. In 1905 the army expanded Fort Sill into an artillery command and training center, a mission it retains at the present. Post Returns, June 1877, Fort Sill, Adjutant General's Records "Report of the Secretary of War, 19 Nov. 1877," 17–18, 31; National Park Service, *Soldier and Brave,* 268–72; Captain Wilber S. Nye, *Carbine and Lance: The Story of Old Fort Sill* (Norman: University of Oklahoma Press, 1937); Griswold, "Old Fort Sill:

The First Seven Years," 2–14; Paul Andrew Hutton, *Phil Sheridan and His Army* (Lincoln: University of Nebraska Press, 1985), 91, 100–101.

2. The image of contractor fraud and corruption in the quartermaster department has become almost a historical generalization for the frontier era. Historian Darlis A. Miller, in her study of the military economics of the Department of New Mexico in the post–Civil War years, found that a detailed examination does not support this negative generalization. "Fraud was not rampant," she writes. "A dishonest contractor was the exception rather than the rule." During this same period actual cases of corruption by quartermaster officers did occur but were relatively few in number. Most of the inefficiency in the post quartermaster departments was the result of the high turnover and inexperience of the young officers detailed to the temporary duty. Miller, *Soldiers and Settlers: Military Supply in the Southwest, 1861–1885* (Albuquerque: University of New Mexico Press, 1989), 331–55.

3. Bode lined through Theaker's name, Bode's revised manuscript, 40, typescript, 383. Hugh Albert Theaker, from Ohio, was commissioned as a regular first lieutenant in the Sixteenth Infantry, 14 May 1861, and received a brevet at the battle of Missionary Ridge. Theaker spent most of his career in the Sixteenth Infantry, serving as colonel of the regiment from 1896 to 1898. Francis B. Heitman, *Historical Register and Dictionary of the United States Army*, 2 vols. (Washington, D.C.: GPO, 1903), 1:952.

4. Lieutenant Henry O. Flipper, born in Georgia in 1856, was the first black graduate of the United States Military Academy (June 1877). He was assigned to Company A, Tenth Cavalry, which transferred to Fort Sill while Flipper was en route. He joined his company at Fort Sill on 1 January 1878. Flipper boarded with his company commander, Captain Nicholas Nolan, an Irishman and former Second Dragoon ranker commissioned in the Civil War. Flipper became friends with Mrs. Nolan and with her unmarried Irish sister, Mollie Dwyer. In November 1880 Flipper and his company were transferred to Fort Davis, Texas, where he participated in the Victorio Campaign. Bode's Company D, Sixteenth Infantry, arrived there in January 1881, so Bode would have witnessed or had direct knowledge of the controversy that followed.

At Fort Davis Lieutenant Flipper, as is usually the lot of very junior officers, was appointed acting assistant quartermaster and acting commissary officer, both assignments requiring the handling of considerable funds. Colonel William R. Shafter, former commander of the black Twenty-fourth Infantry, took over as post commander in March 1881. In the process of a self-audit Flipper discovered a shortage of $1,440 in commissary funds. Although he and his friends subsequently made good the missing money he had lied to Colonel Shafter about the status of his accounts and had written a personal check to cover the deficit, a check that had no bank account to make it good. In August 1881 Shafter arrested Flipper for embezzlement and for conduct unbecoming of an officer and gentleman. Against all custom and tradition Shafter had the officer placed in the guardhouse. In December 1881 the court-martial ruled that Flipper did not intentionally defraud the government, but did lie to his commanding officer and was therefore guilty of conduct unbecoming. Flipper's regimental commander, Colonel Benjamin H. Grierson, stood by the young officer with letters of character testimony, but President Chester A. Arthur confirmed the verdict and sentence. Flipper was dismissed from the service 30 June 1882. He went on to become a talented civil and mining engineer, dying in 1940 at the age of eighty-four. Three decades after his death Flipper received a posthumous honorable discharge after a 1976 review of his case. Henry O. Flipper, *Negro Frontiersman: The Frontier Memoirs of Henry O. Flipper, First Negro Graduate of West Point,* Theodore Harris, ed. (El Paso: Texas Western College Press, 1963); Bruce J. Dinges, "The Court-Martial of Lieutenant Henry O. Flipper: An Example of Black-White Relations in the Army, 1881," *American West* 9 (Jan. 1972): 12–15; Donald R. McClung, "Second Lieutenant Henry O. Flipper: A Negro Officer on the West Texas Frontier," *West Texas Historical Association Year Book* 48 (1971): 20–31.

5. Bode's statement on Shafter was lined through, probably because Shafter was still alive when Bode wrote his memoirs. This statement was inserted from its original position on page 39 of the revised manuscript, or page 381–82 of the typescript. Bode was at Fort Davis while Shafter was in command in 1881. Born in Michigan in 1835, Shafter began his army career during the Civil War as a volunteer first lieutenant in the Seventh Michigan Infantry. He was wounded at Seven Pines in 1862, for which he was later awarded the Medal of Honor, and by 1864 had advanced to full colonel of the Seventeenth U.S. Colored Infantry, and was breveted volunteer brigadier general in 1865. In the post–Civil War years Shafter served as a regular with black regiments, leading the Forty-first and Twenty-fourth Infantries on the Texas frontier and was eventually promoted full colonel of the First Infantry. Shafter obtained the rank of volunteer major general in the Spanish-American War and was highly criticized for his command of the campaign to capture Santiago, Cuba. He died in Bakersfield, California, 13 November, 1906. Paul H. Carlson, *"Pecos Bill": A Military Biography of William R. Shafter* (College Station: Texas A&M University Press, 1989). Roger J. Spiller and Joseph G. Dawson III, eds., *American Military Leaders* (New York: Praeger, 1989), 278–80.

6. On page 39 of Bode's revised manuscript this paragraph was written as an insertion and began with "Lut. Col. Davidson (Bvt. Brgd. Genneral) of the 10th Cavly. a gentleman under the strict leadership of his wife ..." Davidson's name was lined through and a sentence beginning "Commanding Officers were at times ... " put below in its place. Lieutenant Colonel John W. Davidson, Tenth Cavalry, replaced Colonel R. S. Mackenzie

as post commander in early 1878 while Bode was present. Davidson, a Virginian born in 1823, graduated from West Point in the class of 1845 and was commissioned in the First Dragoons. He served in the Mexican War and was wounded in the Indian Wars in 1854. At the start of the Civil War he was a major of the Second Cavalry and advanced by brevets for valor to volunteer major general at the end of the war, earning the regular lieutenant colonelcy of the Tenth Cavalry in 1866. He was promoted to colonel of the Second Cavalry in 1879 and died 26 June 1881 in Minnesota, only a few years after he left Fort Sill.

Bode's comments about opium are not surprising. Opium pills were a ubiquitous cure-all for wounds, diarrhea, and dysentery, and were often issued in conjunction with quinine for malaria, a disease common at Fort Sill. Many soldiers, especially older veterans with wounds or chronic disorders, became opium addicts, victims of "the army disease." During the Civil War the Union Army issued nearly ten million opium pills and over two million ounces of various opium preparations. David T. Courtwright, "Opiate Addiction as a Consequence of the Civil War," *Civil War History* 24 (June 1978): 101–11. On Davidson's biography see Homer K. Davidson, *Black Jack Davidson: A Cavalry Commander on the Western Frontier* (Glendale, Calif.: Clark, 1974); Heitman, *Historical Register*, 1:355–56; *Register of Graduates and Former Cadets, 1802–1964, of the United States Military Academy* (West Point, N.Y.: West Point Alumni Foundation, 1964), 232.

7. Colonel Ranald S. Mackenzie, nicknamed "Bad Hand" by Southern Plains Indians, commanded Fort Sill on and off in the period 1875–77. He not only was a fiercely tenacious campaigner but proved also to be stubbornly committed to fair treatment for the Indians and soldiers placed in his charge. He appears to have been universally popular with his soldiers and with most of his officers. Born in New York City, 27 July 1840, Mackenzie graduated first in his West Point class and was commissioned as an engineer in 1862. He distinguished himself in important Civil War battles such as Second Manassas, Fredericksburg, Chancellorsville, Gettysburg, Cedar Creek, and Petersburg. Mackenzie emerged from the Civil War as one of the boy generals, a twenty-five-year-old volunteer major general. Earning a regular colonelcy of the Fourth Cavalry Mackenzie served for two decades as one of the master tacticians on the frontier, leading his soldiers in the few decisive battles of the era such as the one at Palo Duro Canyon, Texas, in 1874. Mackenzie received a promotion to brigadier general in 1882. While in command of the Department of Texas he suddenly developed a problem with alcohol and was, in 1884, committed to Bloomingdale Asylum in New York City. He died, insane, in 1889. Jean L. Zimmerman, "Colonel Ranald S. Mackenzie at Fort Sill," *Chronicles of Oklahoma* 44 (Spring 1966): 12–21; Ernest Wallace, *Ranald S. MacKenzie on the Texas Frontier* (Lubbock: West Texas Museum Association, 1965).

8. In 1880 Bode served in New Mexico in Colonel Hatch's district. In

the original manuscript Bode drew an "X" across this entire passage, revised manuscript, 38, typescript, 381. Colonel Edward Hatch, Ninth Cavalry, was born in Maryland and commissioned a volunteer captain in the Second Iowa Cavalry in August 1861. Hatch rose to volunteer major general by the end of the Civil War, serving most of the conflict in the Western Theater. Hatch received brevets at the battles of Franklin, Tennessee, and Nashville. In 1866 he took a regular commission as colonel of the newly formed black Ninth Cavalry, performing long and creditable service on the frontier. In spite of Bode's statement that the colonel was tied to his headquarters, Hatch took to the field and personally lead one of his columns during the Victorio Campaign of 1880. He died 11 April 1889. Heitman, *Historical Register*, 1:510.

9. Bode left Buell's name in the revision, perhaps because he knew Buell had died in 1883. Bode served in one of Buell's New Mexico base camps for the Victorio Campaign in 1880. At the beginning of the Civil War George P. Buell was commissioned as a lieutenant colonel from his native Indiana in the Fifty-eighth Indiana Infantry, being promoted by the end of the war to brevet volunteer brigadier for gallantry at Missionary Ridge. He received the regular lieutenant colonelcy of the Twenty-ninth Infantry in 1866, transferred to the Eleventh Infantry in 1869, and became regimental commander of the Fifteenth Infantry in March 1879. He died 31 May 1883. Colonel Martin L. Crimmins, "Colonel Buell's Expedition into Mexico in 1880," *New Mexico Historical Review* 10 (April 1935): 133–42; Heitman, *Historical Register*, 1:260.

10. Colonel Galusha Pennypacker, Sixteenth Infantry, was Bode's own regimental commander. Born in Pennsylvania, Pennypacker began the Civil War as a volunteer quartermaster sergeant in the Ninth Pennsylvania Infantry, became a major of that regiment in August 1861, and finished the war a volunteer major general. Pennypacker received a brevet volunteer brigadier rank and, in 1891, was awarded the Medal of Honor for his leadership in the capture of Fort Fisher, North Carolina, a battle in which he was badly wounded. In 1866 Pennypacker earned the colonelcy of the Thirty-fourth Infantry, transfering to the Sixteenth Infantry in 1869. He retired in July 1883. Heitman, *Historical Register*, 1:783.

11. Colonel Benjamin H. Grierson, Tenth Cavalry, 1826–1911. Bode lined out this comment, revised manuscript, 39, typescript, 382. Bode served with Grierson at Fort Davis, Texas, in 1881. In 1863, Grierson led the famed "Grierson's Raid" of Union cavalry through Mississippi, emerging from the war a brevet regular major general. He was a clever and resourceful frontier commander who served for many years in the Southwest and successfully used a web of small patrols rather than large-scale columns in the Apache campaigns of the 1880s in the trans-Pecos of Texas. William H. Leckie and Shirley A. Leckie, *Unlikely Warriors: General Benjamin H. Grierson and His Family* (Norman: University of Oklahoma Press, 1984).

12. Lieutenant Colonel James Van Voast, Sixteenth Infantry, Bode calls by the name of "Van Horn Vost." The passage is lined out on page 39 of the revised manuscript (typescript, 382). From New York, Van Voast graduated from West Point in 1848, served in the Third Artillery, Ninth Infantry, and during the Civil War in California with a slot as major of the Eighteenth Infantry. For a short period in 1882 he was colonel of the Ninth Infantry. He retired in 1883 and died in Ohio, 16 July 1915. *Register of Graduates,* 240.

13. Major George W. Schofield, Tenth Cavalry, committed suicide 17 December 1882, before Bode wrote his memoirs; therefore Bode leaves the name in the passage. From New York, Schofield received a volunteer commission as a lieutenant in the First Missouri Artillery in October of 1861 and was a volunteer brevet brigadier by 1865. Schofield's promotions and brevets came from the Western Theater in the Battle of Champion's Hill, the siege of Vicksburg, and the Georgia Campaign. He took a regular major commission in the black Forty-first Infantry in 1866 and moved to the Tenth Cavalry in 1870, earning the lieutenant colonelcy of the Sixth Cavalry in 1881. He died 17 December 1882. Schofield perfected the automatic ejector on the .45-caliber Smith and Wesson pistol used on the frontier. Heitman, *Historical Register,* 1:865; Utley, *Frontier Regulars,* 73.

14. By regulations established in 1835 the profit from the sale of surplus flour, plus a tax on the post trader, went into the "post fund" to pay for the bakery, garden seeds, utensils, schools, library, gym, printing press, and other benefits. After 1841 cash profits from the sale of surplus rations except flour, i.e. primarily bacon, coffee, and sugar, went into the "company fund" for the exclusive benefit of the enlisted men. Although most of the company funds were spent on additional types of food, a portion went toward the purchase of a wide variety of group items to serve the majority of the company. These included utensils for the mess, sports equipment, books, clocks, coffee mills, dominoes, fishing gear, stationery, and on occasion, beer and cigars. Because the rations were cut to turn a profit many frontier officers complained that this practice left their men underfed. Ironically one commander in 1880 complained that the soldiers of the Plains expeditions had depended on buffalo to supplement the ration and were going hungry in the field because of the extermination of the herds. "Report of the Commissary-General of Subsistence, 10 Oct. 1881," 484–515.

15. Bode was detailed as a hospital attendant on 7 September 1877 and relieved of that duty because of illness on 9 October. Special Orders No. 170, 7 Sept. 1877, and Special Orders No. 200, 9 Oct. 1877, from Special Orders, Headquarters, Fort Sill, vol. 1, no. XD6213763, Fort Sill Archives (hereinafter cited as Special Orders, Fort Sill Archives).

Cooks were normally detailed for ten days at a time. Extra pay was given if a soldier had to perform an extra duty for more than ten days of the month. Laborers, assistant cooks, teamsters, and clerks received twenty cents per day, raised to thirty-five cents in 1884. Skilled laborers, mechanics, and schoolteachers received thirty-five cents, increased to fifty cents per day in 1884. Coffman, *The Old Army,* 347; Utley, *Frontier Regulars,* 88.

16. In 1877 the post surgeon reported that malaria and chronic diarrhea were the major health problems at Fort Sill. In 1878 Dr. J. W. Smith, the agency doctor, reported the prevalence of malaria among the Comanche and Kiowa tribes camped at Fort Sill. The soldiers of Fort Sill ate quinine pills every morning for breakfast. Record of Medical History of Fort Sill, I.T., Feb. 1873–May 1880, no. D62.137.140, Fort Sill Archives (hereinafter cited as Medical History of Fort Sill); Bernice Norman Crockett, "Health Conditions in the Indian Territory, from the Civil War to 1890," *Chronicles of Oklahoma* 36 (Spring 1958): 21–39; Robert G. Carter, *On the Border with Mackenzie; or, Winning West Texas from the Comanches* (Washington, D.C.: Eynon, 1935; reprint, New York, Antiquarian Press, 1961), 258.

17. In August 1876 Congress directed the secretary of interior to issue rations for only one week at a time to the Southern Plains Indians on the reservations, and only to those who were actually present. This was to prevent them from acquiring enough surplus to mount raiding expeditions using, as the army often claimed, the reservation as a sanctuary and base of supplies for their forays. "Report of the Commissioner of Indian Affairs, 1 Nov. 1877," 622–23.

18. For purposes of sanitation the army authorized one laundress per seventeen soldiers, or four per company, a practice begun as early as 1786 and written into the regulations of 1802. Many of these laundresses were the wives of soldiers but others were single and sometimes the source of trouble at a post. The laundress received an army ration per day, quarters, bedding straw, and a set price per soldier as payment for her cleaning. An army general order of 1876 and congressional legislation of 1878 prohibited the enrollment and further use of laundresses but allowed those in current positions to continue. The regulations of 1883 removed the authority to issue rations to the laundresses. See the third chapter of Patricia Y. Stallard, *Glittering Misery: Dependents of the Indian Fighting Army* (Fort Collins, Colo.: Old Army Press, 1978), 53–73; Miller J. Stewart, "Army Laundresses: Ladies of 'Soap Suds Row,'" *Nebraska History* 61 (Winter 1980): 421–36; Robert Wooster, *Soldiers, Sutlers, and Settlers: Garrison Life on the Texas Frontier* (College Station: Texas A&M University Press, 1987), 64–68; Coffman, *The Old Army,* 24–25, 112–15, 308.

CHAPTER FOUR: *Indians and Indian Territory*

1. Bode went to cook for the camp guard.

2. In 1876 forty-eight Quahada Comanches broke away from the reservation. They were captured and imprisoned until 1 August 1877, when they

were turned over to the Kiowa and Comanche agent, J. M. Haworth. With the help of the military he opened for them a farm four miles from Fort Sill, building on it two houses. Haworth optimistically reported, "The decision of the Department to build them houses has been very gratifying to the Indians," but he does not confirm Bode's observation that they used the houses for their horses. "Report of the Commissioner of Indian Affairs, 1 Nov. 1877," 485; "Report of the Commissioner of Indian Affairs, 1 Nov. 1878," *House Exec. Doc.*, 45th Cong., 3rd sess., no. 1, pt. 5, Serial 1850, 555.

3. Indian agent P. B. Hunt reports a slightly different version of this story. He had relieved the Agent Haworth in April 1878 and therefore relates some of the details second-hand. After returning from three years' confinement at Fort Marion, Florida, for participating in the breakout of 1874, one of the Comanche warriors, in early 1878, entered the tent of the farm guard and attempted to assassinate one of the soldiers. Agent Hunt gives no apparent reason, although Bode states that the soldier had been sleeping with one or more of the Indian's wives. Hunt reported that the man escaped. On 26 July 1878 a deputy United States marshal arrived with an arrest warrant from the closest federal court at Fort Smith, Arkansas. The warrant was for the Comanche and two "accessories," not for a witness, as Bode writes. The principal Indian defendant was at that time already in the guardhouse, having been arrested and brought in by Quanah Parker.

The post adjutant, interpreter, and marshal rode out to the Indian farm to arrest the two "accessories." The small infantry guard at the farm went under arms to help. The two Indians at first appeared ready to submit but were encouraged to resist by an unnamed medicine man. An army officer ordered a large negro teamster to seize and hold the medicine man. When he attempted to do so the three Indians attacked the soldiers with knives. The marshal and soldiers immediately opened fire, killing two Indians and wounding the medicine man. The feared outbreak of violence over this incident did not materialize, according to Agent Hunt, because the Comanches "to a certain extent, recognize[d] the supremacy of the law." "Report of the Commissioner of Indian Affairs, 1 Nov. 1878," 555.

4. Bode spells the name "Tassitovey" in the revised version (typescript, 427).

5. In her study of army perceptions of Indians, Sherry L. Smith finds that soldiers' descriptions of Indian women of the nineteenth century generally fall into two stereotypes, the "Indian princess" view and the "dirty squaw" perception, both of which are displayed by Bode in this and other passages. Bode's observations are also interesting in light of new studies that suggest that historical generalities about the status of Plains Indian women is an image based more on projections of Anglo-Western values than on their actual and relative situation. Some current studies have suggested that the woman's role in Plains Indian society should be reconstructed to present these women as occupying a more powerful and

vital role than in past stereotypes. Sherry L. Smith, *The View from Officer's Row*, 55–91; Patricia Albers and Beatrice Medicine, *The Hidden Half: Studies of Plains Indian Women* (Washington, D.C.: University Press of America, 1983).

Some of the details on Comanche dress and of the role of women are included from Bode's Journal, 89–97, and typescript, 45–49.

6. Eveline Alexander, the wife of a Third Cavalry officer, also reported the use of canvas tepees by the Ute Indians in New Mexico in 1866. See Sandra L. Myres, ed., *Cavalry Wife: The Diary of Eveline M. Alexander, 1866–1867* (College Station: Texas A&M University Press, 1977), 98.

7. Woman's Heart was a Kiowa leader, not a Comanche as Bode indicates. "Report of the Commissioner of Indian Affairs, 1 Nov. 1875," *House Exec. Doc.*, 44th Cong., 1st sess., no. 1, pt. 5, Serial 1680, 775; Martin F. Schmitt and Dee Brown, *Fighting Indians of the West* (New York: Bonanza Books, 1968), 67.

8. Indian Agent Haworth complained in 1875 that the federal court was too far away to serve justice. "One of our greatest difficulties ... is the great distance and expense in going to Fort Smith; it is a financial sacrifice to almost anyone to go, hence parties who might give valuable evidence conceal their knowledge." "Report of the Commissioner of Indian Affairs, 1 Nov. 1875," 776.

In May 1878 Congress passed the provision authorizing the organization of a total force of fifty officers and 430 privates as Indian police at the various agencies. The Indian police at the Kiowa and Comanche Reservation were organized in November 1878, with two officers and twenty-six men, primarily to deal with horse thieves and whiskey sellers. "Report of the Commissioner of Indian Affairs, 1 Nov. 1878," 471–72; Hagan, *United States–Comanche Relations*, 148–50.

9. Bode mentions part of this story about Major Schofield earlier in Chapter Three.

10. The "mill" was soldier slang for the guardhouse. See, for example, Hill and Innis, "Diary of Private Sanford," 2–40.

The "Bull Ring" was the generic place of punishment for soldiers. Carefully supervised by a sergeant, defaulters were put through grueling drills at the double-time. Rickey, *Forty Miles a Day on Beans and Hay*, 44.

11. Fort Leavenworth, Kansas, founded in 1827 on the Missouri River, was the headquarters for the Department of the Missouri. The military prison, called the U.S. Disciplinary Barracks, was established in 1874. National Park Service, *Soldier and Brave*, 145–48.

Typical of guardhouse prisoners while Bode was on guard were the nine present on 22 August 1879. Two were citizens confined "until further notice," the remainder were two Tenth Cavalry troopers and two Sixteenth Infantry soldiers serving sentences of one year, twenty days, or ten days. In addition three Tenth Cavalry troopers were awaiting courts-martial for theft. Guard Reports, Fort Sill, I.T., 3 July 1879–29 Nov. 1879, no. D62.137.20., Fort Sill Archives (hereafter cited as Guard Reports, Fort Sill).

12. General Winfield Scott established post libraries in the Army Regulations of 1821. The funds to support libraries were derived from a tax on the post sutler and augmented by donations from religious and education societies. Companies and regiments also maintained libraries, as did individual officers. These libraries held a wide range of material, from fiction, history, and even philosophy, to newspapers and religious tracts.

In 1838 Congress passed legislation creating the position of Army chaplain, stipulating that they perform extra duties as schoolmasters for extra pay and rations. Often chaplains were the mainstay of post education for soldiers, teaching in schools financed by the surplus of the post bakery and flour fund. In 1866 Congress approved legislation for soldier education, especially for new regiments of black troops. These schools were likewise often run by the regimental chaplains. Miller J. Stewart, "A Touch of Civilization: Culture and Education in the Frontier Army," *Nebraska History* 65 (Summer 1984): 257–82.

13. The authorized strength for an infantry company of 1877 was 37 enlisted men. Seven regiments of cavalry were authorized 100 men per company and three regiments had 70 per company, more than twice the manpower of the infantry units. "Report of the Secretary of War, 19 Nov. 1877," 47.

14. In 1877 the post surgeon recorded that the soldier's rations were sufficient when supplemented by vegetables from the company gardens, indicating the garden program was successful at Fort Sill. Entry for 25 July 1877, Medical History of Fort Sill.

15. The guardhouse reports of 1877–79 are incomplete, but in the available records there is no indication of which Indian Bode could be describing. Guard Reports, Fort Sill.

16. The "Rattlesnake pilot" was probably some member of the Colubridae family of common snakes, such as the bull snake, and was unlikely to have been poisonous, as Bode states.

17. The shortage of frontier artillerymen required infantry to be detailed to artillery drill to learn the fundamentals of firing cannon. See for example the diary entry for 29 October 1876 in Hill and Innis, "Diary of Private Sanford," 27.

CHAPTER FIVE: *Frontier Duties in the Territory*

1. Colonel W. S. Nye, in his history of Fort Sill, states that the telegraph between Fort Sill and Fort Richardson, Texas, was established in June 1877, and the telegraph from Fort Sill to Fort Reno about 1877. Nye, *Carbine and Lance*, 366; Bode's original manuscript states that the construction of the

Fort Sill to Fort Reno telegraph was in June 1878. However, in June 1878, Bode, a sergeant, and another Sixteenth Infantry private were ordered to draw six days' rations and repair the Fort Sill to Fort Richardson telegraph as far as the Red River. Special Orders No. 129, 16 June 1878, Special Orders, Fort Sill Archives.

The Fort Sill to Fort Richardson telegraph was approved in 1874 and constructed in the summer of 1875 by a party under Captain W. C. Beach, Eleventh Infantry. One group worked from Fort Sill south, the other started north from Fort Richardson at Jacksboro, Texas. The parties met on the Red River, completing the line on 22 June 1875. Tuffly Ellis, ed., "Lieutenant A. W. Greely's Report on the Installation of Military Telegraph Lines in Texas, 1875–1876," *Southwestern Historical Quarterly* 69 (July 1965): 67–87.

On 5 August 1879 Lieutenant Lassiter, two noncommissioned officers and eight privates of Company K, and one noncommissioned officer and nine privates of Company D, Sixteenth Infantry, were ordered to draw fifteen days' rations and leave Fort Sill the following day to construct the Fort Sill to Fort Reno telegraph to the midway point between the two posts. However the Fort Sill Post Returns for August 1879 show that Lieutenant Evarts S. Ewing with ten men of Company K, ten of Company D, and five of Company B, Sixteenth Infantry, left the post on 10 August 1879 to build the telegraph line to Fort Reno. The construction party returned in September of 1879. Special Orders No. 163, 5 August 1879, Special Orders, Fort Sill Archives; Post Returns, Fort Sill Archives, August 1879.

A final piece of evidence that indicates Bode was mistaken and the Fort Sill to Fort Reno telegraph was constructed in 1879 is the report of the secretary of war for 1881. The chief signal officer reports that this telegraph line was established 31 August 1879. "Report of the Chief Signal Officer of the Army, 15 Nov. 1880," *House Exec. Doc.*, 46th Cong., 3rd sess., no. 1, pt. 2, Serial 1957, 106.

2. This is Cache Creek, north of Fort Sill, which runs south and intersects Medicine Creek near the post.

3. The William Penn Treaty with the Delawares was in 1642. Black Beaver, a Delaware chief, had a farm of three hundred acres and a considerable stock of hogs, cattle, and horses. He had been a trapper on the upper Missouri River for the American Fur Company, led an Indian company in a Texas volunteer regiment on the Texas frontier during the Mexican War, and served the Union during the Civil War. In 1849 he was a guide to Captain Randolph B. Marcy during his explorations of Texas. Marcy considered him a dependable friend and wrote of Black Beaver, "His life had been that of a veritable cosmopolite, filled with scenes of intense and startling interest, bold and reckless adventure." Marcy, *The Prairie Traveler* (New York: Harper & Brothers, 1859), 188–96; Thomas H. Kreneck, "The North Texas Regiment in the Mexican War," *Military*

History of Texas and the Southwest 12, no. 1 (1975): 109–17; "Report of
the Commissioner of Indian Affairs, 1 Nov 1879," *House Exec. Doc.*, 46th
Cong., 2d Sess., no. 1, pt. 5, Serial 1910, 169; Schmitt and Brown, *Fighting
Indians of the West*, 75.

4. The Wichita (Anadarko) Agency was located in present Caddo County,
Oklahoma. It was established in 1871 on the north bank of the Wichita
River as an attachment to the Kiowa-Comanche Agency at Fort Sill and
the two agencies were consolidated in 1878 and relocated on the south
bank. Moved slightly west in 1895 the reservation became the center of
the last great Oklahoma land rush when opened to settlement in 1901.
National Park Service, *Soldier and Brave*, 251–52.

5. The Quaker agent Lawrie Tatum opened the Kiowa-Comanche Agency
school in 1872 with a few students. Although Quaker missionaries continued
to teach, by 1875 the boarding school ran on contract management and
had twenty-seven students, both boys and girls, from the various tribes.
Agent J. M. Haworth reported at that time that he had room for sixty
scholars, optimistically adding, "We could have had more if we had the
room for them." In 1879, of a school-aged Indian population of five hundred,
only sixty-five, or 13 percent, of the Indian children were enrolled. The
lack of sufficient funds and parental discouragement greatly inhibited the
boarding school system but it did produce a few students who became
articulate Indian spokesmen to the white community by the 1890s. "Report
of the Commissioner of Indian Affairs, 1 Nov 1875," 775; Hagan, *United
States–Comanche Relations*, 134–35.

6. Agent P. B. Hunt took over duties in April 1878, ending the era of
Quaker control. Hunt, a former lieutenant colonel, had been badly wounded
and crippled in the Civil War. He served as the Indian agent until 1885.
Bode mentions meeting Hunt while going on the beef inspection trips.
Company commanders at Fort Sill were routinely assigned the special duty
of conducting a weekly beef inspection of the cattle that were bought on
contract and given to the Indians as ration on the hoof. Bode accompanied
his commander, Captain H. A. Theaker, to the Wichita Agency on several
of these inspections. Theaker was seldom satisfied with the cattle. In March
of 1878, for example, he reported the beef to be "in very poor condition
and very much under weight." The contract specified the weight would
be not less than 850 pounds per animal and he found them at 650 pounds.
Captain H. A. Theaker, Sixteenth Infantry, "Report of Cattle Inspection,"
Wichita Agency, 24 March 1878, microcopy no. 234, roll 930, Letters
Received by the Office of Indian Affairs, 1824–1880, RG75, NARS; Hagan,
United States–Comanche Relations, 139, 164–65.

7. In 1878 a few Indians of the Indian Territory reservations were on
the payroll as freighters and were paid the same rate as whites. At the
Fort Sill Agency the Indians produced 140,000 board feet of lumber and
3,200 rods of fencing. In 1879 at Fort Sill and at the Wichita Agency

Indians received fifty wagons and transported much of their own supplies, in convoy, from the Caddo railhead. They used the opportunity to haul to Caddo their own goods and crops to barter and trade. In 1879 at the Cheyenne-Arapaho Agency the Indians hauled 451,000 pounds of freight at the rate of $1.50 per one hundred lbs. per 165 miles, and earned about $7,121 dollars making bricks, chopping wood, cutting hay, hauling wood, and splitting rails. "Report of the Commissioner of Indian Affairs, 1 Nov. 1879," 167, 172; "Report of the Commissioner of Indian Affairs, 1 Nov. 1878," 553, 796–97; Hagan, *United States–Comanche Relations*, 148.

8. The Wichita Agency school burned in 1877. "Report of the Commissioner of Indian Affairs, 1 Nov. 1879," 174.

9. Fort Reno activated in 1874 as a post south of the North Canadian River from the Cheyenne and Arapaho or Darlington Agency and remained an installation until 1949. In 1878 the garrison consisted of six companies of the Sixteenth Infantry and the Fourth and Tenth Cavalries under the command of Lieutenant Colonel J. W. Davidson. "Report of the Secretary of War, 19 Nov. 1878, *House Exec. Doc.*, 45th Cong., 3rd sess., no. 1, pt. 2, Serial 1843, 12; National Park Service, *Soldier and Brave*, 265–68.

10. The Cheyenne-Arapaho Reservation, on the north bank of the North Canadian River, began in 1869 under the Quaker agent Brinton Darlington. After the Cheyenne uprising of 1874, nearby Fort Reno was established. Dull Knife and more than nine hundred Cheyennes were brought to the reserve in 1877 after Custer's defeat at the Little Bighorn. Dull Knife and others broke out on 9 September 1878 but were captured and returned. In 1878 the four-million-acre reservation, under the agency of John D. Miles, held a population of 3,298 Cheyennes and 2,676 Arapahos. It opened to white settlement in 1889. "Report of the Commissioner of Indian Affairs, 1 Nov. 1878," 780; "Report of the Commissioner of Indian Affairs, 1 Nov. 1879," 164; National Park Service, *Soldier and Brave*, 266–68.

11. There is no mention of the incident of Big Bow's arrest in the Fort Sill post returns, the guard reports, or in the commissioner of Indian Affairs reports.

12. By "blue-beans" Bode means bullets. Grass fires on the prairie and in camp were a very real danger in this era, creating considerable anxiety among soldiers and travelers. In her classic memoir army wife Lydia Spencer Lane tells how all of her and her children's winter clothing and possessions were destroyed in a similar incident involving grass set ablaze by a cooking fire. Lane, *I Married a Soldier; or, Old Days in the Army* (Philadelphia: J. P. Lippincott Co., 1893; reprint, Albuquerque: University of New Mexico Press, 1987), 86, 120–22.

13. Bode was promoted to corporal in November 1879. Report for November 1879, Guard Reports, Fort Sill.

14. This new second lieutenant of D Company, Sixteenth Infantry, was

Walter A. Thurston. Born in Alabama, he graduated from the United States Military Academy and was commissioned in the regiment in June of 1879. Thurston remained a lieutenant for nearly twenty years and was finally promoted to captain in 1898. His career reflected the slow advancement of the "Old Army" after the Civil War. Thurston accepted a commission as a lieutenant colonel of volunteers in the Second Alabama Infantry during the Spanish-American War, serving in the Philippine Insurrection. He retired as a regular major in 1905 and died in 1911. *Register of Graduates*, 270; Heitman, *Historical Register*, 1:960.

15. The paymaster was Major William H. Johnston, stationed out of St. Louis, Missouri. From Ohio, Johnston served as a paymaster in the Civil War, was breveted a volunteer lieutenant colonel of the paymaster department, and obtained a regular commission as a major in 1866. Promoted to lieutenant colonel as a paymaster in 1884, he finally retired in 1888. Johnston died 6 May 1896. Post Returns, Fort Sill Archives, September 1879; "Report of the Secretary of War, 19 Nov. 1878," 59; Heitman, *Historical Register*, 1:579.

CHAPTER SIX: *Prairie Adventures*

1. By 1878 the heretofore reliable sources of game on the reservation had become scarce. The commissioner of Indian Affairs authorized Indian parties to leave the reservation to hunt for buffalo in the summer of 1878. In January 1879 Army cavalry escorts went with Indian hunting parties to the Texas Panhandle but met with little success, because the buffalo were nearly extinct in that area. The agency at Fort Sill had to send supplies for the relief of the hunting party. This was probably the supply train for which Bode was on escort duty, which would have occurred before, not after the paymaster escort duty of September 1879. Hagan, *United States–Comanche Relations*, 141.

2. Bode is mistaken in his generalization concerning Quanah Parker being the chief of the Comanche Indians. Quanah was one of the more famous because of his ability as a warrior and his unusual background in having a white mother, but in 1878 the young man had ninety-three Quahada Comanches in his ration band, making it only the third largest on the reservation. About twenty years old in 1875, Quanah was too young to assume a leadership role in the natural Comanche hierarchy, but became the chief of this reservation ration band through the orders of Colonel Ranald S. Mackenzie. Historian William T. Hagan writes that Quanah became influential among the Quahada because of his ability to deal with the white establishment, an eminence possibly resented by the older Comanche leaders. Hagan, *United States–Comanche Relations*, 154–57.

3. Established as a cavalry camp on Otter Creek for the Wichita expe-

dition in 1858, Camp Radziminski was active for only a year, occupying three different locations up and down the creek. The site was often used by passing patrols and expeditions after the Civil War. Robert W. Frazer, *Forts of the West* (Norman: University of Oklahoma Press, 1965), 122–23; Herbert M. Hart, *Tour Guide to Old Western Forts* (Fort Collins, Colo.: Old Army Press, 1980), 125.

4. Although Bode was often on telegraph repair detail, the only record of one in which he was the noncommissioned officer in charge was in January 1880, when he and three privates were ordered to repair the line between Fort Sill and the Red River. Special Orders No. 1, 2 Jan. 1880, Special Orders, Fort Sill Archives.

5. Bode is referring to the fact that these cowboys, probably Texans, since they were close to the border of that state, were illegally grazing their cattle on grass within the Indian Territory. Legally this grass belonged to the Comanches. This type of trespassing was common and a constant source of complaint by the Indians and agents. Bode, as a noncommissioned officer, should have chased away or arrested these trespassers. For a discussion of this issue see Hagan, *United States–Comanche Relations,* 150–51; Wallace, "The Comanches on the White Man's Road," 6–7.

6. Mount Sheridan, on the current Fort Sill military reservation, is about 2,450 feet high.

C H A P T E R   S E V E N : *Fort Gibson*

1. With families in tow, D Company, Sixteenth Infantry, departed Fort Sill for Fort Gibson on 28 February 1880 under telegraphic change of station orders from Headquarters, Department of the Missouri, dated 26 February 1880. Post Returns, Fort Sill Archives, February 1880.

2. In 1879 and 1880 the military departmental commander officially complained to the secretary of war about white encroachment and illegal settlement on Indian lands. Although he had made numerous arrests he did not have enough troops to completely stop the invasion of early "sooners," who were encouraged by the pending legislation that would open part of the Indian Territory to settlement a decade later. "Report of Brigadier General John Pope, Headquarters Department of the Missouri, 3 Oct. 1879," *House Exec. Doc.,* 46th Cong., 2d sess., no. 1, pt. 2, Serial 1903, 80–81; "Report of Brigadier General John Pope, Headquarters, Department of the Missouri, 22 September 1880," *House Exec. Doc.,* 46th Cong., 3rd sess., no. 1, pt. 2, Serial 1952, 89–91.

3. The spur at Gainesville, Texas, would link D Company with the Missouri, Kansas, and Texas Railroad to carry them to Fort Gibson.

4. Portions of this section describing Fort Gibson and the Cherokee

Indians are from Bode's Journal, pages 60–62. D Company, Sixteenth Infantry, arrived 6 March 1880 to become the garrison of Fort Gibson, replacing four companies of the Twenty-second Infantry. It remained a one-company post, with Bode's company commander, Captain Hugh A. Theaker, commanding the post until October 1880, when K Company, Nineteenth Infantry, and H Company, Twenty-third Infantry, arrived. The army established Fort Gibson in April 1824 during a time of conflict between the Osage and Cherokee Indians. It was constructed above a convenient rock ledge, used as a boat landing, on the Grand River, three miles up from the three forks of the Grand, Verdigris, and Arkansas rivers. As the the upper terminal of river navigation it became an important depot and staging area for antebellum military and survey expeditions to the Southern Plains. Later moved to a nearby hill site and abandoned by the Army in 1857, the stockaded post served the Confederacy before being reoccupied as a Union stronghold in the Civil War, remaining on active service until 1890. Post Returns, Fort Gibson, March 1880, in Post Returns, Fort Gibson, Oklahoma, July 1872–October 1897, microfilm no. 617, roll 406, Returns from United States Military Posts, 1800-1916, Adjutant General's Records, NARS (hereinafter cited as Post Returns, Fort Gibson); Brad Agnew, *Fort Gibson: Terminal on the Trail of Tears* (Norman: University of Oklahoma Press, 1980), 25–62; National Park Service, *Soldier and Brave*, 264–66.

5. The controversial Dennis Wolfe Bushyhead led the National party, and was elected principal Cherokee chief in 1879 and 1883. The great grandson of a British officer and briefly a student at Princeton University, Bushyhead was a forty-niner, a merchant, and later the tribal treasurer. H. Craig Miner, "Dennis Bushyhead," in *American Indian Leaders: Studies in Diversity,* ed. R. David Edmunds (Lincoln: University of Nebraska Press, 1980), 192–205.

6. One of the Five Civilized Tribes, the Cherokee originated in the southeastern United States, living primarily in western South and North Carolina, southern Tennessee, and northern Alabama. Expelled in 1838–39 the tribe made the infamous Trail of Tears journey to the Indian Territory, where they had an immediate conflict with the Osage tribal groups in residence. The slave-owning Cherokees supported the Confederacy in the American Civil War, and their tribal lands were open to white settlement in 1906. Grace Steele Woodward, *The Cherokees* (Norman: University of Oklahoma Press, 1963); Charles H. Fairbanks, *Cherokee and Creek Indians* (New York: Garland Publishing, 1974).

7. D Company, Sixteenth Infantry, departed Fort Gibson for the Victorio Campaign in New Mexico on 28 May 1880, in compliance with telegraphic orders from the headquarters of the Department of the Missouri. Post Returns, Fort Gibson, May 1880.

C H A P T E R   E I G H T : *The Victorio Campaign*

1. D Company, Sixteenth Infantry, was being transferred to New Mexico to participate in the Victorio Campaign, departing Fort Gibson on 28 May 1880. In September of 1877 Victorio, a highly skilled small-unit leader and principal chief of the Mimbres Apaches, led 310 Chiricahuas and Mimbres in a break from the San Carlos Reservation in Arizona to return to their New Mexico homelands. After being rounded up and held at Ojo Caliente the group was being returned to Arizona in 1879 when Victorio, leading eighty warriors, made a second break and settled in with the Mescalero Apaches at the Tularosa Agency. Believing he was to be arrested and tried Victorio went to war in September 1879, killing eight soldiers of the Ninth Cavalry and stealing several dozen horses. Establishing a base of operations in the mountains of northern Mexico, Victorio raided back and forth across the border, gaining strength from various Apache bands until he had nearly 150 warriors. After numerous skirmishes with army columns, Victorio went on a spree between March and May of 1880, attacking sheep ranches, miner camps, and travelers in Arizona and New Mexico.

New Mexico District Commander Colonel Edward Hatch requested and received additional units to strengthen the campaign against Victorio, of which Bode's Company D, Sixteenth Infantry, was one. In late May 1880, after being wounded by Indian scouts attached to the army, Victorio and most of his warriors returned to Mexico. This is about the time Bode and his unit were en route from Fort Gibson. Although raiding south of the border and in west Texas, Victorio did not again return to New Mexico. In late July and early August he attempted to cross into Texas but was turned back after two bruising encounters with Colonel Benjamin Grierson and detachments of his Tenth Cavalry. Victorio then retreated into the Candelaria Range in Chihuahua, raiding and roaming over much of that northern Mexican state. In September 1880 Don Joaquin Terrazas, a Mexican volunteer colonel, organized a force to campaign against Victorio. In September Sixth Cavalry companies from Arizona and a force from New Mexico under Colonel George Buell, which included part of Bode's Sixteenth Infantry Regiment, crossed the border into Mexico to try and find Victorio.

On 15 October 1880 Colonel Terrazas's column caught Victorio's small band at Tres Castillos, where Victorio was killed in the battle with Mexican soldiers. Post Returns, Fort Gibson, May 1880; "Report of Brigadier General John Pope, Headquarters, Department of the Missouri, 22 September 1880," 86–89; "Report of Colonel Edward Hatch, Headquarters, District of New Mexico, 5 August 1880," *House Exec. Doc.*, 46th Cong., 3rd sess., no. 1, pt. 2, Serial 1952, 93–100; Crimmins, "Colonel Buell's Expedition," 133–42; Utley, *Frontier Regulars*, 368–74; Dan L. Thrapp, *Victorio and the Mimbres Apaches* (Norman: University of Oklahoma Press, 1974); Joseph A. Stout,

Jr., *Apache Lightning: The Last Great Battles of the Ojo Calientes* (New York: Oxford University Press, 1974).

2. Bode apparently changed cars in Pueblo, Colorado, and went south through Raton Pass to Las Vegas, New Mexico.

3. Much of the description of Albuquerque is from Bode's Journal, pages 31–35.

4. After a rail journey of 1,081 miles, D Company arrived in Belin, New Mexico, on 1 June 1880. Regimental Returns, Sixteenth Infantry, June 1880.

5. It was typical of soldiers' rumors that Victorio's force was greatly exaggerated. He had at this time, including stragglers still in New Mexico, no more than 150 fighters, including a few Comanche warriors. At this point he was already in Chihuahua, Mexico, but his son, Washington, was killed in Cook's Canyon on 5 June in a skirmish with Major Albert P. Morrow and a patrol of the Ninth and Sixth Cavalries. Thrapp, *Victorio*, 270, 277, 281–82; Stout, *Apache Lightning*, 144–46.

6. These observations on Indians are from Bode's Journal, pages 101–2.

7. Although much of Bode's criticism is valid, the district commander, Colonel Edward Hatch, did take to the field to direct operations in 1880.

8. Part of this description of Fort Craig is from Bode's Journal, page 41. Located in Socorro County, New Mexico, Fort Craig was constructed by the Third Infantry to replace Fort Conrad, a post slightly further north, in April of 1854 to guard the Santa Fe–El Paso Road. The Union troops at Fort Craig fought the Battle of Valverde, the first major Civil War battle in the Southwest. The post remained active until 1885, serving in the Apache campaigns of the period. National Park Service, *Soldier and Brave*, 224–25; Frazer, *Forts of the West*, 98.

9. Jack Crawford, the "poet scout," was waiting for orders to scout the Sacramentos. Crawford later found Victorio's camp in Mexico, volunteering to try and convince the Indian leader to surrender. The plan was abandoned after a long, hazardous journey because Crawford's interpreter refused to enter Victorio's camp. Thrapp, *Victorio*, 291–92.

10. On 29 June 1880 Bode's Company D entered the San Mateo foothills near Nogal Spring, apparently traveling up Nogal Canyon toward what is now called Vicks Peak in the present Cibola National Forest. Bode's Journal, page 42.

11. Although there were a few small hostile groups still in New Mexico, most of Victorio and his band were in Mexico by this time.

12. The twenty-seventh of July, 1880, according to Bode's Journal, page 47, from which most of this passage was taken.

13. Bode's Journal, pages 50–51.

14. Bode's Journal, page 51. Established in August 1866 by the 125th Infantry, California Volunteers, Fort Bayard was an important post in the Apache Wars. Abandoned in 1900 it became a veterans hospital. Frazer, *Forts of the West* 96–97; National Park Service, *Soldier and Brave*, 223, 224.

15. The description of the silver extract process is from Bode's Journal, 2 August 1880, page 52.

16. The small cannon was probably one of the two Hotchkiss 1.65-inch, 2-pounder rifled "mountain guns" to be used in the Buell Expedition into Mexico. Crimmins, "Colonel Buell's Expedition," 141.

17. On 9 August 1880 D Company arrived in this temporary base camp probably at the base of what is now Knight Peak in the Gila National Forest. On 30 July Victorio had crossed the Rio Grande from Mexico into Texas, engaging in several serious skirmishes with Colonel Grierson's Tenth Cavalry patrols, which were screening the network of water holes Victorio used along the Texas border. About the tenth of August, Victorio was forced back into Mexico by a battle at Rattlesnake Springs, Texas. However, at the time of Bode's arrival at Knight's Ranch, Indians attacked and killed three persons in a stagecoach thirty-five miles east of Bode's position, an indication that small raiding bands were still active in his vicinity.

The soldiers departing Bode's camp at Knight's Ranch were taking part in the Buell Expedition into Mexico. The Department of the Missouri commander, Brevet Major General John Pope, ordered a concentration of units in southern New Mexico at Fort Cummings and Knight's Ranch for operations against Victorio. Commanded by Colonel Buell, Fifteenth Infantry, the three-hundred-man task force of Ninth and Fourth Cavalry companies, several Fifteenth and Sixteenth Infantry companies, and two Apache scout companies acted as the large pursuit force, while a number of Ninth Cavalry companies served as a screen, as did Bode's little group, splitting into small detachments to guard nearly every water hole and ranch in southern New Mexico. The purpose of the screen was to give notice if Victorio's band slipped back north while Buell's force was headed south into Mexico to campaign in concert with the Mexican forces under Colonel Terrazas. Bode's D Company of infantrymen were part of the escort for Buell's large supply train as the command moved into Mexico the last week in September 1880. The supply train included a unique four-hundred-gallon water wagon. After three weeks the Mexican military authorities ordered Buell's expedition to return to the United States just as Colonel Terrazas's troops found and killed Victorio. Bode's Journal, pages 52–53; "Report of General John Pope, Headquarters, Department of the Missouri, 22 September 1880," 86–89; Crimmins, "Colonel Buell's Expedition," 133–42; Thrapp, *Victorio*, 287–90; Stout, *Apache Lightning*, 153–59.

18. Bode records he left Knight's Ranch on 6 November 1880 and the Sixteenth Infantry returns state that D Company left Fort Craig for Fort Gibson on 1 November. Bode's Journal, page 60; Regimental Returns, Sixteenth Infantry.

19. Bode's Journal, pages 55–56. Bode is referring to the skirmish of 5 June between Major Marrow's detachment and Victorio's son Washington. See note 5, above.

20. Part of this description is from Bode's Journal, page 57. Twenty-one miles northeast of Deming, New Mexico, Fort Cummings was established in 1863 as a Civil War frontier post by the First California Volunteer Infantry to guard Cooke's Spring. The site had been a Butterfield Mail Station until 1861, when it was attacked by Apaches. Used by expeditions until 1873 the post was again occupied from 1880 to 1886, the troops living in tents. National Park Service, *Soldier and Brave*, 225–26; Frazer, *Forts of the West*, 98.

21. After the 1863 massacre of a wagon train party at Ojo del Muerto the New Mexico Volunteers established Fort McRae three miles east of the Rio Grande, at the northern end of the Jornada del Muerto. It remained in active use until 1876. National Park Service, *Soldier and Brave*, 226–27; Frazer, *Forts of the West*, 100.

CHAPTER NINE: *The Texas Frontier*

1. In 1881 the Sixteenth Infantry Regiment was transferred to the Texas frontier. In compliance with Department of the Missouri Special Orders No. 260, 26 November 1880, D Company, Sixteenth Infantry, was ordered to Fort Davis, Texas, leaving Fort Gibson on 3 December 1880. Post Returns, Fort Gibson, December 1880; Regimental Returns, Sixteenth Infantry, December 1880.

2. For more about Bode's court-martial see note 14, below.

3. The band would have been the regimental band of the Tenth Cavalry at Fort Concho. Established by the Fourth Cavalry in 1867, at the confluence of the North and South Concho Rivers, Fort Concho served as a key post on the Texas frontier in the heart of the Kiowa and Comanche homelands. An important station on the northern or upper San Antonio–El Paso Road, it also played a role in guarding the Goodnight-Loving Cattle Trail until the post was abandoned in June 1889. J. Evetts Haley, *Fort Concho and the Texas Frontier* (San Angelo, Tex.: San Angelo Standard Times, 1952); National Park Service, *Soldier and Brave*, 320–22; Frazer, *Forts of the West*, 147.

4. Bode's Journal, page 4, identifies this as Grierson Springs, about eleven miles east of Horsehead Crossing of the Pecos River.

5. At that time garrisoned by four companies of the First Infantry and Tenth Cavalry, Fort Stockton was active in the periods 1858–59 and 1867–86. Rebuilt by the Ninth Cavalry in 1867, after being burned by Confederates, the post served as a station at Comanche Springs at the upper and lower San Antonio–El Paso military road junctions, with the Great Comanche War Trail. By-passed by the railroad, the operational importance of the fort declined by the mid-1880s. Clayton Williams, *Texas' Last Frontier: Fort Stockton and the Trans-Pecos, 1861–1895*, ed. Ernest Wallace

(College Station: Texas A&M University Press, 1982); National Park Service, *Soldier and Brave*, 334–35; Frazer, *Forts of the West*, 162.

6. Part of this description of Leon Spring is from Bode's Journal, page 7.

7. Description of Limpia Canyon is from Bode's Journal, page 9.

8. Companies D, E, and G, Sixteenth Infantry, arrived at Fort Davis on 5 January 1881, joining companies A, C, H, and K of the Tenth Cavalry. This gave the garrison a total of 371 enlisted men and forty-seven officers. The post commander at that time was Major Napoleon B. McLaughlen of the Tenth Cavalry, who commanded until the return of Colonel William R. Shafter in March 1881. On 11 January Company E, Sixteenth Infantry, was dispersed to guard mail stations, a typical task for the infantry. The Eighth Infantry Regiment established Fort Davis in October 1854 to guard the San Antonio-El Paso military road. Named in honor of Secretary of War Jefferson Davis, the post was abandoned by the federal government during the 1861 exodus from Texas. Largely destroyed by Indians during the Civil War, it was slightly relocated and reoccupied by the Ninth Cavalry beginning in July 1867. Fort Davis was the largest and most active post in the trans-Pecos. Abandoned in 1891 the post remains one of the most impressive frontier forts of the National Park Service. Regimental Returns, Sixteenth Infantry, January 1881; Post Returns, Fort Davis, for January 1881, in Post Returns, Fort Davis, Texas, January 1879–June 1891, microfilm no. 617, roll 298, Returns from United States Military Posts, 1800–1916, Adjutant General's Records, NARS (hereinafter cited as Post Returns, Fort Davis); Robert M. Utley, *Fort Davis* (Washington D.C.: National Park Service, 1965); Barry Scobee, *Old Fort Davis* (San Antonio: Naylor Co., 1947); Frazer, *Forts of the West*, 148.

9. On 23 January a detachment of one officer and fifteen enlisted men of the Sixteenth Infantry departed Fort Davis to escort Colonel and Brigadier General of Volunteers Orlando M. Poe to Fort Bliss. Colonel Poe was at this time an aide-de-camp to the general-in-chief of the army, William T. Sherman. Post Returns, Fort Davis, January 1881.

10. These descriptions are extracted from Bode's Journal, pages 12–17. The 1867 army survey of water holes between Fort Davis and El Paso are as follows: Fort Davis, Barrel Springs, El Muerto (Dead Man's Hole), Van Horn's Well, Eagle Springs, Rio Grande, Fort Quitman, Smith's Ranch, Hawkins Station, San Elizario, Fort Bliss. Escal F. Duke, ed., "A Description of the Route from San Antonio to El Paso by Captain Edward S. Meyer," *West Texas Historical Association Year Book* 49 (1973): 128–41.

11. According to the memoirs of Texas Ranger James B. Gillett this occurred the third week in January 1881 and involved Captain George W. Baylor's Texas Ranger Company from Ysleta in pursuit of a small band of Apaches who had robbed a stage and murdered several passengers the week before. Baylor had with him three Pueblo scouts whom Bode mistook for whites dressed as Indians. Baylor's group caught this band a few days

later in the Diablo Mountains and the two groups fought one of the last battles between Rangers and Apaches in Texas. Although having some origins in the period before the Texas Revolution the Texas Rangers were organized in the days of the Texas Republic as a form of militia force. They evolved after annexation into state-controlled federally-funded frontier defense units called Texas Ranging Companies and gradually expanded their powers to general law enforcement as Texas Rangers. James B. Gillett, *Six Years with the Texas Rangers*, Ed. Milo Milton Quaife. (New Haven: Yale University Press, 1925; reprint, Chicago: R. R. Donnelley and Sons Co., 1943), 284–98; Walter Prescott Webb, *The Texas Rangers: A Century of Frontier Defense* (Austin: University of Texas Press, 1965), 402–6.

12. Part of this description is from Bode's Journal, pages 22–23. Established in September 1849 by the Third Infantry, Fort Bliss occupied five different locations across the Rio Grande from El Paso del Norte. Occupied off and on in the antebellum era to protect the southern route to California the post was used briefly by the Confederates during the Civil War. Reclaimed by Union forces in 1862 it was relocated several times in the last half of the nineteenth century. The fort remains an active post in the U.S. Army as the Air Defense Center. Leon C. Metz, *Fort Bliss: An Illustrated History*, (El Paso: Mangan Books, 1981); National Park Service, *Soldier and Brave*, 318–19; Frazer, *Forts of the West*, 143–44.

13. Much of the description of Old El Paso is from Bode's Journal, pages 25–26. Old El Paso, which later became Ciudad Juarez, was an ancient Spanish settlement. In 1598 a colonial expedition headed for New Mexico under Captain General Don Juan de Onate discovered a ford of the Rio Grande that came to be called El Paso del Norte. A small mission was established in 1659 to serve as a station for trains traveling between New Mexico and the interior of Mexico. A larger mission church, Nuestra Señora de Guadalupe de El Paso was built in 1668, and a satellite town grew up in the 1670s. Paul Horgan, *Great River: The Rio Grande in North American History*, 2 vols. (New York: Rinehart and Company, 1954) 1:164–70, 260.

14. Bode was facing a court-martial for being corporal of the guard when a prisoner deserted en route to Fort Davis on the march from Fort Gibson. The court convened in February 1881 at Fort Davis. Captain Nicholas Nolan, Company A, Tenth Cavalry, served as president of the court. Nolan was Lieutenant Henry O. Flipper's company commander at this time. In the larger perspective, for the year 1881 Bode's case was one of 19 general courts-martial for enlisted men in the Sixteenth Infantry Regiment, one of 1,693 for the U.S. Army. During the same period the Army had 8,500 lesser garrison or regimental level courts-martial, an expensive and time-consuming drain on army leadership and a cumbersome legal process until the military justice reforms of the 1890s. Although the records are sketchy it appears that at least 45 percent of all enlisted men faced the peril of court-martial of some form in the post-Civil War era.

It was so common as to not necessarily constitute a stigma or blemish on a soldier's service record, especially as in Bode's case, where he was acquitted. March 1881, index no. 2285, microfilm no. M1105, roll 7, Register of the Records of the Proceedings of the United States Army General Courts-Martial, 1809–1890, vols. 15–16, PP–QQ, 1869–1883, Records of the Office of the Judge Advocate General, RG 153, NARS; "Report of the General of the Army, 10 Nov. 1881," *House Exec. Doc.,* 47th Cong., 1st sess., no. 1, pt. 2, Serial 2010, and "Report of the Judge-Advocate-General, War Department, 1 October 1881," ibid., 73, 208–11; Coffman, *The Old Army,* 378–79; Rickey, *Forty Miles a Day on Beans and Hay,* 141–43.

15. In 1850 Henry Skillman established the first mail run from San Antonio to El Paso. Under contract to George H. Giddings the San Antonio line expanded to Santa Fe in 1853 and to San Diego, California, in 1857. For excellent accounts of the development of the El Paso stage run see Emmie Giddings W. Mahon and Chester V. Kielman, "George H. Giddings and the San Antonio–San Diego Mail Line," *Southwestern Historical Quarterly* 61 (Oct. 1957): 220–39; A. J. Sowell, *The Life of Bigfoot Wallace* (Bandera, Tex.: Frontier Times, 1934), 136–38. For the most detailed account of the trans-Pecos wagon freight development see Roy L. Swift and Leavitt Corning, Jr., *Three Roads to Chihuahua: The Great Wagon Roads That Opened the Southwest, 1823–83* (Austin, Tex.: Eakin Press, 1988).

16. Although Van Horn's Well was not one of his projects, army engineer Captain John Pope, between 1855 and 1858, attempted to dig several artesian wells in the region of the Staked Plains on the Pecos River near the thirty-second parallel. The project was abandoned without success. "Reports of Captain John Pope, Topographical Engineers," *House Exec. Doc.,* 35th Cong., 2d sess., no. 2, Serial 998, 590–608; William H. Goetzmann, *Army Exploration in the American West, 1803–1863* (New Haven: Yale University Press, 1959; reprint, Lincoln: University of Nebraska Press, 1979), 365–68.

17. Fort Quitman was established by the Eighth Infantry in September 1858 to protect the San Antonio-El Paso military road. Occupied by Confederates during 1861 the post came back under federal control for the year 1862–63 with the arrival of the Second California Cavalry. Garrisoned again in January 1868 the post was abandoned in 1877, with the exception of the occasional detachment using the old post during periods of insecurity in the 1880s. Frazer, *Forts of the West,* 157–58.

18. In compliance with Department of Texas Special Orders No. 50, 1 February 1881, Bode's Company D and Company G were transferred to Fort McKavett on 14 March 1881 and arrived there 2 April, but Bode had remained on detached service at Fort Davis, repairing telegraph lines. Regimental Returns, Sixteenth Infantry, March 1881; Post Returns, Fort Davis, March 1881; Post Returns, April 1881, Post Returns, Fort McKavett, Texas, January 1873–June 1883, microfilm no. 617, roll 688, Returns from

United States Military Posts, 1800–1916, Adjutant General's Records, NARS (hereinafter cited as Post Returns, Fort McKavett).

19. Colonel Galusha Pennypacker, the commander of the Sixteenth Infantry, was in command of Fort McKavett at this time. His garrison consisted of D, E, G, I, and K Companies of his regiment and the headquarters band, composed of twenty-one officers and 256 enlisted men. Established in March 1852 by the Eighth Infantry on the right bank of the San Saba River, Fort McKavett was part of the original line of cordon forts to protect Texas frontier settlements. Abandoned in 1859 the post was used by the Confederates in the Civil War, reoccupied by federal troops in 1868, and later rebuilt by Colonel Ranald S. Mackenzie. Troops from Fort McKavett served in the Red River War and in the Victorio Campaign. Bypassed by the railroad and the frontier line, the post was abandoned by the government by 1883. Post Returns, Fort McKavett, April 1881; Martin L. Crimmins, "Fort McKavett, Texas," *Southwestern Historical Quarterly* 38 (July 1934): 28–39; Jerry M. Sullivan, "Fort McKavett: A Texas Frontier Post," *Museum Journal* (West Texas Museum Association, Lubbock 20 (1981): 1–74; Frazer, *Forts of the West,* 154–55.

20. Bode was promoted to sergeant in February 1882, probably in an attempt to persuade him to reenlist. He was one of five men of Company D whose term of service had expired. He declined. This was symptomatic of the retention problem in a frontier infantry regiment. Bode was one of ninety-four men of his regiment whose term of service expired that year. Only six noncommissioned officers reenlisted, again typical of a frontier infantry unit. In the period 1881–82 the regiment had an authorized strength of 550 enlisted men, but had only 392 present for duty (71 percent). It lost 173 through expiration of service, disability, courts-martial, death, desertion, and other causes, a loss of 44 percent. The regiment regained 141 men through recruiting and reenlistment, leaving it in mid-1882 with only 65 percent of its authorized strength. Post Returns, Fort McKavett, March 1881; Regimental Returns, Sixteenth Infantry, March 1882; "Report of the General of the Army, 14 November 1882," *House Exec. Doc.,* 47th Cong., 2d sess., no. 1, pt. 2, Serial 2091, 30–31, 52–54.

Bibliography

ARCHIVES

Fort Sill Archives, Fort Sill, Oklahoma
Post Returns, Fort Sill, Oklahoma, March 1869–January 1917. microfilm
no. NAS-E88-roll 1.
Special Orders, Headquarters, Fort Sill. Vol. 1, no. XD6213763. Special
Orders No. 170, 7 Sept. 1877; No. 200, 9 Oct. 1877; No. 129, 16 June
1878; No. 163, 5 Aug. 1879; No. 1, 2 Jan. 1880.
Record of Medical History of Fort Sill, I.T., Feb. 1873–May 1880. No.
D62.137.140.
Guard Reports, Fort Sill, I.T., 3 July 1879–29 Nov. 1879. No. D62.137.20.

National Archives and Records Service, Washington, D.C. (NARS)
Records of the United States Army Adjutant General's Office, 1780–
1917, Record Group (RG) 94
Register of Enlistments. vol. 72, 1871–1877, 198 entry 118, Regular
Army Muster Rolls, Sixteenth Infantry, Company D, 31 Oct. 1872–
Dec. 1902
Muster Roll for 28 February to 30 April, 1882, box 474
Returns From United States Military Posts, 1800–1916
Post Returns, Fort Davis, Texas, January 1879–June 1891, microfilm
no. 617, roll 298
Post Returns, Fort Gibson, Oklahoma, July 1872–October 1897,
microfilm no. 617, roll 406
Post Returns, Fort McKavett, Texas, January 1873–June 1883,
microfilm no. 617, roll 688
Post Returns, Fort Sill, Oklahoma, January 1876–December 1887,
microfilm no. 617, roll 1174
Returns From Regular Army Infantry Regiments, June 1821–
December 1916
Regimental Returns, Sixteenth Infantry, January 1880–December
1889, microfilm no. 665, roll 176
Records of the Office of the Judge Advocate General, RG 153
Register of the Records of the Proceedings of the United States Army
General Courts-Martial 1809–1890, Vols. 15–16, PP–QQ 1869–1883
Letters Received by the Office of Indian Affairs, 1824–1880, RG 75
Captain H.A. Theaker, Sixteenth Infantry, "Report of Cattle Inspection,"
Wichita Agency, 24 March 1878, microcopy no. 234, roll 930

Special Collections of the Sterling C. Evans Library, Texas A&M
University, College Station, Texas
   Emil A. Bode Manuscript and Journal. Cataloged as E. A. Baue
   Manuscript. Western box 2, W2.

GOVERNMENT DOCUMENTS

United States Congressional Records
35th Congress, 2d Session.
   House Executive Documents, no. 2, Serial 998 ("Reports of Captain
   John Pope, Topographical Engineers").
44th Congress, 1st Session.
   House Executive Documents, no. 1, pt. 5, Serial 1680 ("Report of the
   Commissioner of Indian Affairs, 1 Nov. 1875").
44th Congress, 2d Session.
   House Executive Documents, no. 1, pt. 2, Serial 1742 ("Report of the
   Secretary of War, 10 Nov. 1876"; "Report of the General of the
   Army, 10 Nov. 1876"; "Report of the Recruiting Service from
   October 1, 1875–October 1, 1876").
45th Congress, 2d Session.
   House Executive Documents, no. 1, pt. 2, Serial 1794 ("Report of the
   Secretary of War, 19 Nov. 1877"; "Report of Brigadier General C. C.
   Augur, Headquarters Department of the Gulf, 12 Oct. 1877";
   "Adjutant General's Report of the Recruiting Service for the Year
   Ending October 1, 1877").
   House Executive Documents, no. 1, pt. 5, Serial 1800 ("Report of the
   Commissioner of Indian Affairs, 1 Nov. 1877").
45th Congress, 3rd Session.
   House Executive Documents, no. 1, pt. 2, Serial 1843 ("Report of the
   Secretary of War, 19 Nov. 1878").
   House Executive Documents, no. 1, pt. 5, Serial 1850 ("Report of the
   Commissioner of Indian Affairs, 1 Nov. 1878").
46th Congress, 2d Session.
   House Executive Documents, no. 1, pt. 2, Serial 1903 ("Report of
   Brigadier General John Pope, Headquarters Department of the
   Missouri, 3 Oct. 1879").
   House Executive Documents, no. 1, pt. 5, Serial 1910 ("Report of the
   Commissioner of Indian Affairs, 1 Nov. 1879").
46th Congress, 3rd Session.
   House Executive Documents, no. 1, pt. 2, Serial 1952 ("Report of
   General John Pope, Headquarters, Department of the Missouri, 22
   September 1880"; "Report of Colonel Edward Hatch, Headquarters,
   District of New Mexico, 5 August 1880").

House Executive Documents, no. 1, pt. 2, Serial 1957 ("Report of the Chief Signal Officer of the Army, 15 Nov. 1880").
47th Congress, 1st Session.
House Executive Documents, no. 1, pt. 2, Serial 2010 ("Report of the General of the Army, 10 Nov. 1881"; "Report of the Judge-Advocate-General, War Department, 1 October 1881"; "Report of the Commissary-General of Subsistence, 10 Oct. 1881"; "Report of the Quartermaster General, 1 Nov. 1881").
47th Congress, 2d Session.
House Executive Documents, no. 1, pt. 2, Serial 2091 ("Report of the General of the Army, 14 November 1882").

BOOKS

Agnew, Brad. *Fort Gibson: Terminal on the Trail of Tears*. Norman: University of Oklahoma Press, 1980.
Albers, Patricia and Beatrice Medicine. *The Hidden Half: Studies of Plains Indian Women*. Washington, D.C.: University Press of America, 1983.
Athearn, Robert G. *William Tecumseh Sherman and the Settlement of the West*. Norman: University of Oklahoma Press, 1956.
Carlson, Paul H. *"Pecos Bill": A Military Biography of William R. Shafter*. College Station: Texas A&M University Press, 1989.
Carter, Robert G. *On the Border with Mackenzie; or, Winning West Texas from the Comanches*. Washington, D.C.: Eynon, 1935. Reprint. New York: Antiquarian Press, 1961.
Chief of Military History. *The Army Lineage Book*. Vol. 2, *Infantry*. Washington, D.C.: GPO, 1953.
Coffman, Edward M. *The Old Army: A Portrait of the American Army in Peacetime, 1784–1898*. New York: Oxford University Press, 1986.
Davidson, Homer K. *Black Jack Davidson: A Cavalry Commander on the Western Frontier*. Glendale, Calif.: Clark, 1974.
Dawson, Joseph G., III. *Army Generals and Reconstruction: Louisiana, 1862–1877*. Baton Rouge: Louisiana State University Press, 1982.
Fairbanks, Charles H. *Cherokee and Creek Indians*. New York: Garland Publishing, 1974.
Flipper, Henry O. *Negro Frontiersman: The Frontier Memoirs of Henry O. Flipper, First Negro Graduate of West Point*. Edited by Theodore Harris. El Paso: Texas Western College Press, 1963.
Fowler, Arlen L. *The Black Infantry in the West, 1869–1891*. Westport, Conn.: Greenwood Press, 1971.
Frazer, Robert W. *Forts of the West*. Norman: University of Oklahoma Press, 1965.

Gibson, Arrell M. *The Chickasaws.* Norman: University of Oklahoma Press, 1971.

Gillett, James B. *Six Years with the Texas Rangers.* Edited by Milo Milton Quaife. New Haven: Yale University Press, 1925. Reprint. Chicago: R. R. Donnelley and Sons Co., 1943.

Goetzmann, William H. *Army Exploration in the American West, 1803–1863.* New Haven: Yale University Press, 1959. Reprint. Lincoln: University of Nebraska Press, 1979.

Hagan, William T. *United States–Comanche Relations: The Reservation Years.* New Haven: Yale University Press, 1976.

Haley, J. Evetts. *Fort Concho and the Texas Frontier.* San Angelo, Tex.: San Angelo Standard Times, 1952.

Hart, Herbert M. *Tour Guide to Old Western Forts.* Fort Collins, Colo.: Old Army Press, 1980.

Heitman, Francis B. *Historical Register and Dictionary of the United States Army.* 2 vols. Washington, D.C.: GPO, 1903.

Horgan, Paul. *Great River: The Rio Grande in North American History.* 2 vols. New York: Rinehart and Company, 1954.

Huntington, Samuel P. *The Soldier and the State: The Theory and Politics of Civil-Military Relations.* New York: Vintage Books, 1957.

Hutton, Paul Andrew. *Phil Sheridan and His Army.* Lincoln: University of Nebraska Press, 1985.

Knight, Oliver. *Life and Manners in the Frontier Army.* Norman: University of Oklahoma Press, 1978.

Lane, Lydia Spencer. *I Married a Soldier; or, Old Days in the Army.* Philadelphia: J. P. Lippincott Co., 1893. Reprint. Albuquerque: University of New Mexico Press, 1987.

Lenny, John J. *Rankers: The Odyssey of the Enlisted Regular Soldier of America and Britain.* New York: Greenburg, 1950.

Leckie, William H. *The Buffalo Soldiers: A Narrative History of the Negro Cavalry in the West.* Norman: University of Oklahoma Press, 1967.

Leckie, William H., and Shirley A. Leckie. *Unlikely Warriors: General Benjamin H. Grierson and His Family.* Norman: University of Oklahoma Press, 1984.

Marcy, Captain Randolph B. *The Prairie Traveler.* New York: Harper & Brothers, 1859.

Metz, Leon C. *Fort Bliss: An Illustrated History.* El Paso: Mangan Books, 1981.

Miller, Darlis A. *Soldiers and Settlers: Military Supply in the Southwest, 1861–1885.* Albuquerque: University of New Mexico Press, 1989.

Millett, Allan R. and Peter Maslowski. *For the Common Defense: A Military History of the United States of America.* New York: Free Press, 1984.

Myres, Sandra L., ed. *Cavalry Wife: The Diary of Eveline M. Alexander, 1866–1867*. College Station: Texas A&M University Press, 1977.

National Park Service. *Soldier and Brave: Historic Places Associated with Indian Affairs and the Indian Wars in the Trans-Mississippi West*. The National Survey of Historic Sites and Buildings. Vol. 12. Edited by Robert G. Ferris. Washington, D.C.: United States Department of the Interior, National Park Service, 1971.

Nye, Captain Wilber S. *Carbine and Lance: The Story of Old Fort Sill*. Norman: University of Oklahoma Press, 1937.

Prucha, Francis Paul. *The Sword of the Republic: The United States Army on the Frontier, 1783–1846*. New York: Macmillan, 1969. Reprint. Bloomington: University of Indiana Press, 1977.

Register of Graduates and Former Cadets, 1802–1964, of the United States Military Academy. West Point, N.Y.: West Point Alumni Foundation, 1964.

Rickey, Don, Jr. *Forty Miles a Day on Beans and Hay: The Enlisted Soldier Fighting the Indian Wars*. Norman: University of Oklahoma Press, 1963.

Schmitt, Martin F., and Dee Brown. *Fighting Indians of the West*. New York: Bonanza Books, 1968.

Scobee, Barry. *Old Fort Davis*. San Antonio: Naylor Co., 1947.

Smith, Sherry L. *The View from Officers' Row: Army Perceptions of Western Indians*. Tucson: University of Arizona Press, 1990.

Sowell, A. J. *The Life of Bigfoot Wallace*. Bandera, Tex.: Frontier Times, 1934.

Spiller, Roger J. and Joseph G. Dawson III, eds. *American Military Leaders*. New York: Praeger, 1989.

Stallard, Patricia Y. *Glittering Misery: Dependents of the Indian Fighting Army*. Fort Collins, Colo.: Old Army Press, 1978.

Stout, Joseph A., Jr. *Apache Lightning: The Last Great Battles of the Ojo Calientes*. New York: Oxford University Press, 1974.

Swift, Roy L. and Leavitt Corning, Jr. *Three Roads to Chihuahua: The Great Wagon Roads That Opened the Southwest, 1823–1883*. Austin, Tex.: Eakin Press, 1988.

Thrapp, Dan L. *Victorio and the Mimbres Apaches*. Norman: University of Oklahoma Press, 1974.

———. *The Conquest of Apacheria*. Norman: University of Oklahoma Press, 1967.

Urwin, Gregory J. W. *Custer Victorious: The Civil War Battles of General George Armstrong Custer*. Reprint. Lincoln: University of Nebraska Press, 1990.

Utley, Robert M. *Frontier Regulars: The United States Army and the Indian, 1866–1891*. New York: Macmillan, 1973.

———. *Fort Davis*. Washington, D.C.: National Park Service, 1965.

————. *Frontiersmen in Blue: The United States Army and the Indian,
1848–1865.* New York: Macmillan, 1967. Reprint. Lincoln: University
of Nebraska Press, 1981.

Wallace, Ernest. *Ranald S. MacKenzie on the Texas Frontier.* Lubbock:
West Texas Museum Association, 1965.

Webb, Walter Prescott. *The Texas Rangers: A Century of Frontier
Defense.* Austin: University of Texas Press, 1965.

Weigley, Russell F. *History of the United States Army.* New York:
Macmillan, 1967.

————. *The American Way of War: A History of United States Military
Strategy and Policy.* New York: Macmillan, 1973. Reprint.
Bloomington: Indiana University Press, 1977.

Williams, Clayton. *Texas' Last Frontier: Fort Stockton and the Trans-
Pecos, 1861–1895.* Edited by Ernest Wallace. College Station: Texas
A&M University Press, 1982.

Woodward, Grace Steele. *The Cherokees.* Norman: University of
Oklahoma Press, 1963.

Wooster, Robert. *Soldiers, Sutlers, and Settlers: Garrison Life on the
Texas Frontier.* College Station: Texas A&M University Press, 1987.

————. *The Military and United States Indian Policy, 1865–1903.* New
Haven: Yale University Press, 1988.

ARTICLES

Clendenen, Clarence E. "President Hayes' 'Withdrawal' of the Troops:
An Enduring Myth." *South Carolina Historical Magazine* 70 (Oct.
1969): 240–50.

Cooper, Jerry M. "The Army's Search for a Mission, 1865–1890." In
*Against All Enemies: Interpretations of American Military History
from Colonial Times to the Present,* edited by Kenneth J. Hagan and
William R. Roberts. Westport, Conn.: Greenwood Press, 1986.

Courtwright, David T. "Opiate Addiction as a Consequence of the Civil
War." *Civil War History* 24 (June 1978): 101–11.

Crimmins, Colonel Martin L. "Colonel Buell's Expedition into Mexico in
1880." *New Mexico Historical Review* 10 (April 1935): 133–42.

————. "Fort McKavett, Texas." *Southwestern Historical Quarterly.* 38
(July 1934): 28–39.

Crockett, Bernice Norman. "Health Conditions in the Indian Territory,
from the Civil War to 1890." *Chronicles of Oklahoma* 36 (Spring
1958): 21–39.

Dinges, Bruce J. "The Court-Martial of Lieutenant Henry O. Flipper:
An Example of Black-White Relations in the Army, 1881." *American
West* 9 (Jan. 1972): 12–15.

Duke, Escal F., ed. "A Description of the Route from San Antonio to El Paso by Captain Edward S. Meyer." *West Texas Historical Association Year Book* 49 (1973): 128–41.

Ellis, Richard N. "The Humanitarian Generals." *Western Historical Quarterly* 3 (April 1972): 169–78.

Ellis, Tuffly, ed. "Lieutenant A. W. Greely's Report on the Installation of Military Telegraph Lines in Texas, 1875–1876." *Southwestern Historical Quarterly* 69 (July 1965): 67–87.

Gates, John M. "Indians and Insurrectos: The U.S. Army's Experience with Insurgency." *Parameters: Journal of the U.S. Army War College* 13 (March 1983): 59–68.

Griswold, Gillett. "Old Fort Sill: The First Seven Years." *Chronicles of Oklahoma* 36 (Spring 1958): 2–14.

Hill, Michael D., and Ben Innis, eds. "The Fort Buford Diary of Private Sanford, 1876–1877." *North Dakota History* 52 (Summer 1985): 2–40.

Kreneck, Thomas H. "The North Texas Regiment in the Mexican War." *Military History of Texas and the Southwest* 12, (no. 1 (1975): 109–17.

McClung, Donald R. "Second Lieutenant Henry O. Flipper: A Negro Officer on the West Texas Frontier." *West Texas Historical Association Year Book* 48 (1971): 20–31.

Mahon, Emmie Giddings W., and Chester V. Kielman. "George H. Giddings and the San Antonio–San Diego Mail Line." *Southwestern Historical Quarterly* 61 (Oct. 1957): 220–39.

Miner, H. Craig. "Dennis Bushyhead." In *American Indian Leaders: Studies in Diversity,* edited by R. David Edmunds. Lincoln: University of Nebraska Press, 1980.

Rickey, Don, Jr. "The Enlisted Men of the Indian Wars." *Military Affairs* 23 (1959–60): 91–96.

Simmons, Clyde R. "The Indian Wars and U.S. Military Thought, 1865–1890." *Parameters: Journal of the U.S. Army War College* 22 (Spring 1992): 60–72.

Skelton, William B. "Professionalism in the U.S. Army Officer Corps during the Age of Jackson." *Armed Forces and Society* 1 (Summer 1975): 443–71.

————. "Army Officers' Attitudes toward Indians, 1830–1860." *Pacific Northwest Quarterly* 67 (July 1976): 113–24.

Stewart, Miller J. "Army Laundresses: Ladies of 'Soap Suds Row.'" *Nebraska History* 61 (Winter 1980): 421–36.

————. "A Touch of Civilization: Culture and Education in the Frontier Army." *Nebraska History* 65 (Summer 1984): 257–82.

Sullivan, Jerry M. "Fort McKavett: A Texas Frontier Post." *Museum Journal* (West Texas Museum Association, Lubbock) 20 (1981): 1–74.

Utley, Robert M. "The Frontier and the American Military Tradition." In *Soldiers West: Biographies from the Military Frontier,* edited by

Paul Andrew Hutton. Lincoln: University of Nebraska Press, 1987.

————. "A Chained Dog." *American West.* 10 (July 1973): 18–24, 61.

Walker, Henry P. "The Enlisted Soldier on the Frontier." In *The American Military on the Frontier: The Proceedings of the 7th Military History Symposium, U.S. Air Force Academy, 30 Sept–1 Oct. 1976,* edited by James P. Tate. Washington, D.C.: GPO, 1978.

Wallace, Ernest. "The Comanches on the White Man's Road." *West Texas Historical Association Yearbook* 29 (Oct. 1953): 3–32.

Zimmerman, Jean L. "Colonel Ranald S. Mackenzie at Fort Sill." *Chronicles of Oklahoma* 44 (Spring 1966): 12–21.

Index

Thomas Tyree Smith is a native Texan and a Regular Army Captain of Infantry. He served in Vietnam with the U.S. Navy, earned a B.S. in Ed. Southwest Texas State University, and an MA in History from Texas A&M University. After commanding an infantry company in Germany he is currently on assignment as an assistant professor of military history, United States Military Academy at West Point, New York.